Melodia do mal

John Ajvide Lindqvist
Melodia do mal

Tradução de
Renato Marques de Oliveira

TORDSILHAS

Copyright © 2010 John Ajvide Lindqvist
Copyright da tradução © 2013 Tordesilhas

Publicado mediante acordo com Leopard Förlag, Estocolmo, e Leonhardt & Høier Literary Agency A/S, Copenhague.

Título original: *Lilla stjärna*

Todos os direitos reservados. Nenhuma parte desta edição pode ser utilizada ou reproduzida – em qualquer meio ou forma, seja mecânico ou eletrônico –, nem apropriada ou estocada em sistema de banco de dados, sem a expressa autorização da editora.

O texto deste livro foi fixado conforme o acordo ortográfico vigente no Brasil desde 1º de janeiro de 2009.

EDIÇÃO UTILIZADA PARA ESTA TRADUÇÃO John Ajvide Lindqvist, *Little Star*, Londres, Quercus, 2012.
PREPARAÇÃO Katia Rossini
REVISÃO Márcia Moura e Erika Nakahata
PROJETO GRÁFICO Kiko Farkas /Máquina Estúdio
CAPA Miriam Lerner
IMAGEM DE CAPA GlobalStock/iStockphoto.com

1ª edição, 2014

CIP-BRASIL. CATALOGAÇÃO NA PUBLICAÇÃO
SINDICATO NACIONAL DOS EDITORES DE LIVROS, RJ

L73m

    Lindqvist, John Ajvide
        Melodia do mal / John Ajvide Lindqvist ; tradução Renato Marques de Oliveira. - 1. ed. - São Paulo : Alaúde, 2014.

    Tradução de: Little Star
    ISBN 978-85-8419-002-7

    1. Romance sueco. I. Oliveira, Renato Marques de. II. Título.

14-13185   CDD: 839.73
                                CDU: 821.113.6-3

2014
Tordesilhas é um selo da Alaúde Editorial Ltda.
Rua Hildebrando Thomaz de Carvalho, 60
04012-120 – São Paulo – SP
www.tordesilhaslivros.com.br

Sumário

Melodia do mal   7
Notas   483

Melodia do mal

Todo mundo na verdade
é chamado de outra coisa.

Prólogo

Solliden, Skansen. 26 de junho de 2007. Dez minutos para as oito. O apresentador esquenta a plateia com uma versão todo-mundo-cantando-junto de "I'm Gonna be a Country Girl Again". Quando a canção termina, um técnico pede aos pais que, por favor, desçam as crianças dos ombros para que assim não corram o risco de ser atingidas pelas gruas das câmeras.

O sol bate diretamente atrás do palco, ofuscando a plateia. O céu está azul-marinho. Assistentes pedem aos jovens amontoados junto às barreiras que recuem um pouco, de modo a evitar um esmagamento. O maior programa musical da Suécia vai ao ar em cinco minutos, e não se pode permitir que alguém se machuque.

É preciso que existam estes oásis de prazer nos quais as preocupações do dia a dia são momentaneamente deixadas de lado. Aqui, nada de ruim pode acontecer e todas as medidas possíveis de segurança foram tomadas para manter este lugar de alegria e divertimento são e salvo.

Gritos de dor, de terror, são impensáveis; quando o programa sair do ar, não deverá haver sangue no chão, nem sobre as cadeiras. Nada de cadáver caído sobre o palco e, e muito menos abaixo, sobre o chão. O caos não é permitido aqui. Há gente demais. A atmosfera deve ser calma e agradável.

A orquestra começa a tocar os primeiros acordes de "Estocolmo no meu coração", e todo mundo adere ao coro. Mãos se agitam no ar, câmeras de celular se erguem. Uma maravilhosa sensação de intimidade. Restam ainda mais quinze minutos para que, com meticulosa premeditação, a coisa toda seja feita em pedaços.

Por enquanto, vamos cantar juntos. Temos um longo caminho pela frente antes de retornarmos. Somente quando a jornada tiver nos preparado, apenas quando estivermos prontos para pensar o impensável, teremos permissão para voltar.

Então, vamos lá, todo mundo! Todos juntos agora!

"Através do lago Mälaren, água do mar amoroso,
mescla d'água doce e salgada em seu bojo..."

A MENINA DE CABELOS DOURADOS

1

No outono de 1992 correram boatos de uma fartura de cogumelos nas florestas: dizia-se que o clima quente e úmido do final do verão tinha provocado uma eclosão de cantarelos e cogumelos. Quando deu uma guinada e entrou na estradinha da floresta com seu Volvo 240, Lennart Cederström estava munido de um enorme cesto e alguns sacos plásticos no banco de trás. Por via das dúvidas.

No toca-fitas do carro, ele tinha colocado uma coletânea de sucessos *pop*, e a voz de Christer Sjögren soava em alto e bom som nos alto-falantes: "Dez mil rosas eu gostaria de te dar".

Lennart abriu um largo sorriso zombeteiro e cantou junto o refrão, imitando o afetado e grave vibrato de Sjögren. O resultado era excelente. Quase idêntico; provavelmente Lennart cantava melhor que Sjögren. Mas e daí? Ele, que em tantas e tantas ocasiões tinha estado no lugar errado na hora errada, que já deixara diversas oportunidades de ouro escaparem debaixo do nariz, ou simplesmente ficara parado ouvindo-as relampejar atrás de si. Desaparecidas, tão logo se voltava para elas.

Enfim... Ele teria seus cogumelos. Cantarelos, o ouro da floresta, e uma porção deles. Depois, voltaria para casa para escaldá-los e encheria o *freezer*, o que lhe forneceria um estoque suficiente para saborear cogumelos com torradas acompanhados de cerveja toda noite, até jogar fora a árvore de Natal. Os vários dias de chuva tinham dado lugar a dias de sol intenso e brilhante, e as condições do tempo eram simplesmente perfeitas.

Lennart conhecia cada curva da estradinha da floresta e, enquanto seguia em frente cantando e segurando com força o volante, conseguia até fechar os olhos.

Dez mil rosas em um lindo buquê...

Quando abriu os olhos, alguma coisa negra havia à frente. A luz do sol refletiu no metal brilhante, e Lennart só conseguiu desviar por um triz, quando ela passou zunindo. Um carro. Lennart olhou de relance pelo retrovisor, a fim de anotar mentalmente a placa, mas o carro estava a pelo menos oitenta por hora na estradinha de cascalho, levantando nuvens de poeira ao passar. Contudo, Lennart tinha certeza de que era um bmw. Um bmw preto com vidros escuros.

Dirigiu mais trezentos metros até o local em que geralmente estacionava. Desligou o motor e soltou um longo suspiro.

Que merda foi essa?

Um bmw ali, no meio do nada, não era exatamente algo comum de se ver. Um bmw a oitenta por hora numa estreita estrada de cascalho, saindo da floresta, era um evento sem igual. Lennart sentiu-se bastante empolgado. Tinha feito parte de alguma coisa. No momento em que o objeto negro veio desabalado em sua direção, seu coração tinha disparado e depois perdido o alento, como que antecipando a batida fatal, antes de se abrir e se aquietar de novo. Tratara-se de uma experiência.

A única coisa que o incomodava era o fato de não poder denunciar o motorista. Lennart provavelmente teria adiado a colheita de cogumelos apenas para saborear o gostinho de voltar para casa e ligar para a polícia dando uma detalhada descrição do encontro, numa estradinha de cascalho cujo limite de velocidade era de trinta quilômetros por hora. Mas, sem o número da placa, isso não teria sentido.

Quando Lennart desceu do carro e pegou o cesto e os sacos, o entusiasmo temporário dera lugar a uma sensação de derrota. De novo. De alguma forma obscura, o bmw preto tinha *vencido*. Talvez as coisas tivessem sido diferentes se o carro fosse uma lata velha, um Saab usado, mas com certeza tinha sido o carro de um homem rico, que cobrira seu para-brisa de poeira e o jogara na valeta. A mesma história de sempre.

Bateu com força a porta do carro e caminhou a passos pesados floresta adentro, de cabeça baixa. Marcas recentes de pneu estendiam-se ao longo do chão úmido à sombra das árvores. Em certo ponto, a lama revirada indicava que um carro tinha saído em disparada dali, e não era preciso um grande salto de imaginação para deduzir que fora o BMW. Lennart encarou atentamente as largas marcas de pneu, como se elas pudessem lhe oferecer alguma pista, ou uma nova queixa. Nada ocorreu, e ele cuspiu nos sulcos do chão.

Deixa pra lá.

Lennart caminhou a passos largos na floresta, inalando o aroma de folhas mornas, musgo úmido e, em algum lugar bem mais abaixo... odor de cogumelos. Ele não conseguia dizer qual era o local exato, tampouco identificar uma espécie, mas um quê suave no cheiro habitual da floresta indicava que os boatos eram verdadeiros: havia cogumelos ali, só esperando para ser colhidos. O olhar de Lennart esquadrinhou o chão em busca de alguma alteração de cor ou formato. Ele era um bom apanhador de cogumelos, capaz de avistar de uma considerável distância um cantarelo escondido sob a vegetação rasteira e a grama. A mais suave nuança no matiz correto de amarelo, e ele se atirava com ímpeto, feito uma águia.

Mas, daquela vez, foi um *champignon* que ele avistou. A dez metros, um botão branco se erguendo do chão. Lennart franziu a testa. Jamais tinha encontrado um *champignon* por aquelas bandas; o solo estava errado.

Quando chegou mais perto, viu que tinha razão. Não era um cogumelo, mas a borda de uma sacola plástica. Lennart suspirou. Às vezes, as pessoas preguiçosas demais para ir de carro até a lixeira jogavam suas tralhas na floresta. Certa vez, testemunhara um sujeito arremessando um micro-ondas pela janela do carro. Na ocasião, ele tomara nota do número da placa e denunciara por escrito o incidente.

Lennart estava prestes a seguir na direção de sempre, procurando os lugares melhores para achar cogumelos, quando percebeu que a sacola plástica estava se mexendo. Estacou. O plástico tornou a se mexer. Devia ser culpa do vento. Isso teria sido melhor. Mas não havia a menor brisa entre os troncos das árvores.

Nada bom.

Ele ouviu um leve farfalhar quando o pedaço de plástico se moveu de novo, e, de repente, suas pernas lhe pareceram pesadas. Silenciosa e indiferente, a floresta o rodeava, e ele estava absolutamente sozinho no mundo com o que havia dentro da sacola, fosse o que fosse. Lennart engoliu em seco, a garganta áspera, e deu mais alguns passos à frente. A sacola estava imóvel agora.

Vá embora pra casa. Ignore isso.

Ele não queria ver um velho cachorro cujo sacrifício não se efetivara até o fim, ou uma pilha de gatinhos cujos crânios tinham sido quase completamente esmagados. Não queria saber de nada disso.

Portanto, não foi o senso de responsabilidade que o levou na direção do pedaço de plástico visível no chão. Foi a costumeira curiosidade, humana ou inumana. Ele simplesmente tinha de saber, caso contrário aquela bandeira branca tremulante o atormentaria enquanto não voltasse para descobrir o que seus olhos tinham deixado escapar.

Lennart agarrou o plástico recuando no mesmo instante, e suas mãos voaram até a boca. Havia alguma coisa dentro da sacola, algo que lhe respondera ao toque, algo parecido com músculos, pele. A terra em volta do saco fora recentemente revolvida.

Uma cova. Uma pequena cova.

O pensamento fugiu, e de súbito Lennart soube exatamente o que tinha reagido ao toque de sua mão. Outra mão. Uma minúscula mão. Lennart acercou-se de novo da sacola e começou a retirar a terra. Não demorou muito; a terra fora jogada com desleixo por cima do saco, provavelmente por alguém sem ferramentas, e em dez segundos ele libertou a sacola e tirou-a de dentro do buraco.

As alças estavam amarradas, e Lennart rasgou o plástico para deixar entrar ar, deixar entrar vida. Conseguiu abrir um buraco na sacola e viu pele azulada. Uma perninha, um peito afundado. Uma menina. Uma bebezinha, de apenas alguns dias ou semanas. Ela não se mexia. Os lábios finos estavam comprimidos, como se desafiassem o mundo cruel. Lennart tinha testemunhado seus últimos estertores.

Encostou a orelha no peito da criança e julgou ouvir o mais tênue eco de uma batida do coração. Segurou o nariz da bebê entre o polegar e o indicador e respirou fundo. Franziu os lábios para ejetar uma rajada de ar pela diminuta boca; não precisou sequer tomar novo fôlego para encher mais uma vez os pequenos pulmões. O ar borbulhou, e o peito continuava imóvel.

Lennart tomou fôlego e, quando enviou um segundo sopro para dentro dos pulmões da criança, deu resultado. Um tremor sacudiu o minúsculo corpo, e a menina tossiu espuma branca. Depois, um grito rasgou o silêncio da floresta e fez com que o tempo começasse a tiquetaquear mais uma vez.

A criança não parava de berrar, e sua gritaria não se parecia com nada que Lennart já tivesse escutado antes. Não era entrecortada ou queixosa. Era uma nota única, clara, pura, emergindo daquele corpo negligenciado. Lennart tinha um bom ouvido e não precisava de um diapasão para saber que se tratava de um mi. Um mi que soava como um sino e que fez com que as folhas estremecessem e os pássaros esvoaçassem para longe das árvores.

2

A bebê estava deitada no banco do passageiro, embrulhada no suéter vermelho "Helly Hansen" de Lennart, por sua vez sentado com as mãos pousadas sobre o volante, encarando a menina. Ele estava completamente calmo, e tinha a sensação de que seu corpo fora esvaziado e agora estava oco. Clarificado.

Uma vez, experimentara cocaína, no final dos anos 1970. Uma banda de *rock* da moda tinha oferecido, e ele aceitara. Uma única carreira e só; nunca mais repetiu a dose – porque tinha sido fantástico. Fantástico demais.

Estamos sempre às voltas com certa quantidade de dor. Em algum lugar, há alguma coisa esfolada e, se não é nosso corpo, então é nossa mente. Há uma coceira, o tempo todo. A cocaína levou isso embora. Seu corpo tornou-se um receptáculo feito de veludo, dentro do qual existiam apenas pensamentos cristalinos. As névoas se dissiparam, e a vida ficou maravilhosa. Depois, ao se dar conta de que sua vida poderia se transformar numa batalha para recuperar essa sensação, Lennart desistiu de voltar a cheirar cocaína.

Agora, sentado ali com as mãos no volante, ele sentiu algo parecido. Havia nele uma quietude, a floresta brilhava com as cores do outono, e um ser formidável prendia a respiração e esperava sua decisão. Lentamente, Lennart levou uma das mãos à chave no contato – *A mão dele! E pensar que ele tinha uma mão com cinco dedos que podia mexer quando bem quisesse! Que milagre!* –, ligou o carro e voltou para casa pelo mesmo caminho.

Na estrada principal, foi ultrapassado por vários outros carros enquanto se arrastava. A criança não tinha cesta nem cadeirinha, e Lennart dirigiu como se estivesse transportando uma tigela cheia até a borda de um líquido de valor incalculável. Ela parecia tão frágil, tão efêmera, que qualquer movimento brusco seria capaz de arrancá-la da existência.

As costas de Lennart estavam ensopadas de suor quando, dez minutos mais tarde, ele entrou na garagem, desligou o motor e olhou ao redor. Ninguém à vista; com as mãos em concha, tomou a criança nos braços e correu na direção da casa. Chegou à varanda e descobriu que a porta estava fechada, como sempre. Bateu duas vezes, fez uma pausa, bateu mais duas vezes.

Uma brisa gelada roçou-lhe as costas úmidas, e ele aconchegou a criança junto ao corpo. Dez segundos depois, ouviu os passos hesitantes de Laila no corredor e viu o olho mágico da porta escurecer quando ela espiou para ver quem era. Então a porta se abriu. Lá estava Laila, parada como um enorme peso de porta.

— Por que você já está de volta? O que tem aí...

Lennart passou às pressas por ela e rumou direto para a cozinha. A porta se fechou com um estrondo atrás dele e Laila gritou:

— Não entre aí de sapatos, você perdeu o juízo, não pode entrar na casa sem tirar os sapatos, Lennart!

Ficou parado no meio da cozinha, completamente perdido. Queria apenas entrar, ver-se no interior da casa, em segurança. Agora não sabia para onde ir. Colocou a criança sobre a mesa da cozinha, depois mudou de ideia e segurou-a junto ao corpo enquanto girava de um lado para outro em busca de inspiração.

Laila entrou na cozinha com o rosto vermelho.

— Tire os sapatos quando entrar em casa, eu acabei de limpar e você...

— Cale a boca.

A boca de Laila se fechou e ela recuou meio passo. Lennart afrouxou o aperto na criança e desembrulhou o suéter, de modo que a cabeça e o tufo de cabelos loiros da menina ficaram visíveis. A boca de Laila se abriu de novo. Escancarou.

Lennart ergueu e abaixou o pequeno fardo.

— Eu achei uma criança. Uma bebê. Na floresta.

Enquanto Laila procurava alguma coisa para dizer, ouviu-se um ligeiro estalo de sua língua tateando o céu da boca. Por fim, ela conseguiu articular um murmúrio:

— O que você fez?

— Não fiz nada. Eu a encontrei na floresta. Num buraco.

— Num buraco?

Lennart explicou resumidamente. Laila ficou lá, imóvel, as mãos cruzadas sobre a barriga. Somente sua cabeça se movia, de um lado para outro. Quando chegou ao ponto em que insuflara ar nos pulmões da menina, Lennart interrompeu o relato.

– Será que você pode parar de balançar a cabeça enquanto eu te conto isso? É irritante pra cacete.

A cabeça de Laila parou no meio do movimento. Ela deu um passo hesitante à frente e, com expressão de horror contido, observou atentamente a criança. Os olhos e a boca da bebê estavam fortemente cerrados. Laila começou a afagar as bochechas da menina.

– O que você vai fazer?

3

A variedade de produtos para bebês tinha aumentado de maneira significativa desde o tempo em que Jerry era pequeno. Havia mamadeiras com um bico, dois bicos, bicos menores, bicos maiores. Mamadeiras de diferentes tamanhos. Lennart escolheu três delas a esmo e jogou-as dentro do carrinho.

Com as fraldas, era a mesma coisa. Jerry tinha usado fraldas de pano laváveis, mas o hipermercado ICA parecia não ter nada desse tipo. Lennart parou diante de uma parede de embalagens de plástico coloridas feito um budista diante de um altar. Aquele não era o mundo dele. Ele não sabia o que fazer.

Lennart quase fez com as fraldas o mesmo que fizera com as mamadeiras, mas então percebeu que as fraldas vinham em diferentes tamanhos para diferentes idades. Havia apenas dois tipos para os recém-nascidos, e Lennart escolheu as mais caras. Felizmente, havia apenas um tipo de fórmula láctea. Colocou duas caixas no carrinho.

Lennart não tinha a menor ideia do que mais poderia precisar.

Um bonequinho? Jerry tinha tido um e, no final das contas, olha só no que dera... Nada de bonequinho, pelo menos por enquanto. Lennart avistou uma girafa, ou melhor, o pescoço e a cabeça de uma girafa presos a uma bola, de modo que voltava sempre à posição vertical. Ele colocou o brinquedo no carrinho.

Toda vez que pegava alguma coisa e jogava no carrinho em meio ao resto das compras, Lennart pensava no absurdo da situação. Aquilo tudo eram coisas de bebê. Coisas para uma bebê. Uma criatura que berrava e se contorcia e cuja comida entrava por um orifício e saía por outro em forma de cocô. Uma criatura que ele tinha encontrado na floresta...

Mais uma vez, foi invadido por uma sensação de *calma* sobrenatural. Seus braços ficaram flácidos e dependurados enquanto os olhos procuravam um domo espelhado no teto. Viu pequenas pessoas caminhando pelos corredores, podia vê-las da perspectiva de Deus, e quis estender a mão e dizer a todas elas que estavam perdoadas. Tudo que elas tinham feito no passado era desimportante agora.

Eu perdoo vocês. Eu gosto de vocês. Gosto de verdade de vocês.

– Perdão.

Por um momento, Lennart pensou que alguém de fato respondera à sua anistia. Então se virou e viu uma mulher gorda, de olhos esbugalhados, querendo passar por ele para chegar às gôndolas de papinhas de bebê.

Lennart agarrou a alça do carrinho e olhou ao redor. Duas senhoras estavam paradas olhando para ele. Não sabia quanto tempo passara em estado de graça, mas não poderia ter sido mais do que alguns segundos. Era tudo que bastava para que as pessoas começassem a encarar.

Lennart fez uma careta e rumou para o caixa. A palma das mãos estava suada, e de repente sentiu que caminhava de um jeito estranho. Suas têmporas latejavam, e o olhar fixo de observadores reais ou imaginários queimava-lhe as costas. As pessoas estavam sussurrando sobre o conteúdo de seu carrinho, suspeitando de todo tipo de coisa.

Não se afobe. Você tem de se acalmar.

Lennart tinha um truque especial para os momentos em que essa sensação tomava conta dele, o que às vezes acontecia. Ele fingia ser Christer Sjögren. Os discos de ouro, os programa de TV, as turnês pela Alemanha, o pacote todo. As pessoas estavam olhando para ele porque era terrivelmente *famoso*.

Lennart endireitou as costas e manobrou o carrinho com um pouco mais de cuidado. Mais alguns passos na direção do caixa e a fantasia estava completa: lá vem Christer. Não havia fila, é claro, e quando ele começou a colocar os produtos na esteira, sorriu para a moça do caixa, revelando o charmoso espaço vazio entre os dentes da frente.

Pagou com uma nota de quinhentas coroas, pegou o troco e pôs as compras dentro de duas sacolas; depois saiu carregando tudo, com passos confiantes em meio à multidão. Somente depois de jogar as sacolas no porta-malas, sentar-se no banco do motorista e fechar a porta do carro é que Lennart pôde tirar a máscara, voltar a si mesmo e começar a desprezar Christer de novo.

A porra do meu próprio Havaí Azul.

Encontrou Laila sentada à mesa da cozinha. A meninazinha estava nos braços dela, embrulhada num dos velhos cobertores do tempo em que Jerry ainda era bebê. Lennart pôs as sacolas no chão e Laila o olhou com uma expressão que fez o estômago dele revirar: a boca escancarada, as sobrancelhas erguidas. Desamparada e atônita. O que talvez tivesse funcionado *naqueles dias*, mas não agora.

Ele tirou de uma das sacolas a caixa de leite em pó e, sem olhar para Laila, perguntou:

– Que que há com você?

– Ela não fez um único barulho – Laila respondeu. – Nenhum som, esse tempo todo.

Lennart colocou um pouco de água em uma panela e levou-a ao fogo.

– O que você está querendo dizer?

– Exatamente isso. Ela devia estar com fome ou... sei lá. Mas alguma coisa. Ela devia dizer alguma coisa. Fazer algum tipo de barulho.

Lennart pôs de lado o medidor e se inclinou sobre a criança, em cujo rosto havia a mesma expressão concentrada de antes, como se ela estivesse ali deitada ouvindo tudo atentamente, tentando captar alguma coisa. Ele cutucou o nariz achatado dela, e os lábios da menina se contorceram numa expressão de desagrado.

– O que você está fazendo? – perguntou Laila. Lennart virou-se para o fogão, colocou o pó na água e começou a mexer. Laila levantou a voz. – Você achou que ela estava morta?

– Eu não achei nada.

– Você achou que eu ia ficar aqui sentada, segurando no colo uma bebê sem perceber se ela estivesse morta?

Por um momento, Lennart mexeu com mais força, depois usou o dedo para verificar a temperatura do leite. Desligou o fogo e pegou uma das mamadeiras, enquanto a voz monótona de Laila continuava zumbindo ao fundo.

– Você é inacreditável, é isso que você é. Acha que é o único que tem ideia de como são as coisas, mas vou te dizer o seguinte: todos aqueles anos, quando o Jerry era pequeno e você simple...

Assim que despejou o leite na mamadeira e rosqueou a tampa com o bico no lugar certo, Lennart deu um passo em direção a Laila e, com a palma da mão, acertou um tabefe em cheio no rosto dela.

– Cale a boca. Não fale sobre o Jerry.

Tomou a criança dos braços dela e sentou-se numa cadeira de madeira do outro lado da mesa. Cruzou os dedos sob o cobertor, na esperança de que fosse o tipo certo de bico. Neste momento em particular, não queria ter feito a escolha errada.

Os lábios da criança se fecharam em volta do bico e ela começou a sugar, bebendo avidamente o conteúdo da mamadeira. Lennart olhou de soslaio para Laila, que não tinha percebido seu sucesso. Ela estava lá, sentada, esfregando a bochecha, e lágrimas mudas lhe rolavam pelas dobras em torno do pescoço. Depois, levantou-se e seguiu mancando até o quarto, fechando a porta atrás de si.

A criança bebeu em silêncio quase absoluto, como, aparentemente, ela fazia tudo. Tudo o que Lennart conseguia ouvir eram as pequenas fungadas da menina, que respirava pelo nariz enquanto a boca continuava ocupada sugando e o nível do líquido na mamadeira ia descendo. Quando a mamadeira estava quase vazia, Lennart ouviu um leve ruído de papel laminado vindo do quarto, mas ignorou-o. Já tinha motivos suficientes de preocupação.

Com um estalo, a bebê soltou o bico da mamadeira e abriu os olhos. Alguma coisa rastejou pela espinha de Lennart e fez seu corpo estremecer. Os olhos da menina eram de um azul intenso, enormes no pequeno rosto. Por um segundo, as pupilas se dilataram e Lennart sentiu que estava encarando um abismo. Depois eles se contraíram por causa da luz, e as pálpebras se fecharam.

Lennart ficou sentado, imóvel, por um bom tempo. A criança tinha olhado para ele. Ela o tinha visto.

4

Quando Laila saiu do quarto, Lennart tinha ajeitado a criança sobre uma toalha em cima da mesa da cozinha. Nas mãos segurava uma fralda, que revirava de um lado para outro, tentando descobrir o jeito certo de colocá-la. Laila tomou a fralda da mão dele, empurrou-o para fora do caminho e disse: – Eu faço isso.

O hálito dela cheirava a chocolate e menta, mas Lennart não disse coisa alguma. Pôs as mãos nos quadris, deu um passo para trás e ficou observando atentamente como Laila lidava com as abas e tiras adesivas. A bochecha esquerda dela estava vermelho-viva, com listras de sal das lágrimas secas.

Ela tinha sido uma garota festeira, uma beldade sensual. Cantando com seu falsete agudo, uma pretendente ao trono esplendoroso onde se sentava Lill-Babs. Certa vez, um crítico a chamara jocosamente de Pequena Lill-Babs. Então, Laila e Lennart ficaram juntos e formaram uma dupla, e a carreira dela tomou um rumo diferente. Hoje em dia, Laila pesava noventa e sete quilos e tinha problemas nas pernas. A garota festeira ainda estava lá no rosto dela, mas era preciso olhar com afinco para entrever isso por um instante.

Laila fechou bem a fralda, embrulhou a criança no cobertor com ursinhos azuis. Pegou uma toalha limpa e fez uma cama no grande cesto de piquenique, dentro do qual pôs a menina adormecida. Lennart ficou lá, em pé, observando a coisa toda. Ele estava feliz. As coisas estavam indo bem.

Laila pegou o cesto e embalou-o delicadamente, como a um berço. Pela primeira vez desde que saíra do quarto, ela olhou para Lennart. – E agora?

– Como assim?

– O que a gente vai fazer agora? Pra onde a gente vai levar a menina?

Lennart pegou o cesto das mãos de Laila, foi para a sala de estar e pousou-o na poltrona. Inclinou-se e, com o dedo indicador, acariciou a bochecha da bebê. Ouviu atrás de si a voz de Laila. – Você não pode estar falando sério.

– Por quê?

– Por que é contra a lei. Você deve saber disso.

Lennart se virou e estendeu o braço. Laila recuou um pouco, mas ele mostrou-lhe a palma da mão, convidando-a a segurá-la. Ela se aproximou com cautela, como se esperando que, a qualquer momento, a mão esticada se transformasse em uma cobra. Por fim, pousou a mão sobre a dele. Lennart levou Laila até a cozinha, puxou-lhe uma cadeira à mesa e serviu-lhe uma xícara de café.

Laila acompanhou com expressão vigilante os movimentos de Lennart enquanto ele também se servia de uma xícara de café e sentava-se diante dela.

– Eu não estou com raiva – ele disse. – Ao contrário.

Laila meneou a cabeça e levou a xícara aos lábios. Seus dentes estavam manchados com restos de chocolate, mas Lennart não comentou o fato. Era desagradável ver as bochechas de Laila balançando enquanto ela engolia o líquido quente. Também não disse coisa nenhuma sobre isso. O que ele disse foi: – Querida.

Laila estreitou os olhos.

– Sim?

– Eu não terminei de te contar a história. O que aconteceu na floresta. Quando eu achei a menina.

Laila pousou as duas mãos sobre a mesa, uma sobre a outra. – Vá em frente, então. *Querido*.

Lennart ignorou o tom sarcástico.

– Ela cantou. Depois que eu a tirei do buraco. Cantou.

– Mas ela não faz barulho nenhum.

– Me escuta. Eu não espero que entenda isso, porque você não tem o ouvido adequado, mas... – Lennart levantou a mão para refrear as objeções que ele sabia que estavam por vir, porque se havia algo de que Laila ainda se orgulhava era sua voz de cantora e a habilidade em alcançar notas com extrema facilidade. Mas, neste caso, não era isso que estava em jogo.

– Você não tem o *ouvido* que eu tenho – alegou Lennart. – A sua voz é melhor e sua afinação é mais precisa, blá-blá-blá... Tudo bem? Está feliz?... Mas não é disso que eu estou falando. A gente está falando sobre ter *ouvido*.

Laila estava escutando de novo. Apesar do modo de falar de Lennart, o elogio fora suficiente. O talento dela tinha sido reconhecido, e ele pôde continuar.

– Você sabe que eu tenho o ouvido perfeito para distinguir uma nota. Quando abri a sacola e tirei a menina de dentro... ela cantou. Primeiro um mi. Depois um dó. E depois um lá. E eu não estou falando de gritos que pareciam notas, mas... *ondas senoidais*. Impecáveis. Se eu tivesse ajustado um medidor de frequência pra medir o lá dela, teria mostrado quatrocentos e quarenta hertz.

— O que você está querendo dizer?

— Não estou querendo dizer nada. Só que foi assim que aconteceu. Ela cantou, e eu nunca ouvi nada parecido. Sem o menor sinal de interrupção ou de estridência. Foi como ouvir... um anjo. Até agora eu ainda posso ouvir.

— O que você está querendo dizer, Lennart?

— Que eu não posso dar a menina. É impossível.

5

O café acabara. A criança estava dormindo. Laila claudicava pela cozinha brandindo uma concha de madeira, como se estivesse tentando pegar no ar novos argumentos. Lennart estava sentado, com a cabeça pousada nas mãos; tinha parado de dar ouvidos a ela.

— De jeito nenhum a gente tem condição de cuidar de uma criança – alegou Laila. — Como é que isso pode dar certo do jeito que vai nossa vida? Pra começo de conversa, eu não tenho o menor desejo de me meter nesse negócio de novo, noites em claro, amarrada o tempo todo. Quando a gente finalmente conseguiu... — A concha parou de se mexer de um lado para outro e fez um hesitante movimento lateral. Laila não queria dizer, mas, como achou que o argumento teria efeito sobre Lennart, disse mesmo assim: — Quando a gente finalmente conseguiu tirar o Jerry de casa. Vamos passar por tudo aquilo de novo? E, além do mais, Lennart, me perdoe por dizer isto, mas acho que não há um pingo de chance de deixarem a gente adotar a menina. Pra começar, estamos velhos demais...

— Laila.

— E pode apostar sua vida que eles têm informações sobre o Jerry, o que quer dizer que com certeza vão fazer perguntas...

Lennart bateu a palma da mão sobre a mesa, com força. A concha estacou e as palavras secaram.

— A adoção está fora de cogitação – disse Lennart. — Eu não tenho intenção de abrir mão dela. Ninguém vai saber que a gente está com ela. Justamente por essas razões que você expressou com tanta eloquência.

Laila soltou a concha, que bateu no chão e saltou uma vez, depois permaneceu caída entre ambos. Ela olhou para Lennart e em seguida para a concha. Uma vez que ele não fizera menção de se abaixar para pegá-la, ela se agachou desajeitadamente e pegou o utensílio nos braços, como se fosse a criança sobre a qual estavam discutindo.

– Você perdeu o juízo, Lennart – ela sussurrou. – Perdeu completamente o juízo.

Lennart deu de ombros.

– Bom, é assim que as coisas são. Você vai ter de se acostumar à ideia.

A boca de Laila se abriu e fechou. A concha moveu-se no ar, como se quisesse dispersar uma horda de demônios invisíveis. Quando a mulher estava a ponto de pronunciar uma das frases que estavam atravessadas na garganta, ouviu-se uma batida na porta.

Lennart levantou-se de um salto, empurrou Laila e foi para a sala de estar, onde pegou o cesto com a criança adormecida. A batida na porta foi identificada no mesmo instante. Era Jerry, que *por acaso estava passando por ali*.

Com o cesto na mão, Lennart caminhou na direção de Laila, o dedo em riste.

– Nem uma palavra, está me ouvindo? Nem uma palavra.

Os olhos arregalados de Laila piscaram por uma fração de segundo quando ela meneou a cabeça. Lennart agarrou as coisas da bebê e jogou tudo dentro do armário onde guardavam produtos de limpeza; depois correu para a escada do porão. Assim que fechou a porta atrás de si, ouviu os passos mancos de Laila no corredor.

Ele desceu lentamente os degraus e tentou impedir que o cesto tombasse muito; não queria que a criança acordasse. Passou pelo quarto da caldeira e pela despensa e abriu a porta do quarto de hóspedes, o velho quarto de Jerry.

Uma onda de umidade gelada golpeou-o em cheio. O quarto de hóspedes não acomodava um convidado sequer desde que Jerry se mudara, e a única pessoa que o visitava era o próprio Lennart, quando descia uma vez a cada seis meses para arejar o cômodo. A roupa de cama exalava um leve odor de mofo.

Ele pousou o cesto em cima da cama e ligou o radiador. Os canos gorgolejaram quando a água quente começou a jorrar. Por um momento, ficou sentado com a mão sobre o radiador somente até senti-la aquecida. Depois, ajeitou outro cobertor em volta da criança.

O pequenino rosto ainda estava mergulhado no que Lennart esperava que fosse um sono profundo, e ele conteve o impulso de afagar a bochecha da menina.

Durma, meu pequeno milagre, durma.

Lennart não ousava deixar Laila sozinha com Jerry; não tinha a menor fé na capacidade dela de morder a língua caso Jerry fizesse alguma pergunta traiçoeira; assim, com medo no coração, ele fechou a porta do quarto de hóspedes, na esperança de que a menina não acordasse e começasse a berrar ou... cantar. As notas que ouvira eram capazes de rasgar o ar e atravessar qualquer parede.

Jerry estava sentado à mesa da cozinha, devorando sanduíches. Sentada de frente para ele, Laila torcia e entrelaçava os dedos. Quando Jerry viu Lennart, cumprimentou-o dizendo:

– Olá, capitão.

Lennart passou por eles e fechou a porta da geladeira. Uma considerável proporção do conteúdo tinha sido disposta sobre a mesa de modo que Jerry pudesse escolher o recheio de seus sanduíches. Ele mordeu um que continha patê de fígado, queijo e pepinos em conserva, meneou a cabeça na direção de Laila e disse:

– Mas que diabos deu na Mãe? Ela parece completamente chapada.

Lennart não teve forças para responder. Jerry lambeu a salmoura dos picles que escorria por entre seus dedos rijos e gordos. Um dia eles tinham sido finos e flexíveis e deslizavam, semelhantes às asas de um pássaro, pelas cordas do violão. Sem olhar para Jerry, Lennart respondeu:

– A gente está meio ocupado.

Jerry abriu um sorrisinho malicioso e começou a preparar outro sanduíche.

– Ocupados com quê? Vocês dois nunca estão ocupados.

Um tubo de patê de peixe estava sobre a mesa, bem à frente de Lennart. Jerry o apertara no meio, e Lennart começou a enrolar a parte de trás do tubo, empurrando o patê para cima, em direção à tampa. Uma ligeira dor de cabeça começou a queimar em volta de suas têmporas.

Jerry deu cabo do sanduíche em quatro mordidas, recostou-se na cadeira, enlaçou as mãos atrás da cabeça e passeou o olhar pela cozinha. – Então... Vocês estão um pouco ocupados.

Lennart tirou a carteira do bolso.

— Você precisa de dinheiro?

Jerry adotou uma expressão que indicava que aquela era uma ideia completamente nova e olhou para Laila. Percebeu alguma coisa e inclinou a cabeça.

— O que aconteceu com a sua bochecha, Mãe? Ele bateu em você?

Laila meneou a cabeça, mas de maneira tão pouco convincente que teria sido melhor dizer "sim". Jerry assentiu e coçou a barba rala. Lennart ficou lá, com a carteira aberta. Os pontos incandescentes em ambos os lados de sua cabeça fizeram contato e enviaram um filete de dor que lhe atravessou o crânio, cauterizando-o.

Com um súbito solavanco, Jerry semiergueu-se da cadeira e se moveu na direção de Lennart, que, instintivamente, recuou. Jerry completou o movimento em ritmo mais uniforme, e, antes que Lennart tivesse tempo de reagir, sua carteira estava nas mãos do filho.

Cantarolando de si para si, Jerry abriu o compartimento de notas e apoderou-se de trezentas coroas, que, com um vestígio de sua destreza da infância, segurou entre o polegar e o indicador; depois jogou a carteira de volta para Lennart e disse:

— Isso vai te custar caro, você sabe. — Aproximou-se de Laila e afagou os cabelos dela. — Afinal de contas, esta é a minha mãezinha querida. Você não pode simplesmente fazer o que quiser.

Sua mão deteve-se no ombro de Laila. Como se expressasse ternura genuína, agarrou e apertou a mão da mãe. Ela aproveitou como podia. Lennart apenas observou, totalmente enojado. Como poderiam aqueles dois monstros ser sua família? Dois balofos cheios de autopiedade que grudavam nele feito cola, arrastando-o para baixo; como isso acontecera?

Jerry desvencilhou a mão e deu um passo na direção de Lennart, cujo corpo lançou-se automaticamente para trás. Embora boa parte do corpanzil de cem quilos de Jerry viesse dos *kebabs* que ele comia e não dos pesos que levantava, ainda assim ele era consideravelmente mais forte que Lennart e sabia como se garantir. Disso não havia dúvida.

— Jerry.

A voz de Laila saiu fraca, suplicante. A mãe ao lado do filho desobediente, dizendo "Não faça isso com os sapos, querido", sem levantar um dedo. Mas ele parou e disse:

— Sim, Mãe?

– Não é o que você está pensando.

– E daí? – Jerry virou-se para Laila e os olhos dela buscaram os de Lennart. Ele meneou a cabeça, num movimento breve e furioso, deixando Laila entre a cruz e a espada. Em sua confusão, ela recorreu à habitual rota de fuga. Seu corpo ficou mole e ela encarou a mesa, resmungando: – Estou com tanta dor... Tudo dói.

Era improvável que esta tivesse sido a intenção de Laila, mas o efeito foi exatamente o que Lennart esperava: Jerry suspirou e meneou a cabeça. Ele não suportava ouvir a ladainha sem fim da mãe sobre suas juntas enrijecidas, as pontadas reumáticas no pescoço e todo o vocabulário clínico relacionado aos efeitos colaterais de medicamentos que ela sequer estava tomando. Saiu ruidosamente da cozinha, e o coração de Lennart quase parou quando a camisa de Jerry passou roçando a cabeça da girafa sobre o balcão; Lennart tinha se esquecido de esconder o brinquedo.

A girafa balançou para a frente e para trás enquanto o filho adentrava o corredor e calçava as botas de motoqueiro. Lennart moveu-se ligeiramente, de modo que seu corpo ocultasse o brinquedo. Jerry ergueu os olhos com um sorrisinho sarcástico.

– Veio se despedir? Já faz tempo...

– Então tchau, Jerry.

– Certo, certo. Eu vou voltar, você sabe.

Jerry bateu com estrondo a porta atrás de si. Lennart esperou dez segundos e, então, correu para trancá-la. Ouviu o filho ligar a moto, depois o barulho do motor sumiu ao longe. Ele massageou as têmporas, esfregou os olhos e soltou um longo suspiro. Por fim, voltou para a cozinha.

Laila estava sentada exatamente onde ele a tinha deixado, afundada na cadeira, cutucando a blusa feito uma menininha. Um raio de sol extraviado abriu caminho através da janela e tocou os cabelos dela, que, por um instante, brilharam com uma aura dourada. Contra todas as expectativas, Lennart foi arrebatado por uma súbita ternura. Contemplara sua solidão. A solidão de ambos.

Em silêncio, sentou-se diante dela e segurou-lhe a mão do outro lado da mesa. Passaram-se alguns segundos. A casa estava quieta depois do desastre natural que era Jerry. Mas tinha havido uma outra época. Uma outra vida. Por um momento, Lennart se permitiu descansar nas lembranças, pensando em como tudo poderia ter sido diferente.

Laila endireitou levemente o corpo. – No que você está pensando?

– Nada. Só que nós... talvez haja uma chance.

– Do quê?

– Eu não sei. De alguma coisa.

Laila recolheu a mão e começou a esfregar um botão na blusa. – Lennart, diga você o que for, a gente não pode ficar com essa criança. Eu vou ligar pro serviço social, e vamos ver o que eles têm a dizer. O que a gente precisa fazer.

Lennart apoiou a cabeça entre as mãos. Sem levantar a voz, ele disse:

– Laila, se você encostar um dedo nesse telefone, eu te mato.

Os lábios de Laila se contraíram. – Você já disse isso antes.

– Eu estava falando sério antes. Estou falando sério agora. Se você tivesse... continuado a fazer o que estava fazendo, eu teria feito a mesma coisa que vou fazer agora se você der um telefonema, ou conversar com quem quer que seja. Vou descer ao porão e pegar o machado, aí vou voltar aqui e te acertar no meio da cabeça até você morrer. Não estou nem aí com o que vai acontecer depois. Pouco importa.

As palavras fluíam de seus lábios como pérolas. Ele estava perfeitamente calmo, absolutamente lúcido e convicto de cada uma delas. Era uma sensação maravilhosa, e sua dor de cabeça desapareceu como se alguém tivesse apertado um botão. A concha tinha sido derrubada, tudo o que precisava ser dito fora dito e não havia nada mais a acrescentar.

A vida poderia começar de novo. Talvez.

6

Lennart e Laila.

Não era exatamente um casamento imaculado.

Talvez alguns de vocês ainda se lembrem de "Chuva de verão", de 1969. A canção conseguiu chegar ao quinto lugar nas paradas suecas e é provável que conste de alguma dessas coletâneas que se pode comprar no supermercado a preço de banana.

Em 1965, quando engataram um romance e também iniciaram uma parceria musical, chamavam-se simplesmente Lennart & Laila, até que em 1972 trocaram de nome artístico. Emplacaram mais um par de canções na retaguarda da parada de sucessos, o suficiente para lhes render um bom número de *shows*, mas o fato é que a carreira da dupla nunca decolou para valer.

Depois disso, assinaram com um novo empresário, que era vinte anos mais jovem que seu antecessor e cujo primeiro conselho foi que trocassem de nome. O antigo soava uma versão chinfrim e cafona de Ike e Tina Turner, e a lista de nomes de artistas já tinha ido longe demais com a banda Dave Dee, Dozy, Beaky, Mick e Titch. Não; agora o negócio era pensar em algo mais curto e mais esperto.

Assim, a partir de 1972, a dupla Lennart & Laila passou a se denominar Os Outros. Lennart gostava da sensação, inerente ao nome, de vir de fora, de baixo. Laila detestou e achou uma estupidez. Eles não tocavam o tipo de música que o nome sugeria: estavam mais para The Lindberg Sisters do que para The Who e não tinham planos de despedaçar os violões sobre o palco.

Mas o nome escolhido foi mesmo Os Outros, que era perfeitamente adequado para Lennart, porque ele queria um recomeço. Havia escrito algumas canções que rasgavam a velha camisa de força com harmonias que os colocavam em algum lugar entre as coisas que frequentavam a parada sueca e *Top of the pops*. Algo novo – e o que poderia ser melhor para sinalizar mais claramente a nova direção do que um novo nome? Ele se livrou de Lennart & Laila como quem joga fora uma velha capa de chuva e se pôs a compor o disco de estreia da dupla.

Na primavera de 1973, o disco já estava gravado e prensado. Quando tomou nas mãos a primeira cópia, Lennart sentiu-se mais orgulhoso que nunca. Era o primeiro álbum que ele gravava em que todas as faixas o deixavam contente com o resultado.

O primeiro compacto foi *Diga-me*, um sutil híbrido do clássico som das bandas dançantes suecas – saxofone, três acordes – misturado a seções em tom menor ao estilo dos Beatles, e uma ponte que era quase como uma canção *folk*. Um sucesso certeiro, que sem dúvida escalaria a parada de sucessos da Suécia, mas ao mesmo tempo era muito mais. Algo para todos os gostos.

No começo de maio, a canção foi executada no rádio pela primeira vez, juntamente com músicas de três outros artistas que, na semana seguinte, chegariam à relação das mais tocadas no país: Thorleifs, Streaplers, Tropicos. E Os Outros.

Lennart deixou cair algumas lágrimas. Somente quando ouviu sua música tocando no rádio é que se deu conta de como era realmente boa.

Alguns dias depois, ele e Laila foram contratados para um *show*. O promotor pedira que usassem o antigo nome, porque era com ele que as pessoas estavam familiarizadas. Lennart não viu problema; encarou como uma despedida dos velhos tempos. Do domingo em diante, estariam cantando uma nova canção, em mais de um sentido.

Assim, eles deixaram Jerry – que na época tinha sete anos – com os pais de Laila e se dirigiram com o ônibus de turnê até o parque em Eskilstuna. Não era um evento de grandes proporções, apenas eles dois, os Tropicos e um talento local chamado Bert-Görans.

Lennart e Laila já tinham tocado em algumas ocasiões com os Tropicos, e ambos conheciam Roland, o vocalista, e os demais rapazes da banda. Lennart recebeu inúmeras felicitações e tapinhas nas costas, porque todos eles ouviam as vinte mais da Suécia. Lennart fez força e conseguiu dizer algo positivo sobre a canção mais recente dos Tropicos, "Um verão sem você", embora fosse rigorosamente igual a todas as outras. A banda sequer escrevia as próprias músicas.

A noite transcorreu sem problemas. Lennart & Laila foram até mesmo escalados como atração principal, e a eles coube a tarefa de fechar os *shows*, o que significava que tinham galgado um degrau e agora estavam um pouco acima dos Tropicos, por assim dizer. Tocaram com considerável entusiasmo. Laila cantou melhor que nunca, talvez porque soubesse que era uma espécie de canto do cisne. Lennart explicara que eles nunca mais voltariam a tocar ao vivo aquelas músicas; por isso, quando Laila cantou com a mais profunda emoção as notas finais de "Chuva de verão" – que encerrou a apresentação –, acabou tocando as cordas do coração das pessoas, e muita gente na plateia ficou com os olhos marejados de lágrimas; a resposta foi uma chuva extraordinariamente extasiada de aplausos.

Lennart tinha cogitado a ideia de sair do palco anunciando que dali por diante adotariam o nome Os Outros e "não se esqueçam de conferir no domingo", mas, à luz daquela onda de aplausos tão acalorados, isso pareceu simplesmente uma atitude mesquinha. Ele deixou que Laila entoasse em paz seu canto do cisne.

Mais tarde foram tomar algumas cervejas e festejar um pouco. Lennart encetou uma conversa com Göran, o guitarrista da banda Bert-Görans, que também tinha ambições musicais bem maiores e mais arrojadas do que, em geral, permitiam as rígidas fórmulas da parada sueca. Ele expressou enorme admiração pela hábil iniciativa de Lennart de mesclar os ritmos dançantes agradáveis, ao gosto dos ouvintes, com o que chamou de "elementos mais continentais". Estava convencido de que esse era o caminho da modernidade a ser seguido e ergueu um brinde ao futuro sucesso de Lennart.

Quando se propôs a pagar a rodada seguinte, Lennart não conseguiu achar a carteira. Pediu a Gorän que o esperasse e foi correndo até o camarim. No íntimo, estava ronronando como um gato. Ele não podia evitar, porque havia algo de especial em ser elogiado por alguém que de fato sabia do que estava falando. E Göran tinha dado mostras de ser um guitarrista muito bom, então com certeza era possível que...

Lennart abriu a porta e sua vida foi jogada numa direção completamente distinta. Ele olhou diretamente nos olhos de Laila, que estava lá, debruçada sobre uma mesa, com os dedos bem abertos. Atrás dela estava Roland, em pé, com as calças nos tornozelos e o rosto virado para o teto, como se estivesse sofrendo o espasmo de uma espécie de cãibra.

Era óbvio que Lennart os atrapalhara num momento crucial, porque, quando Laila o viu e lançou o corpo por cima da mesa num movimento instintivo para fechar a porta, Roland gemeu ao ser arrancado de dentro dela. Ele agarrou o pênis, mas não conseguiu impedir a ejaculação; o sêmen esguichou numa trajetória em arco, cruzando o ar e aterrissando do outro lado do camarim, sobre um espelho de maquiagem. Lennart observou o fluido viscoso escorrendo até pousar sobre um frasco de loção de bronzeamento instantâneo, que supostamente pertencia a Roland.

Ele olhou para Laila. Os dedos com as unhas pintadas de vermelho berrante ainda agarrados à mesa, e um par de fios de cabelo grudados na bochecha. Olhou para Roland, e Roland parecia... cansado. Como se quisesse simplesmente se deitar e dormir. Sua mão ainda segurava o pênis em riste. Era maior que o de Lennart. Bem maior.

Quando bateu a porta com um estrondo, tudo o que lhe surgia à mente era o pênis de Roland. A imagem o perseguiu ao longo do corredor, até o estacionamento, dentro do carro. Acionou os limpadores de para-brisa como se estivesse em busca de alguma ajuda física para apagá-la, mas o pênis abriu caminho à força, violando-o. Era de fato grande.

Lennart jamais vira um pênis ereto, com exceção do seu próprio. Achava que tinha um membro de tamanho razoável. Agora sabia que não. Tentou imaginar qual seria a sensação de ter um... mastro como aquele enfiado dentro do corpo. Era difícil imaginar que poderia ser uma experiência agradável, mas o rosto de Laila, no breve segundo que ela havia demorado para passar do deleite ao terror, contava uma história diferente. Lennart jamais vira aquela expressão no rosto dela. Ele não dispunha da ferramenta necessária para suscitá-la.

Os limpadores de para-brisa guincharam contra o vidro seco, e Lennart os desligou. O pênis tinha sumido, substituído pelo rosto de Laila. Tão lindo. Um maldito rosto tão lindo e tão desejável. Tão feio em seu êxtase contorcido. Ele se sentiu rasgado ao meio. Queria ligar o carro e dirigir para algum lugar, deitar-se com uma garrafa de uísque dentro de uma vala e morrer. Em vez disso, ficou lá sentado, os braços cruzados sobre a barriga, balançando o corpo para a frente e para trás, choramingando como um cachorrinho.

Depois de dez minutos, a porta do banco do passageiro se abriu. Laila entrou e se sentou. Tinha arrumado os cabelos. Os dois ficaram alguns minutos sentados, em silêncio. Lennart continuou balançando o corpo, mas tinha parado de choramingar. Por fim, Laila disse:

– Você não pode me bater ou algo do tipo?

Lennart meneou a cabeça, e um soluço escapou-lhe dos lábios. Laila colocou uma das mãos sobre o joelho dele.

– Por favor. Será que você não pode simplesmente me dar uns tapas? Não tem problema.

Era uma noite de quarta-feira e as pessoas começavam a deixar o estacionamento. Animados farristas passavam por eles. Alguém viu Laila e acenou, e ela retribuiu o cumprimento. Lennart encarou a mão dela, pousada sobre seu joelho, e a afastou.

– Isso já aconteceu antes?

– Como assim? Com o Roland?

Uma estalactite de gelo soltou-se na área entre o peito e a garganta de Lennart, despencou através do espaço vazio no centro de seu corpo e se despedaçou no estômago. Algo no tom de voz dela.

– Com outros?

Laila cruzou as mãos no colo e se manteve em silêncio, observando uma mulher solitária que cambaleava sobre sapatos com saltos altos demais. Depois suspirou e disse:

– Então você não quer mesmo me bater?

Lennart deu partida no carro.

Os três dias seguintes foram insuportáveis. Eles não conseguiam conversar, então se mantinham atarefados. Lennart fazia pequenas coisas no jardim, e Laila saía para correr. Jerry zanzava de um para o outro, tentando alegrar a atmosfera contando histórias de Bellman, mas tudo que obtinha em troca eram sorrisos pesarosos.

A corrida era a maneira de Laila se manter em forma, magra e esguia "pra você e pro público", como ela mesma tinha dito uma vez. No dia seguinte ao *show*, Lennart estava envernizando os móveis do jardim quando Laila passou por ele vestindo um agasalho azul. Ele abaixou o pincel e a seguiu com o olhar. A calça e a jaqueta eram desnecessariamente apertadas, e a cabeleira loira estava presa em um rabo de cavalo que balançava para cima e para baixo enquanto ela trotava ao longo da estradinha do vilarejo.

Ele sabia do que se tratava. Estava a caminho de algum encontro. Havia algum homem à sua espera no mato. Dali a pouco, ela o encontraria e aí os dois fornicariam feito coelhos. Ou talvez ela simplesmente gostasse de sair para correr com roupas apertadas para garantir que os homens a olhassem. Ou talvez fossem ambas as coisas. Fazia com que os homens olhassem para ela, depois ia até a casa deles e deixava que todos eles a fodessem, um após o outro.

As pinceladas de Lennart sobre a mesa do jardim espirravam verniz por toda parte. Para trás e para a frente, para trás e para a frente. Dentro e fora, dentro e fora. As imagens tremeluziam e se agitavam, nervosas, comprimindo seus pulmões e dificultando a respiração. Ele estava enlouquecendo. É o tipo de coisa que as pessoas dizem, mas a sensação era exatamente essa. Sua consciência estava no limiar de um quarto escuro, dentro do qual havia esquecimento, silêncio e – bem ali num canto – uma caixinha de música que tocava "Auld lang syne". Ele se sentaria na escuridão e giraria a manivela sem parar, até adormecer para sempre.

Mas continuou envernizando a mesa e quando terminou a mesa começou a pincelar as cadeiras e quando acabou de aplicar verniz nas cadeiras Laila voltou para casa, vermelha e suada por causa dos muitos paus enormes que ela tinha cavalgado. Enquanto ela se alongava, Lennart inspecionou em segredo suas roupas de corrida, em busca de manchas úmidas ou ressecadas. Elas estavam lá caso ele quisesse vê-las, mas não queria vê-las e, em vez disso, preferiu olhar para o degrau semiapodrecido da varanda e decidiu construir um novo.

Domingo. Dia da contagem regressiva da parada de sucessos da Suécia.

Lennart acordou com um friozinho na barriga, o que era uma mudança bem-vinda em vista dos demônios que vinham corroendo suas entranhas nos últimos dias. Quando saiu da cama, sentia apenas um nervosismo genuíno. Era o dia em que o duo Os Outros ficaria sob os holofotes. Era o dia em que ele e Laila deveriam estar sentados juntos, de mãos dadas, aguardando ansiosamente as onze da noite, quando teria início a contagem regressiva da parada de sucessos.

Isso não ia acontecer, por isso ele tomou a decisão de pôr mãos à obra e arrancar o velho degrau da varanda. Manejando o pé de cabra, pelejou até as cinco para as onze, quando Laila apareceu com um pequeno rádio de pilha e se sentou à mesa ao lado dele.

Exceto pela viagem de carro em absoluto silêncio, na volta de Eskilstuna, era a primeira vez desde o incidente que os dois sentavam perto um do outro. Jerry estava em uma festinha de aniversário na casa de um amigo, por isso não tinha como atrapalhar o momento. Lennart continuou trabalhando, enquanto Laila sentou-se com as mãos sobre os joelhos, de olho nele. Ouviram a conhecida canção-tema, e uma gota de suor pingou da axila de Lennart e escorreu pelo lado do corpo.

– Dedos cruzados – disse Laila.

– Hum – respondeu Lennart, atacando alguns pregos que estavam tão enferrujados que as cabeças caíram quando ele usou o pé de cabra.

– É uma canção maravilhosa – prosseguiu Laila. – Acho que eu não te disse isso com todas as letras. Mas é uma canção fantástica.

– Certo – disse Lennart.

Ele não se conteve; afinal de contas, as palavras elogiosas de Laila significavam alguma coisa para ele. Lennart não sabia direito de que maneira eles seguiriam em frente, mas pelo menos estavam sentados ali, ouvindo a canção dos dois. Isso tinha de significar algo.

Algumas músicas dos últimos lugares da parada foram mencionadas, e o apresentador leu a lista. Número dez, nove, oito, sete, seis. Lasse Berghagen, Hootenanny Singers, e assim por diante. As velharias de sempre. Coisas que Lennart já tinha ouvido dezenas de vezes. Até que chegou a hora. O coração dele começou a martelar de maneira desenfreada quando ouviu Kent Finell dizer:

— E, em quinto lugar, a única estreia desta semana...

Lennart prendeu a respiração. Os pássaros silenciaram nas árvores. As abelhas ficaram imóveis nas flores, esperando.

— "Um verão sem você", dos Tropicos!

As costumeiras quatro notas que soavam exatamente como qualquer outra gravação da banda. Laila disse: — Que vergonha! — Mas Lennart não lhe deu ouvidos. Ficou encarando uma tábua podre e sentiu que dentro dele algo adquiria a mesma consistência, encolhia e morria. Em algum lugar no espaço fora dele alguém estava cantando:

"O que a luz do sol e o calor significam pra mim
Quando sei que vai ser mais um verão sem você".

Roland. Era Roland quem estava cantando. Os Tropicos. Quinto lugar. A estreia na posição mais alta. E continuaria subindo. Os Outros. Nada. Não tinham conseguido entrar na parada. Nada de recomeço. A ficha estava caindo.

"Sem você, o que é um verão sem você..."

O mundo não estava pronto. Tudo o que ele podia fazer era aceitar o fato. Uma calma que beirava o entorpecimento físico tomou conta de Lennart. Ele olhou de relance para Laila. Seus olhos estavam fechados enquanto ela ouvia a voz de Roland. Um vago indício de sorriso apareceu nos lábios da mulher.

Ela está ouvindo a voz dele e pensando no pau dele.

Laila abriu os olhos e piscou. Mas era tarde demais. Ele tinha visto. De repente, Lennart sentiu o braço movendo-se num impulso. O pé de cabra girou num amplo arco e aterrissou no joelho de Laila. Ela arfou e abriu a boca para gritar.

A coisa simplesmente tinha acontecido, ele não tivera controle sobre o movimento; Lennart sequer achava que poderia ser culpado de alguma coisa. Mas então algo mudou. Com o agudo grito de dor e surpresa de Laila, ele se levantou e ergueu de novo o pé de cabra. Desta vez sabia o que estava fazendo. Desta vez ele mirou.

Bateu com toda a força a extremidade achatada do pé de cabra no mesmo joelho. Quando Lennart abaixou a alavanca metálica, ouviu-se o som úmido de algo sendo triturado; o sangue começou a respingar, escorrendo em direção à canela de Laila, e o rosto dela perdeu toda cor. A mulher tentou se levantar, mas sua perna fraquejou e ela desabou aos pés dele, erguendo as mãos para se defender e murmurando:

– Por favor, por favor, não, não...

Lennart fitou o joelho que sangrava; uma considerável quantidade de sangue tinha se acumulado sob a pele, e somente um fino filete escapava do ponto onde esta se rompera. Ele girou o pé de cabra num semicírculo e golpeou de novo, agora com a extremidade fendida da ferramenta.

Desta vez deu tudo certo. O joelho estourou como uma bexiga cheia de água, e a rótula se estilhaçou, liberando uma cascata de sangue que salpicou as pernas de Lennart, a mesa do jardim, o degrau demolido da varanda.

Talvez tenha sido uma coisa boa que, naquele momento, Laila tenha parado de gritar e desmaiado; caso contrário, Lennart poderia ter continuado com o outro joelho. A bem da verdade, ele tinha consciência do que estava fazendo. Estava pondo fim às corridas de Laila. Colocando um ponto final à história de ficar magra e esguia "pra você e pro público" e para todos os homens que esperavam por ela no mato.

Para ter completa certeza, ele deveria ter esmagado também o outro joelho. Contudo, ali em pé, encarando o corpo inerte da esposa, a rótula que agora não passava de uma massa de cartilagem, sangue e ossos reduzidos a estilhaços, Lennart decidiu que era suficiente.

No que, ao fim das contas, ele estava certo.

7

O quarto no porão tinha ficado mais quente e atingira uma temperatura agradável, mas o ar ainda estava úmido e, por causa da condensação, a janela ao rés do chão estava coberta de gotas de água. Deitada no cesto, a menina de olhos arregalados encarava o teto. Lennart puxou os cobertores e pegou-a no colo. Ela não fez o menor ruído, não esboçou uma reação sequer à mudança.

Lennart segurou a girafa diante dos olhos dela, para a frente e para trás. A menina acompanhou o brinquedo por um segundo, depois voltou a fixar os olhos à frente. Pela reação, supôs que não era cega. Lennart estalou ruidosamente os dedos bem perto da orelha dela e a testa da recém-nascida franziu de maneira quase imperceptível. Nem surda. Mas ela era curiosamente... fechada.

O que aconteceu com ela?

Lennart achou que a menina era um pouco mais velha do que ele pensara a princípio; talvez tivesse dois meses de idade. Em dois meses, uma pessoa pode passar por experiências suficientes para, instintivamente, formular uma estratégia de sobrevivência. Talvez a estratégia da menina fosse fazer-se invisível. Não ser vista, não ser ouvida, não exigir coisa alguma...

Era claro que a estratégia não havia funcionado. Ela tinha sido jogada fora feito lixo na floresta, onde ainda estaria se naquele exato momento Lennart não tivesse passado por lá por acaso. Ele segurou delicadamente a menina, olhou dentro de seus olhos insondáveis e conversou com ela.

– Você está segura agora, Pequenina. Não precisa ter medo. Eu vou cuidar de você, Pequenina. Quando eu te ouvi cantando, foi como se... como se houvesse uma chance. Pra mim também. Eu fiz coisas ruins, sabe, Pequenina, coisas de que me arrependo, que eu gostaria de ser capaz de desfazer. Mas, mesmo assim, continuo fazendo essas coisas. Por hábito. Você pode cantar pra mim, Pequenina? Pode cantar pra mim como cantou antes?

Lennart pigarreou e entoou um lá. A nota ricocheteou nas paredes de cimento do quarto desguarnecido, e ele mesmo pôde ouvir que não era absolutamente pura. Assim como nenhum de nós pode simplesmente pegar uma caneta e desenhar a imagem que se forma na cabeça – a menos que se tenha talento para esse tipo de coisa –, a voz dele não era capaz de produzir o tom perfeito que ele ouvia dentro da cabeça. Mas era um som bem próximo.

A boca da menina se abriu e Lennart segurou a nota, movendo a boca de modo que se alinhasse com a dela, enviando para dentro da menina sua própria nota imperfeita, ao mesmo tempo que olhava diretamente nos olhos dela. Ela começou a tremer nas mãos dele. Não, tremer não, vibrar. Alguma coisa aconteceu com o som dentro do quarto, e a nota dele soou diferente. Ele estava ficando sem fôlego, e foi somente quando sua própria nota começou a perder força é que ele se deu conta do que tinha acontecido. A menina tinha respondido com um lá uma oitava abaixo. Em tese, era impossível que uma criança pequena conseguisse produzir uma nota tão baixa, e o som era ligeiramente alarmante. A menina estava usando o próprio corpo como uma caixa de som; ela era como um gato ronronando, emitindo uma nota pura num registro que deveria ser-lhe inacessível.

Quando Lennart silenciou, a menina fez o mesmo, e o corpo dela parou de vibrar. Ele a aninhou nos braços e, com lágrimas brotando dos olhos, beijou-a na bochecha. Lennart sussurrou no ouvido dela: – Eu quase achei que tinha imaginado a coisa toda, Pequenina. Agora sei que não. Você está com fome?

Segurou-a junto ao corpo. No rosto dela não havia nada que indicasse qualquer tipo de desejo. Hesitante, Lennart apertou-lhe o peito. Simplesmente não conseguia entender como ela fora capaz de produzir uma nota tão baixa. O mais próximo disso que ele conseguia imaginar era um gato ronronando, usando todo o corpo como caixa de som. Mas gatos não ronronam em ondas senoidais.

Você é um presente. Um presente que me foi dado.

Lennart checou a fralda da menina, devolveu-a ao cesto e ajeitou-a sob as cobertas. Depois, foi ao quarto de guardados a fim de desencavar o velho berço de Jerry.

8

Nos primeiros dias depois que Lennart voltara para casa trazendo a bebê, Laila esperou a batida na porta, o telefonema, a entrada brusca de homens uniformizados fazendo perguntas antes de arrastá-la a contragosto para uma cela, possivelmente acolchoada, do tipo onde ficam trancafiados loucos ou presos violentos.

Depois de uma semana, ela começou a relaxar. Nas poucas ocasiões em que o telefone tocava, ainda segurava o fone com cautela, como se temesse o que a aguardava do outro lado da linha, mas, gradualmente, foi aceitando que ninguém viria procurar a criança.

Lennart passava um bom tempo no porão, e, embora Laila estivesse contente com o fato de agora ele ter menos energia para andar pela casa a passos duros e de mau humor, a história ainda a inquietava. Era impossível ignorar a presença da criança, e Laila se perguntava o dia todo qual seria o verdadeiro propósito das ações de Lennart. Ele jamais tinha gostado muito de crianças.

Apesar de sentir dor no joelho – que hoje em dia era mais metal do que tecido orgânico –, de vez em quando ela descia ao porão para ver como a criança estava. Lennart a recebia com polidez, mas sua linguagem corporal indicava que ela os estava incomodando.

Não tinha permissão para falar dentro do quarto. Quando se sentava, Lennart colocava o dedo indicador sobre os lábios e a silenciava tão logo tentasse dizer alguma coisa. Sua explicação era que, desta vez, a criança não deveria ser "despedaçada pelas palavras".

Às vezes, Laila abria a porta que levava ao porão e ouvia notas musicais. Escalas. E ela sempre ficava lá parada, abismada. A voz de tenor de Lennart se harmonizava com uma outra voz, mais alta, clara como água, tinindo como vidro. A voz da criança. Ela jamais ouvira coisa parecida, jamais tinha ouvido *falar* de algo parecido.

Mas mesmo assim. Mesmo assim.

Era com uma *criança* que estavam lidando. Uma criança não deveria passar o dia deitada num porão tendo como única fonte de estímulo exercícios de escala.

Lennart ainda tinha bastante trabalho como compositor e, às vezes, quando alguma canção estava sendo gravada, sua presença era exigida no estúdio. Uma ocasião dessas surgiu dez dias depois que a criança entrara em sua vida.

Geralmente, Lennart achava divertido viajar a Estocolmo, entrar de novo, pelo menos por algum tempo, no mundo que deveria ter sido dele, mas daquela vez ele estava relutante.

– Pode ir – disse Laila. – Eu tomo conta da menina.

– Disso eu não duvido. A questão é *como* você vai tomar conta dela.

Lennart estava na cozinha andando de um lado para outro, com a jaqueta de couro dobrada sobre o braço, a jaqueta de couro reservada para viagens daquele tipo; supostamente, ela deveria funcionar como uma espécie de armadura. Ou talvez ele precisasse parecer durão e achava que a jaqueta ajudava.

– Como assim?

– Você não vai parar de falar. Eu te conheço.

– Não vou falar.

– O que vai fazer, então?

Laila tirou a jaqueta do braço de Lennart e a ergueu para que ele pudesse vesti-la.

– Vou dar comida pra ela e trocar a fralda pra garantir que fique bem.

Assim que Lennart saiu, Laila zanzou pela casa ocupando-se de pequenas tarefas, porque queria ter certeza de que ele não tinha esquecido nada e não iria voltar. Depois de vinte minutos, ela abriu a porta do porão e desceu a escada.

A menina estava deitada no berço de Jerry, olhando para um móbile de animais de plástico coloridos. Estava pálida demais e magra demais. Sem vida. Nada de bochechas rosadas, nada de mãos fazendo movimentos de busca, de curiosidade.

– Pobre alminha, você não se diverte muito, não é? – disse Laila. Ela pegou a menina no colo e foi mancando até o quarto de guardados. Numa prateleira, encontrou a caixa de roupas de frio. Pegou o primeiro macacãozinho de neve de Jerry e sentiu um nó na garganta quando o vestiu na menina. Um gorrinho de lã com orelheiras completou o traje.

– Aí está, minha pobre alminha. Não ficou linda agora?

Fungando, Laila caminhou até a porta que levava para fora e a destrancou. O pequeno pacote em seus braços suscitara lembranças. Lennart podia dizer o que bem quisesse, mas ela tinha amado Jerry. Tinha amado o fato de ter uma criança de quem cuidar, alguém que precisava de sua proteção, alguém que não era capaz de se virar por conta própria. Talvez não fosse a melhor ou a mais adulta das motivações, mas ela fizera o melhor que podia.

Laila abriu a porta e pisou no degrau mais baixo de um lance de escadas de cimento, aspirando o ar gelado de outono. A menina fez uma careta e abriu a boca como que para saborear esse novo ar. Parecia que estava respirando um pouco mais fundo. Laila arrastou-se por mais alguns degraus acima e espiou o gramado.

Recomponha-se, Laila. Você está doida.

O jardim da casa era isolado, e mesmo que alguém *visse* a criança ou escutasse um choro, de que isso importava? A menina não tinha sido raptada. Não estava sendo procurada por toda a Suécia; ela tinha lido os jornais. Nenhuma notícia sobre uma bebê desaparecida. Se Laila Cederström caminhava por seu jardim com uma bebê no colo, a reação natural das pessoas seria formular uma explicação sensata, e não agarrar o telefone mais próximo.

Laila subiu os degraus um a um e foi até o lilás no canto mais afastado do jardim; depois sentou-se no banco, com a criança sobre o joelho. Tinha sido um outono úmido e ameno, as folhas do arbusto não haviam começado a se enrolar, muito menos cair. Ela e a menina estavam sentadas num semicírculo de folhagem verde, protegidas, e Laila pôde relaxar.

Depois, ela levou a menina para uma curta caminhada em torno das partes cobertas do jardim, mostrando-lhe a horta, os arbustos de groselheira-espinhosa e as maçãs de Astrakhan amarelas, maduras e prontas para ser colhidas. Quanto mais tempo elas permaneciam fora, mais vigorosa e animada ficava a expressão do rosto da menina, cujas bochechas adquiriram um saudável matiz róseo.

Quando começou a garoar, elas voltaram à casa. Laila preparou uma mamadeira de leite em pó e sentou-se na poltrona, com a menina no colo. Em questão de instantes, a criança bebeu ruidosamente todo o leite e adormeceu nos braços de Laila.

Por alguns minutos, Laila caminhou pela casa com a bebê no colo, pelo puro prazer de carregar um corpinho quente e relaxado. Foi quando o telefone começou a tocar. Instintivamente, ela apertou com mais força a menina. Laila olhou para o telefone. Que não estava olhando para ela. Não podia vê-la. Ela afrouxou o aperto, e o telefone tocou de novo.

Agitada pelo barulho, Laila avançou coxeando até a porta do porão e desceu para o quarto da menina, enquanto o telefone continuava tocando na cozinha. E só parou de tocar depois que ela deitou a menina no berço, cobriu-a e colocou a girafa a seu lado. Por alguns instantes, Laila ficou sentada olhando a menina através das barras do berço. Mesmo enquanto dormia, havia em sua expressão algo de cautela, de vigília, de concentração. Laila desejou ser capaz de fazer desaparecer esse semblante.

Durma bem, estrelinha.

O telefone tocou de novo; tocou sete vezes antes que Laila conseguisse voltar à cozinha e atender. Era Lennart, que não estava nem um pouco feliz.

— Onde diabos você se meteu?

– No porão.

– Bom, lá dá pra ouvir o telefone, não dá?

– Eu estava dando leite pra ela.

Lennart ficou em silêncio. Aquela era obviamente a resposta correta. Com voz mais suave, ele perguntou: – E então, ela tomou?

– E como. Uma mamadeira inteira.

– E depois pegou no sono?

– Na mesma hora.

Laila sentou-se numa cadeira e fechou os olhos. *Esta é uma conversa perfeitamente normal. Um homem e uma mulher estão falando sobre uma criança. Acontece o tempo todo.* O corpo dela parecia estranhamente leve, como se naquela breve caminhada pelo jardim tivesse perdido vinte quilos.

– Então está tudo bem? – perguntou Lennart.

– Sim. Tudo bem.

Laila ouviu, do outro lado da linha, uma porta se abrindo ao fundo. Com o tom de voz alterado, Lennart disse:

– Então tudo bem, ótimo. Vou demorar algumas horas. As coisas estão um pouco complicadas aqui.

– Não tem problema – disse Laila, abrindo um sorrisinho nos lábios. – Absolutamente nenhum problema.

9

Naquele outono, Lennart estava bastante ocupado. Tinha de ir a Estocolmo pelo menos uma vez por semana e, em casa, passava muitas horas debruçado sobre o teclado. Lizzie Kanger, uma cantora que fizera algum sucesso no Eurovision, o festival europeu da canção, estava prestes a lançar outro disco, sucessor do álbum de estreia, que fora massacrado. A gravadora pedira a Lennart para "dar uma ajeitada" nas canções que já tinham sido escritas.

Lennart escreveu novas canções, mantendo apenas algumas frases da velha porcaria, o suficiente para que o letrista contratado aceitasse a devastação de sua obra original.

Ele sabia exatamente onde estava se metendo. Na primeira reunião com os executivos da gravadora, tocaram para Lennart uma música que ele não tinha conseguido deixar de ouvir no rádio ao longo de todo o verão:

"Verão na cidade, mil novecentos e noventa,
Você se lembra de mim?"

Um dos engravatados tinha desligado o reprodutor de DAT e dissera:
– A gente estava pensando em algo nesta linha.
Lennart sorriu e assentiu, enquanto sua mente evocava a visão de um deserto com esqueletos estendendo os braços e, aos berros, pedindo socorro.

Teria sido um outono terrível se não fosse a expectativa de passar um tempo com a menina. Sentado lá, com a criança nos joelhos, a voz cristalina respondendo à prática de escalas, Lennart sentia que estava em contato com algo maior. Não apenas maior do que suas infames e pretensiosas firulas no teclado, mas maior que a própria vida.

A música. Ela era *a música*. A música de verdade.

Sempre acreditara que todo mundo nasce com talento musical. A coisa simplesmente está lá. Mas o que acontece é que, desde a mais tenra infância, as pessoas são forçadas a ouvir todo tipo de porcaria que lhes é enfiada goela abaixo e ficam viciadas. No final das contas, passam a achar que essa porcaria é a única coisa que existe e que é assim que toda música tem de ser. Quando ouvem algo que não é uma porcaria, elas acham o som esquisito e mudam para outra estação de rádio.

A menina era a prova viva de que ele tinha razão. É claro que, normalmente, os bebês não têm condições de expressar a música incólume que existe dentro deles, mas ela conseguia. Ele não queria acreditar que tê-la encontrado havia sido mera obra do acaso. Tinha de haver um propósito.

Outra fonte de alívio era que Laila parecia feliz como havia um bom tempo ele não a via. De vez em quando, Lennart chegara até mesmo a ouvi-la cantarolando sozinha pela casa. Na maior parte das vezes, eram velhas músicas *pop*, é claro, mas a verdade é que ele gostava de ouvir a voz dela quando se sentava ao piano e suava a camisa tentando melhorar mais uma canção banal de três acordes, enfiando nela um acorde menor surpreendente, embora isso fosse como tentar vestir um paletó num porco.

Porém, toda rosa tem seu espinho.

Certa noite, depois de ir ao quarto da caldeira e atiçar o fogo pela última vez, Lennart seguia para o quarto da menina a fim de aprontá-la para a noite e escutou um som. Parou junto à porta semiaberta e apurou os ouvidos. Ao longe, bem baixinho, ouviu a voz da criança deitada no berço... cantarolando com os lábios fechados. Depois de permanecer um bom tempo parado ali, Lennart começou a distinguir a melodia, que ele reconheceu, mas não sabia dizer exatamente qual era. Palavras esparsas que se encaixavam na melodia passaram-lhe como um raio pela mente.

Olhares... alguma coisa... olhos...

Lennart se recusou a acreditar nos próprios ouvidos. Mas era impossível negar. A menina estava lá deitada, cantando baixinho "Strangers in the Night". Lennart abriu a porta e entrou. Ela parou abruptamente de cantarolar.

Lennart pegou-a no colo e olhou-a diretamente nos olhos insondáveis. Que nunca pareciam encarar os dele, mas sim fitar algum ponto além de Lennart. Ele se deu conta do que estava acontecendo. Na verdade, não se tratava de "Strangers in the Night", mas "Tusen och en natt", a açucarada versão sueca que Lasse Lönndahl tinha feito da mesma canção. Uma das favoritas de Laila.

É assim que acontece.

O fato de ser totalmente irracional um bebê conseguir se lembrar de uma canção e reproduzi-la era algo que sequer passava pela cabeça de Lennart. A menina tinha ultrapassado tantos limites quando o assunto era música que ele já estava acostumado, mas...

É assim que acontece.

A porcaria tem uma assombrosa habilidade de encontrar seu alvo. Por mais que se tome cuidado, por mais que se tente cercar e proteger. A porcaria se insinua entre as frestas, infiltra-se por entre os vãos. E aí toma conta.

Lennart pôs a menina no tapete de palha, onde ela começou a bater desajeitadamente nos blocos coloridos que Laila deixara lá. Ele limpou a garganta e começou a cantar baixinho "Oh, campos, sois belos". A menina não deu bola. Apenas continuou batendo nos blocos até que todos eles ficaram fora de seu alcance.

10

O inverno foi ameno e Laila pôde continuar suas excursões ao ar livre com a criança até meados de dezembro. No início de janeiro, houve uma onda de frio com neve, e era a neve, não o frio, que a impedia de sair quando Lennart se ausentava. Ela não queria deixar rastros.

Lennart fora categórico ao proibi-la de manter qualquer contato com a criança além do estritamente necessário. Ela não podia falar, nem cantar, tampouco fazer ruídos. A criança deveria viver numa bolha de silêncio, exceto pela prática de canto a cargo de Lennart. Laila tinha entendido o intuito desse projeto e achava uma completa insanidade, mas, uma vez que tinha condições de oferecer à menina pequenos oásis de normalidade, deixou que Lennart seguisse em frente.

Certa tarde, ela estava sentada vendo a criança brincar, se é que era isso que a menina fazia. A criança tinha aprendido a agarrar as coisas e passava horas a fio às voltas com o mesmo bloco colorido, segurando-o e soltando-o, erguendo-o e deixando-o cair.

Laila tentou dar-lhe um dos brinquedos macios que tinha encontrado no quarto de guardados. Apareceu uma pequena raposa saltitando ao longo do caminho:

– Lá vem a raposa Freddy, funga, funga, funga… Mas que cheiro é este que ela está sentindo?

A menina não se interessou nem um pouco e não deu a mínima para Freddy, nem mesmo quando a raposa cutucou com o focinho sua coxa. Em vez disso, a criança tornou a agarrar seu bloco, levantou-o até a altura dos olhos e o soltou, observando atentamente enquanto caía e rolava para longe. Uma vez que não conseguia alcançar o bloco, simplesmente esperou que Laila o pegasse e entregasse de novo para ela. Depois, continuou agarrando o bloco e deixando-o cair.

No dia seguinte, quando Lennart se trancou no estúdio, Laila ligou para o centro de assistência infantil em Norrtälje.

– Hã… eu tenho uma pergunta sobre… a minha filha. Ela tem quase seis meses e estou com dúvidas sobre o comportamento dela.

– Qual é a idade exata dela?

Laila tossiu e respondeu:

– Cinco meses. E três semanas. E eu estava pensando... ela não reage quando... quando tento brincar com ela, esse tipo de coisa. Não olha, ela apenas... tem um bloco que ergue e solta. E isso é praticamente tudo o que ela faz. É normal?

– A senhora diz que ela não reage; quando a senhora a toca e tenta atrair a atenção dela, como reage?

– Não reage. Ela só... como posso dizer... só tem interesse em objetos inanimados. É tudo o que ela quer fazer.

– Bem, é difícil fazer qualquer tipo de avaliação por telefone, mas sugiro que a senhora a traga aqui para a gente dar uma olhada. A senhora já esteve aqui antes?

– Não.

– Então que centro de assistência infantil a senhora vem frequentando?

De repente, a cabeça de Laila pareceu vazia, e ela disse a primeira coisa que lhe veio à mente:

– Skövde.

– Hum. Se a senhora puder me informar o número do cartão de identificação dela, veremos se...

Laila bateu o telefone com força, como se tivesse queimado sua mão, depois sentou-se e encarou o aparelho por trinta segundos antes de pegá-lo de novo. Ouviu o sinal de linha. Nenhuma voz a estava perseguindo, e ela repassou mentalmente a conversa. O ponto crítico era o *mas*.

"É difícil fazer qualquer tipo de avaliação por telefone, *mas* sugiro..."

Seus medos não eram infundados. Aquele *mas* significava que algo não estava do jeito que deveria estar. Além do mais, sem dúvida os funcionários do centro de assistência infantil eram muito cuidadosos com o que diziam, para não assustarem pais inseguros.

Quando Lennart saiu de seu estúdio caseiro, Laila tentou discutir o assunto com ele. É claro que não ousou dizer que tinha feito o telefonema, por isso só podia contar com suas observações vagas, o que a levava exatamente a lugar nenhum. Lennart podia até concordar que a menina era passiva além da conta, mas isso era mesmo motivo de queixa?

– Você quer que ela seja como o Jerry? Acordar cinco ou seis vezes por noite porque ele ficava lá chorando feito doido sem parar até perder o fôlego?

Não era Lennart quem se levantava cinco ou seis vezes por noite, mas Laila não mencionou esse detalhe. Em vez disso, limitou-se a dizer: – Eu só queria que a gente pedisse pra alguém dar uma examinada nela, sei lá.

Laila percebeu os músculos da mandíbula de Lennart se tensionando. Ela estava se aproximando da zona de perigo. Ele crispou firmemente as mãos, como se quisesse evitar o impulso de fazer alguma coisa com elas, e disse:

– Laila. Pela última vez. Se alguém, uma única pessoa que seja, souber que a gente está com ela, vão tirar a menina da gente. Pare de pensar nisso. Não tem chance. E além do mais... se é isso que você pensa, se tem alguma coisa errada com ela, o que você imagina que eles podem fazer? Dar remédios pra menina? Internar numa clínica? O que você realmente quer?

A última pergunta fora inteiramente retórica e, a bem da verdade, era uma declaração: *Você é mesmo uma vaca estúpida*. As mãos de Lennart estavam se abrindo e fechando, e Laila não disse mais nada.

De todo modo, ele tinha uma certa razão. O que ela realmente queria? Que a criança fosse submetida a algum tipo de tratamento médico? Remédios? Não. Tudo o que ela queria era que alguém que soubesse do que estava falando examinasse a menina e dissesse que estava tudo bem. Ou que não estava tudo bem, mas que o problema se chamava tal e tal, e que nada havia que pudessem fazer. Para que assim ela soubesse.

Duas semanas mais tarde, Lennart foi à cidade para a mixagem final do disco. A neve tinha derretido, mas a temperatura havia caído e estava abaixo de zero, e o jardim se cobriu de gelo em alguns pontos. Laila não deixaria pegadas.

E a menina precisava sair.

As oportunidades que Laila tinha de vesti-la para um passeio fora de casa eram ocasiões especiais. Enquanto se ocupava com a blusa, a calça, o gorro e o macacãozinho de neve da criança, Laila sentia uma proximidade com ela que no restante do tempo inexistia. Ajeitando as minúsculas meias em seus pés igualmente minúsculos, ela se permitia até mesmo formular o pensamento: *Eu te amo, Pequenina*.

Não que no dia a dia Laila tratasse a menina com indiferença, mas é que jamais havia reação ou resposta às emoções que ela expressava. Na melhor das hipóteses, a criança explorava com os dedos o rosto de Laila, mas fazia isso da mesma maneira com que lidava com tudo: metodicamente, de um modo quase científico. Como se estivesse tentando entender como aquele objeto específico funcionava.

Talvez esta fosse a razão pela qual o momento de vesti-la criava uma percepção de compreensão mútua. Enquanto enfiava com delicadeza os braços e as pernas magras da menina no macacãozinho e vestia suavemente nela as luvas, Laila estava tratando a criança como um objeto. Manuseando com todo o cuidado algo que precisava ser protegido.

Levou-a no colo até a porta e colocou-a sobre o degrau. O gelo estalou sob seus pés, e Laila segurou as mãos da menina acima da cabeça de modo que a criança meio que andou, meio que foi carregada por sobre a escada.

O jardim estava coberto de gelo e nacos de neve derretida. Laila manobrou a menina até o lilás, cujos galhos agora estavam desfolhados.

– Está vendo isto, Pequenina? É gelo.

Eles não tinham decidido que nome dar para a ela. Até discutiram o assunto, mas, já que não seria batizada e uma vez que ninguém entrara em contato reivindicando um nome, não haviam chegado a uma conclusão. Um dia, Laila tinha ouvido Lennart conversar com a menina e chamá-la de "Pequenina", e foi o máximo a que chegaram.

A mulher e a criança ficaram sentadas no banco sob o arbusto. Laila deu gravetos e folhas secas para a menina examinar. Depois, saíram para uma caminhada. As pernas instáveis da criança enfrentaram dificuldades por conta das condições sob seus pés, e, por causa do frio, o joelho de Laila estava enrijecido; por isso, ambas se arrastaram penosamente no início, um passo curto de cada vez.

As duas estavam a cerca de vinte metros da casa quando Laila escutou o ruído de um motor. Um som que ela já ouvira vezes suficientes para reconhecê-lo. Era a moto de Jerry.

Ergueu a criança nos braços e cambaleou na direção da escada do porão. Depois de percorrer dez metros, uma dor aguda trespassou-lhe o joelho. Ela escorregou num trecho coberto de gelo e desabou para a frente. Na queda, conseguiu torcer o corpo de lado de modo que caiu sobre o próprio ombro e não em cima da menina. Sua cabeça foi violentamente arremessada adiante e bateu em cheio no gelo; tudo ficou preto e vermelho diante dos olhos dela, e a menina deslizou de seus braços.

Do interior do véu vermelho ela podia ouvir a moto chegando mais perto, e depois o motor foi desligado. O descanso lateral desceu com um clique e passos se aproximaram. Um fiapo de luz cresceu dentro da vermelhidão e continuou aumentando de tamanho até que ela conseguiu ver a neve e o gelo e o gorro de lã azul da menina. As botas de motoqueiro de Jerry entraram em seu campo de visão e pararam.

– Que porra você está fazendo, Mãe? E quem é essa?

11

Lennart estava no carro a caminho de casa. Não se sentia descontente, o que era incomum. Normalmente, ficava mais ou menos furioso depois de uma sessão de estúdio, ou de uma reunião em Estocolmo. Mas daquela vez as coisas tinham saído do seu jeito.

Um novo produtor embarcara no projeto na fase final do disco. Quando Lennart viu pela primeira vez o rapaz zanzando a passos lentos pelo estúdio em seus óculos escuros de armação amarela, toda esperança esvaiu-se de seu corpo. Mas, surpresa, surpresa, o cara novo conhecia o material de Lennart, que ele chamou de "som da Motown atualizado" e "uma fantástica vibração clássica". Ele tinha escolhido duas faixas que haviam sido gravadas, mas a princípio não seriam incluídas, e agora Lennart apareceria como compositor de três das músicas do disco. Cogitava-se até mesmo lançar uma das canções de Lennart como o primeiro compacto.

Por isso Lennart não fez cara feia quando viu a moto de Jerry estacionada na frente da casa; nem mesmo um mísero suspiro escapou dele. Estava temporariamente envolto num manto protetor. Ele era um *compositor*, acima das atribuições da vida cotidiana.

Ele e Laila estavam casados havia vinte e cinco anos e moravam na mesma casa fazia quase duas décadas e meia. Assim que fechou a porta e começou a desamarrar os sapatos, Lennart sentiu que alguma coisa estava diferente. Alguma coisa havia se alterado na atmosfera da casa, mas ele não sabia o que era.

Quando entrou na cozinha, descobriu a resposta. Laila estava sentada lá. Jerry também. E, no joelho dele, estava sentada a menina. Lennart estacou na porta e o manto protetor caiu a seus pés. Laila olhou para ele com expressão suplicante, ao passo que Jerry fingiu não ter notado sua presença; ele agarrava a menina pelas axilas e a erguia acima da cabeça dizendo:

– Fom-fom, fom-fom.

– Cuidado – disse Lennart. – Ela não é um brinquedo.

Quanto Laila teria contado? Lennart acenou e chamou a mulher.

– Laila, vem cá... – Nesse momento deu meia-volta e rumou para o estúdio, onde poderiam conversar sem ser incomodados. Mas Laila não o seguiu.

Quando voltou para a cozinha, Jerry lhe disse:

– Não começa, pai. Senta aí. – Lennart caminhou até ele e abriu os braços para a criança. Jerry não a entregou. – Senta aí, já mandei.

– Dá a menina aqui pra mim.

– Não. Senta.

Lennart não conseguia acreditar no que estava acontecendo. – Isso aqui é algum tipo de sequestro? Ela é sua refém ou o quê?

Jerry encostou o rosto na bochecha da menina. – Ela é minha irmãzinha, porra. Bom, quase. Não posso ficar um pouco com ela?

Lennart se empoleirou na borda da cadeira, pronto para saltar sobre Jerry caso ele tentasse alguma coisa. Havia muitos anos que Lennart desistira de tentar adivinhar o que se passava na cabeça de Jerry. Tinha medo dele, da mesma maneira que tememos tudo o que é desconhecido e, portanto, imprevisível.

Envolta nos braços enormes de Jerry, a menina parecia pequena e frágil. Tudo o que ele precisava fazer era apertar, e ela quebraria feito um ovo. Era difícil de suportar, e Lennart tentou falar a única língua por meio da qual sabia se fazer entender quando se tratava do filho.

– Jerry, eu te dou quinhentas coroas se me entregar a menina.

Jerry olhou para o chão, aparentemente pensando na oferta de Lennart. Por fim respondeu:

– Você acha que vou machucar a menina ou coisa do tipo? É isso mesmo que você pensa de mim?

A oferta em dinheiro tinha sido um erro. Se Jerry percebesse o quanto a menina era importante para ele, a situação só poderia piorar. Por isso, sem ao menos olhar de relance para a bebê, Lennart pegou o jornal e fingiu estar interessado nos ataques aéreos dos Estados Unidos contra o Iraque.

Minutos depois, Jerry comentou:

– Caramba, ela é tão *quieta*. Não faz um barulho sequer.

Lennart dobrou cuidadosamente o jornal e pousou as mãos sobre o papel.

– Jerry, o que você quer?

O rapaz se levantou, ainda segurando a menina no colo.

– Nada de especial. Até quando vocês pretendiam continuar assim? – Fez menção de passar a menina para o colo de Lennart, mas, quando este estendeu os braços para pegá-la, Jerry afastou-a e entregou-a para Laila.

Lennart sentiu uma comichão nos dedos, mas se controlou.

– Do que você está falando?

– Mantendo a criança escondida desse jeito. Quer dizer, no fim das contas alguém vai ficar sabendo. Alguém vai dar com a língua nos dentes.

Conseguindo manter um tom de indiferença na voz, Lennart perguntou:

– Tem só uma coisa me intrigando. Como foi que você descobriu que a gente estava com ela? – Olhou de soslaio para Laila, cujos lábios estavam espremidos.

Jerry deu de ombros.

– Só dei uma espiada pela janela do porão. E lá estava ela. Mas, em todo caso... Eu andei pensando...

Lennart parou de ouvir. Havia alguma coisa errada. Por que Jerry simplesmente decidira "dar uma espiada" pela janela do porão? E, aliás, da janela dava mesmo para ver direito o berço?

Jerry agitou a mão na frente dos olhos de Lennart.

– Está me ouvindo?

– Não.

– Um computador. Eu quero um computador.

– Pra quê?

– Você sempre reclama que eu nunca me interesso por nada – alegou Jerry. – Bom, agora eu estou interessado. Computadores. Eu quero um. Um Mac.

Tinha sido de fato um sequestro; ainda era um, embora Jerry tivesse devolvido a menina.

– Quanto? – perguntou Lennart. – Quanto custa um desses?

– Estou pensando num clássico. Um Macintosh Classic. Dez mil coroas, mais ou menos.

– E o que eu ganho em troca?

Jerry bufou e acertou um soco no ombro de Lennart.

– Sabe o que eu gosto às vezes em você, pai? Você vai direto ao assunto. Nada de enrolação. – Jerry esfregou a nuca e pensou sobre isso. Por fim respondeu:

– Um ano. Ou seis meses. Mais ou menos. Algo do tipo.

– E depois?

– E depois a gente vê.

Lennart escondeu o rosto nas mãos e apoiou os cotovelos sobre a mesa da cozinha. Em algum momento, durante os piores anos de Jerry, ele tinha desejado a morte do filho. Agora estava fazendo isso de novo. Mas de que adiantava? Ouviu a voz de Laila atrás de si.

– Bem, é bom que Jerry tenha um interesse. É o que eu acho.

Lennart enterrou as unhas no couro cabeludo e disse:

– Nem uma palavra. Nem uma palavra. – Depois levantou a cabeça e se virou para Jerry: – Você gostaria do serviço de *entrega em domicílio* também?

– Sim, isso seria legal. Bacana. Valeu.

A garganta de Lennart estava tão apertada de ódio que ele mal conseguiu murmurar:

– De nada.

Assim que Jerry se encaminhou para a porta, Laila se levantou e entregou a criança para Lennart, sem sequer olhar para ele. Aproximou-se do filho, abaixou a cabeça e perguntou baixinho:

– Posso ir com você?

Jerry franziu a testa e olhou para Laila, e em seguida para Lennart. Depois pareceu entender o que se passava e disse:

– Pra falar a verdade, eu não tô nem aí pro que vocês dois aprontam. Mas vou deixar bem claro: se você encostar um dedo na Mãe... pode esquecer a criança. Sacou?

Não era apenas a garganta de Lennart que estava apertada. Todos os músculos de seu corpo haviam sido amarrados a cordas e esticados ao máximo até começarem a tremer. Jerry deu um passo na direção dele.

– Tô perguntando se você sacou. Deixa a Mãe em paz. Um hematoma, é só o que basta. E a criança já era. Certo?

Lennart conseguiu mover a cabeça para cima e para baixo, assentindo num gesto rígido. Inquieta, a criança se mexeu em seus braços. Jerry afagou a bochecha da menina e disse:

– Fom-fom, fom-fom.

Depois disso, foi embora. Laila não foi com ele.

12

O nome de Jerry era uma homenagem a Jerry Lee Lewis.

Por alguns anos, parecia que ele também seguiria uma carreira musical, com sorte sem as trágicas consequências sofridas por Jerry Lee. Sob a supervisão de Lennart, o menino começara a ter aulas de violão aos cinco anos. Aos sete já conseguia se virar com os acordes básicos e produzir ritmos simples.

Lennart não se via como um Leopold criando um jovem Mozart, mas, se praticasse bastante, Jerry poderia muito bem se tornar um músico competente, o que já seria ótimo.

Depois veio a história da parada sueca de sucessos e da música "Diga-me".

Laila jamais revelou que Lennart era o responsável pela demolição de seu joelho. Disse que tinha caído em cima de uma pedra pontiaguda e, mesmo quando pressionada, nunca alterou a história. Passou dez dias no hospital e foi submetida a uma série de operações.

Quando recebeu alta e voltou, a atmosfera da casa tinha mudado para sempre. Lennart não demonstrou o menor arrependimento por seu ato. Ao contrário, começou a considerar Laila uma espécie de ser subumano e a tratá-la em conformidade com isso.

Começou a bater nela. Não muito e nem sempre, apenas quando ultrapassava seus limites de criatura subumana. Ela tinha duas opções: ir embora ou aguentar.

Os anos se passaram, e, já que Laila não tomava uma decisão, uma decisão foi tomada por ela. Dia após dia, uma nova pele foi sendo pintada por cima de seu corpo até que se tornou a pessoa que Lennart achava que ela era. Uma pessoa pela metade. Acovardada.

Jerry continuava a praticar violão, sem fazer progressos significativos, mas se esforçava. No deserto emocional que permeava sua casa, tornou-se um menino magricela e introvertido, como uma criança que vive o tempo todo resfriada. Começou a sofrer *bullying* no ensino fundamental. Não muito e nem sempre, mas o suficiente para garantir que ele conhecesse seus limites e se mantivesse dentro deles.

Tinha acabado de completar doze anos quando descobriu David Bowie, ou, para ser mais exato, descobriu *The Rise and Fall of Ziggy Stardust and the Spiders from Mars*. E, se tocou o disco até a agulha começar a apagar os sulcos, tocou "Starman" até abrir um buraco no vinil.

Jerry não entendia direito as letras, mas entendia a sensação e a atmosfera e achava a coisa toda um grande consolo. Ele também queria acreditar que havia alguém à espera em algum lugar, alguém capaz de consertar as coisas. Não Deus, mas um homem das estrelas com superpoderes.

Quando os hormônios entraram em ebulição entre seus colegas de classe, o *bullying* ficou mais violento. Para os outros meninos, humilhar Jerry na frente das meninas passou a ser um esporte. Ele mergulhou ainda mais fundo dentro de si mesmo e se aferrou a seu único segredo: o fato de que sabia tocar violão.

"Space Oddity" substituiu "Starman" como sua música favorita. Ele entendia cada palavra e se identificou completamente com o major Tom, que decide romper todos os laços com a vida na Terra e sai flutuando pelo espaço infinito.

Tudo poderia ter sido diferente. É assustador pensar em como eventos aparentemente insignificantes podem influenciar a direção que nossa vida toma. Se Lennart não tivesse esquecido a carteira, se os Tropicos não estivessem competindo por um lugar na parada de sucessos no mesmo domingo, e assim por diante. Algo semelhante aconteceu com Jerry.

A professora descobriu que ele sabia tocar violão e conseguiu convencê-lo a se apresentar para a classe durante a Hora da Diversão, na aula da sexta-feira. Jerry já sabia "Space Oddity" de cor e salteado, mas, a partir da segunda-feira, ensaiou até seus dedos sangrarem.

Na noite de quinta, o menino tocou e cantou para Lennart e Laila. Embora não gostassem de David Bowie, os dois ficaram lá sentados, boquiabertos. Eles não faziam ideia. Quando Jerry tocou o último acorde, o pai e a mãe estavam com lágrimas nos olhos. Talvez tivesse sido o melhor momento em família que passavam juntos em muitos anos.

Naquela noite, Jerry mal conseguiu dormir. Fantasias por demais atraentes invadiram-lhe a mente. Seria sua vingança. Exatamente como nos filmes. Ele tinha jeito para se ver e se ouvir de fora quando tocava, e sabia que executava aquela música de maneira brilhante. Talvez melhor que Bowie. Seus colegas de classe não teriam outra opção a não ser admitir esse fato.

Quando chegou a hora, ele tirou o violão do estojo; estava calmíssimo. Independentemente do que seus colegas achavam da canção, ele iria mostrar-lhes. Mostraria que era capaz de fazer alguma coisa, e bem. Jerry poderia até continuar sendo maltratado, mas pelo menos saberia que eles sabiam.

Ele se sentou na cadeira junto à mesa da professora, com o violão sobre o joelho, e fitou a sala. Expressões de ceticismo, sorrisinhos maliciosos de desdém. Tocou o primeiro acorde e começou a cantar, atingindo com perfeição a primeira nota.

O sistema interno de alto-falantes da escola estalou. Jerry parou de tocar quando uma voz soou:

– Boa tarde. Aqui fala o diretor. Os alunos que quiserem podem ir ao salão principal assistir à televisão; Ingemar Stenmark vai para sua segunda descida daqui a cinco minutos. Depois disso, as aulas do dia estão encerradas. Vai, Suécia!

Ouviu-se o estrépito de vinte e duas carteiras sendo arrastadas para trás ao mesmo tempo, e a classe inteira se levantou e foi correndo ver o herói sueco celebrar mais um triunfo. Em trinta segundos, a sala ficou vazia, e Jerry viu-se sozinho com a professora. Ela suspirou e disse:

– É uma pena, Jerry. Mas haverá outras oportunidades. Quem sabe você possa tocar na próxima sexta?

O rapaz assentiu e ficou sentado na carteira enquanto a professora saiu às pressas para se juntar aos fãs de Stenmark no salão. Ele não gritou, não chorou, não ateou fogo à escola. Levantou-se devagar, guardou o violão no estojo e desistiu.

Se a Copa do Mundo de Esqui Alpino tivesse sido outro dia, se Stenmark tivesse ido para sua segunda descida cinco minutos depois, se o diretor não estivesse tão bem-humorado...

Tudo poderia ter sido diferente.

Jerry não tocou na sexta-feira seguinte, nem em nenhuma outra sexta-feira. Nunca mais teve a dose necessária de entusiasmo. Sabia que a oportunidade tinha escapado por entre seus dedos. A propósito, Stenmark venceu. Como sempre.

Jerry passou seus últimos anos do ensino fundamental no limbo especial reservado para as vítimas de *bullying* de baixa intensidade. Não era tão ruim a ponto de se recusar a ir para a escola, e seu ostracismo não era tão completo a ponto de se sentir calmo quando estava lá. Ele simplesmente aguentava as pontas.

Parou de tocar violão e, agora, dedicava seu tempo a revistas em quadrinhos sobre super-heróis, *glam rock* e aeromodelos. Lennart tentou forçá-lo a voltar para a música, mas Jerry tinha força de vontade, pelo menos em relação a coisas negativas. Ele se recusou categoricamente. Enfiou o violão debaixo da cama, e lá o estojo ficou.

Os sinais começaram a se anunciar no último semestre do nono ano. O corpo de Jerry estava mudando. Em poucos meses, ele crescera cinco centímetros e tudo começou a ganhar volume. Quando terminou o ensino fundamental, era como se tivesse saído de uma prensa, e seu corpo inflou e se espalhou para todas as direções.

Ele tinha de comer mais simplesmente para acompanhar o ritmo intenso do crescimento do corpo e se tornou um frequentador habitual da pizzaria da praça central de Norrtälje. Lá conheceu Roy e Elvis. Dois anos mais velhos que Jerry, por mais improvável que parecesse, também tinham nomes que homenageavam lendas da música. Talvez isso tenha influenciado sua decisão de deixar Jerry entrar na gangue. Elvis, Roy e Jerry. Soava bem.

No outono, Jerry começou a estudar numa escola de ensino médio, cursando principalmente matérias técnicas. Lá não havia ninguém de sua antiga escola e ele podia recomeçar do zero. Era um rapaz parrudo e grandalhão com algo de malicioso na expressão; talvez fosse melhor não mexer com ele.

Em outubro, Roy e Elvis puseram Jerry a par de sua especialidade: furtar casas de veraneio. Eles saíam de motoneta procurando chalés isolados com fechaduras frágeis e pilhavam tudo que fosse de valor, especialmente equipamentos de jardinagem e eletrodomésticos, que depois Roy vendia por quase nada a um sujeito que ele conhecia em Estocolmo.

Às vezes encontravam bebida, e Jerry ficava feliz de se juntar a eles na celebração após uma excursão bem-sucedida. Roy tinha seu próprio chalé com TV e videocassete, onde podiam beber tranquilamente o produto do roubo e assistir a filmes como *O assassino da furadeira*, *O maníaco* e *Doce vingança*. No começo, a violência explícita e escabrosa fazia Jerry se sentir meio mal, mas isso logo passou.

Ele não era louco. Não tinha a menor vontade de fazer aquele tipo de coisa e achava simplesmente ridículo o debate sobre o prejuízo moral que então estava em voga. Mas, de alguma maneira, os filmes captavam qual era a *sensação*. Depois que ele se acostumou com os filmes, era tomado apenas por uma grande sensação de calma quando via Leatherface, de *O massacre da serra elétrica*, pendurando a garota no gancho de carne. De alguma maneira, aquilo estava certo. Assim é que as coisas eram. A vida e tudo o mais.

Suas notas finais no nono ano do ensino fundamental não haviam sido nada impressionantes, e ele tinha acabado de entrar no ensino médio. As coisas seriam melhores agora. Não apesar de, mas por causa de suas atividades extracurriculares ele estava contente com a vida que levava. Por um lado quase nunca fazia o dever de casa, mas por outro conseguia se concentrar melhor quando estava na escola, já que agora não precisava mais se manter alerta o tempo todo.

Jerry terminou o ano com notas bem melhores do que qualquer um poderia esperar. Lennart e Laila o recompensaram com um computador, um ZX81 que absorveu boa parte de sua atenção ao longo das primeiras semanas de férias escolares. Enfim, uma historinha charmosa.

Tudo poderia ter sido diferente.

No início de julho, Jerry se encontrou com Roy e Elvis na pizzaria, como sempre. Elvis estava um pouco agitado. O amigo de um amigo estivera em Amsterdã e trouxera um tijolo de maconha de tamanho considerável; e tinha oferecido uma pequena amostra a Elvis.

Bem, é preciso experimentar essas coisas. Mais tarde, na mesma noite, os três sentaram-se atrás de uma árvore no parque local e, com muita dificuldade, enrolaram um baseado; o cigarro passou de mão em mão, em duas rodadas.

Jerry achou fantástico. Ele tinha ouvido dizer que a maconha deixava a pessoa pesada e lerda, mas se sentiu no topo do mundo. Talvez tenha ficado um pouco mais difícil de mover o corpo do que o habitual, mas a mente! Ele era capaz de ver tudo com tanta clareza, sabia exatamente o que era cada coisa.

Com braços jogados por cima do ombro um do outro, os três saíram para dar uma volta e chegaram ao "Point do Amor", onde as pessoas costumavam se reunir à noite. Eles eram invencíveis, eram os Três Mosqueteiros, eram a maldita história inteira do *rock and roll* num único pacote.

Havia uma espécie de festa rolando, uma turma de jovens mais ou menos da idade deles sentados em volta de uma fogueira. Alguém estava dedilhando um violão. Eis que entram em cena Os Roqueiros, fazendo a maior algazarra. Não houve discussão, as pessoas simplesmente tiveram de abrir espaço para eles. Roy agarrou uma garrafa de vinho para dividir com seus *compadres*.

Jerry não conseguia tirar os olhos do violão. O instrumento despertou alguma coisa nele. Começou a dedilhar o ar, lembrando-se da madeira, das cordas, dos trastes. Ele ainda sabia tocar. O violão ansiava que os dedos libertassem a música escondida dentro de si...

Alguém falou. Uma voz estava martelando dentro de sua consciência, dizendo seu nome. Com dificuldade, ele se livrou do poder hipnótico do violão, virou a cabeça na direção da voz e perguntou:

– O quê?

A dois metros de distância estava sentado Mats, conhecido como Mats, A Máquina do Amor desde que, dois anos antes, tinha começado a pilotar uma motoca envenenada com uma imitação de rabo de leopardo pendurada na antena. Certa vez urinara em Jerry no chuveiro dos vestiários da escola, entre outras coisas.

Mats inclinou-se para a frente e disse:

– Tô falando com você. Quer tocar, gorducho?

Aconteceu muito rapidamente. Fazia algum tempo que tudo vinha se movendo em câmera lenta, e agora alguém tinha apertado a tecla de avanço rápido.

Antes que tivesse tempo de pensar, Jerry agarrou um naco de madeira em brasa da fogueira, andou até Mats e golpeou-o no rosto com a ponta incandescente.

Mats caiu para trás com um grito, e Jerry olhou para o pedaço pontudo de madeira em sua mão. Olhou para Mats, que se contorcia no chão com as mãos sobre o rosto. A mente de Jerry começou a funcionar de novo, seus pensamentos ficaram claros como cristal. Ele viu exatamente qual era a situação. Mats era na verdade um vampiro. Apenas isso...

O que significava que havia somente uma coisa a fazer com ele. Jerry agarrou a estaca ardente com ambas as mãos e enfiou-a no peito de Mats. Faíscas voaram, ouviu-se um sibilo, e quando Elvis e Roy conseguiram segurar Jerry, Mats já tinha começado a tossir sangue, como o vampiro que era. Ou tinha sido.

Eventos que tinham durado talvez quinze segundos definiriam a vida de Jerry pelos anos vindouros. A história envolveu a polícia e advogados, assistentes sociais e serviços de assistência à adolescência. Mats sobreviveu; perdeu um olho e escapou com algumas costelas quebradas e uma ligeira sequela num dos pulmões.

Mas, durante o barato de cânabis, alguma coisa dentro da cabeça de Jerry tinha dado errado; e se recusava a voltar ao normal. Naquele momento de clareza, quando se deu conta de que tinha de livrar o mundo de um repulsivo chupador de sangue, uma percepção fincara raízes em sua mente e se negava a ir embora, mesmo depois que o barato passou.

Havia uma verdade no que ele tinha visto.

Durante uma sessão com o terapeuta da família, Laila explicou o que de fato tinha acontecido com seu joelho. O terapeuta considerou que isso era um possível avanço e uma boa oportunidade para seguir em frente, mas para Jerry era meramente a confirmação adicional do que ele já sabia: o mundo era mau, as pessoas eram más, e não fazia sentido nem mesmo tentar.

Quando todas as investigações e análises chegaram ao fim, Jerry tinha ficado tão atrasado na escola que não pôde voltar. Em todo caso, ele não queria. Durante sua ausência, Elvis tinha sido aprovado no exame de habilitação, o que abria todo de tipo de possibilidade.

Livre do fardo da normalidade, Jerry abriu mão de qualquer forma de ambição. Os três passaram de chalés de verão para casas maiores, e roubaram alguns postos de gasolina, até que foram pegos. Jerry ficou um ano numa instituição de "atendimento socioeducativo ao adolescente infrator", o que serviu apenas para reforçar sua visão de mundo.

Quando saiu, eles começaram de novo. Numa das casas, deram de cara com um senhor idoso e o espancaram. Quando o velho começou a ofendê-los aos berros, deram-lhe alguns chutes até fazê-lo calar a boca. Isso pesou na consciência de Jerry por um tempo, mas depois passou. Ele estava ficando mais duro.

Um dia, enquanto se barbeava, Jerry viu a si mesmo no espelho e se olhou com todo o cuidado. Examinou seus sentimentos e percebeu que tinha cruzado uma fronteira importante. Era capaz de matar alguém sem que isso o abatesse. Se necessário. Era, definitivamente, um progresso.

A mãe e o pai continuavam na mesma rotina de merda de sempre, mas Jerry não dava a mínima. Eles não o queriam mais em casa, mas ele achava que isso funcionava muito bem; gostava de ter seu quarto como uma espécie de toca para onde podia voltar rastejando de vez em quando. Em todo caso, não ouvia uma palavra do que eles diziam.

Quando Jerry fez vinte anos, Elvis foi passear de carro em Norrtälje, completamente chapado. Perdeu o controle de seu Chevy na colina que levava ao porto, foi direto para a água e morreu afogado. Depois disso, tudo mudou.

Roy e Jerry perderam o gás. Sentiram-se obrigados a roubar algumas casas e, depois, falaram em tentar assaltar agências do correio, o que jamais aconteceu. Não tinha mais graça. Eles se distanciaram e, já que agora estava passando mais tempo em casa, Jerry podia ouvir Lennart e Laila conversando. Por intermédio do serviço social, seus pais providenciaram um apartamento para ele, que por fim se mudou.

Jerry vendeu o estoque de bugigangas que tinha guardado e com o dinheiro comprou uma moto. Arranjava alguns empregos sem futuro, onde nunca ficava por mais de duas semanas. Formou uma razoável coleção de filmes sanguinolentos em VHS.

Assim é que as coisas foram, e talvez não pudessem ter sido em nada diferentes.

13

Na primavera do ano seguinte, meses depois que Lennart tinha encontrado a menina, algo bastante insólito aconteceu. Laila recebeu uma oferta. Um grupo chamado DDT queria que ela figurasse como vocalista convidada numa música *dance*. A princípio Laila achou que se tratava de uma piada, e em certo sentido tinha razão. A ideia era fazer uma versão sueca do megasucesso "Justified & Ancient", da banda inglesa KLF, em que Laila seria a resposta sueca para Tammy Wynette, cantando alguns versos em cima de uma pesada batida dançante.

Mais tarde, Laila descobriu que Lill-Babs e Siw Malmkvist tinham sido sondadas, mas recusaram o convite. Talvez outras cantoras suecas lendárias e figurinhas fáceis nos primeiros lugares das paradas de sucesso também tivessem sido convidadas, até que por fim a banda acabou com a bem menos lendária Laila.

Ela não tinha reputação a zelar, nem uma imagem a ser mantida, por isso aceitou. Qualquer coisa para sair de casa.

O clima tinha azedado ainda mais depois do incidente com Jerry. Lennart mal dirigia a palavra a Laila, mas pelo menos não batia nela. Não ficara claro o que o filho quis dizer com "pode esquecer a criança", caso suas instruções não fossem seguidas, mas era evidente que a ameaça tinha funcionado. Jerry ganhou seu computador e Laila foi deixada em paz.

Mas era como se uma camada de bolor tivesse se assentado sobre as coisas. O ar dos cômodos da casa estava pesado, sufocante. Laila achava que, se alguém os visitasse, precisaria apenas entrar pela porta e dar uma fungada para saber: *Tem algo ruim aqui. Algo doentio.*

Mas ninguém nunca aparecia. Com exceção de Jerry, que de vez em quando dava as caras para "checar as coisas". Às vezes ele insistia em segurar a criança, fazendo-a balançar para cima e para baixo no joelho e repetindo "fom-fom". Nessas ocasiões, Lennart ficava lá parado, com os punhos cerrados, esperando que Jerry terminasse para então levar a menina de volta ao porão.

Talvez Laila encarasse a existência trancafiada da criança como um reflexo da própria vida: às vezes, ela tinha de ir ao jardim simplesmente para respirar. Por isso recebeu de bom grado a chance de ir a Estocolmo e fingir que era de novo uma cantora, pelo menos por algum tempo.

A faixa se chamava "Capacidade de carga: 0", e eles explicaram que a intenção era fazer uma paródia deliberada do besteirol do KLF. Ela não fazia ideia do que se tratava. "A gente está caminhando sobre a água no subsolo, vamos atear fogo às quatro palavras. Chumbo. Controle. Capacidade de carga zero", e tal e coisa.

A voz dela deu conta do recado. O produtor ficou feliz. E Laila tomou o ônibus de volta a Norrtälje sem de fato entender o que tinha feito. Mas foi divertido. Um novo ambiente onde todo mundo tinha sido gentil com ela; isso era uma novidade, para começar.

Em abril, nasceu o primeiro dente da menina. De resto, era como se o crescimento dela tivesse paralisado. Não fazia tentativas de engatinhar, nem de arrastar os pés. Não se interessava por brincadeiras de esconder, não imitava ações ou movimentos. A única coisa que ela retribuía eram sons: notas e melodias.

Às vezes, Lennart a levava para o jardim à noite. Nas raras ocasiões em que Laila tinha permissão para fazer isso, ela aproveitava a oportunidade para sussurrar e conversar com a menina o máximo que podia. Em troca, nada recebia – nenhum som.

No final de maio, "Capacidade de carga: 0", da banda DDT com participação da cantora convidada Laila, foi lançada, e nada aconteceu. De início. Então alguma coisa aconteceu. Em junho, a canção entrou na parada do programa *Tracks* e subiu para o sétimo lugar. As pessoas começaram a ligar, querendo entrevistar Laila. Ela recebeu instruções bastante específicas da gravadora da banda DDT sobre o que dizer acerca da letra. Foi o que disse.

A atenção deixou Lennart nervoso, mas não havia motivo de preocupação. Em poucas semanas o *frisson* passou. Contudo, rendeu um telefonema de uma agência interessada em contratar Lennart e Laila para algumas apresentações. Lennart decidiu que a dupla tentaria fazer um *show* como experiência, em Norrtälje, em agosto. O evento era uma exposição de automóveis para fãs de carros, uma mistura de dia da família e reunião de fanáticos por velocidade.

– Então, o que a gente vai fazer com a menina? – perguntou Laila.

– Bom, é em Norrtälje. São só algumas horas, ela vai ficar bem. Sem problemas.

* * *

Era uma tarde quente de meados de julho. Eles estavam sentados à mesa bebendo café. Talvez tenha sido o sucesso inesperado, ou o fato de que tivera a chance de poder sair um pouco de casa que deu coragem a Laila. Havia muitos meses que uma pergunta bastante simples vinha martelando em sua cabeça. Então ela a expressou em palavras:

– Lennart, o que vai acontecer com a menina?

– Como assim?

– Bom, você deve ter pensado nisso. Sobre o que vai acontecer no futuro. Ela está crescendo. Logo, logo, vai estar andando. O que a gente vai fazer com ela?

Foi como se um véu caísse sobre os olhos de Lennart e ele andasse para bem longe, embora ainda estivesse sentado à mesa mexendo seu café.

– Ela não vai fazer parte disto tudo – ele respondeu. – Não será destruída.

– Não. Mas... de um ponto de vista puramente prático: como vai funcionar?

Lennart cruzou os braços e olhou para Laila como se estivesse a uma grande distância.

– Eu não vou falar de novo. Então preste atenção. A gente vai manter a menina aqui. Não vamos deixá-la sair. Vamos treiná-la pra que ela se adapte ao nosso estilo de vida. Ela não vai ser infeliz, porque não terá visto mais nada.

– Mas por quê, Lennart? Por quê?

Com cuidado exagerado, Lennart levou a xícara aos lábios, bebericou um gole do café morno e devolveu a xícara ao pires, sem fazer um ruído sequer.

– Não quero mais ouvir essas perguntas. Vou responder agora. Mas depois nunca mais. Está claro?

Laila assentiu. Até mesmo a voz de Lennart tinha mudado, como se uma versão diferente dele estivesse falando através de sua boca. Uma pessoa feita de um material mais pesado, de seu núcleo sólido. Havia nessa voz algo de instigante, e Laila ficou lá sentada, imóvel, os olhos fixos nos lábios de Lennart enquanto ele dizia:

– Porque ela não é uma criança comum. Ela jamais vai ser uma criança comum. Ou uma pessoa comum. Ela é branca, completamente branca. A única coisa que o mundo vai fazer com ela é destruí-la. Eu sei disso. Vi dentro dela. As pessoas podem achar que é uma coisa ruim manter uma criança trancafiada. Mas é o melhor pra ela. Tenho certeza disso. Ela é pura música. O mundo é uma dissonância. Ela sucumbiria. No mesmo instante.

— Então é por *ela*? Tem certeza?

A consciência de Lennart voltou para a mesa. Como se tudo tivesse sido instantaneamente podado, de repente sua expressão ficou frágil e hesitante. Uma criança solitária na floresta. Laila não conseguia se lembrar da última vez que tinha visto aquele olhar, que foi como uma facada em seu coração.

— E por mim. Se ela desaparecesse… eu me mataria. Ela é a última. A última chance. Depois dela não existe mais nada.

Os dois permaneceram sentados, imóveis. A agulha enfiada no coração de Laila torceu e retorceu. Um pardal pousou na mesa, bicando alguns farelos de bolo. Mais tarde, Laila concluiria que ambos se encontravam numa encruzilhada, e que uma decisão fora tomada. Em silêncio. Como todas as decisões importantes.

14

Os pais de Jerry não tinham dito uma palavra sobre o *show*, mas ele viu os cartazes. Estava pensando em ir à exposição de carros a fim de encontrar alguns velhos amigos, mas, quando descobriu que Laila e Lennart tocariam lá, mudou de ideia. Havia uma outra coisa que ele preferia fazer.

O *show* estava marcado para as duas horas da tarde. À uma e meia, Jerry subiu na moto e rumou para a casa dos pais. Calculou que eles precisariam de uma boa meia hora para fazer a passagem de som e depois de pelo menos isso para guardar todo o equipamento, entrar no carro e fazer a viagem de volta; assim, ele teria algumas horas para ficar sozinho na casa. E imaginou que não levariam a menina com eles.

A porta da frente não era problema; ele seria capaz de abri-la dormindo, usando apenas um cartão de crédito, mas tinha levado uma chave de fenda só por precaução. Levou dez segundos para forçar a antiquada tranca e entrar no corredor. Sem tirar as botas, desceu com estrépito os degraus do porão, aos berros de fom-fom.

Teve um sobressalto quando entrou em seu velho quarto. A criança estava em pé no berço, com as mãos apoiadas na armação lateral, olhando diretamente para ele. Há algo de terrível na maneira como uma criança olha para a gente, como se fosse capaz de nos enxergar e nos entender por inteiro. Mas, ainda assim, era apenas uma criança, vestindo um macacãozinho vermelho e com a fralda formando uma saliência no traseiro. Nada que pudesse inspirar medo.

Jerry compreendera em sua totalidade o que aquela criança significava para o pai dele. Quarenta vezes mais do que ele próprio tinha significado. Isso era bastante frustrante. Ele não entendia. O que havia de tão especial naquela pequena idiota que simplesmente ficava ali parada, encarando?

Quando Jerry ergueu a criança pelos braços e tirou-a do berço, ela ficou pendurada, toda molenga; sequer espermeou. Hesitante, Jerry cutucou a barriga da menina e disse: – Fom-fom. – Nada de sorriso, nem ao menos a sugestão de um leve franzir de testa. Jerry cutucou com mais força; desta vez deu um repelão na menina. Nada. Era como se ele não existisse, como se nada que ele fizesse ou dissesse surtisse efeito.

Bancando a durona, hein, sua miseravelzinha?

Colocou a criança na cama sobressalente e beliscou-lhe o braço, com força. A pele macia da bebê foi comprimida e ele sentiu os próprios dedos tocando o tecido e a pele. Uma vez que nada aconteceu, passou para as coxas, as duas coxas. Beliscões violentos que teriam feito um menino de sete anos abrir um berreiro. A menina continuava olhando fixamente para a frente, através de Jerry – como se ele fosse transparente –, sem fazer um único ruído. Jerry ficou farto daquilo. Porra, precisava arrancar dela algum tipo de reação!

Deu um sonoro e brutal tapa no rosto na menina. A cabecinha da bebê foi arremessada de lado e sua bochecha começou a avermelhar, mas ainda assim a criança não deu sequer um pio. Na testa de Jerry brotaram gotas de suor, e uma lâmpada negra acendeu-se em seu peito.

Tudo bem, talvez a cretina seja surda e muda e sei lá que merda mais, mas com certeza deve ter a capacidade de sentir dor, *certo?* Estava mais do que na hora de aparecerem lágrimas, uma careta, alguma coisa. A incapacidade de Jerry de provocar uma reação na menina deixou-o furioso. Ele arrancaria dela, na marra, alguma espécie de *resposta*.

Ergueu a menina da cama, segurou-a no ar à distância de um braço e deu um passo para trás.

– Se eu te deixar cair no chão, você vai sentir isso, não vai, porra? Não acha? – Trouxe a criança para perto e repetiu a ameaça, para que ela entendesse. – Tá me ouvindo? Eu vou deixar você cair no chão.

Jerry jamais descobriu se teria feito isso ou não. Assim que pronunciou a última palavra, a mão da menina se moveu com velocidade reptiliana e agarrou seu lábio inferior, cravando os dedos e, com as pequenas unhas, raspando as gengivas. Depois ela deu um puxão.

A dor foi tão intensa que lhe saltaram lágrimas dos olhos. Qualquer que pudesse ter sido a intenção de Jerry, a dor fez com que ele soltasse a criança. Ela ficou pendurada no lábio dele por menos de um segundo, tempo suficiente para rasgar de leve a gengiva e o sangue começar a jorrar dentro de sua boca.

A criança caiu e aterrissou de bumbum no chão de cimento, de onde ficou olhando para Jerry, que àquela altura havia levado as mãos à boca e choramingava. No criado-mudo ao lado da cama, havia um copinho com bico no formato de elefante, em que as orelhas formavam a alça. Jerry abriu a tampa e cuspiu dentro. Sangue e saliva misturaram-se ao leite. Ele ficou lá um bom tempo, sentado e cuspindo até o pior passar. Depois pegou um pedaço de papel toalha, enrolou-o e enfiou sob o lábio como um tabaco de mascar de cabeça para baixo.

A criança ainda estava deitada de costas, olhando para ele. Jerry agachou-se ao lado dela e disse:

— Tá legal. Sem problemas. Agora a gente sabe.

Ergueu a menina, tomando cuidado para manter o rosto afastado das mãos dela, e recolocou-a com delicadeza no berço. Ela estava absolutamente calma; a única coisa que tinha mudado era que, agora, havia um pouco de sangue nas pontas dos dedos de sua mão esquerda.

Jerry empoleirou-se na borda da cama, com os cotovelos apoiados nos joelhos. Observou cuidadosamente a menina. Embora seu lábio estivesse doendo, não conseguiu conter um sorriso. Sem dúvida, ele estava radiante. De repente agarrou as barras do berço e o sacudiu, chacoalhando a menina para a frente e para trás.

— Porra, mana! Mana! Cacete!

A menina não reagiu, mas não havia como negar: ele tinha uma irmã, mais ou menos. Ele gostava da pequena imbecil. Ela era completamente louca. Ninguém iria mexer com ela. Ela era invencível, a irmã dele.

Jerry estava a fim de celebrar, por isso subiu ruidosamente as escadas e encontrou uma garrafa de uísque escocês e um copo; voltou ao porão, empoleirou-se na cama, encheu o copo até a metade e propôs um brinde, fazendo tilintar o vidro contra as barras do berço.

— Saúde, mana!

Tomou um gole generoso e fez uma careta quando o álcool encharcou o curativo improvisado e tocou a gengiva ferida. Cuspiu o papel toalha no chão e lavou a boca com mais uísque. Depois, pousou o queixo na mão e olhou com expressão pensativa para a menina.

— Sabe qual é o seu nome? Theres, é isso aí. Como aquela garota do grupo Baader-Meinhof. Theres. — Era claro como água, ele podia ouvir isso ao pronunciar o nome. — Theres. É isso aí.

Entornou o copo de uma vez. A criança se remexeu na cama até ficar sentada e então se levantou. Agora ela estava na vertical, na mesma posição de quando ele tinha entrado no quarto.

— O que foi? Quer experimentar?

Ele pegou um pedaço de pano e mergulhou-o no copo, depois estendeu a pontinha umedecida e ofereceu-a a Theres, que não abriu a boca. Ele empurrou a ponta embebida contra os lábios dela.

— É isso que eles faziam antigamente, sabe? Boquinha aberta, vai.

Theres abriu a boca, e Jerry empurrou a ponta da flanela. A menina sugou, depois se deitou. Ela continuou sugando o pano sem tirar os olhos de Jerry.

— Saúde — ele disse, esvaziando o copo.

Após dez minutos e mais um copo, Jerry começou a ficar inquieto. Olhou ao redor do quarto em busca de algo para fazer. Uma súbita inspiração fez com que olhasse debaixo da cama, e vejam só!

Ajoelhou-se e pegou o estojo do violão. Estava coberto por uma camada de poeira, e o fecho tinha começado a enferrujar depois de tantos invernos úmidos. Ele abriu o estojo e tirou o violão, avaliando seu peso entre as mãos.

Caramba, é tão pequeno.

Quando pensava em seus dias de violonista, lembrava-se do violão como uma coisa enorme em seu colo; seus dedos tinham dificuldade para alcançar as ponteiras certas. Agora, era um brinquedo em suas mãos, e ele não tinha o menor problema para fazer a mão passear ao longo do braço do instrumento.

Tentou um mi menor e produziu um som horrível. Experimentou um acorde e começou a girar o afinador na corda mi – para começar. Havia algo estranho na acústica do quarto. Quando dedilhou a corda, soou como uma nota dupla. Ele deixou a nota desaparecer e encostou a orelha na caixa de ressonância. A ressonância parecia mais pura. Dedilhou novamente a corda, inclinando a cabeça na direção do corpo do violão. Não tinha o ouvido de Lennart, só era capaz de ouvir as notas em relação umas às outras, mas estaria a ressonância soando mais pura do que a nota propriamente dita?

Algum tipo de defeito por causa da umidade.

Jerry se endireitou de modo a poder alcançar os afinadores, e viu que Theres tinha se levantado no berço. Dedilhou a corda mi de novo. Desta vez, conseguiu ouvir de onde estava vindo a nota mais pura.

Não, não, não.

Só por diversão, ele afinou a corda mi com base no som que Theres estava emitindo; depois passou para a corda si. Quando a ajustou ao som que a menina emitia, conseguiu ouvir que o intervalo era absolutamente perfeito. Fez a mesma coisa com a corda sol, e assim por diante. Nunca tinha sido tão rápido afinar um violão. Nem mesmo se usasse um diapasão eletrônico teria ficado melhor.

Tomou um gole de uísque diretamente do gargalo e olhou para Theres, que ainda estava de pé no berço, a bochecha vermelho-viva e o rosto sem expressão.

– Você é uma figura, hein? E o que me diz disto aqui?

Arriscou um dó. Não a nota, mas um acorde. Dó, mi e sol. A voz cristalina de Theres respondeu; era difícil dizer onde terminava o violão e onde a menina começava. Jerry deixou o acorde morrer aos poucos. A voz dela se prolongou por alguns segundos antes de também silenciar. Jerry tomou mais um gole da garrafa e assentiu de si para si.

– Beleza. Vamos agitar. – Foi batendo o pé para marcar o ritmo, tocou dó de novo e entoou o primeiro verso de "Space Oddity".

Ao lado dele, a menina o acompanhava em notas puras e sem palavras. Quando ele mudava de acorde, ela levava um segundo antes de passar para a nova nota. Ainda bem. Ele teria ficado tremendamente apavorado se, além de tudo, ela *conhecesse a canção.* Mas não conhecia. Então ele a tocou para ela, depois passou para "Ashes to Ashes", para que assim ela pudesse ouvir a história toda.

Assim que Jerry terminou de cantar os últimos versos com Theres, foi como se tivesse despertado de um feitiço. Olhou ao redor do quarto e se deu conta de que haveria uma confusão infernal quando seus pais voltassem para casa.

Devolveu a garrafa ao devido lugar, sumiu com o trapo embebido em uísque, juntou os pedaços de papel toalha manchados de sangue e jogou o conteúdo do copinho na pia da lavanderia. Por fim, guardou o violão de volta no estojo. Agora o quarto parecia o mesmo de antes.

Theres estava em pé no berço, olhando para ele. Jerry inclinou-se e cheirou a boca da menina. Nada. A bem da verdade, era quase uma pena. Lennart e Laila teriam muito que pensar caso chegassem em casa e encontrassem a menina fedendo a Famous Grouse.

– Beleza, mana. Até mais ver.

Saiu. Dez segundos depois, voltou e pegou o violão.

15

O *show* não alcançou o sucesso que os promotores esperavam, mas também não foi um fiasco. A maior parte da plateia era composta de homens obesos usando jaquetas de brim e mulheres com excesso de maquiagem, todos mais ou menos da mesma idade de Laila e Lennart. Pouquíssimos jovens tinham aparecido para ver a cantora por trás de "Capacidade de carga: 0", o que foi bom, porque na verdade eles não tinham permissão para usar o *sampling* da música.

Lennart tinha feito o melhor que podia para programar o sintetizador, mas o público ouviu versões bastante aguadas dos velhos sucessos, ou tentativas de sucesso, da dupla. Não foi nenhuma surpresa que a reação mais entusiasmada da plateia tenha sido para "Chuva de verão". Colados ao palco, quatro bêbados usando coletes de couro deram-se os braços e cantaram junto o refrão, e o aplauso no final quase foi suficiente para um bis. Mas apenas quase.

Após a apresentação, algumas pessoas foram conversar com a dupla, e um homem com uma pança protuberante, que mais parecia uma enorme arma enfiada debaixo da camiseta, pediu a Laila um autógrafo. Onde você gostaria? Na barriga, é claro. Isso acabou se transformando em uma tendência, e outros cincos homens se inspiraram no barrigudo e também pediram autógrafos na barriga. Os traços da assinatura de Laila com a caneta hidrográfica foram ficando cada vez mais amplos, enquanto Lennart permanecia de pé ao lado dela fingindo sorrir.

Até que um homem tímido e encolhido por causa da idade expressou sua admiração pelo primeiro e único disco do duo Os Outros, e nesse momento o evento passou a ser uma experiência muito agradável também para Lennart.

Não, não fora um sucesso, mas Lennart e Laila se sentiam bastante contentes enquanto enrolavam seus cabos e microfones e guardavam no carro o sintetizador. Havia gente que se lembrava deles. Não que isso fosse suficiente para arquitetar um retorno, mas era um pequeno consolo, pelo menos.

Já estavam ambos fora de casa por pelo menos meia hora a mais que o planejado, e, pela maneira com que Lennart vinha dirigindo, sem dúvida teria perdido sua carteira de habilitação caso fossem flagrados por algum radar. Sem se preocupar com a necessidade de descarregar o equipamento do carro, ele correu para dentro de casa e desceu ao porão a fim de verificar se estava tudo bem.

A criança estava deitada de costas, imóvel, encarando o teto. Lennart ficou lá parado, olhando para a menina e esperando que ela piscasse. Como não piscou, ele se aproximou às pressas do berço e agarrou a mão da criança por entre as barras. A menina franziu o nariz. Lennart respirou, aliviado, e pressionou os lábios contra a mãozinha. Então ele viu que havia sangue na ponta dos dedos.

Retirou a menina do berço e trocou a fralda, inspecionando o pequeno corpo para ver se ela havia se arranhado. Não encontrou nada a não ser algumas manchas nas coxas, o que o levou a pensar que devia ter mordido a língua, ou talvez um novo dente tivesse nascido.

Quando ele subiu a escada, o telefone tocou. Lennart chegou lá antes de Laila, que vinha manquejando da sala de estar, e atendeu.

– Lennart falando.

– Oi, é o Jerry.

– Ah.

Lennart fez um rápido exame mental do que Jerry poderia querer agora, e se preparou para o pior. Depois de alguns segundos de silêncio do outro lado da linha, perguntou:

— Então, você queria alguma coisa?

— Não. Só queria ver se vocês estavam em casa. Tchau.

A ligação caiu, e Lennart ficou lá parado com o fone na mão, as sobrancelhas erguidas. Laila olhou para ele, ansiosa.

— O que ele queria?

Lennart colocou o fone de volta no gancho e meneou a cabeça.

— Ver se a gente estava em casa. Essa é nova.

16

Dois canibais cobertos de lama abriram um talho na barriga de um homem e arrancaram seus intestinos para se banquetearem; Jerry estava largado no sofá, fumando um cigarro. Apertou a tecla *stop*. Nem se deu ao trabalho de acelerar para a cena em que penduravam a garota em ganchos enfiados nos seios. Arrastou os pés até o videocassete e ejetou a fita *Cannibal Ferox* antes de devolvê-la à seção de filmes italianos sobre canibais na estante.

Pegou *Vivos serão devorados*, mas desistiu; olhou para as capas de *Holocausto canibal* e *Mundo canibal*, mas simplesmente não estava a fim. Já tinha visto todos esses filmes pelo menos uma dezena de vezes. Alguns deles mais de vinte. Olhou de relance para a joia de sua coleção, o incompleto *Ilsa, a guardiã perversa da ss*, que tinha feito seu estômago formigar nas primeiras vezes a que o assistira. Mas não.

Dentro de Jerry havia um buraco escancarado. Ele pegou uma garrafa de cerveja russa na geladeira, abriu a tampa na borda da pia e, de um só gole, bebeu metade para ver se ajudava. Nem de leve.

Saiu na sacada e acendeu outro cigarro, observando um grupo de crianças com toalhas sobre os ombros que voltava para casa depois de uma excursão de natação a Vigelsjö. Bronzeadas, alegres, magras e sem a menor preocupação. Jerry afundou num pufe e suspirou. Deu uma tragada profunda e pensou no que estava sentindo.

Um buraco? Seria mesmo um buraco?

Não, ele conhecia bem essa sensação. Um espaço vazio que surgia e dentro do qual era preciso jogar coisas: comida, bebida alcoólica, filmes, excitação, até que o eco parasse. Isso era diferente. Agora era como se alguma coisa tivesse aparecido. Medo. Era branco e tinha uma forma esférica, mais ou menos do mesmo tamanho de uma bola de handebol. Girava ao redor de seu corpo, inquietando-o, desestabilizando-o.

Jerry andou de um lado para outro no apartamento e parou diante do estojo do violão, que estava encostado à parede no corredor. Porra, por que razão trouxera o violão para casa? A última coisa de que precisava era um lembrete de sua maldita *infância*. Ficou lá, parado de frente para o estojo, a cabeça pendida de inclinada. Ao longe, como um sussurro atravessando os canos de água, ouviu a voz da menina. A voz de Theres. Cristalina, perfeita.

Ele estremeceu e levou o estojo para a sala de estar, depois retirou dele o violão. Na viagem de moto até sua casa, o instrumento tinha desafinado, e, sem Theres e a voz dela por perto, precisou de quatro vezes mais tempo para afiná-lo de novo. Assim que o som pareceu bom, ele tentou um acorde de dó com sétima, para ver se seus dedos ainda se lembravam. Lembravam-se.

Jerry brincou um pouco, e no início seu indicador não parecia flexível o suficiente para conseguir dedilhar os acordes com pestana, mas isso logo se resolveu. Jerry balançou a parte de cima do corpo e passou sem problemas pelo *riff* de "I Shot the Sheriff", de Eric Clapton; depois seguiu dedilhando, enquanto murmurava a letra para si mesmo.

O tempo passou, e sem perceber como isso tinha acontecido, ele se viu ali, sentado, tocando uma sequência de acordes que não reconhecia. Olhou para os dedos, que se moviam por conta própria ao longo do braço do violão, e repetiu toda a sequência. Era um som muito bom.

Mas que música é essa, porra?

Mais uma vez, mais devagar. Ele podia ouvir ecos de Bowie, The Doors, pelo amor de Deus; sentiu uma melodia por trás dos acordes, mas ainda assim não conseguia identificar o que era: The Who? Não. Depois de repetir mais algumas vezes toda a sequência, aceitou a verdade: aquela melodia não existia. Ele tinha acabado de inventá-la.

Anotou a sequência de acordes nas costas de um envelope. Verso, refrão. Precisava de algum tipo de ponte. Jerry cantarolou o verso e tentou algumas coisas diferentes até encontrar uma transição que funcionasse direito, e que ele mudou e acelerou antes do refrão final. Não era perfeito, mas deveria servir. Algo em que ele poderia trabalhar.

Jerry recostou-se no sofá e soltou o ar. Pela janela, viu que lá fora tinha começado a escurecer. Olhou para o violão, para o envelope coberto de acordes rabiscados e marcações com xis. Coçou a nuca.

Mas que diabos foi isso?

Pelo menos três horas tinham se passado desde que ele tirara o violão do estojo. Passado, não. Voado. Seu cabelo estava grudento de suor e ele perdera quase toda a sensibilidade na ponta dos dedos da mão esquerda, que estava vermelha e inchada. Isso logo passaria, Jerry sabia. Alguns dias de prática e a pele ficaria mais dura e calejada.

17

Lennart recusou o punhado de *shows* que lhe foram oferecidos ao longo do outono, e Laila não ficou exatamente triste. Sentira-se desajeitada e enferrujada em cima do palco durante a exposição de carros e, embora tivesse gostado de toda a atenção, não estava sonhando em viajar pelo país assinando autógrafos em panças de beberrões. Mas qual seria o sonho dela? Tinha mesmo algum?

O disco de Lizzie Kanger em que Lennart trabalhara vendeu razoavelmente bem, e o casal vivia dos direitos autorais deste e de outros projetos em que Lennart se envolvera ao longo dos anos. Em teoria, eles poderiam ficar em casa sentados e morrendo de tédio, girando os polegares com os outros dedos entrelaçados, enquanto o dinheiro pingava na conta, o suficiente para cobrir as necessidades. A casa estava paga, e eles não tinham grandes despesas. O cenário estava armado para uma lenta e indolor caminhada pela estrada da vida até que as luzes se apagassem.

Laila estava feliz com a situação, e Lennart parecia melancolicamente resignado com essa perspectiva, até que encontrou a menina. Laila não conseguia entender a energia febril de Lennart em relação à criança, mas, neste caso, como em tantos outros, ela simplesmente deixou o marido seguir em frente, porque era o mais fácil a fazer.

Durante o outono e o inverno, Lennart recebeu mais ofertas envolvendo o trabalho de composição. O pequeno sucesso de Lizzie Kanger repercutira bem, e não havia escassez de cantores otimistas – homens e mulheres –, ávidos para que uma pedrinha semelhante caísse na poça estagnada das próprias carreiras. Uma canção, ou simplesmente um refrão pegajoso – tem alguma carta na manga, Lennart?

Lennart trancava-se no estúdio e criava frases, acrescentando *riffs* de sintetizador tão bombásticos que nem mesmo as pessoas sem ouvido musical deixariam de perceber o potencial das *demos* que ele despachava.

A criança tinha passado para a fase dos alimentos sólidos e, em geral, era Laila quem se encarregava de dar de comer à menina... potes de papinha que ela engolia com apetite surpreendentemente voraz. Porém, por mais que comesse, continuava magra demais para um bebê, o que era intrigante e insólito, em face do pouco exercício que ela fazia. Laila desejou ter aquele metabolismo.

O outono avançou, e a menina começou a andar, mas continuava sem dizer uma palavra. O único som que saía dela enquanto zanzava pelo quarto era um lento e soporífero zumbido de quem cantarola com os lábios fechados – melodias que Laila jamais ouvira. Às vezes, Laila sentava-se na cama do quarto e ficava observando a menina, até pegar no sono.

Em algum momento a criança encontrara um pedaço de corda de cerca de vinte centímetros e com quatro nós, e nunca mais o largou. Ela mastigava o pedaço de corda, afagava-o, esfregava-o no rosto e dormia com uma das mãos agarrada a ele.

À medida que as semanas foram passando, a menina começou a usar sua recém-adquirida habilidade de andar de uma maneira que deixou Laila desassossegada, e ela não sabia o motivo. A menina estava *procurando* alguma coisa. Essa era a única palavra adequada.

Com o pedaço de corda na mão, ela zanzava pelo quarto olhando atrás do armário, debaixo da cama. Abria e depois fechava as gavetas da escrivaninha. Tirava do cesto os brinquedos, para os quais nunca dera a mínima, e olhava dentro dele. Depois voltava para a escrivaninha, abria as gavetas, olhava debaixo da cama, e assim por diante, o tempo todo cantarolando de lábios fechados.

Em geral, isso era tudo o que a criança fazia. Às vezes, ela se sentava no chão e acariciava os nós do pedaço de corda, mas logo depois se levantava de novo e ia olhar atrás do armário. Quando Laila lhe dava de comer, os olhos da menina jamais se encontravam com os dela. Continuava esquadrinhando o quarto, como se, mesmo parada, ainda estivesse procurando.

Quando Laila ficava sentada na cama acompanhando os movimentos da menina de um lado para outro no quarto, um horror silencioso começava a sussurrar dentro dela. Quanto mais tempo ela a observava em sua resoluta busca, mais se convencia de que realmente havia algo a ser procurado e de que, agora, a qualquer momento, a menina o *encontraria*. Ela sequer imaginava o que poderia ser, e se perguntava se a própria criança sabia.

O inverno se arrastara. Tardes escuras e chuva torrencial tamborilando nas janelas do porão. No início da primavera, Laila já tinha desistido havia muito tempo de conversar com a criança. Por conta própria, a ordem de Lennart convertera-se em lei. A menina não falava, cantava de lábios fechados e não parava sequer por uma fração de segundo, nem mesmo quando alguém falava. Por fim, pareceu inútil tentar. E, afinal de contas, ela cantarolava lindamente.

Laila tinha começado a deixar aberta a porta do quarto da menina. Não fazia diferença. Quando ela chegava à porta, estacava, como se uma barreira invisível a impedisse de sair e explorar o resto do porão.

A fim de ter o que fazer, Laila recomeçara a tricotar. Um dia, depois de passar mais ou menos uma hora sentada na cama trabalhando num novo gorro para a menina, alguma coisa mudou na energia do quarto.

Laila abaixou as agulhas. A criança estava em pé, com a ponta dos dedos pisando na soleira da porta, perscrutando o porão. Então, ela esticou um dos braços através da porta, como se para verificar se de fato havia um espaço do lado oposto. Deu um passo. Laila prendeu a respiração quando ela moveu o outro pé e, depois, permaneceu parada, com os calcanhares pisando com firmeza do lado de lá da soleira. A menina virou a cabeça da esquerda para a direita.

Seu canto de lábios fechados falhou por um momento, como se ela estivesse hesitante. Depois o zumbido mudou de aspecto. Uma nova melodia, um novo tom. A visão de Laila ficou turva, e ela percebeu que estava chorando. Através das lágrimas, viu a menina dar um passo infinitamente lento para trás, viu o outro pé fazer o mesmo, até que, por fim, a criança estava mais uma vez dentro do quarto. E ali ela ficou, imóvel, por alguns segundos, e então a melodia mudou.

Depois ela se virou e caminhou de volta para o quarto, onde continuou sua busca como se nada tivesse acontecido.

Com o que você sonha, Laila? Você tem um sonho?

Alguma coisa tinha acontecido. Alguma coisa se abrira dentro de Laila perfurando seu torpor. Ela apalpou a abertura na tentativa de ver o que havia por trás. Não conseguiu enxergar coisa alguma.

Laila pegou seu tricô e fugiu do quarto.

Achou que iria apenas sair para dirigir um pouco. Como se fosse algo perfeitamente natural. Por causa de seu joelho ruim, hoje em dia era Lennart quem se encarregava de guiar o carro, mas ali estava ela, em plena luz do dia, a cento e dez por hora na sinuosa estrada para Rimbo.

Somente quando pegou a estradinha da floresta foi que Laila percebeu para onde se dirigia durante todo o tempo. Ela parou no estacionamento no qual se iniciava a trilha da floresta e desligou o motor.

Era ali que Lennart tinha encontrado a menina, dezoito meses antes. Laila desceu do carro, fechando mais o casaco para se proteger da garoa gelada e penetrante. O céu estava nublado, e, embora ainda fosse meio-dia, entre as árvores via-se uma paisagem sombria. Ela deu alguns passos hesitantes e sufocou o súbito impulso de gritar. Por que motivo gritaria? O que ela estava realmente procurando? Procurava o lugar. Ali ela saberia.

A descrição de Lennart não fora exata, mas, pelo que Laila entendera, era perto da trilha. Ela caminhou lentamente em meio às moitas úmidas e folhas podres, procurando algo que parecesse diferente. Um vento frio carregado de chuva assobiou entre os troncos das árvores, fazendo-a estremecer. Alguma coisa branca tremeluziu sob sua visão periférica.

No tronco de um pinheiro, havia um galho quebrado, no qual estava pendurado um fragmento de saco plástico. Seu olhar esquadrinhou o chão. A alguns metros do pinheiro, ela avistou um oco na terra, por sobre o qual o vento tinha soprado um punhado de folhas e gravetos. Laila agarrou o plástico e cuidadosamente foi abaixando o corpo junto ao oco até conseguir se sentar. Com as mãos, afastou as folhas e gravetos.

Vestígios da terra que tinha sido removida ainda eram visíveis em volta do buraco. Laila apertou o pedaço de plástico entre as mãos, soltou-o, apertou de novo.

Examinou-o e nada constatou, a não ser que era plástico branco. Apalpou o oco na terra. Nada.

Era dali que a menina viera. Era ali que ela se deitara. Naquela sacola, naquele buraco. Nenhuma outra trilha levava àquele lugar, nenhuma partia dali. Ali tudo começava.

Com o que você sonha, Laila?

Ela ficou lá um bom tempo sentada, com a mão no buraco, mexendo-a para a frente e para trás como se procurasse os restos de um calor residual. Depois, deixou-se cair pesadamente, abaixando a cabeça. Geladas gotas de chuva pingaram em sua nuca enquanto ela acariciava a terra molhada e murmurava:

— Me ajude, Pequenina. Me ajude.

18

Em suas visitas, que ocorriam a intervalos de algumas semanas, Jerry também notou a mudança no comportamento de Theres, mas não era algo que o incomodasse. Alguma coisa na maneira com que a menina insistia em procurar lhe deu a impressão de que ela estava em busca de uma saída, uma rota de fuga que não passava pela porta que a criança agora usava para examinar o restante do porão. Uma fenda, uma brecha, por assim dizer. Esse tipo de coisa não existia, Jerry sabia melhor que ninguém. Mas deixou a menina seguir em frente. Tinha outras coisas com que se preocupar.

Cerca de um mês após a sessão Bowie com a irmã, ele tocou para ela uma de suas próprias canções, repetindo a sequência de acordes que tinha rabiscado num pedaço de papel. Ele achava que era uma espécie de *pop* britânico *à la* Suécia, mas, quando Theres acrescentou uma linha melódica, a canção ganhou ares de um híbrido de música folclórica sueca com o mais pesaroso tipo de canção *country*. Sem dinheiro, sem amor, sem ter lugar no mundo para onde ir.

Durante o inverno, ele retirou a ameaça de revelar ao mundo a existência da menina, mas, em troca, insistiu em ganhar o direito de passar algum tempo sozinho com ela de vez em quando.

Assim que tinha em mãos um par de novas canções, Jerry visitava a casa dos pais e se trancava com a menina no porão, pendurando um cobertor na janela para evitar que Lennart os espionasse. E ele e a menina se punham a trabalhar.

Sem exceção, as canções se tornavam significativamente mais sombrias depois de passarem pelo filtro da voz de Theres. Ou, talvez, "sombrias" não fosse a palavra certa. Mais sérias. Em todo caso, Jerry estava maravilhado em ver o quanto suas canções ficavam boas quando as ouvia na voz de Theres. Quando ele próprio as cantarolava, pareciam banais.

Para ele, o único objetivo de compor era o fato de que isso o fazia se sentir melhor. Toda vez que ele se sentava com Theres e tocava um acorde de mi com sétima para começar – era o pequeno ritual da dupla – e Theres respondia com sua voz cristalina, era como se alguma coisa fluísse de dentro dele, transbordasse.

Depois disso, quando começavam a improvisar e Theres elevava as ideias simplórias dele à condição de música genuína, por alguns instantes, ele estava em outro lugar, um lugar melhor. Afinal, talvez houvesse uma fenda, uma brecha, uma maneira de escapar. Pelo menos por um tempo.

19

Laila sabia que aquilo tinha de ter um fim.

Tudo começara no dia em que ela voltara para casa depois de visitar o lugar onde Lennart encontrara a menina. Começara a procurar. Primeiro, abriu o guarda-roupa onde eles guardavam os velhos discos de vinil e deu uma olhada neles. Depois, vasculhou o quarto onde guardavam as roupas velhas. No decorrer de poucos dias, Laila abriu todas as caixas e gavetas contendo velharias. Por fim escarafunchou cada vão e cada fresta da casa.

Assim que terminou, recomeçou as buscas procurando nos mesmos lugares em que já tinha olhado. Talvez tivesse sido desatenta da primeira vez. Talvez tivesse deixado alguma coisa escapar.

De vez em quando, Laila encontrava algum brinquedo esquecido, ou um *souvenir* comprado durante uma viagem de férias. Passou um bom tempo encarando um homem de madeira de Majorca em cuja boca apareciam cigarros quando se apertava seu chapéu. Tinha se esquecido completamente dele e tentou se convencer de que *aquele era o objeto de sua busca*.

Ao mesmo tempo sabia que isso era uma mentira e que o que ela estava procurando não existia. E, mesmo assim, continuou. Nos intervalos, descia ao porão e ficava observando a menina fazer o mesmo de sempre. Laila tinha a sensação de que estava cruzando uma fronteira. A qualquer momento, ouviria um clique dentro da cabeça e, então, ficaria realmente louca.

As coisas chegaram ao ponto em que ela começou a ansiar por esse dia. Deixaria de ter responsabilidade por seu comportamento. Como a menina, teria uma cama, um quarto e comida em horários fixos. Nada mais.

Mas a exaustão chegou primeiro. Começou a passar o tempo sentada na poltrona da sala de estar, sem fazer absolutamente nada. Não tinha mais forças para procurar, resolver palavras cruzadas, nem mesmo pensar. Às vezes, Lennart vinha e fazia comentários depreciativos sobre ela, mas Laila mal escutava. Não sentia coisa alguma senão uma vaga sensação de vergonha do que se tornara.

Um dia, Lennart tinha ido para Estocolmo, e, depois de passar duas horas sentada na poltrona, Laila ouviu de fato algo parecido com um clique. Uma membrana se rompeu, tudo ficou claro, e ela tomou uma decisão. Sentou-se com o corpo ereto na poltrona, de olhos arregalados.

Ela não tinha procurado na garagem. Não. Por isso, agora iria até lá e abriria um armário, ou puxaria uma gaveta, e a primeira coisa que ela visse seria *o objeto de sua busca*. Independentemente do que fosse, seria aquilo que ela vinha procurando. Decidiu.

Avidez e sensação de empolgação que Laila não sentia havia muitos meses apoderaram-se dela ao atravessar o jardim. A porta da garagem estava entreaberta, dando-lhe as boas-vindas, pois Lennart tinha saído com o carro. O sol emergia de um pálido céu de julho. Laila abriu ainda mais a porta e entrou na escuridão.

Sobre um banco havia ferramentas e coisas do carro, e, debaixo dele, um armário com três gavetas. Laila estacou diante do armário e passou lentamente a mão sobre as três gavetas, como o apresentador do Bingolotto quando um sortudo vencedor estava prestes a escolher seu prêmio secreto. O que vai ser? Férias nas ilhas Maldivas ou cem quilos de café?

Mentalmente, Laila disse *Minha mãe mandou escolher este daqui, mas, como eu sou muito teimosa, vou escolher este daqui*, e seu dedo indicador parou na gaveta do meio. Ela a abriu.

Não podia ter sido mais claro. Havia apenas uma coisa dentro da gaveta. Uma corda de náilon novinha em folha. Ela tirou-a da gaveta e avaliou seu peso entre as mãos.

Pronto. Agora ela sabia o que tinha de fazer. Parecia a coisa certa. A sensação era de alívio.

Viveu os dias seguintes como se estivesse embriagada. Cada tarefa cotidiana parecia divertida, ou pelo menos valiosa, porque sabia que a realizava pela última vez. Quando se sentava com a menina, sentia pena dela em sua busca infrutífera. Já a busca da própria Laila tinha chegado ao fim.

Nunca mais a dor na perna, nunca mais a vergonha do corpo desajeitado, nunca mais a sensação de não ser boa o suficiente. Tudo isso acabaria. Em breve.

Lennart percebeu a mudança e se tornou mais gentil, quase bondoso. Mais tolerante do que ela estava acostumada a ver. Ainda assim, ele estava fazendo a mesma coisa de sempre: tolerando Laila. Agora, ela via tudo com clareza. Para Lennart, seria uma libertação não ter mais de arrastá-la a tiracolo por aí. Ninguém derramaria uma lágrima quando ela se fosse. Era apenas uma questão de fazer o que tinha de fazer.

Aí é que estava o problema. Não tinha medo de morrer, mas, por mais ridículo que isso pudesse parecer, tinha medo de se enforcar – porque doeria, e porque, de certa forma, era feio.

Mas, pensando bem, Laila não precisaria usar a corda. A corda era apenas um guia; o importante era o resultado. Depois de pensar um pouco, ela decidiu como queria fazer, e restava apenas aguardar a oportunidade certa.

Demorou quase um mês até que a ocasião surgisse. No início de agosto, choveu torrencialmente por uma semana, e depois se seguiram vários dias lindos de clima quente. Condições perfeitas para colher cogumelos *porcini* na floresta. Lennart saiu em sua missão de pilhagem e, para variar um pouco, foi de bicicleta.

Laila fez um comentário jocoso sobre como seria interessante ver o que ele traria para casa desta vez, e Lennart ficou bastante confuso quando ela se inclinou, beijou-o na bochecha e disse adeus.

Antes de dobrar a esquina, ele olhou de relance por sobre o ombro. Laila estava acenando. Depois, ela entrou e desencaixou a mangueira do aspirador de pó.

Aparentava estar absolutamente calma quando desconectou a mangueira e encontrou um rolo de fita adesiva. Um formigamento no peito, só isso.

Não se deu ao trabalho de se despedir da menina. Se havia alguém no mundo para quem tanto fazia que Laila estivesse viva ou morta, esse alguém era a menina. As duas tinham passado muito tempo juntas, mas nunca houvera um contato verdadeiro. A criança vivia em seu mundo próprio, e não havia espaço para mais ninguém.

E quanto a Jerry? Sim, claro, Jerry ficaria chateado, e ela não era capaz de imaginar como isso afetaria a relação do filho com Lennart. Tampouco se importava. Depois de muito tempo, Laila tinha por fim conseguido chegar ao nível de crueldade e indiferença necessário para tirar a própria vida.

Ela fechou a porta da garagem e trancou-a por dentro; depois acendeu a lâmpada fluorescente. Laila não teria achado ruim contar com uma luz mais lisonjeira, mas sobre isso nada podia fazer.

A mangueira do aspirador de pó se encaixou sobre o escapamento com tanta perfeição que não foi necessário usar fita adesiva. Ela puxou a mangueira para a lateral do carro e enfiou-a com firmeza pela janela traseira semiaberta. Depois, entrou no carro, sentou-se no banco do motorista e fechou a porta.

Então. É isso.

A chave do carro estava presa a um chaveiro com um Snoopy de plástico. Na falta de alternativa, ela beijou o cachorrinho no focinho, disse adeus, enfiou a chave no contato e girou. O motor deu partida.

E o som. Ela tinha se esquecido que, por causa de alguma idiossincrasia, era impossível desligar o rádio com o carro ligado; por isso, enquanto os vapores do escapamento entravam pela janela inundando o interior do veículo com um ar abafado, ela foi obrigada a ouvir um comediante de *stand-up* que contava uma história sobre um hilário incidente em Västerås. Laila fechou os olhos e tentou fazer o mesmo com as orelhas.

Levou cerca de um minuto para que uma sonolência e uma ligeira sensação de náusea tomassem conta dela. Suas pálpebras estavam cem vezes mais pesadas que o habitual e agora se situavam em algum lugar além de seu corpo, onde ela era incapaz de abri-las. Tudo estava correndo exatamente como ela esperava, e o vazio do esquecimento se insinuava, rastejando, cada vez mais próximo. Ao longe, ela ouviu o comediante terminar o relato, daquela maneira que deixa bem claro que é hora de rir, e depois ele colocou uma música. Laila iria morrer ao som de algum sucesso do *pop* contemporâneo, e isso pouco importava. Ela ouviu a batida compassada de um trompete, o som triunfante da percussão de marcha e depois uma voz que ela reconheceu: "Olá, meninos do Sul, aqui é a sua boa e velha Annie...".

Julia Caesar. Mandando ver em "Annie da América", que fora um sucesso quando a cantora já tinha 82 anos.

"Abandonei meu amor, abandonei minha mãe, fui embora.
Lancei-me ao mar rumo à terra dos EE-UU-AAAA!"

Laila sabia o que estava por vir; seu corpo se retesou, as pálpebras tremularam e ela cerrou a mandíbula quando Julia Caesar veio com tudo – um grito que começava nos dedos do pé e subia pelo corpo, chacoalhando os alto-falantes:

"ISTADUUSUNIDUSDAMÉÉÉRIIICA!"

Laila fez força e obrigou os olhos a se abrirem. O carro estava cheio de uma névoa venenosa, seus músculos foram substituídos por chumbo. No rádio, Julia ainda fazia soar sua inacreditavelmente poderosa voz octogenária.

Laila tossiu. Conseguiu libertar os braços e esfregou os olhos. Um caroço no estômago estava tentando abrir caminho na marra até sua garganta.

Que merda. Mas que MERDA.

Julia Caesar. Aos 82 anos, em pé diante de um microfone, cantando uma baboseira com tanto entusiasmo, puta que o pariu. Laila a tinha visto na TV. O cabelo grisalho ondulado, o corpo pesado, os braços abertos em gestos largos e o brilho no olhar, enquanto ela trovejava sua canção ridícula.

Chega. Laila conseguiu mexer o polegar do braço esquerdo dormente de modo a fazê-lo pousar sobre a maçaneta da porta do carro. Deu um puxão e a porta se abriu. Arremessou o corpo de lado e se contorceu no chão da garagem. Quando ela saiu rastejando na direção da porta, o chão estava balançando de um lado para outro, e talvez ela tivesse desabado não fora o ritmo uniforme da música, que a impelira a continuar.

"ISTADUUSUNIDUSDAMÉÉÉRIIICA!"

Ela não se lembrava de quantos versos tinha a música. Precisava escapar dali antes que acabasse. Talvez aquele fosse o último verso. Mas, quando seus dedos tiveram um espasmo e se atrapalharam manuseando desajeitadamente a chave, Julia Caesar apiedou-se e começou a cantar de novo:

"Há muitas coisas na Suécia,
Tanto nos bons e velhos tempos como hoje em dia,
Que vêm dos EE-UU-AAAA!"

Laila conseguiu girar a chave, abaixou a maçaneta da porta e se jogou no verão. Ficou deitada de costas, no cimento em frente à garagem, olhando fixamente para o céu. Enquanto ondas de náusea fluíam por seu corpo, ela viu as folhas verdes do limoeiro tremulando em contraste com um límpido céu azul e nuvens brancas como algodão que passavam deslizando.

Ouviu um ruído rascante, um farfalhar ansioso, e, logo depois, um esquilo surgiu descendo às pressas pelo tronco; ele parou e ouviu a música que vinha da garagem, depois desapareceu do outro lado da árvore, à medida que a música sumia.

"Sim, há algo na velha Suécia
Que, com certeza, é tudo de bom..."

Laila conseguira recobrar uma dose suficiente de força para fechar com o pé a porta da garagem, evitando assim a continuação das aventuras do comediante. Depois, ela ficou lá deitada, respirando, respirando...

Depois de dez minutos, foi capaz de sentar-se. Mais dez minutos e conseguiu entrar de novo na garagem e desligar o carro. Tirou a mangueira do escapamento e deixou todas as portas abertas. Enquanto caminhava na direção da casa, com a mangueira pendurada atrás dela como uma cobra domada, algo lhe ocorreu.

Ela tinha interpretado erroneamente os sinais. Não deveria ter ido atrás da última coisa. Mas sim da primeira. O primeiro lugar que ela tinha vasculhado era o guarda-roupa contendo a coleção de discos do casal. Alguma coisa lhe dissera para olhar ali primeiro. Ela se lembrava claramente de ter visto "Annie da América" entre os compactos e discos de setenta e oito rotações.

Não dera atenção a esse fato. Mas agora passou a dar.

Apesar de tudo, havia algum consolo a encontrar, algo que nunca a havia deixado na mão. Algo que, de tão próximo, ela sequer tinha sido capaz de enxergar. A música. As canções. Os discos. A canção de Julia Caesar não tinha uma mensagem, mas a *performance* da cantora tinha, e era muito simples: *Não desista*.

Laila jogou a mangueira dentro do armário de produtos de limpeza e foi para o guarda-roupa procurar "Você é uma brisa de primavera em abril", de Svante Thuresson. Ela ouviria essa música. Depois ouviria outras coisas.

20

No final de outubro, Lennart começou a achar que a situação estava se tornando insuportável. Não que ele tivesse algo contra os sucessos clássicos das paradas suecas, mas, pelo amor de Deus!, tudo tem limites! De manhã, à tarde e à noite era Siw Malmkvist, Lasse Lönndahl e Mona Wessman.

Laila poderia ao menos demonstrar algum discernimento e preferir, por exemplo, as composições muito superiores de Peter Himmelstrand, mas não. Ela tocava o que lhe desse na telha, qualquer coisa que a agradasse e que encontrasse ao acaso na vasta coleção de discos da casa. Havia momentos de alívio, como uma hora ininterrupta de música de Thorstein Bergman, mas que eram imediatamente seguidos de coisas como a voz estridente de Tova Carson chilreando algum *pop* alemão traduzido de maneira canhestra. Sentado na cozinha, Lennart se deixava embalar até atingir um estado de tranquilidade ao som de "I natt jag drömde" – versão sueca do clássico *folk* "Last Night I Had the Strangest Dream" –, mas depois era obrigado a fugir por causa da canção infantil "Skip to My Lou".

    Somente uma coisa o impedia de esticar o braço e jogar o maldito toca-discos pela janela: Laila estava feliz. Já havia muito tempo que Lennart deixara de ter alguma coisa contra a felicidade de Laila; mas também fazia muito tempo que deixara de ter o amor, ou a energia suficiente, para tentar *fazê-la* feliz. Agora, ela estava cuidando de si mesma.

    Não era uma felicidade esfuziante, era mais um sorriso espiritual constante, que se refletia, por exemplo, no fato de ela preparar refeições decentes e limpar um pouco a casa – durante os intervalos na música. Então, tudo o que ele podia fazer era rilhar os dentes enquanto Anita Lindblom respirava fundo e urrava "Asssiiimmm é a vida", pela terceira vez seguida naquele dia. Tinha de valer a pena.

    Em todo caso, Lennart tinha começado a passar bastante tempo no porão, onde o bate-estacas da batida do *pop* sueco só podia ser ouvido como uma distante troca da guarda. A educação musical da menina deveria ser ampliada, por isso Lennart comprou um tocador de CD portátil e começou a colocar música erudita para ela.

    A primeira coisa que ele tocou foi uma de suas peças favoritas: a *Sonata Primavera para piano e violino em fá maior*, de Beethoven. Decidira começar simplesmente com sonatas para piano e violino, depois passar para quartetos de cordas e, por fim, para sinfonias completas. Apresentar um a um os instrumentos, por assim dizer.

    Por muito tempo ele se lembraria da reação da menina. Ela estava em seu berço, chupando o pedaço de corda com os quatro nós, quando Lennart apertou a tecla *play*.

    A criança retesou o corpo durante o encantador tema de violino e o suave acompanhamento de piano que introduziam o primeiro movimento. Quando os papéis se inverteram e o piano, despreocupado como um riacho de primavera, repetiu o tema, a menina começou a balançar enquanto encarava o espaço, com uma expressão a meio caminho entre o êxtase e o medo.

    Depois de quarenta segundos, ela franziu a testa como se sentisse que alguma coisa estava prestes a acontecer. Quando o violino ganhou intensidade ao mesmo tempo que o piano sofria uma poderosa diminuição de vigor, queda depois enfatizada por um golpe mais rude, o rosto da menina se contraiu e ela balançou a cabeça, os dedos agarrando com força a armação do berço.

A peça voltou a se aquietar, o violino se tornou mais delicado e dócil, porém a menina ouvia com desconfiança no rosto, como se sentisse que, sob a superfície, os elementos mais ásperos ainda estavam à espreita. Quando o violino se tornou mais agitado e o piano ao fundo, mais inquieto, ela começou a se sacudir e a balançar o corpo para trás e para a frente no berço, e seu rosto se contorcia como se sentisse dor.

Lennart deu um salto e desligou o aparelho.

– O que foi, Pequenina?

A menina não estava olhando para ele, ela jamais olhava. Em vez disso, cravou o olhar no tocador de CD, ao mesmo tempo que chacoalhava as barras do berço. Lennart jamais tinha visto uma pessoa reagir daquele jeito à música. Era como se as cordas estivessem tocando todas as terminações nervosas dentro dela, ou como se um martelo atingisse cada tom possível. A música a atingia diretamente.

Lennart tentou uma das sonatas para violoncelo. A menina ficou menos agitada com o tom mais suave do violoncelo, mesmo quando o ritmo se acelerava. Quando chegaram ao curto "Adágio" da *Sonata em lá maior*, ela se juntou à melodia pela primeira vez.

Depois de alguns dias de experimentos, ficou claro que eram sempre as partes de andamento adágio que mais agradavam a menina. As passagens em *allegro* deixavam-na ansiosa, e um *scherzo* poderia levá-la ao desespero. Lennart programou o aparelho de CD para que tocasse apenas as partes de adágio. Depois, sentava-se na cama e ficava observando – e ouvindo – a menina acrescentar sua voz, um terceiro instrumento, às sonatas.

Primeiramente, ele ficava feliz. Sentia que estava no âmago da própria gênese da música. Depois, subia as escadas e, de chofre, via-se nos confins do ponto mais baixo do *pop* sueco. Ora, tudo bem. Encontrava-se em um estado de harmonia.

Mas tudo que é bom chega ao fim.

Os dias se transformaram em semanas e Beethoven deu lugar a Schubert e Mozart, e, então, Lennart sentou-se em seu santuário musical encarando os próprios dedos. Havia algo de errado com eles. Tentou pegar a menina no colo para sentir seu peso e seu calor, mas não adiantou. Devolveu-a ao berço.

Lennart não podia deixá-la no chão quando havia música tocando. Ela caminhava até o tocador de CD e começava a examinar o aparelho de maneira um tanto destrutiva. Batia nas caixas de som com os pequenos punhos, ou tentava agarrar e chacoalhar tudo como se procurasse arrancar de dentro alguma coisa.

De início, Lennart interpretou esse comportamento como sinal de que, no fundo, a menina não gostava de música, mas, na ocasião em que deixou que ela prosseguisse até chegar a destruir o aparelho, ele se deu conta do que ela queria. Estava procurando a música, de onde ela vinha. Queria entrar na máquina e descobrir o que estava tocando. Já que era impossível explicar-lhe, Lennart simplesmente comprou um novo tocador de CD e se certificou de que ela não se aproximasse deste.

Depois de colocar a menina de volta ao berço, Lennart zanzou pelo quarto examinando os próprios dedos. Achou que estavam brancos e brilhantes, semelhantes a teclas de piano. Posicionou-os num teclado invisível e fingiu tocar junto com a sonata de Mozart que jorrava das caixas de som. Não. Não era de tocar que ele estava sentindo falta. Já tinha tocado até demais. Abriu e fechou as mãos. Elas pareciam tão estranhamente *vazias*... Faltava alguma coisa; precisavam de algo para fazer.

Lennart foi ao porão e acendeu a luz acima da bancada. Várias ferramentas estavam meticulosamente organizadas e penduradas nos respectivos ganchos. Parafusos, pregos e roscas minuciosamente distribuídos em compartimentos numa prateleira. Ele jamais fora o tipo de homem que se poderia chamar de faz-tudo, ou jeitoso, mas gostava das ferramentas em si. Eram tão definitivas... Cada ferramenta tinha sido projetada e fabricada para um propósito específico, uma extensão do braço humano. Lennart pegou a furadeira e pesou-a na mão. A sensação foi boa. Quando apertou o botão, nada aconteceu. Descarregada. Inseriu o plugue do carregador no conector do suporte da bateria. Pegou um ou dois formões, testou o peso do martelo.

E se eu construir alguma coisa?

Laila tinha feito folhas de repolho recheadas, e a casa estava imersa em um silêncio celestial. Quando terminaram de comer e Lennart estava enchendo a lava-louça, ele disse, em tom informal:

– Eu estava pensando... tem alguma coisa de que a gente esteja precisando? Algo que eu possa construir?

– Tipo o quê?

– Sei lá. É o que eu estou perguntando.

– O que você quer dizer com construir?

– Construir. Você sabe. Colocar pedaços de madeira juntos pra que se transformem em alguma coisa. Fabricar.

– A troco de que você quer fazer isso?

Lennart suspirou e limpou os resíduos de molho do prato antes de colocá-lo na lava-louça. Por que ele tinha se dado ao trabalho de perguntar? Encheu o compartimento de detergente e bateu a porta com estrondo, usando uma força desnecessária.

Laila vinha acompanhando as atividades de Lennart com o queixo pousado sobre a mão. Quando ele pegou um pano e começou a limpar a mesa, ela disse:

– Uma sapateira.

Lennart interrompeu os movimentos circulares no pano e visualizou o chão do *hall*. Havia apenas quatro pares de sapatos. Ele e Laila tinham um par que usavam fora de casa e um com solado de madeira. Seus elegantes Wellingtons estavam no porão.

– Tá legal – ele disse. – Eu posso cuidar disso.

– Daí a gente pode guardar nossos *wellis* lá também.

– É. Boa ideia.

Lennart olhou para Laila. Nos últimos meses, ela perdera alguns quilos. Supostamente, isso tinha a ver com o fato de que ele já não vinha achando embalagens de chocolate espalhadas pela casa. Ela havia parado de usar comida como terapia.

Talvez tenha sido a luz, que ricocheteou no pano de limpeza e iluminou o rosto dela de um ângulo lateral. Por um breve momento, Lennart achou que Laila era bonita. A distância entre a mão dele e o rosto dela era de apenas meio metro, e ele observou sua mão se erguer lentamente da mesa e acariciar-lhe a bochecha.

Depois, agarrou o pano e esfregou uma mancha de mirtilo vermelho com tanta força que o pano deslizou para o lado. Ele lavou-o, estendeu-o sobre a torneira e disse:

– Beleza, uma sapateira.

* * *

Ao longo das semanas seguintes, Lennart construiu uma sapateira, dois toalheiros e um armário com chave. Uma vez que não havia mais nada de que precisassem, passou para casinhas de pássaros.

Às vezes, quando se via rodeado pelo cheiro de madeira recém-serrada, ouvindo o som de algum quarteto de Schubert vindo do quarto da menina, Lennart sentia-se plenamente satisfeito. Passo a passo, tudo tinha se movido na direção certa. As arestas e saliências pontudas de sua existência tinham sido alisadas e polidas com lixas de diferentes graus de aspereza, e ele podia passar a mão sobre sua vida sem que farpas e lascas entrassem em seus dedos.

Pôs os protetores auriculares e ligou a serra tico-tico para cortar as janelas e portas da fachada de uma caixa nidificada que representava sua própria casa. Era uma tarefa complicada, que exigia concentração, e, cinco minutos depois, quando Lennart desligou a serra e tirou os protetores, sua testa estava banhada de suor.

O silêncio após o zunido furioso da serra era agradável, mas não estaria um pouco quieto *demais*? Ele já não ouvia a música do quarto da menina e nenhum cantarolar. Largou as ferramentas e foi investigar.

A menina tinha descido do berço. Enquanto Lennart serrava, incapaz de escutar o que quer que fosse, ela devia ter surrupiado um martelo por detrás dele, depois voltara e atacara o aparelho de CD. Por meio de uma combinação de pancadas e puxões, ela conseguiu abrir a frente das duas caixas acústicas e rasgou os cones. Agora estava sentada no chão, raspando-as com os dedos e cutucando os fios enquanto balançava a cabeça.

Lennart se aproximou e tentou tomar dela os pedaços quebrados, mas a menina se recusava a soltá-los. Ela chacoalhava e mordia os restos das caixas de som.

– Dá isso pra mim – ele pediu. – Você vai acabar se cortando.

Estreitando os olhos, a menina encarou Lennart. E então, com clareza absoluta, ela disse:

– Música.

Lennart ficou tão atordoado que desistiu do cabo de guerra e simplesmente fitou a menina. Era a primeira palavra que ouvia a criança dizer. Ele abaixou a cabeça ao nível dela e perguntou:

– O que você disse?

– Música – ela repetiu, com um ruído que ficava em algum lugar entre um rosnado e uma lamúria, e bateu fortemente o cone da caixa acústica no assoalho.

Lennart se ajoelhou ao lado dela e disse:

– A música não está aqui.

A menina parou de golpear o pedaço da caixa de som e olhou para ele. *Olhou* para ele. Por alguns segundos, fitou seus olhos com atenção. Lennart entendeu como um incentivo, e tentou explicar de maneira mais clara.

– A música está em todo lugar. Dentro de você. Dentro de mim. Quando a gente canta, quando a gente toca. – Apontou para o CD *player* arruinado. – Isso aí é só uma máquina.

Esquecera sua decisão de não falar com a menina. Não importava. Laila e Jerry tinham falado com ela, portanto o projeto já era. Ele apontou mais uma vez para o aparelho.

– Você entende? Uma máquina. Quem faz a música são as pessoas.

Ele pegou o CD, uma edição barata da Naxos do *Segundo quarteto de cordas* de Schubert. Enfiou o dedo indicador no buraco e ergueu o disco na frente da menina. – A música é prensada e vira isto aqui.

A menina não reagiu ao que disse, mas ficou encarando de olhos arregalados o CD. Inclinou a cabeça, franzindo o nariz. Lennart virou o CD, a fim de ver o que ela estava olhando. E viu a si mesmo.

É claro.

Até onde ele sabia, a menina nunca tinha visto um espelho. De novo, voltou a superfície espelhada do CD em sua direção e disse:

– Esta é você, Pequenina.

A menina encarou o disco no dedo de Lennart como se estivesse sob o encanto de um feitiço, murmurou "Pequenina..." e um filete de saliva escorreu-lhe pelo canto da boca. Engatinhando, ela chegou mais perto, sem desviar os olhos de seu reflexo. Estendeu as mãos para o disco, e Lennart deixou que o pegasse. Somente nesse momento ele percebeu que ela tinha soltado o pedaço de corda nodoso, que estava caído no chão atrás dela, todo mastigado e prestes a morrer. Ela só tinha olhos para o CD.

Enquanto Lennart erguia a menina e colocava-a no berço, ela continuava segurando firme o disco com ambas as mãos, encarando a porção prateada de luz, completamente absorta. Mesmo assim, Lennart encostou a cabeça na armação do berço e disse:

– Mas a música não está aí, Pequenina. Está aqui. – Pousou o dedo indicador à altura do coração dela. – E aqui. – Na têmpora dela.

21

Jerry só voltou a visitar os pais na primavera. O fato é que estava ocupado com um pequeno empreendimento comercial.

Fazia alguns anos que ele vinha trabalhando no salão de bilhar em Norrtälje; dinheiro na mão, entrando em cena como e quando necessário. Certa noite, Jerry estava no bar lavando copos de café e apareceu um velho conhecido, Ingemar. Os dois papearam um pouco e, no momento em que Jerry lhe ofereceu uma cerveja russa contrabandeada – parte do estoque secreto da casa –, Ingemar arqueou as sobrancelhas.

– Você tem cigarros também?

Jerry respondeu que não e que a cerveja russa era somente para clientes habituais, mas que não achava que Ingemar tinha se tornado o tipo de cara que vai correndo dar com a língua nos dentes para a polícia, tinha?

– Não, não – respondeu Ingemar, abrindo a cerveja com um isqueiro. – Pelo contrário. E se eu disser oitenta coroas o pacote? Tem interesse?

– A gente tá falando daquela porcaria polonesa feita de palha e jornal?

– Não, não. Marlboro. Eu, sinceramente, não sei se é algum tipo de fábrica pirata ou sei lá o quê, mas o gosto é o mesmo. Aqui. Experimenta um.

Ingemar estendeu um maço e Jerry deu uma olhada. Não tinha selo fiscal de controle nem número de registro nem código de barras, mas afora isso parecia um maço normal. Tirou um cigarro e acendeu. Absolutamente nenhuma diferença.

Por aqueles dias, Ingemar era caminhoneiro e trabalhava principalmente nos países bálticos. Tinha um contato na Estônia que vendia cigarros baratos a quem não fizesse muitas perguntas. Ele deu uma olhada no interior do bar: duas mesas de sinuca estavam ocupadas, e havia três pessoas sentadas a uma mesa, fumando.

– Você não teria problema em movimentar, digamos, uns cinquenta pacotes por mês aqui. Acrescente aí umas quarenta coroas por pacote como margem de lucro, e é só alegria.

Jerry pensou no assunto. Cento e vinte coroas por um pacote de cigarros era um bom preço. Seria um lucro de dois mil por mês.

– Beleza. Vamos nessa. Quando você me entrega a parada?

Ingemar abriu um sorrisinho malicioso.

– Agora. Meu carro tá lá fora.

Ele não tinha ido com seu caminhão ao salão de bilhar, mas com um carro comum. Espreitou o estacionamento e destrancou o porta-malas. Dois sacos plásticos pretos ocupavam metade do espaço. Mostrou a Jerry as caixas, enfeixadas em pacotes de cinco.

– Pra ti. Conforme o combinado.

– Mas eu não tenho tanto dinheiro comigo agora. Você sabe.

– Fica pra próxima vez. Isto aqui vai te dar algum capital inicial.

Os dois carregaram os sacos plásticos até um quartinho que fazia as vezes de depósito de lixo, apertaram-se as mãos e marcaram um encontro para dali a um mês.

Na mesma noite, Jerry conseguiu vender oito caixas, o que facilitou as coisas na hora de amarrar o restante na garupa da moto e voltar para casa na calada da noite. Da vez seguinte, ele pediria a Ingemar que entregasse a mercadoria diretamente no seu apartamento.

Guardou as quarenta e duas caixas em quatro pilhas num canto da sala de estar. Depois, sentou-se na poltrona e as contemplou, com as mãos cruzadas sobre a barriga. *Olha só*, pensou. *De repente você virou um empresário.* Para demonstrar que estava levando a coisa a sério, esvaziou a carteira e colocou as seiscentas e quarenta coroas de Ingemar num envelope.

Jerry ficou lá sentado, afagando as trezentas e vinte coroas restantes. Em geral, ele trabalhava no salão de bilhar em turnos de seis horas, ganhando cinquenta coroas por hora. Se a coisa continuasse assim, de um momento para outro seu salário seria quase duplicado.

Cem coroas. Deduzidos os impostos, por assim dizer. Emprego de primeira, pra dizer o mínimo. Executivo, ou coisa do tipo.

* * *

As cinquenta caixas desapareceram, e no mês seguinte Ingemar pegou seu dinheiro e entregou o segundo lote no apartamento de Jerry. Era tentador expandir o negócio, mas Jerry se deu conta de que deveria ser cuidadoso, vendendo apenas para pessoas de confiança. Não podia ficar ganancioso. Foi quando as coisas foram por água abaixo.

Graças ao papel de "fornecedor suplente", Jerry conquistou algum respeito entre os que o cercavam. Agora podia ficar no salão de bilhar mesmo quando não estava trabalhando, e as pessoas pareciam mais dispostas a conversar com ele do que antes. Aonde quer que fosse, Jerry sempre encontrava gente conhecida, e tal e coisa... A satisfação que vinha tendo quando passava algum tempo com Theres já não parecia tão essencial.

Contudo, no início de março, colocou o violão no estojo, amarrou-o na moto e escoiceou o pedal de partida. Pegou de primeira. Tinha começado a cogitar a ideia de comprar uma moto nova, com partida elétrica. Esse tipo de coisa já era possível no momento.

A casa ainda estava lá, exatamente como em sua última visita, quatro meses antes. Mas alguma coisa tinha mudado. Jerry demorou um pouco para perceber, mas, quando se sentou à mesa da cozinha com Lennart e Laila, tomando café e comendo biscoitos, ele viu com súbita clareza.

Estava sentado à mesa tomando café e comendo biscoitos com seus pais.

A coisa tinha meio que simplesmente acontecido, de maneira bastante natural. Como se fosse normal. Nenhuma desconfiança acerca de sua visita, nenhuma crítica implícita nem sinal da infelicidade em ponto de ebulição entre os pais, que a qualquer momento poderia vir à tona sob a forma de um comentário cáustico. Tratava-se apenas de café, biscoitos caseiros e uma conversa aconchegante e agradável. Jerry olhou de Lennart para Laila; ambos estavam molhando biscoitos no café.

— Mas que merda tá acontecendo com vocês?

Laila olhou de relance para ele.

— Do que você está falando?

Jerry apontou para a mesa.

— Porra, vocês tão aí sentados feito... Sei lá, a família dó-ré-mi. Como se tudo fosse um mar de rosas. O que é que tá havendo?

Lennart encolheu os ombros.

– Algum problema nisso?

– Não. Problema nenhum. Isso é que é assustador pra caralho. Vocês entraram pra alguma seita ou coisa do tipo?

Jerry simplesmente não entendia. Devorou mais um par de biscoitos, agradeceu e desceu para o porão.

O berço sumira, e agora Theres estava dormindo na velha cama dele. A menina não estava de fralda, então talvez tivesse aprendido a usar o banheiro do porão. Havia no quarto um armário caseiro com a frente trabalhada em relevo. Por trás das linhas retas entrelaçadas do ornato do armário, Jerry viu um CD *player*. Theres estava em pé no meio do quarto, sem mover um músculo, e numa das mãos segurava um disco.

Ela tinha crescido e se transformado numa linda menina. Seu cabelo loiro-palha tinha começado a se enrolar em volta do rosto, emoldurando os enormes olhos azuis e fazendo com que parecesse um anjo, nada mais, nada menos.

Jerry foi arrebatado pela visão e sentou-se em silêncio no chão, de frente para ela. Os olhos da menina se demoraram nos lábios dele. Depois de dez segundos, a criança deu um passo à frente, bateu com força na boca dele e disse:

– Fala!

Jerry quase caiu de costas, mas conseguiu se segurar apoiando-se num dos braços. Num ato reflexo, acertou na menina um violento tapa, suficiente para derrubá-la.

– Mas que merda você tá fazendo, sua cretininha?

Theres se levantou, foi até a cama e subiu. Ficou de frente para a parede, de costas para Jerry, e começou a cantarolar alguma coisa. Ele tocou com os dedos a própria boca. Nada de sangue.

– Agora é o seguinte, mana. A gente não vai começar com isso de novo, tá bom?

Ela encolheu os ombros e abaixou o pescoço, como se estivesse constrangida. O coração de Jerry amoleceu e ele disse:

– Ah, esquece isso. Não faz mal.

Ele se aproximou e viu que ela não estava envergonhada. Simplesmente tinha inclinado a cabeça para se olhar no CD. Jerry esticou o braço para pegar o disco.

– Vamos ver o que você tem aí.

Theres puxou o CD e *rugiu*. Não existe outra palavra para descrever o som que saiu de sua garganta. Jerry riu e afastou a mão.

– Tá legal, tá legal. Não vou pegar. Entendi. Beleza, mana.

Jerry ficou um bom tempo sentado em silêncio ao lado dela, observando a menina encarar o próprio rosto. Sem virar a cabeça, Theres por fim disse: – Fala.

– Mas eu tô falando. O que você quer que eu diga? Que eu sinto muito ou o quê? Você tá zangada porque faz tempo que eu não apareço? É isso? Beleza, eu sinto muito.

– Violinha fala. Canta.

Jerry franziu a testa. Por fim compreendeu. Pegou o violão e tocou um dó. Theres se virou e olhou para os dedos dele, que dedilharam outro dó. Ela esticou o braço, golpeou-o na mão com o CD e entoou uma nota.

Jerry se controlou e não revidou. Um vergão vermelho começou a aparecer nas costas de sua mão direita. Theres cantou de novo a mesma nota e ergueu o CD para um novo ataque.

– Tá bom, tá bom. Calma aí. Pronto. – Jerry tocou um acorde de mi com sétima, e ela abaixou o disco. – Eu esqueci. Desculpa.

Como não tinha conseguido compor nada novo, Jerry apenas ficou lá sentado dedilhando, tocando alguns acordes apropriados enquanto Theres improvisava uma melodia. As canções que começaram a surgir pareciam tão boas quanto as que ele tinha, laboriosamente, escrito de antemão.

Usou os dedos para silenciar as cordas do violão e olhou ao redor do quarto. O pequeno e escasso mundo da menina. O CD *player*, a cama, os potes de papinha.

É isso? É assim que vai ser?

Jerry foi acordado de seu instante de devaneio por uma dor na mão direita. Theres o golpeara mais uma vez.

– Violinha fala!

Jerry esfregou as costas da mão.

– Porra, você acha que eu sou uma máquina? – Bateu no braço do violão. – A violinha vai falar quando eu quiser que ela fale, sacou?

Theres se inclinou e afagou delicadamente o braço do violão, sussurrando "Violinha? Violinha?". A menina encostou o ouvido nas cordas e, por um momento, Jerry pensou que o violão responderia. Abaixou a cabeça, também, junto ao braço do instrumento.

Pelo canto do olho, Jerry viu o CD se movendo na direção de sua bochecha e, com um arranco, desviou a cabeça. A borda do disco acertou a madeira e arrancou uma minúscula lasca. Theres arregalou os olhos e gritou:

— Violinha! Coitadinha da violinha!

Com lágrimas nos olhos, ela estendeu o braço e tocou o violão, como se quisesse consolar o instrumento. Jerry se levantou.

— Escuta aqui, mana, não me leve a mal, mas tem alguma coisa errada dentro da sua cabeça. Com certeza.

22

O que tinha acontecido? Em que espécie de seita Lennart e Laila tinham entrado?

A de sempre, a seita de apenas dois integrantes em que os casais casados diligentes ingressam se tiverem sorte. A seita com o seguinte lema: "A gente só tem um ao outro". Lennart não sabia dizer exatamente como tinham chegado àquele ponto, mas um dia se viu de pé diante do micro-ondas, aquecendo tortinhas e esperando Laila voltar de Norrtälje. Enquanto as tortinhas giravam lentamente no prato, ele se deu conta de que sentia falta de Laila, de que estava ansioso para que ela chegasse logo em casa e para que, assim, os dois pudessem tomar uma xícara de café e comer as tortas. Que isso seria bom.

Talvez pareça simplista, mas, se algo pode ser expresso com simplicidade, então por que não expressá-lo dessa maneira?

Lennart estava começando a apreciar o que ele tinha.

Não que estivesse se apaixonando novamente por Laila, esquecendo o passado e recomeçando do zero. Isso só acontece nas revistas. Mas o fato é que agora via a própria vida com olhos diferentes. Em vez de ranger os dentes toda vez que pensava em algo que havia perdido, ou de que sentia falta, a verdade é que ele estava olhando para o que tinha em mãos.

Tinha saúde, uma casa decente, um trabalho de que gostava e graças ao qual alcançara certa dose de reconhecimento. Uma esposa que tinha ficado ao lado dele ao longo de todos esses anos e que, apesar de tudo, lhe queria bem. Um filho que pelo menos não era um viciado em drogas.

Acima de tudo, tinha sido escolhido como o guardião do presente mantido lá no porão. Era impossível encaixar a menina no esquema geral das coisas: ela era uma aberração da natureza, e uma considerável responsabilidade. Mas o simples fato de arcar com uma responsabilidade pode ser algo que confere sentido à vida.

Portanto, no fim das contas, não era uma vida ruim. Talvez não fosse o tipo de material capaz de render tributos, memoriais ou obituários emoldurados, mas era uma vida perfeitamente *aceitável*. Boa. Absolutamente razoável.

Lennart ainda não era capaz de afirmar que Laila estava bonita, mas, às vezes, sob certa luz... Nos últimos meses, ela tinha perdido pelo menos dez quilos, e, em algumas ocasiões, quando estavam deitados na cama e prestes a dormir, ele tinha se excitado com o calor do corpo dela, a pele, e tinham feito o que marido e mulher tendem a fazer. Isso levara a mais tranquilidade e intimidade, e por causa disso a opinião de Lennart a respeito dela tinha mudado um pouco mais, e tal e coisa...

Certa noite, quando a menina já tinha cinco anos, Lennart e Laila estavam comemorando o aniversário de casamento. Sim, comemorando. Houve vinho e um jantar, e depois mais vinho, quando se sentaram para ver velhos álbuns de fotografias e ouvir Abba. De repente, a menina apareceu no meio da sala de estar. Pela primeira vez ela tinha subido sozinha a escada do porão. Os olhos da criança esquadrinharam a sala e não pararam ao avistar Lennart e Laila. Sentou-se junto à lareira e começou a afagar a cabeça de um *troll* de pedra que encontrou ali.

Felizes e ligeiramente embriagados, Lennart e Laila nem pensaram muito: pegaram a menina e abriram espaço para ela no sofá, espremida entre os dois. Em momento algum a criança soltou o boneco de pedra; em vez disso, encaixou-o com firmeza entre as coxas, de modo a poder continuar passando a mão sobre a cabeça dele.

Assim que "Hole in Your Soul" terminou, as notas de piano que introduzem "Thank You for the Music" ecoaram pela sala:

"I'm nothing special, in fact I'm a bit of a bore."

Laila cantou junto. Embora sem conseguir emular a clareza de Agnetha – tampouco alcançar suas notas agudas –, o resultado foi muito bom. Ela foi acompanhada pela menina, que, instintivamente, aprendeu a melodia e ia acrescentando a própria voz uma fração de segundo depois que as vozes do Abba chegavam a seus ouvidos.

Lennart sentiu um nó na garganta. Quando chegou o refrão, não se conteve e se juntou ao coro:

"So I say thank you for the music, the songs I'm singing
Thanks for all the joy they're bringing."

Ele e Laila estavam cantando sobre aquilo que os unia. Balançaram juntos no sofá, e a menina balançou com eles. Quando a canção terminou em meio ao ruído da agulha sobre o vinil, Lennart e Laila estavam com lágrimas nos olhos e quase se chocaram um no outro quando se abaixaram ao mesmo tempo para beijar a menina na cabeça.

Foi uma noite linda.

A menina tinha começado a sair do quarto. Era extraordinário que tivesse demorado tanto tempo, mas por fim chegou o dia em que ela quis expandir seu mundo.

Exceto pela música, o desenvolvimento da criança era lento em todas as áreas. Seu treinamento para aprender a usar o banheiro tinha sido bastante longo, ela se movia de maneira desajeitada e desastrada e tinha hábitos alimentares de um bebê de colo. Ainda se recusava a comer qualquer coisa que não fosse papinha, e Lennart tinha de peregrinar pelos *shoppings centers* a fim de reunir estoques de potes de papinha sem levantar suspeitas. Ela tinha a tendência de se apegar mais a objetos inanimados do que a coisas vivas, e seu domínio da linguagem evoluía a passos de tartaruga. Aparentemente, a menina entendia tudo o que lhe era dito, mas falava somente por meio de frases de, no máximo, duas ou três palavras, em que se referia si mesma como "Pequenina".

"Pequenina mais comida." "Pequenina quer." "Longe."

A exceção eram as letras de música. Dado o vocabulário limitado da criança, era assombroso vê-la cantando, em inglês impecável, a letra de alguma canção que ouvira. "Cantar" talvez seja a palavra errada. Ela *reproduzia* a canção. Um dia depois da celebração do aniversário de casamento, a menina zanzou pelo porão cantando com a dicção particular de Agnetha Fältskog, e sabia de cor a letra quase toda.

Depois daquela noite, Lennart afrouxou suas restrições, e Laila ganhou o direito de compartilhar com a menina seu gosto musical. Schubert e Beethoven ganharam a companhia de Stikkan Anderson e Peter Himmelstrand no CD *player*.

Mas o problema que Lennart tinha se recusado a enfrentar agora se tornara um fato. Eles não podiam deixar que a menina aparecesse fora de casa. Uma possibilidade era trancá-la, mas essa não era uma opção viável. O que fariam?

Alguns dias depois, quando estavam no jardim pendurando casinhas de pássaros, Laila disse: – Lennart, a gente tem de aceitar que acabou.

Lennart estava no degrau mais alto da escada de mão e deixou cair a casinha de pássaro que pretendia pendurar. Agarrou-se à árvore e encostou a testa no tronco. Depois desceu, sentou-se no terceiro degrau da escada e fitou Laila diretamente nos olhos.

– Você pode imaginar uma coisa dessas? Entregar a menina e nunca mais vê-la?

Laila pensou um pouco, tentou imaginar. A ausência. O porão vazio, sem os potes de papinha; nunca mais voltar a ouvir a voz da criança. Não. Ela não queria isso.

– Você não acha que a gente teria o direito de adotar a menina, então? Quer dizer, independentemente de como tudo começou, é com a gente que ela está acostumada. Eles teriam de levar isso em conta, é claro.

– Pra começo de conversa, não tenho tanta certeza se eles seriam tão compreensivos. Em segundo lugar... – Ele segurou e apertou a mão de Laila. – A gente sabe, não sabe? Tem alguma coisa errada com ela. Muito errada. Eles colocariam a menina numa instituição. Um lugar onde nem apreciariam o que a gente valoriza nela. Eles a veriam simplesmente como... defeituosa.

– Mas o que a gente vai fazer, Lennart? Mais cedo ou mais tarde, ela vai sair andando pela porta da frente, e aí a gente vai ter menos chance ainda de ficar com ela. O que a gente vai fazer?

– Eu não sei, Laila. Eu não sei.

Foi o que Laila dissera sobre a porta da frente que deu a Lennart uma ideia. O problema poderia ser simplesmente reduzido a: eles não podiam deixar que a menina saísse pela porta da frente. A casa era bastante abrigada e havia pouquíssimo risco de que alguém a visse pela janela. A única pessoa que os visitava era Jerry.

Porém, se ela passasse pela porta, poderia chegar à calçada. De lá para a rua, a estrada. E, depois, para o meio da floresta, cidade adentro. Em direção a outras pessoas, que colocariam em funcionamento o mecanismo que a tomaria deles.

Lennart encontrou uma solução. Não sabia se daria certo, mas foi a única coisa em que pôde pensar. Sem mencionar o fato para Laila, inventou uma história. Assim que esboçou os contornos gerais, contou-a para a menina.

A história era a seguinte: o mundo era habitado por gente grande. Pessoas como Lennart, Laila e Jerry. Antes, existiam também pessoas pequenas. Como a Pequenina. Mas as pessoas grandes tinham matado todas as pessoas pequenas.

Quando viu que a menina não entendia a palavra "matado", Lennart mudou para "comido". Igual a comida. As pessoas grandes tinham comido todas as pequenas.

Neste ponto da história, a menina fez algo extremamente insólito. Formulou uma pergunta. Com o olhar cravado na parede, ela quis saber: – Por quê?

Lennart não tinha elaborado tão bem a história, por isso foi obrigado a improvisar rapidamente uma resposta. Disse que dependia do que cada pessoa tinha na cabeça. Quase todas tinham ódio e fome na cabeça. Mas havia gente, como Lennart, Laila e Jerry, que tinha amor na cabeça.

A menina saboreou a palavra que ela já tinha cantado tantas vezes, mas nunca havia pronunciado: "Amor".

– Sim – disse Lennart. – E, quando a pessoa tem amor na cabeça, ela quer amar e cuidar de pessoas pequenas, não quer comer ninguém. – E seguiu adiante com a história, agora mencionando o fato de que tinha visto pessoas grandes espiando no jardim, à caça de alguma pessoa pequena para comer. A situação era tão ruim que, se uma menina fosse lá fora, antes mesmo de ter tempo de cantar uma canção seria agarrada e devorada no ato.

A menina olhou, angustiada, para a janela, e Lennart afagou suas costas, para tranquilizá-la.

— Não tem perigo se você ficar aqui dentro. Entendeu? Você tem de ficar dentro de casa. Não deve olhar pela janela, e nunca, jamais, deve sair pela porta grande. Entendeu, Pequenina?

A menina se amontoou num canto da cama e continuou olhando pela janela com expressão aflita. Lennart começou a se perguntar se sua história tinha sido eficaz *demais*. Segurou entre as mãos os pés descalços da menina e, com o polegar, acariciou-os.

— A gente vai proteger você, Pequenina. Não precisa ter medo. Nada vai acontecer com você.

Um pouco mais tarde, quando saiu do quarto da criança, Lennart se perdoou por inventar uma história tão horrível. Em parte porque era necessário, e em parte porque havia algo verdadeiro nela. Estava convencido de que o mundo de fato *a devoraria*, ainda que não com a mesma brutalidade que ele havia sugerido.

Por mais que Lennart pudesse ter se perdoado, sua história teve um efeito poderoso sobre a criança. Ela já não ousava sair do próprio quarto, e insistia em que a janela fosse coberta para que as pessoas grandes não pudessem avistá-la. Um dia, Laila entrou no quarto e viu a menina sentada empunhando uma faca Mora — que ela pegara no armário de ferramentas — e fazendo gestos ameaçadores na direção do cobertor pendurado da janela.

Laila não entendeu o que tinha acontecido, mas, pelas poucas palavras que a menina disse, começou a juntar as peças e, por fim, encostou Lennart na parede. O que ele dissera?

Lennart confessou a história, mas deixou de fora as piores partes. Afinal, Laila concordou em não corrigir a visão de mundo da menina. Ela não gostara do que Lennart tinha feito, mas, já que não era capaz de sugerir uma ideia melhor, só lhe restava deixar que a criança seguisse vivendo com suas concepções errôneas.

Lennart também tinha suas dúvidas; não sabia ao certo se sua estratégia tinha sido sábia. O incidente com a faca Mora foi apenas o começo. Depois que ele guardou a faca longe do alcance da menina, ela pegou um formão, uma chave de fenda e uma serra, ferramentas que dispunha ao redor de si, na cama, como um arsenal de prontidão para quando as Pessoas Grandes chegassem. Quando Lennart tentou tirá-las de perto da menina, ela soltou um único berro, de partir o coração.

Lennart teve de ser um pouco mais astuto. Trocou as ferramentas mais perigosas por itens menos temerários. A serra por um martelo, o formão por uma lima. Estavam longe de ser brinquedos adequados para uma criança, mas a menina nunca se feriu. Ela simplesmente queria as ferramentas como uma espécie de círculo mágico, um feitiço que a circundasse toda vez que estivesse sentada na cama.

Quando descia ao chão, a menina levava consigo as ferramentas e as dispunha meticulosamente ao redor. Elas tinham se tornado suas novas amigas; a criança cantava para elas, conversava com elas aos sussurros e as afagava. Nunca ficava tão calma quanto nas ocasiões em que se enrodilhava dentro de seu círculo, ouvindo um adágio de Mozart no CD *player*. Às vezes, pegava no sono assim. Depois de um deslize, Lennart constatou que, sempre que pusesse a menina para dormir, deveria levar as ferramentas para a cama; caso contrário, ela acordaria aos gritos.

O tempo passou e o medo da menina se apaziguou até ganhar a forma de ansiedade, que, por sua vez, abrandou-se até se tornar um estado de vigilância. A quantidade de ferramentas foi reduzida. Um dia, Lennart se esqueceu de guardar a furadeira e, quando entrou no quarto da menina, encontrou-a ajoelhada, conversando em voz baixa com a ferramenta. De tempos em tempos, a criança apertava o botão e a furadeira zumbia em resposta, e então a conversa prosseguia.

A furadeira tornou-se a nova arma favorita da Pequenina, que ganhou o direito de ficar com ela porque, em troca, permitiu que Lennart levasse embora todas as outras ferramentas. Manusear um instrumento único também lhe permitia que se movesse com mais facilidade. Mais de uma vez ela criou coragem suficiente para partir em pequenas jornadas de exploração, sempre com a furadeira nas mãos.

Lennart abria um sorriso quando via a menina caminhando a passos furtivos pelo porão, a ferramenta a postos, alerta como o xerife que aguarda o vilão de chapéu preto entrar na cidade. Ela não conseguia dormir a menos que suas mãos estivessem agarradas à furadeira.

A menina tinha completado sete anos quando demonstrou interesse pelo funcionamento normal da furadeira. A cada dia, ela arriscava mais um passo e chegava um pouco mais perto de Lennart enquanto ele trabalhava na bancada de carpinteiro do porão. Até que, por fim, ele a ergueu e colocou-a sentada na bancada; ela não protestou; em vez disso, segurou a furadeira junto ao peito e ficou observando o que ele fazia.

Lennart tinha acabado de terminar outra caixa de nidificação, que mostrou para a menina. Enquanto ele ainda estava trabalhando, a criança acompanhara atentamente todos os seus movimentos, mas, assim que exibiu a obra pronta e acabada, ela desviou o olhar. Isso era normal.

Lennart empunhou a furadeira nova, que havia comprado depois que a menina se apoderara da antiga. Apenas por diversão, ele acionou o motor algumas vezes, fingindo que a ferramenta queria conversar com a Pequenina. Ela não se interessou.

Com uma broca de dez milímetros no mandril, Lennart terminou a caixa, como sempre fazia.

– Certo, agora vamos abrir o buraco da entrada. É por aqui que os passarinhos vão entrar e sair. Piu, piu. Passarinho.

Lennart perfurou o buraco na madeira, sob o olhar fixo da menina, que depois ficou lá sentada, encarando a casinha como se estivesse esperando alguma coisa. Quando Lennart desceu a criança da bancada, ela rosnou e golpeou seu ombro com a furadeira. Ele recolocou-a na mesma posição; ainda olhando fixamente para a entrada da caixa, a menina inclinou o corpo junto ao buraco, sussurrando:

– Piu, Piu.

Lennart sentiu uma pontada de pesar na boca do estômago. Decidiu abrir uma exceção.

Na manhã seguinte, bem cedo, Lennart levou a menina pelo corredor. Quando ele abriu a porta da frente, ela arregalou os olhos. A criança lutou para se desvencilhar dele e encheu os pulmões de ar, pronta para berrar. Lennart teve tempo apenas de dizer:

– Psiu! Psiu! Eles podem ouvir a gente!

A boca da menina se calou, e seu corpinho começou a tremer quando Lennart abriu cautelosamente a porta a fingiu espiar o jardim.

– Quietinha – ele disse. – Cuidado. Nem um pio.

Lennart conduziu a menina porta afora, mas teve de pegá-la no colo a fim de levá-la até a árvore mais próxima, onde havia uma caixa nidificada. O corpo dela estava tenso, duro como gelo.

Era uma manhã de maio, e o canto dos pássaros inundava o ar e jorrava como cascatas em meio aos arbustos e às árvores. Lennart ergueu a cabeça da menina na direção da caixa, que era exatamente igual à que ele tinha feito na noite anterior.

De repente, a boca da menina se abriu e ela relaxou nos braços dele. De dentro do buraco, surgiu um tordo que, por um momento, ficou lá sentado, olhando ao redor com movimentos rápidos e espasmódicos antes de voar para longe. A menina seguiu-o com os olhos, e um filete de saliva escorreu por seu queixo.

Lennart não fazia ideia de como ela havia interpretado o que acabara de ver. Será que ela achava que abrir os buracos fazia os passarinhos aparecerem ou desaparecerem, ou de fato tinha entendido perfeitamente?

Ele colocou a menina no chão e disse:

– Os passarinhos vivem ali, eles voam por aqui...

Contudo, Lennart mal tinha começado a frase quando ela voltou correndo para dentro da casa e bateu a porta atrás de si.

23

Em fevereiro de 2000, a cobiça fincou as garras em Jerry, e a culpa foi da Apple. Depois do entrevero inicial com a Motorola, finalmente marcou-se a data de lançamento do Power Mac G4 com processador de quinhentos megahertz, que ia custar por volta de trinta mil coroas. Até ali, tudo bem. Jerry tinha o dinheiro, que começara a poupar um ano antes, assim que ouviu os primeiros boatos.

Mas então entrou em cena a Cinema Display. Simultaneamente ao lançamento do novo G4, o mercado receberia uma tela plana de vinte e duas polegadas, com a melhor definição e o *design* mais elegante de todos os tempos. Que também custaria cerca de trinta mil.

De repente, o atarracado iMac na escrivaninha de Jerry parecia algo da Idade da Pedra. Ele tinha começado a fuçar no Cubase 4 para compor canções, mas o programa era lento demais. Jerry queria fazer uma atualização para o 4.1, queria rodá-lo no processador de quinhentos megahertz e ver tudo na tela plana gigantesca.

Tornou-se uma obsessão. Imaginava que, quando aquele chassi prateado estivesse debaixo de sua escrivaninha, quando aquela estilosa tela verde com a moldura transparente estivesse sobre ela, tudo seria *perfeito*. Ele não teria mais de se empenhar por coisa alguma. Jerry ansiava por esse computador como um fanático religioso anseia pela redenção. Quando o computador e a tela fossem dele, quando tudo estivesse no lugar, ele sentiria uma paz e uma pureza que extirpariam de sua vida todo e qualquer vestígio de sujeira.

Mas, para alcançar esse estado de bem-aventurança, seria preciso suar bastante a camisa. Ele tinha de vender mais cigarros. Em dezembro, duplicou a encomenda feita a Ingemar e, em janeiro, pegou cento e cinquenta pacotes e também aumentou o preço em dez coroas em relação ao mês anterior.

Por mais que fumassem aos montes, seus clientes habituais não davam conta de acabar com seu estoque. Mats, o gerente do salão de bilhar, acabou descobrindo as atividades paralelas de Jerry, que agora usava o próprio apartamento como base de operações. Ele pediu aos fregueses mais fiéis que divulgassem entre seus contatos a notícia: havia cigarros baratos disponíveis no endereço de Jerry.

Esses contatos foram aparecendo e logo se tornaram contatos do próprio Jerry. Em fevereiro, ele já tinha conseguido guardar doze mil coroas, além das trinta mil que já economizara, e fez outra grande encomenda a Ingemar.

Cerca de uma semana depois, Jerry recebeu uma visita no salão de bilhar. Um sujeito mais ou menos da sua idade – cabeça raspada, tatuagem tribal no pescoço, visível sob a jaqueta de motoqueiro – entrou e se encostou no balcão. Olhou Jerry diretamente nos olhos e informou que a venda de cigarros teria de parar imediatamente.

Jerry fingiu não ter entendido: perguntou qual era o problema do sujeito com o salão de bilhar e disse que não era o proprietário. Se ele quisesse fechar o estabelecimento teria de falar com Mats. O cara não esboçou sequer um sorriso; disse apenas que Jerry tinha sido avisado e que se continuasse a coisa ia ficar feia.

Quando o homem foi embora, as mãos de Jerry estavam um pouco trêmulas, mas ele não estava com medo. Tinha ouvido falar de uma facção criminosa que se formara num presídio em Norrtälje. A gangue se chamava Bröderna Djup, mesmo nome do grupo vocal sueco e inacreditavelmente idiota para uma organização criminosa – uma das razões pelas quais Jerry não levou a sério a ameaça. Além disso, não havia nada que sugerisse que aquele cara realmente pertencia a algum tipo de quadrilha. O mais provável era que fosse um negociante independente, trabalhando por conta própria exatamente como Jerry, mas com uma atitude mais durona.

Jerry redobrou o cuidado e nunca mais abriu a porta antes de conferir pelo olho mágico quem estava batendo, mas continuou vendendo cigarros. Nenhum careca bombado de esteroides iria se colocar entre ele e sua Cinema Display, o desejo de seu coração.

Restavam apenas cinquenta pacotes de sua última encomenda quando a vida de Jerry foi mais uma vez jogada numa nova direção. Certa noite, no início de março, a campainha tocou. Ele estava diante do computador – às voltas com um download infinitamente lento de um manual sobre criação de *homepages* –, levantou-se e foi correndo olhar pelo olho mágico.

Do lado de fora estava o amigo de um amigo, de cujo nome Jerry não se lembrava, mas que já tinha comprado dele algumas vezes. Abriu a porta. Assim que viu de perto a expressão do homem, percebeu que havia algo errado. De trás de si, o homem tirou uma enorme calçadeira de metal, e, embora não tivesse entendido qual seria de fato o perigo, Jerry fez menção de fechar a porta. Tarde demais. A calçadeira tinha sido enfiada na abertura da porta, e agora era impossível fechá-la.

Jerry ouviu passos subindo às pressas as escadas, e segundos depois eles chegaram. O homem da calçadeira murmurou "Sinto muito. Não tive escolha" e foi embora correndo.

Eram três: o sujeito que tinha ido ao salão de bilhar e mais dois, que à primeira vista eram praticamente idênticos a ele. As mesmas cabeças raspadas, as mesmas jaquetas.

Os homens pegaram os sacos com as caixas de cigarro. Obrigaram Jerry a dizer onde estava o dinheiro. E depois pegaram Jerry. Com calma e gentileza, levaram-no escada abaixo até um carro que estava à espera. Entorpecido de medo, Jerry nem pensou em gritar. Encurvado nos braços dos homens, percebeu que era um Volvo 740. Um carro de caipira. Contudo, logo ficou evidente a razão para isso. O carro era equipado com um reboque.

Eles levaram Jerry até um estacionamento de cascalho junto à piscina pública Lommar. Sob a placa que anunciava "O segundo maior tobogã da Suécia", jogaram Jerry no chão e algemaram seus pés. Depois, usaram uma corrente para prender as algemas ao reboque. Quando puseram para tocar a todo volume "We Live in the Country", do Bröderna Djup, Jerry cagou nas calças.

O cara do salão de bilhar torceu o nariz quando percebeu o cheiro. Apontou para as calças sujas de Jerry e disse:

– Acho que isto significa que agora você entendeu. – Fez um gesto circular na direção do estacionamento deserto e às escuras. – Eu te avisei, balofo. A gente vai dar uma voltinha. O cascalho vai ficar cheio de sangue e merda, mas veja pelo lado bom. Você vai perder alguns quilos.

Dentro do carro, os integrantes do Bröderna Djup berravam e grunhiam, imitando todos os animais que iriam comprar quando vendessem suas posses materiais. Aos prantos, Jerry sussurrou:

– Por favor, por favor, não. Vocês podem ficar com tudo o que quiserem.

O sujeito abriu um sorrisinho malicioso:

– Tipo o quê? Você não tem mais porra nenhuma. A gente pegou tudo.

Prestes a vomitar de medo, Jerry tentou forçar os lábios a formarem as palavras que prometeriam aos homens todas as suas economias, todo o seu... tudo. Antes que tivesse chance, o sujeito tapou sua boca com fita isolante e disse:

– A gente não quer acordar os vizinhos, quer? – Depois, entrou no carro e deu a partida, envolvendo Jerry numa nuvem de fumaça do escapamento.

Ele foi arrastado pelo cascalho, e sua camisa se rasgou, expondo-lhe as costas às pedras pontiagudas. Jerry mergulhou num vórtice de imaginação, entrevendo a própria pele e os músculos sendo arrancados de seu corpo até que sobrasse apenas o esqueleto nu berrando no chão. Quis perder a consciência, quis morrer rapidamente, quis...

Jerry nem percebeu que o carro parou depois de dez metros. Os três homens desceram, formaram uma roda a seu redor e urinaram sobre ele. Depois desengancharam Jerry do reboque. Ele ouviu uma voz junto da orelha:

– Da próxima vez, vamos te dar o tratamento completo... Beleza?

As portas foram fechadas com violentas batidas e o carro saiu em disparada, espalhando um punhado de cascalho no rosto de Jerry. Ele ficou lá, deitado, fitando o céu noturno e as brilhantes estrelas de inverno. Suas costas ardiam, e ele respirava de maneira ruidosa e irregular pelo nariz.

Demorou dez minutos para conseguir se levantar e arrancar a fita isolante da boca. Os pés ainda estavam presos, e ele fedia a urina e fezes. Dando pequenos saltos e arrastando os pés, abriu caminho na direção das luzes e dos blocos de apartamentos, e mal percebeu quando desabou e cortou a bochecha numa pedra pontiaguda. Alguma coisa dentro dele havia se quebrado... e não tinha mais conserto.

24

Passado um mês inteiro sem que Jerry entrasse em contato, Laila começou a ficar preocupada. Embora já tivesse havido períodos em que passavam meses sem ter notícias do filho, geralmente conversavam pelo menos uma vez a cada duas semanas. Mas, daquela vez, ele não ligara e, quando Laila telefonou, ninguém atendeu.

Talvez Laila pudesse ter investigado mais a fundo a questão, talvez pudesse ter quebrado um tabu e ido visitá-lo – se não fosse por seu novo projeto, que praticamente lhe monopolizava o tempo e a atenção.

Ela tinha começado a ensinar a menina a ler.

Laila ainda não fazia ideia de como seria o futuro. A criança estava com oito anos, logo faria nove, e o que iria acontecer quando ficasse mais velha? Quando chegasse à puberdade, à adolescência, quando se tornasse... adulta? Ela e Lennart ficariam lá, sentados como dois donos de pensão hospedando uma mulher adulta no porão, uma mulher que jamais punha os pés fora de casa?

Era insuportável pensar nisso, por isso ela vivia um dia de cada vez. Tinha criado uma fantasia compensatória em que a menina era uma refugiada ameaçada de deportação, e essa era a razão pela qual a mantinham escondida. Laila tinha lido no jornal local sobre casos do tipo, e a fantasia se encaixava muito bem na história desagradável que Lennart contara à criança. Havia um mundo hostil disposto a pegá-la, e, se ela se revelasse, seria mandada para longe, talvez até acabasse morta. Como Anne Frank. Isso fazia Laila se sentir bem melhor.

Uma vez que a menina não estava propensa a falar, não era tarefa simples ensinar-lhe o alfabeto, fazer com que repetisse e imitasse os sons correspondentes às letras. No começo, foi absolutamente impossível. Por exemplo, Laila escrevia "A" em um pedaço de papel e pronunciava a letra em voz alta. A menina não olhava para o papel, não emitia um único som.

Laila tentou outras letras, outras maneiras de redigi-las, ou ilustrá-las. Desenhou imagens de objetos que a menina seria capaz de reconhecer, escreveu seus nomes em letras garrafais, leu em voz alta. A menina não demonstrou o menor interesse; ela simplesmente ficava lá, sentada, brincando com a furadeira ou arrumando pregos em linhas retas, sem sequer se dar conta da presença de Laila.

Quando afinal chegou a uma solução, Laila teve vontade de dar um chute em si mesma, tamanha a estupidez. Era tão óbvio... Ela *cantou* as letras. A menina a imitava. Laila segurou em frente ao rosto um pedaço de papel com a letra, de modo que a menina não desviasse o olhar, e cantou "Aaa", como se a própria letra estivesse cantando. Quando abaixou rapidamente o papel, viu que a menina tinha olhado, antes de desviar os olhos. E fez o mesmo com as demais vogais.

Demorou várias semanas, mas por fim aconteceu. A criança começou a associar o símbolo ao som. Quando Laila ergueu diante do rosto um papel com a letra U, por alguns instantes o quarto ficou em silêncio enquanto ela esperava a nota. Uma vez que Laila não a cantara, a própria menina se encarregou de providenciar o som "Uuu...", emitido sob forma de zumbido, mas perfeitamente claro.

Lennart estava em meio a um de seus períodos trancafiados no estúdio, mas ouvia os relatos de Laila sobre os progressos da menina, fazia comentários de incentivo e dava sugestões. Por exemplo, quando a mulher explicou que estava tendo problemas com as consoantes, ele sugeriu que ela usasse letras de canções que a menina já conhecia, isolando palavras específicas e fazendo com que ela as cantasse.

Laila se decidiu pela versão sueca de "Strangers in the Night", de Lasse Lönndahl, que tinha a tendência de prolongar as vogais, mas ainda assim enunciava claramente as consoantes, o que facilitava na hora de cantar palavras isoladas.

"Por mil e uma noites fico sozinha
Sozinha e sonhando."

Laila começou com a palavra *uma*, estendendo-a enquanto segurava à frente o pedaço de papel em que a escrevera. *Umaaa... umaaa...* Ela teve de repetir à exaustão esse processo e tocar inúmeras vezes a canção, com súbitas interrupções, mas por fim ela e a menina começaram a entrar em consonância, a falar a mesma língua, por assim dizer.

À medida que o verão se aproximava, ela já podia mostrar um pedaço de papel com a palavra *mil* ou *noites*, e a menina cantava o que estava escrito.

Laila tinha telefonado dezenas de vezes e chegou até mesmo a ir ao apartamento de Jerry, subiu com dificuldade as escadas e apertou a campainha. Ninguém abriu a porta, mas, quando ela espiou pela abertura que fazia as vezes de caixa de correio, viu que não havia correspondência espalhada no chão. Jerry ainda estava por perto, em algum lugar. Laila até gritou através da caixa, mas não obteve resposta.

Até que um dia, no início de junho, ele apareceu nos degraus da varanda. Laila mal conseguiu reconhecê-lo; era um estranho, que ela convidou para entrar e se sentar à mesa da cozinha. Quando Lennart saiu do estúdio, reagiu da mesma maneira e esteve a ponto de perguntar de quem se tratava.

Se desde o inverno Laila emagrecera cerca de dez quilos cuidando da alimentação, Jerry tinha perdido pelo menos três vezes mais em menos tempo. Havia bolsas debaixo de seus olhos, alguns cabelos brancos tinham surgido nas têmporas. Uma cicatriz mal curada se estendia de um lado ao outro da bochecha direita. O ar de inegável autoridade com que comandava o ambiente havia desaparecido. Ele tinha começado a ficar parecido com Lennart.

Todos permaneceram um bom tempo sentados, em silêncio. Afinal, Laila perguntou:

– O que aconteceu, meu amor?

Uma sombra do antigo sorriso irônico de Jerry passou-lhe pelo rosto.

– Que bom que você perguntou. Tô recebendo pensão por invalidez, pra começar.

– Pensão por invalidez? Mas você só tem trinta e três anos.

Jerry encolheu os ombros.

– Eu consegui convencer os caras.

– De quê?

– De que eu não consigo trabalhar. De que eu tô acabado. De que não consigo ficar perto de gente.

Laila estendeu a mão sobre a mesa para afagar o braço de Jerry, mas ele rechaçou o gesto.

– Mas por quê, meu amor?

Jerry coçou a cicatriz, pálida sob a barba rala, olhou-a diretamente nos olhos e respondeu:

– Porque eu odeio as pessoas. Porque eu não aguento nem ver as pessoas. Porque eu tenho medo delas. Tá bom pra você?

Jerry levantou-se da mesa e, quando Laila tentou impedi-lo, afastou-se, pegou o violão que tinha deixado no corredor e desceu até o porão.

25

Era uma espécie de volta ao lar. Assim que sentiu o cheiro familiar de madeira, fumaça, sabão em pó e o aroma geral do porão, Jerry foi transportado diretamente para a infância. Sentia-se como uma casca vazia; aceitou com gratidão essa percepção sensorial, porque o fazia sentir como se, no fim das contas, ele contivesse alguma coisa.

Jerry tinha achado que as coisas dariam certo com Lennart e Laila, mas mal conseguia olhar para os dois. Por detrás de cada rosto havia outro rosto, atrás de cada frase pronunciada havia motivos obscuros à espreita. Sim, ele tinha ilusões paranoicas. Inclusive arranjara um pedaço de papel que provava isso.

A menina estava esperando por ele no quarto mal iluminado. As costas retas, os braços caídos ao lado do corpo e uma furadeira na mão. Jerry sentou-se na cama e abriu o estojo do violão.

– Oi, mana. E aí, sentiu minha falta?

Ela não respondeu. Jerry relaxou um pouco. Tocou um acorde de mi com sétima, e a menina reproduziu a nota. Mais alguns acordes, uma sequência improvisada, e a menina cantou uma melodia. Jerry soltou um longo suspiro. Ela estava em pé no escuro, junto ao CD *player*; ele podia ver apenas o vulto.

– Porra, maninha. Pelo menos posso ficar com você.

Jerry recolocou o violão no estojo e foi até a janela a fim de retirar o cobertor. Assim que ele ergueu um dos cantos, a menina o golpeou na coxa com a furadeira e gritou:

– Não!

Jerry deu um solavanco para trás e soltou o cobertor, que caiu. – Mas que porra você tá fazendo...

Interrompeu a frase. A menina estava encolhida num canto, segurando a furadeira à frente do corpo e olhando atentamente para a janela. Jerry se agachou diante da criança.

– Qual é o problema? Você é mais doida que eu, puta que pariu. Tá com medo da janela?

– Grande – ela disse. – Perigo lá fora. Quer comer Pequenina.

– Do que você tá falando? Tem gente grande lá fora querendo comer você?

– É.

Jerry assentiu.

– Nesse ponto você não tá errada, mana. Essa é a atitude certa. Eu só queria ter sacado isso antes. Mas por que eles querem fazer isso?

– Ódio na cabeça.

Jerry fazia alguma ideia do que estava acontecendo. Vinha se perguntando o que diabos Lennart e Laila fariam para manter a menina dentro de casa. Era evidente que tinham chegado a uma solução.

– Mas e eu, então? Por que eu não quero comer você?

– Amor na cabeça.

– Amor na... Você tá dizendo que eu tipo amo você?

A menina não respondeu. Uma sombra tremulou pela parede quando, lá fora no jardim, Lennart, ou Laila, passou andando. A menina deu um salto e se encolheu ainda mais, formando uma bola. Quando Jerry dependurou de novo o cobertor, ela relaxou e disse:

– Toca. Canta.

Ficaram um bom tempo improvisando. Jerry tocou canções em tom menor, que a menina deixava ainda mais lúgubres com suas frases claras, fluidas e harmoniosas, transformando-as de melodias simples em um lamento sobre a vida e a raça humana. Por uns bons quinze minutos, ele não sentiu medo nenhum. Poderia ter continuado muito mais tempo se, por causa de seus esforços cada vez mais robustos, não tivesse arrebentado uma das cordas do violão.

Com as costas empapadas de suor, Jerry guardou o violão no estojo e, com um clique, fechou a trava.

– Quer saber de uma coisa? – disse, sem olhar para Theres. – Por mais doida varrida que você possa ser, você tem razão. Se existe alguém que eu amo neste mundo, esse alguém é você.

26

Depois disso, as visitas de Jerry voltaram a ser mais regulares. Doía em Laila perceber que agora o filho já não dava a mínima para ela e Lennart, mas se consolava com o fato de que passar tempo com a menina parecia fazer bem a Jerry. A nuvem escura que pairava sobre ele sempre se dispersava um pouco depois que ele saía do porão.

Laila continuava dando aulas para a menina. Com o tempo, ela aprendera a ler palavras tanto em letras maiúsculas como em minúsculas, que nada tinham a ver com música, embora lesse com uma dicção estranha, musical. Era hora de dar o passo seguinte: ensinar a menina a fazer ela mesma as letras. A escrever.

Isso revelou-se um labirinto ainda mais inextricável. A menina era capaz de segurar a caneta, mas se recusava terminantemente a desenhar as letras que Laila escrevia num bloco de anotações. Quando ela tentava guiar sua mão, a menina rosnava ou vociferava um palavrão, que, supunha-se, tinha aprendido com Jerry. Talvez pudesse ser engraçado ouvi-la gritar "Puta que pariu!", ou "Porra do caralho!", se as palavras não fossem cuspidas de sua boca com imensa agressividade e, frequentemente, acompanhadas de socos quando tentava conter sua mão. Laila desistiu desse método.

Tentou desenhar as letras com giz de cera, tentou deixar que a menina arranhasse as letras usando pregos – pelos quais havia se apaixonado recentemente –, mas nada funcionava. Os dezenove degraus que levavam ao porão pareciam cada vez mais deprimentes à medida que o inverno se aproxima, e a perna de Laila começou a doer ainda mais. Ela não estava conseguindo alcançar seu objetivo, e Lennart não tinha sugestões que fossem úteis.

O novo interesse da menina era martelar inúmeros pregos em pedaços de madeira, atividade a que se dedicava com afinco até que o bloco de madeira rachasse por causa da enorme quantidade de pregos enfiados. Com a proximidade do Natal, Lennart ensinou-a a usar o martelo para quebrar nozes. Isso também se tornou uma obsessão.

E esta foi a solução do problema, o que permitiu que Laila parasse de quebrar a cabeça. Certa tarde, ela se flagrou observando a menina sentada no chão, o rosto compenetrado, esmagando nozes numa tábua de picar carne. O braço que subia e descia, o golpe meticulosamente calculado, o movimento monótono. Toc, toc, toc.

Laila teve uma ideia; afinal de contas, não havia nada a perder. No armário de guardados, ela encontrou a velha máquina de escrever portátil Halda de Lennart. Colocou-a no chão, perto da tábua de carne. A menina examinou-a por diferentes ângulos e, por fim, levantou o martelo para desferir uma pancada, mas Laila conseguiu ser mais rápida e salvar a máquina a tempo.

Embora no final ficasse claro que se tratava de uma boa ideia, demorou quase um ano até que os esforços de Laila realmente dessem frutos. Cada tecla era um novo obstáculo a ser vencido, mas, quando a menina fez dez anos, já tinha aprendido cada um dos sons que correspondia a um símbolo que correspondia a uma tecla, e começou a montar palavras pequenas.

As visitas de Jerry tendiam a causar retrocessos. A menina se retraía e não queria fazer os exercícios, mas Laila era paciente e não mencionava o fato para Lennart. Se a criança podia propiciar a Jerry um pouco de felicidade, o atraso valia a pena.

Além disso, Laila não sabia por que razão estava fazendo aquilo. Que prazer a menina obteria aprendendo a ler e escrever? Será que algum dia ela participaria de uma sociedade que exigia essas habilidades?

Às vezes, ela ficava cansada do projeto tedioso, logo espinhoso. Nessas ocasiões, punha um disco para tocar, Bibi Johns ou Mona Wessman, e cantava com a menina. Isso proporcionava a Laila uma espécie de sensação de intimidade com a criança, o que lhe dava novas forças para prosseguir.

27

Jerry não gostava de sair de seu apartamento, e a maior parte de seu contato com o mundo exterior ocorria via internet. A pensão que ele recebia mal dava conta de cobrir suas despesas com alimentação, aluguel e banda larga. No outono de

2001, ele encontrou por acaso uma coisa chamada *Partypoker*. Jerry era um jogador de pôquer razoável e começou apostando com muita cautela e moderação, ganhando e perdendo na mesma medida.

Seis meses depois, o número de jogadores tinha aumentado de maneira significativa, graças a alguns anúncios na TV a cabo e alguns artigos na imprensa. Começaram a pipocar jogadores que não eram exatamente bons, e Jerry se viu com um pequeno lucro. Nada de grandes somas, mas bem-vindos acréscimos ao magro benefício que recebia do governo.

Certa noite, ele iniciou uma partida com um sujeito que tinha como nome de usuário Bizznizz e que jogava feito um idiota. Jerry achou que só poderia se tratar de uma manobra para aumentar o valor das apostas. Mesmo assim, continuou. Depois de algumas horas, parecia flagrantemente óbvio quando o sujeito estava blefando e quando estava jogando a sério e botando fé na jogada. Àquela altura, Jerry já tinha ganhado algumas centenas de dólares.

Na mão seguinte, Jerry tirou três 10 e se recusou a abandonar o jogo quando a aposta aumentou; no final, sobraram ele e Bizznizz, com um pote de novecentos dólares. Jerry achou que o cara estava blefando com um suposto *full house*, mas ao mesmo tempo percebeu, com apreensão e frio na barriga, que esta poderia muito bem ser a mão para a qual Bizznizz vinha preparando o terreno. E, mesmo assim, Jerry não saiu do jogo.

Repicou com seus últimos trezentos dólares, e o desespero fincou os dedos gelados no coração dele quando Bizznizz se recusou a desistir e partiu para o *showdown*, a abertura das cartas na rodada final de apostas. Ainda faltavam três semanas para o pagamento da pensão, e até lá Jerry não teria dinheiro com que pudesse viver.

Ele não entendeu o que estava vendo quando o sujeito mostrou as cartas. Houve um instante de desligamento à medida que seus olhos dardejavam entre suas cartas e as cartas de Bizznizz. Aparentemente, o idiota tinha apenas um par de três!

Somente quando o dinheiro caiu em sua conta foi que Jerry percebeu que não tinha sido um mal-entendido. O idiota tinha ficado lá blefando com um par baixo, e tinha sido estúpido o bastante para partir para o *showdown*! Jerry arrancara do sr. Bizznizz algo em torno de cinco mil coroas.

Naquela noite, Jerry não voltou a jogar. A partida propiciara-lhe uma revelação fulminante. Havia um punhado de rematados idiotas jogando pôquer na internet. Idiotas cheios da grana. Tudo o que ele tinha a fazer era encontrar esses caras e dar um jeito de cair na mesma mesa que eles.

Jerry começou a vasculhar metodicamente todos os *sites*, *blogs* e fóruns de discussão que tinham alguma coisa a ver com pôquer. Recolhia informações. Depois de algumas semanas, já tinha uma imagem razoavelmente clara do tipo de pessoa que jogava *on-line*, pelo menos na Suécia. Era verdade que a maioria usava diferentes apelidos e nomes de usuário quando jogava, ou participava de alguma lista de discussão, mas alguns eram tão apegados ao próprio nome que não conseguiam deixar de usá-lo mesmo quando havia dinheiro envolvido.

A sacada de gênio de Jerry foi começar a ler em sigilo fóruns de pessoas que, provavelmente, tinham talento para ganhar dinheiro de um jeito rápido e fácil. Corretores da bolsa e o pessoal da área de tecnologia da informação. Ele chegou até mesmo a ler fóruns do *Dagens Industri*, o equivalente sueco do *Financial Times*. Uma página de discussão sobre proprietários de casas em Danderyd mostrou-se inútil; ele esquadrinhou página após página sobre reformas e profissionais da área de construção, sem encontrar o que estava procurando. Mas uma página sobre donos de *abyssinians* – uma raça cara e grã-fina de gatos – acabou revelando-se ouro puro.

Na verdade, ele estava à procura de qualquer menção a pôquer na internet. Alguém que, recentemente, tivesse ganhado muito dinheiro, por exemplo, e que entrasse no fórum para pedir conselhos sobre seu recém-adquirido *abyssinian*. O gato era tão agitado, vivia rasgando as chiques cortinas Svenskt Tenn – o que ele poderia fazer? O dono do bichano talvez engatasse uma conversa com outro dono de gato, e quem sabe ambos mencionassem, de passagem, o pôquer.

Este era o segredo: de passagem. Tais novos-ricos achavam que era divertido mencionar *de passagem* o quanto tinham gastado numa garrafa de vinho ou num terno novo, ou o fato de que "outra noite torrei trinta mil num jogo de pôquer *on-line*", embora fossem péssimos jogadores, "rssss", mas não precisavam se preocupar, afinal de contas estavam montados em cento e vinte mil ações da IBM, e ponto final.

Esse tipo de comentário. Feito de passagem.

Era uma tarefa tediosa e que consumia bastante tempo. Muitas vezes, Jerry encontrava um candidato perfeito, mas depois nunca mais voltava a ver essa pessoa num *site* de pôquer. Ou ela tinha parado de jogar, ou estava usando outro meio.

Mas ele compilou uma lista, e era questão de tempo até que um desses idiotas ricos, ou mais ou menos ricos, aparecesse numa mesa, e então seria hora de entrar no jogo.

Não havia ideologia por trás da coisa, nada de fantasias do tipo Robin Hood. Ao contrário. Uma vez que eram tão raras as oportunidades de esfolar gente rica, Jerry coletava também informações sobre usuários comuns, viciados em jogatina e pobretões. O principal era que jogassem mal.

Para dizer a verdade, Jerry sentia satisfação ainda maior ao arrancar dinheiro de alguém que ele sabia ter problemas. Encontrou Wheelsonfire num fórum de donos de *trailers*, queixando-se de que não tinha dinheiro para comprar uma nova geladeira para seu veículo – por acaso alguém sabia onde encontrar uma de segunda mão? O fato de que era um péssimo jogador de pôquer foi mencionado em um contexto diferente.

Quando Wheelsonfire apareceu no *Partypoker* e Jerry conseguiu arrancar quatro mil dele, sentiu um prazer profundo, sincero e malicioso. *Nada de geladeira nova pra você, babaca. Pode ficar aí sentado e fritando de calor no acampamento de* trailers *enquanto sua comida apodrece.*

O medo das pessoas e a inquietação continuavam inalterados. Mas seu desprezo aumentou. Assim como sua renda. Cerca de um ano depois de ter começado a jogar e coletar informações, ele conseguia, em geral, arrecadar entre oito a dez mil por mês, dinheiro que a Receita Federal ainda não tinha percebido que deveria investigar.

Ficava lá, sentado em seu pequeno apartamento de Norrtälje, mergulhando os dedos virtuais no rio global do dinheiro. Jogava de cinco a seis horas por dia e, ganhasse ou perdesse, jamais era afetado pela ganância. Não fazia a menor diferença. O importante é que ele tinha uma pequena base de poder de onde podia chicotear as costas de todos os idiotas do mundo. Ele conseguia açoitá-los com força e quase ouvi-los choramingando. Às vezes, sentia algo semelhante à felicidade.

28

Quando estava prestes a completar doze anos, a menina tornou-se indiferente. Nada mais parecia capaz de chamar sua atenção. Dia após dia, ela ficava sentada, encarando a parede, sem fazer coisa alguma. Não cantava, não falava, mal se movia, e Lennart e Laila tinham de alimentá-la a colheradas dos potes de papinha; ainda era a única coisa que ela aceitava comer.

Depois de algum tempo, esse torpor tornou-se assustador, e Lennart e Laila começaram a ter sérias discussões sobre a possibilidade de abrir mão da criança e entregá-la aos cuidados de profissionais. Não seria melhor pegar o carro e levá-la a algum lugar onde ninguém os conhecesse e simplesmente deixá-la na porta de um hospital, depois voltar para casa sem nada dizer? Mas essa parecia uma saída fria e terrível demais. Por isso, esperaram.

Afinal de contas, tudo parecia estar se encaminhando tão bem... A menina tinha aprendido a redigir usando a máquina de escrever, sabia formar palavras e frases inteiras. Passava muito tempo datilografando cada palavra de um velho exemplar do jornal local. Artigos, matérias, anúncios, os balões de diálogos das tirinhas e o guia da programação da tv. Levara quase quatro meses para datilografar o jornal inteiro, em sessenta páginas de papel A4.

Foi quando esse projeto estava quase terminado que alguma coisa aconteceu. Laila viu o primeiro sinal quando, certa manhã, desceu ao porão e encontrou a menina olhando fixamente para a máquina de lavar; ela fechou a porta e depois olhou dentro da secadora. A seguir, para o cesto de roupa suja.

– O que você está procurando? – perguntou, mas, como sempre, a menina a ignorou.

Dias depois, Laila ficou em pé, em silêncio, junto à porta, observando a criança abrir gavetas e vasculhar os armários, exatamente como fazia quando pequena, e exatamente como a própria Laila tinha feito.

Agora mais crescida, era uma menina linda de cabelos dourados e encaracolados, e havia algo de profundamente perturbador em ver aquela criatura tão bonita zanzando de um lado para outro, semelhante a um cisne numa jaula apertada, à procura de algo que não existia. O porão escuro e sombrio, o estrépito cada vez que ela abria outra gaveta de ferramentas aleatórias, enquanto os cabelos dourados caíam em cascata sobre os ombros.

Laila golpeou o batente da porta com a muleta que tinha começado a usar para ajudá-la a subir a escada e, imediatamente, a menina parou de procurar, voltou para o quarto e se sentou na cama. Laila sentou-se ao lado dela.

– Pequenina? O que você quer?
A menina não respondeu.

Cerca de uma semana depois, Laila desceu ao porão para pegar um par de luvas no quarto de guardados. Era noite, e ela parou no vão da porta e ficou observando a menina dormir. Com os cabelos esparramados sobre o travesseiro, os braços esticados ao longo do corpo, ela parecia um lindo cadáver. Laila estremeceu.

E então viu a máquina de escrever. Nela, havia uma folha de papel em branco, um brilho pálido sob o reflexo da luz do porão. Não, não estava em branco. Havia alguma coisa escrita na folha. Depois de se certificar de que a menina estava realmente dormindo, Laila entrou no quarto e, com cuidado, tirou a folha de papel da máquina.

A habilidade de escrita da menina também parecia ter se deteriorado. Na folha, havia uma única linha, sem pontuação. Era a primeira coisa que Laila via a menina escrever por conta própria. Dizia:

Onde amor como amor sente cor como é onde.

Leu e releu diversas vezes a frase; depois seu olhar se desviou para a cama. Os olhos da menina estavam arregalados e reluziam frouxamente enquanto ela se mantinha deitada encarando Laila, que se sentou na borda da cama com o pedaço de papel nas mãos.

– Amor – ela disse. – É amor que você está procurando, Pequenina?
Mas a menina tinha fechado de novo os olhos e não respondeu.

29

Numa manhã de meados de outubro, enquanto Lennart estava na garagem colocando pneus de inverno no carro, Laila sentou-se na sala de estar sentindo-se ao mesmo tempo desalentada e inquieta. Tentou tocar um disco de Lill-Babs para se animar, mas de nada adiantou.

Sentia um nó de ansiedade na barriga, uma sensação agourenta. Apoiada na muleta, caminhava sem parar de um lado para outro da sala, mas o mal-estar não arredava pé. Como se algo tivesse acabado de acontecer naquele momento, algo que ela devesse saber o que era. De repente, ocorreu-lhe que se tratava de alguma coisa com a menina. Laila saiu mancando na direção do porão, cada vez mais convencida de que estava certa. A pobre criança enjeitada dera o passo que levava da apatia à separação final, que é a morte.

Laila sentiu que precisava se apressar. Talvez não fosse tarde demais.

Ela não apoiou direito a muleta no quinto degrau e, assim que descarregou nela todo o peso do corpo, escorregou. Caiu de cabeça escada abaixo e, quando o crânio encontrou a borda entre a parede e os degraus, ouviu – mais do que sentiu – alguma coisa estalar na nuca.

Passos. Ela ouviu passos. Para trás e para a frente. Passos leves, na ponta dos pés. Suas costas inteiras eram uma chama azul de dor, e ela não conseguia mover a cabeça, tampouco sentir os dedos. Abriu os olhos. A menina estava de pé a seu lado.

– Pequenina – Laila disse, ofegante como uma asmática. – Pequenina, me ajude. Acho que eu... já era.

A menina olhou Laila nos olhos. Estudou-a. Fitou-a diretamente nos olhos. Nunca a olhara tão diretamente nos olhos por tanto tempo. A criança abaixou-se e fitou-a ainda mais fundo, como se estivesse procurando alguma coisa nos olhos de Laila, ou atrás deles. Os olhos da menina envolveram Laila como dois poços azul-escuros, e, por um breve momento, a dor desapareceu.

Em sua confusão Laila pensou: *Ela pode curar. Ela pode me tornar inteira. Ela é um anjo.*

Entreabriu os lábios trêmulos:

– Eu estou aqui. Me ajude.

A menina se endireitou e disse:

– Não consigo ver. Não consigo ver.

Uma forma que não deveria estar ali tremeluziu no canto do campo de visão de Laila. Um martelo. A menina estava segurando um martelo na mão. Laila tentou gritar. Conseguiu apenas emitir uma lamúria.

– Não – ela sussurrou. – O que você vai fazer o que você...

– Quieta – disse a menina. – Abre olho.

E então golpeou com o martelo a têmpora de Laila. Martelou uma, duas, três vezes. Laila já não era capaz de sentir coisa alguma, sua visão deixou de existir e ela ficou cega. Sua audição, contudo, parecia flutuar à deriva pela sala, e ela pôde ouvir a menina soltar um grunhido de aborrecimento, passos se afastando.

Laila já não tinha condições de distinguir o que era acima e abaixo; boiava num vácuo, e somente sua audição a mantinha viva, um fio tênue que chegara ao ponto de ruptura.

Escutou um tinido quando a menina pousou algo no chão. A audição de Laila supôs que eram pregos, talvez cinco deles. E, então, ela sentiu alguma coisa. Uma ponta aguçada contra a pele, alguém respirando fundo, e a última coisa que os ouvidos de Laila perceberam foi um áspero clangor metálico e um estalo, um ruído de esmagamento ao ter o crânio rachado sob a ponta do prego.

Depois se fez silêncio, e o processo de abertura de seu crânio continuou.

Uma hora depois, Lennart entrou no porão. Ele sequer teve tempo de gritar.

30

Em certo sentido, Jerry tivera sorte naquele dia, porque, inconscientemente, estabeleceu um álibi para si mesmo. É provável que a ampla investigação policial que se seguiu teria se concentrado com mais firmeza em Jerry se, naquele dia específico, ele não tivesse achado que já ficara tempo demais sentado dentro de casa e não decidisse ir ao boliche.

Jerry não conhecia ninguém lá; apenas sentou-se a uma mesa e passou horas bebendo xícaras de café, comendo sanduíches e lendo o jornal, enquanto assistia, distraído, ao desempenho de jogadores mais ou menos sofríveis em busca de *strikes* e *spares*. Depois disso, foi ao hipermercado Co-op Forum e passou meia hora zanzando no setor de eletroeletrônicos, onde comprou DVDs. No estabelecimento barateiro, por força do hábito, comprou um estoque de latas de ravióli e macarrão instantâneo. Um impulso levou-o à Jysk, loja onde passou um pouco e, por fim, comprou um travesseiro novo.

Nem se tivesse planejado tudo isso Jerry teria sido capaz de se sair tão bem. Um dia inteiro em que suas atividades poderiam ser confirmadas pelos funcionários do boliche, vendedores, caixas e seus recibos impressos. Na verdade, este acabaria sendo o único motivo que despertou alguma desconfiança da polícia: o fato de que seu álibi era quase perfeito e infalível *demais* para um recluso como ele. Mas não poderiam prendê-lo com base nisso.

Jerry voltou para casa, tomou uma cerveja, depois ligou para Lennart e Laila. Ninguém atendeu, mas, mais tarde, foi possível rastrear a ligação, estendendo em mais meia hora as atividades documentadas de Jerry naquela tarde. Àquela altura, o corpo de seus pais tinha ficado tão gelado desde a manhã que era impossível alegar que Jerry fosse o assassino.

Por fim, ele deu sua última sacada de gênio. Montou na moto e foi visitar a irmã.

Aventou-se a suspeita de que Jerry sabia sobre a temperatura dos cadáveres e sabia que não poderia demorar muito para comunicar a morte dos pais se quisesse que o horário da morte fosse fixado dentro do período de tempo para o qual tinha um álibi.

Nem é preciso dizer que nenhum desses pensamentos estava na mente de Jerry enquanto ele se dirigia para a casa dos pais em meio à escuridão da noite. O fato é que em sua mente não havia nenhum pensamento. Era bom estar fora de casa, pilotando a moto. Os movimentos de seu corpo para a frente substituíam o movimento circular de seus pensamentos, que giravam e giravam sem parar dentro da cabeça.

Estacionou a moto diante dos degraus da varanda, notando que a luz da cozinha não estava acesa. Contudo, conseguia enxergar uma réstia de luz atrás do cobertor, na janela do porão. Subiu os degraus e bateu à porta. Ninguém atendeu. Tentou a maçaneta e constatou que a porta não estava trancada.

– Oi? – ele gritou, já entrando no corredor, mas não obteve resposta. – Tem alguém em casa?

Pendurou a jaqueta no cabideiro construído por Lennart, que, em sua opinião, era um pouco cafona, e caminhou ao redor da casa. Não estava entendendo. Desde aquela ocasião, muitos anos atrás, quando Jerry e Theres haviam improvisado uma sessão de David Bowie, pelo que ele sabia, seus pais nunca mais tinham voltado a deixar a menina sozinha em casa.

Será que saíram com ela?

Mas a porta da garagem estava fechada, o que significava que o carro ainda permanecia lá dentro. Sem pensar mais no assunto, ele seguiu em frente e acendeu a luz da escada do porão. Parou com a mão no interruptor e apurou os ouvidos. A porta estava entreaberta, e ele escutou uma espécie de ruído de motor vindo lá de baixo. Escancarou a porta.

Conseguiu dar cinco passos antes de desabar na escada, antes que seu cérebro registrasse o que os olhos estavam vendo. Sua traqueia se contraiu e foi impossível respirar.

Lennart e Laila – o que deveria ser Lennart e Laila, a julgar pelas roupas – estavam deitados um ao lado do outro ao pé da escada. O chão estava todo coberto de sangue. Em meio ao sangue, espalhavam-se diversas ferramentas. Martelos, serras, formões.

A cabeça dos pais de Jerry tinha virado mingau. O chão estava coalhado de pedaços de crânio ainda presos a tufos grandes ou pequenos de cabelo, havia fragmentos de massa encefálica colados às paredes, e tudo o que restava acima dos ombros de Lennart era um pedaço de espinha dorsal saliente com um naco imundo de crânio ainda grudado. O restante da cabeça jazia esmagado e esparramado pelo chão e pelas paredes.

Theres estava ajoelhada em meio ao sangue, junto ao que havia restado da cabeça de Laila, pouca coisa mais em comparação ao que sobrara da de Lennart. Na mão, a menina segurava a furadeira; a bateria estava tão fraca que a broca mal girava. Com o último resquício de potência da máquina, ela estava ocupada perfurando um buraco atrás da orelha de Laila. Um pequeno brinco de pérola no lóbulo da orelha vibrava enquanto o equipamento laboriosamente abria caminho até o osso. Theres fez força e cutucou, mudou a direção da broca e conseguiu arrancá-la de novo, limpou o sangue dos olhos e esticou o braço a fim de alcançar a ferramenta.

Jerry estava a ponto de desmaiar por causa da falta de oxigênio, mas conseguiu respirar, arfante. Theres virou a cabeça na direção do som e olhou para os pés dele. Uma estranha calma tomou conta de Jerry. Não estava com medo e, embora o que ele estivesse vendo fosse algo obviamente medonho, não passava de uma imagem, algo a registrar: *o que estou vendo é medonho*.

No fundo, em algum lugar dentro de si, Jerry tinha sentido que as coisas acabariam assim, de um jeito ou de outro. Que tudo terminaria mal. Agora a coisa tinha acontecido e, embora não pudesse ter sido pior, pelo menos já tinha ocorrido. Não havia nada a acrescentar. Era simplesmente assim que o mundo funcionava. Nada de novo, ainda que os detalhes fossem repulsivos.

– Theres? – ele a chamou, com voz quase firme. – Mana. Mas que porra você fez? Por que você fez isso?

Theres abaixou a broca e seus olhos fitaram Laila, depois Lennart, fixando-se aos poucos nos pedaços de cabeça espalhados a seu redor.

– Amor – ela respondeu. – Não aqui.

A OUTRA MENINA

I

Ela nasceu em 8 de novembro de 1992, um dos últimos bebês cujo parto foi realizado na maternidade de Österyd. A unidade estava em processo de transferência para o hospital central em Rimsta, e já tinham começado a mudança. Somente uma parteira e uma estagiária estavam de serviço.

Felizmente, fora um parto fácil. Maria Svensson deu entrada às catorze horas e quarenta e dois minutos. Uma hora e vinte minutos depois, a criança nasceu. O pai, Göran Svensson, esperou do lado de fora, como sempre. Fez então a mesma coisa que tinha feito quando seus dois outros filhos nasceram. Enquanto aguardava, folheava exemplares de uma revista, *Året Runt*.

Pouco depois das quatro da tarde, a parteira apareceu e informou-o de que tinha sido abençoado com uma filha perfeita. Göran abandonou a leitura do artigo sobre criação de coelhos e foi ver a esposa.

Quando entrou no quarto, cometeu o erro de olhar ao redor. Compressas manchadas de sangue tinham sido jogadas numa tigela de metal, e, antes que conseguisse desviar o olhar, Göran foi atingido por uma onda de náusea. A combinação de ambiente estéril e fluidos corporais lhe causava repugnância. Essa era a razão pela qual jamais poderia assistir de perto a um parto.

Ele se recompôs e foi beijar a testa suada da esposa. A criança estava deitada sobre o peito da mulher, um pacotinho vermelho e enrugado. Era inconcebível que se transformasse em uma pessoa. Ele passou o dedo pela cabeça úmida da criança. Sabia o que se esperava dele.

— Foi tudo bem?

— Sim — respondeu Maria. — Mas acho que vou precisar levar alguns pontos.

Göran assentiu e olhou pela janela. Lá fora, a escuridão já era quase total, flocos de neve úmidos lambiam o vidro. Agora ele era pai de três filhos. Dois meninos e uma menina. Sabia que Maria queria uma menina, e para ele não fazia diferença nenhuma. Então acabara dando tudo certo. Seus olhos acompanharam um filete de líquido que escorria pela vidraça.

Uma vida começa.

Uma criança tinha nascido nesse dia. A filha dele. A única coisa que ele desejava agora era um pouco mais de felicidade. Às vezes rezava, pedindo a Deus exatamente isto: *Dê-me uma maior capacidade de sentir felicidade.* Mas sua oração raras vezes era atendida.

Um milagre tinha acontecido naquele quarto, poucos minutos antes. Ele sabia disso. Mas não conseguia *sentir*. O filete de líquido chegou à parte mais baixa da janela, e Göran se voltou de novo para a esposa, sorrindo. O que ele estava sentindo era uma leve satisfação, uma certa sensação de alívio. A coisa tinha terminado. Tinha chegado ao fim.

— Teresa, então. Está feliz?

Maria assentiu. — Sim, Teresa.

Já tinha sido decidido havia muito tempo. Tomas, se fosse menino, Teresa, se fosse menina. Bons nomes. Nomes confiáveis: Arvid, Olof e Teresa. Seu pequeno trio. Ele afagou a bochecha de Maria e começou a chorar sem saber por quê. Por causa da imagem da neve molhada contra a janela de um quarto quase às escuras onde uma criança nascera. Porque ali havia um segredo do qual ele jamais faria parte.

Quando a enfermeira entrou no quarto para dar os pontos em Maria, ele saiu.

2

Teresa tinha catorze meses quando começou a ir a uma creche. Lollo, a profissional responsável pelo estabelecimento, tinha outras cinco crianças para cuidar, e Teresa era a mais nova. Foi uma admissão sem problemas. Depois de apenas quatro dias, Maria constatou que já poderia deixar a filha o dia inteiro na creche e voltar a trabalhar em tempo integral na Österyd Pets.

Göran trabalhava numa revenda de bebidas gerida pelo Estado e, quando a filial de Österyd foi fechada, ele fora obrigado a se transferir para a unidade de Rimsta. A mudança mais perceptível era o fato de que, agora, demorava meia hora a mais para chegar ao trabalho e voltar do trabalho para casa, toda manhã e toda tarde. Por isso, quase nunca tinha condições de buscar a menina na creche, coisa de que sentia falta.

Entretanto, havia conseguido negociar uma troca de turno uma vez por semana, às quartas-feiras, e em geral fazia questão de pelo menos buscar Teresa no final do dia. Embora tivesse sido Maria quem mais desejara uma menina, Teresa era mais ligada ao pai, e ele não podia negar que sentia por ela algo especial.

Os meninos eram agitados e cheios de entusiasmo, como devem ser os meninos. Teresa era significativamente mais quieta e reservada, o que Göran apreciava. Dos três filhos, era quem mais se parecia com ele. A primeira palavra da menina foi "Papai", e sua segunda palavra foi "Não", dita com extrema firmeza: "Não!"

"Você quer isto aqui?" "Não!"

"Posso te ajudar com...?" "Não!"

"Papai pode pegar emprestado o giz de cera?" "Não!"

Ela pegava sozinha as coisas que queria, soltava-as quando tinha vontade, mas raramente se deixava influenciar por perguntas, ou expectativas alheias. Göran gostava disso. Apesar de tão pequena, a menina já tinha vontade própria.

Às vezes, no trabalho, ele tinha de morder a língua para não dizer a primeira palavra que agora lhe vinha à mente.

"Göran, você pode, por favor, buscar um palete de cerveja?"

"Não!" O que obviamente ele não dizia. Mas gostaria de fazê-lo.

Àquela altura dos acontecimentos, Arvid estava com cinco anos e Olof, sete. Nenhum deles demonstrava interesse particular pela irmãzinha, mas a suportavam. Teresa não fazia muito barulho, exceto quando alguém tentava obrigá-la a fazer algo que ela não queria. Então era um festival de "Não!" e

"Não!", e de vez em quando a menina era tomada por verdadeiros ataques de fúria. Teresa tinha um limite e, quando forçavam a barra e ultrapassavam esse limite, ela ficava horrenda.

Seu brinquedo favorito era uma cobrinha verde que eles haviam comprado em Kolmården e que ela chamava de Bambã. Um dia, quando Teresa tinha dezoito meses, Arvid começou a provocar a irmã, puxando a cobra pela cauda e tentando tomá-la dela.

Teresa agarrou a cabeça da cobra e pediu:

– Avvi, não! – Mas o irmão continuou puxando. A menina resistiu com todas as forças e, ainda segurando a cabeça da cobrinha, acabou tombando para a frente, aos berros de: – Avvi, não-não! – Arvid deu um puxão e a cobra saiu voando das mãos de Teresa, que permaneceu deitada no chão, com o corpo trêmulo de ódio.

Arvid espicaçou a irmã balançando a cobrinha diante do rosto dela, mas, quando Teresa não fez menção de esticar o braço para tentar pegá-la, o menino se entediou e jogou o brinquedo de volta. Teresa embalou a cobrinha nos braços, murmurando "Bambã..." com a voz embargada.

Até aí, tudo bem. Arvid esqueceu-se da irmã e começou a fuçar debaixo da cama à procura de um balde de peças de Lego. Porém, com uma capacidade para guardar rancor incomum para uma criança tão pequena, Teresa se levantou e caminhou a passos curtos até a prateleira ao lado de sua cama, onde pegou um globo de neve com um anjo dentro.

Uma nevasca rodopiou em torno do anjo quando Teresa se aproximou de Arvid e esperou ao lado do irmão até que ele se sentasse e, então, desferiu um golpe na cabeça do menino. O globo se partiu e cortou a mão de Teresa e a testa de Arvid. Quando ouviu os gritos e entrou correndo no quarto, Maria encontrou Arvid caído numa poça de água, sangue e pedaços de plástico, gritando, juntamente com Teresa, cuja mão sangrava aos borbotões.

O resumo que Arvid fez do incidente foi:

– Eu peguei a cobrinha dela e ela me bateu na cabeça. – O menino omitiu o detalhe de que pelo menos um minuto havia se passado entre os dois eventos. Talvez ele tivesse se esquecido, ou não achasse que isso tinha alguma importância.

3

Quando Teresa fez quatro anos, era óbvio que papai era a coisa mais importante. Não que ela se distanciasse de Maria, mas era a Göran que a menina recorria para tudo que fosse essencial. Com os meninos, acontecia a situação inversa. Por exemplo, era Maria quem os levava de carro para a escolinha de futebol. Nenhuma decisão tinha sido tomada de antemão, as coisas apenas eram assim.

Maria gostava de *fazer* coisas, ao passo que Göran se contentava simplesmente em se sentar em silêncio com Teresa enquanto a menina desenhava ou ficava à toa. Quando ela lhe perguntava algo, ele respondia; se ela quisesse ajuda com alguma coisa, ele a ajudava, mas sem estardalhaço, sem demonstrações de afeto exageradas.

A atividade favorita da menina era fazer colares com contas de plástico. Göran tinha comprado todas as contas da loja de brinquedos em Rimsta, de todas as cores e formatos imagináveis, até mesmo pedindo à vendedora que descesse ao estoque e desentocasse as caixas que haviam sido retiradas das vitrines. Teresa tinha uma prateleira abarrotada com pelo menos sessenta pequenas caixinhas de plástico, dentro das quais distribuíra as continhas de acordo com um sistema que somente ela era capaz de entender. Às vezes, passava dias inteiros entretida fazendo alterações no sistema.

Por dentro das contas, ela passava um fio de lã colorida ou uma linha de pesca e, depois de um paciente processo de conhecimento, Teresa tinha aprendido a fazer os nós sozinha. Tratava-se de uma linha de produção em constante atividade; o único problema era o produto.

Os pais de Maria já tinham recebido colares de presente; os pais de Göran também. Todos os amigos e parentes da família, e os parentes dos amigos, já haviam ganhado seus colares de presente. Todo mundo que poderia merecer seu colarzinho feito de contas de plástico já havia ganhado um. Ou dois. O pai de Göran era o único que usava o dele. O que, provavelmente, deixava mais do que irritada a mãe de Göran.

Mas teria sido necessária uma família de proporções bíblicas para gerar uma demanda capaz de dar conta da oferta. Teresa fazia pelo menos três colares por dia. Göran tinha pregado uma porção de tachinhas na parede acima da cabeceira da cama da menina para que ela dependurasse os colares prontos. A parede estava mais ou menos apinhada.

Numa tarde de quarta-feira, em meados de outubro, Göran buscou a filha na creche, como sempre. Como sempre, ela esparramou sobre a mesa da cozinha as contas e carretéis. Munido de seu jornal, Göran sentou-se diante da menina. Profundamente concentrada, Teresa amarrou na ponta de um fio de náilon um nó de travamento. Depois fuçou nas caixinhas a fim de selecionar as contas e começou a enfiada.

Assim que terminou de procurar notícias sobre a decisão da União Europeia acerca do monopólio estatal nas vendas de álcool na Suécia e não encontrou nenhuma novidade, com exceção de mais escândalos e quiproquós na construção do túnel de Hallandsås, Göran abaixou o jornal e olhou para a filha. A menina parecia ter tomado a decisão de fazer um colar vermelho, amarelo e azul. Usando os dedos como pinças, ela ia habilidosamente pegando uma conta de cada vez e enfiando na linha, enquanto respirava ruidosamente.

– Querida?

– Hum?

– Não pode fazer outra coisa que não sejam colares? É que você já tem muitos.

– Quero um montão.

– Por quê?

Teresa parou de repente, com uma conta amarela entre os dedos. Franzindo a testa, olhou para Göran.

– Eu coleciono.

A menina sustentou o olhar, como se estivesse desafiando o pai a questioná-la. Os olhos de Göran voltaram a espiar de relance o jornal, aberto numa fotografia de algum lago em algum lugar. Poluição. Peixes mortos, população local em pé de guerra.

– Papai? – Com os olhos apertados, Teresa estava examinando a conta amarela. – Por que as coisas *existem*?

– Como assim?

Teresa enrugou ainda mais a testa de modo que suas sobrancelhas ficaram mais próximas uma da outra, quase numa careta de dor. Ela deu duas ou três fungadas, como sempre fazia quando estava concentrada, e, por fim, disse:

– Bom, se esta conta não existisse, eu não estaria segurando ela.

– Não.

– E, se eu não existisse, então ninguém estaria segurando esta continha.

– Não.

Göran ficou lá sentado, como se tivesse sido hipnotizado, encarando o pontinho amarelo-ouro entre os dedos da filha. Do lado de fora da janela, o dia cinzento de outubro tinha ido embora. Somente o ponto amarelo existia, e Göran sentiu alguma coisa pressionando-lhe os tímpanos, como quando alguém imerge rumo ao fundo da piscina.

Teresa meneou a cabeça.

– Por que é assim? – O olhar dela esquadrinhou as caixinhas e seu conteúdo multicolorido. – Tipo, todas estas continhas poderiam não existir, e aí não ia existir ninguém pra fazer colares com elas.

– Mas as contas existem. E você também. É assim que as coisas são.

Teresa devolveu a conta amarela à caixinha, cruzou os braços com força sobre o peito e continuou fitando o caleidoscópio de pontinhos coloridos a sua frente. Com candura, Göran perguntou:

– Vocês conversaram sobre isso lá na Lollo?

Teresa negou num gesto de cabeça.

– Então o que fez você pensar nisso?

Teresa não respondeu, apenas continuou olhando fixamente para o arranjo de contas, com uma expressão cuja descrição mais precisa seria "furiosa". Com o queixo pousado sobre a mão, Göran inclinou-se para a frente, de modo a se posicionar mais próximo do nível dela, e disse:

– Na verdade, há uma pessoa que ainda não tem um colar. Sabe quem é? – Teresa não reagiu, mas Göran respondeu mesmo assim. – Sou eu. Nunca ganhei um colarzinho.

Teresa inclinou a cabeça, o que a deixou de nariz apontado para o chão, e, com voz de choro, disse:

– Você pode ficar com todos eles, se quiser.

Göran ajoelhou-se junto à cadeira da filha, e a menina caiu em seus braços, pousou a testa na clavícula dele e irrompeu em lágrimas. Göran afagou-lhe a cabeça e tentou acalmá-la com um "Shhh...", mas Teresa não parou a choradeira.

Quando Göran pediu "você faz um colar pra mim? Eu quero um amarelo. Todo amarelo", ela bateu a testa na clavícula dele, com tanta força que ambos se machucaram, e continuou chorando.

4

Uma vez que tinha nascido no final do ano, Teresa começou a frequentar a escola antes mesmo de completar sete anos. Ela já era capaz de ler livros simples e sabia somar e subtrair, por isso os deveres de casa em si não eram problema. Na primeira reunião de pais, Göran e Maria ouviram uma porção de elogios à menina, que encarava todas as tarefas com diligência e grande seriedade.

As atividades práticas e de educação física tampouco apresentavam dificuldade para ela. Teresa entendia com facilidade as instruções, e suas habilidades motoras finas eram muito boas. Ela sempre se comportava bem.

A professora fechou a pasta. – Então... de maneira geral, creio que posso dizer que as coisas estão indo muito bem. Ela é uma menina muito séria, a Teresa.

Göran tinha estendido o braço para pegar o casaco e já começava a vesti-lo, mas Maria julgou ter detectado uma alteração no tom de voz com que a professora fizera o último comentário. E pediu que ela o explicasse:

– Como assim, "séria"?

A professora sorriu, como que para atenuar as coisas.

– Bem, como professora, eu não poderia pedir uma aluna melhor, mas... ela não brinca.

– A senhora quer dizer... ela não fica com as outras crianças?

– Não, não. Quando pedimos que as crianças façam alguma coisa, ela não tem problema em trabalhar com os colegas. Mas, como posso dizer, ela não gosta de usar a imaginação. Brincar, inventar coisas. Como eu disse, ela é... séria. Extremamente séria.

O que Göran já tinha aceitado havia muito tempo, Maria então entendeu como um sinal de alerta. Sendo uma pessoa sociável, achava difícil ver a filha como um lobo solitário e ensimesmado. Para ela, a solidão nada tinha a ver com uma escolha, ou tendência de temperamento; não, a solidão era um fracasso. Tinha inúmeras ideias fixas, mas a mais importante era: "As pessoas foram feitas para ficar juntas".

Göran não estava disposto a contradizê-la, especialmente porque achava que a mulher tinha razão, em teoria. Ele era popular no trabalho, tido como uma pessoa responsável, meticulosa e confiável, mas gostaria de sentir mais prazer na presença de outras pessoas.

O trabalho na revenda de bebidas era perfeitamente adequado para Göran. Munido de um tíquete, o cliente entrava na loja, trocava algumas palavras com o atendente e, aí, era só lidar com a compra. No máximo, talvez uns trinta segundos de bate-papo, isso quando a fila não estava muito grande. A camisa e o avental verdes do uniforme deixavam Göran com uma aparência vistosa e elegante, ele era bem-educado e conhecia de cor e salteado o estoque, era dedicado e *levava o serviço a sério*. Conhecia e encontrava muita gente, mas em pequenas doses – era perfeito para ele.

Maria, por outro lado, caía nas graças de muitos dos clientes no *pet shop*. Praticamente todo santo dia, ela voltava para casa com compridas histórias que os frequentadores da loja lhe contavam, e muitos donos de cães e gatos acabavam fazendo amizade com ela. Era convidada para mais festas e casamentos e outros eventos do que jamais daria conta de comparecer.

Göran, por sua vez, sofria de antemão – longos dias de agonia – quando marcavam uma noite de degustação no trabalho. Não fora por puro interesse profissional, por exemplo, em novos vinhos de Languedoc, é provável que ele se recusasse a comparecer. No que lhe dizia respeito, seria melhor se eles simplesmente enviassem pequenas doses pelo correio.

Como consequência, cada um interpretou de maneira diferente a informação recebida na noite da reunião de pais. Göran ficou feliz de saber que Teresa estava se saindo bem, ao passo que Maria ficou preocupada ao ouvir que a filha estava tendo tantas dificuldades na escola. Passou a interrogar diariamente a menina sobre o que ela tinha feito no recreio, com quem tinha brincado, com quem tinha conversado. A situação chegou a ponto de Göran torcer para que Teresa mentisse, inventasse amiguinhos e brincadeiras apenas para satisfazer Maria. Mas inventar coisas não era da natureza da menina.

Arvid e Olof sempre convidavam amiguinhos para brincar com eles em casa. Como alguns tinham irmãos e irmãs mais novos, de vez em quando Maria ligava para os pais, explicava a situação e implorava que mandassem "no pacote" um irmãozinho para brincar com Teresa. Na opinião de Göran, Teresa lidava da melhor maneira possível com as circunstâncias. Mostrava suas coisas para a visita, sugeria brincadeiras e tentava, a seu próprio modo, conformar-se e aproveitar ao máximo essa proximidade forçada.

O coração de Göran inchava de orgulho quando via a filha assumir a responsabilidade por uma situação que não havia sido criada por ela, e se contraía de dor quando via que as coisas descambavam para o desastre. Teresa explicava meticulosamente as regras da brincadeira enquanto a outra criança olhava ao redor, ansiosa, querendo ir ao banheiro. A visita terminava em silêncio com uma criança menor cutucando a manga da camiseta do irmão mais velho e pedindo para ir embora.

Na primavera, Göran foi promovido a gerente da loja. Rudolf aposentou-se e recomendou-o com os elogios mais entusiasmados. Ele já era o encarregado de cuidar das encomendas e da seleção de produtos, sendo responsável por boa parte dos contatos com os fornecedores.

Teve de passar por uma entrevista e julgou ter se saído razoavelmente bem. Mais tarde, ficou sabendo que ganhara a vaga graças a seus amplos conhecimentos acerca do serviço, apesar de haver certas ressalvas quanto a sua adequação ao cargo de gerente. Ele entendeu o que estava implícito.

De um ponto de vista puramente prático, isso significava doze mil coroas a mais por mês, uma dose maior de responsabilidade e um horário de trabalho mais extenso e menos flexível. Já não conseguia sair mais cedo às quartas-feiras. Ele e Maria tomaram a ousada decisão de pedir um empréstimo no banco para reformar a cozinha e, pela primeira vez na vida, tiveram condições de comprar um carro zero.

Em maio, Göran já havia começado a se arrepender e queria voltar atrás e abdicar do cargo que assumira em março. Mas, quando um movimento ascendente tem início, é difícil interrompê-lo. Göran não tinha essa determinação. Rangeu os dentes, manteve-se firme e forte e aguentou o tranco, trabalhando com mais afinco. Sua ousada decisão de oferecer uma seleção mais ampla de vinhos em embalagens Tetra-Pak foi um sucesso, e as vendas aumentaram.

Em junho, liderou os funcionários da loja durante um fim de semana de "motivação e criação do espírito de equipe", em um centro de conferências, e, quando voltou para casa, estava tão cansado que dormiu por catorze horas seguidas.

Doía-lhe o fato de não dispor de mais tempo livre para passar com Teresa. Fazia o melhor que podia para ser um pai presente e dar atenção aos filhos quando voltava para casa, exausto, mas alguma coisa tinha escapado por entre seus dedos, e ele não tinha forças para descobrir como recuperá-la.

Teresa passou a ser dona dos Legos dos irmãos desde que eles perderam o interesse nos bloquinhos de montar. Maria guardara todos os manuais de instruções, e Teresa gastava um bom tempo montando todos os diferentes modelos enquanto ouvia sem parar uma fita de Allan Edwall lendo as histórias do Ursinho Puff.

Às vezes, Göran entrava no quarto dela e simplesmente deixava-se ficar sentado na poltrona fitando a menina, ouvindo os cliques das peças de Lego que iam sendo encaixadas umas nas outras e a voz sombria e suave de Edwall. Por alguns minutos, sentia-se próximo da filha, até que pegava no sono.

5

No segundo ano de Teresa na escola, a direção e os pais organizaram uma festinha dançante à fantasia no Dia das Bruxas. Haveria refrigerantes e doces, e prêmios para os melhores trajes. Maria deu um jeito de negligenciar a coisa toda, e apenas quando chegou em casa, às cinco da tarde, é que viu o pedaço de papel dizendo que o bailinho começaria às seis.

Göran estava ocupado fazendo o inventário do estoque e só voltaria para casa tarde da noite; assim, reunindo até o último resquício de resolução positiva, Maria sentou-se com Teresa numa cadeira da cozinha e perguntou à filha o que ela queria ser.

– Não quero ser coisa nenhuma – a menina respondeu.

– Estou falando da festinha à fantasia. Você quer ir vestida de quê?

– Não quero usar fantasia.

– Mas a gente tem uma porção de coisas. Você pode ir do que quiser: um fantasma, ou um monstro, qualquer coisa.

Teresa meneou a cabeça e se levantou, a fim de ir para o quarto. Maria entrou na frente dela e fez a filha sentar-se de novo.

– Querida, todo mundo vai fantasiado; você não quer ser a única sem fantasia, quer?

– Quero.

Maria massageou as têmporas. Não porque achasse aquilo difícil. Achava totalmente absurdo. Ela não era capaz de pensar em *um* único bom motivo para que uma pessoa quisesse ir sem fantasia a uma festa à fantasia. Porém, conseguiu se controlar e fez algo que só fazia muito raramente. Ela fez uma pergunta.

– Tá legal. Você pode me dizer *por que* não quer usar fantasia?

– Eu só não quero.

– Mas *por quê*? Você pode ir vestida de outra pessoa.

– Eu não quero ser outra pessoa.

– Mas é uma festa à fantasia. Se você não usar fantasia, não pode ir.

– Então eu não vou.

A atitude de Teresa era tão cristalina quanto injustificada. Maria não conseguia aceitar. Se deixassem que Teresa realizasse cada um dos caprichos que lhe desse na veneta, ela seria uma pessoa esquisita. Uma vez que a filha ainda não tinha idade suficiente para entender as consequências de suas ações, tudo se resumia a uma questão de educação, de assumir responsabilidades como mãe.

– Certo – disse Maria. – Olha só o que vai acontecer: você *vai* ao bailinho e *vai usar* uma fantasia. A questão não está aberta a discussões. Só preciso saber de uma coisa: do que você quer ir fantasiada?

Teresa olhou para a mãe diretamente nos olhos e respondeu:

– De banana.

Se Maria tivesse um senso de humor diferente, talvez risse da resposta obviamente hostil da filha, e depois sairia pela casa caçando tudo que fosse da cor amarela. Entretanto, ela não tinha esse tipo particular de humor. Em vez disso, meneou a cabeça e disse:

– Tudo bem, se é assim que você quer, eu vou decidir pra você. Fique aqui.

É possível que herdemos certas características de nossos pais. Se isso é verdade, Teresa herdara da mãe a noção de ordem. No *closet*, em meio às roupas, havia uma enorme caixa com a etiqueta "Fantasias", já que nem Arvid nem Olof tinham alguma coisa contra a ideia de se fantasiar – ao contrário. Depois de alguns minutos, Maria voltou à cozinha trazendo maquiagem preta e vermelha, uma capa preta e um par de caninos de plástico.

– Você pode ir de vampira. Sabe o que é um vampiro?

Teresa moveu a cabeça em um gesto afirmativo, o que Maria interpretou como sinal de consentimento.

Quando Göran chegou em casa às oito da noite, Maria pediu que ele buscasse Teresa na festinha. Göran deu meia-volta no corredor e retornou mecanicamente para o carro. A semana tinha quase acabado com ele, e, enquanto dirigia a caminho da escola, o mundo parecia um enfadonho fundo de cenário.

No ginásio tocava uma música estridente, e algumas crianças fantasiadas irrompiam porta afora. Göran piscou e esfregou os olhos. Não conseguia. Simplesmente não tinha forças para entrar naquela caverna pulsante de pequenos corpos agitados e pais e mães bem-intencionados.

Ele queria ir embora para casa. Sabia que não podia. Com enorme esforço, endireitou a alma, que estava curvada, caída de lado, e caminhou na direção da entrada, sorrindo e cumprimentando com leves gestos de cabeça os pais e mães que, gentilmente, haviam organizado aquele inferno.

Luzes multicoloridas cintilavam por todo o salão escurecido. O chão estava entulhado de doces e pipocas esparramados, e crianças vestidas de monstros corriam atrás umas das outras enquanto Markoolio cantava aquela canção sobre rumar para as montanhas, a fim de beber e transar. Göran perscrutou a escuridão, tentando avistar a filha para que pudesse levá-la para casa.

Teve de zanzar um bom tempo antes de encontrar Teresa, sentada numa cadeira junto à parede. Os olhos dela estavam cobertos de uma grossa camada de sombra, e a boca parecia estranhamente inchada. Dos cantos dos lábios escorriam filetes pintados de sangue ressecado. As mãos estavam pousadas sobre os joelhos.

– Oi, querida. Vamos pra casa?

Teresa ergueu os olhos, que brilharam dentro da moldura preta. Ela se pôs em pé, e Göran estendeu-lhe a mão. Ela não segurou a mão do pai, mas seguiu-o até o automóvel.

Foi um alívio fechar a porta do carro. O som emudeceu, e ambos ficaram sozinhos. Ele olhou de relance para Teresa, sentada no banco do passageiro e, com os olhos cravados à frente, perguntou:

– E então, você se divertiu?

Teresa não respondeu. Göran deu partida no carro e saiu do estacionamento da escola. Já na rua, quis saber:

– Ganhou algum doce?

Teresa resmungou alguma coisa em resposta.

– O que você disse?

Mais uma vez Teresa resmungou, e Göran se virou para olhar para ela. – O que é isso aí na sua boca?

Teresa separou os lábios e mostrou os caninos de plástico. Göran sentiu um frio na espinha. Por um breve momento, ele achou que eram genuinamente horríveis. Depois disse:

– Acho que agora você pode tirar isso da boca, querida, aí consigo ouvir o que você está dizendo.

Teresa retirou os dentes falsos e permaneceu sentada com a dentadura na mão, mas ainda em silêncio. Göran tentou de novo.

– Você ganhou algum doce? – Teresa fez um gesto de cabeça afirmativo, e a melhor pergunta em que o cérebro de Göran conseguiu pensar foi:

– Estavam gostosos?

– Não consegui comer.

– Por que não?

Teresa estendeu os dentes de plástico. Göran sentiu uma facada de dor no peito. Um pontinho de aflição foi ficando cada vez maior, comprimindo-lhe as costelas.

– Mas, meu benzinho, era só tirar a dentadura. Aí você poderia comer os doces.

Teresa meneou a cabeça e ficou em silêncio até que o carro estacionasse na garagem de casa. Assim que Göran desligou o motor e os dois se viram sentados na escuridão, ela disse:

– Eu falei pra mamãe que eu não queria ir. Eu *falei* pra ela.

6

A família Svensson morava numa casa nova, construída num terreno que, antes de ser dividido em lotes, era utilizado para fins agrícolas. Uma estreita faixa de coníferas e árvores decíduas separava a casa dos Svensson da residência do vizinho mais próximo. Entre as árvores, havia duas enormes pedras, dois pedregulhos arredondados, dispostos um ao lado do outro de tal maneira que uma caverna de alguns metros quadrados havia se formado em sua base. No outono antes de completar dez anos, Teresa tinha começado a passar cada vez mais tempo lá.

Um dia, no final de setembro, ela estava sentada em sua sala secreta, organizando uma exposição de folhas de outono de diferentes cores, quando alguma coisa bloqueou a luz na entrada. Um menino da idade dela estava ali parado.

– Oi – cumprimentou o menino.

– Oi – respondeu Teresa, olhando de relance antes de voltar a atenção para suas folhas. O menino permaneceu onde estava, em silêncio, e Teresa quis que ele fosse embora. Ele não tinha a aparência que as outras pessoas geralmente tinham. Estava usando uma camisa azul abotoada até o pescoço. Teresa tentou se concentrar nas folhas, mas era difícil, com alguém ali parado de olho nela.

– Quantos anos você tem? – o menino quis saber.

– Dez – respondeu Teresa. – Daqui a um mês. E uma semana.

– Fiz dez anos duas semanas atrás. Sou sete semanas mais velho que você.

Teresa encolheu os ombros. Meninos tinham sempre de contar vantagem. Separar e ordenar as folhas, tarefa na qual ela estava completamente absorta até um momento atrás, de repente parecia algo infantil. Amontoou-as numa só pilha, mas não poderia ir embora enquanto o menino estivesse lá parado, bloqueando a entrada. Ele olhou ao redor e, com certa tristeza na voz, disse:

– Eu moro aqui agora.

– Oh, onde?

O menino voltou a cabeça na direção da casa do outro lado das árvores.

– Ali. A gente se mudou ontem. Acho que aqui é nosso jardim. Mas você pode usar, se quiser.

– Não acho que cabe a você decidir isso.

O menino olhou para o chão, respirou fundo e soltou o ar num longo suspiro. Depois meneou a cabeça.

– Não. Não cabe a mim decidir.

Teresa não entendeu que tipo de menino era aquele. No começo, ele parecia bem arrogante, e agora estava ali parado como se alguém fosse bater-lhe.

– Qual é seu nome? – ela perguntou.

– Johannes.

Teresa considerou aquele um nome seguro. Não como Micke ou Kenny. Ela se levantou e Johannes se moveu para o lado, para que ela pudesse sair. Os dois ficaram de frente um para o outro. Johannes revirou as folhas com o pé. Estava calçando tênis que pareciam quase novos. Teresa disse:

– Você não vai perguntar meu nome?

– Qual é seu nome?

– Teresa. Eu também moro aqui. – Ela apontou para a casa. Johannes olhou, depois continuou cutucando as folhas com o pé. Teresa queria partir, mas, de alguma estranha maneira, sentia que deveria cuidar de Johannes. Havia na camisa dele algo que parecia muito desconfortável. Ela quis saber: – Vamos fazer alguma coisa? – Johannes concordou com um meneio de cabeça sem fazer sugestões, por isso Teresa continuou: – O que a gente vai fazer, então? O que você costuma fazer?

Johannes deu de ombros.

– Não faço muita coisa.

– Gosta de jogos de tabuleiros?

– Sim.

– Sabe jogar damas chinesas?

– Sim. Na verdade sou muito bom.

– Bom mesmo?

– Geralmente eu ganho.

– Eu também. Quando jogo com o meu pai.

– Eu geralmente ganho quando jogo com a minha mãe.

Teresa entrou em casa e buscou o jogo. Quando voltou, Johannes tinha rastejado caverna adentro e estava sentado à sua espera. Não gostou de vê-lo sentado ali. Aquele era o recanto dela. Mas se lembrou de que seu pai falara que as pedras estavam na propriedade do vizinho, exatamente como Johannes dissera. Por isso, ela não tinha como expulsá-lo. Mas podia fazê-lo mudar de lugar.

– Aí é o meu lugar.

– Então onde devo me sentar?

Teresa apontou para a parede do fundo da caverna.

– Ali.

Quando Johannes se levantou, Teresa viu que ele sentara-se sobre a pilha de folhas dela. O menino arrepanhou as folhas com os braços e deixou o punhado cair no lugar designado. Depois, juntou tudo e deu batidinhas com as mãos para amassar o montinho, antes de sentar-se sobre ele. Teresa ainda estava aborrecida com Johannes pelo fato de ele ter entrado em sua caverna e, por isso, para provocá-lo, perguntou:

– O que foi, está com medinho de sujar as calças?

– Sim.

Desarmada pela resposta direta, Teresa não conseguiu pensar em outra coisa para dizer; limitou-se a colocar o tabuleiro no chão e sentou-se diante de Johannes. Em silêncio, ambos foram pegando as peças e dispondo-as nas pontas do hexágono. Johannes disse:

– Você pode começar, porque é mais baixinha.

Uma onda de calor espalhou-se pela ponta das orelhas de Teresa e ela vociferou:

– Pode começar você, porque o jogo é meu.

Johannes meneou a cabeça.

– Pode começar você, porque é menina.

Agora as orelhas de Teresa estavam definitivamente pegando fogo, e ela se viu a ponto de se levantar e ir embora. Mas então teria de deixar o jogo para trás, logo, em vez disso, retrucou:

– Pode começar você, porque você é muito mais estúpido que eu!

Johannes fitou-a, boquiaberto. Depois fez algo inesperado: começou a rir. Teresa encarou-o com olhar penetrante. Durante alguns instantes, Johannes caiu na gargalhada, depois fechou a cara e fez sua primeira jogada. Ela ficou sem entender.

Johannes venceu a primeira partida, e Teresa concordou em dar a saída na segunda disputa, pois ele tinha começado na vez anterior por ser mais estúpido que ela. Perdeu de novo. Johannes jogava de um jeito estranho, como se pensasse cuidadosamente em tudo, com muita antecedência.

A verdade é que ela não queria mais jogar, mas Johannes propôs:

– Só mais uma, quem ganhar é o campeão.

Jogaram mais uma, e desta vez Teresa venceu, mas tinha a nítida sensação de que Johannes perdera de propósito. Estava escurecendo, e ela pegou o tabuleiro e as peças e se despediu:

– Tchau, então...

E deixou Johannes sentado na caverna.

7

Após algumas semanas, os dois já tinham se tornado unha e carne, e quem poderia esperar coisa diferente? Johannes era um menino estranho, mas Teresa tinha idade suficiente para ver a si mesma de fora e percebia que também era bastante estranha. Tentara, da melhor maneira possível, encaixar-se entre os colegas de classe, mas, a bem da verdade, isso não funcionou.

Ninguém fazia *bullying* com ela; não era exatamente excluída, mas tampouco *fazia parte* da escola. Ela *não estava lá*. Conhecia todas as brincadeiras de pular corda tão bem quanto qualquer uma de suas coleguinhas e tinha coragem de balançar mais alto que as outras meninas da classe, mas o problema eram as conversas entre uma coisa e outra. A tagarelice, os gestos. Ela simplesmente não conseguia fazer aquilo e, quando tentava imitar as outras, tornava-se rígida e esquisita. Por isso, desistira.

A única pessoa da classe que, efetivamente, ensaiava aproximar-se de Teresa era Mimmi, mas ela usava roupas de segunda mão e não lavava os cabelos e não batia muito bem, porque a mãe era viciada em drogas. Teresa rejeitou-a com toda a delicadeza. Quando isso não funcionou, rechaçou-a de maneira um pouco menos delicada.

Johannes era estranho de um jeito mais normal. Era como se ele fosse envolto numa casca de esquisitice ruim, mas, se você cavasse um pouco, surgia um tipo melhor de estranheza. Teresa sabia que ele estudava numa escola Waldorf em Rimsta, e isso era tudo que sabia. Os dois jamais falavam sobre escola. Jennifer, da classe de Teresa, disse que as crianças da Waldorf eram loucas e simplesmente faziam coisas de argila.

Como Teresa, Johannes gostava de aprender. Lia uma porção de livros, especialmente sobre guerras e pássaros. Às vezes, eles conversavam sobre alguma coisa, pensavam alto sobre algo, e, no dia seguinte, Johannes já tinha procurado em algum livro e voltava com a resposta, dizendo-lhe, por exemplo, que somente certas formigas fêmeas tornavam-se rainhas, a maioria era de soldados e operários.

Quase sempre os dois ficavam juntos e à toa em meio às árvores e inventavam vários jogos e competições. Quem conseguia jogar pinhas e acertar com maior precisão os alvos (Johannes), quem corria mais rápido (Teresa), ou quem era capaz de dizer o maior número de animais iniciados com a mesma letra (geralmente Johannes). O que eles nunca faziam era criar jogos envolvendo a imaginação, ou qualquer coisa que pudesse sujar as roupas de Johannes. Isso significava que passavam bastante tempo conversando.

Um dia, quando Johannes não apareceu no horário de costume – à tarde –, Teresa foi até a casa dele e apertou a campainha. A mãe de Johannes abriu a porta. Era uma mulher pequena e magra e parecia assustada. Tinha olhos enormes, cujas pálpebras se contorciam como se ela quisesse piscar sem conseguir. Quando Teresa perguntou sobre Johannes, a mãe disse que ele talvez voltasse para casa a qualquer momento – ela gostaria de entrar e esperar?

Não, não gostaria. Pelo vão da porta, ela viu que o interior da casa estava às escuras e recendia a extrema limpeza. Era tão gritante o contraste com sua própria casa que Teresa teve uma sensação de desconforto. Preferiu sentar-se na mureta do jardim.

Em pouco mais de dez minutos, um automóvel preto e reluzente dobrou a esquina. Quase sem fazer ruído. Estacionou a poucos metros de Teresa, a porta do motorista se abriu e um homem usando terno e gravata desceu. Era baixinho, mas tinha ombros largos e parecia um personagem de animação, uma caricatura. Seu rosto era tão limpo e nítido que poderia ser um desenho.

O homem sorriu para Teresa, mostrando os dentes brancos. Até mesmo o sorriso dele parecia ter sido desenhado. Ele perguntou:

– Você pode, por favor, não se sentar na mureta? – E Teresa imediatamente desceu com um salto. O homem deu alguns passos em sua direção, segurou a mão dela e disse: – E você é...?

Teresa pegou a mão dele, que era quente e seca, e respondeu:

– Teresa. – E, antes mesmo que ela se desse conta, tinha feito uma mesura, algo que nunca fazia. Os joelhos se dobraram por vontade própria.

O homem segurou a mão dela e disse:

– Você é amiguinha de Johannes, suponho?

Teresa olhou de relance para Johannes, que tinha saído do carro e estava parado ao lado do capô com expressão aparentemente cautelosa. Ela o cumprimentou com um aceno de cabeça. O homem soltou a mão de Teresa e disse:

– Bom, neste caso é melhor não segurar vocês. Podem ir brincar.

O homem girou sobre os calcanhares e caminhou na direção da casa, enquanto Teresa e Johannes ficaram imóveis, como se tivessem sido transformados em pedra. Somente depois que a porta da frente se fechou é que Johannes saiu do lugar e se aproximou dela.

– Meu pai – ele disse, num tom de voz de quem pede desculpas. – O que você tá fazendo aqui?

– Esperando você.

– Apertou a campainha?

– Sim.

Johannes olhou para sua casa e amarrou a cara.

– Você não devia fazer isso, minha mãe fica tão... não faça isso de novo.

– Não. Não vou fazer.

Johannes encolheu os ombros e soltou um longo suspiro, gesto que ele repetia de vez em quando e que fazia com que parecesse muitos anos mais velho. Por fim, perguntou:

– Vamos fazer alguma coisa?

Havia acontecido algo que permitiu a Teresa dizer o que disse a seguir. Estava frio do lado de fora, portanto era uma coisa perfeitamente natural de se falar, mas o fato é que ela nunca propusera aquilo antes:

– A gente pode voltar pra minha casa.

8

Ao longo do inverno, quando não saíam, ambos passavam a maior parte do tempo na casa de Teresa. No começo, Arvid e Olof provocavam a irmã com gracinhas do tipo "Beijinho, beijinho" e "Cadê seu namorado?", mas, quando perceberam que nem Teresa nem Johannes davam bola, logo desistiram.

Os dois dedicavam-se, sobretudo, a jogos de tabuleiro. Banco Imobiliário, Othello, Batalha Naval e General. Chegaram a tentar xadrez, mas Johannes era tão inacreditavelmente bom que não fazia sentido. Dez movimentos... e era xeque-mate.

– É só porque eu sei o que fazer – Johannes se justificou, com modéstia. – Meu pai me ensinou. Prefiro jogar outra coisa.

Assim que o tempo melhorou, voltaram a se encontrar fora de casa e a frequentar a caverna. Johannes começou a ler os livros da série Harry Potter e emprestou o primeiro para Teresa. Ela não gostou. Não conseguiu acreditar na história. Sentiu certa pena do menino, que passava por tantas dificuldades, mas, quando o gigante apareceu montado em sua moto voadora, ela parou de ler. Esse tipo de coisa simplesmente não acontecia.

– Mas é tudo mentira – alegou Johannes. – É tudo inventado.

– Mas por que você quer ler sobre isso?

– Porque é legal.

– Não acho legal coisa nenhuma.

Johannes ficou irritado e começou a fuçar na caixa cheia de pedras que eles tinham coletado.

– Bom, e o *Robinson Crusoé* de que você tanto gosta? É tudo invenção também.

– Não é!

– Claro que é! Aquilo nunca aconteceu de verdade. Eu li na *Enciclopédia Nacional*.

De volta à *Enciclopédia Nacional*. Toda vez que precisavam de alguma prova sobre qualquer coisa, lá vinha Johannes com sua *Enciclopédia Nacional*. Ele explicou que era uma batelada de livros grossos nos quais havia absolutamente de tudo. Teresa tinha começado a se perguntar se a tal *Enciclopédia Nacional* de fato existiria. Em todo caso, ela nunca tinha visto os livros.

– Beeem – Teresa se defendeu –, pelo menos *poderia* ter acontecido. Esse negócio de coruja trazendo a correspondência não pode ter acontecido.

– Por que não? Nunca ouviu falar de pombo-correio?

– E motos voadoras? E guarda-chuvas mágicos? Também tem isso na sua enciclopédia?

Johannes cruzou os braços em volta do peito e olhou furiosamente para o chão. Teresa não cabia em si de tanto contentamento. Em geral, era Johannes quem armava as coisas de maneira a deixar o interlocutor sem resposta possível. Agora ela tinha feito isso. Puxou a caixa para si e começou a organizar as pedras, cantarolando baixinho enquanto as ordenava por tamanho.

Instantes depois, ela ouviu um ruído estranho, como o coaxar de um sapo, ou o som que uma pessoa faz quando alguma coisa fica empacada na garganta. Levantou os olhos e viu que os ombros de Johannes estavam se mexendo para cima e para baixo. Estaria gargalhando? Teresa tentou pensar em alguma coisa cáustica para dizer, mas então se deu conta de que ele estava chorando, e aos poucos a vontade de ser corrosiva foi sumindo.

Ele chorava a seu modo. Um som quase mecânico saía de sua boca, enquanto os ombros mantinham o compasso, sacolejando para cima e para baixo. Ele poderia parecer alguém que estava *fingindo* chorar, não fossem as lágrimas que lhe escorriam pelas bochechas. Teresa não soube o que fazer. Ela teria gostado de dizer alguma coisa bondosa para Johannes, mas nada lhe ocorreu, por isso simplesmente ficou lá, encarando-o enquanto ele se chacoalhava, extravasando a tristeza por alguma coisa que ela não entendia.

Johannes respirou fundo e enxugou o rosto com a manga da jaqueta. Por fim, disse:

— A gente pode fingir uma coisa?

O corpo de Teresa lhe pareceu leve. Se fingir faria Johannes se sentir melhor, é claro que ela toparia, e então perguntou:

— Tipo o quê?

— Podemos fingir que estamos mortos?

— E como é que a gente faz isso?

— É só ficar deitado. E fingir que não existe. Ou a gente pode fingir que é um funeral.

Johannes se deitou e esticou o corpo. Pela primeira vez, ele parecia não se importar com a roupa. Teresa deitou-se ao lado dele e fitou o teto anguloso da caverna. Permaneceram assim por algum tempo. Teresa tentou não pensar em nada e descobriu que não era tão difícil.

Afinal, Johannes disse:

– Agora estamos mortos.

– Sim – concordou Teresa.

– Estamos deitados juntos dentro de uma sepultura, e todo mundo foi embora pra casa.

– Como é que a gente consegue conversar, então? Se estamos mortos?

– Os mortos conversam entre si.

– Não acredito nisso.

– Estamos fingindo.

– Tá legal.

Teresa olhou para o telhado de pedra cinzenta e tentou imaginar que era terra. Impossível. Então tentou imaginar que era uma sepultura como aquelas dos viquingues, que punham pedras sobre os cadáveres. Isso foi mais fácil. Ela estava morta e deitada sob um montículo de pedras. Era uma boa sensação.

– Nós somos os mortos – disse Johannes.

– Sim.

– Ninguém virá aqui, ninguém vai mandar a gente fazer nada.

– Não.

– Todo mundo esqueceu a gente.

Os sons vagos do lado de fora iam se desvanecendo enquanto Teresa se deixava levar dentro de uma densa bolha de silêncio. Estivera preocupada com o sumiço de seus *shorts* de ginástica, preocupada com a escuridão debaixo da cama, mas agora já não estava preocupada com coisa nenhuma. Era tão simples. Estar morta. Permaneceu em completa calma. Talvez tivesse adormecido um momento quando ouviu a voz de Johannes, que parecia chamá-la de muito longe.

– Teresa?

– Sim.

– Quando a gente crescer... você vai se casar comigo?

– Sim. Mas acho que a gente não pode dizer isso agora. Não agora que estamos mortos.

– Não. Mas depois. A gente vai se casar. E nós dois vamos morrer ao mesmo tempo. E deitar juntos no túmulo.

– Sim. Que bom...

9

No outono em que Teresa fazia o quinto ano do ensino fundamental, a classe foi incumbida, como dever de casa, de escrever sobre o verão. Ela dedicou a maior parte do espaço disponível à descrição da viagem de sua família a Skara Sommarland, embora tivesse durado apenas três dias e ela não tivesse gostado nem um pouco. Nas duas últimas linhas, mencionou que também nadou, andou de bicicleta e brincou com jogos de tabuleiro. Coisas que fizera com Johannes, coisas que haviam ocupado a maior parte do restante de suas férias. Não mencionou o nome dele.

É claro que o resto da classe sabia que ela e Johannes eram amigos; num lugar tão pequeno, era inevitável. Mas Johannes não era motivo para se gabar. Ele usava camisetas de manga curta, passadas a ferro com esmero; se usava *shorts*, levantava as meias até quase os joelhos e, quando se encontravam com outras crianças de sua idade, ficava todo constrangido e desajeitado. Nessas circunstâncias, o fato de ele ter uma bicicleta de vinte e quatro marchas não ajudava em nada.

Por isso, Teresa evitava mencionar Johannes. Durante todo o verão, ela teve de aguentar uma boa dose de provocações, sem contar os olhares de desprezo e zombaria, quando era vista com ele. Não queria ouvir os ruídos de vômito e os risinhos de escárnio de seus colegas de classe caso sua redação sobre o verão fosse lida em voz alta.

Em um nível, podia-se dizer que seu relato sobre o verão era mentiroso. Em outro, não era. Ela simplesmente evitava citar detalhes que poderiam mostrá-la sob luz desfavorável; remodelava os fatos quando necessário.

Teresa sabia que era normal e correto visitar Skara Sommarland e descrever a sensação de que seu estômago tinha ido parar na boca quando desceu a toda velocidade o toboágua mais alto, embora sequer tivesse chegado perto do brinquedo. Sabia que tudo bem reclamar um pouco de como os chalés eram acanhados, mas não dizer que seu pai estava tão cansado que não tinha energia para fazer *nada* com as crianças.

Contudo, seu relato não era uma mentira. Suas férias de verão tinham sido muito boas, mas não quisera escrever sobre o que havia tornado suas férias tão agradáveis. Assim, tudo que afirmara era verdade, só que as coisas tinham acontecido de um modo diferente.

No Natal daquele ano, Johannes ganhou de presente um Playstation 2, o que mudou muita coisa. Por acordo tácito, ambos já haviam abandonado a caverna durante o verão. Infantil demais. Quando chegou o outono, era como se estivessem à procura de uma nova direção, um novo jeito de estarem juntos.

Assim que começaram a circular pelo vilarejo as fofocas sobre Teresa e Johannes, os irmãos dela passaram a ser mais cruéis com ele, o que significava que a casa de Teresa já não era o refúgio de antes. Ela não gostava de ficar em casa, em cuja atmosfera havia algo que a deixava desconfortável.

Por algum tempo Teresa e Johannes andaram bastante de bicicleta, pedalando por becos e explorando celeiros abandonados e velhas pedreiras de cascalho, ou visitando as ovelhas que pastavam a um par de quilômetros do vilarejo. Às vezes, pedalavam até Österyd, e foi numa dessas excursões que acabaram indo parar na biblioteca. Embora fosse um lugar pequeno, Österyd tinha uma biblioteca decente com diversas seções, áreas de leitura isoladas e alguns tabuleiros de xadrez.

Logo começou a escurecer cada vez mais cedo, e, por algum tempo, depois da escola eles seguiam de bicicleta diretamente para a biblioteca e disputavam partidas de damas nos tabuleiros de xadrez, já que nesse jogo Johannes não se saía tão bem, ou liam livros e conversavam aos sussurros.

As coisas poderiam ter continuado assim se Johannes não tivesse ganhado um Playstation de Natal. Na primavera, se quisesse estar com ele, Teresa era obrigada a passar algum tempo na casa do menino, apesar de tudo.

Os sofás de couro preto reluzente e a mesa de vidro. A mãe de Johannes entrando furtivamente com suco e biscoitos. Um cara durão que atendia pelo nome de Max Payne, atirando para matar na tela do televisor. Os dedos de Johannes voando sobre os botões do controle. E o frio. Fazia frio na casa. Teresa tinha de se enrolar num cobertor enquanto ficava sentada ao lado de Johannes acompanhando o avanço dele pelo submundo de Nova York.

Johannes comprou um jogo chamado Tekken 4 e um controle adicional. Os dois jogavam um contra o outro. Meninazinhas japonesas e monstros. Teresa tinha algum talento; sabia exatamente o que fazer e, às vezes, vencia as lutas. Mas só gostava de jogar por pequenos períodos de tempo; Johannes era capaz de seguir jogando por horas a fio.

Quando Teresa se levantava para ir embora, antes mesmo que tivesse cruzado a porta, a mãe de Johannes, invariavelmente aparecia, munida de um aspirador de pó portátil para sugar as migalhas dos biscoitos. Teresa caminhava os duzentos metros até sua casa e, às vezes, tinha a sensação de que estava com vontade de chorar. Mas não chorava.

Num dia de maio, às quatro da tarde, Teresa se viu em pé no jardim, sem a menor ideia do que fazer. Sua bicicleta estava bem diante dela, encostada à parede da garagem; a vereda que levava à casa de Johannes estava à esquerda; à direita, o acesso para a rua principal, e atrás dela estava sua própria casa. Ela não queria tomar nenhuma dessas direções.

Teresa ficou lá, parada no gramado, os braços caídos ao longo do corpo, e só havia duas únicas direções com algum apelo: para cima e para baixo. Afundar terra adentro, ou subir em meio às nuvens. Ambas as rotas lhe eram inacessíveis. Teresa desejou ser um animal, desejou ser outra pessoa. Quis ter a capacidade de fingir.

Deve ter ficado na mesma posição por cinco minutos, imóvel. Enquanto esteve ali, um pensamento muito claro surgiu-lhe na mente e se cristalizou em palavras. Ela as repetiu de si para si inúmeras vezes.

Não tenho para onde ir. Não tenho para onde ir.

Oscilou sobre os pés. Cogitou a ideia de se deixar desabar para a frente com os braços ao lado do corpo, para ver se o chão se abriria. Sabia que não, por isso desistiu. Em vez disso, girou o corpo para a esquerda e forçou as pernas a se moverem. Saiu da vereda que levava à casa de Johannes, entrou na caverna e sentou-se. Olhou para as paredes ásperas, tentou se lembrar de quando ela e Johannes mantinham ali suas coleções de vários objetos. Isso só serviu para deixá-la triste.

Não tenho para onde ir.

As palavras se recusavam a deixá-la, giravam em círculos e a impediam de pensar em qualquer outra coisa. Envolta nas palavras, voltou para casa. Chutou os tênis para fora dos pés no corredor, entrou no quarto e fechou a porta atrás de si. Pegou um caderninho em branco, que ganhara de presente ao completar onze anos, e escreveu as palavras logo no topo da primeira página:

"Não tenho para onde ir."

Imediatamente, mais palavras surgiram-lhe na mente, e ela também as anotou:

"Não existe estrada."

Chupou a ponta da caneta e olhou para as palavras. Conseguiu pensar de novo e tentou encontrar uma frase que combinasse com as outras duas. Por fim, escolheu:

"Mas ainda assim devo ir."

Abaixou a caneta e leu em silêncio o que havia escrito. Depois, em voz alta:

"Não tenho para onde ir. Não existe estrada.
Mas ainda assim devo ir."

Parecia bom. Soava quase como um poema. De alguma maneira tudo parecia mais fácil depois que ela escrevia. Como se já não fosse mais sobre ela. Ou melhor, como se fosse, mas de um jeito melhor. Como se ela fosse parte de alguma coisa maior quando ficava lá parada sem saber o que fazer.
Folheou a caderneta. Era um caderninho lindo, com uma capa de couro e pelo menos oitenta páginas em branco, cor de creme. Sentiu o estômago revirar quando pensou naquelas páginas sendo preenchidas. Mordiscou por alguns momentos a ponta da caneta, em seguida escreveu:

"Deve haver outra pessoa."

Depois, seguiu em frente com esse pensamento até chegar ao pé da página. Virou a folha e continuou escrevendo.

10

O verão entre o quinto e o sexto anos do ensino fundamental foi diferente do ano anterior. Os seios de Teresa tinham começado a crescer e tufos de pelo macio eram visíveis debaixo das axilas de Johannes. Nas ocasiões em que iam de bicicleta a algum lugar remoto a fim de nadar, ficavam constrangidos quando precisavam trocar de roupa na frente um do outro, e Teresa detestava isso. Era tão desnecessário.

Um dia, quando se secavam ao sol numa pedra na beira do lago, Teresa abraçou as próprias pernas, encolheu os joelhos até o queixo e perguntou:

— Johannes, você tá apaixonado por mim?

Johannes arregalou os olhos e fitou Teresa como se ela tivesse acabado de perguntar com toda a seriedade do mundo se ele tinha vindo de Saturno. E respondeu com firmeza:

— Não!

— Que bom. Porque eu também não tô apaixonada por você. Então por que as coisas estão estranhas entre nós?

Teresa tinha ficado com medo de que Johannes descartasse a pergunta, dizendo que não fazia ideia do que ela estava falando. Mas, em vez disso, ele estreitou os olhos, concentrado. Observou a água e meneou a cabeça.

— Sei lá.

Teresa fitou o corpo pálido e magro de Johannes, seus joelhos e cotovelos salientes, o queixo pontudo e a testa alta. Seus lábios carnudos, de menina. Não. Ele não era um garoto do tipo dela. A contragosto, achava que meninos cabeludos, de braços e pernas ligeiramente relaxados, eram os mais atraentes.

Perguntou-lhe:

— Você quer me beijar?

— Na verdade, não.

— Mas vai beijar mesmo assim?

Johannes se virou de modo a olhar para ela. Esquadrinhou o rosto de Teresa em busca de sinais de que ela poderia estar apenas fazendo troça dele, mas nada encontrou.

— Por quê?

Teresa encolheu os ombros. Olhou para os lábios arredondados e afeminados dele e sentiu um formigamento na barriga. A verdade é que não estava nem um pingo apaixonada por ele, mas queria saber qual era o gosto daqueles lábios.

Johannes esboçou um sorriso amarelo e também deu de ombros. Depois se inclinou para a frente e pousou os lábios sobre os dela. O formigamento na barriga de Teresa ficou mais intenso. Os lábios de Johannes eram secos e quentes como a crosta de um pão recém-saído do forno. Então ela sentiu entre os dentes a língua dele e jogou a cabeça para trás.

– O que você tá fazendo?

Johannes não ousou olhar diretamente para os olhos dela, e suas bochechas tornaram-se vermelho-sangue.

– Você disse que queria que a gente se beijasse.

– Sim, mas não *desse jeito*.

– Mas é assim que se faz.

– Quando a pessoa tá apaixonada, sim, mas a gente não tá apaixonado, certo?

Johannes se deitou, todo encolhido e enrodilhado, e murmurou:

– Desculpe.

Teresa também começou a enrubescer, mas principalmente porque percebera que tinha agido com estupidez. Estava quase colocando a mão sobre o ombro de Johannes, mas em vez disso deu nele um soquinho de brincadeira.

– Não importa. Foi minha culpa. Tudo bem?

– Você disse que queria que a gente se beijasse.

– Escute aqui, dá pra gente esquecer isso agora?

De seu casulo, Johannes levantou os olhos.

– Como assim?

– Essa história toda. Dá pra gente esquecer isso agora?

Supostamente Johannes compreendeu o que ela queria dizer. Tudo. Toda aquela coisa de menino-menina. Ele disse:

– Acho que sim.

Teresa revirou os olhos. *Acho que sim*. Tá legal. Johannes, decididamente, não era o tipo dela. Como se ela tivesse um tipo... Deu dois passos e um pulo e estava na água. Enfiou a cabeça sob a superfície e sentiu, mais do que ouviu, o tchibum mudo quando Johannes entrou logo atrás dela.

* * *

Em outubro, o pai de Johannes desapareceu. Um dia, ele voltou para casa e disse que tinha conhecido outra pessoa, que a coisa já vinha acontecendo fazia algum tempo e que agora pretendia começar vida nova e *finalmente se divertir um pouco*. Fez duas malas, entrou no carro e deu no pé.

Foi isso que Johannes contou a Teresa no dia seguinte, quando saíram para uma caminhada a fim de ver se as ovelhas ainda estavam lá. Johannes andava com as mãos enterradas nos bolsos, olhando fixamente para a frente. Assim que terminou seu relato, Teresa perguntou:

– Está sendo muito difícil?

Johannes parou, olhou para os próprios pés e respondeu:

– Seria difícil se ele voltasse. – Levantou os olhos e sorriu de um jeito mais desagradável do que o homenzinho de plástico dos anúncios do sorvete GB.

– Porra, seria fantástico pra caralho se ele ficasse bem longe. Se nunca mais voltasse.

Teresa quase recuou. Era raro que Johannes pronunciasse palavrões; na verdade, ela nem imaginava que ele soubesse algum palavrão. Então ele passou a encaixar dois na mesma frase. Uma expressão quase cruel brincou na boca e nos olhos de Johannes quando algo passou-lhe pela mente.

As ovelhas ainda estavam lá, e Johannes e Teresa caminharam campo adentro, passando os dedos pela lã. Johannes estava distante, respondendo com monossílabos às perguntas de Teresa.

Um lobo tinha sido avistado recentemente na área, e, enquanto ia correndo os dedos pelos corpos lanuginosos, Teresa tentava se imaginar na pele do lobo. Os músculos que eram capazes de trazer a morte, as mandíbulas poderosas. O campo que se tornava um banho de sangue depois que ele passava. Todas as doces ovelhinhas jazendo em meio às próprias vísceras.

Por que eles fazem isso? Por que matam tudo que veem?

Johannes estava perdido nos próprios pensamentos; Teresa, nos dela. Despediram-se combinando um novo encontro.

Ela voltou para casa e procurou por "lobos" na internet. Os lobos matam porque a reação de fuga das ovelhas ativa neles a reação de ataque, de caça. Se todas as ovelhas ficassem imóveis depois que a primeira tinha sido assassinada, sobreviveriam.

Teresa clicou no *link* seguinte, e continuou lendo. Cada fato levava a novas perguntas, e, depois de um par de horas, ela sabia mais sobre lobos do que sobre qualquer outro animal. Havia algo de fascinante no fato de essa criatura mítica ainda existir na Suécia, mesmo que em pequeno número. Horripilante. E promissor.

11

Na véspera da volta às aulas, depois dos feriados de Natal e Ano-Novo, Teresa estava em pé diante do espelho do banheiro. Ela detestava a própria aparência. Suas maçãs do rosto eram redondas demais e os olhos eram pequenos demais; o nariz era ligeiramente virado para cima e, enfim... ela parecia uma porca.

Gostaria que alguém lhe dissesse o que fazer. Deveria depilar as sobrancelhas, usar delineador no olho, descolorir os cabelos? Se alguém pudesse garantir que isso ajudaria, ela o faria de bom grado. Mas Teresa não achava que isso adiantaria. Ela ia ficar parecendo uma porca enfeitada, em vez de apenas uma porca, e isso seria ainda pior. Já podia até escutar as zombarias.

Mas o pior era algo que tinha acontecido nos últimos meses. Na cintura, sobre a calcinha, havia sobras e dobras de pele pálida e flácida. Ela havia começado a engordar. A balança do banheiro mostrava cinquenta e oito quilos, apenas quatro a mais que em setembro, mas que se depositaram nos lugares errados.

Provavelmente, Teresa tinha os maiores seios da classe, mas, em vez de realçá-los e exibi-los com um sutiã meia-taça e *tops* apertados como algumas meninas faziam, ela simplesmente queria escondê-los, esmagá-los. Tudo que conseguiam era fazer com que ela se sentisse ainda mais canhestra e repulsiva.

Fitou-se nos olhos da própria imagem refletida no espelho e tomou uma decisão. Ela não ficaria sentada, se lamuriando e sentindo pena de si mesma. Faria alguma coisa a respeito. Encontrou, entre as coisas da mãe, um esfoliante facial e esfregou-o no rosto até a pele ficar vermelha. Depois enxaguou e se secou. O lustro oleoso das bochechas tinha desaparecido por um momento.

Desencavou de uma gaveta a blusa de moletom com capuz e calçou os tênis. Começaria a correr. Quatro dias por semana, no mínimo. Sim. Isso combinaria com ela. Correr sozinha pelas ruas. Ela se tornaria uma loba solitária, forte e ágil, e passaria correndo pela casa das pessoas. A loba devoraria a porca com sopros e bufos.

Quando saiu correndo garagem afora, o rosto ainda ardia por causa do esfoliante facial e de sua determinação. Depois de duzentos metros, o frio começou a fazer seu peito doer. Rangeu os dentes e seguiu em frente, cambaleante.

Depois de outros duzentos metros, a dor no peito era tão intensa que ela quis parar, mas então ouviu o barulhento motor de uma motoneta atrás dela e se forçou a seguir em frente. Não queria que ninguém a visse desistir.

A motoneta alcançou Teresa. Sentados no assento estavam Stefan, do oitavo ano, e, atrás dele, Jenny, da classe de Teresa. Jenny jamais perdia a oportunidade de repetir o que Stefan dizia e de imitar o que Stefan fazia, apenas para enfatizar o fato de que eram ambos farinha do mesmo saco.

Stefan desacelerou e a motoneta foi resfolegando ao lado de Teresa.

– Mais rápido! Mais rápido! – ele berrou.

Teresa forçou um sorriso amarelo e continuou na mesma velocidade, e estava se movendo tão devagar que Stefan teve de usar os pés para se equilibrar e impedir que a motoneta tombasse. O peito dela estava prestes a explodir.

Por cima do barulho do ruidoso motor, Jenny gritou:

– Mexa a bunda! – Inclinou-se para dar um tapa nas nádegas de Teresa. A alteração na distribuição do peso fez a motoneta cambalear, e Teresa teve de pisar na borda da calçada, onde derrapou na grama úmida de geada. Só conseguiu manter-se em pé correndo valeta abaixo.

A motoneta acelerou e disparou rua acima, os cabelos loiro-esbranquiçados de Jenny esvoaçando atrás dela, claros como o traseiro de um cervo em fuga. Teresa ficou arfando na valeta, com as mãos nos quadris. Teve a sensação de que ia morrer. Sua traqueia estava comprimida, os pulmões doíam e ela estava envergonhada, envergonhada, envergonhada.

Depois de recobrar o fôlego por alguns minutos, voltou pelo mesmo caminho. Quando estava sentada no corredor tirando os tênis, Göran desceu as escadas.

– Oi, querida. O que você estava fazendo?

– Nada.

– Você foi correr?

– Não.

Teresa passou por ele e entrou na cozinha, abriu o *freezer* e pegou pãezinhos de canela, que colocou no micro-ondas. Göran ficou parado à porta. Pigarreou um par de vezes como se estivesse criando coragem e, por fim, perguntou:

– Como vão as coisas?

Teresa encarou os pãezinhos que giravam lentamente dentro do forno.

– Tudo bem.

– Tudo bem? Não me parece que está tudo bem.

– Não. Bom. Está.

Teresa preparou um copo de leite com achocolatado em pó e, quando o micro-ondas apitou, retirou os três pãezinhos, colocou-os num prato, passou roçando por Göran, depôs o prato sobre a mesa de centro na sala de estar e ligou a televisão. O Discovery Channel estava exibindo um documentário sobre elefantes.

Göran sentou-se ao lado dela. Desde que abandonara o cargo de gerente e voltara a ser um simples assistente, os círculos escuros sob os olhos haviam sumido e ele estava mais disponível como pai. O problema era que ninguém estava interessado em sua disponibilidade. Teresa não sabia dizer exatamente quando isso tinha acontecido, mas, em algum momento, ela havia parado de conversar com o pai sobre qualquer coisa que fosse importante.

Mesmo assim. Nos breves momentos em que estavam ali sentados, aprendendo que os elefantes são capazes de expressar emoções de maneira semelhante aos humanos e que bebem aproximadamente duzentos litros de água por dia, havia entre eles uma espécie de companheirismo silencioso e sossegado. Teresa comeu os pãezinhos e bebeu seu achocolatado. Gostoso.

Apesar dos pesares, voltou-se para o pai a fim de puxar conversa, perguntar como estavam as coisas com *ele*. Mas Göran tinha adormecido. Estava ali, deitado, com a boca entreaberta, fazendo um ruído gorgolejante ao respirar. Quando uma gota de saliva apareceu-lhe no canto da boca, Teresa desviou o olhar e se concentrou nos elefantes.

Àquela altura o programa explicava de que forma os elefantes tinham sido usados como carrascos e máquinas de morte em grande parte da Ásia. Esmagando cabeças, despedaçando ossos com as trombas... Emoções humanas. Tudo bem...

12

Em fevereiro, apareceu na calçada uma placa de "À venda" apontando para a casa de Johannes. Teresa já não via o amigo havia um bom tempo, e ficou surpresa. Ela não entrava na casa de Johannes desde que o pai dele fora embora, mas, quando viu a placa, decidiu ir até lá e apertou a campainha.

Johannes abriu a porta. Assim que viu Teresa, seu rosto se iluminou e ele deu nela um rápido abraço. – Teresa! Que bom te ver! Entre!

Teresa precisou dar apenas um passo corredor adentro para ver quanto a casa havia mudado. Sapatos e botas, que outrora ficavam dispostos numa sapateira como se fossem uma tropa em posição de sentido, estavam agora esparramados por toda parte. Quando ela tirou o casaco, pôde sentir que a casa estava vários graus mais quente do que costumava ser.

Na sala de estar, os jogos de Johannes encontravam-se espalhados sobre a mesa de centro, disputando espaço com um pacote meio vazio de batatas fritas. Johannes desabou no sofá e ofereceu-lhe o pacote. Teresa pegou algumas batatas e sentou-se na poltrona.

Johannes avistou uma caixa e abriu um sorriso largo.

– Vamos jogar uma partida de Tekken? Só de brincadeira?

Teresa encolheu os ombros e Johannes escorregou do sofá para encaixar o jogo no console. Somente agora, vendo Johannes naquele ambiente alterado, Teresa se deu conta de quanto ele tinha mudado. Estava usando roupas folgadas, seus movimentos eram despreocupados e o sorriso parecia livre de uma pressão que dizia não haver do que sorrir. Ele apenas sorria.

– Cadê sua mãe? – ela perguntou.

– Alguma aula de espanhol. Acho. Ou de dança, sei lá eu.

Teresa tentou imaginar a cena. Quase impossível. Mas, se ela precisava de uma prova derradeira, obteve-a quando seu olhar pousou sobre o aspirador de pó portátil que a mãe de Johannes usava com tanta assiduidade no passado. Estava coberto por uma fina camada de poeira.

Johannes jogou um controle em sua direção, e ela foi passando com agilidade pelos menus até escolher o personagem Kuma, o urso de camiseta vermelha. Para sua surpresa, Johannes escolheu Lee Chaolan, que parecia mais um modelo bem-vestido do que outra coisa. Ele costumava optar por Julia Chang, a mulher dos óculos inquebráveis.

Assim que começou a introdução ao jogo, Teresa apertou o botão de pausa.

– Johannes, você vai mudar de casa?

Ele, que deixara o cabelo crescer, jogou a franja para trás.

– Pois é. Meu pai deu um jeito de torrar toda a grana dele e agora quer metade da casa.

– Como assim, metade da casa?

– Se a gente quiser continuar aqui, minha mãe vai ter de comprar a parte dele, mas não tem como.

– Então onde você vai morar?

– Sei lá. Num apartamento, talvez. Em Österyd, digo. Bom, vou começar na escola no sétimo ano lá. E você?

– Eu o quê?

– Pra onde você vai no ensino médio?

– Österyd, acho.

– Beleza. A gente vai se ver lá, então. Quem sabe não caimos na mesma classe.

– É...

Teresa não queria estar na mesma classe de Johannes, e a atitude indiferente dele quase fez com que ela sentisse vontade de chorar. Desejou ir para algum lugar longínquo, bem distante, onde ninguém a conhecesse, e onde pudesse recomeçar tudo de novo. Com... sim, com Johannes. Mas era cedo demais. E já era tarde demais.

– Teresa?

– Sim.

– A gente vai jogar ou não?

Ele pressionou o botão de iniciar e a luta começou. Arrastando o corpanzil, Kuma entrou na arena. Lee fez seus movimentos. De repente, Teresa sentiu que era absolutamente essencial vencer a disputa. Com um frenesi que não lhe era habitual, os dedos voaram pelos botões enquanto ela tentava executar as sequências de golpes de que se lembrava.

Mas de nada adiantou. Sem mover um único fio das madeixas cuidadosamente repartidas e penteadas, Lee arremessou Kuma de um lado para outro, chutou-o e espancou-o até o urso de camiseta vermelha ficar estatelado no chão, com o nariz apontado para cima.

As maçãs do rosto de Teresa estavam pegando fogo e ela queria apenas gritar. Aquilo era totalmente irreal. Na vida real, o urso teria feito o modelo em pedaços, arrancado a cabeça do corpo. O chão se cobriria de sangue.

13

Johannes se mudou em meados de maio. Teresa ficou em pé junto à janela do quartinho de despejo no segundo andar, mastigando ruidosamente um pedaço de pão crocante com pasta de amendoim enquanto observava o último caminhão de mudança desaparecer rua abaixo. Uma mosca dançava na vidraça, e a maçaroca arenosa em sua boca ficou difícil de engolir. E então acabou. Em algum lugar da casa, Maria estava chamando Teresa, aos berros, para experimentar o vestido de formatura.

O vestido que até o meio de maio caía como uma luva já não servia tão bem em meados de junho. Teresa permaneceu no fundo do salão junto com o restante dos alunos do sexto ano, fingindo cantar as palavras das canções tradicionais, "Den blomstertid nu kommer" e "Barfotavisan". Ela viu as crianças mais novas correndo de um lado para outro, ou pulando, impacientes, no mesmo lugar. O verão já estava quase chegando.

Na semana seguinte, foi a vez das reuniões festivas de final de ano de Arvid e Olof, e, como Göran teve de trabalhar, a família foi representada por Maria e pelos pais de Göran, Ingrid e Johan. Não houve muita conversa depois, quando estenderam uma manta atrás do campo de futebol e fizeram um piquenique. Johan permaneceu sentado, apalpando o colar de contas de plástico que ele ainda usava, e Ingrid entregou um vale-presente de quinhentas coroas.

O dia estava bonito, perfeito para o final do ano letivo. Tufos de nuvens deslizavam por um céu azul de cartão-postal, e as gargalhadas das crianças ecoavam no ar morno. Teresa sentou-se de pernas cruzadas sobre a manta e se deu conta de que estava realmente muito feliz. Quando Ingrid pousou a mão sobre o seu joelho e disse "pense que você tem um verão inteiro e glorioso pela frente", ela respondeu com toda a sinceridade:

– Sim, vai ser o máximo.

Teresa jamais entenderia completamente o que aconteceu no dia seguinte.

Por telefone, ela tinha combinado com Johannes que iria conhecer o novo apartamento dele. Quando saiu no jardim às dez da manhã, sentia-se invadida por alguma coisa leve e feliz. Era outro dia lindo, e seria legal pedalar os quatro quilômetros até Österyd. Os setenta dias de férias de verão estavam diante dela feito caixas coloridas, apenas esperando que os preenchesse.

Ao completar doze anos, mais de seis meses antes, Teresa ganhara de presente uma bicicleta nova. Três marchas – ela não queria mais que isso. Verificou se os pneus estavam bem cheios antes de montar no selim e sair trilha de cascalho afora.

À medida que foi ganhando velocidade, lascas de pedra eram esmagadas sob o peso das rodas e o sopro da brisa refrescava-lhe o rosto. Ela teve de percorrer um quilômetro ao longo da trilha de cascalho antes de pegar a estrada principal até Österyd. No instante em que passou por uma árvore e um passarinho chilreou, formulou claramente o seguinte pensamento: *Sou uma criança no meu primeiro dia de férias. Estou pedalando minha bicicleta ao longo de uma estradinha de cascalho.*

Ergueu os olhos e viu a trilha que serpenteava entre os campos. Parou de pedalar e simplesmente deixou a bicicleta seguir no embalo. *Sou uma criança e as férias de verão acabaram de...*

Alguma coisa mudou.

A princípio, ela achou que alguma nuvem escura de tempestade tinha se deslocado e bloqueado o sol, de tão forte a sensação. Mas o céu estava praticamente sem nuvens, e o sol despejava sua luz sobre o mundo.

Então como é que, de repente, ela julgou que a trilha de cascalho à frente havia desaparecido, engolida pela escuridão ao longe? Afinal de contas, conhecia muito bem aquele trecho. Duzentos metros de estradinha plana, depois um morro, depois o campo onde as ovelhas pastavam e, depois, uma ladeira suave até a estrada principal. Mas não era isso que ela via então. Agora, podia avistar uma trilha que levava ao grande desconhecido, rodeada por vastas amplidões onde jamais colocara os pés.

Até então, Teresa tinha pensado que o mundo consistia de um determinado número de lugares diferentes, e das estradas entre eles. Isso era tudo que existia, o pequeno planeta dela. Era como se até ali ela estivesse nadando num riacho e agora, de repente, tivesse sido jogada no meio do oceano, sem terra à vista em parte alguma. Sem conseguir respirar, agarrou com força o guidão e apertou os freios. Esfregou os olhos.

Tem alguma coisa errada com meus olhos. Não estou conseguindo enxergar direito.

Desceu da bicicleta e olhou para trás, na direção de onde tinha vindo. A trilha serpeava da mesma maneira e desaparecia atrás de um bosque de árvores velhas. Já não acreditava que sua casa ficasse no final da trilha. Tudo tinha sido, ou estava sendo, apagado atrás dela, e os contornos pareciam borrados.

O medo comprimiu seu coração. Era uma pessoa pequena arremessada para dentro do universo, e não sabia nada de nada.

Pare com isso. O que você está fazendo?

O medo abrandou um pouco. Talvez ela desse um jeito de se convencer. Tentou. Funcionou até certo ponto, mas não conseguiu se desvencilhar da sensação de que tudo atrás de si tinha sido apagado. Arrastou o corpo de volta à bicicleta e pedalou de novo para casa. Sua casa ainda estava lá.

Ligou para Johannes e disse que o pneu da bicicleta tinha furado. A experiência permaneceu em seu corpo. Não que ela estivesse com medo de sair de casa e ir além dos limites do próprio jardim, mas passou a fazer isso cada vez menos.

Num sábado, Johannes foi de bicicleta à casa de Teresa, embora não tivessem combinado o encontro. Ele estava usando bermudas amarrotadas que chegavam até os joelhos e uma camiseta amarela que realçava seu bronzeado. Quando se abraçaram, Teresa se sentiu quase tímida.

Johannes tinha passado uma semana em Majorca, ele explicou a Teresa enquanto ela pegava o pão e a pasta de amendoim. A mãe dele havia conhecido um cara que morava em Norrköping e para lá tinha ido a fim de passar o fim de semana com o novo namorado, por isso Johannes estava livre feito um passarinho. Será que ele poderia dormir na casa de Teresa?

Teresa não estava preparada para essa perturbação de sua rotina normal, por isso respondeu, de maneira evasiva, que teria de perguntar aos pais. Enquanto os dois estavam sentados à mesa da cozinha, de frente um para o outro, Teresa sentiu pela primeira vez que não sabia o que dizer a Johannes. Era como se ele tivesse vindo de outro mundo. O mundo fora de seu jardim.

A situação foi salva por Olof, que entrou para preparar um sanduíche. Minutos depois, ele e Johannes estavam entretidos numa animada conversa sobre o RPG Runescape. Quando Olof foi ao banheiro, Johannes perguntou a Teresa:

— Tá a fim de ir nadar um pouco?

— Não tenho maiô.

— Bom, sempre dá pra gente nadar pelado.

Teresa teria dado de bom grado até o último centavo de suas economias para evitar o que se passou a seguir: uma mancha de rubor cobriu-lhe inteiramente o rosto e ela abaixou os olhos, encarando o chão. Ouviu Johannes bufar:

— Ah, para com isso. A gente já resolveu esse assunto, não foi?

— Bem, sim, mas...

Aquele beijo. Teresa tinha pensado que Johannes não se lembraria, mas obviamente ele se lembrava, e isso a deixou ainda mais envergonhada. Desejou sair deslizando para fora da própria pele e se dissolver numa poça. Apenas para ter algo que fazer, pegou outro pedaço de pão. A faca fez uma barulheira danada quando ela espalhou pasta de amendoim até as bordas, com cuidado exagerado. Deu uma mordida, e o ruído foi ensurdecedor. Johannes olhou para ela e ela olhou pela janela.

Quando Olof voltou e perguntou a Johannes se ele queria jogar uma partida de Runescape, Johannes olhou de soslaio para Teresa e ela encolheu os ombros. Os dois meninos se sentaram diante do computador na sala de estar, e Teresa apenas observou enquanto eles se revezavam para matar monstros e feiticeiros maléficos.

Ela nunca chegou a perguntar a Maria e Göran se Johannes poderia passar a noite lá. Johannes jantou com eles, papeando principalmente com Arvid e Olof. Após o jantar, ele saiu e montou na bicicleta. Teresa seguiu-o para se despedir.

Depois de sair pedalando e tocando a campainha da bicicleta, foi como se Johannes tivesse se lembrado de alguma coisa. Ele deu meia-volta, parou ao lado de Teresa e colocou os pés no chão para equilibrar a bicicleta.

– Teresa?

– O quê?

– Somos amigos, não somos? Mesmo que as coisas estejam um pouco diferentes, não é?

– Como assim?

Johannes cutucou o cascalho com o pé, de um jeito que fez Teresa se lembrar de quando ele era pequeno.

– É que... eu não sei. Tipo, as coisas já não são como antes. Mas ainda podemos ser amigos, não podemos?

– É isso que você quer?

Johannes franziu a testa e refletiu sobre a pergunta. Depois, olhou diretamente nos olhos de Teresa e disse com extrema seriedade:

– Sim. É isso que eu quero.

– Então somos amigos.

– Mas é isso que você quer?

– Sim. É isso que eu quero.

Johannes confirmou num gesto de cabeça diversas vezes. Depois, abriu um largo sorriso e disse:

– Bom... – Inclinou-se e beijou Teresa na bochecha. Pisou no pedal e desapareceu rua afora, acenando por cima do ombro.

Teresa ficou lá, parada, com os braços caídos ao longo do corpo, e observou Johannes desaparecer na estradinha de cascalho. Viu a trilha se dissolver em meio àquela mesma névoa, e viu Johannes pedalando ao longo do caminho. Em um minuto, ele seria engolido pela trilha, e não havia nada que ela pudesse fazer.

14

Normalmente os membros da família viviam em mundos separados, mas naquele verão eles cercaram Teresa mais de perto. No começo, ela achou que era porque Johannes tinha se mudado. Ou talvez tenha sido a ausência dele que fez com que notasse a presença da família.

Qualquer que tivesse sido o motivo, Arvid e Olof começaram a perguntar se ela queria se juntar a eles toda vez que estavam às voltas com seus jogos de computador. Maria tentava levá-la junto quando saía para fazer compras, e Göran geralmente estava disponível para um jogo de cartas. Ela começou a suspeitar de que seus familiares tinham feito uma reunião secreta em que tomaram uma decisão: *todo mundo tem que brincar com a Teresa.*

A princípio, aceitou. Jogava e navegava na internet com Olof e Arvid, ajudava Maria na cozinha e jogava Mico e Rouba-Monte com Göran, até o ponto em que um já sabia de cor e salteado as estratégias do outro, e eram obrigados a duplicar ou triplicar os blefes para chegar a algum lugar.

Mas, depois de algumas semanas, Teresa começou a achar que havia algo de bastante forçado no empenho dos familiares, como se fossem os monitores de um acampamento de verão que ela estivesse visitando.

Certa manhã, em pé diante do espelho, puxando as bochechas para ver qual seria sua aparência se ela fosse chinesa em vez de gorda, Teresa viu outra coisa. Soltou as bochechas e estudou o rosto.

Ela tinha cabelos castanhos e sobrancelhas grossas e castanhas. Seu nariz era pequeno e ligeiramente virado para cima, seus lábios eram finos. O resto da sua família também tinha cabelos e olhos castanhos, mas de um tom mais claro. Tinham lábios mais carnudos e narizes mais retos e mais finos que os de Teresa. Ela não conseguia ver semelhança nenhuma entre eles.

De súbito, teve uma certeza absoluta: *eu sou adotada.*

O pensamento não a abalou. Ao contrário. Isso explicava muita coisa. Ela não pertencia àquele lugar, simples assim.

Alguma coisa dentro dela disse que aquilo não era verdade. Vira o anúncio de seu nascimento, que havia sido publicado no jornal, vira a fotografia do batizado. Mas algo além lhe disse que se tratara de uma farsa. Batendo teimosamente, seu coração bombeou uma nova mensagem para dentro da corrente sanguínea: *Aqui não é o seu lugar.*

Em meados de julho, Arvid e Olof foram a um acampamento da escolinha de futebol. Maria e Göran aproveitaram para reservar lugares num cruzeiro de fim de semana da Silja Line no qual levariam Teresa. Então ela disse que não queria ir. Tentaram persuadi-la, mas, por trás da súplica deles, julgou detectar um meio-tom de alívio. A ideia de escapar por um par de dias da criança trocada. Ela achou que eles mereciam. Na verdade, eram boas pessoas, ambos. Tinha percebido isso agora que já não lhes pertencia.

Maria e Göran deixaram uma provisão de refeições semiprontas, e Maria escrevera para ela uma porção de bilhetinhos completamente desnecessários sobre como várias coisas funcionavam, mas Teresa deixara que fosse em frente. Afinal eles entraram no carro e partiram, acenando vigorosamente para Teresa, que ficou vendo tudo da varanda. Depois entrou e fechou a porta atrás de si.

Silêncio.

E silêncio.

Ela caminhou devagar pelo corredor. Silêncio.

Não era a primeira vez que ficava sozinha em casa, mas o silêncio adquiriu um peso completamente diferente na medida em que sabia que ficaria de todo só por quarenta horas. Göran e Maria voltariam na noite do dia seguinte. O pensamento de que a casa agora lhe pertencia era empolgante e um pouco assustador. Poderia fazer o que quisesse sem correr o risco de alguém chegar e flagrá-la.

Não tinha planos. A única coisa em que tinha pensado, ou melhor, percebido na mente, era o próprio silêncio. O fato de que todos os sons da casa proviriam dela. Enquanto andava pela cozinha, tentou não fazer nenhum ruído.

Um zumbido e um zunido. A geladeira, zumbindo baixinho. As moscas zunindo histericamente enquanto batiam contra a janela da cozinha. Teresa parou e encarou-as. Deveria haver dez moscas dançando de um lado para outro na vidraça, arremessando o corpo contra o vidro duro em sua busca por uma fresta, uma saída. Tudo que Teresa tinha de fazer era erguer o ferrolho e abrir a janela.

Mas as moscas pertenciam-lhe agora, assim como tudo na casa. Cruzou os braços e olhou para as suas moscas. Depois sentou-se numa cadeira e olhou para as suas moscas. Esperou. De quando em quando uma das moscas saía da janela e dava uma volta pela cozinha, mas logo voltava, batendo contra o vidro.

A geladeira deu um chacoalhão e parou de zumbir. As moscas como que transportaram para si seu *zum-zum*. Os baques surdos e ligeiros, toda vez que se enxameavam e lançavam outro ataque furioso contra a vidraça; a nota mais alta de uma mosca, feito uma pergunta decepcionada, antes de mais uma vez voltar ao uníssono que enchia a cabeça de Teresa.

Ela permaneceu ali, sentada, como se estivesse pregada na cadeira, com a percepção auditiva hipnotizada pelo zumbido e pelo zunido, assim como o chiado branco de uma tela de televisão é capaz de monopolizar a atenção de um incauto. Ela estava apagada e entretida.

Com um movimento súbito, levantou-se da cadeira e foi ao banheiro para pegar o *spray* de cabelo da mãe. Na gaveta da cozinha, encontrou uma caixa de fósforos. Com cuidado, dobrou as cortinas da janela até ter diante de si dois claros retângulos de vidro contendo os corpos diminutos e indefesos das moscas, que voavam para lá e para cá.

Acendeu um fósforo e segurou-o na frente do bocal do *spray*; apertou o botão. Um cone de fogo esguichou na direção da janela, varrendo violentamente as moscas. Ela tirou o dedo do botão. Quatro delas desabaram no peitoril, as asas chamuscadas. Ela puxou a cadeira e sentou-se para examiná-las de perto.

Uma das moscas tinha perdido apenas uma asa e girava no mesmo lugar feito uma hélice; conseguiu chegar até a borda e caiu no chão. Teresa esmagou-a com o pé. Das três remanescentes, duas zanzaram a esmo como besouros desengonçados e uma estava caída de costas, balançando as patinhas no ar. Assim que acabou de fitar as outras duas, Teresa esmigalhou-as com a caixa de fósforos.

Mais dois borrifos de *spray*, e então ela limpou a janela. Rearrumou as cortinas, pegou os cadáveres com a mão em concha e jogou-os no cesto de lixo. Depois, preparou um sanduíche de pasta de amendoim. Enquanto comia, outra mosca apareceu e começou a bater contra a janela. Ela deixou-a em paz.

Teresa sentiu-se bastante calma por dentro, a não ser por uma ligeira sensação de vergonha que não era muito diferente de uma vertigem. Ela até que gostou. Era alguma coisa a se agarrar.

Quando foi devolver o *spray* de cabelo ao lugar, avistou a maquiagem da mãe. Decidiu experimentar. Rímel e delineador nos olhos, corretor sobre as espinhas nas maçãs do rosto, batom cor-de-rosa. Não tinha ideia do que fazer com o *blush*, por isso terminou ajeitando o cabelo com *spray*.

O resultado foi terrível. O corretor, que deveria produzir uma melhoria evidente e imediata, era do tom errado e, na pele pálida de Teresa, ganhou o aspecto de manchas escuras. Além disso, ela ficou parecendo uma menina feia com cor no rosto. Despiu-se rapidamente e tomou um banho, esfregando o rosto com sabonete diversas vezes.

Pressionou a ducha entre os pelos pubianos. A sensação era muito boa. Tentou se acariciar com o dedo indicador, mas não sentiu nada. Tinha assistido algumas vezes a *Sex and the City* e sabia que era possível fazer coisas consigo mesma. Mas com ela não funcionou. Talvez estivesse fazendo do jeito errado.

Agachou-se e pousou a cabeça entre as mãos enquanto a água morna escorria-lhe pelas costas. Tentou chorar. De sua boca emergiram somente soluços secos. Visualizou quanto sentia pena de si mesma e estava quase conseguindo chorar quando decidiu que já bastava; girou o termostato até que a água ficou bem fria. Deixou que o jato gelado escorresse até que seu rosto ficasse rígido e a pele, toda arrepiada, coberta de bolinhas. Depois desligou o chuveiro, secou-se e se vestiu.

Quando Teresa saiu do banheiro, a casa continuava tão silenciosa como antes, mas agora ela tinha a sensação de que seu corpo gélido era como um cristal no silêncio, um elemento de clareza em meio à vagueza inerte. Sentou-se diante da tela do computador, acessou o Google e digitou "poemas".

O resultado a surpreendeu. Fora apenas uma ideia, porque sua cabeça se sentia tão limpa e pura... Ela leria poemas. Mas os primeiros resultados eram páginas em que pessoas que não eram poetas haviam publicado textos escritos por elas próprias. Abriu uma página chamada *poetry.now*, poesia hoje.

Leu um poema, depois outro. Encontrou uma menina chamada Andrea, de quinze anos, de cujos poemas gostou; fez uma busca com o nome dela e encontrou diversos outros exemplos de seu trabalho. Eram textos intitulados "Solidão", "Sou apenas eu?" e "Anjo negro".

Teresa continuou lendo, boquiaberta. *Ela* poderia ter escrito aqueles poemas. Eram sobre ela. Embora Andrea fosse um par de anos mais velha e vivesse em Västerås, ambas eram praticamente idênticas. Teresa seguiu clicando e descobriu Malin, de Estocolmo, de dezesseis anos e que tinha escrito um poema chamado "A bolha", em que descrevia a sensação de viver dentro de uma bolha cujas paredes era impossível quebrar.

Era exatamente isso. Teresa sentia a mesma coisa, mas nunca tinha encontrado aquelas palavras específicas. Ninguém mais podia ver a bolha, mas

Teresa vivia trancada dentro dela o tempo inteiro. Malin tinha colocado isso em palavras.

Teresa rolou a página e viu que algumas pessoas tinham deixado comentários sobre o poema, dizendo que era muito bom e bem escrito e que sentiam a mesma coisa. Um calafrio percorreu-lhe o corpo, e ela teve a sensação de que estava com febre. Clicou na caixa de comentários, mas o *site* solicitou que ela fizesse *login*.

Teresa se levantou e caminhou de um lado para outro da sala, depois entrou no quarto de Göran e Maria, onde se deitou na cama e encarou o teto. Por fim, enfiou-se debaixo do edredom e se encolheu toda, choramingando como um filhotinho de cachorro.

Eu sou pequena demais.

Quase todo mundo que escrevia no *poetry.now* era menina. A mais jovem que Teresa encontrou foi Matilda, de catorze anos, cujo poema, "Lágrimas", ela achou infantil. E Teresa tinha doze, quase treze anos. Virou e revirou na cama até começar a suar e relaxar. Todas aquelas outras meninas que eram mais velhas que ela, mas sentiam a mesma coisa, onde estavam? Como elas eram?

Saiu da cama e uma sensação de desassossego que ela não conseguiu definir claramente fez com que andasse pela casa inteira. Quando chegou ao banheiro, pegou o *spray* de cabelo. A caixa de fósforos ainda estava sobre a mesa da cozinha. Nesse ínterim, cinco outras moscas tinham aparecido. Ela derrubou todas com um movimento circular do esguicho do *spray*. E ficou olhando enquanto as moscas rastejavam de um lado para outro no peitoril da janela.

Na caixa de costura da mãe, Teresa encontrou um pote de alfinetes. Espetou as moscas no parapeito da janela, uma a uma. Elas continuavam vivas, balançando as patinhas. A sensação de vergonha em seu estômago cresceu até o ponto em que ela podia quase vê-la, tocá-la. Uma água-viva grudenta e alaranjada boiando logo abaixo da caixa torácica.

Teresa respirou fundo e tentou se livrar da água-viva. Que não foi embora, mas encolheu. Respirou fundo mais uma vez. A água-viva desapareceu. Olhou para as moscas espetadas.

É simplesmente isso, ela pensou. *Não são vocês que tomam as decisões. Sou eu.*

Buscou uma tábua de picar carnes, pequena e de madeira, e transferiu as moscas. Uma delas, que ainda tinha minúsculos pedacinhos de asa presos ao corpo, soltou um zumbido fraco quando ela a ergueu e empalou-o com o espeto, mas depois silenciou quando fincada em sua nova base. Teresa levou a tábua para a sala de estar e colocou-a ao lado do computador.

Levou um bom tempo para inventar um endereço de *e-mail*, requisito para a criação de uma conta no *site poetry.now*. Quando a página de registro do Hotmail pediu que informasse sua data de nascimento, ela simulou ser três anos mais velha do que realmente era, apenas por precaução. Digitou a mesma data quando se registrou no *poetry.now*.

De tempos em tempos, olhava para as moscas. Ainda estavam todas vivas. Teria gostado de saber que tipo de comida poderia dar-lhes para mantê-las assim. Mas quem é que sabe o que uma mosca come?

Usando o sobrenome do avô e o próprio nome do meio, ela tornou-se Josefin Lindström, quinze anos, originária de Rimsta. Entrou.

Naquela noite, Teresa não conseguiu dormir. Depois de se revirar e se remexer na cama por algumas horas, ela se levantou e vestiu a camisola. Com a escuridão lá fora, a casa parecia ainda mais silenciosa e misteriosa. Desceu lenta e cautelosamente as escadas.

Quando se aproximou da sala de estar, começou a sentir medo. Teve a sensação de que havia uma criatura ali. Uma criatura enorme, em forma de inseto, cuja gosma pingava das mandíbulas, à espreita para agarrá-la. Ela respirou fundo uma vez, e mais uma. E acendeu a luz.

Nada. A tábua de cortar carne estava no mesmo lugar onde ela a havia deixado, ao lado do computador. Caminhou até ela a passos surdos e olhou. Todas as moscas tinham parado de se mexer. Removeu um dos alfinetes e retirou a mosca. Estava morta. Tinha agonizado por algumas horas derradeiras de vida, mas agora estava morta.

Teresa enfiou o alfinete no próprio braço. Uma gota de sangue brotou. Ela a lambeu. Depois, pegou uma almofada e se deitou no colchão com a almofada sob a cabeça. Fechou os olhos e fingiu que estava morta.

Minutos depois, pegou no sono.

15

Österyd geralmente tinha duas classes de cada série no nível do ensino médio, e a diretriz da escola era promover a transição dos alunos dos últimos anos do ensino fundamental para o ensino médio. A escola recebia muitas crianças nessa etapa, provenientes de escolas dos arredores, e o objetivo era a romper a estrutura de modo que os novatos se encaixassem com mais facilidade.

Na sala de Teresa, entraram uma menina extraordinariamente linda de Synninge, chamada Agnes, e um menino chamado Mikael, que, desde o primeiro dia, comportou-se como se estivesse procurando briga, além de diversos outros meninos e meninas com características nada dignas de nota.

Todo mundo se media dos pés à cabeça, sondando o terreno. Teresa fazia o melhor que podia para não atrair de maneira alguma a atenção para si. Após duas ou três semanas, ela já tinha se estabelecido no papel da menina quieta que cuidava da própria vida, mas sem parecer uma idiota que precisava aprender uma lição.

Em casa, ela continuava usando o computador de Arvid e Olof sempre que estava disponível e, quando completou treze anos, ganhou permissão para ficar com ele depois que os irmãos compraram uma máquina nova com um processador mais potente. A primeira coisa que ela fez com o computador que agora lhe pertencia foi providenciar uma senha. Na hora de digitar e confirmar sua senha, escolheu "pedreira de cascalho", sem nenhum motivo especial.

Usou seu nome de usuário e senha para entrar no *poetry.now* e encontrou um novo poema escrito por uma menina de treze anos chamada Bim. Nada de bom poderia vir de um nome como aquele, mas, para sua surpresa, Teresa gostou muito do poema, intitulado "Mal":

"onde estou ninguém pode estar
  dentro do cérebro jaz o pensamento
  mingau não é nada bom
  a conversa é enganosa
  o nome não sou eu
  a lua é meu pai."

Era incompreensível de um jeito que despertou o interesse de Teresa. Concreto e vagamente desagradável. Perfeito para o gosto dela. Além disso, era legal encontrar alguém da sua idade que escrevia daquela maneira.

Sob o disfarce de seu *alter ego* Josefin, ela escreveu um comentário elogiando o poema e disse que esperava que Bim escrevesse mais. Depois de postar o comentário, ocorreu-lhe que Bim poderia ter feito exatamente a mesma coisa que ela, mas ao contrário. "Bim" talvez fosse uma menina bem mais velha, ou até mesmo um menino.

Movendo o *mouse*, ela foi descendo a página e leu diversos outros poemas novos sem encontrar mais nenhum de que gostasse. Depois, fez algo que não ousara fazer quando o computador ainda não lhe pertencia. Abriu um documento em branco do Word, a fim de dar uma contribuição própria para o *poetry.now*. Não algum dos velhos poemas do seu caderno de exercícios, mas algo completamente novo. Algo atual.

O cursor piscou, exortando-a a digitar a primeira palavra. Ela ficou lá sentada, com os dedos pousados sobre as teclas. Nada lhe ocorreu. Escreveu "estou aqui sentada" e apagou imediatamente. Escreveu "a conversa é enganosa" e passou um bom tempo encarando as quatro palavras. Depois, apagou-as também.

Deitou-se na cama, enterrou o rosto no travesseiro, cobriu as orelhas com a borda do travesseiro e apertou com força. Subitamente, tudo ficou escuro e silencioso e formas feitas de fios dourados dançaram dentro de suas pálpebras. Os fios se retorceram e se enroscaram para formar as palavras "todo mundo". De repente, uma frase completa estava reluzindo diante de Teresa.

Todo mundo na verdade é chamado de outra coisa.

Ela ficou lá deitada, respirando pesadamente, esperando por mais. Nada aconteceu; então, com os cabelos emplastrados de suor, sentou-se diante da tela do computador e escreveu: "Todo mundo na verdade é chamado de outra coisa".

Ela não entendeu o que significava, mas era verdade. Não apenas no fórum de poesia, mas em todo lugar. Dentro de cada pessoa, existe outra pessoa. Ela escreveu isso também. Com uma inesperada erupção de audácia, digitou as quatro palavras de Bim, "a conversa é enganosa", e acrescentou outras. E concluiu com um verso final.

Arrastou a cadeira para trás e fitou as palavras que acabara de escrever.

"Todo mundo na verdade é chamado de outra coisa
Dentro de cada pessoa existe outra pessoa
A conversa é enganosa e por trás das palavras há outras palavras
Só podemos ser vistos na escuridão
Só podemos ser ouvidos quando há silêncio."

Antes que tivesse tempo de mudar de ideia, ela copiou e colou o poema dentro da seção "Dê sua contribuição" do *poetry.now*. Não sabia se o poema era bom, mas assemelhava-se de fato a um poema, e o que ela tinha escrito era verdade.

Ficou sentada com os dedos sobre as teclas, e dentro de sua cabeça fez-se silêncio absoluto. Não lhe ocorreu mais nada.

Como é que se faz isso?

No dia seguinte, assim que saiu da escola, Teresa foi diretamente para a biblioteca. Havia três estantes de poesia, abrangendo no total cerca de duzentos volumes. Ela não fazia ideia de por onde começar. Na seção "Lançamentos" viu um livro chamado *Pitbull terrier*. Tinha uma capa vermelha mostrando um monstruoso cachorro preto e era escrito por alguém chamado Kristian Lundberg. Teresa tirou o livro da prateleira e leu os versos iniciais do primeiro poema:

"Poemas sobre
 o mês de abril são todos banais
 A gente cospe em poemas assim
 Poemas assim são previsíveis como a morte."

Teresa sentou-se numa poltrona e continuou lendo. Ela jamais tinha pensado que poemas em livros poderiam ser daquele jeito. Muita coisa ela não entendia, é claro, mas praticamente não havia palavras difíceis, e muitas das imagens eram bem fáceis de entrar na cabeça. Gostou especialmente de "a maré da morte está subindo".

Passada uma hora, ela já tinha lido o livro inteiro e sentia uma ligeira dor de cabeça. Passeou os olhos por uma das estantes e encontrou duas outras coletâneas de Kristian Lundberg. Depois de olhar de soslaio, enfiou-os na mochila juntamente com *Pitbull terrier*, montou na bicicleta e voltou para casa.

* * *

Quando acessou o *poetry.now*, Teresa viu que alguém tinha deixado um comentário sobre o poema dela. Bim.

"bom poema eu também sou outra mas escuto quando há som escrevo sobre mingau"

Teresa leu essas poucas palavras inúmeras vezes. "eu também sou outra" poderia significar que Bim, como Teresa, era uma pessoa diferente daquela que ela estava fingindo ser no fórum de discussão. Ou talvez que a coisa toda significasse algo diverso, como o próprio poema dela.

A respeito de uma coisa, porém, não havia dúvida: aquelas duas primeiras palavras. Era o primeiro comentário positivo que alguém fazia para algo que ela escrevera.

Quando terminou de ler e reler as palavras de Bim, percebeu que, sob o poema, na verdade, estava escrito "Comentários (2)". Rolou a página e encontrou outra reação, desta vez de Caroline, de dezessete anos. O comentário dizia: "Um poema completamente incompreensível sobre nada. Vá arrumar o que fazer!"

Teresa parou de respirar. Seus olhos formigaram e as lágrimas começaram a verter. Crispou as mãos. Depois se levantou, pegou uma toalha de rosto e esfregou os olhos com tanta força que as pálpebras incharam. Amarrotou a toalha e respirou dentro dela, lenta e profundamente.

Sentou-se de novo diante do computador, entrou no Hotmail e inventou um novo endereço; depois criou uma nova conta no *poetry.now*. Dessa vez tornou-se Sara, de Estocolmo, dezoito anos. Procurou Caroline e constatou que ela tinha escrito diversos poemas. A maioria era sobre dor de cotovelo. Meninos que a haviam traído. Os comentários eram muito positivos. Sara, de Estocolmo, tinha uma opinião diferente. Ela escreveu: "Li vários de seus poemas sobre a infelicidade no amor e me parece que você não merece outra coisa. Você é uma pessoa desprezível e egoísta que ninguém jamais seria capaz de amar".

Ela mal conseguia respirar quando apertou a tecla "Enviar". Depois, deitou-se na cama e tirou da mochila uma das coletâneas de poesia que roubara da biblioteca. O título do volume era *Quem não fala está morto*.

O livro parecia completamente intocado. Ninguém o lera antes dela.

* * *

No dia seguinte, Teresa ficou ciente dos termos *troll* e trollar. Tinha pensado que ninguém reagiria ao comentário de Sara. Estava errada. Caroline parecia ter uma porção de fãs no *poetry.now*, e oito pessoas haviam comentado a crítica de Sara, algumas com textos razoavelmente extensos.

Todos eles, longos ou curtos, deixavam claro que Sara era uma pessoa ruim e sem sentimentos – "crie algo melhor, então". E assim por diante. Em duas das respostas ela foi chamada de *troll*, e percebeu que neste caso era uma espécie de jargão. Pesquisou a palavra e descobriu que *troll* e o verbo trollar vinham do termo *trolling*, uma técnica de pesca que consistia em arrastar um anzol com iscas por sobre um cardume para que os peixes mordessem a isca. Traduzindo para o internetês: publicar comentários desagradáveis ou estúpidos apenas para obter uma reação, postar argumentos sem sentido apenas para enfurecer e perturbar a conversa. A pessoa que faz isso é um *troll*.

Teresa abraçou com força o próprio peito e olhou pela janela. Sentia-se feliz e sossegada. Muitas meninas haviam lido o que ela escrevera e se sentiram instigadas a expressar seus pontos de vista. Porque ela era um *troll*.

Eu sou um troll.

Combinava perfeitamente com Teresa. Ela vivia no mundo dos humanos, embora tivesse sido trocada no berço, e na verdade o lugar dela era numa floresta escura e selvagem. Um *troll*.

16

Ao longo do inverno e da primavera, Teresa tornou-se uma frequentadora assídua da biblioteca e leu, metodicamente e de cabo a rabo, os livros da seção de poesia. Quando voltava para casa, passava uma considerável parte de seu tempo *trollando*. Criou diversas contas diferentes em inúmeros fóruns e grupos de discussão. Era Jeanette, de catorze anos, e Linda, de vinte e dois. Numa comunidade sobre anorexia e bulimia, ela entrou como My, de dezessete anos, e recebeu mais de trinta e cinco respostas ao comentário em que argumentava que todas as anoréxicas deveriam ser alimentadas à força em seguida, o melhor era que tivessem a boca tapada com fita isolante para que não pudessem sair correndo e vomitar.

Por acaso, Teresa acabou num fórum de discussão de pessoas que gostavam de reformar casas velhas. Para isso ela criou o personagem Johan, de vinte e oito anos, que adorava vandalizar e até mesmo incendiar casas desse tipo. Num *site* de pessoas que se consideravam ecologicamente conscientes e amigas do meio ambiente, ela entrou como Tomas, de quarenta e dois anos; escreveu sobre quanto adorava sua picape 4 x 4 e fez campanha pela redução dos impostos no preço da gasolina.

Mas Teresa tendia a ficar conectada em fóruns como o *Tempestade Lunar*, em que meninas discutiam seus problemas. Os comentários curtos e indignados das usuárias faziam Teresa estremecer de prazer, e, com o tempo, descobriu uma arma ainda mais eficaz que o cinismo: a ironia.

Numa comunidade dedicada ao debate sobre os direitos dos animais, que continha relatos desesperados da crueldade contra as criaturinhas fofas e peludas, Elvira, de quinze anos, escreveu sobre um experimento no Japão no qual haviam arrancado os olhos de oitocentos filhotes de coelho apenas para verificar se isso afetava sua audição, e depois atearam fogo aos coelhinhos cegos apenas para atestar se conseguiam encontrar a saída do labirinto. Elvira obteve mais de quarenta respostas enfurecidas contra a crueldade do homem.

A única exceção era o caso dos lobos. Num grupo de discussão sobre eles, seu pseudônimo Josefin mantinha um tom mais ponderado e expressava as opiniões da própria Teresa. Ela precisava de pelo menos *um* lugar onde pudesse ser ela mesma, ou quase ela mesma.

As horas dedicadas à trollagem propiciaram a Teresa uma revelação fulminante: não é preciso gastar muita energia para suscitar uma reação intensa. Basta usá-la da maneira certa. Algo simples como enfiar um garfo de plástico quebrado no trinco da porta de uma sala de aula – ação que não dura mais do que cinco segundos – pode originar um circo que dura no mínimo meia hora, envolvendo o bedel da escola, um chaveiro, professores e alterações no horário das aulas.

Quanto tempo levava para posicionar uma tachinha numa cadeira e quanto caos isso poderia causar? Com a internet era exatamente a mesma coisa: bastavam alguns poucos cliques, algumas palavras no lugar certo e, segundos depois, haveria vinte pessoas ocupadas, gastando muito mais tempo e energia para responder do que Teresa tinha levado para escrever o comentário.

Teresa podia até não ser parecida com o resto do mundo, mas, por meio de seus *alter egos* e de pequenos truques bem planejados, as pessoas dedicavam a ela, o *troll*, uma quantidade enorme de tempo e de atenção, coisa que a linda Agnes, por exemplo, jamais seria capaz de obter.

Todos adoravam Agnes, e Teresa simplesmente não conseguia entendê-la. Ela era tão legal, que droga! Todas as meninas bonitas que Teresa tinha conhecido na vida eram cheias de si, imbecis e obcecadas pela própria aparência. Agnes, não. Ela era simpática com todo mundo, levava os estudos a sério e parecia não dar a mínima para o próprio visual.

Quando usava tranças, ficava bonita; se usasse os cabelos soltos, ficava bonita, e, se amarrasse um lenço na cabeça, ficava linda feito uma estrela de cinema, mas, aparentemente, nem percebia isso. Teresa deveria detestar Agnes, mas nunca teve forças para tanto.

Certa tarde, ela estava em pé junto às estantes da seção de poesia folheando os volumes recém-chegados, quando ouviu um discreto "oi" atrás dela. Virou-se e deu de cara com um bafejo de ar fresco misturado ao aroma de flores que emanava de Agnes.

Teresa retribuiu o cumprimento – "oi" – e sentiu o rosto corar como se estivesse prestes a sentar-se para fazer uma prova da escola sem ter estudado nem um pouco. Ficou ali parada como uma palerma, sem dizer palavra. Agnes também parecia constrangida, transferindo o peso de uma perna para a outra. Depois apontou para a prateleira atrás dela. – Eu ia apenas...

Teresa se pôs de lado e sub-repticiamente ficou observando Agnes examinar as magras lombadas dos livros. Sem encontrar o que queria, começou a caminhar bem devagar entre as estantes, lendo os títulos um por um.

– Você estava procurando alguma coisa em particular? – perguntou Teresa.

– Sim – respondeu Agnes. No computador, diz que eles têm vários livros de Kristian Lundberg, mas não estou conseguindo encontrar.

– *Você* lê Kristian Lundberg?

– Por quê?

– Não, é que eu... nada.

– Você lê?

– Devo ter lido alguma coisa.

Agnes continuou perscrutando a seção onde os livros deveriam estar e retirou a edição dos poemas completos de Kristina Lugn. Folheou as páginas a esmo e disse: – Foi a minha mãe quem me disse pra dar uma olhada no tal Lundberg. Mas não sei, não. Tipo, ele não é muito engraçado, é?

– Não. Bom, pelo menos não como a Kristina.

Agnes balançou a cabeça e abriu um sorriso que talvez fosse capaz de derrubar árvores.

– Acho que ela é boa, porque os poemas dela são muito, muito tristes e muito, muito engraçados ao mesmo tempo.

Tudo que Teresa conseguiu dizer foi:

– Certo. – Ela não entendia o que alguém como Agnes poderia aproveitar do humor rabugento de Kristina Lugn. Mas se agachou e tirou da estante o volume *Perto do olho*, coletânea de poemas de Wislawa Szymborska traduzidos por Anders Bodegård. Passou-o às mãos de Agnes e disse: – Tente este. É muito engraçado também.

Agnes abriu o livro ao acaso começou a ler um dos poemas. Teresa levou alguns segundos para perceber que permanecia parada, prendendo a respiração. Enquanto soltava o ar em silêncio, contemplou Agnes, cujas tranças estavam caídas dos dois lados do livro, emoldurando o quadro e criando uma imagem que poderia ter sido usada em anúncios publicitários de alguma campanha em prol da alfabetização.

Agnes deu uma risadinha, fechou o livro e examinou a capa e a quarta capa. – Ela ganhou o prêmio Nobel, não foi?

– Pois é.

Agnes encarou as estantes repletas de poesia e suspirou.

– Você lê muito?

– Bastante.

– Eu não sei por onde começar.

Teresa apontou para o livro na mão de Agnes.

– Comece com esse aí, então.

Agora, eram apenas as duas. Teresa estava começando a suspeitar que Agnes não era tão inteligente quanto aparentava ser na escola. Provavelmente, ela precisava de instruções claras e da chance de revisar as coisas para que sua inteligência brilhasse.

Agnes manuseou o livro de Szymborska, resmungou "Legal, valeu" e foi para o balcão de atendimento. Teresa fingiu que estava lendo Kristina Lugn, mas, às escondidas, observou Agnes entregar à bibliotecária e receber de volta o livro que ela havia recomendado. Teve a estranha sensação de que estava jogando em casa, pisando em terreno conhecido. Já tinha lido pelo menos quarenta livros das estantes atrás dela, que a carregavam como uma silenciosa equipe de animadoras de torcida.

Com o apoio dessa torcida na retaguarda, Teresa poderia facilmente ter enganado Agnes, mas não fizera isso.

O encontro na biblioteca não fez com que Teresa e Agnes se tornassem amigas – longe disso. Mas criou entre ambas uma espécie de secreta compreensão mútua. Uma semana antes das férias de verão, durante o intervalo para o almoço, Agnes disse a Teresa que agora já tinha lido tudo de Szymborska e perguntou se ela já tinha ouvido a banda Bright Eyes. Teresa respondeu que não e, no dia seguinte, Agnes entregou-lhe uma cópia do CD *Lifted*.

E isso foi tudo. E talvez fosse o máximo possível com Agnes. Mesmo sendo uma menina popular, passava uma sensação de reserva, uma distância entre ela e as pessoas ao redor que nada tinha a ver com arrogância. Era como se chegasse sempre três segundos depois que a coisa já tinha acontecido, e ninguém nunca a via sentada aos cochichos com outra menina, as cabeças coladas uma na outra. Ela nunca estava *lá* de verdade. Impossível dizer se isso se dava por distração, insegurança ou outra coisa qualquer. Muitas vezes, Teresa se pegava estudando furtivamente Agnes. E nunca conseguia aprender nada.

Para espanto de Teresa, ela não apenas gostou de Bright Eyes – ou Conor Oberst, como descobriu que ele se chamava –, mas constatou que era absolutamente brilhante. A voz frágil e aquelas letras sombrias, muito bem escritas...

Pela primeira vez na vida, ela comprou um CD, embora já tivesse a cópia que Agnes havia gravado para ela. Bright Eyes foi o primeiro artista que mereceu da parte de Teresa uma tal prova de respeito. Ele tornou-se sua companhia constante durante as longas férias de verão.

17

Deve ter acontecido durante o verão. Em todo caso, já eram favas contadas quando, no outono, Teresa voltou às aulas para começar o oitavo ano. Agnes e Johannes estavam juntos, eram um casal. Ela não sabia como a coisa se dera, mas viu os dois aos beijos no pátio antes de voltarem para as respectivas classes a fim de confirmar a matrícula.

A cena provocou dentro de Teresa uma tempestade tão violenta que sua capacidade analítica entrou em parafuso. Ela não soube identificar o que, ou por que, estava sentindo. Então tirou uma foto de ambos, amarrotou-a e tentou jogá-la em algum canto escuro no fundo da mente, onde não teria de lidar com ela.

Não deu muito certo. Na mesma noite, estava deitada na cama ouvindo Bright Eyes. A canção dizia que era o primeiro dia de sua vida, que ele estava contente por não ter morrido antes de encontrar alguém, e Teresa sentiu brotarem nos olhos lágrimas quentes de fúria.

Plugou o MP3 *player* no computador e apagou todas as faixas de Bright Eyes. Depois deletou também toda as suas músicas, a *playlist* inteira. Infelizmente, também tinha comprado todos os CDs de Bright Eyes. Juntou um por um, desceu ao porão e colocou-os sobre o cepo. Somente então se deu conta de quanto seu comportamento estava sendo ridículo e deixou cair o machado.

Não vou dar a eles esse gostinho.

Bright Eyes não era propriedade de Agnes. E nem podia, já que ela, provavelmente, não era capaz de entender uma única palavra das letras. O que aqueles versos sobre estranhamento, sobre desespero indiferente, poderiam significar para ela? Nada. Eram apenas palavras bacanas. Palavras legais para Agnes ouvir com Johannes, enrodilhada na cama dela...

Teresa largou o machado, subiu para o quarto e guardou de novo os CDs na estante.

Sentou-se diante da tela do computador. No fórum de discussão para vítimas de *bullying* chamado *Friends*, escreveu um extenso comentário em defesa dos massacres nas escolas. Que tipos de armas poderiam ser usadas na Suécia, onde era tão difícil obter uma arma de fogo. Estava esperando um punhado de respostas.

Infelizmente, sua postagem foi removida antes que alguém sequer tivesse tempo de responder, então usou um pseudônimo diferente e escreveu um relato verdadeiramente lacrimoso sobre o terrível *bullying* que vinha sofrendo, papéis com coisas horríveis escritas que eram grampeados em suas roupas. Esse comentário ninguém ousou remover, e ela recebeu diversas e diversas manifestações de solidariedade que não a comoveram nem um pouco.

À medida que o outono foi passando, com folhas caídas e tardes frias, ficou claro que Agnes e Johannes estavam levando a sério seu relacionamento. Teresa jamais tinha pensado que seria diferente.

Os dois viviam juntos nos intervalos e no horário do almoço e, no começo, tiveram de aturar certa dose de provocações invejosas, o que ambos ignoraram por completo. Aos poucos, os comentários jocosos foram minguando e logo eles se tornaram uma instituição, um fato que simplesmente tinha de ser aceito.

Teresa permaneceu neutra. Johannes a cumprimentava no corredor e, às vezes, batiam papo por alguns minutos, com ou sem Agnes. Por fim, Teresa se deu conta de que tinha feito a mesma coisa que todo mundo, pelo menos num nível. Aceitara a situação. Era quase que inteiramente natural que estivessem juntos. Bastava uma única olhada para perceber que os dois tinham sido feitos um para o outro.

Em outro nível, dava vontade de vomitar. Mas, pensando bem, isso era uma história diferente.

No final das contas, a coisa chegou ao ponto em que um observador de fora acabaria considerando que Johannes, Agnes e Teresa eram um pequeno trio. Não do jeito que Johannes e Agnes formavam um *casal*, mas Teresa era a *terceira* pessoa que era vista ao lado deles, a que mais conversava com eles.

Em sua solidão, Teresa tinha ideias como furar o próprio olho com um liquidificador de mão ou bater a cabeça na parede até rachá-la ao meio.

No final de setembro, aconteceu algo que mudaria muita coisa.

Na casa de Teresa, cada um vivia absorto em diferentes atividades e interesses; seus familiares quase sempre comiam em horários diferentes, todos vivendo num mundo próprio, ainda que sob o mesmo teto. Havia somente uma coisa capaz de fazer com que todos se reunissem: *Ídolo*. Arvid e Olof tinham sido os primeiros a assistir ao programa, e, um a um, os demais foram sendo atraídos para o círculo encantado daquele *show* de talentos.

Talvez fosse uma medida emergencial subconsciente. Sem *Ídolo*, provavelmente Teresa e família jamais se sentariam juntos, e talvez a família até pudesse ser descrita como disfuncional e necessitada de ajuda. Mas, agora, havia *Ídolo*, que, na ausência de outra coisa, acabou se convertendo num evento coletivo, com lanchinhos saborosos e conversas animadas, do tipo que jamais acontecia no dia a dia da existência deles.

Foi no *Ídolo* que Teresa viu Tora pela primeira vez. Tora Larsson, de Estocolmo. Até mesmo a audição dela foi fora do comum. Em geral, os meninos e meninas entravam e cantavam feito betoneiras com defeito e depois ficavam absolutamente furiosos com os jurados por não conseguirem avançar no programa. Ou cantavam muito bem e ficavam em êxtase ao saber que tinham sido aprovados.

Com Tora foi diferente. Pequena e magrinha, com cabelos loiros e compridos, ela entrou no estúdio, olhou fixamente para um ponto acima da cabeça dos jurados e disse:

— Meu nome é Tora Larsson. Eu vou cantar.

Os jurados riram com benevolência, e um deles perguntou:

— E você vai cantar alguma coisa especial pra nós?

Tora meneou a cabeça e os juízes fizeram caretas, como que para mostrar que estavam com pena de uma criança tão pequena.

— E qual é o nome da canção que você vai cantar?

— Eu não sei.

Os jurados entreolharam-se e deram a impressão de que estavam a ponto de pedir para alguém da produção retirar a menina de cima do palco. E então ela começou a cantar. Teresa reconheceu vagamente a música, mas não soube dizer qual era o nome.

"Por mil e uma noites fico sozinha
Sozinha e sonhando
Sonhando com uma amiga
Uma amiga como você."

Em geral, os candidatos otimistas cantavam uma música contemporânea, na esperança de pegar por osmose um pouco do brilho dos artistas originais. Tora, não. A menos que Teresa estivesse redondamente enganada, aquela canção já tinha passado de seu prazo de validade.

Mas a voz, a voz. E o jeito de cantar. Teresa deixou-se quedar imóvel no sofá, e foi como se a voz da menina lhe transpassasse o esterno. Tora Larsson não fez gestos, não tentou representar nenhum tipo de papel. Simplesmente cantou, e isso comoveu Teresa, embora ela não entendesse por quê. Durante o minuto em que Tora cantou, até mesmo os jurados permaneceram lá sentados, afogueados feito velas. Depois, a voz se calou, e eles se entreolharam, embasbacados.

– Você passou, com certeza – disse um deles. – Sua voz é como... Não sei como descrever. Se certos artistas pudessem matar pra ter uma voz como essa, teríamos um banho de sangue aqui. Você se classificou, cem por cento de certeza. Mas *tem que* aprender a interagir com a plateia.

Tora meneou de leve a cabeça e caminhou na direção da porta. Nenhuma expressão de alegria, nenhuma palavra de agradecimento. A garota sequer olhou os jurados nos olhos. Antes que ela abrisse a porta, um deles, claramente ainda sentindo a necessidade de justificar a existência do júri, disse em voz alta:

– Da próxima vez, tente escolher uma canção que seja um desafio maior. Algo mais difícil.

Tora girou meio corpo, e Teresa conseguiu flagrar de relance, em seu rosto, uma expressão totalmente estranha, alheada. Um indício de careta, sugerindo que tinha acabado de ser esfaqueada nas costas e estava prestes a mostrar as garras. Depois, ela voltou-se de costas e saiu.

A família no sofá começou a discutir. Todos concordaram que a menina possuía uma voz fantástica, mas que sua *performance* não tinha sido lá essas coisas, blá-blá-blá. Teresa não deu ouvidos ao debate e não emitiu opinião. Tora tinha acabado de protagonizar a audição mais brilhante que ela já vira no programa *Ídolo*, porque parecia não dar a menor importância para nada daquilo, embora fosse, evidentemente, a melhor. Um belo jeito de encarar a coisa toda. Teresa já tinha escolhido sua vencedora.

Naquela noite, quando subiu a escada a caminho do quarto, cantarolou baixinho:

"Sozinha e sonhando
Sonhando com uma amiga
Uma amiga como você."

A MENINA DE CABELOS DOURADOS

I

Quando rememorava sua vida, Jerry conseguia distinguir claramente alguns momentos em que as coisas haviam mudado de direção, sempre para pior. A alteração de rota mais radical tinha ocorrido naquela tarde de outubro de 2005, quando ele encontrou o pai e a mãe massacrados sobre o chão do porão. Ainda não estava claro até que ponto a mudança que esse acontecimento trouxera era positiva ou negativa.

Ele tinha passado um bom tempo sentado na escada, refletindo sobre a situação. Theres continuava dissecando Lennart e Laila com as ferramentas que tinha à mão, até que ele pediu que ela parasse, porque, com o barulho, estava difícil pensar. Quando Theres se moveu na direção de Jerry, pediu que ela ficasse onde estava, e a menina desabou pesadamente sobre a poça de sangue que cobria o chão.

Ele supôs que muitas pessoas teriam entrado em pânico, começariam a berrar ou vomitariam ou alguma coisa do tipo. A cena a sua frente era a coisa mais repulsiva que se podia imaginar. Porém, no final das contas, talvez todos aqueles filmes a que assistira, mostrando violência extrema, tivessem um efeito colateral positivo. Ele já vira todo tipo de coisa – a bem da verdade, piores até do que Theres tinha feito. Por exemplo, ela não estava *comendo* os próprios pais.

Ou talvez Jerry estivesse apenas entorpecido, incapaz de entender a situação em algum outro nível a não ser como uma cena de filme da qual, agora, fosse obrigado a participar. O problema era que não recebera um roteiro e não tinha a menor ideia do que fazer.

Deu-se conta de que teria de telefonar para a polícia, e examinou as informações que tinha assimilado de dezenas de filmes e séries sobre crimes verídicos. Sabia que tinha um álibi que poderia ser verificado, mas que esse álibi estava ficando cada vez mais fraco a cada minuto. Desconhecia quanto tempo passara desde que Laila e Lennart estavam mortos, mas, para ter feito tamanho estrago, Theres deveria ter ficado trabalhando por horas a fio.

Certamente, a coisa mais simples a fazer seria telefonar para a polícia e contar exatamente o que tinha acontecido. Ele talvez estivesse encrencado, porque sabia da existência de Theres, mas não tinha informado as autoridades; talvez pegasse um ano de cadeia, mas só. Lennart e Laila seriam enterrados, e Theres acabaria no hospício. Fim da história.

Não. Não. Aquilo não seria nada bom. Jerry *não* queria que isso acontecesse. A parte em que Theres ia para o hospício é que de fato ficou presa em sua garganta. Por mais louca que ela fosse – e aqui estamos falando de uma doida varrida –, ele não queria vê-la sentada numa cela, cutucando e arrancando as unhas, pelo resto da vida. Por isso, simplesmente tinha de pensar em outra coisa, e rápido.

Depois de passar um bom tempo ponderando, Jerry elaborou um plano inútil, mas que foi o melhor que ele conseguiu elaborar. – Theres? – chamou. A menina não olhou diretamente para ele, mas voltou a cabeça em sua direção. – Acho que é melhor você... – interrompeu a frase no meio e reformulou o que ia dizer. – Vá trocar de roupa.

A menina não reagiu. Ele não queria se aproximar dela, não queria chegar perto demais da cena do crime, na qual correria o risco de se *contaminar*, para usar o termo técnico, ou deixar pistas. Elevando um pouco a voz, disse:

– Vá pro seu quarto, vista roupas limpas. Agora.

A menina se levantou e atravessou o porão, deixando atrás de si um rastro de sangue. Jerry subiu a escada e juntou um saco de dormir, um pacote de pão de forma, uma bisnaga de caviar e uma lanterna. Saiu e deu a volta na casa, depois tornou a descer a escada do porão e entrou pela outra porta.

Tomando cuidado para não pisar em nenhuma mancha de sangue, Jerry foi ao quarto de Theres e encontrou a menina sentada na cama, olhando fixamente para a parede. Ela tinha trocado de roupa e agora vestia um agasalho aveludado, mas os cabelos loiros estavam coalhados de sangue ressecado, ao passo que mãos, pés e rosto estavam cobertos por nacos quase pretos do líquido coagulado. Pela primeira vez desde que a coisa toda tinha começado, Jerry sentiu o estômago revirar. De alguma maneira, ver os restos dos pais colados à pele de Theres era mais nojento do que a visão dos cadáveres.

– Venha – ele disse. – Vamos.

– Onde?

– Lá fora. Você tem de se esconder.

Theres recusou-se, num gesto de cabeça.

– Lá fora não.

Jerry fechou os olhos. Em meio ao caos que a menina havia criado, ele se esquecera de que a visão de mundo dela era ainda mais problemática do que parecera óbvio. Precisava persuadi-la com base nas percepções da própria Theres.

– As pessoas grandes estão vindo – ele argumentou. – Estão vindo pra cá. Vão chegar logo. Você tem de se esconder.

A menina encolheu os ombros como se estivesse se protegendo de uma pancada.

– As pessoas grandes?

– Sim. Elas sabem que você está aqui.

Com um único movimento, a menina se levantou da cama e agarrou uma machadinha que estava caída no chão e mostrava sinais de uso recente. Moveu-se na direção de Jerry.

– Pare! – ele ordenou. Theres estacou. – O que você tá pensando em fazer com esse machado?

Theres ergueu e abaixou a machadinha.

– As pessoas grandes.

Jerry recuou um passo para se certificar de que estava fora do alcance dela e disse:

– Tá legal. Tá legal. Vou fazer uma pergunta agora, e quero uma resposta sincera.

Jerry bufou, desdenhando a própria estupidez. Alguma vez já tinha ouvido Theres mentir? Não. Ele nem sequer acreditava que ela fosse capaz de mentir. E, ainda assim, era uma pergunta que ele precisava que ela respondesse. Apontou para o machado.

– Você pretende me atingir com isso aí?

Theres meneou a cabeça.

– Você pretende me bater ou me cortar ou... fazer picadinho de mim?

Novamente, ela negou com a cabeça. Investigar o motivo pelo qual Theres o enxergava de maneira diferente da que via os pais poderia ficar para outra conversa. Por ora, tudo o que Jerry precisava saber era que estar perto dela não significava que estivesse correndo risco de vida. Por precaução, ele acrescentou:

– Bom. Porque, se você fizer alguma coisa comigo, as pessoas grandes virão aqui pra pegar você. Na mesma hora. *Bum*!, sacou? Você não pode *tocar* em mim, entendeu?

Theres assentiu com a cabeça, e Jerry se deu conta de que o que acabara de dizer era mais ou menos a verdade. Pediu a Theres que calçasse os sapatos e, enquanto saíam, tratou de ficar de olho nela.

Quando ele abriu a porta da frente da casa, Theres empacou como se tivesse sido colada ao chão, recusando-se a dar um passo que fosse e encarando de olhos arregalados a escuridão lá fora. Tentar incentivá-la a sair de nada adiantou, por isso Jerry recorreu a outra tática: fingiu aguçar os ouvidos e depois cochichou, com medo simulado:

– Venha, irmãzinha! Eles estão chegando. Já posso ouvir as máquinas deles!

Por fim, Theres desgrudou os pés do chão e Jerry teve de sair do caminho quando ela se precipitou porta afora, segurando com firmeza o machado junto ao peito. Ela seguiu correndo até o jardim, olhando para a direita e para a esquerda, o pânico abastecido de adrenalina a cada movimento. Ele aproveitou ao máximo a oportunidade e fugiu na direção da floresta, levando-a consigo.

Uma das recordações de infância de Jerry era uma clareira entre as árvores, cerca de quinhentos metros floresta adentro, e ele conseguiu encontrá-la com a ajuda da lanterna. Os galhos de um enorme carvalho pendiam por sobre a clareira e o chão estava coberto de folhas secas. Ele estendeu o saco de dormir, abriu o zíper e mostrou a Theres como se enfiar ali dentro. Depois entregou-lhe a lanterna, o pão e o caviar.

– Beleza, maninha – disse. – Você causou um problemão dos diabos. E acho que não vamos conseguir consertar as coisas. Mas fique aqui, tá legal? Eu volto assim que puder. Entendeu?

Theres sacudiu violentamente a cabeça e lançou um olhar rápido e ansioso ao redor da clareira, onde os abetos enfileiravam-se na escuridão.

– Não vá.

– Sim – disse Jerry. – Eu tenho de ir. Se não for, a gente já era. As pessoas grandes virão aqui, e vão levar nós dois embora. Tenho de dar no pé e enganar eles. É assim que as coisas são.

Theres abraçou os próprios joelhos e enrodilhou-se formando uma bola. Jerry se agachou e tentou fazer com que ela olhasse para ele, mas sem êxito. Apontou o facho da lanterna para ela. A menina tremia, como se estivesse morrendo de frio.

As coisas acabariam assim, de um jeito ou de outro.

O que ele não entendia era por que motivo, durante tanto tempo, ele havia considerado a situação *normal*. Por que se acostumara ao fato de seus pais manterem uma menina no porão, uma menina que agora tinha treze anos e nada sabia do mundo? Por que isso tinha se tornado algo perfeitamente natural? E, agora, ele estava de mãos atadas e tinha de arcar com as consequências. Uma menina trêmula que ele abandonaria sozinha na floresta, o pai e a mãe reduzidos a frangalhos. Muito tempo atrás, ele poderia ter colocado um ponto final em tudo aquilo. Mas, agora, tinha de seguir em frente, porque nada mais havia que pudesse fazer. Levantou-se. Theres agarrou-o pelas pernas das calças.

– Sinto muito – ele se desculpou. – Tenho de fazer isso, caso contrário eles virão atrás de nós. Nós dois. Eu volto assim que puder. – Apontou para o saco de dormir. – Mantenha-se aquecida.

Theres resmungou:

– As pessoas grandes são perigosas. Você vai morrer.

Jerry não conseguiu sufocar um sorriso.

– Vou ficar bem. – Ele não ousava perder mais tempo; por isso, sem se demorar com palavras de despedida, girou sobre os calcanhares e deixou Theres na clareira.

Atrás dele, Theres ergueu o machado, como se quisesse oferecer-lhe. Para proteção. Mas Jerry já tinha desaparecido na escuridão, e, pela primeira vez desde que havia sido encontrada, a menina se viu sozinha na vastidão do mundo exterior.

Cinco minutos depois de entrar de novo na casa, Jerry telefonou para a polícia. Cinco minutos que ele usou para algo que não tinha tido a oportunidade de fazer. Sofrer, sentir luto. De cabeça baixa, deixou-se quedar imóvel no meio do corredor, enquanto um nó se formava em seu estômago. Deixou que o caroço crescesse, sentindo o gosto de sua cor e de seu peso.

Sem mover um músculo, em meio ao corredor da casa de sua infância. Todas as vezes em que ele havia tirado os tênis naquele corredor, os tênis que iam ficando cada vez maiores... O cheiro de comida sendo preparada na cozinha, ou o aroma do pão no forno... Feliz ou triste, voltando da creche ou da escola... Nunca mais. Nunca mais naquela casa, nunca mais com seus pais.

O caroço subiu e desabou dentro dele. Jerry concedeu-se cinco minutos para se despedir de tudo. Ficou completamente imóvel. Não chorou. Depois de cinco minutos, caminhou até o telefone na cozinha, ligou para o número de emergência e relatou que tinha acabado de chegar em casa e encontrara o pai e a mãe brutalmente assassinados. Não reconheceu a própria voz.

Em seguida, sentou-se numa cadeira da cozinha. Enquanto esperava a polícia, tentou pensar em como deveria se comportar. O que ele *diria* não era difícil. Chegara e encontrara o casal caído no chão do porão, fim da história, não sabia de mais nada. Tinha entrado em estado de choque e somente depois de vinte minutos teve forças para ligar para a polícia.

O que preocupava Jerry era a voz estranha que ele tinha ouvido sair da própria boca. *Como* ele deveria falar, *como* deveria se comportar? Acalmou-se com o pensamento de que, provavelmente, não havia padrão estabelecido. Era pouco provável que duplos homicídios fossem ocorrências habituais no dia a dia da polícia de Norrtälje, por isso não haveria precedentes com os quais comparar, nada que fizesse com que o comportamento dele parecesse suspeito.

No entanto, levantou-se da cadeira e foi esperar lá fora. Uma pessoa normal não iria querer ficar sentada dentro da casa em que os pais jaziam trucidados.

Iria?

Ele não sabia de nada, e só lhe restava alimentar a esperança de que quem estivesse a caminho também não soubesse.

Como Jerry já esperava, passou a ser o principal suspeito e foi levado sob custódia. Na delegacia, foi submetido a um exaustivo e minucioso interrogatório em que os policiais perguntaram detalhes sobre o que tinha acontecido quando ele encontrou o pai e a mãe e o que fizera ao longo o dia.

Jerry esperava ser solto após algumas horas de detenção, mas isso não aconteceu. Os cadáveres tinham de ser removidos, os patologistas forenses tinham de fazer seu trabalho e as informações que ele dera tinham de ser checadas. Jerry passou a noite num beliche na cela, e a tristeza pelos pais mortos e a ansiedade com relação a Theres o mantiveram acordado.

No meio da noite, foi levado para outro interrogatório, agora acerca do fato de a polícia ter descoberto indícios de que havia alguém vivendo no porão da casa. Roupas, potes de papinha de bebê e colheres com restos de comida relativamente recentes. Porventura ele sabia de alguma coisa sobre isso? Não sabia de coisa nenhuma. Não visitava os pais com tanta frequência e não fazia ideia do que andavam aprontando.

Uma vez que ele já esperava por esse tipo de pergunta e desconfiava de que encontrariam suas impressões digitais, Jerry admitiu que já estivera em algumas ocasiões naquele velho quarto no porão, mas não tinha visto o menor sinal de que alguém morava lá, nadinha de nada. Era uma novidade para ele, um completo mistério, para dizer a verdade. Quem eles achavam que estaria morando no porão?

Foi levado de volta para a cela e passou o resto da noite revirando-se no colchão de espuma; de manhã, foi liberado sem uma palavra à guisa de explicação. A polícia o instruíra a permanecer na área de Norrtälje.

Depois de pegar um ônibus e percorrer de carona um trecho curto, Jerry estava de volta ao jardim. Não havia sinal de atividade do lado de fora da casa, apenas uma fita azul e branca lacrando a porta e isolando a cena do crime. Ele olhou por cima do ombro, a fim de se certificar de que ninguém o estava seguindo. Teve a sensação de que alguém o fazia, mas talvez fosse um fantasma criado por seu cérebro exausto.

Jerry não ousava acreditar que tinha escapado com tanta facilidade. Supostamente, a polícia tinha verificado seu álibi e recolhido provas que faziam dele um assassino improvável, mas ele possuía tantas informações valiosas que, de certa forma, meio que achava que a coisa *estava na cara*. Que eles voltariam para arrancá-las dele.

Montou na moto e deu partida. Enquanto percorria a trilha de cascalho que o levaria à clareira pelo outro lado, concluiu que, com todo o respeito, não dava a mínima para nada daquilo. Eles simplesmente teriam de seguir em frente da melhor maneira possível. A única coisa que importava agora era Theres.

Por quê? Ele não fazia ideia. Detestava as pessoas. Os policiais que o haviam interrogado eram uns babacas, e seu único prazer tinha sido fazê-los de idiotas. Não estava de luto exatamente pelos pais, mas por sua infância. Já não tinha amigo nenhum. Com exceção de Theres.

Theres?

Não. Não entrava na cabeça dele. Era simplesmente algo que tinha de fazer. Ela era meio que a única pessoa por quem ele não sentia um pingo de ódio, ou desprezo. Talvez fosse simples assim.

Escorou a moto numa árvore na floresta e, por precaução, esperou cinco minutos, apenas para se assegurar de que ninguém o estava seguindo. Depois se embrenhou na mata.

Jerry levou mais de meia hora para encontrar a clareira, porque entrou na floresta pelo lado errado e, quando chegou ao trecho desmatado, deu de cara com o que mais temia: nada. A clareira estava vazia. Somente as folhas secas, esparramadas pelo chão ou em pilhas.

E agora, que merda vai acontecer?

A floresta não era grande. Mais cedo ou mais tarde, Theres chegaria a uma trilha, alguém a veria, alguém iria... Era impossível pensar em todos os elos da corrente. Restava apenas um fato, uma verdade nua e crua. Eles estavam ferrados, e para valer.

Jerry olhou ao redor e avistou algo azul na borda da floresta. A bisnaga de caviar Kalles ainda fechada tinha sido jogada a alguns metros, entre as árvores. Ao lado dela, jazia o saquinho de pão de forma, também fechado. Faltavam somente o saco de dormir e a lanterna. Talvez Theres os tivesse levado com ela.

Não demoraria muito para que a merda realmente caísse no ventilador. Mas, por ora, ele estava ali naquela clareira silenciosa no interior da floresta, onde desgraçado nenhum tinha perguntas ou acusações contra ele. Pegou o pão e o caviar e se sentou no chão em meio à clareira, apertou a bisnaga até espalhar uma generosa quantidade de caviar numa fatia de pão, colocou outra fatia por cima e começou a comer vorazmente.

Cerrou os olhos e mastigou. Depois de uma noite na cela da delegacia, sentia o corpo mole, pastoso, e o bolo viscoso que ele estava engolindo não ajudava muito. Sonhou em simplesmente ficar sentado ali, desintegrando, apodrecendo e se transformando na mesma massa disforme que sentia ser. Amalgamar-se à natureza na calmaria muda.

Depois, começou a soluçar. Tinha engolido depressa demais.

Soluçou e soluçou, sem conseguir parar. Então vieram os arquejos, competindo com os soluços para fazer seu corpo ter espasmos e sacudir-se. Adeus à discreta absorção do corpo terra adentro. Colocou a cabeça entre os joelhos. De repente, deixou a prudência de lado e partiu para o tudo ou nada. Jogou a cabeça para trás e berrou:

— THERES! THEEEREEESS!

A gritaria deu fim aos soluços e arquejos. Sem esperança genuína, Jerry aguçou os ouvidos à cata de uma resposta. Nada. Contudo, percebeu um farfalhar em meio a folhas, a alguns metros de onde estava sentado. Com a boca escancarada, viu uma mão brotar do chão. A única coisa em que seu cérebro cansado conseguiu pensar foi num pôster de algum filme de zumbis, e sua reação instintiva foi recuar meio metro, arrastando os pés.

Depois, seu cérebro fez as conexões corretas e ele se moveu lentamente para a frente, a fim de ajudar Theres. Ela não estava apenas coberta de folhas. Com a ajuda da machadinha, a menina havia golpeado o solo até abrir um buraco para se esconder, arrastara-se para dentro enrolada no saco de dormir e, depois, com a mão em concha, jogara folhagem e terra sobre si mesma até ficar invisível.

Usando as próprias mãos, Jerry escavou uma considerável quantidade de terra, até que a irmã surgisse de seu casulo azul. Ficou imaginando o que a menina teria feito caso ele continuasse detido por uma semana. Será que teria permanecido dentro do buraco? Talvez sim. Abriu o zíper do saco de dormir e ajudou Theres a sair. Ela ainda estava agarrada à machadinha.

— Porra, você é demais pra mim, menina — ele disse.

Theres olhou ao redor cuidadosamente, examinando as árvores como se pudessem atacar a qualquer momento, e perguntou:

— Pessoas grandes foram embora?

— Sim — Jerry respondeu. — Já foram embora. Todas elas.

2

Ao longo das semanas seguintes, Jerry temeu que seu apartamento fosse alvo de uma busca policial. Não sabia como a polícia trabalhava em casos como aquele, mas, na série de televisão a que assistia, os juízes viviam expedindo mandados de busca e apreensão. Se a polícia batesse à porta e quisesse revistar o lugar, ele estaria ferrado. Não havia onde esconder Theres.

Mas ninguém bateu à porta; ninguém apertou a campainha. A única coisa que aconteceu foi que Jerry acabou sendo chamado para um novo interrogatório. Quando voltou, Theres ainda estava lá e o apartamento parecia intocado. Afinal de contas, talvez as coisas não fossem como na televisão.

Muitas pessoas que Jerry jamais tinha visto na vida compareceram ao funeral de Lennart e Laila, atraídas sem dúvida pela curiosidade, graças a todas as reportagens publicadas na imprensa. "Assassinato brutal de campeões das paradas suecas." Lennart e Laila precisavam ter visto as manchetes. Apesar de tudo, tinham encerrado a carreira no topo das paradas.

Foi somente depois que o funeral chegou ao fim que a ficha começou a cair. Jerry organizou as ideias e tentou examinar com clareza a situação. Até aquele ponto, sua mente estava toda concentrada no assassinato, e diversas vezes ao dia ele ia ao computador para ler no Google as notícias e comentários relativos aos pais.

Theres não fazia muito barulho. Quando Jerry tentava perguntar o que ela tinha feito, a menina se recusava a falar no assunto, mas parecia dar-se conta de que o que fizera entristecia Jerry; talvez ela até sentisse vergonha de si mesma.

Jerry não fazia ideia do que se passava na cabeça de Theres, e tinha medo da menina. Guardou a sete chaves, dentro de um armário, todas as facas, ferramentas e objetos pontiagudos. À noite, improvisava uma cama para Theres no sofá da sala de estar e dava duas voltas na chave da porta da frente para que ela não saísse. Depois, trancava também a porta do próprio quarto. Ainda tinha dificuldade de pegar no sono, porque temia que ela conseguisse entrar enquanto ele estivesse dormindo e vulnerável. Theres era sua irmã, mas uma completa estranha.

Ela jamais fazia qualquer tipo de exigência; a bem da verdade, raramente falava. Passava a maior parte do tempo sentada à escrivaninha, tamborilando a esmo o teclado do computador, ou apenas encarando a parede. Talvez fosse mais trabalhoso cuidar de um *hamster*. Mais trabalhoso, mas menos preocupante. Um *hamster* não tinha a capacidade de se transformar de uma hora para a outra em um leão selvagem.

Theres somente criava problemas de ordem prática com relação a uma coisa: comida. Recusava-se a comer qualquer coisa que não potes de papinha. Até aí, tudo bem, não fosse o fato de que todas as pessoas de Norrtälje pareciam conhecer o homem cujos pais haviam sido assassinados. Talvez fosse a imaginação de Jerry, mas ele tinha a sensação de que, onde quer que pusesse os pés, todo mundo o espiava pelo canto do olho.

Não ousava ir aos supermercados locais e passar pelo caixa com vinte potes de papinha dentro do carrinho. Alguém poderia começar a somar dois e dois e tirar conclusões. Tentou resolver o problema comprando-os aqui e ali, mas Theres comia pelo menos dez potinhos por dia, e fazer as compras de maneira tão esparsa consumia muito tempo.

Jerry cogitou a ideia de encomendar no atacado pela internet, mas logo desistiu. Seu nome tinha aparecido por toda parte, e usar o cartão de crédito para comprar centenas de potes de comida de bebê e receber em seu endereço uma caixa enorme também poderia levantar suspeitas.

Jerry tentou convencer Theres a comer algo diferente, tentou explicar-lhe o problema, mas de nada adiantou. Quando ele parou de comprar papinha de bebê para ver o que acontecia, a menina parou de comer. Achou que a fome acabaria por falar mais alto e Theres mudaria de ideia, mas depois de quatro dias ela ainda não havia colocado nada na boca e seu rosto já havia murchado. Ele foi obrigado a capitular e partiu numa longa expedição para estocar potinhos sabor almôndegas e caçarola de frango com purê.

Em algum momento no meio de tudo isso, Jerry começou a entrar numa espiral de desespero. As portas trancadas, as complicadas expedições aos *shoppings*, o medo constante. A maneira como Theres tinha acabado por dominar sua existência sem dizer ou fazer nada. *Por que ele tinha se metido naquilo tudo?*

Jerry percebeu que, mais cedo ou mais tarde, ele teria de entregá-la às autoridades. Um enorme e anônimo cesto nos degraus do serviço de psiquiatria infantojuvenil. Depois disso, ele estaria livre para voltar a viver a própria vida. Sem medo ou aflição.

Mas por ora o problema da comida tinha de ser resolvido. A atitude de Jerry foi fazer a única coisa em que conseguiu pensar: telefonar para Ingemar. Os dois não se falavam desde que Jerry lhe explicara que estava caindo fora do negócio de venda de cigarros, após o incidente com a Bröderna Djup. Quando Jerry lhe perguntou se ainda estava na posição de conseguir qualquer tipo de coisa, Ingemar topou na mesma hora.

— Desde que a gente não esteja falando de drogas... manda. Do que você tá precisando?

— Papinha de bebê. Você consegue arranjar papinha?

Ingemar tinha como ponto de honra jamais fazer perguntas sobre os produtos que fornecia, mas, a julgar pelo silêncio que se seguiu à pergunta de Jerry, ficou claro que seus princípios estavam sendo submetidos a um duro teste. Contudo, a única coisa que por fim ele disse foi:

— Tá falando daquele troço que vem em potinhos? Ensopado de carne, esse tipo de porcaria?

— É isso aí.

— E de quanto você precisa?

— Uns cem.

— Potes? Não vou exatamente fazer fortuna com isso, tá ligado?

— Estou disposto a pagar o preço de varejo. Onze coroas por pote.

— Doze?

Trato feito. Quando Jerry desligou, sentiu que um peso enorme fora-lhe tirado dos ombros. Tinha tomado uma decisão. Assim que terminassem os cem potinhos, ele entregaria Theres. Era um belo número par, e parecia a coisa certa a fazer. Mais duas semanas, aproximadamente.

* * *

Ingemar apareceu com os potes de papinha, e Jerry os pagou. Quando Ingemar perguntou se precisaria de mais, Jerry disse que não. Depois carregou sozinho as duas caixas para dentro. Os potes, cujos rótulos estavam impressos em alguma língua do Leste Europeu, continham algo que talvez fosse ensopado de carne. Theres não deu a mínima: devorou o conteúdo com a mesma obstinada e tristonha concentração que sempre demonstrava quando comia.

Já que o teclado era uma das únicas coisas que pareciam atrair o interesse dela, Jerry tinha começado a ensiná-la a usar a internet, e naquela noite os dois tiveram algo semelhante a um agradável interlúdio, sentados lado a lado na frente do computador. Jerry mostrou-lhe como entrar em diferentes *sites* e grupos de discussão, como criar uma conta de *e-mail* e assim por diante. Talvez porque já houvesse fixado uma data definitiva para o fim do relacionamento, sentia-se mais relaxado.

Naquela noite, Theres adoeceu. Já deitado na cama e tentando dormir, Jerry ouviu uma longa e arrastada lamúria na sala de estar. Hesitou antes de se levantar e destrancar a porta do quarto, alerta como sempre para qualquer mudança em Theres que pudesse sugerir uma alteração de humor.

Não precisava ter se preocupado. Ela não estava em condições de machucar ninguém. A sala fedia, e, quando Jerry acendeu a luz, viu a menina estatelada no sofá, o rosto branco-esverdeado, uma das mãos balançando, flácida.

– Mas que porra, maninha...

Jerry buscou panos e um esfregão, limpou o chão e entregou a Theres um balde em que ela vomitasse. Quando virou as costas para voltar ao quarto, Theres gemeu. Ele parou, suspirou e sentou-se na poltrona. Instantes depois, algo lhe ocorreu.

Pegou um dos potinhos, abriu a tampa e cheirou o conteúdo. Torceu o nariz. Não que papinha de bebê normalmente cheirasse bem, mas com certeza não deveria ter *aquele* cheiro, porra! Por trás do cheiro de carne passada, havia um laivo de... acetona. Algo sufocante, fermentado. Ele virou o potinho à procura da data de validade, porém a informação tinha sido raspada até ficar ilegível.

Theres se contorcia enquanto seu estômago se contraía em cólicas, emitindo um coaxo úmido. O suor escorria-lhe pelo rosto e um filete de bile verde-escura vazou entre seus lábios e ficou grudado no queixo. A cabeça pendia, prostrada por sobre a borda do sofá.

Jerry correu até a cozinha e pegou uma toalha e uma vasilha com água. Limpou o rosto da menina e refrescou sua testa, dando pancadinhas leves com o pano umedecido na água fria. A pele de Theres estava quente e os olhos brilhavam feito bolinhas de gude. Ela tremia, e um novo tipo de horror se infiltrou no corpo de Jerry.

– Escute, maninha, você não pode ficar assim tão doente. Não pode, tá me ouvindo?

Ele não poderia levá-la a um hospital. Ela não tinha certidão de nascimento, carteira de identidade, prontuário, nenhum tipo de documento ou registro, e seria o mesmo que ir diretamente para a delegacia e se entregar. É claro que Jerry podia simplesmente largá-la na porta do hospital, mas corria o risco de ser visto por alguém, e em todo caso, com a menina naquele estado, não havia como colocá-la na garupa da moto, porra, e como é que ele faria para...

O olhar transparente de Theres se fixou nos olhos dele e ela murmurou "Jerry..." antes que o corpo se contraísse numa série de espasmos, revirando os lençóis molhados entre as pernas finas. Jerry afagou-lhe a cabeça e disse:

– Vai ficar tudo bem, maninha. Vai ficar tudo bem. Você tá com um pouco de dor de barriga, só isso, não é nada grave. – Supostamente, estava tentando convencer a si mesmo.

Buscou um copo de água para Theres. Cinco minutos depois, a menina vomitou. Ele trocou a roupa de cama, que estava ensopada e fétida. Duas horas depois, os lençóis já estavam empapados de novo. Fez com que a menina engolisse um comprimido de Ibuprofeno, que ela regurgitou na mesma hora. Jerry roeu as unhas até que a ponta dos dedos sangrassem, e não sabia o que fazer.

Por volta das seis da manhã, o novo dia começou a fungar nas janelas e encontrou um Jerry exausto desabado na poltrona ao lado de Theres, encarando com expressão vazia o corpo magro da menina, que jazia no sofá, dobrado e sob a forma de um ponto de interrogação. A respiração dela era espasmódica e superficial, e sua voz estava tão fraca que Jerry mal conseguiu ouvi-la murmurar:

– Pequenina ruim. Matou eles. Mamãe e Papai. Agora Pequenina vai morrer logo. Isso é bom.

Jerry endireitou-se na poltrona e esfregou os olhos com a toalha de rosto úmida que trocara diversas vezes durante a noite. Inclinou o corpo para mais perto de Theres:

– Não fale assim. Você não matou eles porque é ruim. Não sei por que você fez isso. Mas não tem nada a ver com ser ruim, disso eu sei. Por que você tá dizendo que é ruim?

– Você tá triste. Porque Mamãe e Papai morreram. Pequenina é ruim.

Jerry pigarreou e adotou um tom de voz mais firme.

– Tá legal. Pare de dizer que seu nome é Pequenina, pare de dizer que você é ruim, e pare de chamar os dois de Papai e Mamãe. Para com isso.

Mais uma vez Theres fitou o vazio. Ao ouvi-la dizer "Agora Pequenina vai morrer logo", Jerry ficou furioso. Levou as mãos à cabeça e apertou as têmporas entre o polegar e o dedo médio.

– Para com isso! *Sou eu quem logo vai estar morto!* E você não vai morrer. Esquece isso, porra. Tô cuidando de você. Se você morrer, eu te mato.

Theres franziu o cenho e fez algo que ele jamais a vira fazer. Ela *sorriu*.

– Você não pode fazer isso. Quando a pessoa morre, ela já está morta.

Jerry revirou os olhos.

– Foi uma piada, idiota.

Mas a sutil atenuação na atmosfera da sala durou pouco e terminou de repente.

– Mamãe e Papai morreram. Então. Pequenina pegou eles.

Embora estivesse óbvio que Theres não representava uma ameaça, Jerry afastou-se um pouco da menina.

– Mas de que diabos você tá falando? E pare de dizer "Pequenina". Como assim você "pegou eles"?

– Eu peguei eles. Agora eles são meus.

– Eles não são seus coisa nenhuma! Eles não são nem seus pais, então me faça o favor de não falar assim!

Theres fechou os olhos e a boca e virou o corpo, de modo a ficar deitada de costas para Jerry. Enquanto ela respirava, o peito estreito subia e descia aos trancos. Jerry recostou-se na poltrona e ficou lá, sentado, ouvindo a menina respirar; tentou fazê-la dormir, mas sem êxito. Perguntou de supetão:

– Por que você fez aquilo?

Mas ela não respondeu.

Talvez fosse a falta de sono combinada ao fato de estar trancafiado no apartamento, mas, ao longo da manhã, Jerry foi ficando cada vez mais irritado. Já fazia muito tempo que ele sabia que havia algo de muito errado com Theres e que ela sequer poderia ser considerada culpada pelas próprias ações. Porém, ainda não era capaz de lidar com a falta de emoção da menina no que dizia respeito ao que fizera. *Eu peguei eles*.

Era o tipo de frase que ele, provavelmente, esperaria ouvir da boca de alguém que deu cabo de dois patos com uma espingarda. Não de alguém que havia matado duas pessoas – que por acaso eram o pai e a mãe de Jerry, independentemente do que ele pensava sobre ambos. *Eu peguei eles*.

Theres parecia ter melhorado depois de uma noite medonha. Ainda estava pálida e não conseguia engolir sequer um gole de água, mas se sentou direito no sofá, com alguns travesseiros nas costas, folheando uma edição ilustrada do Ursinho Pooh que Jerry lhe dera de presente quando ela era pequena. No estado de confusão em que ele estava, achou que a menina sentada a sua frente dava a impressão de sentir-se vergonhosamente *satisfeita* consigo mesma. *Eu peguei eles*.

Com os braços cruzados, Jerry permaneceu em pé ao lado do módulo que abrigava sua coleção de fitas de vídeo, olhando para a menina, que continuava estudando as ilustrações coloridas sem a menor preocupação por todo o sofrimento que causara. Sem refletir muito no que estava fazendo, Jerry escolheu *Holocausto canibal* e propôs, em tom animado. – E aí, vamos ver um filme?

Sem tirar os olhos do livro, Theres perguntou:

– O que é um filme?

Você vai ver, Jerry pensou, inserindo a fita no videocassete. Se é que ele tinha alguma ideia na cabeça, era algo relacionado a fazer Theres perceber que matar não era uma brincadeirinha banal e "eu-peguei-eles", mas um ato tremendamente desagradável.

O filme começou: pessoas esquartejadas e sacrificadas aos gritos e lágrimas, órgãos internos sendo removidos e fluidos corporais esguichando. Jerry percebeu que o que tinha acontecido aos pais o deixara mais sensível, e ele já não via com prazer as imagens. De vez em quando, olhava de soslaio para Theres, sentada no sofá, assistindo ao banho de sangue. O rosto dela estava completamente impassível.

Assim que o filme terminou, Jerry perguntou:

– O que você achou? Muita gente morreu, não foi? Horrível.

Theres meneou a cabeça.

– Mas eles não morreram de verdade.

Jerry sempre tinha achado que *Holocausto canibal* era um dos melhores filmes do gênero sangue-e-vísceras. Dava toda a sensação de ser real e parecia real. Uma vez que Theres não tinha a menor familiaridade com o fenômeno cinematográfico, Jerry achou que ela veria o filme puramente como um documentário, o que se adequava a seu objetivo ainda vago.

– Como assim? – ele perguntou, encompridando a verdade. – É claro que morreram pra valer. Deu pra ver, não deu? Ora, eles foram trucidados.

– Sim – Theres concordou. – Mas não morreram.

– Como você sabe disso?

– Não tinha fumaça.

Jerry tinha preparado diversas respostas para possíveis objeções a fim de fazer a menina entender de uma vez por todas, mas aquilo era tão inesperado que tudo o que ele conseguiu dizer foi:

– O quê?

– Não tinha fumaça. Quando esmagaram a cabeça deles.

– Do que você tá falando? Nunca tem fumaça.

– Tem sim. Um pouquinho de fumaça. É vermelha.

A expressão estampada no rosto de Theres era mais ou menos a mesma de quando Jerry tinha dito "Se você morrer, eu te mato". Ela parecia suspeitosamente alegre, como se soubesse que Jerry a estava apenas provocando e logo admitiria a verdade. Então, ele se deu conta do que ela estava falando.

– Você tá falando do sangue – ele disse. – Havia um montão de sangue, o tempo todo.

– Não – rebateu Theres. – Pare com isso, Jerry. Você sabe.

– Não, eu não sei. Acontece que nunca matei ninguém, então não sei.

– Por que você nunca matou ninguém?

A bem da verdade, Jerry não sabia o que esperar em termos de como Theres reagiria ao filme. Com lágrimas, ou gritos, talvez se recusasse a assistir, talvez visse com fascínio e uma porção de perguntas. Mas a indagação que ela fez não estava entre as alternativas possíveis.

Acidamente, ele respondeu:

– Eu não sei, acho que é porque nunca tive a oportunidade.

Theres meneou a cabeça, com expressão séria. Depois, como se estivesse explicando algo para uma criança ligeiramente retardada, disse:

– O sangue vem depois. Primeiro a fumaça. Só um pouquinho. Não dá pra encontrar mais. Mas tem aquele pouco. Isso é o amor, acho.

Havia algo em sua maneira de falar. Com a voz monótona e soporífera de alguém lendo em voz alta as cotações da bolsa de valores, ela listou fatos áridos que não apresentavam contradição, e, por um momento, Jerry começou a acreditar que o que ela estava dizendo era verdade. Depois de um ou dois minutos de silêncio, o encanto foi quebrado. Jerry olhou para Theres. Gotas de suor tinham começado a surgir no contorno do couro cabeludo. Ele bateu os travesseiros dela, chacoalhou o cobertor e pediu que se deitasse para descansar. Assim que ela se ajeitou, ele se empoleirou na borda do sofá.

– Maninha, eu já perguntei isto antes, mas agora vou perguntar de novo. Vamos dizer que todo esse negócio de fumaça e tal, quando uma pessoa morre, seja verdade. E digamos que eu também tenha isso dentro de mim. Você tá pensando em pegar? – Theres balançou a cabeça, e Jerry fez a pergunta óbvia: – Por que não?

Os olhos de Theres se enevoaram e ela piscou algumas vezes, mas Jerry não podia deixá-la pegar no sono enquanto não obtivesse uma resposta. Com delicadeza, ele chacoalhou levemente o ombro da menina, e ela disse:

– Não sei. Ela me diz pra parar.

Os olhos dela se fecharam, e Jerry teve de se contentar com a resposta. Foi para a cama, deitou-se e tentou dormir para se desvencilhar da confusão que lhe passava pela cabeça, mas o sono não veio. Depois de meia hora, ele se levantou, tomou um banho frio e saiu para comprar papinha de bebê.

Ela tem de comer alguma coisa, afinal.

Na escada, deu de cara com seu vizinho, Hirsfeldt – um senhor idoso cujas roupas alinhadas contrastavam violentamente com o rosto, marcado pela forte predileção por álcool. Ele perscrutou Jerry à luz áspera da manhã que ricocheteava no concreto.

– Tem alguém morando com você no apartamento?

Jerry sentiu um frio na barriga.

– Não, por quê?

– Mas eu ouvi – disse Hirsfeldt. – Dá pra ouvir todo mundo neste prédio. Escutei alguém vomitando feito um novilho doente, e não é você.

– É uma amiga... ela não está muito bem de saúde, por isso a deixei ficar comigo por uns dias.

– É muita gentileza da sua parte – disse Hirsfeldt, num tom de voz que sugeria que ele não tinha acreditado numa única palavra de Jerry. Depois o velho inclinou a aba do chapéu exageradamente elegante. – Minhas condolências por sua perda, a propósito. Um negócio terrível.

– Sim. Obrigado – agradeceu Jerry, descendo às pressas a escada. Depois de dois lances, olhou para cima através do vão entre os patamares e julgou ter visto uma ponta do casaco de Hirsfeldt diante da porta de seu apartamento. Como se ele estivesse ali tentando ouvir algo.

Jerry desistiu da ideia de caminhar até o supermercado grande e se dirigiu a passos rápidos para o mercadinho local. Não ousava deixar Theres sozinha por muito tempo. E se ela acordasse e fizesse alguma coisa enquanto o maldito Hirsfeldt estava lá xeretando na caixa de correio? Por que as pessoas simplesmente não cuidavam da própria vida?

O plano de Jerry era comprar papinha de arroz comum, mas o estoque do supermercado tinha acabado, por isso teve de comprar arroz orgânico Semper, para crianças maiores de um ano. Quando colocou os potinhos na esteira, a moça do caixa sorriu de um jeito estranho. Ele já a tinha visto inúmeras vezes; ela já o tinha visto e com certeza sabia quem era. Se não fosse pelo incidente com

Hirsfeldt, Jerry não teria se incomodado, mas agora, enquanto voltava apressado para casa carregando potes de papinha de arroz dentro de uma sacola plástica, sentia-se como um animal acuado.

Theres ainda estava dormindo, e Jerry desabou na poltrona para recobrar o fôlego. Quando ela acordou, ele ligou o televisor e deixou num volume bem alto de modo a encobrir possíveis barulhos suspeitos. Não conseguia se conter e, de tempos em tempos, ia à janela para espiar a rua.

O dia transcorreu tendo como pano de fundo uma enxurrada de reprises e intervalos comerciais no canal TV4. Theres ficou deitada no sofá, acompanhando com olhos embotados tudo o que a tela do televisor exibia. Jerry tentou alimentá-la com algumas colheradas da papinha de arroz. Depois se sentou na poltrona e abraçou os próprios joelhos, esperando com angústia que a menina expelisse sua pífia tentativa de nutri-la. Quando isso não aconteceu, ele ficou absurdamente feliz e deu-lhe um pouco mais. Ela já estava satisfeita e não aceitou, mas pelo menos não vomitou.

Por causa dos incidentes com Hirsfeldt e a moça do caixa, as coisas tinham chegado a um momento de ruptura. Jerry já não era capaz de continuar fingindo que tudo ficaria bem. Infelizmente, estava cansado demais para pensar em algum tipo de estratégia. De vez em quando, punha colheradas de papinha de arroz na boca de Theres, ficava contente quando ela não devolvia a comida, enxugava a testa suada da menina e sentava-se a seu lado quando o corpo dela era assolado por novas ondas de cólicas.

Para Jerry, as horas que escorriam na pequena bolha da dupla eram dominadas por duas vigorosas impressões. A primeira era de claustrofobia. A sala parecia menor que o habitual, as paredes estavam se fechando ao redor e, do lado de fora delas, havia olhos à espreita. Encolheu-se dentro de si mesmo, espremido até ficar do tamanho de um tablete de caldo de carne, cuja única função era cuidar e dar de comer a Theres.

Contudo, a claustrofobia era equilibrada por uma nova descoberta: a felicidade de cuidar de outra pessoa. Era profundamente gratificante amparar com uma das mãos a cabeça de Theres e levar a colher aos lábios da menina, depois vê-la engolir e não vomitar a comida que ele lhe dava. Jerry sentia no peito uma sensação de ternura quando ela suspirava de alívio toda vez que ele enxugava seu rosto afogueado com uma toalha limpa e úmida.

Ou talvez o cenário não fosse tão bonito assim. Talvez fosse apenas uma questão de poder, o fato de ela estar totalmente dependente dele. Ninguém jamais havia dependido de Jerry para sobreviver, mas era bastante evidente que Theres estava nessa posição agora.

Ninguém sequer sabia que ela existia. Poderia sufocá-la com um travesseiro sobre o rosto e ninguém diria uma palavra.

Mas ele fez isso? Não, não Jerry. Ele lhe dava papinha de arroz, providenciava toalhas umedecidas e trocava os lençóis. Estava ali, a seu lado, cuidando dela. Com tal poder sobre Theres que ele sequer precisava se empenhar para exercê-lo. Jerry era um cara formidável, só para variar.

Ídolo começou às oito em ponto. Quando uma menina subiu ao palco e começou a se lamuriar de maneira melodramática a letra de "Didn't We Almost Have It All", Theres, estirada no sofá, cantou junto com seu fiapo de voz. Os olhos de Jerry ficaram rasos de água, e não foi por causa da menina na televisão.

– Puta merda, maninha. Você canta muito melhor que ela. Coloca todos esses caras no chinelo.

Mais tarde, nessa mesma noite, Theres piorou. Suas cólicas passaram a ser mais frequentes, e quando Jerry mediu sua temperatura o termômetro mostrou mais de quarenta graus. À meia-noite, ela estava tão fraca que nem conseguia erguer a cabeça para vomitar, por isso Jerry teve de se postar ao lado dela munido de uma toalha. Teria desmaiado de cansaço se o medo não o tivesse mantido acordado.

Jerry arrastou o colchão para a sala e se deitou no chão ao lado dela. Já não se importava com a possibilidade de Hirsfeldt chamar a polícia ou de a moça do caixa estar espionando escondida atrás dos arbustos, mas simplesmente não queria que Theres morresse. Ele nunca tinha visto uma pessoa tão adoentada. Se Ingemar voltasse a dar as caras em Norrtälje, cortaria a garganta dele.

Jerry deveria ter cochilado por um ou dois segundos quando ouviu Theres sussurrar: – Banheiro.

Carregou a menina até o banheiro e depois se sentou de frente para ela, segurando os ombros para evitar que ela caísse da privada. A menina estava tão quente que a palma de suas mãos estava coberta de suor. Era impossível entender como aquele corpo tão miúdo produzia tanto calor. A cabeça de Theres pendia de lado, e de repente seu corpo perdeu o último vestígio de resistência e tombou, flácido.

— Maninha? Maninha? Theres!

Levantou a cabeça da menina. Os olhos dela reviraram de modo que ele viu as partes brancas, e um filete de saliva escorreu dos lábios inertes. Ele encostou a orelha na boca de Theres e ouviu um tênue som de respiração, um sopro de calor desértico contra a orelha. Ergueu-a e carregou de volta para o sofá, limpou-a com panos embebidos em água fria e depois se deitou ao lado dela e pegou a sua mão.

— Maninha? Maninha? Não morra. Por favor. Não vou entregar você. Vou cuidar de você, tá me ouvindo? Vou dar um jeito, mas não morra. Tá me ouvindo?

Encolhido no colchão, Jerry não soltou a mão de Theres; ficou lá, deitado, fitando a boca da menina na semiescuridão, porque somente o movimento ocasional dos lábios dela indicava que ainda estava viva. Jerry cravou o olhar em sua boca e, então, deu-se conta de algo que já deveria ter compreendido havia muito tempo. *Não morra. Você é tudo que eu tenho.*

Talvez tenham se passado cinco minutos, talvez uma hora. Talvez ele estivesse dormindo e sonhando, ou pode ser que estivesse acordado e realmente tenha visto o que viu. Se estava sonhando, então sonhou que estava deitado num colchão ao lado de Theres, segurando sua mão quente e sem vida, quando a boca da menina se abriu alguns centímetros. No início, ficou contente, porque aquele era o sinal inequívoco de que viveria por mais algumas horas. Depois viu que dos lábios dela começava a emergir um fino anel de fumaça.

O pânico martelou um prego no peito de Jerry e ele se pôs em pé num salto. Enlouquecido de medo e cansaço, agarrou a toalha molhada e jogou-a por cima da boca da menina, sobre o rosto dela, a fim de impedir que a fumaça saísse. Balançando a cabeça feito um demente, pressionou o tecido contra os lábios de Theres.

Não é assim, isto não está acontecendo, isto não está acontecendo.

Passaram-se alguns segundos, e ele esperou para ver a fumaça vermelha escorrendo pelo tecido. Depois se deu conta do que estava fazendo. Arrancou violentamente a toalha do rosto de Theres e colou a orelha junto à boca da menina.

Não conseguiu ouvir ou sentir nada e esmurrou as próprias têmporas com ambas as mãos, até que sinos de bronze começaram a reverberar na parte de trás de sua cabeça.

Eu a matei. Eu a matei. Eu a matei sufocada.

Theres abriu os olhos e Jerry soltou um berro e cambaleou para trás, derrubando com estrépito a mesinha de centro. Ela estendeu a mão na direção dele. Jerry respirou fundo algumas vezes, e se controlou. Segurou a mão dela e sussurrou: – Achei que você tinha morrido. Agorinha.

Theres fechou os olhos e disse:

– Eu estava morta. E depois não estava.

Alguém deu pancadas na parede. Hirsfeldt permanecia acordado.

Durante a noite, a febre começou a amainar e, pela manhã, a temperatura já tinha baixado para trinta e oito graus. Theres conseguiu beber água e deu conta até mesmo de engolir um pouco do resto de purê de damasco guardado na geladeira. Sentou-se ereta na cama e foi capaz de segurar sozinha a colher. Jerry tinha dormido por algumas horas e se sentiu tão aliviado que teve de expressar isso de alguma maneira. Quando afagou a bochecha de Theres, ela não olhou para ele, não esboçou o menor indício de sorriso. Mas tampouco afastou a cabeça.

Cerca de uma hora depois, Jerry estava sentado diante da tela do computador, procurando um imóvel para alugar.

3

Depois de alguns dias às voltas com trocas de *e-mails* e telefonemas, Jerry deu a Theres detalhadas instruções sobre o que ela podia e o que não podia fazer durante sua ausência e, em seguida, rumou para Estocolmo a fim de olhar um apartamento em Svedmyra.

Era um apartamento de dois quartos, oitenta e dois metros quadrados, numa área tão quieta e sossegada que seria possível ouvir o som de um alfinete caindo numa das muitas sacadas envidraçadas.

Jerry desceu na estação de metrô e caminhou lenta e penosamente tentando "sacar" o lugar. Que parecia... morto. Talvez um dia as coisas tivessem acontecido ali, talvez jovens de boné e gorrinho tivessem zanzado em meio aos edifícios de três andares, sentindo-se modernos e na última moda, mas isso fora muito tempo atrás. Os gorrinhos e bonés haviam sido aposentados e, agora, eles ficavam em casa, relaxando com seus gatos e assistindo à televisão.

Jerry tinha lido fóruns de discussão sobre as diferentes áreas da cidade e percebeu que havia uma expressão recorrente, provavelmente postada por pessoas mais velhas: "correndo escada acima e escada abaixo". Queixavam-se de que sempre havia alguém subindo e descendo as escadas. Jerry teve a sensação de que Svedmyra era um lugar onde não havia muita gente correndo escada acima e escada abaixo. Não era preciso dizer mais nada.

O apartamento ficava no último andar e não tinha nada de muito empolgante. Dois quartos com vista para alguns pinheiros, um banheiro grande com uma máquina de lavar e uma sala de estar com uma minúscula cozinha. O contrato de aluguel era de cento e quarenta mil coroas, e o corretor do mercado negro assegurou que a última pessoa que tentara alugar um apartamento por vias legais fora obrigada a mofar doze anos numa lista de espera.

Em geral, os criminosos com quem Jerry tinha entrado em contato ao longo dos anos – tanto os barras-pesadas como os pés-rapados – eram facilmente reconhecíveis, mas o corretor parecia tão esperto e confiável que Jerry desconfiou. Terno, cabelo penteado e engomado, um sorriso agradável e cheio de dentes.

Se o corretor fosse um pilantra vestindo um agasalho esportivo e usando uma corrente de ouro, Jerry teria achado mais fácil soltar as cinquenta mil coroas que trouxera consigo para pagar a caução. Nas circunstâncias, porém, ele se recusou a pagar mais de vinte e cinco mil. O corretor discorreu longamente sobre os contratos falsos que teriam de ser providenciados, os papéis que deveriam ser assinados, mas Jerry se manteve firme.

Jerry deu outra volta pelo apartamento enquanto o corretor desfiava seu exagerado discurso de vendedor, cada vez mais aborrecido. Jerry viu como poderia posicionar a mesinha do computador ao lado da tomada da conexão de banda larga, onde colocaria a cama, qual dos quartos seria o de Theres, e assim por diante. Gostou do lugar. Quando o corretor disse que não estava preparado para fazer negócio a menos que Jerry deixasse uma caução de no mínimo quarenta mil, Jerry disse que não estava disposto a dar mais que vinte e cinco, mas que pagaria dez mil adicionais, além do valor do contrato, assim que tudo estivesse pronto. No total, cento e cinquenta mil coroas.

Vinte e cinco cédulas de mil coroas foram para os bolsos do corretor, e os dois homens selaram o negócio com um aperto de mão.

Sentado no metrô e depois no ônibus, no caminho de volta para Norrtälje, Jerry estava contente consigo mesmo. Se ele tinha sido enganado, não era o fim do mundo. Contava com uma reserva de trezentas mil coroas muito bem guardadas, a salvo de sua jogatina de pôquer pela internet.

Mas ele não tinha sido enganado. Uma semana depois, pegou as chaves, assinou o contrato e entregou o restante do dinheiro pelo apartamento onde moraria com sua filha, de acordo com a versão oficial.

A mudança propriamente dita era um problema. Jerry não tinha muitos pertences, mas vários móveis ele não conseguiria carregar sozinho escada abaixo. A cama, o sofá, as estantes de livros. Entre outras coisas. Não havia ninguém a quem pudesse pedir ajuda, e, mesmo que Theres pudesse dar uma força segurando um dos lados dos móveis, ele não ousaria permitir que ela fosse vista assim em Norrtälje.

Teria de contratar uma empresa de mudanças.

No dia marcado, explicou a Theres que alguns homens viriam para ajudá-los a levar as coisas para Estocolmo. Ela ficou aterrorizada, lançando olhares feito flechas pelo apartamento, em busca de um lugar onde se esconder. Jerry a convenceu a se enfiar no banheiro, onde se trancou.

Quinze minutos depois, a campainha tocou, e do lado de fora apareceram dois sujeitos que fizeram Jerry encolher na mesma hora. Agora ele entendia o nome da empresa, Transportadora Gêmeos. A sua frente avultaram dois caras idênticos, de cerca de vinte e cinco anos, usando macacões. Ambos tinham mais de dois metros de altura. Quando Jerry os cumprimentou, sua mão desapareceu dentro de enormes patas.

Os gêmeos esvaziaram o quarto num piscar de olhos, e Jerry desistiu de qualquer tentativa de ajudá-los quando percebeu que aquilo não passava de um tranquilo baile, uma dança de salão em que a mobília e as caixas eram meros acessórios de cena e ele estava apenas atrapalhando. A única coisa que ele insistiu em carregar por conta própria foi o computador. Recentemente, havia incrementado e atualizado seu Mac último modelo e queria se certificar de que a caixa com a máquina não acabasse esmagada.

As coisas de Jerry mal deram conta de encher um terço do enorme caminhão de mudança, e agora faltava apenas o sofá da sala de estar. Com extremo cuidado, ele colocou a caixa com o computador ao lado das estantes de livros e se assegurou de que estava bem protegida. De braços cruzados e sorrindo com complacência, os gêmeos ficaram observando o zelo de Jerry, que depois seguiu os dois homens escada acima. Quando estavam chegando a seu andar, ele ouviu uma porta se fechar. Provavelmente era Hirsfeldt, sendo xereta até o último momento possível.

Mats (ou talvez tenha sido Martin) parou no vão da porta e disse:
– Olá!

Quando Jerry os alcançou, viu pelo espaço entre as costas dos homenzarrões que, por alguma razão, Theres tinha saído do banheiro e estava parada no corredor, os punhos cerrados ao lado do corpo, encarando de olhos arregalados os gêmeos.

As pessoas grandes, Jerry pensou. Se Theres já tinha ideias estranhas sobre os adultos, provavelmente a visão dos gêmeos gigantes não ajudaria em nada.

Jerry disse baixinho:
– Minha filha. Ela é um pouco... diferente.

Como que para confirmar essa declaração, Theres começou a dar passos para trás na sala, bem devagar. Quando os gêmeos andaram alegremente na direção dela, a menina ergueu as mãos para se proteger e continuou recuando.

– Theres – disse Jerry, que não conseguia passar pelas volumosas costas dos homens. – Theres, eles não são perigosos. Estão ajudando a gente.

Theres caminhou pela sala quase vazia. Lançou um olhar de pânico para a porta da sacada, e por um momento Jerry pensou que ela fosse se jogar.

– Theres. Que nome bonito... – disse um dos gêmeos, distraindo a menina o suficiente para impedir que ela se precipitasse pela porta da sacada antes que essa rota de fuga específica fosse bloqueada. Em vez disso, como a criancinha pequena que ela parecia ser naquele momento, Theres pulou sobre o sofá e escondeu a cabeça com o cobertor.

Mats e Martin entreolharam-se, riram e disseram:

– Beleza, menina... lá vamos nós. – Antes que Jerry pudesse esboçar qualquer gesto, cada um ergueu uma ponta do sofá. Incapaz de pensar numa solução melhor, Jerry se arremessou às pressas para o corredor e se posicionou de modo a bloquear a visão do olho mágico da porta de Hirsfeldt, enquanto Mats e Martin carregavam o sofá escada abaixo. Ele não tinha coragem de imaginar o que Theres deveria estar sentindo, ali deitada sob o cobertor, trêmula de medo enquanto era arrancada a contragosto de seu porto seguro.

Quando os gêmeos por fim pousaram o sofá no caminhão, e depois que Jerry já tinha conseguido convencê-los a abandonar a ideia de tentar tirar Theres de seu esconderijo, ele se sentou ao lado dela e sussurrou:

– Maninha? Maninha? Tá tudo bem. Eu tô aqui e eles não são perigosos. Juro. – Fuçou debaixo do cobertor, encontrou a mão dela e a apertou. Um gesto que até uma semana antes teria sido impensável.

Os gêmeos trouxeram a última caixa e estavam prontos para ir embora, mas Theres se recusava a sair de seu casulo. Jerry tentou se levantar, mas ela apertou a mão dele. – Não vá. Não vá.

Jerry ponderou sobre a situação, depois perguntou aos gêmeos:

– Tudo bem se a gente for com vocês? Aqui atrás?

Os gêmeos encolheram os ombros e disseram:

– Bom, na verdade, isso é contra as regras, mas...

Jerry aproveitou o momento e disse que eles poderiam incluir na fatura o valor de algumas horas a mais. Afinal de contas, tinha sido mais barato do que ele esperava, pois haviam trabalhado com extrema rapidez.

Jerry pegou outro cobertor e se enrolou nele, depois encontrou uma lanterna numa das caixas. Quando as portas do caminhão se fecharam e ele acendeu a lanterna, achou que, apesar de tudo, não fora má ideia. Poderiam evitar a corrida de táxi estratégica à meia-noite, que ele tinha planejado, a fim de tirar Theres de Norrtälje sem que corressem o risco de ser vistos por algum conhecido.

Quando era jovem, Jerry tinha alimentado as habituais fantasias de ir embora de Norrtälje e voltar muitos anos depois, quando seria recebido com aclamação, dando grandes entrevistas para a imprensa local. A esta altura, já fazia tempo que ele tinha desistido disso tudo e se resignara a levar uma vida embalsamada na desolação de seu apartamento.

Ainda que agora estivesse viajando num caminhão-baú de mudança como um ladrão na calada da noite, pelo menos tinha finalmente escapado. Bom ou ruim? Difícil dizer, mas, enquanto o caminhão seguia aos solavancos pela estrada e Jerry tentava imaginar os lugares por onde estavam passando, ele sentiu uma pontada de empolgação. Tinha iniciado sua jornada. Estava a caminho. Por fim.

Já estavam na estrada fazia um quarto de hora quando Theres pôs a cabeça para fora. Esquadrinhou a carroceria fechada, e Jerry apontou o facho da lanterna ao redor para mostrar que não havia perigos à espreita. Ela disse alguma coisa e Jerry teve de inclinar o corpo e chegar mais perto para ouvi-la por sobre o ronco do motor.

— O que você disse?

— As pessoas grandes – disse Theres. – Quando as pessoas grandes vão fazer a Pequenina morrer?

— Escute uma coisa, maninha... – Jerry achegou-se a ela, mas Theres recuou para a ponta do sofá. Quando ele iluminou o rosto da menina, viu que ela ainda estava no mínimo tão aterrorizada quanto no apartamento. Desligou a lanterna para não ofuscar os olhos de Theres e falou na escuridão.

— Maninha, essa história das pessoas grandes... é tudo uma mentira, uma invenção. Não é verdade. É só uma merda que o papai inventou porque... porque não queria que você fugisse.

— Você tá mentindo. As pessoas grandes têm ódio na cabeça. Você também disse isso.

— Sim, mas foi só pra você... ah, esquece. Mas ninguém vai matar você. Você não precisa ter medo.

Os dois ficaram um bom tempo sentados em silêncio no escuro. O som do motor era soporífero, e Jerry teria adormecido se não tivesse começado a sentir muito frio. Enrolou-se ainda mais no cobertor e encarou uma fina réstia de luz que se infiltrava por sob as portas. A sensação de estar trilhando o próprio caminho havia sido substituída pela noção de estar sendo *transportado*, como uma peça de mobília ou um porco, e seu bom humor evaporou. Depois de muito tempo de viagem, pelo som do motor ele reconheceu que estavam percorrendo uma rua com prédios e casas de ambos os lados; Theres perguntou:

— As pessoas grandes são boas?

– Não. Isso já é ir longe demais. Não foi o que eu disse. Na maioria são umas desgraçadas, que agem com crueldade quando têm a chance. Estou apenas dizendo que não vão matar você. Nem te machucar.

Jerry acrescentou em voz baixa: "... a menos que tenham alguma coisa a ganhar com isso".

Quando as portas se abriram, a luz branca de inverno cegou Jerry. Theres se enfiou de novo debaixo do cobertor, e Martin e Mats ficaram esperando do lado de fora com os braços cruzados.

– É o terceiro andar, não é? – perguntou um dos irmãos, apontando para Theres. – Acho que é melhor tentar levar a menina com você. Foi até engraçado da primeira vez, mas...

Jerry pediu que os gêmeos se afastassem um pouco e chegou perto de Theres, inclinou-se e sussurrou no ponto onde imaginava estar a orelha da menina.

– Vem, maninha. Tá tudo bem. Eu seguro sua mão.

Alguns segundos se passaram e Jerry tinha começado a cogitar a ideia de carregar a menina enrolada no cobertor quando uma mão surgiu. Ele a segurou e, com delicadeza, afastou de lado o cobertor e saiu com Theres do caminhão.

A menina caminhou de cabeça abaixada, como se estivesse esperando um golpe devastador na nuca a qualquer momento. Como o golpe nunca veio, ela olhou de soslaio para os gêmeos, que acenaram em uníssono, com a mesma expressão no rosto, como um desenho animado. Jerry se perguntou se eles também morariam juntos.

Enquanto caminhava com a irmã na direção da porta, Jerry manteve a cabeça levantada, porque já não tinha nada a esconder e não queria dar a impressão de que pudesse ter. Sempre havia olhos à espreita. Lá vem o pai com sua filha para morar no novo apartamento. Nada de estranho nisso. Theres, entretanto, estava representando muito mal seu papel, e os dedos dela espremiam os de Jerry feito uma torquês.

Ela relaxou um pouco assim que entraram no minúsculo elevador, e olhou ao redor, confusa, quando desceram no corredor; não conseguia entender como tinham ido parar ali. Jerry destrancou a porta do apartamento e deixou-a escancarada; depois levou Theres para seu novo quarto.

– É aqui que você vai morar – ele disse. Enquanto a menina esquadrinhava o cômodo completamente vazio, acrescentou: – Com móveis e tudo o mais, é claro. Vamos ter de comprar uma cama...

Theres sentou-se no chão, num canto, encolheu os joelhos junto ao queixo e parecia não estar inteiramente infeliz com a condição momentânea do quarto. Jerry ouviu um estrondo e um palavrão abafado na escadaria e disse:

— Escute, eles estão subindo com os móveis agora, então...

Theres abraçou o próprio corpo e ficou onde estava, irredutível. Um ou dois minutos depois, os gêmeos apareceram pelejando com o sofá, e Jerry pediu que o colocassem no quarto de Theres. Ela teria de dormir nele até que providenciassem uma cama. De olhos arregalados e entrelaçando os dedos, a menina acompanhou cada movimento dos homenzarrões. Os gêmeos pareciam ter aceitado o fato de que não conseguiriam estabelecer o menor contato com Theres, e por isso se limitaram a colocar em silêncio as coisas no quarto dela.

Toda vez que eles entravam, a menina afrouxava um pouco o aperto nos joelhos e, quando trouxeram as duas pequenas caixas contendo sua roupas, ela se pôs em pé.

— Então — disse Mats, ou Martin, olhando ao redor do apartamento onde a parca mobília ecoava no vazio. Ele parecia estar em busca de alguma coisa positiva para dizer, mas não obteve êxito. Em vez disso, arrematou com: — É isso aí, então.

— Pois é — respondeu Jerry. — É isso aí.

4

Alguns dias depois da mudança para o apartamento novo, Theres menstruou pela primeira vez. Jerry estava sentado diante do computador tentando ganhar dinheiro numa partida de pôquer *on-line* quando Theres saiu do quarto e perguntou:

— Como foi que abriu?

Jerry estava tão preocupado com o jogo que não tirou os olhos da tela e respondeu com outra pergunta:

— Como foi que abriu o quê?

Theres parou ao lado dele e disse:

— Está saindo. Quem fez isso?

Jerry teve um sobressalto quando olhou para a menina. Depois entendeu. A calcinha e a camiseta dela estavam borrifadas de vermelho, e um filete de sangue havia escorrido pela perna esquerda até o tornozelo. Theres não estava com medo, apenas intrigada, e ficou lá parada, encarando os dedos viscosos.

Jerry desistiu da partida de pôquer, o que em todo caso ele já estava pretendendo fazer, e fechou o *site Partypoker*. Coçou a cabeça, sem saber por onde começar. Apesar do fato de ter decidido qual seria a versão oficial de seu relacionamento com Theres, era a primeira vez que se *sentia* realmente um pai solteiro.

– Bem... – disse Jerry. – Isso é algo que acontece. Vai acontecer todo mês. Você vai sangrar assim. De agora em diante.

– Por quê?

– Pra ser sincero... Não faço a menor ideia. Mas é porque você tá crescendo. Isso acontece com todas as meninas que vão crescendo. Elas sangram alguns dias todo mês.

Theres continuou fitando os próprios dedos, os olhos deslizando sobre as roupas manchadas e a perna riscada. Depois franziu a testa e disse:

– O que eu sou?

– Como assim? Você é uma menina... É disso que você tá falando?

– Mais.

– Você tem cerca de treze anos, você... Eu não sei o que você é. Vai ter de descobrir por conta própria.

Theres deu um sinal positivo com a cabeça e voltou para o quarto. Jerry ficou algum tempo parado onde estava, julgando-se completamente inútil. Era assim que as coisas funcionavam com Theres. Ela aceitava tudo o que se dissesse para ela, desde que não entrasse em contradição com alguma coisa que já lhe tivesse sido dita no passado. Assim que entrou no quarto, Theres sentou-se no chão, feliz da vida, e ficou olhando para uma pilha de CDs enquanto sangrava no tapete sob si.

– Maninha – disse Jerry. – Tenho de sair pra comprar algumas coisas. Vá tomar um banho e depois... – Jerry encontrou uma folha de papel em branco, escreveu a palavra "menstruação" e entregou-a a Theres.

– Este é o nome da coisa. Quando você sangra desse jeito. Procure na internet enquanto eu estiver fora. Depois de tomar banho.

Jerry vestiu a jaqueta e saiu às pressas. Jamais havia passado por sua cabeça o problema da menstruação de Theres. Ele nunca pensara nela como uma jovem mulher, ou mesmo uma menina, a bem da verdade. Ela era diferente demais para ser outra coisa que não simplesmente ela mesma. Neutra. Mas agora tinha acontecido.

Ele sabia um pouco mais do que dissera a Theres sobre o fenômeno, mas não muito. Durante seus anos desvairados, conseguira transar algumas vezes, mas jamais tinha morado junto com uma namorada. Nunca tinha visto de perto a rotina de uma garota, ou de uma mulher. Exceto Laila, é claro, e ela não se sentia nem um pouco confortável em falar sobre esse tipo de assunto.

Além do mais, era muito difícil explicar as coisas para Theres, porque a visão de mundo dela era muito fodida. Para resumir, ela pensava que as pessoas queriam acabar umas com as outras. Até certo ponto, Jerry concordava com ela – o homem é o lobo do homem, coisa e tal –, mas a versão de Theres era mais violenta e concreta, e, acima de tudo, eram as pessoas grandes que estavam atrás das pessoas pequenas para matá-las e tirar proveito delas.

Era verdade que a simpatia dos gêmeos tinha causado certa confusão na convicção de Theres e, em algumas ocasiões, ela chegou a se aventurar na sacada para olhar as pessoas lá embaixo, mas sua atitude básica era de profunda desconfiança. Na opinião de Jerry, tratava-se de uma postura perfeitamente aceitável, mas ela precisava relaxar um pouco para que pudesse ter condições de viver entre as outras pessoas.

No mercadinho local, Jerry leu cuidadosamente as embalagens de absorventes externos e internos, mas ficou na mesma. Para piorar a situação, as malditas coisas vinham em *tamanhos* diferentes. Ele teve de imaginar como Theres seria lá embaixo. Isso suscitou um pouco de excitação, o que o deixou desconfortável, e ele agarrou dois pacotes e duas caixas de cada, de tamanho médio e pequeno.

Um homem de sua idade estava sentado no caixa, e, quando passou os pacotes pelo leitor de código de barras, Jerry lhe disse:

– Minha filha. Está menstruando pela primeira vez.

O homem concordou com um aceno de cabeça e perguntou se Jerry estava sozinho. Sim, estava. E cadê a mamãe? Bom, ela tinha dado no pé. Escafedeu-se. Para Sundsvall, imagine só... Não quisera nem saber da, filha. Muito triste, esse tipo de coisa. Sim, muito triste mesmo.

224

Jerry saiu do mercadinho bastante satisfeito consigo mesmo. Estava tudo resolvido, então. As pessoas tinham a tendência de ficar fazendo fofoca nas lojas e mercadinhos locais. O homem do caixa parecia feliz de papear, e, se alguém perguntasse alguma coisa, Jerry fizera um relato plausível de sua vida com Theres. Missão cumprida.

Quando chegou de volta ao apartamento, Theres estava sentada diante do computador, com os cabelos molhados.

– Como está indo? – ele perguntou.

– Está em inglês – ela respondeu. – Eu não entendo.

– Oh, mas que merda – disse Jerry. – Mude de lugar.

Theres levantou-se, e é claro que tinha sangrado nas roupas e na cadeira da escrivaninha. Jerry pegou uma das caixas de absorventes internos e um dos pacotes de externos e entregou-os à menina. – Aqui. Estas coisas vão parar o sangramento. Bom, na verdade, não vão fazer você parar de sangrar, mas são tipo um curativo. Entendeu?

Theres virou o pacote de um lado para outro e balançou a cabeça. Jerry abriu a caixa de absorventes internos e encontrou diversos cilindros duros e achatados de algodão e um tubo de plástico. Sentou-se na poltrona e leu as instruções até que descobriu como usar.

Por que diabos as mulheres sangram? Pra que isso serve, afinal? As instruções não continham resposta alguma para essas perguntas, somente questões de ordem prática. Com as maçãs do rosto afogueadas, Jerry explicou a Theres como inserir o tubo e depois empurrar o cilindro com o fio. Quando ela abaixou a calcinha para fazer o que ele acabara de ensinar, Jerry virou o rosto e disse:

– Vá fazer isso no banheiro.

Theres obedeceu, e Jerry desabou na poltrona. Sentia-se sujo. Não era uma experiência nova, mas ele não queria se sentir sujo daquela maneira específica. Os seios de Theres tinham começado a crescer, e ela era uma menina bonitinha – bem bonita, para falar a verdade. Ele tinha poder absoluto sobre ela, e, por alguns segundos, todo um cenário tremeluziu em seu cérebro até que rangeu os dentes e fez força para expulsar as imagens indesejadas.

Ela era irmã dele, e ele não era um pedófilo incestuoso filho da puta, fim de papo! Ela estava com aquele problema que toda menina tinha e que não era nem um pouco mais complicado do que ele ter um sangramento nasal uma vez por mês, por exemplo. Uma bolinha de algodão dentro do nariz, e problema resolvido. O fato de sentir-se tão desconfortável a ponto de ter de olhar para o outro lado não significava que era um psicopata de mente imunda.

Beleza. Minutos depois, quando Theres gritou do banheiro para avisar que não estava dando conta de fazer aquilo sozinha, ele foi até lá e ajudou-a introduzir o absorvente interno, verificou se o fio estava no lugar certo e explicou que ela teria de trocar o cilindro algumas vezes por dia, e que poderia muito bem fazer isso por conta própria. Depois lavou as mãos.

5

Talvez tivesse alguma coisa a ver com a menstruação, talvez não, mas Theres estava mudando. De tempos em tempos ela abria sua pequena concha e espiava o mundo exterior. Tinha começado a se interessar de fato pela internet e, quando Jerry não estava usando o computador, ela invariavelmente demorava-se sentada, clicando e navegando por artigos da Wikipédia, em especial sobre animais diferentes.

Um dia, quando Jerry estava lendo o jornal na sala de estar, Theres perguntou:
— O que é isto?

Jerry olhou para a tela e viu que a menina — provavelmente seguindo uma sucessão de vários *links* — tinha ido parar num *site* chamado *poetry.now*. Havia um poema sobre gatos na tela.

— É poesia — respondeu Jerry. — Poemas. Você escreve assim quando é um poema, creio eu. Você achou bom?

— Eu não sei. O que é bom?

— Mas como é que eu vou saber, porra? Hoje em dia nem precisa mais rimar. Escreva algo você mesma, daí pode ver se alguém comenta.

— Como devo escrever?

Jerry apontou para a tela.

— Escreva algo parecido com isto aqui, mais ou menos. Algumas frases aqui e ali. Peraí, vamos criar uma conta pra você. — Ele digitou um nome falso e criou o *link* para a conta de *e-mail* da menina. Por que diabos teria criado um endereço de *e-mail* para Theres? Afinal, quem escreveria para ela? Bom, tudo bem, pelo menos seria útil agora. – Tudo o que tem a fazer é escolher um nome de usuário e apertar o *enter*, aí pode escrever o que quiser.

Jerry voltou para a poltrona e o jornal, enquanto Theres acomodou-se com os dedos pousados sobre o teclado. Minutos depois, ela perguntou:

– Qual é o meu nome?

– Theres. Você sabe disso.

– Quando foi que virei Theres?

– Tá falando do nome? – Jerry pensou no assunto e se deu conta de que ele mesmo tinha sugerido "Theres" anos atrás, mas usara o nome tantas vezes que ele se tornara completamente natural. Jerry não via mal nenhum em contar a verdade. – Fui eu quem colocou esse nome em você.

– Quem é Theres?

– É você, ué.

– Antes.

Jerry sentiu que estavam se aproximando do matagal emaranhado que era a visão que Theres tinha da humanidade, e naquele momento ele não tinha forças para desbastar e abrir caminho. Por isso, disse apenas:

– Você precisa utilizar um nome de usuário, um apelido, não o seu próprio nome. Escreva como Bim ou Bum, sei lá... – Então voltou a ler seu jornal.

Ele ouviu as batidas das teclas e, cinco minutos depois, Theres perguntou:

– O que eu faço?

Jerry se levantou e olhou para a tela. Usando o nome Bim, Theres tinha de fato escrito um poema:

"onde estou ninguém pode estar

dentro do cérebro jaz o pensamento

mingau não é nada bom

a conversa é enganosa

o nome não sou eu

a lua é meu pai."

– "A lua é meu pai" – disse Jerry. – O que você quer dizer com isso?

– Ele cuida de mim quando estou dormindo – disse Theres. – Meu pai.

Muitas vezes, o luar brilhava pela janela do quarto de Theres quando ela ia para a cama. A referência à maneira como os pais se comportam ela devia ter lido em algum lugar.

— É claro — disse Jerry. — É um bom poema. Mande pro *site*.

Mostrou-lhe como enviar o poema. Depois Theres ficou sentada com as mãos no colo, encarando a tela, até que por fim Jerry perguntou o que ela estava esperando.

— Alguém dizer alguma coisa.

— Pode ser que demore. Amanhã você checa de novo.

Theres se levantou e saiu na sacada. Sob o olhar atento de Jerry, ela ficou lá passeando os dedos pelo próprio rosto enquanto contemplava a rua.

No dia seguinte, alguém chamado Josefin havia postado um comentário positivo sobre o poema. Jerry ensinou Theres a responder aos comentários e mostrou como fazer os seus próprios. Depois de passar um bom tempo teclando e escrevendo, Theres perguntou:

— Eles são pessoas?

— Quem?

— Os que estão escrevendo.

— O que mais eles seriam?

— Eu não sei. São pessoas pequenas?

— A maioria é, eu acho. São jovens, pelo menos.

Quando estava mostrando a Theres como navegar pelo *site* de poesia, Jerry percebeu que a maioria dos usuários era composta por meninas entre catorze e vinte anos, que havia poucos meninos e que pessoas mais velhas eram uma raridade. Sem ter planejado, parecia-lhe ter dado a Theres uma oportunidade de se aproximar um pouco mais do mundo e de gente de sua idade.

Ela passava horas a fio sentada diante do computador, tão quieta e numa concentração tão intensa que Jerry não queria interrompê-la para dizer que precisava trabalhar. Depois de ler todos os poemas do *website*, Theres disse:

— Elas são tristes.

— Quem? As pessoas que escrevem os poemas?

— Sim. Elas são tristes. Não sabem o que fazer. Elas choram. Uma pena...

– É, acho que é.

Theres franziu a testa, compenetrada. Olhou para o computador, fitou as mãos. Em seguida, levantou-se e saiu para a sacada. Quando tornou a entrar, perguntou:

– Onde elas estão?

– As meninas? Por toda parte. Uma pode estar no prédio ali do lado de lá da rua, outra pode estar em Gotemburgo, muito, muito longe daqui.

Jerry passara o dia inteiro sentado dentro do apartamento, e lá fora caía o crepúsculo. Ele teve uma súbita inspiração.

– Vamos sair e dar uma olhada? – propôs. – Ver se a gente consegue encontrar alguma delas?

Theres retesou o corpo. Depois fez que sim com a cabeça.

Durante os dias e semanas que se seguiram, Theres foi se arriscando a ir cada vez mais longe do apartamento. No começo, assim que avistava um adulto, ela queria se esconder, mas, gradualmente, aceitou que a fome das pessoas grandes entrava em repouso nos dias da semana e que os adultos não saltariam feito abutres sobre ela.

Crianças pequenas não lhe interessavam nem um pouco, porque ela parecia julgar que pertenciam a uma espécie diferente, não ameaçadora. Não, ela estava à procura, sobretudo, de pessoas de sua idade. Queria ver o que estavam fazendo, qual era sua aparência, o que diziam. Em mais de uma ocasião, Jerry teve de livrá-la de situações constrangedoras em que simplesmente sentava-se e ficava encarando alguém, ou bisbilhotava conversas alheias.

Theres começou a falar de maneira semelhante à de uma adolescente normal, e Jerry comprou para ela roupas mais próximas das usadas por seus contemporâneos. A única coisa em que ele não conseguia dar um jeito eram os cabelos de Theres. Tentou levá-la a uma cabeleireira, mas, assim que a mulher empunhou as tesouras, a menina começou a berrar e se recusou a permanecer sentada na cadeira. Nada foi capaz de convencê-la de que ali não corria perigo.

À exceção dos cabelos, que Jerry aparava com a tesoura da cozinha, Theres poderia passar por uma adolescente como qualquer outra, não fosse pelo olhar constantemente distante e evasivo. Por isso, Jerry não se deixava enganar. Ele sabia que, na verdade, não tinha a menor ideia do que se passava dentro da cabeça dela. A menor ideia.

Uma pessoa mais ambiciosa ou mais inquieta que ele, provavelmente, ficaria de saco cheio de viver do jeito que eles viviam. Mas, à medida que os dias deslizavam e se empilhavam uns sobre os outros, e que o sol nascia e morria de um lado e do outro do quarteirão de Svedmyra, Jerry descobriu que estava bastante contente com sua existência. Voltou à casa de sua infância para pegar algumas coisas com as quais queria ficar, depois contratou uma firma para esvaziá-la e vendê-la. Deixou tudo nas mãos de um corretor imobiliário; por conta do histórico da casa, tiveram de baixar o preço pedido, que já era baixo, mas, depois que todas as contas e impostos foram pagos e após descontar a comissão, ainda sobraram para Jerry algumas centenas de milhares de coroas, o suficiente para pelo menos um ou dois anos sem preocupações financeiras.

Ele jogava Civilization e Senhor dos Anéis *on-line*, papeava com outros jogadores nos *chats*, assistia a filmes com ou sem Theres, e saía para caminhar. Passou algumas noites sentado no sofá com a menina, vendo vídeos de diferentes artistas de sua coleção de fitas VHS: Bowie, U2, Sinéad O'Connor.

Theres era particularmente fascinada por Sinéad O'Connor: vivia implorando a Jerry que rebobinasse sem parar a fita, para que pudesse cantar junto com a artista "Nothing Compares 2 U". Depois dessas noites, Jerry fuçou em algumas das caixas que não tinham sido abertas e encontrou seus velhos pedaços de papel com sequências de acordes rabiscadas, canções que ele costumava cantar com Theres quando ela era pequena.

O inverno deu lugar à primavera, e Jerry começou a tocar violão novamente; ambos trabalhavam com afinco em algumas canções, acrescentando versos que Theres sugeria aqui e ali, escrevendo novas letras. Por diversão, Jerry comprou um microfone para que pudessem gravar os ensaios com o programa Garageband, e brincar com as canções depois.

Jerry não tinha ambições musicais, mas era um pecado e uma vergonha que uma voz como a de Theres jamais chegasse aos ouvidos de uma plateia maior. Apesar de quase não terem letra, as canções que Theres gravava no Garageband eram melhores do que a maioria das coisas que Jerry ouvia no rádio.

Ele não conseguia se desvencilhar da seguinte sensação: tudo era uma merda de um... desperdício.

6

Você pode planejar as coisas, trabalhar durante anos para que elas deem certo, e ainda assim elas nunca se materializam. Ou pode ser que você por acaso esteja no lugar certo no momento certo, e tudo se encaixa. Se quiser acreditar em algo como o Destino, saiba que ele é um personagem caprichoso. Que às vezes fica lá parado, atravancando o caminho e bloqueando a porta pela qual você nasceu para entrar, e que às vezes te segura pela mão e te leva porta adentro no mesmo minuto em que você põe o nariz pra fora. E as estrelas olham para baixo e ficam em silêncio, sem dizer o que pensam.

Certo dia no começo de maio, Jerry saiu do mercadinho e viu uma carteira caída na mureta baixa junto ao bicicletário. Ele se sentou ao lado da carteira e olhou de relance ao redor, fingindo estar fazendo uma pausa para recobrar o fôlego. Nenhuma das pessoas que curtiam o sol primaveril estava olhando na direção dele. Enfiou-a furtivamente no bolso.

Quando chegou em casa, investigou o achado e ficou desapontado. Esperava encontrar algumas centenas de coroas, talvez cartões interessantes e um dono furioso que seria obrigado a passar a tarde inteira dando telefonemas para cancelá-los.

Mas a carteira pertencia a uma menina, de dezesseis anos de acordo com a identidade, e continha apenas pedaços de papel com números de telefone anotados, duas cédulas de vinte coroas e um cartão do banco Nordea. Talvez a história terminasse aí – Jerry poderia até ter voltado lá para recolocar a carteira no mesmo lugar – se ele não tivesse encontrado num dos compartimentos laterais um pedaço de papel.

"Ídolo 2006", estava escrito em letras brancas sobre um fundo azul. Era um folheto com a data, o horário e o local das audições para a edição do programa daquele ano. Grand Hotel, 14 de maio.

Jerry examinou a identidade. Supostamente, a menina – Angelika Tora Larsson – tinha sonhos de estrelato.

Jerry ainda estava inclinado a dar à carteira uma chance de se reencontrar com sua dona. E foi então que leu as letras miúdas na parte de baixo do folheto: "Idade mínima: 16 anos. Trazer cédula de identidade e formulário preenchido".

E o Destino se pôs de lado e escancarou a porta.

– Maninha? Você gostaria de participar daquele programa que a gente viu? Lembra, aquele em que as pessoas vão cantar?

Theres estava sentada no computador lendo um texto sobre tigres. Fez um gesto afirmativo com a cabeça sem tirar os olhos da tela.

– Não, sério. Você gostaria de fazer isso? Provavelmente vai ter uma porção de gente lá.

– Você vai também.

– Sim, claro. Claro que eu vou. Mas seria legal cantar num lugar onde as pessoas pudessem ouvir como você é boa, não seria? O que quero dizer é que é meio que um desperdício ficar cantando só pra mim, não acha?

Theres não respondeu, e Jerry percebeu que estava falando sozinho. Ela já tinha dado sua resposta. Jerry mostrou-lhe a identidade de Angelika.

– O que você acha? Esta menina é parecida com você?

– Eu não sei.

Jerry examinou a fotografia. Provavelmente, fora tirada havia alguns anos, porque não dava impressão de se tratar de uma adolescente. Ela não era exatamente parecida com Theres, com exceção dos cabelos longos e loiros, mas ele não achava que fossem verificar isso com toda a atenção do mundo. Afinal de contas, ela não estava tentando entrar num encontro de cúpula da ONU.

Jerry prosseguiu nessa linha de raciocínio. Número de identidade, nome. Checagem, televisão. Pensando bem, talvez não fosse uma boa ideia. Ele se empolgara, deixando-se levar pela possibilidade, mas era perigoso demais, tudo podia acontecer. Ah, tudo bem. Ele ficaria com a identidade; nunca se sabe quando ela poderia ser útil.

Theres se levantou da frente do computador e disse:

– Então vamos.

– Vamos aonde?

– A gente vai agora. Pro programa.

Jerry sorriu:

– É daqui a dez dias, maninha, e acho que... A gente precisa pensar um pouco.

Ele pensou. E pensou. Só por brincadeira, baixou o formulário da internet e preencheu; descobriu onde ficava o Grand Hotel, apenas para se divertir. Somente para ver se era possível, sentou-se com um alfinete e uma caneta de nanquim e alterou um algarismo na identidade de Angelika: o 1 virou 4. E, apenas para terminar o que tinha começado, por alguns segundos esfregou o documento no cascalho, para dar uma aparência surrada, de modo que a mudança ficasse menos perceptível.

Já que não tinham mais nada a fazer, ele e Theres ensaiaram algumas canções que ficavam muito boas quando ela as cantava a capela. Theres queria cantar "A Thousand and One Nights", o que Jerry não achava uma boa escolha. Mas na verdade isso pouco importava, porque ela não iria às audições de forma nenhuma.

É claro que seria bom se Theres pudesse sair e conhecer gente da idade dela, e, obviamente, era quase um crime que mais pessoas não tivessem a chance de se comover com sua voz, e, sem dúvida, no íntimo de Jerry havia uma espécie de vingança, *ouçam isso, seus desgraçados*; mas, independentemente de quem quer que fossem os desgraçados, no longo prazo talvez pudessem ser perigosos.

Ele continuou pensando assim e ainda pensava assim às oito em ponto da manhã de 14 de maio, quando entrou com Theres no metrô rumo a Kungsträdgården, apenas para dar uma passada a pé na frente do Grand Hotel e ver de perto as coisas. Caminharam de mãos dadas ao longo de Nybrokajen. Theres fazia perguntas sobre tudo o que via, e à maioria delas Jerry não sabia responder. Sentia-se perdido no meio de Estocolmo.

Até aquele momento, somente os pensamentos de Jerry se opunham à coisa toda, ao passo que seus impulsos e sentimentos insistiam em impulsioná-la para a frente. Agora finalmente seus sentimentos começavam a andar no mesmo ritmo e a chegar mais perto. Ele estava longe de ter o controle da situação. Quando passaram pelo parque Berzelii e entraram na Stallgatan, Jerry estacou, soltou a mão de Theres e disse: – Não. Não. Acho melhor a gente não fazer isso, maninha. Estamos bem do jeito que estamos, não é verdade? Isso só vai criar problemas pra gente.

Theres olhou ao redor. Meninos e meninas da idade dela, sozinhos ou em grupos, com ou sem pais e mães, estavam passando por eles. Sem olhar na direção de Jerry, ela simplesmente os seguiu.

Jerry estava a ponto de berrar "Maninha!", mas, no último momento, conteve-se, saiu correndo atrás dela e disse: – Tora. Vamos pra casa agora.

Theres balançou a cabeça e continuou andando. Sem que Jerry percebesse exatamente o que tinha acontecido, os diferentes grupos tornaram-se uma pequena multidão, aglomerada no final de uma fila de mais de cem metros. Jerry puxou de leve a mão de Theres, mas ela ficou lá parada, boquiaberta, olhando fixamente para todas as meninas, que eram um pouco mais velhas que ela, e se recusou a se mexer.

Jerry se deu conta de que não conseguiria tirar Theres da fila sem armar um escândalo, e era impossível saber o que ela faria se ele começasse a agir de maneira inesperada. Dissera-lhe que iriam à audição. E foram. Agora estavam lá. Theres estava se comportando de acordo com o que ele tinha dito; então, com suor escorrendo pelas costas, Jerry entrou na fila e sussurrou:

– Lembre-se de que o seu nome é Tora. Se alguém perguntar. Tora Larsson. Seu nome é Tora Larsson. Tudo bem?

Theres meneou a cabeça.

– Esse não é o meu nome.

Jerry percebeu seu erro e reformulou a frase:

– Não, tá certo. Mas, se alguém quiser saber o seu nome, você tem de responder Tora Larsson.

– Sim.

– E se alguém perguntar quantos anos você tem, o que você diz?

– Dezesseis.

– Tudo bem. Tudo bem.

Nada estava absolutamente bem. Longe disso. Jerry tinha a sensação de que todos olhavam para ele; sentia-se um anormal, sentia-se ameaçado ali, parado em meio a um bando de meninas. Talvez a maioria tivesse entre dezesseis e vinte anos. Um pouco mais afastados, havia grupos de meninos e de meninas mais velhos, mas que na maior parte eram apenas alguns anos mais velhos que Theres, e poucos deles estavam acompanhados de adultos.

Com Theres acontecia o contrário. Ele jamais a tinha visto tão calma no meio de outras pessoas, e provavelmente estava tranquila pela mesma razão que fazia com que Jerry fosse assolado por uma ligeira sensação de pânico ao ver-se cercado pelo aroma de *spray* de cabelo, *gloss* e goma de mascar. Ela estava em meio ao próprio grupo, com gente de sua espécie; Jerry, não.

Depois de uma hora, a fila começou a se mover a passos lentos, e, após mais duas horas, eles chegaram à mesa de inscrição. Jerry cerrou os punhos dentro dos bolsos das calças e Theres entregou o formulário e a cédula de identidade. Seu coração quase parou de bater quando a mulher que cuidava das inscrições olhou do formulário para a identidade, e de novo para o formulário.

– Você usa seu nome do meio? – ela perguntou. – Theres não respondeu. – Oi. Estou falando com você – insistiu a mulher. Jerry percebeu que Theres tinha começado a contrair e recuar os lábios e ouviu um leve rosnado. Rapidamente, resolveu intervir.

– Sim. Ela usa o nome do meio. Era o nome da avó dela.

A mulher ignorou-o e olhou fixamente para Theres.

– Escute aqui. Qual é o seu nome?

– Tora. Meu nome é Tora Larsson.

– Agora, sim – disse a mulher, anotando o nome ao lado de um número. – Não foi tão difícil, foi? Não queremos anotar seu nome errado. E se você vencer, não é mesmo? – O tom de voz dela sugeria que a chance de Theres vencer era a mesma de Bruce Springsteen lançar um álbum estilo discoteca, mas, em todo caso, Theres recebeu um número para colar no suéter.

Depois disso, tomaram um chá de cadeira. Dispersos ou amontoados, os aspirantes à fama esperavam sentados num vasto salão abaixo do nível da rua. De tempos em tempos, grupos de quatro eram chamados para uma das quatro salas no andar de cima, onde se realizava uma audição inicial, e alguns deles eram selecionados para conhecer os verdadeiros jurados dias depois.

Jerry ficou sentado com Theres num canto, atrás de uma gigantesca iúca de plástico. Enquanto a menina olhava atentamente ao redor, ele enterrou a cabeça entre os joelhos, rangendo os dentes diante da própria estupidez. Quando por fim levantou os olhos, viu que Theres zanzava a passos lentos pelo salão, passando em meio aos grupos de jovens e estudando-os como se fossem quadros em uma exposição. Isso era relativamente normal. Estava tudo bem. Afinal, era uma das razões pelas quais ele e ela estavam ali, não era?

Acalme-se, Jerry. Está tudo bem. Está tudo bem.

Depois de um quarto de hora, Theres voltou e sentou-se ao lado dele.

– Estão com medo – ela disse.

– Quem? Os que vão pra audição? – Jerry quis saber.

– Todas as meninas pequenas e todos os meninos pequenos. Estão com medo das pessoas grandes – ela explicou.

– Acho que estão nervosos, isso sim.

– Estão nervosos porque estão com medo. Não entendo.

Jerry sorriu, apesar de tudo. As novas expressões que Theres tinha aprendido ainda soavam estranhas quando saíam de sua boca.

– O que você não entende? – ele perguntou.

– Por que estão com medo. Há muitos de nós. Não há tantas pessoas grandes aqui.

– Não – concordou Jerry. – É um jeito de ver a coisa, acho.

Não muito longe deles, havia uma menina sentada, que verdade parecia até mais nova que Theres, e Jerry se perguntou se algum outro candidato estava ali com identidade falsa. A menina esfregava compulsivamente o couro cabeludo e, de repente, começou a balançar a cabeça e chorar aos soluços. Theres se levantou, caminhou na direção dela e agachou-se a seus pés.

Jerry não ouviu o que disseram, mas, depois de alguns minutos, a menina parou de chorar e assentiu num gesto de cabeça, cheia de coragem. Ela segurou a mão de Theres e a afagou com uma leve batidinha. Theres deixou que isso acontecesse. Em seguida, voltou para sentar-se ao lado de Jerry.

– O que foi aquilo? – ele perguntou.

– Não posso te contar – Theres respondeu, olhando fixamente para a frente. Ele nunca a vira daquele jeito. Emanava uma calma pesada e solene, tão forte que Jerry, de maneira inconsciente, chegou um pouco mais perto, de modo que a menina aliviasse sua ansiedade. Theres estava sentada com as costas eretas, absolutamente imóvel e com uma expressão impassível no rosto, sugerindo que ela tinha enxergado a natureza da coisa toda, que o fantasma não passava de fumaça e espelhos.

Pouco depois, quem surtou foi uma menina mais velha, de cabelos pretos eriçados, que arrastou consigo uma amiga até que as duas caíram num choro convulsivo, com o rosto todo manchado de rímel. Theres foi até lá e sentou-se com elas.

Desta vez o resultado não foi tão imediato, mas Jerry percebeu a rapidez com que ambas aceitaram Theres e deram ouvidos ao que ela dizia. Uma das meninas gargalhou e meneou a cabeça, como se Theres tivesse dito algo absurdo, mas edificante. Quando percebeu que Theres não estava sorrindo, ela parou de gargalhar e se inclinou para ouvi-la com atenção.

E assim foi. Não houve mais crises de choro entre os que estavam esperando a vez, mas, de tempos em tempos, um menino ou uma menina voltava de uma das salas do andar de cima e ficava evidente que não havia conseguido a recepção desejada. Geralmente, os meninos saíam furiosos da audição, e Theres não lhes dava a mínima, mas, quando aparecia uma menina com lágrimas escorrendo pelo rosto, ela punha-se ao lado para consolá-la. Ou para fazer o que estava fazendo, fosse lá o que fosse.

Algumas meninas a ignoravam; outras ficavam ligeiramente agressivas quando aquela estranha tentava estabelecer contato em seu momento mais tenebroso, mas várias delas se aproximavam de Theres e se sentavam pertinho dela para conversar. Às vezes, o papo terminava com um abraço que Theres aceitava sem retribuir; às vezes ela recebia um pedaço de papel, ou um cartão. Um nome ou número de telefone, provavelmente.

Perto das três da tarde, uma mulher com fones de ouvido e uma prancheta nas mãos apareceu e chamou o número de Theres, seguido de três outros.

Entretida na conversa com uma menina ruiva que, ao sair da sala de audição, tivera praticamente de ser carregada escada abaixo, Theres não reagiu. Jerry correu e disse que era a vez dela agora. Theres se pôs em pé e se despediu da menina ruiva, que suspirou "boa sorte" numa voz espessa de lágrimas.

— Você quer que eu vá com você? — Jerry perguntou.

— Não precisa — respondeu Theres, e se dirigiu para a escada.

Jerry viu quando ela entrou numa das salas do andar de cima, acompanhada da mulher com a prancheta, e sentiu um aperto no coração. Naquele dia, alguma coisa mudara de maneira irreversível. Ele não sabia se era uma coisa boa ou ruim. Como sempre.

Três minutos depois, Theres voltou. Algumas das meninas com quem ela conversara tinham esperado, provavelmente para ver como ela tinha se saído, e no mesmo instante ela se viu cercada por sete rostos ávidos e curiosos.

A expressão de Theres era ilegível. Parecia ser exatamente a mesma de quando tinha entrado para a audição. A única coisa que permitiu a Jerry entender como ela se saíra foi um breve aceno de cabeça e, em seguida, sete vozes frenéticas.

A OUTRA MENINA

1

A experiência com a canção de Tora Larsson tinha abalado Teresa. Ela estava fervendo por dentro e precisava desabafar. Naquela noite, assim que entrou no quarto, ela acessou o *Tempestade Lunar* para ver em que pé estava a discussão. O programa *Ídolo* era um dos tópicos mais quentes.

Teresa achou que tinha sido acometida de dislexia espontânea. Demorou algum tempo para perceber que o que estava sendo dito era de fato o que ela achava que estava sendo dito. Tora Larsson era a mais comentada das candidatas da noite, e a maioria das pessoas achava que ela era horrível, ou coisa pior. Diziam que não tinha presença e não possuía a qualidade de uma verdadeira estrela. Diziam que suas roupas eram feias e seu estilo de cabelo, mais feio ainda. Diziam que a canção que ela cantou era uma porcaria. A única coisa de que ninguém reclamou era da voz, mas, de resto, sua aparência foi analisada com minúcia e tida como medonha, inexpressiva e entediante.

Teresa sempre se portava com sensatez em salas de *chat* e fóruns de discussão. Com exceção do fórum sobre lobos, ela era um *troll* perspicaz, que lançava e arrastava seus anzóis nos lugares onde o efeito seria mais devastador, somente para observar, com sorriso irônico, os peixinhos fazerem suas patéticas tentativas de morder. Estava tão agitada que seus dedos mal davam conta de obedecer-lhe quando logou com o *alter ego* Josefin e começou a escrever sua resposta.

Apesar de tudo, ela tentou manter a calma. Escreveu que Tora Larsson tinha a voz mais fantástica que ela já tinha ouvido no *Ídolo* e que aquilo que os outros chamavam de falta de brilho era Tora sendo ela mesma. Que era legal ver alguém que não tentava ser como Britney ou Christina. Disse que estava convencida de que Tora Larsson seria capaz de cantar qualquer ciosa, porque cantava como ela mesma e não como alguém que fingia ser.

A bem da verdade, o comentário não expressava tudo o que Teresa sentia, mas era impossível colocar em palavras as coisas mais importantes, então aquele texto curto teria de servir. Ela clicou em "Enviar". As respostas vieram bem rápido. Uma ou duas pessoas que concordavam com ela criaram coragem para expressar abertamente seu apoio, mas a maioria se limitou a ridicularizar Teresa. Você tem de ser uma completa fracassada para gostar de um refugo desses. Tora estava totalmente deslocada; não receberia um único voto, e assim por diante.

Para Teresa, foi um alívio desabafar com franqueza. Ela não se sentia à vontade escrevendo calmamente sobre o que sentia de verdade. Agora, havia libertado tudo que fervia e fermentava em seu íntimo.

Sua alegria em encontrar a frase perfeita e exata era visível enquanto escrevia sobre a cabeça vazia dos detratores, como eles tinham aceitado goela abaixo tanta música *pop* de plástico que seus cérebros entravam em curto-circuito quando viam uma pessoa de verdade; sugeriu que saíssem da frente do computador e fossem se ajoelhar diante do altar para Elin Lanto que, sem dúvida, tinham no próprio quarto, ao lado de um pôster autografado de Kaj Kindvall, jurado do *Ídolo*.

Em contrapartida, Teresa foi alvo de farpas menos inspiradas, e estava à vontade. Às vezes, recebia algum apoio hesitante de gente que ficava na torcida assistindo a tudo de camarote, alguém que deixava escapar um "Oi, Josefin. Você está certa", atiçando as chamas. Alguns difamadores saíram do *site*, mas outros entraram e deram continuidade à campanha de ofensas. Porém, os que apoiavam Teresa continuaram *on-line*.

À uma da madrugada, Teresa escreveu "Boa noite" e saiu do fórum. Sua cabeça estava zunindo, mas a pressão que sentira havia sumido. Quando foi para a cama, a imagem de Tora Larsson ainda persistiu por um bom tempo em sua mente antes que, por fim, conseguisse pegar no sono.

* * *

No dia seguinte, Theres era a bola da vez, o assunto da escola, mas Teresa não tomou parte das discussões. Em algum lugar dentro dela, sabia que é impossível convencer as pessoas de que alguma coisa é fantástica a menos que elas já achem que é. O comportamento dela na internet era apenas uma maneira de extravasar, não uma tentativa séria de angariar apoio.

Além do mais, na escola, havia uma diferença fundamental. A opinião geral era a mesma que circulava pela internet: Tora Larsson era inútil e não tinha a menor chance. Essa visão foi apresentada e corroborada pelas meninas populares e espalhafatosas, cujas opiniões sempre repercutiam, além do pequeno número de meninos que não davam a mínima. De um ponto de vista puramente estatístico, deveria haver pessoas que pensavam de modo diferente, mas, no mundo real, elas não tinham sequer a coragem de grunhir a própria opinião. Essas pessoas ou concordavam ou ficavam fora da discussão.

Uma menina chamada Célia, do nono ano A, ficou em pé no refeitório e fez uma péssima imitação de Tora. Com expressão vazia e a boca entreaberta, ela balbuciou a paródia: "A thousand and one nights,/ does anyone know where I left my tights?", para gargalhada geral. Teresa enrubesceu de ódio, mas permaneceu em silêncio. Ela não sabia definir de que maneira, ou por que motivo, Tora havia tocado seu coração, mas havia alguma coisa, e ela tomou uma atitude. Sentiu-se como uma guerreira fiel quando despejou supercola no buraco da fechadura do armário de Célia durante o intervalo do almoço.

À medida que a competição avançava e as diferentes etapas de audições se sucediam, Teresa foi roendo as unhas até a carne. Os jurados não se impressionavam com a presença de palco de Tora Larsson, e a sensação era de que estavam sempre a ponto de mandá-la embora para casa. Mas no final a voz dela triunfava. Talvez os jurados estivessem apenas "jogando para a galera", mas pareciam quase relutantes em dar-lhe um lugar entre os vinte finalistas, cujo destino seria decidido pelo voto dos telespectadores. Era como se desejassem poder ignorar a voz de Tora. Mas a voz era mais que perfeita, era mágica, e não poderia ser descartada.

Teresa podia relaxar, pelos menos temporariamente. Agora, dependia dela e de todos os outros que *entendiam* garantir que Tora Larsson continuasse na competição, para que pudessem ver mais dela.

A semana seguinte foi a "semana da agonia" no *Ídolo*. Vinte competidores seriam reduzidos a onze. A palavra-chave era "agonia". Tora Larsson cantaria na primeira semifinal, e, à medida que a noite se aproximava, Teresa ficava tão ansiosa que não cabia em si.

Ela sabia que era ridículo investir tanta energia numa merda de concurso como o programa *Ídolo*, mas não era capaz de evitar. Já tinha assistido vezes sem conta à apresentação de Tora na internet, e o mesmo efeito da primeira vez ainda estava lá.

Quando sua família se reuniu ruidosamente na frente da televisão, como sempre, Teresa estava sentada dentro de uma bolha. Ela não queria ouvir a conversa fiada dos outros e, acima de tudo, não queria ouvir as opiniões alheias. Se alguém dissesse alguma coisa negativa, ela talvez explodisse. Quando Tora entrou no palco, Teresa cravou as unhas na palma das mãos e ficou tesa como uma corda de piano.

Alguns meses tinham se passado desde o início da filmagem das audições, mas Tora não mudara muito. Provavelmente algum estilista do programa tinha mexido nos cabelos e nas roupas dela, mas de resto permanecia intacta a impressão geral de que era uma pessoa de um outro mundo, menos despedaçado.

De maneira bastante apropriada, ela cantou "Life on Mars?", e talvez Teresa não tenha sequer piscado durante a apresentação. A bem da verdade, uma coisa tinha mudado. Tora ignorava completamente a plateia do estúdio, mas olhava para a câmera de tempos em tempos. Toda vez que Teresa encontrava aquele olhar fixo, sentia por dentro um choque.

Um "small affair", "uma coisinha de nada", dizia a letra; mas para Teresa aquilo não era uma coisinha de nada. Achou que se tratava da melhor *performance* de todos os tempos que ela já tinha visto no *Ídolo*. Quando Tora acabou de cantar, Teresa alegou que não estava se sentindo muito bem e deixou a família na sala de estar. Sentia-se absolutamente fantástica, mas, para começo de conversa, não queria ouvir o que os outros tinham a dizer e, por outro lado, era óbvio que precisava de um telefone.

Já que não queria ficar sem créditos no celular, correu ao quarto dos pais e teclou o número de Tora inúmeras e inúmeras vezes, sem parar, tanto que o dedo indicador e o médio ficaram doloridos. Depois, voltou para a sala a tempo do anúncio dos resultados. Tora continuaria no programa. É claro.

Teresa passou a noite defendendo Tora em vários fóruns de discussão na internet. Havia mais alguns apoiadores, mas o gigantesco predomínio ainda era de gente que achava que Tora era quase imprestável. Talvez aqueles que gostavam dela gostassem tanto que tinham ajudado a mantê-la no programa, ligando repetidas vezes.

2

Agora, Teresa via as coisas de maneira diferente. Desde que começara a ler sobre lobos, ela tinha fantasias sobre si mesma na forma de uma loba. Os dentes, a agilidade, o perigo. Uma loba solitária. Ela era a loba solitária, zanzando furtivamente pelas áreas residenciais e aterrorizando as pessoinhas aflitas que imediatamente telefonavam para o jornal local.

Mas, na escola, começara a observar e reconhecer o outro aspecto do homem como lobo: a mentalidade de alcateia, o jogo social, a ordem hierárquica. Estava arrebatada e consumida por Tora, de um modo tão intenso que a opinião dela adquirira um papel decisivo que revelava a composição e o conteúdo de todas as pessoas ao redor.

Ela viu. Viu como se permitia que um macho alfa como Célia definisse o que o grupo deveria pensar. Quando ela uivava, ninguém tinha outra escolha a não ser abaixar as orelhas e rir, choramingar, agir de maneira submissa. Caso contrário, Célia mostrava os dentes. Um comentário depreciativo dela sobre suas calças novas e imediatamente todo mundo percebia que eram as calças mais feias do mundo.

Os meninos ficavam em volta se provocando, trocando farpas físicas e verbais. Quem dava as cartas, quem decidia quem lançaria os insultos, e contra quem; e qual era a pessoa com quem se permitia fazer piadas antes que a alcateia mostrasse seu desagrado e lhe desse as costas?

Entre os lobos, a ordem hierárquica era mais ou menos estabelecida no estágio de filhotes, mas, desde que na escola as salas iam sendo rearranjadas ao longo dos anos, esta era mais ou menos a segunda etapa da vida do lobo, quando as hierarquias se definiam: o início da maturidade sexual.

Pela primeira vez, Teresa viu claramente como esse conflito se desenrolava nos corredores, no pátio, no refeitório. Dia após dia. E isso a apavorava. A loba solitária até podia ser uma ideia romântica, mas, na prática, trata-se de um animal destinado a morrer.

Os grupinhos na hora do intervalo, os códigos de vestuário, as predileções musicais e as piadas internas que mantêm as alcateias unidas. Teresa ficaria feliz em ser deixada de fora das listas de mensagens, em não ser incluída nas fofocas, em não ser convidada para as festas, se pelo menos a deixassem em paz.

Mas já não era esse o caso. Sim, é verdade que ela jamais tinha se mostrado submissa, por isso nunca sofria *bullying* propriamente dito, mas era provocada e ouvia desaforos. Um comentário nos vestiários sobre suas coxas gordas, algum menino que fazia uma careta quando ela passava. Um texto anônimo: "Raspe suas axilas antes que alguém vomite".

Nada além disso, mas era o bastante.

Ela estava competindo numa infinita série do programa *Ídolo* na qual jamais teria como vencer. O melhor que podia fazer era perder com dignidade.

Chegara o momento da primeira final semanal na competição. Onze concorrentes seriam reduzidos a dez, e o tema da semana era a década de 1980. Teresa não tinha lido o caderno sobre TV no jornal e não fazia ideia do que iria acontecer. Quando o programa começou, descobriu que Tora apareceria no quinto bloco.

Considerou que os quatro primeiros candidatos não passavam de encheção de linguiça. Arvid e Olof permaneciam sentados, chacoalhando ironicamente a cabeça, quando um dos meninos concorrentes cantou "Poison", encarnando um sujeito durão e malvado. Uma menina gordinha cantou "Greatest Love of All" com tanto entusiasmo e potência que quase estourou uma veia. Maria achou "lindo".

E então chegou a vez de Tora. Teresa rastejou para dentro de um túnel, no qual uma das extremidades permitia-lhe ver somente a televisão. Tudo o mais se extinguiu – literalmente também. Um único refletor iluminou o ponto do palco onde Tora Larsson se posicionou, usando um vestido preto que se fundia ao cenário de tal maneira que, praticamente, a única coisa visível era o rosto dela. Tora olhou diretamente para a câmera e cantou.

Teresa parou de respirar.

"Nothing Compares 2 u". A letra contava uma história conhecida e infeliz. O ângulo de câmera mudou, mas Tora continuou encarando-a em *close*, e logo depois o ângulo voltou à posição original. O rosto de Tora encheu a tela. Ela estava olhando diretamente para Teresa, que só se lembrou de respirar quando o peito começou a doer.

A canção continuou, e não era uma questão de gostar ou não gostar. Teresa estava fascinada; transportada. Já não estava na sala de casa, cercada pela família. Estava com Tora, dentro dos olhos dela, dentro de sua cabeça. Ambas entreolharam-se e se dissolveram, amalgamadas uma na outra.

Perto do fim da canção, algumas lágrimas escorreram dos olhos de Tora, e foi somente quando a última nota desapareceu que Teresa percebeu que tinha as faces também molhadas.

– Querida, o que foi? – perguntou uma voz distante. Teresa voltou para a sala e viu o rosto da mãe quase colado ao seu. Limpou às pressas as lágrimas e fez um gesto com a mão, irritada. Queria ouvir o que os jurados tinham a dizer.

Eles não estavam exatamente impressionados. Era inegável que Tora tinha uma voz incrível, mas aquele programa não era *Estrelas*, em que se imitavam estrelas da música. Dos candidatos, esperava-se que trouxessem algo novo e particular para a competição, e a apresentação de Tora não passava de uma cópia da original, blá-blá-blá. Teresa não conseguia entender o que eles queriam dizer, mas percebeu que, de maneira desconcertante, a menina estava em perigo – a alcateia estava rosnando.

Tora ouviu os comentários negativos com a mesma indiferença e autodomínio que demonstrara quando comentários elogiosos foram feitos. Nenhuma gratidão, nenhuma aflição. Simplesmente esperou que os jurados terminassem de falar, depois saiu do palco. Foi substituída por uma bola saltitante em tom pastel que cantava "Girls Just Wanna Have Fun".

Durante o restante das apresentações, Teresa permaneceu sentada, com um tremor sinistro nos ossos. Quando as linhas telefônicas foram liberadas para o voto do público, ela se levantou sem dizer uma palavra e rumou para o quarto dos pais. Assim que estendeu a mão para pegar o telefone e começar a ligar, Maria entrou e sentou-se na cama.

– Tudo bem com você, querida? Está chateada com alguma coisa?

Cerrando os dentes, Teresa disse:

– Não, mãe. Não tô chateada. Só quero ficar sozinha.

Maria se ajeitou na cama de modo a ficar numa posição mais confortável, e Teresa teve vontade de berrar. Maria tombou a cabeça de lado.

– Pode contar. O que foi? Dá pra ver que tem algo errado. Por que você estava chorando antes?

Teresa não conseguia mais se conter. Sua voz tremia de ódio, o telefone brilhava no canto de seu campo de visão, e ela vociferou: – Por que você tem de começar a se importar justo *agora*? Quero só que me deixem em paz. Você não consegue entender isso?

– Ora, isso não é justo. Você sabe perfeitamente bem que eu sempre...

Teresa estava farta. Levantou-se, correu para o quarto, pegou o celular e começou a ligar. Tinha crédito apenas para três ligações.

Dez minutos depois, Teresa desceu a escada e voltou para a sala a fim de se sentar com os outros, e a coisa que mais temia aconteceu. Tora Larsson foi eliminada do programa. A melhor artista que ela já tinha visto na vida não recebera votos suficientes para continuar na competição.

Teresa não sabia quantas pessoas haviam votado, e talvez fosse algo irracional, mas, naquele momento, convenceu-se de que os votos que deixara de dar tinham feito diferença. As vinte e poucas ligações que poderia ter feito salvariam Tora. Ela ainda estaria na competição se Maria tivesse deixado a filha em paz.

3

Teresa tinha o fim de semana para se acalmar. Na sexta-feira, não chegou nem perto dos fóruns de discussão; não queria ler os comentários maldosos. No sábado, começou a cair na real. A coisa tinha acabado. Ela se envolvera demais, mas agora tudo chegara ao fim.

Não tinha a intenção de continuar assistindo a *Ídolo*, mas, pelo amor de Deus – era apenas uma menina lá, em pé, cantando, nada mais. Tora Larsson. Uma menina alguns anos mais velha que ela e abençoada com uma voz fantástica, isso era realmente algo para deixá-la tão perturbada? Não. E sim.

Elas eram tão diferentes quanto duas pessoas da mesma idade e do mesmo país podem ser, e ainda assim havia em Tora alguma coisa que fazia Teresa sentir que tinha *se reconhecido*. Apesar das diferenças, era Teresa lá, em pé na frente da audiência ameaçadora, dos jurados *blasés*. Era Teresa quem tinha um muro ao redor do coração e, ao mesmo tempo, retinha-o entre as mãos, o sangue pingando entre os dedos. O grito silencioso, o pânico sufocado.

É impossível dizer por que amamos algo ou alguém. Se for preciso, podemos até inventar razões, mas a parte importante acontece no escuro, além de nosso controle. Simplesmente sabemos quando está lá. E quando se vai.

Talvez fosse exato dizer que Teresa estava triste pela perda, como quando a gente sofre por um amigo que se mudou para um país estrangeiro, ou que se foi para ainda mais longe, o outro lado. Ela jamais voltaria a ver Tora Larsson, jamais experimentaria aquele reconhecimento inebriante de uma alma gêmea. Jamais encararia de novo aqueles olhos.

Embora estivesse sozinha a maior parte do tempo, Teresa quase nunca se sentia solitária, mas, naquele fim de semana, sentiu-se. Um espaço vazio aparecera e a seguia feito uma sombra branca, aonde quer que fosse. Vagou a esmo pelo jardim ouvindo Bright Eyes, sentou-se encolhida na caverna que tinha sido o lugar secreto dela e de Johannes.

Ela ouviu com atenção a letra da canção: uma pessoa amada que você não tem de amar. Ficou lá algum tempo olhando para a casa onde antes Johannes havia morado. Alguém tinha colocado balanços no jardim, havia brinquedos esparramados, feitos de plástico de diferentes cores. Algumas árvores tinham sido cortadas. Com sua voz estridente, Bright Eyes cantava no ouvido dela e Teresa teve a sensação de que todas as coisas se esvaíam de suas mãos. Como se tivesse catorze anos e já fosse tarde demais.

Tomada por um súbito impulso, voltou para dentro de casa e começou a vasculhar o guarda-roupa. Começaria a usar roupas coloridas! Sempre usava preto, branco, cinza. Agora, vestiria calças, camisetas, blusas e cardigãs de cores diferentes. De agora em diante, ficaria parecida com um arco-íris!

Teresa só desistiu quando as únicas peças que ela conseguiu encontrar e que satisfaziam seu repentino capricho eram curtas demais, porque ela tinha crescido; ou ficavam apertadas demais para suas pernas gordas e nojentas e a barriga redonda e protuberante. No fim das contas, agarrou um gorrinho amarelo de lã, enfiou na cabeça e se deitou de bruços na cama para ler o mais recente volume de poemas de Kristian Lundberg, *Job*.

"Sonhei com ela.
Estava em pé, ao lado de minha cama,
Pele pálida feito cinzas, sussurrando-me
Ao ouvido: 'Não tenha medo, não tenha medo, não!'"

O vazio constante que pairava a deixava inquieta, incapaz de se concentrar. Ela apertou a palma das mãos contra as orelhas e murmurou vezes sem conta:
– "Ninguém gosta de mim, todo mundo me odeia, acho que vou comer minhocas..." – Chegou uma hora em que ficou toda suada e se sentiu repulsiva no gorrinho de lã. Depois, sentou-se à mesa da cozinha e preparou sanduíches.
E assim passou o fim de semana.

Nada de especial aconteceu na escola, nada de especial aconteceu em lugar nenhum. Johannes e Agnes tinham comprado colares iguais, com pedras azuis que, em alguma tribo nativa americana ou coisa do tipo, significavam felicidade. Convidaram Teresa para ir com eles ver um *show* de bandas locais no fim de semana seguinte, mas ela recusou. Não conseguia deixar de gostar deles, mas tampouco suportava por muito tempo a companhia do casalzinho. Os dois eram alegres demais.
Certa tarde, Teresa estava montando na bicicleta para voltar para casa quando ouviu Jenny dizer a Caroline que achava nojento quando gente gorda andava de bicicleta; o selim desaparecia na bunda, como numa bizarra variação de sexo anal. Pedalando a caminho de casa, Teresa chorou um pouco, depois passou o resto do trajeto fantasiando sobre alguém que estuprava Jenny com uma barra de ferro em brasa.
Aquela noite, sentou-se diante do computador e cogitou a ideia de trollar um pouco no *Tempestade Lunar*, mas de certa maneira isso tinha perdido o charme

desde que ela sentira ódio genuíno e travara uma verdadeira batalha em defesa de Tora. Em vez disso, entrou no fórum de discussão sobre lobos. Algumas aparições de lobos em Värmland, alguém cujas galinhas tinham sido devoradas (mas isso poderia ter sido obra de uma marta), alguém fazendo comparações com javalis, alegando que significavam uma ameaça muito maior. O fio da meada foi se esgarçando e se perdendo, e a discussão descambou para uma receita de carne de javali.

Um novo fio da meada sobre como a própria existência de um lobo, em algum lugar dos arredores, traz, paradoxalmente, uma sensação de segurança nestes tempos em que uma boa parte do meio ambiente está sendo destruída. Essa criatura bela, selvagem e reconhecidamente perigosa ainda está lá. Teresa pousou o queixo na mão e rolou a página. De repente, retesou o corpo.

Vira de relance o nome Tora Larrson num dos *posts*. Leu com mais cuidado. "MyrraC" estava fazendo uma comparação entre o lobo e Tora Larsson, do *Ídolo*, dizendo que eram iguais. O medo do desconhecido. Se alguma coisa não se comportava de maneira aprovada e previsível, era rejeitada, jogada fora, independentemente de quanto pudesse ser bonita ou natural.

Teresa achou que a comparação era um tanto capenga, mas, mesmo assim... O comentário tinha sido postado poucos minutos antes, e, a julgar pelo perfil de MyrraC, ela parecia ter uns quinze ou dezesseis anos. Teresa escreveu uma resposta e disse que pensava o mesmo, que a coisa toda era muito trágica.

Myrra estava *on-line* e, menos de um minuto depois, escreveu uma réplica. Após uma breve troca de mensagens, Myrra pediu que Josefin lhe desse seu endereço de *e-mail* para que, assim, não tivessem de discutir aquilo no fórum sobre lobos.

Depois de certa hesitação, Teresa informou-lhe o *e-mail*, acrescido de um comentário: "O nome não sou eu". Somente quando clicou no "Enviar", lembrou-se de onde tinha tirado esse verso. Procurou em documentos antigos até que encontrou o poema que escrevera no *poetry.now*:

> "Todo mundo na verdade é chamado de outra coisa
> Dentro de cada pessoa existe outra pessoa
> A conversa é enganosa e por trás das palavras há outras palavras
> Só podemos ser vistos na escuridão
> Só podemos ser ouvidos quando há silêncio."

Fazia só um ano que escrevera aquilo? Parecia muito mais. E ela constatou que gostava do poema, não tinha vergonha dele. Não era nada mal para uma menina de treze anos.

Ela tirou o gorrinho amarelo de lã e se sentiu um pouco mais animada. Num ataque de nostalgia, buscou no armário a caixa que continha todas as suas contas de plástico. Com cuidado, pegou todas elas, sentindo um nó na garganta ao pensar naquela menina que passava horas a fio sentada, organizando as continhas de acordo com diferentes sistemas. Em nome dos velhos tempos, começou a fazer um colar. Usou as menores contas e descobriu que seus dedos estavam ainda mais desajeitados que antes. Era uma tarefa inacreditavelmente trabalhosa, mas, movida por um senso de lealdade à versão mais jovem de si mesma, ela resolveu continuar até o fim.

Você pode ir pro inferno, pensou, sem direcionar o comentário a ninguém em particular, e, com alguma dificuldade, prendeu o colar no pescoço. Depois foi checar a caixa de *e-mails*. Havia alguma coisa de MyrraC, mas também uma mensagem enviada dez minutos antes por sereht@hotmail.com. Parecia vagamente algum tipo de spam ou vírus, e ela estava prestes a apagá-la, mas, sem querer, clicou duas vezes e a mensagem se abriu.

> oi eu lembro do poema obrigada por dizer coisas legais sobre quando eu canto eu lembro do seu poema também dentro de cada pessoa existe outra pessoa isso é verdade meu nome era bim então você pode escrever pra mim eu gosto de lobos também

Teresa leu vezes sem conta as palavras, tentando decifrar o que a mensagem dizia. Então o remetente do *e-mail* era a pessoa que dizia chamar-se "Bim" no *poetry.now* e que escrevera o poema que Teresa tinha citado no calor do momento, quando dera seu endereço de *e-mail*. Ela tinha usado o apelido "Josefin" também no *poetry.now*, razão pela qual foi reconhecida.

Até aí tudo bem. O tipo de coisa que poderia acontecer quando os fios se cruzavam na rede emaranhada que era a internet. Mas por que a mensagem era escrita de um jeito tão estranho, e por que Bim escrevera "dizer coisas legais sobre quando eu canto"? Teresa entendia perfeitamente bem o que isso sugeria, mas parecia forçado e afetado demais. Escreveu uma resposta ignorando as partes esquisitas e perguntou se Bim ainda escrevia poemas; ela mesma tinha parado.

Sentou-se diante do computador e esperou; de minuto em minuto, atualizava a caixa de entrada. Dez minutos depois, chegou uma resposta.

> quando eu me chamo bim eu escrevo alguns poemas quando eu me chamo tora eu canto quando eu me chamo theres eu não faço nada mas eu também me chamo lobo e eu mordo e pequenina que fica no quarto dela porque as pessoas grandes querem comer ela qual é o seu nome

Teresa acreditou.

Ela acreditou que essa Theres era a mesma pessoa que Tora Larsson. Se Theres tivesse escrito: "Oi! Meu nome é Tora Larsson, de verdade. Que bom que você gostou de mim no *Ídolo*", Teresa teria sido cética. Mas aquilo ali encaixava-se. A criatura de outro mundo, sobrenatural, que ela acompanhara na televisão, devia falar daquele jeito, escrever daquele jeito. E estava escrevendo para *ela*. Teresa agarrou o próprio peito com ambas as mãos. Seu coração martelava como se tivesse acabado de completar uma maratona, e seu rosto estava afogueado. Com dedos suados que escorregavam pelas teclas, ela começou a digitar uma resposta.

Acalme-se, Teresa. Não é assim tão incrível.

Apagou o que escrevera e se pôs em pé. O relógio ao lado da cama mostrava meia-noite e quinze. Quando entrou no banheiro, o restante da casa estava mergulhado no silêncio e na escuridão. Tomou um banho demorado, depois fechou a ducha de água quente e se deixou ficar um bom tempo debaixo do jato de água fria como gelo. Vestiu-se, voltou a colocar o gorrinho amarelo de lã e sentou-se de novo diante do computador. Durante sua ausência, Theres tinha enviado outra mensagem:

> qual é o seu nome meu nome é theres a maior parte do tempo você é pequena não é grande você não é escrevendo com nome diferente e me enganando porque então você não deve me escrever só escreva pra mim se você for a mesma que você diz que você é se você for escreva agora porque vou dormir logo

Os dedos de Teresa agora estavam frios e secos, e voaram com facilidade sobre as teclas quando ela escreveu:

Oi Theres

Meu nome verdadeiro é Teresa, quase o mesmo que o seu, e eu tenho 14 anos. Você tem 16, não é? Eu realmente estava falando sério quando escrevi aquilo no fórum sobre os lobos. Achei que você era melhor do que todos os outros no *Ídolo*, e é uma sensação meio estranha estar aqui sentada escrevendo pra você, eu quase sinto um pouco de medo. Tenho certeza de que a sua vida é muito mais emocionante que a minha, e na verdade eu não sei sobre o que escrever. Sempre gostei de lobos e sei uma porção de coisas sobre eles. Ouço bastante Bright Eyes, e de vez em quando leio poesia. O que você faz quando não está cantando?

Teresa não se deu ao trabalho de reler a mensagem para ver se tinha escrito alguma besteira, ou algo constrangedor. Simplesmente enviou. Cinco minutos depois chegou a resposta:

eu tenho catorze anos como você então somos quase a mesma com o mesmo nome mas não sei onde colocar ponto final e as coisas de quando a gente escreve você pode me ensinar eu não faço nada emocionante e você não tem de sentir medo eu é que devo ter medo eu não faço quase nada mas agora vou dormir e amanhã a gente escreve mais

Ambas tinham a mesma idade e praticamente o mesmo nome. Theres e Teresa. Era perfeito.

AS DUAS MENINAS

1

Max Hansen.

Se esse nome significa alguma coisa para você, então você ou tem interesse em filmes dinamarqueses ou trabalha na indústria da música. Os Hansen vieram da Dinamarca e, quando seu único filho nasceu, em 1959, deram-lhe o nome de Max, em homenagem ao ator que aparecia no filme que os dois tinham visto juntos no cinema, *A bela Helena*.

Seria bem interessante investigar os primeiros anos de Max Hansen, tentar descobrir como uma pessoa se forma, mas isso foge do escopo desta narrativa. Basta informar que a família se mudou para Estocolmo quando Max tinha dois anos, que foi criado como sueco e que entra em nossa história quarenta e cinco anos depois dessa mudança.

Quando tinha vinte e poucos anos, Max tentou a sorte na carreira musical como vocalista da banda de *glam rock* Campbell Soup, mas a única coisa que isso rendeu foi a chance de travar contato com outra banda, mais bem-sucedida, chamada Ultrabunny, da qual, por meio de uma série de decisões e coincidências, acabaria se tornando empresário.

Quando a Ultrabunny se dissolveu por causa de um bloqueio criativo incapacitante de seu compositor, Max procurou outra para ajudar ao longo do caminho. Ele possuía uma atitude cativante, um aperto de mão firme e um talento especial para aparentar importância maior do que a que realmente tinha.

Passados alguns anos, já conseguira amealhar um pequeno grupo de artistas razoavelmente bem-sucedidos.

Em meio à década de 1980, o Café Opera era o parque de diversões favorito de todo mundo que era, ou queria ser, alguém na indústria da música. Max não se encontrava no galho mais alto da árvore, mas fazia questão de convidar todas as pessoas certas, dava um jeito de passar tempo com as companhias certas e tinha contatos úteis. Se algum compositor promissor precisava de alguma coisa para enfiar no nariz, Max não hesitava em compartilhar o pó, e, quando os caras de alguma banda famosa faziam uma entrada espalhafatosa, às vezes uma garrafa de champanhe bem gelada não tardava a aterrissar na mesa deles. Com os cumprimentos de quem? Max Hansen, logo ali. Venha se sentar aqui com a gente, meu chapa, qual é o seu nome, mesmo? Espalhem esse nome. Espalhem esse nome.

As garotas que eles só deixavam entrar porque eram bonitas enxameavam pelas mesas, fingindo não estar impressionadas. Max se concentrava naquelas que usavam a marca errada de bolsa e que tinham a aparência ligeiramente desesperada. Papeava um pouco, dizia "oi" para alguns rostos que o reconheceriam da televisão, e em geral isso dava conta do recado. Dali direto para seu apartamento de dois quartos em Regeringsgatan e... *pimba*, *cráu*, obrigado, madame, café da manhã não incluído. Seu recorde absoluto era de trinta em um único mês, mas, para conseguir isso, tinha sido obrigado a fazer sua caçada no Riche nas noites em que o Café Opera estava meio caído.

E assim as coisas iam. Max tinha uma noção de hierarquia altamente desenvolvida, o que era ao mesmo tempo uma bênção – porque funcionava como um lembrete de qual deveria ser sua posição no âmbito de um grupo – e uma maldição, porque o informava de maneira implacável de que empacara dois andares abaixo do nível mais alto.

Se tivesse sido apenas *um* andar, os artistas de Max provavelmente teriam ficado com ele mesmo depois de estourarem nas paradas de sucesso, e depois o teriam arrastado com eles rumo ao estrelato. Mas, naquelas circunstâncias, assim que as coisas começavam a melhorar, deixavam Max para trás tão logo vencia o contrato.

Max teve a sorte de fechar um contrato com uma banda completamente desconhecida, Stormfront, um acordo de cinco anos meio duvidoso e decerto vantajoso para ele; o sucesso veio em menos de um ano. O estouro da banda rendeu-lhe muito dinheiro, mas também gerou uma boa dose de ressentimento. Os músicos viviam falando mal dele e o chamavam de parasita: o que deveria ter sido seu maior sucesso fora o começo da derrocada.

Alguns anos depois de ser abandonado pela Stormfront, cujos integrantes urinaram em seu carpete como presente de despedida, a situação de Max se invertera por completo. Os únicos artistas jovens com quem ele possuía alguma chance eram os que *nunca tinham ouvido falar* dele. Ou os que não sabiam exatamente quem ele era, mas estavam desesperados. Ainda dispunha de contatos, apesar de tudo.

No final da década de 1990, dizia-se, nos meandros do ramo musical, algo que resumia perfeitamente a situação: "Max Hansen: a última chance". Ainda havia compositores, produtores e gravadoras a quem ele podia recorrer quando surgia algum talento despontando, mas era gente da retaguarda, no ponto mais baixo da escala, e os bons tempos tinham acabado.

Uma coisa permanecia inalterada: a predileção de Max por garotas jovens. Já que agora não bastava dizer "oi" para as pessoas certas a fim de causar boa impressão (e já que as pessoas certas também já não lhe retribuíam os cumprimentos), ele tinha de apelar para a artilharia pesada se quisesse levar para a cama carne nova e fresca: as falsas promessas.

Os tempos haviam mudado. Em meados da década de 1980, o sonho da fama tinha sido simplesmente isto: um sonho inalcançável para a maior parte das pessoas; mas agora, graças à explosão dos *reality shows*, de repente Lisa de Skellefteå e Mugge de Sundbyberg podiam acreditar com toda a seriedade do mundo que eram estrelas em ascensão e que, num piscar de olhos, algo de grandioso lhes aconteceria, e elas agarravam com unhas e dentes toda e qualquer oportunidade.

Max gostava de ficar curtindo numa boa no Spy Bar, de olho nas garotas cuja estrela, visivelmente, já começara a se apagar. Aquelas que tinham percorrido a *via crucis* das casas noturnas suburbanas e os *shopping centers*, que agora faziam um ou outro *show* em pizzarias de cidadezinhas, cantando com acompanhamento pré-gravado, para manter o sonho vivo. Então, ele dava o bote.

Nesse contexto, seu apelido – "Última Chance" – não era uma desvantagem. Geralmente, as garotas em questão tinham a dolorosa consciência de que seu momento já havia passado, mesmo que ainda tivessem um rostinho bonito e alardeassem alegria fingida. "Última Chance" pelo menos significava que *havia* uma chance, e era isso que Max lhes dizia.

Potencial ainda inexplorado, um bom estilista, um compositor que eu conheço e que já trabalhou com os Backstreet Boys, um cara da gravadora que está procurando alguém exatamente como você, contatos na Ásia, eles adoram garotas suecas lá...

Às vezes dava certo, às vezes era um fiasco. Em novembro de 1999, Max registrou seu primeiro mês inteiro sem transar desde que tinha vinte anos. Fez um implante de cabelo para restaurar a franja, tirou algumas rugas do lábio superior e parou para pensar na situação.

Não que ele simplesmente enganasse as garotas. A bem da verdade, passava-lhes alguns números de telefone, de vez em quando marcava uma ou outra reunião... No caso de uma ex-Big Brother, ele chegou até mesmo a incluir uma canção da moça na lista das "vinte e cinco mais quentes" da parada do programa *Tracks*, além de agendar alguns *shows* em *shoppings*. Tudo bem, suas promessas eram duvidosas, mas acontece que eram tempos de vacas magras.

Max decidiu mudar de tática. "Fisgar" no Spy Bar estava ficando cada vez mais difícil, e ele resolveu voltar ao básico. Começou a aparecer nas apresentações públicas de final de ano em escolas de música, e ficava de olho nas meninas que cantavam na televisão; depois entrava em contato.

Às vezes, conseguia encaixar uma delas num grupo *pop* criado para uma turnê ao Japão; às vezes agendava um par de apresentações em alguma feira de jogos onde precisassem de uma Lara Croft. Gravava vídeos de meninas dançando de *lingerie* e deixava bem clara sua posição: era "dá ou desce", e sim, ele pretendia filmar tudo.

Certa noite, Max estava sentado no sofá de casa, já meio bêbado e se masturbando enquanto assistia a um DVD que ele mesmo gravara alguns dias antes e no qual uma menina dançava toscamente ao som de "Oops, I Did It Again", quando se deu conta de que havia chegado a uma espécie de fundo do poço e não tinha o menor desejo de fazer algo a respeito. Enfim, ele gozou e depois caiu no sono.

Era essa a situação quando Max Hansen ligou o televisor no final de setembro de 2006 para assistir à "semana da agonia" do *Ídolo*. Todo menino e menina que Max via no programa tinha alguma dose de talento, e ele se achava capaz de prever quem seria aprovado e continuaria na competição e como seriam as coisas depois disso. Mas, na verdade, estava interessado naqueles que eram eliminados pelo voto do público.

Uma menina inacreditavelmente bonita e inocente de Simrishamn despertou-lhe o apetite, mas ele desconfiou de que se tratava de um daqueles casos em que todo contato teria de ser feito por via de pai e mãe. Contudo, anotou o nome dela como uma possibilidade de negócio, não de penetração.

Então Tora Larsson entrou no palco e cantou "Life on Mars?", atiçando nele algo que em geral vivia adormecido: curiosidade. Ele não conseguiu decifrar a menina. Estava no ramo fazia tanto tempo e tinha conhecimento musical suficiente para reconhecer uma voz incomparável quando a ouvia, mas a menina em si? E a *performance* dela? O que era aquilo? Era extraordinário, ou uma tremenda porcaria?

Pela primeira vez na vida, Max não fazia ideia de que rumo as coisas tomariam para ela, embora aquela voz ficasse ecoando em sua cabeça mesmo muito tempo depois que ela tinha parado de cantar. A menina era bela como um quadro e, ao mesmo tempo, fria como gelo, de uma maneira simultaneamente repulsiva e instigante.

Tora avançou na competição e, no dia seguinte, Max obteve detalhes do contato dela, por intermédio de um conhecido seu que trabalhava na tv4. Um endereço, nada mais. Ele imprimiu sua carta-padrão, com algumas modificações, mas antes de enviá-la decidiu esperar para ver o andamento das coisas. Provavelmente ela receberia um bom número de ofertas.

Ele assistiu ao programa em que Tora cantou "Nothing Compares 2 U". Ficou feliz quando ela foi eliminada, porque isso aumentava suas chances. Se é que alguma vez na vida chegara a ver um diamante bruto, estava olhando para um bem naquele momento. Ela tinha voz e aparência a seu favor, mais do que a maioria dos cantores, verdade seja dita, mas ainda faltava uma porção de coisas se quisesse ter uma carreira bem-sucedida e se tornar realmente popular.

E quem poliria aquele diamante bruto senão Max Hansen? Cheio de inspiração, ele abriu mão de sua carta-padrão e redigiu outra, em que enumerava as qualidades e defeitos de Tora, explicava como poderia ajudá-la e listava as oportunidades que se abririam para ela.

Como sempre, exagerou bastante, mas ainda assim havia uma significativa dose de verdade no que escrevera. Max conseguiu se convencer de que queria apenas colocá-la sob as asas e ajudar aquela frágil plantinha a florescer, e assim por diante. Quase lhe subiram lágrimas aos olhos; a única coisa que o trouxe de volta à realidade foi constatar que estava com uma ereção.

Rumou sem demora para o correio mais próximo e enviou a carta. Quando voltou ao apartamento, uma parte dele já aguardava ansiosamente a resposta.

Ele queria aquilo. Ah, como queria...

2

A aventura do *Ídolo* tinha sido bastante desgastante tanto para Jerry como para Theres, embora de maneiras diferentes. Tinha mudado os dois, e mudara a relação entre os dois. Jerry foi obrigado a trazer à tona aspectos de si mesmo que ele sequer sabia que existiam, e viu elementos de Theres completamente novos para ele.

Tudo começou já na primeira audição. No metrô a caminho de casa, ele perguntou a Theres o que ela tinha dito para consolar as meninas chorosas, e a resposta foi:

– Palavras.

– Isso eu sei. Mas que tipo de palavras?

– Palavras normais. O jeito que as coisas são.

Foi tudo que ele conseguiu arrancar dela, e sua curiosidade seria por fim satisfeita por um episódio que aconteceu.

Theres encarou com desenvoltura as várias etapas de audições do *Ídolo* ao longo da primavera e do verão, como se fosse uma coisa completamente natural, ao passo que Jerry foi ficando cada vez mais exausto. Ele não fazia ideia de que seria *tanta* trabalheira. Achou que bastava o candidato aparecer, cantar para os jurados, ser aceito ou não aceito, e depois estava pronto para o programa.

Mas não era assim que funcionava. Após a audição preliminar no Grand Hotel, pediram que Theres voltasse três dias depois com o mesmo número, as mesmas roupas e o mesmo estilo de cabelo, para evitar qualquer problema de continuidade; nesta etapa, ela cantou para o júri principal, foi aprovada e ganhou os cumprimentos de um pequeno grupo de meninas.

Na ocasião também houve chiliques e crises de choro e rímel escorrendo, e mais uma vez Theres entrou em cena. Curvava a cabeça junto às competidoras angustiadas, sussurrava palavras que Jerry se esforçava em vão para ouvir. Theres recebeu mais uma batelada de pedaços de papel com números de telefone, para os quais não fazia a menor menção de ligar.

Mas houve mais. Cerca de um mês depois, foram realizadas a *audições finais* no Oscar's Theatre, e Jerry teve de esperar horas a fio e dias inteiros enquanto Theres cantava sozinha ou em grupos. Todo dia ele tinha esperança de que ela fosse eliminada para que a história toda acabasse, mas todo dia ela era aprovada. Havia suor, sofrimento e crianças cantando em toda parte e câmeras filmando e era o inferno na Terra.

Quando Theres foi selecionada como um dos vinte competidores felizardos que voltariam para as apresentações ao vivo no outono, Jerry sentiu o mais puro alívio. Não por ela ter conseguido ser aprovada, mas porque aquilo finalmente chegara ao fim. Por enquanto... Ele se preocuparia com o outono quando chegasse a hora.

Num dia quente de meados de julho, quando o calor entre os prédios de três andares era suficiente para fazer a pele doer, Jerry enfim descobriu o que Theres fazia.

Eles tinham ido ao mercadinho local a fim de comprar um sorvete para cada um e, assim que entraram, ouviram vozes altas vindas da direção do *freezer*. Então o dono do mercadinho apareceu, marchando rumo ao estoque e arrastando pelo braço uma menina de uns treze anos.

Pelo diálogo monossilábico, Jerry deduziu que a menina fora flagrada roubando e, agora, estava sendo levada para dar explicações. Com uma das mãos, o dono apertava o antebraço da garota, que soluçava:

– Não, olhe só, eu sinto muito, de verdade, me desculpe, eu não vou...

Como qualquer coisa inesperada que tem algum elemento de violência, a cena criou uma espécie de torpor físico no observador, e Jerry permaneceu parado, com os braços caídos, fitando o homem que abria as portas do estoque e arrastava consigo a menina.

Ele achava que o dono era basicamente um sujeito legal, que queria apenas deixar bem claro qual era sua opinião sobre o incidente, em vez de prestar queixa à polícia. Uma bronca bem dada, e assunto encerrado. Essa fora a interpretação de Jerry. A interpretação de Theres foi diferente.

Quando saiu de sua paralisia temporária, Jerry avistou Theres. Ela tinha ido até a prateleira de utensílios de cozinha, onde pegara uma faca de trinchar e rasgara a embalagem; agora rumava na direção do estoque, empunhando a faca na altura da cintura.

– Maninha? Maninha?

Ele correu atrás dela e a segurou pelo ombro. Theres ergueu a faca e se virou para encará-lo. Seus olhos estavam vazios, o rosto era ao mesmo tempo máscara e careta. Instintivamente, Jerry soltou o ombro dela e levantou as mãos em um gesto de autodefesa. Theres parecia prestes a esfaqueá-lo, mas estacou. Ele ouviu um rosnado grave saindo de sua garganta.

Inacreditavelmente, ele teve presença de espírito suficiente para ver que, na expressão de Theres, em sua postura, havia uma indagação: *Por que você está se intrometendo no meu caminho? Tem um minuto pra se explicar.*

– Você tá errada – ele disse. Fora a coisa mais rápida em que ele conseguiu pensar, a fim de dar a si mesmo uma mínima pausa para tomar fôlego. – Você tá errada. Você tá fazendo a coisa errada.

– Menina pequena vai morrer – alegou Theres. – A pessoa grande vai matar ela. Errada não.

Jerry fez um tremendo esforço para emitir frases claras que, com sorte, Theres conseguiria entender como verdades.

– Você tá errada. Ele não vai matar ela. Não vai fazer mal a ela. Ele vai dizer... palavras pra ela. Algumas palavras duras. Depois vai deixar ela ir embora.

Theres abaixou a faca.

– Como você sabe?

– Você tem de confiar em mim. – Jerry apontou para a porta do estoque. – Daqui a alguns minutos, ela vai sair. Sem um arranhão. Eu juro.

A faca voltou à altura da cintura enquanto Theres encarava fixamente as portas, montando guarda. Jerry olhou ao redor do mercadinho. Felizmente, não havia outros clientes, mas a qualquer momento poderia entrar alguém.

— Theres? Você pode me entregar a faca?

Theres meneou a cabeça.

— Se a menina pequena não sair, a pessoa grande vai morrer.

Jerry coçou com força a nuca. Seu couro cabeludo estava úmido, e ele suava em bicas. Teve a sensação atordoante de que a existência cotidiana dele e de Theres não passava de outra coisa senão de atravessar a passos curtos uma ponte pênsil. Na verdade, havia entre os dois um abismo, um precipício tão profundo que não era possível enxergar o chão lá embaixo. A profundeza tinha ficado visível por um momento.

— Tudo bem. Mas se... *quando* a menina sair, você vai me dar a faca?

Theres fez que sim com a cabeça.

Eles esperaram. Um minuto se passou. Dois. Nenhum outro freguês entrou no mercadinho. Jerry permaneceu parado ao lado de Theres, encarando as portas duplas fechadas. Quando outro minuto se passou, um medo irracional começou a se avolumar dentro de seu peito. De que Theres tivesse razão. De que um assassinato ou estupro estava sendo cometido, naquele momento, no estoque. Olhou de relance para Theres. O rosto dela estava duro, cerrado. A menina precisava sair *agora*; caso contrário, algo terrível iria acontecer.

E então ela apareceu. As portas se abriram e o dono viu Jerry, cumprimentou-o com um leve aceno de cabeça e fez um gesto na direção da criatura manchada de lágrimas que surgiu andando, devagar e humilde, atrás dele.

— Às vezes a gente tem de tomar uma posição, não é?

Jerry concordou com ele num gesto de cabeça e deu um passo para o lado, de modo a ficar em um ângulo que escondesse a faca do raio de visão do proprietário. A menina foi diretamente para a saída, e ele lhe disse:

— Você é bem-vinda pra voltar quando quiser, mas chega daquele tipo de coisa.

A menina assentiu com a cabeça baixa, e Theres a seguiu. Jerry deixou-a ir, porque ela já não estava empunhando a faca. Olhou de soslaio e vislumbrou-a sobre o *freezer*.

O dono do mercadinho estava falando sobre como era essencial atacar de frente esse tipo de coisa e cortar o mal pela raiz, em vez de simplesmente deixar a criançada fazer o que bem entendia, porque senão, mais tarde, acabariam tendo de pagar um preço. Jerry assentiu com ruídos para indicar que concordava plenamente, enquanto manobrava a faca na mão e atrás das costas. Quando o proprietário se virou, ele a escondeu entre os pacotes de batatas fritas. Depois foi embora.

Theres e a menina estavam sentadas lado a lado na mureta defronte ao mercadinho. A menina estava encolhida e tinha se transformado num embrulho choroso; a cena pareceu familiar. Desta vez, Jerry iria descobrir o que Theres fazia. Ambas estavam sentadas, com as cabeças bem próximas uma da outra, e nem repararam na presença de Jerry, que aproveitou e foi chegando mais perto até que se viu parado na calçada atrás da mureta.

Ele se moveu e ficou numa posição em que podia ouvir a voz de Theres como um resmungo ritmado, subindo e descendo, como se ela estivesse cantando uma cantiga de ninar. Quando chegou mais perto, conseguiu ouvir o que ela estava dizendo.

– Você não deve ter medo.

– Não.

– Você não deve ficar chateada.

– Não.

– Você é pequena. Eles são grandes. Eles fazem coisas ruins. Eles vão morrer. Eles estão com raiva porque vão morrer. Você é pequena. Você não vai morrer.

– Como assim?

– Você vai viver pra sempre. Você não sente dor. Você não machuca ninguém. Você tem uma linda voz dentro da cabeça. Eles usam palavras feias. Você é suave. Eles são duros. Eles querem a sua vida. Não dê sua vida pra eles. Não dê lágrimas pra eles. Não tenha medo.

A voz dela tinha uma qualidade hipnótica que fez com que Jerry se sobressaltasse, e seu corpo cambaleou para a frente e para trás. Deixara-se também tocar pela mensagem. *Não tenha medo, não tenha medo.* O medo que ele tinha sentido no mercadinho se dissipou, como palavras escritas na areia da praia. Jamais tinha ouvido a voz de Theres daquela maneira. Era amorosa, sedutora, saneadora. Era uma voz de mãe confortando o filho, a voz de um médico dizendo ao paciente que tudo ficaria bem, e era a voz da pessoa que segura nossa mão no escuro e mostra o caminho.

Embora a voz não estivesse falando diretamente com Jerry, ele se deixou embalar pelo ritmo dela e acreditou na verdade simples que revelava: não havia nada a temer.

De tanto cambalear, Jerry perdeu o equilíbrio e moveu o pé para endireitar o corpo. Theres ouviu e se voltou para ele. Por um segundo, encarou seus olhos, fitando-o como se ele fosse um desconhecido. Por fim, ela desviou o olhar e se levantou. A outra menina também se pôs em pé. Agora ela estava de cabeça erguida, aliviada. Jerry sacudiu-se como se para acordar de um sonho do qual, na verdade, ele não queria sair.

No caminho de volta para casa, Theres disse em sua voz normal:

– Você não deve mentir. Não é pra você mentir.

– O quê? – disse Jerry. – Eu não menti. Tudo aconteceu exatamente do jeito que eu falei.

– Você disse que a menina não se machucava. Ela estava machucada. A pessoa grande machucou ela. O que você disse estava errado.

Sim, pensou Jerry. *Também, que bela merda de trabalho bem-feito.*

Durante o final do verão, de vez em quando Jerry e Theres ainda se sentavam juntos para sessões de improviso cantando com o violão, escrevendo esboços de canções, mas alguma coisa mudara entre eles. Depois do incidente no mercadinho Jerry tinha a sensação de que fora inequivocamente colocado na categoria "pessoa grande" e, portanto, já não era digno de confiança. De que era apenas uma estatística que fazia Theres aceitar sua presença: ele ainda não tinha tentado matá-la, portanto era pouco provável que viesse a fazer isso no futuro.

Agradeceu a suas estrelas da sorte pelo fato de Theres não se lembrar das circunstâncias em que os dois tinham travado contato pela primeira vez. Naquela ocasião, ele realmente tentara de tudo para machucá-la. Talvez ela se lembrasse de alguma maneira, e poderia ser que a lembrança ainda estivesse lá, sob a superfície, ardendo em lenta combustão sob a forma de uma persistente suspeita de más intenções. Mas, desde aquela ocasião, ele tinha sido uma pessoa diferente. Ou não tinha? Será que alguém consegue de fato se tornar uma pessoa diferente?

Talvez não. Mas as pessoas mudam. Quando Jerry olhava para trás e revia sua juventude, mal conseguia entender o tipo de pessoa destrambelhada que arrombava chalés e andava por aí, aprontando tudo que lhe desse na telha. Parecia o vilão de algum filme antigo e obscuro.

No instante em que se sentara nos degraus do porão da casa de sua infância, olhando para a sujeira dos restos dos pais espalhados pelo chão, Jerry tinha dado o passo. Não. Fora pouco depois disso. Quando decidira proteger e cuidar da pessoa que assassinara seu pai e sua mãe. Ele poderia ter feito uma escolha muito diferente. Mas, naquele momento crítico, dera um passo numa direção inesperada e partira para percorrer uma nova estrada. Desde então, permanecera nessa estrada, e ela o estava levando cada vez mais para longe de seu antigo eu. Este, àquela altura, já quase não se podia ver de tão, tão distante, e logo teria de começar a enviar cartões-postais se quisesse se comunicar com ele.

3

Dois meses antes de Max Hansen sentar-se para redigir a mensagem para Theres, ela recebeu uma carta do canal TV4 parabenizando-a pela audição auspiciosa e convidando-a a se apresentar ao Estúdio 2, em Hammarbyhamnen, para passagem de som e maquiagem, cinco horas antes da gravação do programa. Havia também um novo contrato de acordo com o qual ela cedia todos os seus direitos.

Jerry não conseguia entender o impulso idiota que o levara a dar partida naquele jogo. Os papéis e o contrato deixavam claro que ele não tinha o menor controle sobre nada, que ele e Theres estavam firmemente presos nas mãos da engrenagem do TV4. Já não eram eles que faziam a bola rolar; ela estava rolando com eles dois dentro.

Jerry bem que poderia esconder a papelada e esquecer a história toda, não fosse pelo fato de Theres estar à espera da carta. Alguma menina presente às audições – e que no ano anterior tinha se saído muito bem e foi avançando até ser eliminada na última rodada – explicara-lhe a coisa toda. Theres sabia exatamente o que estava acontecendo, e sabia inclusive a data antes mesmo da chegada da carta. Não havia nada que ele pudesse fazer.

Além disso, Jerry tinha sentido o mesmo com relação às audições. Por mais nervoso que tenha ficado, uma parte dele estava curiosa para ver de perto o andamento das coisas. A bola rolando. Algo fora posto em movimento e ele deveria deixar que isso se completasse.

Eles ensaiaram "Life on Mars?", e, quando chegou o dia da gravação, Jerry deu a Theres instruções precisas. O incidente do mercadinho o assombrava, e sua paciência foi testada até o limite enquanto ele explicava vezes sem conta a Theres que, acontecesse o que acontecesse, ela não poderia machucar as pessoas grandes.

– E se elas quiserem me matar?
– Elas não vão fazer isso. Eu prometo.
– Mas e se fizerem?
– Não vão. Não vão fazer mal nenhum a você.
– Mas vão querer. Elas sempre querem.

E assim por diante... O horário em que teriam de sair de casa se aproximava cada vez mais, e Jerry ainda não sabia ao certo se tinha conseguido chegar a algum lugar. Ele apelou para o último argumento de persuasão em que foi capaz de pensar:

– Beleza. Dane-se tudo. Mas escute aqui. Vou ficar furioso se você fizer alguma coisa. Furioso e chateado.
– Por quê?
– Porque... porque isso vai causar todo tipo de problema.

Theres ficou alguns instantes em silêncio. Depois disse:
– Você quer proteger as pessoas grandes.
– Pode pensar isso se quiser. Mas, na verdade, quero só proteger você. E a mim mesmo.

Jerry teve de usar todo o seu poder de persuasão para obter um passe de acesso aos bastidores, mas, afinal, não era exatamente novidade que os competidores do *Ídolo* quisessem alguém com eles para dar-lhes apoio. Ele prometeu que ficaria sentadinho em algum canto e não atrapalharia os preparativos para a gravação.

Jerry entrou e sentou-se na ponta do palco enquanto Theres testava microfones e cantava com o acompanhamento de uma fita com a base instrumental pré-gravada que tinha sido preparada para ela. Como sempre, sua voz provocou arrepios nele, e toda a atividade no estúdio pareceu parar completamente durante os três minutos durante os quais ela cantou.

Depois, Theres recebeu instruções sobre como se comportar com relação à câmera, e Jerry começou a roer as unhas quando viu o corpo da menina se retesar assim que um coreógrafo segurou-a delicadamente pelos ombros, a fim de colocá-la na posição certa. Jerry estava a ponto de dar um pulo da cadeira e explicar ele mesmo as instruções do coreógrafo, mas o rapaz – que na opinião de Jerry certamente era *gay* – movia o corpo de Theres de uma maneira tão suave e flexível que ela jamais o considerou uma ameaça concreta.

Jerry não conseguia ouvir o que era dito, mas viu que Theres estava dando ouvidos às instruções, olhando para as câmeras e dentro delas. Quando cantou de novo, a menina moveu o corpo e os olhos de uma forma que sugeria que aceitara a coreografia, pelos menos até certo ponto.

Chegada a hora do almoço, e quando Theres admitiu serenamente que não poderia sentar-se entre os outros concorrentes comendo papinha de bebê, Jerry começou a relaxar um pouco. Ela estava se adaptando à situação apesar de tudo, e talvez as coisas dessem certo.

Depois do almoço apareceu uma mulher que lançou um olhar de desaprovação para a roupa que Theres estava usando, depois sumiu e voltou carregando um vestido prateado cintilante e exigiu que Theres o experimentasse no camarim. A menina também obedeceu sem problemas. A mulher ficou sabendo o título da canção e encontrou algo que era uma mistura de traje espacial e vestido de baile. A roupa não combinava em nada com Theres. Mas ela não se incomodou nem um pouco.

Uma hora antes da gravação, os candidatos foram instruídos a seguir para a maquiagem. Depois de subirem vários lances de escada e serem levados por longos corredores, chegaram a uma ampla sala com oito cadeiras de cabeleireiro. Uma moça com os cabelos loiros absurdamente arrepiados estava sentada lendo uma revista, ao passo que uma mulher negra, mais ou menos da idade de Jerry, varria o chão sob as cadeiras.

Assim que o grupo entrou, a loira se levantou, cumprimentou Theres sem olhar para a menina e estendeu a mão. Já que ela não fez a menor menção de aceitar o gesto, foi Jerry quem se apressou em apertar a mão da mulher. A mão da loira era fria e fina, com uma grande quantidade de pulseiras nos pulsos. Ela estava usando um *top* bastante decotado que realçava um par de seios artificialmente arredondados; ele supôs que deveria achá-la atraente, mas não achou.

Theres sentou-se na cadeira e, quando Jerry se instalou a seu lado, a mulher apontou para uma cadeira comum no canto da sala e disse:

– Seria fantástico se você pudesse sentar ali. – Diante da hesitação dele, continuou: – Ou lá fora seria esplêndido também.

Jerry se arrastou até a cadeira e acomodou-se na ponta. Tivera um mau pressentimento e queria estar a postos. A mulher amarrou uma capa de cabeleireiro sobre os ombros de Theres enquanto a menina encarava a própria imagem refletida no espelho. Silêncio. O único som que se ouvia era o sussurro da vassoura pelo chão.

Ele olhou de relance na direção do som. A mulher que varria tinha um rosto largo e marrom e cabelos encaracolados, pretos como carvão, presos num coque na nuca. Deveria pesar noventa quilos, e tudo nela era grande e redondo e mole; dava a impressão de que havia sido colocada ali meramente como um contraste eficaz à rigidez loira da maquiadora.

A faxineira pareceu tomar consciência de que Jerry estava de olho nela; voltou-se e disparou um sorriso a que era impossível resistir. Jerry sentiu-se um idiota quando, contra a própria vontade, os cantos de sua boca se curvaram para cima, e ele foi obrigado a baixar os olhos. Depois avistou a si mesmo no espelho, e o sorriso sumiu.

Não há motivo algum para se gabar.

Ele parecia um adolescente velho. Tinha feito um esforço especial para a ocasião e penteara os cabelos pra trás e para cima, num estilo meio *rockabilly* e, com aquelas costeletas grossas que nunca tivera forças para aparar, estava parecendo um Elvis já longe do auge. O rosto balofo, os círculos escuros sob os olhos, o nariz que parecia ficar maior a cada ano... O fato de alguém ter sorrido para aquele rosto era um evento de grandes proporções.

Viu um clarão de prata no espelho, depois tudo aconteceu com extrema rapidez. A maquiadora tinha obviamente decidido que o rosto de Theres não precisava de grandes retoques e, em vez disso, voltou a atenção para os cabelos da menina – longos, loiros e suavemente ondulados.

Quando Jerry viu o clarão de prata, a moça da maquiagem já tinha agarrado a cabeleira de Theres com uma das mãos e, com a outra, segurava uma tesoura que reluziu por um segundo antes que ela a movesse na direção do pescoço da menina.

Se Jerry tivesse visto o que estava prestas a acontecer, poderia ter evitado. Mas sua atenção tinha vacilado por uma fração de segundo, e agora era tarde demais.

Theres rosnou e impulsionou o corpo para o lado, o que fez com que a cadeira girasse com certa velocidade. O suporte para os pés acertou as canelas da maquiadora. Ela arfou de dor e desabou de costas. Theres precisou de apenas um segundo para sair da cadeira, pular em cima da maquiadora e arrancar a tesoura de sua mão.

Aconteceu muito rápido. Jerry mal levantara quando Theres ergueu a tesoura a fim de golpear a maquiadora no rosto. Felizmente, alguém foi mais rápido que ele. Quando Theres ergueu o braço, uma mão negra agarrou-a pelo pulso. Com um único movimento, a faxineira levantou Theres e deixou-a cair com um baque no assento; depois disse:

– Ei, menina! Você tá doida ou o quê?

Arrancou a tesoura das mãos de Theres e jogou-a sobre o balcão de maquiagem. Em seguida, colocou-se ao lado da menina, com as mãos sobre seus ombros até que Jerry se aproximasse às pressas. A expressão no rosto de Theres era completamente nova. Havia medo, mas também puro espanto. Sua mandíbula estava escancarada e os olhos azuis, arregalados.

– Obrigado – ele disse para a faxineira. – Quer dizer... muito obrigado mesmo.

– Tá tudo bem – a faxineira respondeu com um forte sotaque norte-americano. – Qual é o problema da menina? – Pressionou os ombros de Theres.

– Ei, você! Qual é o seu problema? Você tá me parecendo muito nervosa!

Theres não se moveu; simplesmente encarou pelo espelho a criatura que se erguia atrás dela.

A maquiadora se levantou do chão, as pernas trêmulas.

– Mas que porra... isso é loucura, eu não sou obrigada a aguentar... – Tinha começado a chorar, e o filete de rímel conferia-lhe um ar fantasmagórico de aparição. Apontou para Theres e, aos soluços, disse: – Ela está maluca, não devia estar aqui, aliás, não devia estar em lugar nenhum; ela precisa ficar enjaulada...

Saiu cambaleando, provavelmente para informar o episódio a alguma autoridade superior. A faxineira girou a cadeira, de modo a ficar de frente para Theres, e tentou, em vão, fazer com que a menina a olhasse diretamente nos olhos.

– Ei, menina. Você é tão bonita... Não devia ficar tão furiosa. Vamos lá, vamos deixar você ainda mais bonita.

Levantou a cabeleira de Theres, e a menina não ofereceu resistência. A faxineira separou os cabelos em mechas e começou a enrolar os fios com o *babyliss* para fazer cachos. Theres apenas se deixou estar ali, olhando fixamente para a frente. Depois de alguns minutos, a menina virou a cabeça na direção de Jerry e fez a pergunta que explicava sua incompreensível aceitação do fato de alguém a tocar. A pergunta foi:

– Isso é um ser humano?

Jerry corou e começou a gaguejar alguma resposta, mas a faxineira apenas riu, disse "por onde você tem andado nos últimos cem anos?" e continuou arrumando os cabelos da menina.

– Eu realmente sinto muito. Ela não tá acostumada a... sair desse jeito.

– Vocês devem morar num lugar esquisito. Onde vocês moram?

– Hã... Svedmyra.

– Svedmyra? Esse é o nome do lugar? Não tem nenhum negro em Svedmyra?

– Acho que na maioria são... suecos velhos.

A faxineira meneou a cabeça e começou a esfregar musse no couro cabeludo de Theres. Jerry estava sem palavras para expressar sua gratidão pela intervenção da faxineira e teria gostado de informar Theres de que sim, que ela era um ser humano e, provavelmente, um dos bons. Mas, se o pré-requisito para a tolerância de Theres era imaginar que a faxineira era diferente, então seria melhor que as coisas continuassem como estavam.

Naturalmente Theres já havia visto pessoas negras antes, mas Jerry não sabia o que a menina pensava sobre elas porque ela jamais perguntara nada. Talvez o sotaque carregado da faxineira também tivesse contribuído para o fato de Theres a perceber como uma espécie de criatura alienígena.

– Me desculpe, mas qual é o seu nome? – perguntou Jerry.

A faxineira limpou no avental as mãos lambuzadas de musse e estendeu o braço.

– Paris – ela pronunciou "Pérris". – E você?

– Jerry. É Paris por causa da cidade?

– Pois é. Minha irmã se chama Veneza.

Jerry tentou se sair com uma piada espirituosa e perguntou se ela também tinha um irmão chamado Londres, mas na hora pareceu uma estupidez e, antes que ele conseguisse pensar em outra coisa para dizer, a maquiadora voltou com um homem atrás de si.

O homem tinha um passe de acesso pendurado em um cordão em volta do pescoço. Aparentava trinta e poucos anos e parecia não dormir havia uma semana. Quando a moça começou a relatar o que tinha acontecido, as sobrancelhas dele subiram e os cantos da boca desceram, numa expressão que dizia: *Lá vamos nós de novo*. Provavelmente, não eram raras as reclamações da maquiadora.

Ele ouviu sem o menor interesse por cerca de trinta segundos, depois olhou de soslaio para Paris, que estava ocupada deixando as sobrancelhas de Theres um pouco mais escuras, a fim de realçar os olhos azuis. O homem encolheu os ombros e disse:

– Tá bom, tá bom. Mas agora parece que tudo já voltou aos eixos. – Em seguida, deu meia-volta e saiu andando.

A maquiadora seguiu o homem, e Jerry a ouviu dizer:

– Mas aquele é o *meu* trabalho.

O homem respondeu:

– Pelo visto não é.

Paris espalhou um pouco de pó no rosto de Theres, e mais uma vez Jerry ficou espantado quando a menina fechou os olhos, como se estivesse gostando daquilo. Paris falou em voz baixa:

– Nos Estados Unidos a gente tem uma expressão: *Vá se foder*. – Ela meneou a cabeça na direção da porta. – Aquela mulher. O número de vezes que eu quis... como você diria isso em sueco?

Jerry pensou por um momento, depois disse: – *Stick och brinn*.

– *Stick och brinn*. Tipo "Vá se foder e queime no fogo do inferno"?

– É – confirmou Jerry. – Vá se foder e queime no fogo do inferno. *Stick och brinn*.

Paris desamarrou e tirou a capa da menina. Repetiu "*Stick och brinn*", abriu um largo sorriso para Theres e disse:

– Você, não. Você se saiu muito bem. Da próxima vez é só relaxar um pouco.

Ela pegou a vassoura, que, no meio do tumulto, tinha deixado cair, e continuou seu trabalho. Theres se manteve parada, olhando-se no espelho. Em seu vestido prateado, ela parecia algo saído de algum filme de ficção científica, uma criatura extraordinariamente bela enviada ao planeta Terra para enganar e seduzir a humanidade, ou para ser enganada e seduzida.

Jerry pigarreou, aproximou-se de Paris e estendeu a mão.

– Muito obrigado, eu realmente não sei o que dizer.

Paris olhou para a mão dele sem apertá-la.

– Em vez de falar, tem uma coisa que você pode fazer.

– Como é que é?

– Um jantar seria legal – respondeu Paris, concentrada no movimento da vassoura pelo chão.

– Jantar? – Jerry entendeu cada uma das palavras que ela pronunciara, mas o que elas sugeriam era tão inimaginável que seu cérebro não conseguia articular o sentido.

Paris suspirou e parou de varrer.

– Sim, jantar. Você me leva pra jantar. Alguma hora. Em algum lugar. Vocês não fazem isso na Suécia?

– Ah, sim, claro. Sim – disse Jerry. – Seria um prazer. Qualquer hora. Ou qualquer lugar. Ou... devo... qual é o seu telefone?

Com um lápis de olho, Paris escreveu seu número de telefone em um lenço de papel, que Jerry enfiou na carteira como se fosse um contrato que lhe dava o direito de explorar uma mina de ouro. Depois, saiu da sala com Theres, acenou e desapareceu a passos lentos corredor afora.

Pelo resto do dia, ele deu a impressão de que estava na lua. Ou em Marte, se preferirmos. A gravidade tinha perdido seu domínio sobre ele: Jerry pesava vinte quilos no máximo. Várias e várias vezes, retirou da carteira o lenço de papel com o número de Paris, apenas para se certificar de que ainda estava lá. Depois de desdobrá-lo e tornar a dobrar repetidas vezes, achou que os números estavam começando a ficar borrados. Por isso anotou o telefone em um pedaço de papel, que guardou na carteira. Depois o escreveu em outro pedaço de papel, que enfiou no bolso.

Nada parecido com aquilo nunca – nunca! – havia lhe acontecido; alguém tinha... como é que se chamava?... *passado uma cantada* nele. Nunca. Ele a convidaria para jantar. Onde é que a levaria? Não fazia ideia. Ele jamais comia em restaurantes. Teria de...

275

Era nesses pensamentos que a cabeça de Jerry estava imerssa.

Não houve outros incidentes com Theres naquele dia, o que veio a calhar, porque ele não estava lá de fato. Vinte quilos de sua massa corporal, talvez. O resto flutuava em algum lugar do espaço sideral.

Naquela semana, Theres conseguiu avançar no programa e saiu na semana seguinte com "Nothing Compares 2 U". O vencedor do programa *Ídolo* foi Jerry. Dois dias depois de pegar o número de Paris, ele lhe telefonou. Tinha dado uma olhada na página de restaurantes do jornal *Dagens Nyheter* e sugeriu um lugar chamado Dragon House, um bufê perto de Hornstull. Tudo o que você aguentar comer e tal...

Eles se encontraram lá; ambos jantaram enormes quantidades de comida chinesa e tailandesa, ambos beberam litros de cerveja. Jerry ficou sabendo que Paris tinha quarenta e dois anos e se mudara para a Suécia cinco anos antes, quando o pai de seu filho, que agora estava com nove anos, arranjara emprego no país. Já fazia três anos que haviam se separado, depois que o sujeito começou a sair com uma sueca, colega dele no trabalho.

Paris já tivera todo tipo de emprego, tanto nos Estados Unidos como na Suécia, e, entre outras coisas, atuara como maquiadora numa estação de TV regional em Miami. Daí seu conhecimento sobre a arte da maquiagem. Ela se considerava uma sobrevivente e era absolutamente categórica no que dizia respeito a julgar as pessoas e eventos. Isso era ruim, aquilo era bom, aquele era um idiota, aquele era um doce.

Jerry, aparentemente, contara com a boa sorte de cair na categoria das pessoas doces, pois, antes de se despedirem, ganhou um longo e apertado abraço. Quando ele perguntou se podia ligar de novo para ela, Paris respondeu que não estava esperando outra coisa, benzinho.

No dia em que a carta de Max Hansen apareceu na caixa de correio, Jerry estava em pé na sacada, fumando, perdido em sonhos crivados de detalhes que envolviam ir para a cama com Paris. Os dois já tinham se visto inúmeras vezes, já haviam se beijado, e os lábios dela tinham sido apenas um aperitivo. Ele imaginava que seria como cair numa cama de plumas. Deixar-se envolver por aqueles seios enormes, os braços redondos, enterrar-se na pele dela. Desaparecer.

Suas fantasias haviam se tornado tão deliciosas que ele se sentiu pego em flagrante quando Theres apareceu na sacada. Instintivamente, Jerry moveu as mãos para esconder a virilha, embora não houvesse nada a esconder senão seus pensamentos.

Theres inclinou a cabeça.

– Por que você tá embaraçado?

– Não tô, não. Tô só fumando.

Theres mostrou um pedaço de papel.

– Alguém tá dizendo que eu sou boa. Alguém quer falar comigo. Você tem de ler e me dizer se tá tudo bem.

Jerry levou a carta para a sala de estar, sentou-se na poltrona e leu duas vezes. Não sabia ao certo se eram palavras vazias, ou uma oportunidade genuína. Talvez tenha ficado um pouco impressionado pela menção ao nome Stormfront, mas, no fim das contas, não era disso que se tratava.

Jerry pousou a carta sobre a mesa e olhou para Theres, que agora estava sentada no sofá com as mãos dobradas sobre colo, como uma santa plena de paciência.

– É um agente – ele disse. – Alguém que quer trabalhar com você.

– Como assim, trabalhar?

– Cantar. Ajeitar as coisas pra que você possa fazer isso como um emprego. Cantar. Gravar um CD, talvez.

Theres olhou para a prateleira de CDs no *hall*.

– Vou cantar num CD?

– Sim, talvez. Você gostaria disso?

– Gostaria.

Jerry pegou de novo a carta, virou-a de um lado para outro como se pudesse determinar seu peso e sua importância com base nos próprios sentimentos. O tal Max Hansen parecia ter um interesse genuíno em Theres, e o fato era que o dinheiro deles não duraria para sempre.

Afinal, era exatamente o que Jerry tinha fantasiado tanto tempo atrás. A chance de ganhar uma grana fácil com a força da natureza que era Theres. Agora que a chance finalmente aparecia, ele já não tinha tanta certeza. Muita água poluída havia passado debaixo da ponte desde então. Dobrou a carta, guardou-a na primeira gaveta da escrivaninha e disse:

– Vamos ver.

Em algum lugar no íntimo, Jerry sabia que abriria a gaveta de novo, que uma nova bola tinha aparecido no topo da ladeira, e que ela provavelmente começaria a rolar, com ou sem a sua colaboração.

Max Hansen, ele pensou. *Vale a pena arriscar?*

4

No início de novembro, Teresa estava sentada na cama com uma mochila vazia ao lado. Sabia que tinha de colocar alguma coisa dentro dela, mas não sabia o quê. Seu trem partiria dali a uma hora, e ela subira para o quarto a fim de arrumar a bagagem. Encarou a mochila vazia.

Dois dias antes havia recebido um *e-mail* de Theres convidando-a para visitá-la em Estocolmo e passar o fim de semana lá. Após alguma dificuldade, Teresa tinha conseguido reservar pela internet uma passagem de trem e, depois, comunicou a novidade aos pais, como um fato consumado, favas contadas. Iria para Estocolmo no sábado, será que alguém podia lhe dar uma carona até a estação?

Ia visitar uma amiga. Uma menina. Em Estocolmo. Sim, ela tinha certeza absoluta de que não se tratava de um velho safado. Tinham se conhecido pela internet e agora queriam se conhecer NVR. Na vida real. Sim, ela voltaria para casa na mesma noite e, sim, tinha consultado o Google Maps e sabia exatamente para onde estava indo. Svedmyra.

Não queria contar aos pais que era a mesma menina que todos tinham visto no *Ídolo*. Talvez porque pensariam que ela estava mentindo, talvez não acreditassem nela. Talvez porque revelaria algo que queria manter em segredo.

Os pais de Teresa sabiam quanto ela era solitária, e provavelmente foi por isso que acabaram concordando com a viagem. Ela informou-lhes o endereço e o número de telefone de Theres e prometeu ligar assim que chegasse lá.

Até aí tudo bem.

Foi no momento em que se decidiu a tentar fazer a mala que a coisa toda empacou. Ela jamais tinha viajado sozinha de trem antes. A gente tem de levar uma mala ou uma mochila quando viaja, não tem? Mas o que ela deveria colocar dentro da mala, ou mochila? Do que ela precisava?

Quem sou eu?

Essa era uma outra maneira de ver a situação. O que ela queria levar consigo até Theres, o que ela queria mostrar, quem ela queria ser? Sentou-se na cama, encarando a mochila vazia, e achou que a mochila estava zombando dela. A mochila era ela. Vazia. Nada. Ela não tinha coisa nenhuma para levar.

Entrou no banheiro e fez o melhor que pôde com um pouco de maquiagem, achando que o resultado ficara razoável. Tinha aprendido a aplicar *blush* para que, de certos ângulos, seu rosto ficasse menos rechonchudo. Arrepiou os cabelos com um pouco de musse para criar efeito e volume na testa. Delineador, sombra para os olhos.

Quando terminou, Göran gritou lá de baixo que tinham de sair imediatamente se quisessem chegar a tempo de pegar o trem. Sem pensar, Theres enfiou dentro da mochila o mapa, o celular e o MP3 *player*, o caderninho e o agasalho preto. O agasalho entrou, principalmente, porque ela precisava de alguma coisa para encher a mochila.

A caminho da estação, Göran fez mais perguntas sobre a menina que Teresa estava indo visitar, e ela contou a verdade: haviam se conhecido num fórum de discussão sobre lobos, tinham a mesma idade e ela morava em Svedmyra. Mentiu ou floreou a verdade em relação a todo o resto.

Göran esperou até que o trem chegasse à plataforma, depois deu em Teresa um abraço ao qual ela não teve forças para retribuir. Assim que ela se instalou no assento e o trem começou a se movimentar, Göran acenou. Teresa acenou de volta sem entusiasmo e viu o pai dar meia-volta e caminhar na direção do carro.

Depois de apenas alguns minutos, a *viagem* começou a cravar suas garras nela. Ela estava viajando. Estava sentada, sozinha, em um trem que rumava para um lugar onde nunca estivera antes. Entre aspas, era uma "passageira", uma pessoa a caminho. Uma pessoa livre. Avistou o próprio reflexo na janela e não se reconheceu.

Quem é esta sentada aqui? Quem pode ser?

Pegou o caderninho e uma caneta, depois ficou lá, sentada, sugando a ponta da caneta e, de vez em quando, lançando um olhar de relance para a própria imagem refletida no vidro. Teria adorado ser uma desconhecida incrível e empolgante, sentada no trem e escrevendo, mas não conseguiu pensar em nada. Nem uma mísera palavra. Sua imaginação sempre tinha sido capenga e, agora, parecia morta e enterrada.

Escreveu:

"Eu estou sentada em um trem",

mas só. Escreveu a mesma frase de novo. E de novo. Depois de dez minutos, tinha enchido duas páginas com as mesmas seis palavras e olhou para si mesma, a desconhecida.

Chega!

Enfiou o caderninho dentro da mochila e foi ao toalete. Ficou um tempão encostada na pia, examinando-se no espelho. Depois, molhou o rosto, esguichou sabonete nas mãos e se lavou totalmente, esfregando até tirar todo vestígio de maquiagem. Molhou os cabelos para tirar o volume da franja e se secou com toalhas de papel até sua cabeleira ficar amassada e bagunçada.

Tirou a roupa, pegou na mochila o moletom e as calças do agasalho preto e vestiu. Quando se olhou no espelho para ver o resultado, obteve a confirmação de que estava com uma aparência absolutamente horrível.

Esta sou eu.

Quando tornou a se sentar, o rosto que a encarava do outro lado do vidro era familiar. Aquela vaca medonha tinha estado ali com ela durante toda a sua vida, e agora estava indo com ela para Estocolmo. Teresa abriu o caderninho e escreveu:

"Quem tem asas voa
Quem tem dentes morde
Você tem asas você tem dentes
Dê um jeito de algo acontecer
Use suas mãos, agarre!
Use seus dentes, morda!
Use suas asas, voe!
Voe, voe, voe alto um dia
Voe alto, puta que pariu."

A leva de pessoas na T-Centralen, a estação central do metrô, deixou Teresa aterrorizada. Enquanto descia as escadas da plataforma, ela, literalmente, teve a sensação de que estava acuada e cercada de água por todos os lados. Que havia um rio a sua frente e ela corria o risco de se afogar. Uma vez que não sabia sequer que direção tomar, entrou no rio e se deixou levar pelas águas até chegar aos guichês das plataformas.

Entregou algum dinheiro em uma portinhola e disse:

– Svedmyra.

Recebeu três tíquetes e perguntou para que lado deveria ir; depois, entrou em meio a uma nova enxurrada de gente. Apertou com força a mochila junto ao corpo, sentindo-se ansiosa o tempo todo. Havia gente demais, e ela estava sozinha demais e era pequena demais.

As coisas melhoraram um pouco quando embarcou, verificou se era mesmo o trem para Svedmyra e encontrou uma poltrona vazia. Podia sossegar, tinha achado seu lugar. Mas, mesmo assim, havia gente demais. A maioria era de adultos com rostos sem expressão, cercando-a por todo lado. A qualquer momento um braço poderia agarrá-la, ou alguém começaria a falar com ela, querendo algo dela.

As massas de pessoas continuavam entrando e saindo, atropelando-se, e, quando o trem chegou a Svedmyra, o vagão estava quase vazio. Teresa desceu na plataforma e desdobrou o mapa. Tinha desenhado uma cruz no endereço, exatamente como num mapa do tesouro.

Havia uma leve camada de neve cobrindo a rua, e ela tiritou de frio no moletom fino. Fingiu que era um buraco negro; na verdade, não estava se movendo – ao contrário, o prédio onde Theres morava estava sendo atraído em sua direção, prestes a ser sugado para dentro dela.

Encontrou a rua certa, e a porta certa foi trazida até ela. Teresa manteve o jogo até se ver dentro do elevador apertando o botão para o último andar, e então teve de parar. De repente se sentiu nervosa, e somente a pele gelada impedia que começasse a suar.

Voe alto, puta que pariu...

O elevador a levou para cima.

* * *

Na porta estava escrito "Cederström", como Theres já tinha avisado. Teresa apertou a campainha e tentou estampar no rosto uma expressão adequada, mas não conseguiu e decidiu não se incomodar com isso.

Não sabia o que esperar. Theres tinha escrito que morava com "Jerry", mas não explicara quem era Jerry. O sujeito que abriu a porta parecia um daqueles homens que geralmente costumam ficar sentados nos bancos do parque, além do fato de a camisa xadrez que ele estava usando parecer nova em folha.

– Oi – disse Teresa. – A Theres mora aqui?

O homem esquadrinhou Teresa dos pés à cabeça e olhou de soslaio para o patamar da escada. Em seguida se pôs de lado e disse:

– Entre. Parece que você tá com frio.

– Tenho uma jaqueta.

– Certo. Você quase me enganou. – Num gesto, apontou o interior do apartamento. – Ela tá ali.

Teresa tirou os tênis e caminhou corredor adentro, mantendo a alça da mochila firmemente colada junto ao corpo. Ainda havia o risco de que a história toda não passasse de uma armadilha. De que o homem que atendera à porta fosse quem tinha enviado os *e-mails* e de que algo terrível aconteceria com ela a qualquer momento. Já tinha ouvido sobre esse tipo de coisa.

Quando Teresa viu que não havia vivalma na sala de estar, seu coração começou a martelar dentro do peito. Aguçou os ouvidos à espera da pancada que viria após a porta da frente ser fechada com força. Mas nada disso aconteceu. A porta de um dos quartos foi aberta e ela viu Theres, sentada na cama com as mãos sobre o colo.

Tudo simplesmente se dissipou. As levas de pessoas que a tinham deixado apavorada, a ansiedade de entrar no trem errado, de estar fazendo a coisa errada. O frio nas ruas, o breve medo do homem da camisa. Tudo sumiu. Ela tinha chegado à cruz no mapa, tinha chegado a Theres. Teresa não se surpreendeu com o fato de Theres não se levantar para recebê-la. Em vez disso, entrou no quarto, deixou a mochila cair junto à porta e disse:

– Estou aqui agora.

– Bom – disse Theres, pousando uma das mãos sobre a cama, ao lado dela. – Sente aqui.

Teresa obedeceu. Em pensamentos, ela tinha ensaiado e rejeitado diversas frases para começar a conversa; tentara visualizar o que diria e faria se o encontro tomasse este ou aquele rumo. Aquela possibilidade particular não lhe havia ocorrido. Que as duas ficariam sentadas uma ao lado da outra, sem dizer uma só palavra.

Um ou dois minutos se passaram, e Teresa começou a se aquecer e relaxar. Depois do caos da jornada, era realmente bom ficar sentada imóvel e em silêncio, sem pensar. Percebeu que o quarto era desguarnecido, quase espartano. Nada de pôsteres na parede, nada de pequenos bibelôs de bom ou mau gosto à mostra. Somente uma estante com livros infantis, um aparelho de som e um *rack* com CDs. A mochila de Teresa, largada junto à porta, parecia uma intrusa.

– Escrevi um poema – disse Teresa. – No trem. Você quer ler?

– Sim.

Teresa buscou a mochila, abriu o caderninho e leu o poema em voz alta mais uma vez. Depois, arrancou a página e entregou-a a Theres.

– Tome aqui, acho que é pra você.

Theres permaneceu um bom tempo sentada, segurando a folha de papel a sua frente. Teresa lançou-lhe um olhar de soslaio e viu que os olhos dela percorriam as linhas; quando chegaram ao final do texto, voltaram ao topo e começaram de novo a leitura. E de novo. Teresa se contorcia, e por fim não conseguiu mais se segurar:

– Gostou?

Theres abaixou a folha de papel. Sem olhar para Teresa, disse:

– É sobre as pessoas serem lobos. E pássaros. Eu acho que é bom. Mas tem palavras feias também. Poemas podem ter palavras feias?

– Sim, acho que podem. Acho que caem bem.

Theres leu mais uma vez o poema. Depois disse:

– Caem bem, sim. Porque a pessoa está com raiva. Porque não é um lobo. Nem um pássaro. – Pela primeira vez, ela olhou Teresa diretamente nos olhos. – É o melhor poema que eu já li.

As maçãs do rosto de Teresa se ruborizaram. Era quase insuportável encarar o olhar de alguém que tinha acabado de dizer uma coisa daquelas, e os músculos da sua nuca berraram para que ela virasse a cabeça e desviasse o olhar.

Mas os olhos permaneceram firmes e mantiveram sua cabeça no lugar. Nos enormes e límpidos olhos azuis de Theres, não havia um pingo de ironia ou expectativa ou qualquer outra emoção que buscasse suscitar uma reação em Teresa. A única coisa que os olhos dela diziam era: *Você escreveu o melhor poema que eu já li. Aqui está você. Eu estou olhando pra você.* Foi essa a razão pela qual Teresa conseguira sustentar o olhar, e, depois de alguns segundos, parecia algo completamente natural.

Theres apontou para o caderninho de Teresa e perguntou:

– Você escreveu mais?

– Não. Só esse.

– Pode escrever mais?

– Sim, talvez.

– Quando você escrever, eu quero ler.

Teresa fez que sim com a cabeça. De repente, ela já não queria mais estar sentada ali. Queria ir embora para casa, entrar em seu quarto e escrever poemas, encher o caderninho inteiro. Depois, voltaria e, simplesmente, ficaria ali fitando Theres enquanto ela os lia. Era isso que queria. Era assim que ela queria que as coisas fossem.

Jerry apareceu no vão da porta.

– Aí estão vocês. Tudo bem? – Theres e Teresa assentiram com a cabeça ao mesmo tempo, e Jerry bufou: – Vocês parecem... sei lá o que vocês parecem.

– O Gordo e o Magro? – sugeriu Teresa.

Jerry abriu um risinho malicioso e apontou o dedo para Teresa, balançando-o. Depois entrou no quarto e estendeu a mão.

– Meu nome é Jerry. Oi.

Teresa segurou a mão dele.

– Oi. Teresa. Você é o pai da Theres?

Jerry encolheu os ombros.

– Mais ou menos.

– Mais ou menos?

– Sim. Mais ou menos.

– Ele é meu irmão – disse Theres. – Ele me escondeu quando Lennart e Laila foram mortos.

Jerry cruzou os braços e olhou para Theres com uma expressão um tanto agoniada. Depois, soltou um suspiro profundo e pareceu entregar os pontos. Limpou a garganta, mas sua voz ainda estava sufocada quando ele perguntou:

– Aceita um pouco de suco? Alguma coisa? Biscoitos?

Teresa foi ao banheiro e usou o celular para ligar para casa e dizer que estava tudo bem. Em seguida, sentou-se na sala de estar e tomou suco de framboesa e comeu alguns *brownies* de chocolate tão velhos e passados que pareciam de couro. Jerry tomou café e Theres usou uma colher de chá para comer purê de damascos de dentro de um pote de papinha. Teresa achou a coisa toda muito constrangedora. Tinha a sensação de que Jerry não desgrudava os olhos dela e de Theres, estudando-as o tempo todo, como se estivesse tentando decifrar alguma coisa. Era um adulto estranho, e, em certo sentido, ela gostava dele, mas ainda assim queria que saísse de cena.

Quando acabaram de comer e beber, as orações dela foram atendidas. Jerry bateu nas coxas e disse:

– Certo, meninas, tenho de sair agora. E vocês duas parecem estar se dando bem, então... não sei exatamente quando vou voltar, mas vocês vão ficar numa boa, não vão?

Quando Jerry já estava quase saindo, fez um gesto na direção de Teresa pedindo que ela se aproximasse. A menina obedeceu e foi até o corredor; Jerry disse em voz baixa: – A Theres é um pouco especial, acho que você deve ter percebido. Se você achar alguma coisa que ela disser um pouco estranha, simplesmente... não dê muita bola. Você não é fofoqueira, é? Não é o tipo de pessoa que sai por aí contando as coisas pra todo mundo?

Teresa meneou a cabeça e Jerry mastigou ar dentro da boca fechada, como se estivesse pensando, tentando chegar a uma decisão.

– É o seguinte. Se Theres te disser alguma coisa... você não deve contar pra *ninguém*, entendeu? Nem pra sua mãe, nem pro seu pai, nem pra *ninguém*, tá legal? Confio em você.

Teresa assentiu num gesto de cabeça e disse:

– Sim. Eu sei.

Jerry lançou-lhe um olhar tão demorado e penetrante que Teresa começou a se sentir inquieta. Ele deu-lhe um tapinha no ombro e disse:

– Fico feliz que ela tenha conhecido você.

Depois saiu.

Quando Teresa voltou para a sala, Theres estava sentada diante do computador. Ela perguntou:

– Você quer ouvir um pouco de música?

– Claro – disse Teresa, e desabou no sofá. Espreguiçou-se, livre da rigidez produzida pelos olhares insistentemente vigilantes de Jerry. Seria empolgante descobrir de que tipo de música Theres gostava.

Não reconheceu as canções que saíam dos alto-falantes do computador, mas, a julgar pelo som seco e sintetizado, deveria ser algo do começo da década de 1980. Pensando bem, o que ela conhecia? Talvez a música de hoje em dia fosse daquele jeito; em todo caso, na verdade não acompanhava. Apesar disso, gostou da introdução, da melodia. Ficou um pouco chocada quando ouviu a voz de Theres.

Não entendeu muita coisa do que Theres estava cantando; parecia apenas um conjunto de frases desconjuntadas, sem conexão entre si, misturadas a lamúrias aqui e ali. Mas não importava. A canção a havia fisgado na mesma hora. Era grudenta, melancólica, bonita e feliz ao mesmo tempo, e arrepios de prazer percorreram de alto a baixo a espinha de Teresa.

Quando a canção terminou, Teresa sentou-se ereta no sofá e disse:

– Isso foi fantástico. Foi... genial. Que música é essa?

– Eu não entendi.

– Você sabe... o nome da música?

– Não tem nome.

Então Teresa compreendeu. A canção era tão direta e tão imediatamente acessível que ela deduzira que já a tinha ouvido antes. Mas não era o caso.

– Você *compôs* essa canção?

– Jerry escreveu. Eu canto.

– Sim, deu pra ver. Sobre o que é?

– Nada. Eu canto palavras. As suas palavras são melhores.

Theres voltou-se e clicou em outra faixa. A música começou a tocar e Teresa recostou-se no sofá, pronta para saborear a experiência de novo. Quando ouviu a voz de Theres, precisou de apenas dois segundos para perceber duas coisas: primeiro, a voz não estava mais saindo dos alto-falantes, mas da própria Theres; segundo, agora ela estava cantando as palavras do poema que Teresa havia lhe dado.

Duas mãos cálidas agarraram os pulmões dela e os torceram como panos de chão. Era uma sensação de felicidade tão grande e formidável que mais se assemelhava a medo. Ela não conseguia se mover. Theres modulava a voz e adaptava as pausas de modo que as palavras fluíssem paralelamente à melodia, como se tivessem sido escritas juntas desde o início. Quando a canção chegou ao primeiro crescendo e Theres cantou "Voe, voe, voe alto um dia/ Voe alto, puta que pariu", Teresa começou a chorar.

Theres apertou a tecla de espaço e a música estacou. Olhou para Teresa, prostrada no sofá com lágrimas escorrendo pelas bochechas, e então disse:

– Você não tá triste. Você tá feliz. Chorando, mas feliz.

Teresa assentiu com a cabeça e engoliu em seco diversas vezes; depois enxugou as lágrimas.

– Sim. É que eu achei lindo demais. Desculpe.

– Por que você pede desculpa?

– Porque... sei lá. Porque eu disse que foi lindo, mesmo tendo sido escrito por mim. Mas na verdade é porque sua voz é fantástica.

Theres meneou a cabeça.

– A minha voz é fantástica. As suas palavras são boas. As duas combinam bem juntas.

– É, acho que sim. Mas ficou muito melhor quando você cantou.

– As palavras eram as mesmas. Eu tenho boa memória, é o que Jerry diz. – Theres se virou e clicou numa pasta. Apontou para as fileiras de arquivos que enchiam a tela de cima a baixo. – A gente fez uma porção de canções. Você pode escrever letras pra elas?

Ouviram diversas canções. Poucas eram imediatamente agradáveis e sedutoras como a primeira que Theres tinha tocado, mas, entre as demais, havia formas, melodias e climas que também pediam letras. Fragmentos de versos apareceram na cabeça de Teresa e ela os escreveu em seu caderninho. A bem da verdade, sequer conseguia entender direito o que estava fazendo. Possivelmente nunca havia se divertido tanto na vida.

Depois de ouvirem todas as canções, Teresa desabou no sofá, o cérebro exausto. As duas haviam se mantido ocupadas por horas a fio, e no final ela começara a rascunhar palavras desconexas para as melodias que estavam ouvindo, como que num transe. Teresa sempre achou que sua imaginação não era muito fértil, mas aquilo não parecia ter nada a ver com imaginação. Estava apenas colocando em palavras o que a música dizia.

Lá fora tinha começado a escurecer, e Teresa fitou com expressão vazia a sacada da cozinha e encarou a lâmpada de um poste na rua que iluminava os punhados de flocos de neve que caíam. De repente, deu um pulo e ficou sentada, com as costas muito retas:

– Merda! Merda, merda, merda! – Avistou o telefone sobre a mesinha de centro. – Eu só tenho de... eu posso... posso usar seu telefone?

– Não sei – respondeu Theres. – Eu não sei usar.

O despertador ao lado do telefone mostrava cinco e meia. O trem que ela deveria pegar partira fazia dez minutos. Semicerrou os olhos e apertou com força o receptor do telefone contra a orelha. Göran atendeu. Ele soltou um profundo suspiro quando ouviu o que tinha acontecido. Depois se ofereceu para buscá-la de carro.

Teresa visualizou-se sentada ao lado do pai por quase três horas, tentando se esquivar das perguntas dele, porque não queria dar explicações e não queria que aquele dia fosse submetido a um interrogatório.

Em pé diante dela, Theres observou com interesse quando Teresa colocou a mão sobre o bocal e perguntou:

– Posso passar a noite aqui?

– Pode.

Teresa teve de se desviar de algumas perguntas, mas, enfim, decidiu-se que ela pegaria o trem da uma da tarde do domingo. Desligou, e já estava prestes a começar a explicar a Theres que não queria ser um incômodo, e assim por diante, mas Theres se antecipou apontando para o telefone e perguntando:

– Você sabe usar isso aí?

Teresa tinha parado de se espantar com todas as esquisitices de Theres e simplesmente respondeu:

– Sim.

Theres tirou de dentro de uma gaveta um pedaço de papel, entregou-o a Teresa e disse:

– Ligue pra este homem.

Teresa leu a carta de Max Hansen e viu que nela havia dois números de telefone, um de celular e um de linha fixa.

– O que você quer que eu diga? – ela perguntou.

– Quero fazer um CD brilhante, com minha voz nele. Que dê pra usar como espelho.

– Ele diz só que quer se encontrar com você. Discutir as coisas.

– Vou me encontrar com ele. Amanhã. Você vai comigo. Depois vou fazer um CD.

Teresa releu a carta. Até onde ela sabia, era o tipo de carta que todo menino ou menina com ambições artísticas gostaria de receber. Mas percebeu que estava datada de dez dias antes.

– Você recebeu muitas cartas como esta?

– Só recebi uma carta. Essa aí.

Teresa olhou para as breves linhas com os números e tentou pensar no que dizer quando os teclasse. Era tudo estranho demais.

– Você tá mesmo falando sério quando diz que nunca usou um telefone? Você tá brincando, certo?

– Não tô brincando.

Teresa se recompôs, pegou o telefone e teclou o número da linha fixa. Assim que começou a chamar, ela passou de novo os olhos pela carta. Exceto pelos excessivos elogios ao talento de Theres, o texto tinha um tom prático, de negócios. Teresa se empertigou e tentou se fazer maior e mais confiante do que realmente era. Quando uma voz do outro lado da linha atendeu:

– Max Hansen falando.

Ela pigarreou com um timbre de voz mais grave que o necessário e disse:

– Boa noite. Estou ligando em nome de... Tora Larsson. Ela me pediu para dizer que gostaria de marcar uma reunião com o senhor.

Durante alguns segundos, houve silêncio do outro lado da linha. Por fim, Max Hansen disse:

– Isso é algum tipo de piada?

– Não. Tora Larsson gostaria de se encontrar com o senhor amanhã. De manhã. – Teresa pensou no seu trem da uma da tarde e, rapidamente, acrescentou: – Às dez em ponto. Diga-me onde.

– Mas isso é completamente... por que não posso falar com a própria Tora?

– Ela não gosta de usar o telefone.

– Oh, sim, ela não gosta de usar telefone. E você pode me dar um único motivo pra eu acreditar neste papo?

Teresa ergueu o telefone no ar e disse a Theres:

– Cante. Cante alguma coisa.

Sem um segundo de hesitação, Theres começou a cantar o poema de Teresa. Ficou ainda mais bonito a capela, se é que isso era possível. Teresa levou de novo o telefone à orelha e disse: – Diga-me onde.

Ela ouviu um farfalhar de jornais do outro lado da linha, uma caneta se movendo numa folha de papel. Por fim, Max Hansen disse:

– O Hotel Diplomat, no bulevar Strandvägen. Você... ela... sabe onde fica?

– Sim – mentiu Teresa, confiando nas maravilhas da internet.

– Perguntem por mim na recepção – instruiu Max Hansen. Dez da manhã. Estou aguardando ansiosamente. De verdade.

A voz dele parecia diferente agora. Se, no começo da conversa, mostrava-se deliberadamente distante, agora soava próxima demais, como se ele quisesse rastejar telefone adentro e sussurrar direto no ouvido de Teresa. Depois de se despedir, Teresa afundou de novo no sofá.

Em que merda fui me meter aqui?

Era como se ela tivesse ido parar no meio de uma história de espionagem. O encontro no hotel, mensagens curtas, telefonemas enigmáticos. Não tinha controle e não sabia se achava aquilo desagradável ou empolgante. Mais uma vez, havia a chance de dar um salto no escuro, de ser outra pessoa. Alguém que fosse capaz de dar conta da situação. Ela tentaria.

Theres sentou-se ao lado dela no sofá. Teresa contou sobre o encontro marcado, o horário e o local, e Theres apenas assentiu com a cabeça, sem dizer uma única palavra.

As duas ficaram sentadas lado a lado. Momentos depois, ambas se recostaram, quase simultaneamente. Uma delas começava um movimento e a outra o completava. Seus ombros se tocavam. Teresa podia sentir o suave calor do corpo de Theres. As duas apenas se deixaram ficar sentadas ali, sem se mexer. O relógio tiquetaqueava sobre a mesinha de centro.

Theres segurou a mão de Teresa, e seus dedos se entrelaçaram; sentadas e completamente imóveis, as duas ficaram encarando o retângulo escuro do televisor, onde podiam se ver como duas figuras distantes, sentadas numa sala longínqua. No ponto em que seus ombros se encontravam, havia uma tênue superposição, como se os moletons de ambas tivessem sido costurados juntos.

Depois de algum tempo, Teresa olhou para as mãos unidas e pensou que a pele de seus dedos estava deslizando pelas costas da mão de Theres e que, da mesma maneira, a ponta dos dedos de Theres começava a se fundir a seus nós dos dedos. Encarando as mãos de ambas, ela achou que seria preciso uma faca, uma faca muito afiada, para separá-las; haveria muito sangue.

– Theres?

Depois de um longo silêncio, aquela única palavra era um pássaro enorme que saiu voando de sua boca e dava baques surdos contra as paredes da sala.

– Sim?

– Quem eram Lennart e Laila?

– Eu morava lá. Tinha uma casa. Ficava num quarto. Eu ficava escondida.

– O que aconteceu?

– Fiz eles morrerem. Com ferramentas diferentes.

– Por quê?

– Eu fiquei com medo. Eu queria ter eles.

– Depois disso, você deixou de sentir medo?

– Não.

– Você está com medo agora?

– Não. Você tá com medo?

– Não.

E era verdade. Já fazia tanto tempo que Teresa vivia em algum patamar de medo que já nem sequer conseguia enxergar; tinha aceitado que o medo era uma parte de sua vida, tanto quanto a própria sombra. Somente então ela foi capaz de avistá-lo. No instante em que ele se retirou de dentro dela.

5

Assim que desligou o telefone, tomando o cuidado de deixar registrado o número no identificador de chamadas, Max Hansen ligou para o Diplomat Hotel e reservou uma das suítes mais espaçosas, a mesma que ele usava quase sempre para reuniões de negócios.

Naquela noite, ele teve dificuldade para dormir. A tal de Tora estava envolta em uma nuvem de incertezas. Geralmente, Max se via no controle antes de marcar uma reunião decisiva; via de regra, já teria aproveitado alguma chance de sondar o terreno, avaliar a situação, amaciar a outra parte se necessário. Dessa vez ele não sabia de nada; não tinha conseguido sequer falar com a moça em questão. O que significava que não fazia ideia de como planejar sua estratégia. As horas da noite se arrastavam enquanto ele pensava em inúmeros cenários possíveis, evadindo-se de objeções e cogitando manobras que levariam ao resultado desejado.

Estava convencido, tinha certeza absoluta, de que Tora Larsson era um talento genuíno e que, com um pouco de modelagem e alguns ajustes aqui e ali, poderia ser transformada numa mina de ouro. Ele tivera a sorte de ser o primeiro a chegar. Até ali, tudo bem. Mas havia também a outra questão. Simplificando, ele queria trepar com ela. Queria a assinatura dela em um contrato e queria o corpo dela também. Pelo menos uma vez.

Se Max Hansen se colocasse de lado e olhasse para si mesmo de maneira objetiva, poderia ver que era um completo canalha. De bobo ele não tinha nada. Mas não havia o que pudesse fazer. Sua boca ficou seca e seus dedos começaram a coçar assim que imaginou o encontro com aquela belezinha. Ele não tinha escolha, e já fazia muito tempo que desistira de se colocar de lado e, com um autodesprezo que beirava a presunção, chegara à seguinte conclusão: *Você é um porco, Max Hansen. É a sua natureza, e a única coisa que você pode fazer é continuar saindo por aí afora trepando a torto e a direito.*

Ele queria foder meninazinhas. As meninazinhas não queriam nada do tipo com ele, disso não tinha ilusões. Mas, com a preparação certa, poderia criar uma situação em que as meninazinhas sentissem que era *necessário* ir para a cama com ele para que os sonhos delas se tornassem realidade. Não era muito mais complicado que isso.

Achou que tinha a situação mais ou menos sob controle quando, às duas da madrugada, levantou-se de entre os lençóis amarrotados e tomou um sonífero. Vinte minutos depois, dormia em paz e a sono solto, e foi acordado pelo despertador às sete e meia. Levantou-se da cama, grogue mas decidido, e começou a juntar sua parafernália.

Às nove e meia, ele já estava pronto e esperando na suíte 214 do Diplomat Hotel. Ao longo dos dois últimos anos, tinha se reunido com sete aspirantes a artistas ali. Duas delas acabaram de pernas abertas na enorme cama de casal do quarto; uma delas tinha feito sexo oral nele; e uma tinha deixado que bolinasse seus seios antes de decidir que isso já era demais e querer parar por ali. Um razoável índice de sucesso.

Mas esse índice dependia do fato de o terreno ter sido preparado de antemão. Ele havia insinuado oportunidades e recebera sugestões de meias promessas provenientes de meninas que não eram exatamente inocentes ou inexperientes, e depois foi só cobrar e faturar. Tora Larsson seria um desafio.

A verdade é que ele não tinha a menor lembrança do sexo propriamente dito, que fora substituído pelos filmes que ele havia gravado naquelas ocasiões, aos quais depois assistira repetidamente. O número de vezes que se masturbara enquanto se via fazendo sexo ultrapassava de longe o número de vezes em que efetivamente o fizera, tanto que suas verdadeiras lembranças não estavam na cabeça, mas na prateleira de DVDs.

O quarto tinha uma boa configuração. Quando ele montara a câmera no tripé, o visor mostrou o generoso espaço no chão defronte ao leito na qual as meninas faziam sua pequena audição. Assim que elas terminavam, ele dava um *close* na cama, enquanto fingia desligar a câmera. Em seguida, tudo o que lhe restava a fazer era torcer pelo melhor.

Depois de preparar e ajustar a câmera, ele retirou o champanhe da bolsa e colocou-o no balde de gelo buscado na máquina do corredor. Bem, era um vinho espumante e não champanhe de verdade, a mesma coisa pela metade do preço, mas ele gostaria de ver uma adolescente que fosse capaz de dizer qual era a diferença; até mesmo os especialistas têm dificuldade em fazê-lo. Ao lado do balde, posicionou duas compridas e finas *flûtes* de cristal, genuínas, que vinham até mesmo em estojo próprio.

Max tomou um banho sem molhar os cabelos. Naquela manhã, ele havia arrumado o penteado com extremo cuidado; os oitocentos fios de sua franja tinham custado trinta coroas cada um e foram penteados para trás de modo a criar o tipo certo de visual desgrenhado. Cortou com uma tesourinha alguns pelos do nariz, espalhou no rosto um pouco de creme hidratante de cheiro discreto e, com tapinhas, fixou algumas gotas de perfume Lagerfeld.

Ele tinha quarenta e sete anos, mas em dias bons, um dia como aquele, poderia passar por quarenta. Podia até ser um porco, mas não era um velho porcalhão. Max Hansen olhou-se no espelho e fez seu costumeiro discurso de estímulo, dizendo a si mesmo que estava lindo, que não era nem um pouco estranho uma menina transar com um homem como ele. Deu uma piscadela para si mesmo no espelho. *Estou de olho em você, meu bem.*

Vestiu-se, sentou-se na cama e esperou; sua mente era um tabuleiro de xadrez vazio, as peças ainda não tinham sido posicionadas. Era disso que se tratava: não dar nada como favas contadas, ser flexível. Neste caso, sua adaptabilidade era tão elástica que poderia se estender a ponto de aceitar numa boa se hoje não conseguisse sequer dar uns amassos em Tora. Ele queria ir além com aquela menina, acontecesse o que acontecesse.

Às quinze para as dez, Max Hansen ouviu uma leve batida na porta. Enxugou a palma das mãos nas calças, alisou a colcha e deu uma última olhada em si mesmo no espelho. Depois, abriu a porta.

Uma menina extraordinariamente feia estava em pé no corredor. Olhos fundos e pequenos num rosto gordo de camundongo, emoldurado por uma cabeleira toscamente emplastrada no crânio. O corpo rechonchudo dela estava coberto por um desbotado moletom com gorrinho, e, se o conceito de "nada *sexy*" precisasse de um material de divulgação, ali estava. Max Hansen quase deu um passo para trás.

– Oi – disse a menina. – O senhor é o Max?

– Sou. E quem é você?

A menina olhou de relance para algo ligeiramente fora do campo de visão. Max não conteve o impulso de dar um passo adiante e olhar. Lá estava ela. A maçã do Jardim do Éden, coisa e tal... Usando uma calça *jeans* e uma camiseta sob uma jaqueta fina e aberta, em carne e osso a figura de Tora Larsson lembrava muito mais do que na televisão o talhe de um menino, mas o mero contorno dos seios pequenos sob o tecido de algodão foi o suficiente para enviar um arrepio morno para a virilha de Max. Era quase impossível acreditar que ela tinha idade para participar do programa *Ídolo*.

Seu rosto era pequeno, dominado pelos lábios e por um par de grandes olhos azuis que encaravam fixamente um ponto à esquerda dele, sem piscar uma única vez. Max já tinha visto meninas que eram mais bonitinhas, mais lindas, mais excitantes, o que quer que seja. Mas nunca alguém tão *atraente* quanto Tora Larsson, ali em pé na semiescuridão do corredor, com os braços finos relaxados ao longo do corpo.

– Oi – ele disse, estendendo a mão. – Você deve ser a Tora?

Tora olhou para a mão estendida e não a segurou, e a viga central da estratégia de Max caiu aos pedaços na mesma hora. Num único movimento, recolheu a mão e fez um gesto apontando para o quarto.

– Entre.

A outra menina deu um passo à frente e Max levou a mão ao batente, bloqueando a entrada dela.

– Espere aí um minuto – ele disse. – Você não é a Tora, é?

A menina balançou a cabeça.

– Não. Então o que, exatamente, pensa que está fazendo?

– Vou entrar com ela.

– Sinto muito, mas o que está em jogo aqui é uma questão de negociações contratuais. É uma discussão entre duas partes. Nada de intrusos. É assim que funciona.

Seu tom de voz autoritário surtiu efeito. Em busca de apoio, a menina olhou para Tora, que disse:

– Teresa vem comigo.

Max decidiu arriscar tudo num único lance de dados. Sem mais delongas, anunciou:

– Desculpe-me, mas neste caso nada temos a discutir. – Então fechou a porta. Estacou, em seguida, dentro do quarto, o coração martelando dentro do peito. As portas do hotel eram absolutamente à prova de som, e ele não conseguia ouvir o que as meninas estavam dizendo. Ele *não* iria colar a orelha na porta para escutar. Enfiou os polegares dentro dos punhos cerrados e apertou com força.

Depois de cerca de trinta segundos, Max ouviu outra batida à porta. Soltou um longo suspiro, esperou alguns instantes e, por fim, abriu a porta com um gesto irritado.

– Pois não?

Desta vez, deu de cara com Tora. A outra menina estava sentada no chão do corredor.

– Teresa vai esperar – disse Tora, entrando no quarto, enquanto, por sua vez, a outra menina encarava Max de modo fixo e penetrante; ele abriu a carteira e tirou uma cédula de cinquenta coroas.

– Aqui. Vá se sentar lá na recepção e compre um refrigerante ou coisa do tipo. Desculpe-me, mas é assim que funciona na indústria da música. – A outra menina pegou a nota, mas não fez menção de se levantar do lugar. Max fechou a porta espessa e pesada como se estivesse lacrando um cofre de banco. Primeira etapa concluída.

Tora ficou parada no meio do quarto, com os braços caídos ao longo do corpo. Olhou para a câmera, mas, quando Max estava prestes a iniciar o seu cuidadosamente preparado discurso de sedução e persuasão, o olhar fixo da menina já tinha se voltado para o balde com o champanhe. Max interpretou isso como um animador sinal de incentivo e disse:

– Vamos tomar um golinho de champanhe, né? Pra celebrar?

Sob o olhar atento de Tora, ele encheu as duas *flûtes*. Uma das taças quase escorregou de sua mão suada, que, além de tudo, tinha começado a tremer. O silêncio calmo de Tora estava deixando-o desnorteado. Ele já tinha visto todo tipo de variação possível: tagarelice histérica, atitude firme como pedra (genuína ou fingida), sedução hesitante ou algo semelhante a pânico. Tudo, menos aquilo. Uma princesa com ares de *tudo isto aqui é meu* e que mal tolera a presença de outras pessoas. Aquilo o deixou confuso, inseguro, quase assustado e muito, muito excitado.

Max fez tinir sua taça contra a de Tora e, depois do tim-tim, tomou um generoso gole. Como a menina não moveu um músculo, ele disse:

– Experimente. É absolutamente delicioso. Uma marca excelente.

Tora bebericou o espumante e declarou:

– Não é delicioso. Tem gosto ruim.

Alguma coisa estalou dentro de Max Hansen e ele se deixou desabar numa poltrona, onde apoiou a bochecha na mão e simplesmente olhou para Tora. Depois, apertou um botão para ligar a câmera. Se aquilo não desse em mais nada, pelo menos ele teria um curta-metragem dela. Tora estava em pé no meio do quarto com a taça na mão, fitando a janela.

— Cante alguma coisa.

— O que eu devo cantar?

— O que você quiser.

Sem hesitação, ela começou a cantar, e, após alguns segundos, foi como se as águas de um córrego gelado e cristalino jorrassem através de Max Hansen. A voz dela arrastou e lavou sua ansiedade, e ele se sentiu puro por dentro. "Não há ninguém nesse mundo como você..."

Quando a canção terminou, Max se quedou sentado, com a boca escancarada, e se deu conta de que provavelmente tinha chorado; era o que a sensação em seus olhos dava a entender. A menina em pé a sua frente era dona de um imenso talento, disso não restava dúvida. Não que ela cantasse de maneira perfeita; havia algo no timbre de sua voz que penetrava o esterno e apertava, apertava.

Se ao menos ele conseguisse se satisfazer com isso. *Queria* sentir-se satisfeito com isso. Já estava exausto, saciado, como se tivesse acabado de fazer sexo, e dos bons. Deveria apenas rolar de lado na cama e acender um charuto para comemorar. E não se arriscar daquele jeito.

Mas o pequeno demônio vermelho que vivia dentro de seu peito acordou e começou a agitar a cauda, roçando as regiões mais baixas do corpo de Max, fazendo cócegas no ponto do baixo-ventre onde ele era mais sensível. Max Hansen deixou as estratégias de lado; depois da canção de Tora, ele simplesmente já não era mais capaz de executá-las.

— Bom — ele disse. — Com um pouco de ensaio, acho que você pode ficar boa de verdade. Eu adoraria trabalhar com você.

— Eu vou fazer um CD?

— Claro. Você vai gravar um CD. Eu garanto. Vou cuidar de tudo. Fazer de você uma estrela. Uma grande estrela.

Max Hansen bebeu de um só gole o restante do espumante da taça, a fim de combater a secura de deserto em sua boca. Não queria dizer. Não iria dizer. Tinha diante de si a melhor chance que encontrara em muitos anos e não poderia estragar tudo. Mas, então, a língua comprida e bifurcada do demônio se estendeu e lhe ditou as palavras.

– Preciso saber como você é sem roupa.

Pronto, estava dito. As cartas estavam na mesa, e o corpo de Max Hansen se retesou como se ele estivesse esperando uma pancada. A expressão, o uivo de Tora que esmagaria todas as esperanças dele.

Aconteceu tão rápido que Max quase não entendeu o que estava havendo. Tora pousou sua taça sobre o criado-mudo, arrancou a jaqueta, tirou a camiseta e a calça, livrou-se dos tênis e ficou nua em pelo, a dois metros de distância dele. Max Hansen piscou. E tornou a piscar. Não conseguia compreender. Repassou mentalmente tudo o que tinha acontecido nos últimos minutos, como é que as coisas haviam chegado àquela situação: ele, sentado numa poltrona vendo a sua frente a menina que desejava, nua como viera ao mundo. O diálogo. O que ele dissera. O que ela dissera. Percebeu que havia um padrão.

Ela faz tudo que a gente a manda fazer.

Era simplesmente isso.... Os olhos de Max Hansen absorveram aquele corpo liso e pequeno diante dele, e, se ele acreditasse em Deus, se havia a possibilidade de suas orações serem atendidas, então chegara o momento.

Ela faz tudo que a gente a manda fazer.

Mas foi dominado por uma vertigem. As possibilidades. Vá ali, Tora. Cante aqui, Tora. Venha aqui, Tora. Deite-se aqui, Tora. Febrilmente, arrancou a camisa e o colete, pelejou para se livrar da calça e da cueca e se pôs em pé, os braços bem abertos. Tora olhou para o pênis ereto dele. Não era muito impressionante, ele sabia disso. Doze centímetros, e ainda assim só se encostasse bem a régua na raiz.

Mas isso não importava agora. Tudo se tornara tão simples quando a própria Tora tirou a roupa... Eles eram como duas crianças, inocentes diante do corpo uma da outra.

– Você é tão bonita – ele sussurrou, e caiu de joelhos.

Raspando os joelhos no carpete, Max engatinhou na direção de Tora para enterrar o rosto no tufo loiro entre as pernas da menina. Quando estava quase lá, Tora recuou meio passo e trombou na armação da cama.

– Não – ela disse.

– Sim – ele rebateu. – Venha aqui, é gostoso, eu prometo. Só um pouquinho.

– Não – insistiu Tora. – Não toque.

Max Hansen abriu um sorrisinho malicioso, arreganhando os dentes. *Não toque*. Era como um jogo, na verdade. Ele não se lembrava da última vez em que havia se sentido tão feliz, de um jeito tão descomplicado. Dois corpos nus. Não toque. Vamos lá, só um pouco, só um pouquinho. Ele avançou bem devagar e agarrou as nádegas de Tora, enfiou o nariz na vagina da menina e pôs a língua para fora, lambendo a carne quente de dentro.

Ele ouviu um estalo e, um segundo depois, teve a sensação de que alguém tinha dado uma tapa nas suas costas. Sua língua estava prestes a deslizar de novo pela vagina da menina quando uma cãibra percorreu-lhe os músculos das costas e ele sentiu outra pancada. E outra. Girou a cabeça num movimento desajeitado, mas não conseguiu ver coisa alguma.

Estranho, realmente, porque parecia que alguém estava lá de pé despejando água quente ao longo de seu dorso. Levantou os olhos na direção de Tora e viu que ela estava segurando alguma coisa na mão direita, mas não conseguiu distinguir o que era. Na mão esquerda, ela tinha a taça de champanhe, da qual parecia faltar a base.

Era isso que ela segurava na mão direita. A base, com um pedaço quebrado da haste que media três centímetros e gotejava sangue, o sangue de Max. Tora ergueu mais uma vez a arma, e Max Hansen gritou e encolheu e dobrou o corpo até formar uma bola. Um segundo depois, ele sentiu um golpe mais vigoroso entre as omoplatas. A haste de cristal penetrou sua carne e lá ficou.

Ele berrou. A superfície irregular da haste lascada devia ter danificado algum nervo quando entrou na carne, porque o corpo de Max começou a dar solavancos, como se ele estivesse tendo uma crise de espasmos. Latejando e palpitando. Conseguiu levantar a cabeça para pedir misericórdia, mas Tora já não estava lá. Com a ajuda da cabeceira da cama, teve forças para arrastar o corpo e se pôr em pé. Latejando, palpitando. Neste momento, ouviu a porta se abrir.

6

Havia algo de errado naquele tal de Max Hansen. Teresa sentira isso assim que ele abrira a porta do quarto de hotel. Havia algo de estranho no olhar dele, ou em seu tom de voz. Talvez todo mundo na indústria da música fosse daquele jeito, mas Teresa não teria deixado Theres sozinha com ele se não fosse necessário e se Theres não tivesse dito que era o que ela queria. Ela iria fazer seu CD.

Contudo, de jeito nenhum Teresa desceria para esperar na recepção. Assim que Max Hansen fechou e trancou a porta, ela engatinhou pelo corredor e colou a orelha nela. Conseguia ouvir o som de vozes, mas não o que estavam dizendo. Pouco depois, ouviu Theres cantando "A Thousand and One Nights" e sentiu uma pontada de ciúmes. Aquela era a canção *delas*, de certa maneira. Embora, é claro, Theres não soubesse disso.

E se ela soubesse? Teria feito alguma diferença?

Teresa tinha uma veia sentimental. Gostava do que na poesia é conhecido como "modo elegíaco". Uma saudade imprecisa e persistente de tudo aquilo que já passou, mesmo que não tenha sido exatamente bom. Às vezes, ela era invadida por uma deliciosa melancolia quando via reprises de *Bananas de pijamas* na televisão, embora não tivesse gostado muito do programa quando fora exibido pela primeira vez.

Theres era a pessoa menos sentimental que Teresa conhecia. Somente o presente existia, e, quando Theres falava de coisas que tinham acontecido no passado, era como se estivesse lendo em voz alta um livro de história. Fatos áridos e enfadonhos que não tinham relevância para o que estava ocorrendo no momento.

Teresa ouviu um grito vindo do quarto. De um salto, ela se pôs em pé e forçou a maçaneta, bateu à porta. Como ninguém abrisse, ela bateu de novo. Um instante depois, a porta se abriu e Theres estava lá em pé, nua. Havia filetes de sangue na barriga dela. Uma mão estava vermelha, e na outra mão ela segurava uma taça de champanhe sem a base.

— O que você... o quê...

Antes que Teresa conseguisse formular uma pergunta sensata, entreviu Max Hansen desaparecendo banheiro adentro. Ele também estava sem roupa, e antes que o homem se trancasse lá, Teresa viu de relance as costas dele. Um objeto em forma de T estava pendurado no meio de todo o vermelho, uma torneira que tinha sido aberta e entornava sangue.

— Me ajude – disse Theres. – Eu não entendo.

Se não fosse pela palavra "ajuda", Teresa teria saído correndo. Aquilo era demais. Mas Theres pediu ajuda. Theres precisava de ajuda. Portanto, ela tinha de ajudar. Entrou no quarto e fechou a porta atrás de si.

– Aqui – disse Theres, mostrando a taça com a haste quebrada. – Você gosta desta coisa? Eu não. O gosto é ruim.

Teresa meneava a cabeça.

– O que... você fez?

– Eu cantei – respondeu Theres. – Depois, tirei minhas roupas. Depois ele tentou me engolir. Eu não fiquei com medo. Sabia que podia fazer ele morrer.

– Escute. Vista suas roupas. A gente tem de sair daqui.

Quando seguiu Theres quarto adentro, Teresa viu a câmera, a luz vermelha acesa que indicava que estava gravando. Na escola, havia uma parecida com aquela, e, enquanto Theres se vestia, ela voltou a gravação e, rapidamente, assistiu ao que tinha acontecido antes de entrar no quarto. A recusa de Theres, a insistência de Max Hansen, o resultado. Pressionou o botão de ejetar, tirou o DVD e enfiou-o furtivamente no bolso.

Àquela altura, Theres já se vestira. O conteúdo da taça sem a base estava derramado sobre o criado-mudo.

– Vamos – disse Teresa. – A gente tem de ir embora.

Theres não se moveu. Do banheiro, vinha o som de água corrente. Teresa estava começando a sentir um gosto estranho na boca. O gosto característico de quando estamos diante de algo completamente imprevisível, uma mistura de bile e mel. Ela não queria mais fazer aquilo. Tentou convencer Theres:

– Vamos. A gente não pode ficar aqui.

– Pode sim. Eu vou fazer um CD.

– Não com ele.

– Sim. Ele quer fazer um CD comigo.

– Antes, talvez. Mas agora não.

– Sim, ele quer.

Theres sentou-se na cama e indicou que Teresa deveria se sentar com ela. Esta hesitou por alguns segundos, mas a verdade é que não havia alternativa. Pegou a garrafa de champanhe e despejou o conteúdo dentro do balde de gelo; sentiu na mão o peso da arma potencial, depois se sentou ao lado de Theres e lhe ofereceu a garrafa.

– Aqui.

Theres não aceitou.

– Pra quê?

– Caso ele... tente engolir você de novo.

– Ele não vai.

– Mas só por precaução.

– Se ele tentar, você pode fazer ele morrer.

As duas permaneceram sentadas lado a lado. Aos poucos, a intensidade do som de lamúrias no banheiro estava diminuindo. Talvez Theres tivesse razão. O tal Max Hansen era um sujeito desagradável, mas não exatamente perigoso. Um covarde.

Teresa avaliou a garrafa entre as mãos. Era pesada e grossa. Por causa do formato do gargalo e do bojo, ideal para ser usada como um taco. Ela imaginou qual seria a sensação de dar uma garrafada no crânio bem penteado de Max Hansen. Avaliou com cuidado seus próprios sentimentos. Não. Não era impensável. A verdade é que, dentro dela, alguma coisa ansiava por fazer aquilo.

Eram duas meninas indefesas. Havia provas documentais da tentativa de ataque de Max Hansen. Ambas seriam inocentadas de qualquer acusação, em qualquer tribunal. Ela pensou. Porém, sentada ali na cama ao lado de Theres, Teresa sentia-se tudo, menos indefesa. Ao contrário. Ensaiou um ou dois golpes, com a garrafa na mão, olhou para Theres, tão calma e ereta, as mãos pousadas sobre os joelhos. Nada indefesa.

Nós somos invulneráveis, pensou Teresa. *Nós somos os lobos*.

Quando Max Hansen saiu do banheiro cinco minutos depois, estava, literalmente, pálido como um cadáver. Todo resquício de cor havia abandonado sua pele, e com um punhado de toalhas de rosto amarradas ele tinha improvisado curativos em volta do peito e da barriga. Teve um sobressalto quando viu as duas meninas sentadas na cama.

– Mas que porra... que porra vocês estão fazendo aqui? – ele perguntou num fiapo de voz, olhando de soslaio para a garrafa na mão de Teresa. Fuçou no bolso do paletó, tirou a carteira e jogou-a no joelho de Theres. – Tome aqui. É tudo o que eu tenho.

Theres entregou a carteira a Teresa, que não sabia o que fazer com ela. Abriu-a e pensou em pegar o dinheiro, mas decidiu que era melhor não, por isso jogou-a de volta para Max Hansen.

– Eu vou fazer um CD – disse Theres.

Max Hansen engoliu em seco.

– O quê?

– Eu vou fazer um CD – Theres repetiu. – Eu vou cantar. Você vai me ajudar.

Por um momento, Max Hansen pareceu em vias de cair no choro. Cambaleou. Depois abriu a boca para dizer alguma coisa, mas não conseguiu emitir som nenhum. Estava prestes a dar um passo na direção de Theres, mas algo na postura dela fez com que ele estacasse.

– É isso... é isso que você quer? – ele disse, por fim.

– Sim – respondeu Theres.

– Então a gente pode... a gente pode impor um limite, e tal...?

Theres não respondeu, possivelmente porque não estava familiarizada com a expressão. Teresa respondeu no lugar dela:

– Ninguém vai impor limite de coisa nenhuma. Mas você ouviu o que ela disse, não? – Teresa bateu de leve no bolso e meneou a cabeça na direção da câmera. – Aliás, o seu filme tá comigo.

– Tá legal – disse Max Hansen. – Tá legal, tá legal.

Pelo espelho, Teresa viu sangue escorrendo das toalhas. Talvez Max Hansen devesse ir ao hospital, se quisesse estar em condições de ajudar alguém em alguma coisa.

Quando Teresa se pôs em pé, percebeu que as pernas não estavam tão firmes quanto sua conversa com Max Hansen poderia sugerir. Mas deu um jeito de fazer com que Theres se levantasse da cama e colocou a garrafa vazia sobre a mesa, ao lado de Max Hansen. Tinha de prosseguir com o *show* por mais alguns instantes.

E conseguiu. Ela se lembraria daquele momento por um bom tempo, e de como, pela primeira vez, obtivera êxito e fizera a coisa certa numa situação difícil, em vez de pensar nisso depois. A caminho da porta com Theres, ela se virou para a figura suada e pálida de Max:

– Não ligue pra gente – ela disse. – A gente liga pra você.

7

Teresa achou que estava em um conto de fadas. O metrô que avançava com um ronco surdo ao longo das entranhas da terra era um comboio mágico, e Theres, ao lado dela, era uma criatura de outro mundo.

Talvez essa fosse uma maneira de lidar com o incompreensível e sanguinolento episódio que tinha acabado de testemunhar, mas, daquele seu comentário final antes de sair do quarto de hotel em diante, seu cérebro decidiu que a coisa toda era um conto de fadas em que ela ganhara um papel.

Era uma vez duas meninas sentadas em um vagão do metrô. Elas eram completamente diferentes uma da outra.

– Theres, como você matou aquelas pessoas com quem morava? – perguntou Teresa depois que o metrô já tinha avançado algumas estações.

– Primeiro um martelo. Depois ferramentas diferentes.

– Não. O que eu quero saber é por quê. Por que você fez isso?

– O que estava dentro. Eu queria.

– E conseguiu?

– Sim.

Uma das meninas parecia uma princesa, mas era uma assassina perigosa. A outra menina parecia um troll, *mas era covarde feito um* hamster.

– Qual é a sensação de matar alguém?

– As mãos ficam cansadas.

– Mas, digo, como é que a gente se sente? Você se sente bem ou mal ou horrível ou... como você se sente?

Theres inclinou o corpo para mais perto de Teresa e sussurrou:

– É bom quando a coisa sai. Você não sente mais medo.

– O que é que sai?

– Um pouco de fumaça. O gosto é bom. Seu coração fica maior.

– Quer dizer, você se sente mais corajosa?

– Maior.

Teresa segurou a mão de Theres e examinou-a como se fosse uma escultura cuja técnica estivesse tentando entender. Os dedos eram longos e finos, pareciam tão frágeis que poderiam quebrar ao meio com a mais leve pressão. Mas estavam presos a uma mão que estava colada a um braço que estava ligado a um corpo que já havia matado. A mão era linda.

– Theres – Teresa disse: – Eu te amo.

– O que isso significa?

– Significa que não quero ficar sem você. Quero estar com você o tempo todo.

– Eu te amo.

– O que você disse?

– Eu te amo, Teresa. Solte a minha mão.

Sem perceber, Teresa tinha apertado com força a mão de Theres quando ouviu as palavras que jamais lhe haviam sido ditas antes. Soltou a mão, recostou-se e fechou os olhos.

Mas, apesar das diferenças entre elas, precisavam uma da outra como o dia precisa da noite. Como a água precisa da pessoa que a bebe, e como o andarilho precisa da água.

Teresa não sabia como a história continuava, tampouco como terminaria. Mas era dela, e ela queria fazer parte dessa história.

8

Quando Jerry voltou a Svedmyra, estava feliz da vida, feliz de um jeito como havia muito tempo não se sentia. Tudo tinha saído de acordo com as expectativas, embora Paris não fosse a amante voraz que ele havia esperado. A verdade é que ela permanecera deitada, imóvel, encarando os olhos dele de uma maneira que, paradoxalmente, parecia ser *íntima* demais. Quando ele gozou, ela o mordeu no ombro, depois começou a chorar.

Aquilo trazia à tona tantas lembranças, ela explicou depois, enquanto fumavam deitados na cama. Eles teriam de ir devagar, dar tempo ao tempo. Aos poucos, as coisas melhorariam. Jerry afagou as curvas dela e disse que era tudo o que ele queria. Tempo com ela. Todo o tempo do mundo.

Quando entrou no elevador, a pele dela e sua carne macia ainda estavam dentro dele como uma memória do corpo. Ele tinha sido acordado pela mão dela em seu pênis, e tinham feito amor de novo, semiadormecidos, sem lágrimas. Ela era maravilhosa, ele era maravilhoso, tudo era maravilhoso.

Jerry tinha sido descuidado, e sabia disso. Mal tinha pensado em Theres desde que fora para a casa de Paris. Mas agora as coisas eram assim; daria tudo certo, ou não daria. Ele estava apaixonado pela primeira vez na vida e, se tudo o mais fosse para o inferno, tanto fazia.

Contudo, ainda sentiu uma pontada de ansiedade quando enfiou a chave na fechadura e percebeu que a porta não estava trancada. Entrou e chamou, aos berros:

– Theres? Theres? Você tá aqui? Theres?

As caixas dos DVDs *Jogos mortais* e *O albergue* estavam sobre a mesa da sala de estar. Seu próprio colchão estava no chão, ao lado da cama de Theres. Sobre a mesa da cozinha ele viu migalhas de pão e um pote de papinha vazio. Nenhum bilhete em parte alguma. Zanzou pelo apartamento como um perito da polícia técnica tentando descobrir as atividades das meninas antes de desaparecerem.

Sentou-se à mesa da cozinha; com as mãos em copa, juntou as migalhas de pão e as comeu. A única coisa que poderia fazer era esperar. Quedou-se olhando pela janela, e tudo parecia um sonho. Theres nunca tinha existido. Os eventos do último ano jamais haviam acontecido. Será que ele realmente morava com uma menina de catorze anos que matara os pais e que, aos olhos da sociedade, sequer existia? A própria ideia parecia absurda.

Tirou a camisa fazendo-a deslizar pelos ombros e estudou a marca deixada pelos dentes de Paris, reluzindo, vermelha, em contraste com sua pele pálida. *Aquilo* claramente tinha acontecido, pelo menos. O que era uma coisa boa. Ele se levantou e bebeu um copo de água, perguntando-se o que deveria fazer, mas não chegou a conclusão nenhuma.

Quando a campainha tocou, dez minutos depois, teve a certeza de que era a polícia ou algum tipo de figura de autoridade da lei e da ordem, que chegava para pôr um ponto final em tudo, de um jeito ou de outro. Mas eram as meninas.

– Onde é que vocês estavam, porra?

Theres entrou sorrateiramente sem responder, e Teresa apontou para o próprio punho, onde parecia estar usando um relógio invisível.

– Tenho de ir embora. Meu trem sai daqui a meia hora.

– Sim, tá legal, mas por onde vocês duas andaram?

Já descendo as escadas, Teresa respondeu por cima do ombro:

– A gente saiu.

Quando voltou para dentro do apartamento, Theres estava ocupada arrastando o colchão para dentro do quarto. Jerry pegou a outra ponta e a ajudou a carregá-lo; em seguida, sentou-se na cama.

— Certo. Pode começar a falar. O que vocês fizeram?
— A gente fez canções. Teresa fez as letras. Eram boas.
— Tá legal. Depois vocês assistiram a filmes de terror e depois vocês duas dormiram no seu quarto porque você ficou com medo...

Theres balançou a cabeça.
— Não com medo. Feliz.
— Tá legal. Mas o que vocês fizeram hoje de manhã?
— A gente foi ver Max Hansen.
— O agente, o cara que escreveu? Mas por que você foi fazer isso, porra?
— Eu vou fazer um CD.

Theres estava em pé na frente de Jerry, que agarrou a mão dela.
— Theres, pelo amor de Deus. Você não pode fazer essas coisas. Não pode sair por aí sem mim. Você entende isso, não entende?

Theres puxou a mão e a examinou, como se quisesse se certificar de que não estava machucada após o contato. Depois ela disse:
— Teresa estava comigo. Foi melhor.

9

Teresa não sabia que porção de si mesma estava sentada no trem a caminho de Österyd. Parecia que era menos da metade. Ela tinha deixado as partes essenciais sob a custódia de Theres, em Estocolmo. A coisa que enchia o assento do trem não passava de um saco funcional de sangue e órgãos internos.

Era inebriante e bastante desagradável. Já não estava no controle de si mesma. Os pelos finos dos antebraços sentiam saudade da presença de Theres, do calor do corpo a seu lado. Sim. Quando parou para pensar na sua ânsia, constatou que era exatamente o que parecia: ela queria estar ao lado de Theres. Elas não precisavam fazer ou dizer nada; podiam simplesmente ficar sentadas ao lado uma da outra em silêncio, desde que estivessem juntas.

Jamais sentira na pele nada parecido, essa percepção puramente física de uma ausência, a consciência de que algo grande e importante está faltando. Ela não era cega. Percebia que havia algo significativamente errado com Theres; talvez ela até mesmo tivesse algum tipo de lesão cerebral. Não fazia nada da mesma maneira que uma pessoa normal faz, sequer comia comida normal.

Mas "normal"? O que havia de tão bom em ser "normal"?

As pessoas de sua classe eram mais ou menos normais. E Teresa não gostava delas. Não estava interessada nos segredinhos cafonas das meninas; achava que os meninos eram um bando de idiotas com seus bonés e moletons de capuz, a pele cheia de espinhas. Nenhum deles tinha *coragem*. Andavam como covardes e falavam feito covardes.

Ela era capaz de imaginar todos eles dentro de um buraco bem fundo, alinhados como se posassem para uma foto coletiva da classe, mas com as mãos e os pés amarrados. Via a si mesma em pé lá em cima, ao lado de uma gigantesca pilha de terra. E, então, começava a despejar pazadas cheias, uma a uma, buraco adentro. Levaria muitas horas, mas por fim concluiria sua tarefa. Ninguém veria nada, ninguém ouviria o menor ruído, e o mundo não ficaria nem um pouco pior.

Dez minutos antes do horário previsto para a chegada do trem a Österyd, Teresa começou a sorrir. Abriu um sorriso enorme, depois um sorriso pequeno, depois um sorriso de tamanho médio. Treinou os músculos enquanto construía uma nova personagem para si mesma.

Quando Göran a buscou na estação, o ensaio chegou ao fim. Era outra vez a menina solitária que, finalmente, havia encontrado uma boa amiga. As duas tinham assistido a filmes e conversaram a noite inteira, e se divertiram *a valer*. Ao desembarcar, o sorriso e a aura luminosa a seu redor estavam firmes e fortes no devido lugar, e Göran sentiu-se muito melhor quando viu que o humor da filha tinha mudado. Teresa percebeu que estava interpretando seu papel de maneira crível e verossímil, e, a bem da verdade, não era difícil porque era tudo verdade, sob uma perspectiva mais leve.

Assim que entrou em casa, Teresa foi checar seus *e-mails* e, na caixa de entrada, encontrou uma mensagem de Theres, "oi volte logo escreva mais letras pras canções". Anexados, havia quatro arquivos de mp3, sem nomes. Teresa os abriu e constatou que eram as quatro melodias de que ela mais tinha gostado.

Teresa pôs mãos à obra. Depois de trabalhar por algumas horas, parou para assistir diversas vezes ao vídeo de Theres no *Ídolo*, depois continuou escrevendo. Quando estava a caminho da cama, lembrou-se do DVD da câmera de Max Hansen. Tirou-o da mochila, girou-o nas mãos por um bom tempo. Depois o guardou dentro de um estojo sem identificação, que ela enfiou no *rack* de CDs.

O papel que Teresa tinha inventado para si mesma também podia ser usado na escola. Passou a ser menos glacial quando alguém lhe dirigia a palavra e, de maneira geral, demonstrava uma atitude menos belicosa. Não que alguém desse a mínima, mas o atrito diminuiu sensivelmente.

Justiça seja feita, Johannes notou a mudança e, quando a questionou, Teresa contou-lhe a mesma história cor-de-rosa que tinha apresentado a Göran, com um pouco mais de detalhes. Amiga em Estocolmo, diversão sem fim e assim por diante. Ela também deixou escapar que tinham feito músicas juntas. Johannes ficou feliz por ela.

Já com relação ao desempenho escolar, a conversa era outra. A mente de Teresa estava em outro lugar. Sentada em silêncio, ela suportou até o fim uma aula de ciências sociais sobre as diferenças entre democratas e republicanos e, literalmente, não ouviu *uma palavra sequer*, senão a referência ao fato de que alguém chamado Jimmy Carter plantava amendoim. Talvez tivesse sido um presidente dos Estados Unidos. Esta foi a soma total de seu conhecimento após uma aula de quarenta e nove minutos: que Jimmy Carter plantava amendoim.

O fato foi que a seguinte frase surgiu repentinamente em sua cabeça: *Voe pro lugar onde asas não são necessárias*. Era uma frase empolgante, uma boa frase. Mas desprovida de graça. Quase impossível encontrar uma rima. E o que queria dizer? Que você deve ir para um lugar onde não precisa mais fugir. Sim, algo por aí.

Voe pro lugar onde você não precisa de asas pra voar. Melhor. Rima com *cantar*. *Vá pra onde seu coração pode cantar*. Não, isso está feio. *Voe alto até seu coração cantar*. Melhor.

Teresa tinha rabiscado palavras e frases soltas numa folha de papel com o cabeçalho "Democratas/Republicanos". A informação sobre Jimmy Carter e seus amendoins tinha se infiltrado quando ela parou para pensar, mas não tomou nota dela. Depois, começou a brincar com as palavras "anéis" e "círculos". Círculos na água, anéis nos dedos, sentar em círculos, e assim por diante. E a aula acabou.

No sábado, Teresa embarcou de novo no trem para Estocolmo. Jerry tinha concordado em ligar para Maria, a fim de dar credibilidade à interpretação de Teresa em seu novo personagem. Dissera que as meninas "tinham se divertido a valer" e garantiu que ela era mais que bem-vinda para ficar lá sempre e quando quisesse; depois foi ver a namorada e deixou as duas em paz.

Elas trabalharam em algumas canções e assistiram à *Madrugada dos mortos*. De noite, ligaram para Max Hansen e marcaram um encontro para o dia seguinte, no restaurante do hotel.

Havia uma coisa que Teresa queria fazer, mas estava com dificuldade de pedir. Embora fosse algo completamente normal entre duas amigas, ela estava constrangida. Talvez porque não fossem apenas duas amigas. Ela ficou lá, sentada, mexendo no celular, e não conseguia criar coragem para pedir. Como se tivesse sentido essa inquietação e embaraço, Theres foi direto ao ponto:

– O que você quer fazer?
– Quero tirar uma foto sua.
– Como?
– Com isto. – Teresa ergueu o telefone, apontou para Theres, clicou para tirar a foto e depois a mostrou a Theres na tela do aparelho. Theres afagou a superfície do telefone e perguntou como funcionava, o que Teresa não sabia explicar, é claro. Mas as duas passaram um bom tempo tirando fotos e se olhando no visor. Theres até mesmo tirou algumas de Teresa, que, secretamente, apagou-as, porque se achava muito feia.

10

O ferimento nas costas de Max Hansen tinha recebido pontos e estava cicatrizando bem, mas o estrago feito em sua autoestima era outra história. O incidente no quarto de hotel o deixara desnorteado. Passou quatro dias trancado em seu apartamento, bebendo como um gambá, assistindo a seus antigos filmes e tentando se masturbar, mas sem sucesso.

Escolhera apenas os filmes protagonizados pelas meninas mais submissas e prestativas, as que ficavam de joelhos ou abriam as pernas num piscar de olhos, à menor indireta. Não ajudou. Nos movimentos cansados das mãos, na aceitação passiva daqueles corpos, ele parecia ver uma ameaça que acabava com sua ereção antes mesmo de ter começado.

Tora Larsson tinha roubado dele seu único prazer. Bêbado a ponto de quase perder a consciência, ele se deixava ficar sentado, passando os olhos pelos corpos jovens e nus, e não sentia outra coisa senão medo, e um tênue prazer masoquista diante do próprio medo.

No quinto dia, levantou-se com uma ressaca que lhe deu a sensação de ter sido enterrado vivo. Em vez de continuar bebendo para curar o mal-estar, engoliu dois analgésicos fortíssimos e tomou um demorado banho de chuveiro. Depois de se enxugar e vestir roupas limpas, a situação tinha melhorado um pouco, e agora ele se sentia apenas um monte de merda.

Uma coisa estava absolutamente clara: Tora Larsson era a maior oportunidade que ele tinha encontrado em muitos anos, e não tinha a intenção de estragar tudo. Mas ela pagaria pelo que havia feito com ele; pagaria literalmente, em dinheiro, uma grana preta.

À tarde, depois de tomar algumas doses de uísque apesar de tudo, apenas para restaurar o equilíbrio químico do organismo, sua nova estratégia estava pronta.

A indústria da música o estava matando; era hora de parar. Tora Larsson seria seu derradeiro projeto, e ele faria de tudo a seu alcance para transformá-la num sucesso. Ela parecia não ter a menor noção de coisa nenhuma, e ele pretendia corrigir seu contrato-padrão, acrescentando um adendo de modo a assegurar o máximo de retorno.

Depois, o pessoal do mercado da música poderia dizer o que bem quisesse, mijar no tapete dele e instigar todo mundo a boicotá-lo, e poderia pensar qualquer merda que lhe desse na telha; que se fodessem. Ele pegaria o dinheiro de sua comissão e deixaria tudo para trás, iria embora para algum lugar com um clima melhor, tomaria seu Viagra regado a coquetéis em copos com pequenos guarda-chuvas coloridos e viveria uma longa vida, curtindo numa boa, até o fim de seus dias.

Quando Teresa telefonou no sábado, Max estava doce como mel: que ela transmitisse a Tora seu pedido de desculpas; no que lhe dizia respeito, a coisa toda estava perdoada e esquecida, e agora era uma questão de olhar para o futuro. O mundo era a ostra deles, e Tora era sua prioridade número 1.

Max passou a tarde dando telefonemas. Arranjar um estúdio e um produtor não era problema, mas ele desconfiava de que seu bom nome já não era o bastante para convencer uma gravadora a bancar a gravação de um CD *demo*. Contudo, conseguiu afinal fechar um acordo com Ronny Berhardsson da Zapp Records, que era uma subsidiária da EMI. Eles se conheciam havia muitos anos, e Max tinha indicado a Ronny artistas que, no fim das contas, pelo menos recuperaram os custos de produção.

Ronny disse que a Zapp pagaria o aluguel do estúdio, mas o resto precisaria sair do bolso do próprio Max. Tinha assistido a *Ídolo* e, embora não estivesse tão entusiasmado quanto Max, concordava em que a menina tinha potencial. Valia a pena arriscar.

Enquanto se preparava para sair do apartamento rumo à reunião, Max teve o cuidado de não omitir um detalhe do qual tinha se esquecido da última vez. Levou Robbie com ele.

Robbie era um solzinho feito de metal, um rosto risonho do tamanho de uma moeda de cinco coroas, rodeado de cinco pontas curtas e grossas. Max ganhara o amuleto no parque temático Tivoli, em Copenhague, quando tinha oito anos, numa visita com a família, incluídos os dois casais de avós.

Ele já não conseguia se lembrar de por que chamava o solzinho de Robert, mais tarde abreviado para Robbie, mas o amuleto o acompanhara a vida toda como seu talismã da sorte. A última coisa que Max fez antes de sair do apartamento foi beijar Robbie no nariz e enfiá-lo no bolso do paletó.

Deseje-me sorte, amigão.

Chegou ao restaurante quinze minutos antes da hora marcada, pediu *sashimi* e leu o contrato que preparara na noite anterior. O documento lhe garantia os direitos sobre cinquenta por cento de toda a renda que Tora viesse a ganhar com futuras gravações e *shows*. A esperança de Max era que a menina, ou as meninas, não entendessem patavina daquele tipo de coisa, a ponto de acharem que a divisão meio a meio parecia perfeitamente razoável.

É claro que ele precisaria da assinatura de um pai ou mãe, ou tutor ou responsável legal, mas sua intenção era dar andamento ao projeto, de modo que essa pessoa seria obrigada a aceitar os termos caso a coisa toda fosse mesmo avançar. O esquema não era à prova de riscos; havia uma razão para ele ter trazido Robbie consigo.

Max terminou o *sashimi* e já começava a se preocupar com a possibilidade de que a reunião seria um fiasco quando a esquisita apareceu na entrada do restaurante. Teresa, era esse o nome dela. Max Hansen se levantou para encontrá-la.

Então Tora apareceu, e Max teve de recorrer à outra qualidade particularmente útil de Robbie. A visão daquela linda criatura acionou um arrepio de medo que lhe percorreu o corpo todo. Max não tinha pensado que reagiria daquela maneira, mas, depois de uma semana ruminando pensamentos sombrios sobre o que tinha acontecido no quarto de hotel, estava abalado até os ossos. Começou a tremer e enfiou a mão no bolso do paletó, agarrou Robbie e apertou com força as pontinhas salientes do amuleto. O medo em seu coração desceu pelo braço e se acumulou em torno da dor na mão. Uma pose aparentemente relaxada: a mão esquerda no bolso do paletó, a mão direita estendida, oi, tudo bem, bem-vindas.

Teresa se encarregou de falar, e Max relaxou um pouco, afrouxou o aperto em torno de Robbie. Ele explicou-lhes seu plano. Gravariam um CD *demo* com duas canções: uma *cover* de algo que Tora cantasse bem; outra, uma canção nova. Ele conhecia um punhado de bons compositores e selecionaria algumas possibilidades. Naquele momento foi interrompido.

— A gente tem canções — disse a esquisita.

— Claro que sim — comentou Max. — Mas podemos tratar delas mais tarde. Precisamos adotar uma abordagem completamente profissional nesta etapa.

A esquisita colocou sobre a mesa um MP3 *player* barato com fones de ouvido e ordenou que Max ouvisse. Ela mostrou-se bastante contrariada. Ele arrancou a mão esquerda do bolso, mantendo-a fechada de modo que as marcas vermelhas na palma não aparecessem, soltou um profundo suspiro e colocou os fones.

Sabia o que iria ouvir. Houve um tempo em que jovens aspirantes a artista lhe mandavam fitas cassete, depois CDs, e mais recentemente arquivos em MP3. As canções se encaixavam em duas categorias: variações medíocres sobre a música que estivesse na moda, ou baladinhas tristonhas e lamurientas acompanhadas de violão. Em geral.

Teresa apertou o *play* e Max Hansen precisou de apenas três segundos para perceber que estava ouvindo algo que tinha sido gravado em casa, usando um programa de música, sem nenhum grande refinamento. Violão, baixo, percussão e uma canhestra base de sintetizador. Quando Theres começou a cantar, ele achou que reconhecia a canção, mas não soube precisar exatamente qual era.

"Dizem que você nunca vai voar
Dizem que você é jovem demais
Dizem que você deve sempre escutar
Todas as regras e restrições
Mas, se tiver asas, você vai voar."

Era uma boa canção. Na verdade, era *muito* boa. A produção era uma porcaria e a letra precisava de algum polimento, mas a melodia era imediatamente agradável e grudenta e, é claro, Tora cantava com perfeição. Assim que ouviu o primeiro refrão, Max Hansen já tinha decidido que poderia economizar o dinheiro que a princípio teria de gastar contratando os serviços de um compositor. A canção destacava lindamente o alcance e a potência da voz de Tora.

Max tinha de manter a farsa. Antes que a canção chegasse ao fim, ele tirou os fones do ouvido e encolheu os ombros.

— Bom, acho que serve. Com um pouco de produção, pode ser que fique boa. Acho que dá pra gente trabalhar com o que temos aqui — Max Hansen pegou o contrato e colocou-o sobre a mesa diante de Tora, juntamente com uma caneta. — Certo, preciso da marca da sua pata aqui neste pedaço de papel. — Virou a última página e apontou para a linha. — Bem aqui.

Tora olhou para a linha, depois para a caneta.

— Como eu faço a marca da minha pata? — Voltou-se para Teresa. — Você sabe fazer isso?

Max forçou um sorriso e deslizou a mão para o bolso do paletó, onde esfregou o polegar no rosto de Robbie.

— Uma assinatura, é isso que eu quero dizer. Você precisa assinar aqui. Assim, eu posso continuar trabalhando com você pra que grave o seu CD.

Teresa empurrou o contrato para o outro lado da mesa.

– A gente não pode fazer isso. – Robbie abriu caminho de volta para a palma da mão de Max, pressionando a pele até quase perfurá-la. Max fechou os olhos, concentrou-se na dor e conseguiu manter a calma.

– Escute, minha querida – ele disse para Tora. – Esta é sua *chance*. Confie em mim, eu vou fazer de você uma estrela, você vai ganhar dinheiro e ter fãs, a coisa toda. Mas tem de assinar esse pedaço de papel, senão é o fim de tudo.

– Eu não quero dinheiro – respondeu Tora. – Eu quero fazer um CD.

– E você vai fazer um... – Max Hansen parou no meio da frase. – Como assim? O que você quer dizer com "não quer dinheiro"?

– Ela quer dizer exatamente o que falou – disse Teresa.

Depois de alguma negociação, ficou evidente que o que Tora queria era um acordo em que Max Hansen lhe desse apenas uma quantia qualquer de dinheiro que ele tivesse disponível em mãos. Não havia necessidade de papelada nem de registro em cartório nem de divisão de direitos. Max Hansen agiria como se fosse o guardião legal de Tora, mas sem documentos ou provas escritas.

Era arriscado. Max Hansen jamais teria sequer cogitado aquilo não fora por seu plano: *pegar o dinheiro e fugir*. Ele poderia faturar alto antes que ficasse claro que ela não tinha direito a nada. Afinal de contas, todo mundo simplesmente suporia que a papelada estava em ordem.

– Tudo bem, estamos combinados – ele disse, como se fosse perfeitamente normal não ter um contrato assinado entre artista e empresário.

E então Max guardou o contrato, conteve-se para não esfregar as mãos e, em seguida, explicou qual seria o andamento das coisas ao longo das semanas seguintes. O maior empecilho era que Tora se recusava a fazer o que quer que fosse a menos que Teresa a acompanhasse, o que significava que ele teria de reservar um estúdio para os finais de semana. Max esperava que a irritante simbiose entre as duas meninas fosse minguando com o passar do tempo; Tora era talentosa demais para arrastar atrás de si um *troll* amarrado a uma corrente. Mas, por enquanto, ele teria de conviver com isso.

Toda a comunicação seria feita via *e-mail*, e ele não tinha problemas com isso. Estava muito feliz em ter sido evitada a chateação de ter de se explicar para pais, mães, irmãos, ou quem quer que fosse.

Depois de se despedirem sob a promessa de que em breve voltariam a se falar, Max ficou um bom tempo sentado, olhando fixamente para a frente. Tirou Robbie do bolso e levou-o aos lábios, sussurrando: – Muito bem, amigão. – Quando um garçom perguntou se ele queria mais alguma coisa, Max pediu uma garrafa pequena de champanhe. Quer dizer, vinho espumante. A mesma coisa pela metade do preço. Essa era sua canção-tema.

11

No fim de semana seguinte, gravaram um CD *demo* num estúdio de Götgatan. Theres, Teresa e Max trocaram uma série de *e-mails*. Max providenciou uma fita com uma base pré-gravada para a música "Voe", e decidiu-se que Theres gravaria uma versão de "Thank You for the Music", do Abba.

Teresa sentiu-se pequena e perdida nas salas de porão à prova de som. Ela não sabia o que Max Hansen tinha dito para os técnicos do estúdio e o produtor, mas era óbvio que todo mundo a considerava uma parasita irritante e mal tolerava sua presença.

Isso se devia em parte a Theres. Mesmo quando precisava entrar e gravar os vocais, ela se recusava a fazer qualquer coisa a menos que a amiga estivesse junto. Teresa era instruída a ficar em absoluto silêncio, a não abrir a boca, a não fazer ruído nenhum. A não mexer um músculo, a não roçar sequer a roupa, a não respirar. De preferência, a não existir.

Por causa de suas experiências com gravações caseiras, Theres estava familiarizada com a tecnologia envolvendo fones de ouvido e microfones e, na opinião de Teresa, cantou de maneira perfeita já no primeiro *take*. Os alertas sobre não deixar a respiração audível eram supérfluos, já que na maior parte do tempo Theres estava prendendo o fôlego.

Ouviu-se a voz do produtor por sobre os alto-falantes, pedindo para Theres colocar mais ênfase num ou noutro verso, diminuir o ímpeto no primeiro refrão, e assim por diante. Theres obedeceu e fez tudo que lhe foi pedido; depois de mais dois *takes*, o produtor se deu por satisfeito.

Mais ou menos uma hora se passou até tocarem a mixagem bruta. Teresa não entendia direito essa história de "mixagem bruta". Na opinião dela, já parecia algo que se poderia ouvir no rádio, e um arrepio percorreu-lhe a espinha quando ouviu os primeiros versos e pensou: *Essa é a minha canção. Eu escrevi isso.*

Diante do resultado, algo semelhante aconteceu com as pessoas dentro do estúdio, que olharam para Teresa com uma expressão ligeiramente mais bondosa. Um sujeito de vinte e poucos anos se virou para ela e disse "Boa letra, menina", e Teresa foi obrigada a baixar os olhos, porque sentiu que estava enrubescendo. Ela dava conta de lidar com crueldade; gentileza e elogios eram uma coisa traiçoeira e complicada.

A canção continuou, e embora agora soasse como uma música de verdade, muito mais do que antes, Teresa sentiu que alguma coisa estava faltando; a canção tinha perdido algo da versão mais simples que elas haviam gravado em Svedmyra. Ela não era capaz de dizer exatamente o quê e não ousou abrir a boca, porque tinha certeza de que a expulsariam do estúdio. Em tese, eles sabiam o que estavam fazendo.

Depois passaram a trabalhar na versão de "Thank You for the Music", e quando Theres cantou o verso "For giving it to me", os técnicos na mesa de mixagem estavam imóveis e boquiabertos. Em seguida, o produtor abriu os alto-falantes para que Theres e Teresa ouvissem os aplausos espontâneos.

Max Hansen ficou satisfeito e anunciou que estavam diante de um "sucesso garantido". Quando Teresa perguntou ao produtor se elas poderiam ficar com uma cópia da gravação bruta em CD, ele respondeu que isso era impossível, porque não queriam correr o risco de que as canções fossem divulgadas antes de estarem prontas e acabadas. Também seria uma boa ideia se elas apagassem a versão que tinham em casa, para evitar vazamentos desnecessários. Teresa respondeu que sim, claro, sem a menor intenção de fazer isso... Max entregou a Theres uma cédula de quinhentas coroas. Entraria em contato assim que as coisas começassem a acontecer.

Depois da relativa calma do estúdio, apesar de tudo foi uma espécie de choque sair em Götgatan e dar de cara com as ruas movimentadas, abarrotadas de gente passeando ou fazendo as compras dominicais. Teresa aspirou o ar gelado e tentou aclarar o cérebro. Depois, sentiu uma mão desabar pesadamente sobre seu ombro; pelo canto do olho, percebeu um movimento e virou-se a tempo de ver de relance Theres, que estava a ponto de cair.

Os transeuntes lançavam olhares tortos para as duas meninas, agarradas uma à outra; o rosto de Theres estava colado ao peito de Teresa, que murmurou:

– O que foi? Qual é o problema?

O corpo de Theres tremeu quando ela soltou um único e longo sopro de ar que passou pela blusa de Teresa e se espalhou por sua pele. Segurou Theres com mais força, e durante um bom tempo ambas permaneceram imóveis. Então Theres endireitou um pouco o corpo, o suficiente apenas para desgrudar a boca do tecido da roupa de Teresa, e disse:

– Eles comem.

– Quem? As pessoas do estúdio?

– Eles pegam. Eles comem.

Teresa agarrou a mão de Theres para escorá-la, e constatou que a mão segurava a cédula que Max Hansen lhe dera. Assim que Teresa tocou Theres, ela abriu a mão e a nota amarrotada caiu no chão. Teresa olhou para a cédula caída na calçada, molhada e suja, e uma onda flamejante de ódio se acendeu em seu estômago quando ela percebeu como a coisa toda funcionava.

Eles pegam. Eles comem.

Em um *e-mail*, Max Hansen havia sugerido que gostaria muito de ver destruído o filme que Teresa tinha retirado da câmera dele. Teresa respondeu que já o havia jogado fora, mas ainda estava de posse da gravação e se lembrava exatamente do que tinha visto. Como ele queria abusar de Theres, explorá-la, pegar algo dela, comê-la, engoli-la, documentando tudo para que depois pudesse reviver a experiência.

A mesma coisa tinha acontecido no estúdio, só que de uma maneira que, via de regra, as pessoas consideravam aceitável. Theres tinha algo que eles queriam. Eles arrancariam isso dela, colocariam numa embalagem e venderiam o resultado para quem pagasse mais. E a única coisa que Theres tinha recebido era aquele pedaço de papel caído na lama.

Eles pegam. Eles comem.

Teresa não tinha visto. Ela fora enganada pelo modo como as pessoas no estúdio haviam se comportado, como se tudo fosse normal, e pela simplicidade com que Theres parecia capaz de cantar qualquer coisa. Ela não entendera. Que isso tinha um custo. Observando o comportamento de Theres em lugares públicos, Teresa constatou que, para ela, era difícil se ver rodeada de adultos. Agora, tinha passado um dia inteiro nessa situação. Em espaços apertados, silenciosos.

Quando Teresa tentou abraçar Theres de novo, ela fez uma tímida tentativa de se afastar. Teresa a soltou e, em vez disso, olhou-a diretamente nos olhos. Os olhos de Theres eram de um azul pálido e transparente, não muito diferente daqueles dos zumbis de *Madrugada dos mortos*. Como se alguém tivesse enfiado agulhas neles e extraído sua cor.

Eles pegam. Eles comem.

Teresa dobrou o corpo e se agachou para pegar a cédula de quinhentas coroas. Ignorou a frouxa resistência de Theres e levou-a na direção da Medborgarplatsen.

– Vamos, vamos pegar um táxi.

Nunca na vida Teresa tinha acenado para chamar um táxi na rua, mas o taxista pareceu considerar perfeitamente natural o gesto que ela fez, parou no meio-fio e deixou que as duas meninas entrassem no carro e se acomodassem no banco de trás. Teresa disse o endereço e mostrou a cédula de quinhentas coroas, apenas por precaução.

Theres se encolheu o máximo que pôde no canto, abraçou o próprio corpo e fechou os olhos. Parecia tão pequena e insignificante que Teresa foi invadida por um novo sentimento: ternura. Queria que Theres pousasse a cabeça em seu joelho, queria afagar os cabelos dela e sussurrar: "Está tudo bem, você está a salvo, eu estou aqui".

Em vez disso, ela simplesmente ficou ali, sentada, com as mãos unidas entre as coxas, fitando Theres, que parecia ter pegado no sono. Uma enorme e tranquila felicidade entrou no corpo de Teresa. E cresceu. Foi crescendo. Quando passaram pelo ginásio Globe Arena, ela sentia que poderia desintegrar de tanta felicidade. Nunca tinha visto a Globe Arena. Jamais tinha estado dentro de um táxi. Jamais se vira sentada ao lado do contorno adormecido de alguém que ela amava. Até então, tinha vivido à sombra.

Na falta de qualquer outra chance de contato com Theres, Teresa sacou seu MP3 *player* e ouviu "Voe" no volume máximo. A versão delas. Não era apenas melhor do que aquela que tinha sido gravada no estúdio. Era *infinitamente* melhor.

Quando chegaram a Svedmyra, Theres já tinha se recuperado um pouco, tanto que conseguiu subir sozinha e sem ajuda a escada até o apartamento. Junto à porta, ela se virou para Teresa e, num fiapo de voz, disse:

– Eu não vou fazer um CD.

Depois abriu a porta.

Jerry estava em casa. Quando perguntou sobre o que andavam fazendo, Theres apenas balançou a cabeça e desapareceu em seu quarto, onde desabou na cama e dormiu de novo.

Teresa se encaminhou para a porta, mas Jerry bloqueou sua passagem. Cruzou os braços e, com um tom de voz de uma calma ameaçadora, disse:

– Quero saber o que vocês duas estão aprontando.

– Nada.

– Teresa, se você pretende voltar aqui pra visitar a Theres, então quero saber o que vocês andam fazendo. Seja o que for. Só não me venha com mentiras.

– Meu trem já vai sair.

– Notei que vocês chegaram num táxi. Pegue outro táxi. Caso contrário, você não será mais bem-vinda aqui.

– Não cabe a você decidir.

– Cabe sim, senhora.

Teresa teve de tombar a cabeça para trás a fim de ver o rosto de Jerry. Não estava tão fechado e duro como sua voz sugeria. Parecia mais preocupado do que outra coisa. Ela perguntou:

– Por que você quer saber?

– O que você acha? Porque eu me preocupo com a Theres, é claro.

– Eu também.

– Eu acredito em você. Mas quero saber o que vocês estão fazendo.

Teresa não era capaz de inventar uma história. Esse nunca tinha sido o seu forte. Por isso, ela contou a verdade. Deixou de fora a parte com Max Hansen no quarto de hotel e fez um relato resumido sobre o trabalho de composição das canções e a sessão no estúdio. E sobre quanto Theres tinha ficado exausta.

Assim que terminou, encarou Jerry diretamente nos olhos. Neles, não havia prazer nem desprazer. Teresa teve de desviar o olhar. Por fim, Jerry meneou de leve a cabeça e disse:

– Tá legal. Agora eu sei. Quer que eu chame um táxi?

– Sim... por favor.

Enquanto Jerry telefonava, ela foi ao quarto de Theres e deteve-se por alguns instantes, com a cabeça encostada no batente, observando a adormecida Theres. Uma fria e viscosa inquietação se insinuou e se retorceu dentro do abdome, onde pouco antes a felicidade havia borbulhado.

Nunca mais vê-la de novo.

Jerry poderia tomar a decisão, seria tão fácil quanto respirar. Ele poderia trancar a porta, desligar o telefone, mudar de casa e levar Theres, e não haveria coisa alguma que elas pudessem fazer. Não tinham poder sobre si mesmas.

— Acho que é melhor você ir andando — Jerry disse, atrás dela.

Teresa se descolou do batente como um pedaço de hera sendo arrancado de um muro. Caminhou para a porta da frente com a cabeça abaixada; queria perguntar "Posso voltar no próximo fim de semana?", mas seu orgulho a impediu. Em vez disso, endireitou as costas, olhou para Jerry e disse:

— Volto no próximo fim de semana, tudo bem?

Jerry meneou a cabeça e abriu um sorrisinho malicioso:

— Claro. O que mais você faria?

A bem da verdade, Teresa não entendeu o que estava por trás desse comentário. Havia algo de estranho nessas palavras. Mas ela compreendeu o fato de estar autorizada a voltar. Uma vez que estava prestes a irromper em lágrimas de alívio, rapidamente deu meia-volta, abriu a porta e desceu correndo as escadas.

Assim que chegou em casa, Teresa trancou a porta do quarto e pegou o DVD de Max Hansen, a fim de assisti-lo. Esperava — até certo ponto, temia — que a visão do corpo nu de Theres tivesse algum efeito sobre ela. Isso se devia em parte ao fato de que não havia exatamente visto o filme inteiro, senão alguns trechos de relance, quando ainda estava na câmera.

Mas isso não aconteceu. Ela achava que Theres era bonita com ou sem roupa, mas só. Ponto final. Quando o traseiro nu de Max apareceu na tela, Teresa começou a se indagar se ela não seria assexuada. Esse negócio de sexo parecia simplesmente desnecessário e feio. Max Hansen de joelhos, Theres recuando, Hansen agarrando-a, puxando o rosto dela para sua virilha. Tão indigno.

Contudo, assistiu com vivo interesse a tudo o que se seguiu. Theres pegando a taça, quebrando com um estalo a haste. E, depois, começando a golpear e retalhar as costas de Max Hansen com a ponta da taça, tão desprovida de emoção quanto um carpinteiro martelando um prego. Era algo que precisava ser feito, e ela o fizera sem sequer derramar o conteúdo da taça na outra mão. Quando Max Hansen percebeu o que tinha acontecido e começou a gritar, ela nem ao menos olhou para ele, mas simplesmente foi abrir a porta.

Você é totalmente doentia, Theres. Você é o lobo acima de todos os outros lobos.

Voltou e reviu a sequência repetidas vezes.

No começo de dezembro, Teresa entrou na sala de aula e viu que havia cinco meninas reunidas em volta de sua carteira; no meio delas, estava sentada Jenny, mostrando às outras alguma coisa no celular. Não. Teresa apalpou os bolsos. Tinha esquecido o telefone quando saiu para o intervalo. Era o celular *dela* que Jenny tinha entre as mãos.

Assim que as meninas avistaram Teresa, Jenny ergueu o telefone. Na tela, viam-se fotos de Theres.

– Quem é esta, Teresa? É a sua namorada?

Jenny virou de novo o visor do telefone para si e fez com que as fotos fossem sendo exibidas uma a uma. Caroline disse:

– Ela é muito bonita, *de verdade*. Onde você arrumou uma namorada tão bonita?

Teresa não respondeu e não fez sequer um gesto no sentido de pegar o telefone, porque sabia exatamente o que iria acontecer. Jenny sairia correndo, jogaria o aparelho nas mãos de alguém, e ela acabaria se sentindo pior do que já estava. Não dava a mínima para o que aquelas meninas diziam, mas não gostou de ouvi-las falando de Theres. Não gostou nem um pouco.

– Espere aí um minuto! – disse Johanna de repente, apontando para o celular de Teresa. – É *ela*! A menina que cantou no *Ídolo*. Você *conhece* ela?

Teresa fez que sim com a cabeça, e Jenny, consciente de que a situação estava saindo do controle e escapando-lhe por entre os dedos, disse:

– Claro que não conhece, e em todo caso ela era uma porcaria. Uma merda absolutamente sem o menor talento. A pior coisa que eu já vi na vida.

Teresa deu alguns passos e se plantou do outro lado da carteira, de frente para Jenny. Depois pigarreou e acertou uma cusparada no rosto dela, que soltou um guincho agudo de nojo e limpou a saliva do olho. Depois, fez uma coisa que Teresa não esperava. Seus olhos se estreitaram; ela sibilou e disse entredentes:

– Sua putinha nojenta, que porra você pensa que tá fazendo? – Então saltou por sobre a carteira e arranhou o rosto de Teresa com as unhas compridas.

Não chegou doer, e Teresa manteve a calma. Em sua imaginação, ela viu Theres munida da pequena estaca de vidro. Viu quanto Theres agira com calma. Era tudo uma questão de calma. Calma e crueldade. Quando Jenny foi para cima dela de novo, tateando descontroladamente no ar, Teresa inclinou o corpo um centímetro para trás, a fim de ganhar impulso, cerrou o punho e rechaçou a investida golpeando-a no rosto com toda a força e violência de que foi capaz.

Tão simples... Jenny desabou de costas, com sangue jorrando do nariz quebrado. As outras meninas ficaram paralisadas na hora; Teresa pegou seu celular e o enfiou no bolso. Tão simples... Tudo na verdade é muito simples.

Depois que Jenny foi levada a contragosto para o hospital, Teresa teve de aturar uma longa conversa com o diretor e a psicóloga da escola. De certa maneira, essa conversa foi como a aula sobre democratas e republicanos, com exceção do fato de, infelizmente, Teresa não poder anotá-la. Já tinha começado a transformar a experiência com Jenny em uma canção com o título provisório de "Mingau". Era sobre as coisas que tinham forma sólida na vida cotidiana, mas que precisavam ser transformadas em mingau se você quisesse viver.

Também estava preocupada com sua nova e repentina descoberta sobre o conceito de simplicidade. Geralmente, a gente sabe o que fazer numa determinada situação, mas a dúvida, a covardia e a preocupação equivocada e irracional com as outras pessoas se intrometem no caminho e atrapalham tudo. Mover para trás a mão e o corpo, depois deslocar o peso para a frente e acertar o soco tinha sido o óbvio a fazer. O problema era como aplicar essa mesma simplicidade a situações que não tinham a ver com violência, que não podiam ser resolvidas com violência.

Escute seu coração.

Sim, em certo sentido era uma sacada inacreditavelmente banal, mas talvez os lampejos mais banais sejam, sobre todos, os melhores e mais importantes, desde que você seja de fato capaz de viver de acordo com eles. Isso até que podia ser verdade, e os pensamentos de Teresa seguiram nessa toada enquanto ela ouvia a sonolenta cantilena do diretor e da psicóloga, que desfiaram uma batelada de perguntas.

Teresa respondia em monossílabos, em um tom de voz que ela esperava que soasse autêntico. "Não sei", "Sei lá", "Não", "Sim". Desta vez, o papel que interpretava era o da *menina chocada com as próprias ações*.

Felizmente, trazia arranhões na bochecha, o que ajudou a dar crédito à interpretação. Ela tinha visto tudo vermelho, não sabia o que estava fazendo. No fim das contas, foi autorizada a voltar para a aula.

Quando entrou na classe, todo mundo ficou em silêncio. Sentou-se na carteira e olhou de relance para Micke, em cujo rosto se esboçou uma breve sugestão de sorriso. Ela pegou o livro de exercícios e rabiscou os fragmentos da letra de "Mingau". Já sabia em qual melodia aqueles versos se encaixariam.

12

Se uma jornada de mil quilômetros começa com o primeiro passo, então muitas coisas que acabam sendo da maior importância começam com uma ideia legal. Alguém está entediado e coloca em prática alguma pequena ideia para passar o tempo. E, num piscar de olhos, temos Pacman, meias de seda, a teoria da gravidade e *O senhor dos anéis*. Um professor está sentado em seu gabinete de trabalho num dia melancólico, pega uma folha de papel e escreve: "Numa toca no chão vivia um *hobbit*". Ele não sabe o que é um *hobbit*, ou que tipo de toca é essa. Mas se trata de uma frasezinha alegre – o que pode vir a seguir?

No fim de semana após o incidente com Jenny, Theres e Teresa estavam sentadas sem ter o que fazer. Era noite de domingo. Elas não queriam ver filmes e tinham passado tanto tempo trabalhando em canções que haviam perdido as forças. Teresa ensinara Theres a jogar o jogo da velha, mas, depois de algumas partidas à guisa de teste, a habilidade de ambas estava tão insuportavelmente equilibrada que cada rodada parecia somente uma questão de quem resistia mais tempo às jogadas e investidas da outra, e era sempre Theres.

Ela parecia ser desprovida da capacidade de sentir tédio; enquanto estavam ali, sentadas uma diante da outra junto à mesa de centro da sala, tendo entre elas uma folha de papel polvilhada de cruzinhas e círculos, Teresa começou a sentir uma ânsia desesperada de bolar alguma coisa, qualquer coisa que fosse nova.

Por fim, ela pensou em algo.

– Tenho uma ideia. Vamos fazer um vídeo?

Max Hansen não entrava em contato já fazia vários dias, e ao que tudo indicava a carreira musical de Theres havia terminado antes mesmo de começar. Bem que elas poderiam arriscar alguma besteirinha por conta própria, tanto fazia.

As duas desencavaram um lençol azul-marinho que foi pendurado na parede do quarto de Theres e improvisaram uma iluminação com algumas lâmpadas. Numa gaveta da cozinha, Teresa encontrou um fio com luzinhas usado como enfeite de Natal, que elas suspenderam no teto para fazer com que os olhos de Theres cintilassem quando olhasse para o alto.

Com fita isolante, Teresa prendeu o celular no espaldar de uma cadeira, depois ajustou a altura colocando alguns DVDs sob as pernas da cadeira, de modo que o rosto de Theres preenchesse a tela. Depois, iniciou a gravação enquanto a música começava a tocar no computador.

Theres não conseguiu entender o conceito de dublagem: simplesmente cantou a canção. Talvez a sincronização labial funcionasse melhor desse jeito, e em todo caso não seria um problema tirar o som do filme e adicionar a faixa pré-gravada. A voz real de Theres se fundiu perfeitamente com a versão pré-gravada enquanto ela cantava a música inteira.

"Voe, voe pra longe do dia a dia e suas coisas rasas
Voe, voe pra longe e estenda suas asas
Voe, voe, fuja das amarras que te prendem assim
Voe pra mim, voe pra mim..."

Teresa nunca se acostumava; toda vez, ela ficava fascinada; quando Theres parou de cantar, demorou um bom tempo até conseguir voltar a si e inclinar o corpo para a frente a fim de desligar a câmera.

Na escola, eles tinham aprendido a mexer um pouco no programa iMovie, e Teresa conhecia o bê-á-bá sobre editar e acrescentar som. Estava prestes a substituir o que Theres tinha acabado de cantar pela versão pré-gravada, mas se conteve. Em vez de remover por completo a nova versão, ela simplesmente diminuiu o volume.

A nova versão soava diferente, mas ainda em perfeita sintonia com a antiga. A qualidade do microfone do celular era muito pior, mas, de alguma maneira, o som áspero e metálico ao fundo deixou a canção mais encorpada, mais empolgante. Teresa não era uma pessoa musical... Como é que se chamava aquilo?

– Theres – ela disse. – O que você acabou de cantar agora. Você não tava cantando a mesma coisa, certo? Você tava cantando uma harmonia, não é?

– Eu não sei. O que é uma harmonia?

– Acho que o que você acabou de cantar era uma harmonia.

– É assim que deve ser. Às vezes.

Teresa fez experiências, deixando a voz de Theres gravada no celular mais alta e mais baixa em diferentes partes, tirando-a da estrofe e fazendo-a se elevar significativamente em certos trechos do refrão até Teresa dizer que era assim que deveria ser. Elas tocaram o resultado na tela cheia com som e imagem, e tudo se encaixou de uma maneira que era difícil de definir. Simplesmente funcionou.

O semblante calmo e inexpressivo de Theres, somente sua boca se mexendo enquanto cantava a letra dramática acompanhando a melodia natural, ocasionalmente complementada pela voz eletrônica que parecia vir de outro mundo... Perfeito.

Teresa recostou-se na cadeira e, com os braços cruzados sobre o peito, contemplou a imagem de Theres congelada na tela.

– Vamos postar na internet? – ela perguntou. – No *MySpace*, sei lá. Algum lugar em que as pessoas possam assistir?

– Sim, as pessoas podem assistir.

Teresa levou um bom tempo para criar uma conta no *MySpace* com seu antigo apelido Josefin. Quando estava prestes a postar o vídeo, deparou-se com um problema em que não tinha pensado: que nome ela colocaria como sendo o da cantora, e quem estava por trás da canção? Theres já era conhecida como Tora Larsson, mas e Teresa? Ela queria mesmo se expor ao possível ridículo? Quem se exibe e se coloca em evidência desta maneira sempre corre riscos.

O cursor piscou, exigindo um nome na caixa em que devia constar o nome do artista e do autor da canção. Teresa brincou com as palavras. Tora Larsson, Teresa, Theres, Larsson, Tora, Teresa, Larsson...

Tes... la.

– Tesla – ela disse.

– O que é isso?

– Somos nós. É assim que a gente se chama, nós duas juntas.

– Tesla. Tudo bem?

– Sim.

Teresa digitou o nome e o título da canção, "Voe", e enviou o pacote para a incalculável área de armazenamento do *MySpace*. Depois saiu do *site*, colocou o computador no modo de espera e encolheu os ombros.

– Mais tarde a gente confere – ela disse. – Se alguém assistiu. Em todo caso, agora já foi, tá feito. Mas acho que ninguém vai se interessar.

Numa toca no chão vivia um hobbit.

13

Dois dias depois, vinte pessoas já haviam assistido ao vídeo. Quatro dias depois, eram trezentas. Quando Teresa foi a Estocolmo no fim de semana seguinte e as duas conferiram juntas o *site*, o número de acessos já chegava a dois mil. Os comentários, sem exceção, eram positivos, e alguns entusiastas tinham enviado o *link* para todos que conheciam. Praticamente, as pessoas que viam e gostavam do vídeo pareciam ser meninas.

No domingo, duas horas antes de Teresa pegar o trem de volta para casa, ela e Theres entraram mais uma vez no *MySpace*. O número de internautas que haviam ouvido a canção ultrapassava os quatro mil, e o vídeo tinha sido alçado a um lugar de honra na categoria dos "mais tocados", o que supostamente era garantia de *mais acessos*.

No momento em que Teresa já se preparava para rumar para a estação, Max Hansen telefonou. Estava completamente fora de si. Alguém lhe contara sobre o vídeo, e como é que elas podiam ter feito uma coisa tão estúpida, porra? As duas tinham arruinado tudo. Todo o trabalho dele, todo o dinheiro que ele investira para que a versão *certa* fosse lançada. As duas idiotas haviam acabado de jogar tudo por água abaixo com aquela merda de porcaria de gravação que qualquer pessoa podia ouvir na internet de graça.

Max Hansen estava tão furioso que sua voz soava entrecortada, e era impossível saber se seus gritos eram de ódio, ou apenas de aflição.

— Mas isso não importa – disse Teresa.

Era ódio. Max Hansen rugia com tanta fúria que era difícil ouvir o que ele dizia, e Teresa teve de segurar o fone longe da orelha.

— Você não sabe de nada, porra! Você acha que é só ela gravar uma canção e na semana seguinte ela vai no *Tracks* e aparece na televisão. Você é tão imbecil que dá vontade de me matar! Vou dizer o que você vai fazer. Vai entrar agora naquela sua página do *MySpace* e vai apagar aquela porra de vídeo, senão eu não sei o que vou...

— Adeus – interrompeu Teresa, e colocou o telefone no gancho. Quando o aparelho tocou de novo, ela arrancou o fio da tomada.

Chegaram os feriados de Natal, e a popularidade de "Voe" continuou a crescer de maneira exponencial. Graças ao boca a boca, quanto mais gente assistia ao vídeo, mais gente ficava sabendo, e quem via não deixava de mencioná-lo para outras pessoas.

No início, Teresa tentou acompanhar todos os comentários, deleitando-se com os elogios e com o fato de que muitas meninas encontravam consolo na canção e julgavam a letra "fantástica", mas ignorando as alusões sexuais e os comentários depreciativos de meninos e meninas que, de alguma maneira, sentiam-se ameaçados pela aparência de Theres.

Mas então a coisa ficou pesada demais.

Um dia, ela estava sentada diante da tela do computador, lendo mais um *post* que dizia mais ou menos "essa não é garota do *Ídolo* e por que ela tá com a aparência tão esquisita e essa letra fala do quê, afinal?", quando se deu conta de que já era o bastante. Ela simplesmente não conseguia ler mais uma palavra sequer.

Uma grande parte de sua vida e de seus pensamentos tinha começado a girar em torno da letra que escrevera, do vídeo caseiro que elas tinham gravado em duas horas, e ela não era capaz de evitar: estava arrependida.

Teresa, finalmente, tinha feito algo para *mostrar àqueles desgraçados*, e seu nome nem ao menos estava lá. Ela tentou se convencer de que isso não tinha importância, que não dava a mínima porque estava acima dessas coisas. Mas não era verdade. Embora não tivesse o desejo de ficar sob os holofotes, ela queria que as pessoas *soubessem*. Soubessem que era *ela*, Teresa Svensson, aquela menina ali, aquela menina cinza e sem graça, a autora da letra de "Voe".

Sentia o cérebro a ponto de desintegrar-se enquanto lia todos os comentários positivos que eram sobre ela, mas sem que uma única pessoa tivesse consciência desse fato. Já não aguentava mais lidar com isso.

Göran e Maria tinham decidido experimentar algo novo e reservaram um chalé nas montanhas para passar a semana do Natal. Teresa não queria ir e tentou arranjar uma boa desculpa para ficar em casa, mas, dois dias antes da data marcada para a viagem, ela mudou de ideia. Precisava escapar. Ir para longe do computador, longe dos arrependimentos.

Depois de apenas dois dias, apresentou sintomas de abstinência. Uma vez que não gostava de esquiar, não tinha outra coisa a fazer além de ler os livros de poesia que levara consigo, ouvir música e fuçar nos joguinhos do celular. Desprezou o lugar e o ambiente, com aqueles caras do tipo aventureiro radical encaixando os esquis no bagageiro do teto do carro, os meninos e meninas de sua idade vestindo roupas de *snowboard*, largas demais, e alguma coisa insuportavelmente *esportista* na maneira como se moviam. Se na escola Teresa era uma *outsider*, ali era uma verdadeira alienígena.

Os irmãos dela não demoraram a fazer amizade com os esquiadores, e, por sua vez, Göran e Maria desapareciam em expedições de esqui *cross-country*. No terceiro dia, Teresa decidiu que a única maneira de sobreviver mentalmente era sacar a caderneta de anotações e começar a escrever novas canções.

Certa noite, depois que a família jantou no restaurante do hotel e estava passando pela recepção a caminho do chalé, Teresa ouviu a canção. Havia um grupo de jovens de dezessete ou dezoito anos sentados em sofás em volta de um *laptop*. Ela avistou o rosto de Theres na tela, e pelos pequenos alto-falantes externos dava para ouvir "Voe". Imóveis, os adolescentes encaravam fixamente os olhos meio enevoados de Theres enquanto ela cantava.

Olof cutucou o ombro de Teresa e meneou a cabeça na direção do grupo.

– Já ouviu essa? É demais.

– Fui eu que escrevi.

– Claro que foi. Você e a Beyoncé. Por que você tá falando isso, porra?

– Porque é verdade.

Olof abriu um sorrisinho malicioso e Arvid girou o dedo indicador na altura da testa; a família se dirigiu para a saída, mas Teresa ficou parada onde estava, punhos cerrados, olhando para o chão. A canção foi acabando aos poucos, e os adolescentes começaram a fazer comentários. Uma menina disse que era "tipo a melhor música de todos os tempos", e outra se perguntou "por que será que não tem mais músicas dessa cantora?". Um menino colocou ponto final na discussão abrindo um vídeo em que um bêbado caía de uma janela.

Teresa permaneceu sentada numa poltrona, a certa distância do grupo, e para se distrair pegou um exemplar ali jogado do jornal *Aftonbladet*. Na página sete havia um artigo com a manchete "Quem é Tesla?", salientando que a canção "Voe" já chegara a quase um milhão de acessos na internet, apesar do fato de ninguém saber quem era a artista.

De repente e sem aviso, a cabeça de Teresa pegou fogo. Um segundo depois, jogaram sobre ela um cobertor antifogo. A escuridão a envolveu e ela mal conseguia respirar. Seus pulmões se contraíram e ela perdeu todas as forças. Uma dor excruciante de queimadura fatiou como uma navalha sua cabeça ainda em chamas, e uma força invisível fez com que se afundasse na poltrona, incapaz de se mover.

Foi assim que Göran a encontrou quinze minutos depois. Caminhou até a recepção, olhou ao redor e avistou Teresa prostrada na poltrona.

– Aí está você. Onde você foi? – Teresa abriu a boca para responder, mas sua língua se recusou a cooperar. Göran se inclinou sobre ela e cutucou-lhe uma das mãos. – Vamos. A gente vai jogar uma partida de General.

Teresa já tinha se sentido mal muitas vezes, já tinha ficado infeliz e vociferado a palavra "tormento" sem realmente saber o que significava. Agora ela sabia. Se tivesse condições de pensar, Teresa não teria definido como tormento o estado em que se encontrava, mas teria acreditado que alguma doença latente havia subitamente aflorado, derrubando-a por completo. Mas era tormento. Puro medo, pânico, paralisando todos os músculos de seu corpo. Göran teve, praticamente, de carregá-la de volta ao chalé.

Naquela noite, ela mal pregou os olhos; ficou deitada encarando a escuridão até que a luz acinzentada do amanhecer deixou visíveis no vidro da janela desenhos e contornos da geada. Ela não quis comer nada no café da manhã, e Maria a obrigou a tomar dois analgésicos bem fortes antes que a família partisse para as respectivas aventuras.

Foi somente quando retornaram a tempo do jantar é que Göran e Maria começaram a se preocupar. Encontraram Teresa na mesma posição em que a haviam deixado, deitada de lado na cama, os olhos fixos numa pequena placa que dizia que era proibido encerar os esquis dentro do chalé.

Maria levou a mão à testa dela e constatou que não estava com febre.

– Qual é o problema, minha querida?

A voz de Maria soou estranha aos ouvidos de Teresa. O volume estava normal, mas não parecia vir de algum lugar perto dela. Provavelmente, porque a pessoa que falava estava distante, a voz tinha sido amplificada por algum meio eletrônico. Por isso era inútil e despropositado responder, e, de qualquer modo, a pergunta não fazia sentido.

– Aconteceu alguma coisa? – perguntou Maria.

De novo. A pergunta nada tinha a ver com ela. Estava sendo dirigida ao espaço vazio, e o espaço que Teresa ocupava no quarto era insignificante e estava encolhendo. Aos poucos, ela estava sendo amarrotada como uma folha de papel coberta de texto, esmagada por palavras sem valor. Logo, seria uma bola branca e rolaria para longe até sumir de vista.

Durante a noite, enquanto Teresa mais uma vez ficou deitada imóvel encarando a escuridão, "Voe" ultrapassou a marca de um milhão de acessos no *MySpace*.

14

O Natal não foi exatamente do jeito que Jerry esperava. Ele e Theres celebraram a véspera de Natal em casa, com Paris e o filhinho de nove anos dela, Malcolm, uma criança alegre para quem foi difícil aceitar a atitude fria e distante de Theres. Ele queria mostrar os brinquedos novos, e se enfurecia quando Theres não reagia de acordo com suas expectativas. Afinal, o menino fechou a cara e, tremendamente emburrado, recusou-se até mesmo a chegar perto de Theres, muito menos falar com ela.

Paris desdobrou-se da melhor maneira que pôde para manter o clima animado, e Jerry brincou e fez gracejos com Malcolm enquanto Theres quedava-se ali, sentada, encarando a árvore de Natal como se fosse o mais interessante dos filmes. A noite foi suportável, mas ficou dolorosamente claro que eles jamais seriam uma família numerosa e feliz.

O sucesso de "Voe" ainda não tinha atingido o ápice. Jerry havia assistido ao vídeo, achou que era bem-feito, e não pensou mais no assunto. Sentia-se grato pelo fato de Theres não ter usado seu nome verdadeiro.

No dia 26 de dezembro, uma sensação de tristeza tomou conta dele. Provavelmente, até ali viera alimentando a estúpida esperança de que seria capaz de juntar as duas metades de família de modo a formar uma única unidade, de que o espírito natalino colocaria em ação sua varinha mágica. Mas isso não aconteceu. O medo concreto de Jerry era que Paris decidiria colocar um ponto final no relacionamento porque não havia futuro para os dois. Ela dizia que o amava e queria ficar com ele, mas a dúvida o estava corroendo por dentro.

Por isso, Jerry não estava exatamente de bom humor quando, no dia seguinte ao Natal, sentou-se para assistir a um velho bangue-bangue protagonizado por John Wayne e ouviu alguém tocar a campainha. Tinha bebido algumas cervejas, e quase conseguiu sentir o líquido jorrando dentro do corpo quando se ergueu com esforço da poltrona para atender à porta.

Seu primeiro pensamento foi o de que deveria tratar-se de algum tipo de vendedor. O cabelo cuidadosamente penteado, o bronzeado de salão de beleza, o terno, o sorriso experiente. Alguma maldita assinatura de telefonia celular ou... aspiradores de pó. Sim, a primeira impressão de Jerry foi a de que aquele homem estava ali para lhe vender um aspirador de pó. Até que o sujeito se apresentou como Max Hansen.

– Certo, sim – disse Jerry. – Então é você. Certo.

Quando Jerry apertou sua mão estendida, Max Hansen disse:

– Bom, eu não sei quanto a Teresa contou a você... – Havia na maneira como ele fez o comentário um elemento de ansiedade que Jerry não compreendeu. Quando ele deu de ombros e disse que já sabia da merda toda, Max Hansen pareceu aliviado.

– Eu tentei ligar – ele disse. – Mas talvez haja alguma coisa errada com o seu telefone.

– O aparelho não está conectado – disse Jerry. – Acho que é de propósito.

Max Hansen perguntou se poderia entrar, e Jerry quis saber do que se tratava. Max Hansen pediu mais uma vez para entrar, e Jerry repetiu a pergunta. Se você bater a cabeça na parede, quem vai gritar primeiro, você ou a parede? Resposta: você. Por isso, Max Hansen desistiu e explicou calmamente o motivo da visita.

Como Jerry sem dúvida sabia, Tora tinha gravado uma canção que se tornara um tremendo sucesso na internet. Mas ela também tinha feito uma outra gravação, profissional, e agora Max Hansen queria lançar essa versão como um *single*.

– Beleza – disse Jerry, começando a fechar a porta. – Boa sorte pra você.

Max Hansen enfiou o pé na porta e Jerry teve uma recordação desagradável que em nada contribuiu para melhorar seu humor.

– Você não entendeu – disse Max Hansen. – A gente poderia estar falando de uma grana preta aqui. O problema é que nenhuma gravadora está disposta a lançar o *single* até que eu tenha em mãos a documentação que prove o meu direito de representar Tora. Você é o tutor legal dela?

A voz de Max Hansen havia adquirido um tom agressivo. Claro que Jerry não teria tido o menor problema em bater a porta no pé dele e obrigá-lo a tirar a perna, mas a conversa sobre a grana preta não poderia ser ignorada. Jerry tinha dinheiro suficiente para apenas mais um ano, se tanto, e só.

– Não – respondeu Jerry. – Eu não sou o guardião legal dela. Ela não tem tutor legal. Não há como providenciar documentação nenhuma. O que você sugere?

Jerry abriu apenas uma fresta, estreita o suficiente para que Max Hansen inclinasse o corpo à frente e sussurrasse bem perto de seu rosto:

– Que eu falsifique a papelada. Que você não faça estardalhaço. E então, depois você vai receber seu dinheiro na surdina.

Jerry ponderou sobre a questão. Tinha percebido que a não existência de Theres no sistema causava problemas incontornáveis. O que o vendedor de aspiradores de pó estava oferecendo era uma solução que resolvia tudo isso: dinheiro fácil surgindo do nada, sem que ele precisasse se meter em encrencas.

– Beleza – disse. – Faça isso. Mas eu vou ficar de olho em você.

Max Hansen tirou o pé da porta.

– Faça isso. Manterei contato.

Jerry fechou a porta com uma sensação desagradável no corpo. Alguém estava pisando sobre o túmulo dele. Sim. Em algum momento no futuro, estava acontecendo alguma coisa que ele não conseguia antever. Max Hansen tinha sido um tanto rápido demais para pensar na ideia de forjar a documentação. Mas o que Jerry poderia fazer? Max poderia falsificar o quanto quisesse, à vontade; não havia a menor chance de Jerry procurar a polícia, nem a pau. Sua única carta na manga era o fato de Max Hansen não saber disso. Pelo menos ele achava que não.

Mas a sensação não era boa, e quando Theres lhe perguntou quem tinha batido à porta e ele disse que era um vendedor de aspiradores de pó, sentiu dentro do peito um tinido metálico como o de trinta moedas de prata.

Theres passava a maior parte do tempo sentada diante do computador, e quando Jerry perguntava o que ela estava fazendo, dizia que as meninas gostavam da canção e escreviam para ela, e ela escrevia de volta. Jerry quis saber o que tinha acontecido com Teresa, e ficou sabendo que ela havia desaparecido. Que não respondia às mensagens. Theres não parecia chateada, nem preocupada, com isso, mas, como sempre, era difícil saber.

Na véspera do Ano-Novo, a campainha tocou, e Jerry abriu a porta abruptamente. Estava esperando mais trapaças de Max Hansen e decidiu bancar o durão e torcer pelo melhor desfecho possível. Mas deu de cara com uma menina assustada de uns quinze anos, que quase caiu escada abaixo quando ele escancarou a porta.

– Oi – disse a menina, num fiapo de voz que era quase inaudível. – A Theres está em casa?

– Quem é você?

A menina disparou uma resposta que deveria ter sido ensaiada muitas vezes.

– Meu nome é Linn desculpa se estou incomodando.

Jerry suspirou e se pôs de lado.

– Bem-vinda, Linn. A Theres está bem ali.

A menina rapidamente tirou os tênis e caminhou a passos surdos até o quarto de Theres. Pouco depois, a porta foi fechada. Jerry ficou parado no corredor encarando os tênis vermelhos de Linn.

Algo lhe dizia que ele estava testemunhando o nascimento de um monstro. No final das contas, ficou claro que ele estava absolutamente certo.

15

A família antecipara a volta para casa; no chalé nas montanhas, Göran e Maria finalmente perceberam que o estado de saúde de Teresa não era algo que poderia ser tratado com analgésicos. Ela não estava catatônica, mas não ficava muito longe disso. Por dois dias, recusou-se a comer o que quer que fosse, e quando Göran e Maria perguntaram, desesperados, se havia alguma coisa que talvez ela pudesse querer, ela respondeu com apenas três palavras: "papinha de bebê".

Então eles compraram papinha de bebê. Quando lhe davam de comer na boca, Teresa engolia algumas colheradas, bebia um pouco de água, depois se enrodilhava na cama e afagava o focinho de um velho brinquedo de pelúcia até ficar puído.

Göran e Maria eram gente comum. Jamais lhes ocorrera que um de seus filhos poderia sofrer de problemas que se encaixavam na categoria "psiquiátricos", e não era a estupidez ou a ignorância que os impedia de entrar em contato com o serviço de psiquiatria infantojuvenil. A coisa simplesmente não estava em seu radar.

Por razões que eles não conseguiam entender, de repente sua filha tinha se tornado muito, muito infeliz. *Deprimida* era uma palavra que eles poderiam ter dito, mas sem uma verdadeira compreensão do conceito. *Deprimido* significava simplesmente muito infeliz. Mas o tempo cura todas as feridas, mesmo as invisíveis, e uma pessoa que está muito infeliz, mais cedo ou mais tarde, irá se animar.

Alguns dias se passaram. Teresa comia pequenas porções de papinha de bebê, bebia água e ficava deitada na cama. Foi somente quando ela começou a falar que seus pais finalmente se deram conta de que talvez precisassem procurar ajuda.

Göran estava sentado ao lado da cama, tentando fazer com que a filha bebesse um pouco mais de água, quando Teresa de repente disse:

– Não existe mais nada.

Talvez ele devesse se sentir feliz com o fato de, depois de tanto tempo, ela falar de novo, o que lhes daria a chance de descobrir qual era o problema; mas o que disse não era exatamente motivo de celebração.

– Como assim? – ele perguntou. – Mas... há de tudo. Tudo existe.

– Pra mim, não.

Os olhos de Göran percorreram o quarto como se estivessem procurando algo que se mostrasse real, concreto, uma prova. Ele fixou a atenção numa tigela com contas de plástico amarelas, e uma lembrança distante surgiu como uma névoa, pelejando para encontrar uma forma sólida, mas sem sucesso. Alguma coisa a ver com contas amarelas e existir. Algo a ver com Teresa e uma outra época, melhor. Teresa murmurou alguma coisa, e Göran chegou mais perto:

– O que você disse?

– Eu tenho de ir pro outro lado.

– Que outro lado?

– Onde você morre e ganha a vida.

Três horas depois, Göran e Maria estavam sentados com Teresa entre eles, numa sala do serviço de psiquiatria infantojuvenil de Rimsta. A descida temporária de Teresa ao sofrimento plúmbeo e à letargia era uma coisa, mas a declaração sobre morrer era demais, era passar dos limites. Eles não poderiam ignorar aquilo.

As ideias de Göran e Maria acerca do atendimento psiquiátrico eram um tanto exageradas. Eles esperavam encontrar um bocado de branco e silêncio. Jalecos brancos, quartos brancos, portas fechadas; por isso, ficaram certamente perplexos quando viram a pessoa que os recebeu: era uma mulher de aparência normal, uma senhora de meia-idade usando roupas despojadas. Ela os levou até uma sala que parecia consideravelmente menos estéril do que um consultório normal.

Seguiu-se uma longa conversa, durante a qual Göran e Maria descreveram da melhor maneira que conseguiram o período que havia antecedido a condição atual de Teresa, e explicaram os motivos que, finalmente, convencera-os a entrar em contato com o serviço de psiquiatria. Teresa não abriu a boca.

Por fim, a médica se virou para ela e perguntou:

– Como você está se sentindo? Seus pais têm razão de achar que você quer tirar a própria vida?

Teresa meneou lentamente a cabeça, sem dizer uma palavra sequer. Depois de esperar alguns minutos, a médica estava a ponto de fazer a pergunta seguinte quando Teresa disse:

– Eu não tenho vida. É um vazio. Não consigo suportar. Ninguém consegue.

A médica se levantou e se dirigiu a Göran e Maria.

– O senhor e a senhora se importam de esperar lá fora um pouco enquanto eu bato um papo com a Teresa?

Dez minutos depois, foram chamados de volta. A médica estava sentada ao lado de Teresa com uma das mãos pousada sobre o braço da cadeira dela, como se quisesse estabelecer uma espécie de posse. Quando Göran e Maria se sentaram, ela disse:

– Creio que vamos deixar a Teresa aqui por alguns dias; depois veremos como as coisas ficam.

– Mas o que há de errado com ela? – Maria quis saber.

– É um pouco cedo pra dizer, mas acho que seria útil se pudermos conversar um pouco mais com a Teresa.

Enquanto aguardavam na outra sala, Göran leu alguns folhetos informativos, incluindo um sobre tendências suicidas nos jovens. Por isso, acabou perguntando:

– Ela vai ser mantida sob vigilância?

A médica sorriu.

– Vai, sim. O senhor pode ficar absolutamente sossegado.

Mas eles não se sentiram sossegados. No carro, a caminho de casa a fim de buscar algumas coisas para Teresa, Maria encetou um longo e ligeiramente histérico monólogo cujo argumento fundamental era *o que eles tinham feito de errado*.

Göran, agora já um pouco mais esclarecido por causa das informações lidas nos folhetos, tentou acalmá-la com a ideia de que a depressão era quase sempre um problema puramente fisiológico, um desequilíbrio químico do qual ninguém tinha culpa, mas Maria não quis lhe dar ouvidos. Ela reexaminou com pente-fino os últimos meses e chegou à conclusão óbvia: eram aquelas viagens para Estocolmo. O que ela fazia lá, afinal?

Göran, por outro lado, defendeu a tese de que Teresa tinha ficado mais feliz desde que começara a passar tempo com Theres, mas de nada adiantou. As viagens a Estocolmo eram o elemento na vida de Teresa que havia mudado, e, de alguma forma, essa era a raiz do problema.

Enquanto Maria enchia uma mochila com roupas, livros e o MP3 *player* de Teresa, Göran ficou parado no quarto da filha olhando para a tigela de contas amarelas. Quando pegou uma e segurou-a entre o polegar e o indicador da mão direita, sua mão esquerda subiu até a clavícula. E então ele se lembrou.

E, se eu não existisse, então ninguém estaria segurando esta continha.

Ele buscando Teresa na creche, as tardes à mesa da cozinha. Todos aqueles colares feitos de continhas de plástico. Para onde tinham ido?

Não existe mais nada.

O estômago de Göran se contraiu e ele começou a chorar. Maria pediu que parasse.

16

Teresa foi internada e colocada sob cuidados médicos. As pessoas estavam cuidando dela. Passavam como sombras diante da janela que eram seus olhos. Às vezes, as vozes chegavam-lhe aos ouvidos, às vezes alguém enfiava comida dentro de sua boca e ela engolia. Bem no fundo de sua consciência, existia uma pequena Teresa que sabia perfeitamente bem o que estava acontecendo, mas a clareza de sua mente não conseguia alcançar o corpo grande. Ela vegetava. Ela esperava.

De tempos em tempos, havia períodos em que o cérebro funcionava como deveria. Ela pensava, ela sentia. O problema era o vazio. Não era capaz de se lembrar como era a sensação de não se sentir vazia, de ter uma parede de pele e sangue para protegê-la do mundo. Isso já não existia.

A situação de Teresa poderia ser descrita como um estado de constante *medo*, obscurecendo tudo. Ela tinha medo de se mexer, medo de comer, medo de falar. O medo vinha do vazio, de ser completamente indefesa. Se esticasse uma das mãos, seus dedos talvez se quebrassem feito uma casca de ovo quando tocassem o mundo. Mantinha-se imóvel.

Depois de alguns dias de debates infrutíferos, começaram a dar-lhe comprimidos. Pequenos, ovais, com um sulco no meio. Os dias e semanas escorriam juntos, e ela não sabia quanto tempo tinha se passado quando um vislumbre de luz começou a se infiltrar pelos interstícios de sua imensa escuridão. Lembrou-se da sensação de um cobertor antifogo sendo jogado por cima de seu corpo. Agora ela conseguia entrever uma minúscula brecha. As vozes ao redor dela tornaram-se mais nítidas; os contornos, mais definidos.

Durante alguns dias, ficou simplesmente deitada, sentada ou em pé, fitando essa pequena fresta, registrando e assimilando o que acontecia ao redor. Não estava nem feliz nem triste, mas não restava dúvida de que estava *viva*.

Por fim, abriu um pouco mais a fresta e saiu. Não era exatamente uma borboleta emergindo do casulo que envolve a crisálida, mas estava transformada. Ela era Teresa, a vazia, mas usava sua casca e fingia estar viva de uma maneira que convencia até mesmo a si mesma. Às vezes, a própria Teresa achava que isso era real.

Teresa continuou tomando a medicação; descobriu que o seu remédio se chamava Fontex e era a mesma coisa que Prozac, e foi às sessões de terapia. Agora, ela conseguia se lembrar da velha Teresa, de como ela tinha sido e qual era o papel que ela representava. Mais uma vez, fazia isso de modo tão convincente que, às vezes, ela própria acreditava em si mesma.

No final de fevereiro, quase dois meses após sua internação, Teresa teve autorização para voltar para casa. Sentada no banco de trás do carro, fitou as próprias mãos. Eram as mãos dela. Estavam presas a seu corpo, pertenciam a ela. Entendia isso agora.

Duas semanas antes de Teresa receber alta, seu professor foi visitá-la levando alguns livros-textos, e ela trabalhou com afinco. As tarefas escolares propriamente ditas não foram tão difíceis; as leituras e os problemas matemáticos fluíam-lhe pela mente e eram resolvidos com rapidez, já que não sofriam mais a interferência da mixórdia de camadas de expectativa e ansiedade que são parte dos seres humanos de carne e sangue. Em duas semanas, ela aprendera tudo o que tinha perdido nas aulas, e mais ainda.

Quando Teresa voltou para a escola, os colegas mantiveram certa distância, o que ela considerou perfeitamente natural. Jenny, que estava prestes a passar por outra cirurgia plástica a fim de endireitar o nariz, falou com desprezo "Ah, olha só a maluca do pedaço. Voltou do hospício, é?", mas ficou em silêncio quando Teresa olhou para ela.

Johannes e Agnes tinham ido à clínica para vê-la, um dia depois da visita do professor, e não fizeram nenhuma tentativa de evitá-la na escola. Certa tarde, durante um dos intervalos, Teresa conversou com eles e falou um pouco sobre a vida na ala psiquiátrica e as dificuldades que surgiam em um ambiente onde todo objeto que poderia ser adaptado para o suicídio tinha de ser removido. Histórias divertidíssimas.

Enquanto falava, Teresa os observava, e uma voz dentro de sua cabeça dizia: *Eles são tão legais. Eu gosto tanto deles.* O que era verdade, e ao mesmo tempo não era, porque ela precisava dizer isso para si mesma, tentando estabelecer um fato que sabia que deveria estar lá, mas que, simplesmente, não conseguia sentir.

Com Micke, era mais fácil.

Alguns dias depois de voltar para a escola, Teresa estava zanzando pelo pátio quando avistou Micke fumando junto à porta do depósito onde eram guardados os equipamentos de ginástica. Foi até lá e aceitou o cigarro que ele lhe ofereceu, deu algumas tragadas cuidadosas e conseguiu não tossir.

— Como você está? — perguntou Micke. — Tipo, agora você é doida de verdade?

— Sei lá. Sim, acho que sou. Tenho de tomar remédios.

— A minha mãe toma remédios. Uma tonelada de comprimidos. Às vezes ela surta completamente, quando esquece de tomar.

— Como assim, surta?

— Bom, uma vez ela ficou totalmente... ela começou a berrar que tinha um porco dentro do forno.

— Um porco normal?

— Não, assado. Só que ainda estava vivo e ia sair pulando de dentro do forno e dar uma mordida nela. — Micke fitou Teresa. — Mas não é a mesma coisa que você tem, certo?

— Sei lá. Talvez até possa ser, se eu me esforçar.

Micke gargalhou e Teresa se sentiu... não feliz, mas totalmente *sem pressão*. Micke não fazia nenhum tipo de exigência. Mesmo Agnes e Johannes pareciam uma ameaça. Esperavam dela um certo tipo de comportamento, ela tinha de se adequar às expectativas deles. Micke, por outro lado, parecia ter uma atitude mais tranquila e relaxada em relação a Teresa desde que ela tinha se tornado uma maluca. Isso já era alguma coisa.

Depois de receber alta, Teresa levou três dias para sentir que tinha condições de chegar perto do computador. Durante o longo período de internação na clínica, ela tinha se desacostumado. Quando olhou para a grande caixa de metal, a tela e o teclado, julgou que estava fitando uma *fonte de infecção*. Se apertasse o botão que ligava a máquina, de dentro jorraria a doença.

Mas Theres. Theres.

Teresa respirou fundo, sentou-se à escrivaninha e abriu a tampa da caixa de Pandora. Acessou sua conta de *e-mail*. Durante sua ausência, haviam chegado toneladas de *spams*, e em meio a todo o lixo havia cinco, não, seis mensagens de Theres. A última datava de seis semanas antes.

Ela as abriu e leu. Cada mensagem tinha apenas uma ou duas linhas, e, exceto pelas duas primeiras, todas formulavam perguntas curtas. Por que ela não escrevia, por que não respondia. Na última linha da última mensagem, Theres declarava simplesmente "não vou mais escrever". O resto era *spam*.

Uma sensação de tristeza começou a se erguer dentro de Teresa, mas foi interrompida antes que se tornasse dolorosa. Às vezes, ela achava que podia *ver* a medicação agindo em seu corpo. O que via era uma motosserra; a lâmina foi acionada e arrancou o topo e a base de seu registro emocional. A copa e as raízes. Deixando-a com um tronco nu para arrastar de um lado para outro.

Leu de novo a última mensagem e clicou na opção "Responder". E depois escreveu:

eu tava doente. tava no hospital. não tinha computador. não podia escrever. voltei pra casa agora. sinto sua falta. posso te visitar no fim de semana?

Enviou a mensagem, depois sentou-se na cama e leu "Vozes sob a terra", de Ekelöf, três vezes seguidas. Entendeu cada palavra:

"Anseio me mover do quadrado preto para o branco.
Anseio me mover do fio vermelho para o azul."

Folheou de cabo a rabo a edição em brochura dos poemas completos. Não pedira para levarem o livro para a clínica porque, na verdade, nunca tinha gostado muito de Ekelöf. Agora achava que quase todos os poemas dele falavam diretamente com ela e que, de repente, ele tinha se tornado seu poeta favorito. Gunnar Ekelöf. Ele sabia.

"Essa criatura, o Sem Nome
ganha a vida em um quarto fechado
Sem outra abertura senão a fresta
através da qual é forçado a emergir
Agora ele se move
está vazio em
um mundo preenchido."

Maravilhada, Teresa continuou lendo e encontrou outros poemas que mexeram com ela, tocaram em cordas sensíveis; outras descrições de coisas com as quais ela já estava familiarizada. Era quase difícil deixar o livro de lado enquanto conferia as mensagens. Sim. Theres tinha respondido.

bom que você voltou pra casa. vem aqui logo.

A alegria se amontoou, pronta para dar um enorme salto no peito. Mas, um segundo depois, a motosserra se instalou ali, fatiando sua felicidade no momento do pulo, de modo que ela desabou entre as costelas de Teresa como um toco mutilado de prazer. Mas, mesmo assim, era prazer.

Teresa precisara de longas conversas com Maria, nas quais Göran tomou o partido da filha, até receber permissão para ir. Forçada a apelar para uma manobra aquém de sua dignidade, dissera:
– É a única coisa de que eu gosto.
Maria cedeu, e Teresa se sentiu vagamente imunda. Mas foi autorizada a ir, e isso era o mais importante. Contanto que se lembrasse de levar seus comprimidos.
Este era o novo passatempo de Maria. Desde a temporada de Teresa na clínica, sua postura tinha mudado: se antes ela era completamente ignorante e, portanto, profundamente cética com relação aos medicamentos psiquiátricos, agora passara a considerar o Fontex um presente de Deus para a humanidade. Graças aos comprimidos Teresa havia voltado para casa e estava "funcionando" de novo, e eles não precisavam ter uma filha deprimida. Teresa não estava tão certa disso, mas, por ora, continuava tomando três pílulas por dia.

No sábado, ela enfiou na mochila os comprimidos, seu recém-descoberto amigo Ekelöf e o MP3 *player*. Durante sua doença, Bright Eyes tinha sido uma companhia constante, e àquela altura Teresa sabia de cor cada nuança, cada som digno de nota das canções do CD *Digital ash in a digital urn*. Ele ainda era o máximo.

A jornada de trem era um meio de transporte, nada mais. Ela tinha uma lembrança distante das viagens anteriores, quando se sentira ansiosa ou empolgada ou saudosa. Mas agora não. Quando escreveu a Theres dizendo que tinha sentido falta dela, isso, como muitas outras coisas, era verdade e não era. Estava sentada dentro de um trem. Ela se reencontraria com Theres, e o que havia sido dividido voltaria a se tornar uma só coisa. Isso era certo e adequado, mas não era motivo para ansiedade ou esperança. Simplesmente era.

Mas mesmo assim... Quando Teresa desceu em Svedmyra e chegou ao mercadinho da esquina, de onde podia avistar a sacada de Theres, foi como *cor*. Como se um pouco de cor tivesse entrado em seu espaço vazio. Que cor? Ela fechou os olhos e tentou descobrir, porque esta era uma sensação bem-vinda, um sensação de verdade.

Violeta.

Era um violeta-escuro, tendendo ao roxo. Ajeitou a mochila no ombro e rumou para a porta de Theres, a Teresa violeta-escuro.

Foi Jerry quem atendeu à porta. Parecia irritado, mas, quando viu Teresa, abriu um largo sorriso e chegou a tocar o ombro da menina, quase puxando-a apartamento adentro.

– Oi, Teresa – ele disse. – Quanto tempo. A Theres me falou que você andou doente... qual foi o problema?

– Eu...

Teresa emudecia toda vez que tentava explicar em termos simples o que tinha acontecido. Jamais recebera um diagnóstico claro a que pudesse recorrer. Jerry esperou um pouco e depois perguntou:

– Foi alguma coisa a ver com a sua cabeça?

– Foi.

– Certo. Mas você tá bem agora?

– Sim, agora estou melhor.

— Legal. A Theres tá ali. Tem muita coisa acontecendo aqui, tá uma loucura. Você não vai acreditar.

Teresa supôs que ele estava se referindo ao estardalhaço de "Voe". Fazia dois meses que ela não lia jornais, não ouvia rádio, nem acessava a internet, e não tinha ideia do que acontecera com a pequena canção que ela e Theres haviam gravado em uma outra vida.

Quando se aproximou do quarto dela, Teresa achou que deveria haver algum televisor ligado em algum lugar. Ela ouviu o murmúrio de vozes falando baixinho. Atrás dela, Jerry disse:

— Dá uma espremida aí que cabe mais uma.

Teresa estacou de repente no vão da porta, e seu rosto perdeu todo resquício de cor. Independentemente de qual era ou não era sua expectativa quando visitava Theres, por aquela cena Teresa não tinha esperado.

O quarto estava apinhado de meninas da idade da própria Teresa. Theres estava sentada no meio da cama com uma menina de cada lado, e havia mais cinco no chão. Todas fitavam Theres, que parecia estar no final de alguma explicação e dizia o seguinte:

— Vocês vão morrer. Primeiro. Depois vocês vão viver. Aí ninguém vai poder tocar em vocês. Aí ninguém vai poder machucar vocês. Se alguém quiser machucar vocês, vocês devem fazer essa pessoa morrer. Aí vai ser de vocês.

As meninas continuavam sentadas, boquiabertas, ouvindo as palavras que fluíam num jorro rítmico da boca de Theres. Se Teresa não estivesse tão chocada, também teria se deixado levar. Ela já tinha passado por aquilo, já fora a pessoa para quem Theres dirigia aquelas palavras. As meninas no quarto eram como ela, haviam-na substituído. Teresa não era capaz de enxergar o rosto delas, apenas um grupo informe de inimigos.

Theres a viu e disse:

— Teresa.

Teresa sussurrou "Theres", mais uma lamúria do que uma resposta... e a motosserra foi ligada com um rugido furioso, talhando e cortando de modo a despedaçar o peso de chumbo que desabava dentro de seu corpo, tentando arrastá-la para baixo, para baixo. De joelhos, o rosto no chão, penetrando no solo, terra adentro.

Eu sou nada. Nem mesmo pra você.

Uma das meninas sentada no chão se levantou e se aproximou dela. Era uma garota *emo*, da mesma idade de Teresa. Cabelos pretos com uma franja cor-de-rosa. Maquiagem pesada nos olhos, um *piercing* no lábio inferior e pernas finas feito gravetos em *jeans* tipo *legging*.

– Oi. Meu nome é Miranda.

Uma mão frágil foi estendida na direção de Teresa. As unhas pintadas de preto. Teresa olhou para a mão esticada. Tudo estava prestes a dar errado. Ela conseguia sentir. Com motosserra e medicação, ou não: o cobertor antifogo estava prestes a ser jogado sobre si. Estava ali no quarto com ela agora.

– Você é a Teresa? – perguntou Miranda. – Eu adoro as suas letras. Todas elas.

Teresa não conseguiu apertar a mão, porque seus braços estavam travados em volta da própria barriga enquanto ela se concentrava em respirar.

As suas letras. Todas elas.

Theres tinha tocado as canções para aquelas meninas. As canções *delas*. Os segredos delas.

Agarrou com força a mochila e saiu correndo porta afora, desceu as escadas e continuou correndo até chegar à estação do metrô. O trem estrondeou, e Teresa sentou-se no assento para pessoas deficientes, bem no canto, encolhendo-se o máximo possível.

Estava tudo acabado agora. Tudo havia realmente chegado ao fim, e as únicas vozes existentes eram aquelas debaixo da terra:

"Eu me tornei a última peça do quebra-cabeça
A peça que não se encaixa em lugar nenhum, o desenho
 completo sem mim."

TODAS AS MENINAS

I

O que é preciso para quebrar uma pessoa?

Torturadores e interrogadores seriam capazes de fornecer estatísticas. Certa quantidade de noites sem dormir, certo número de agulhas, esta quantidade de água, aquela voltagem de corrente elétrica aplicada tantas e tantas vezes.

Mas há uma considerável variação na capacidade das pessoas de suportar a tortura. Às vezes, o torturador consegue alcançar o resultado desejado simplesmente exibindo os instrumentos e explicando o que vai fazer com eles. Às vezes, isso demora semanas; o carrasco pode ser obrigado a reavivar um coração exaurido cujas forças sucumbiram de tanta dor e, mesmo assim, talvez não consiga devastar o torturado.

Contudo, talvez seja possível discernir algum tipo de média. Basta esse número determinado de agulhas, basta essa quantidade de pancadas na sola dos pés e a maioria das pessoas fica suficientemente destruída a ponto de abrir mão daquilo que outrora mais estimava.

Mas na vida cotidiana?

Afinal de contas, mesmo uma vida normal contém sua cota de dor e decepção. A diferença é que essas coisas não são aplicadas de maneira mecânica, mas existem principalmente no plano emocional e, portanto, são ainda mais imprevisíveis. Algumas pessoas parecem ser mais capazes de resistir a praticamente qualquer coisa, ao passo que outras desmoronam ao menor revés. Nunca dá para saber. Algo que para uma pessoa é devastador pode não passar de um afago nos ombros para a outra, que por sua vez é dilacerada por causa de algo que para outras pessoas é trivial.

Além disso tudo, a situação pode variar de dia para dia, até mesmo quando se trata de uma mesma pessoa. Deve ser infernal ser um torturador, tendo apenas os instrumentos da vida cotidiana como o único recurso para encontrar o ponto de ruptura.

Teresa não caiu morta, tampouco fez o que quer que fosse para que isso acontecesse. Caminhando a passos lentos, ela arrastou o corpo desajeitado, comprou um bilhete na estação central, telefonou para casa e pediu que a buscassem em Österyd. Depois, ficou sentada com os olhos cravados na plataforma de embarque e desembarque. Não leu nada, não ouviu música, não pensou.

Se alguém que não conhecesse Teresa a tivesse visto no momento em que entrou no trem, a pessoa teria visto uma menina entrando no trem. Se alguém que conhecesse Teresa a tivesse visto no instante que ela se sentou no assento escolhido, essa pessoa teria visto Teresa sentar-se. Afinal de contas, do ponto de vista do mundo, nada tinha realmente acontecido, exceto o fato de que uma menina havia desistido de toda e qualquer esperança. Nada que valesse a pena mencionar, ou que fosse digno de nota.

Quando chegou a Österyd, Teresa não fez um trabalho muito bom no que diz respeito a representar o papel de si mesma. Göran ficou preocupado e perguntou se ela tinha tomado os comprimidos. Ela disse que sim. Sempre tomaria seus comprimidos. Era o que faria de agora em diante: comeria, beberia, dormiria e tomaria seus comprimidos.

Quando se sentou na frente do computador, no quarto, Teresa não pesou os prós e os contras. Simplesmente fez. Sabia a senha de Theres, e invadiu a conta de *e-mail* dela. Como Teresa já desconfiava, havia centenas de mensagens de dezenas de diferentes endereços, meninas que tinham ouvido "Voe" e entraram em contato com Theres, que por sua vez havia respondido e convidara todas a irem a Svedmyra.

Com o passar do tempo, o tom das mensagens ia ficando mais reverente. Estava claro que, para aquelas meninas, Theres era um ídolo na acepção original da palavra. Um ícone, um objeto de adoração e orações.

A partir de algumas frases soltas aqui e ali, coisas como "Eu mataria meus pais também se tivesse coragem", e "Eu me sinto como se também tivesse sido criada num porão", Teresa percebeu que Theres havia lhes contado. Tudo o que compartilhara com Teresa era, agora, de conhecimento público.

Teresa pegou o DVD com a filmagem de Max Hansen no quarto de hotel e ficou um longo tempo sentada, fitando o próprio rosto na superfície lustrosa do disco. Postaria o filme na internet. Não tinha ideia de quais seriam as consequências, mas, afinal, provavelmente isso prejudicaria Theres. Criaria problemas para ela. Transformaria Theres em alguma outra coisa que não a menina bonitinha e legal cantando a bela canção que nem mesmo era dela.

Teresa enfiou o DVD na bandeja do computador e deu dois cliques para abrir o arquivo. Mais alguns cliques, e tudo mudaria para Theres.

Em vez de fazer isso, retirou o DVD e, com uma caneta esferográfica, riscou meticulosamente a superfície; depois jogou o disco no cesto do lixo. Apagou do celular todas as fotos de Theres, entrou na própria conta de *e-mail* e apagou todas as mensagens antigas de Theres. Havia uma nova, que chegara uma hora antes. Ela a deletou sem ao menos ler.

Depois disso, inclinou-se na cadeira, massageando as têmporas enquanto tentava apagar as imagens de Theres presentes no disco rígido do cérebro. Foi mais difícil, e o esforço fez com que ela começasse a pensar em Theres. Teria de viver com as imagens. Elas provavelmente se desvaneceriam, pouco a pouco.

2

As imagens não se desvaneceram. Teresa sobreviveu aos dias e às semanas que se seguiram carregando dentro de si um espaço sob a forma de Theres que só fazia crescer. No final, o espaço acabou ganhando o mesmo formato de seu corpo, e era vazio. O vazio não era novidade, era o vazio que a tinha deixado de cama, que a mandara para a clínica psiquiátrica e a obrigara a tomar comprimidos.

Mas até mesmo o vazio tem sua topografia, seu cheiro e seu sabor. Este era um vazio diferente. Ele ecoava Theres, e doía. Às vezes, a sensação era a de que Teresa consistia apenas de dor e ausência, como se a dor e a ausência a mantivessem em pé.

Recorreu a todos os remédios em que pôde pensar. Tentou a automutilação. Sentada na velha caverna onde costumava passar o tempo com Johannes, ela se cortava com pedaços de vidro que encontrava na floresta. Isso lhe proporcionava um momento de alívio, mas, depois de alguns dias, desistiu. O consolo não durava.

Tentou passar fome, escondendo a comida que era servida à mesa da cozinha, até que seu ardil foi descoberto. Depois, começou a enfiar o dedo na garganta após as refeições. Isso também não trazia alívio, e ela desistiu do experimento.

Tentou tomar mais comprimidos, comer mais, tomar mais refrigerante. Os refrigerantes ajudavam um pouco. No momento em que levava aos lábios um copo de Trocadero gelado, tudo parecia bom, e Teresa continuava numa boa durante os primeiros goles. E prosseguiu tomando mais refrigerantes.

Enquanto tudo isso estava acontecendo, ela continuou desempenhando suas funções de aluna e mantendo em dia os trabalhos escolares. Na escola, desenvolveu o truque de criar um túnel que ia da cabeça dela até o professor, ou o livro. Enquanto conseguisse manter o túnel intacto, seria capaz de manter a concentração.

No final de março, houve uma festa da classe. Não o tipo de evento que é organizado pela própria escola, em que o olhar adulto atrapalha e desanima as festividades, mas uma *verdadeira* festa da classe. Os pais de Mimmi tinham ido viajar, passariam uma semana no Egito, e ela ficou com a casa inteirinha para si. Talvez a festa fosse uma espécie de vingança: Mimmi teria gostado de ir com eles, mas foi obrigada a ficar em casa por causa das péssimas notas na escola.

A classe inteira foi convidada, juntamente com algumas outras pessoas, e ninguém pensou em excluir Teresa. Jenny podia até ter seus seguidores e parasitas, mas nem todo mundo achava uma coisa ruim o fato de que ela tinha passado por uma cirurgia plástica no nariz, e embora Teresa não tivesse ninguém a quem pudesse chamar de amigo, pelo menos algumas pessoas a tratavam com um respeito silencioso, como o ponto escuro que permite ao resto do quadro brilhar. Estava autorizada a ir à festa.

Foi ao evento pela mesma razão por que fazia todo tipo de coisa naqueles dias: porque podia. Porque a festa estava lá. Porque, de qualquer modo, nem

Teresa nem ninguém dava a mínima para o que ela fazia ou deixava de fazer. Não havia diferença entre ficar sentada num sofá na casa de Mimmi ou numa cadeira dentro do próprio quarto.

Quando se aproximou da casa, Teresa ouviu "Toxic" pulsando através das paredes e, pela janela da sala de estar, viu um par de clones de Britney Spears movendo-se devagar, como algas dentro de um aquário. Jenny e Ester. Teresa não sentiu nem inquietação nem expectativa, mas foi invadida por uma sensação de esgotamento. Ela simplesmente não tinha forças.

Colocou no chão a sacola plástica contendo uma garrafa de Trocadero e duas latas de cerveja e sentou-se nos degraus. "Toxic" foi seguida por aquela música da banda The Ark, que todo mundo achava que venceria o festival Eurovison no fim de semana seguinte. Ela ficou sentada ouvindo, rodeada de canções *pop* sobre angústia, depois se levantou a fim de ir para casa. Ouviu um assovio atrás de si.

A luz estava acesa na garagem e a porta, aberta. Micke estava sentado lá dentro, acenando para ela. Ao lado dele, havia uma caixa de papelão. Quando Teresa chegou perto, ele apontou para a sacola de plástico nas mãos da menina.

— O que você tem aí?

Teresa mostrou-lhe as latas de cerveja e o Trocadero. Micke meneou a cabeça e pediu que ela se sentasse, depois tirou da caixa uma garrafa, abriu-a e entregou-lhe. Teresa olhou para o rótulo. Bacardi Breezer sabor melão.

— Achei que só meninas bebiam esse troço — ela disse.

— Que porra você sabe sobre isso?

— Nada.

— Exatamente.

Micke fez tim-tim batendo sua garrafa contra a dela, e os dois beberam. Teresa achou delicioso, ainda mais gostoso que Trocadero. Assim que esvaziaram as garrafas, Micke disse:

— Cê tá pronta pra feeeesta?

— Não.

Micke riu.

— Beleza. Então vamos beber outra.

Passou-lhe um cigarro, e desta vez Teresa nem precisou se esforçar para não tossir. O refrigerante alcoólico tinha suavizado sua garganta, e a fumaça desceu deslizando sem formigar.

– Sabe de uma coisa, Teresa? – disse Micke. – Eu gosto de você. Você é meio esquisita. Você é completamente diferente... do Tico e do Teco, por exemplo.

– Tico e Teco?

– Você sabe. Jenny e Ester. Tico e Teco. Com as turminhas delas e todo o resto. Aquela merda de árvores de Natal.

Teresa não tinha pensado que aquilo pudesse acontecer; estava tão completamente despreparada para a gargalhada que irrompeu dela que começou a tossir quando o riso colidiu com um gole de álcool garganta abaixo. Micke bateu-lhe nas costas e disse:

– Calminha. Calminha e tranquila, agora.

Ambos terminaram de fumar e esvaziaram as garrafas, e o mais incrível era que Teresa estava se sentindo exatamente assim: calminha e tranquila. Levando-se em conta todos os diferentes tipos de álcool que Göran tinha em casa, era estranho que Teresa jamais tivesse cogitado a ideia de recorrer à bebida como uma droga para amenizar seus problemas. Olhou para a garrafa em sua mão. Estranha, beirando a idiotice. Aquilo realmente *funcionava*.

Teresa não estava se sentindo bêbada, apenas alegre; não conseguia se lembrar da última vez que se sentira assim. Quando os dois se levantaram para entrar na festa, Teresa agarrou a mão de Micke, e ele rechaçou o gesto e se afastou com um sorrisinho malicioso.

– Relaxa, fica de boa – disse ele. – Você tá legal, não tá?

Não, Teresa não estava legal. Mas, na verdade, isso não importava. Os dois subiram os degraus da porta da frente da casa, Teresa alguns passos atrás de Micke, e, uma vez dentro da festa, eles se separaram. Cinco minutos depois, Teresa voltou furtivamente à garagem e bebeu de um só gole outra garrafa de Bacardi Breezer. A seguir, tornou a entrar na festa.

Johannes estava sentado no sofá, e Teresa deixou-se cair ao lado dele.

– Oi. Cadê a Agnes?

Johannes cruzou os braços.

– Ela vem mais tarde, acho.

– Por que ela não está aqui agora?

– Como é que eu vou saber, porra? Sei lá o que ela está fazendo.

– Claro que sabe. Vocês são um casal.

– E se a gente não for? Você está bêbada, aliás?

– Não.

– Está falando feito uma bêbada.

– Estou só um pouco feliz. Não tenho o direito de ficar só um pouco feliz?

Johannes deu de ombros; Teresa agarrou um punhado de salgadinhos de queijo de uma tigela, afundou de novo no sofá mastigando ruidosamente e passeou os olhos ao redor da sala. Com algumas exceções, até que aquelas pessoas não eram tão ruins assim. A galera de sua classe. Olhou para Leo e se lembrou da ocasião em que ele a ajudara a consertar sua bicicleta quando a corrente quebrara. Olhou para Mimmi e se lembrou de que tinham gostado bastante de trabalhar juntas em um projeto de literatura sueca. E assim por diante.

Pela primeira vez em muito tempo, um tênue anseio agitou-se dentro dela. Ela quis *fazer parte*, juntar-se aos outros, pelo menos um pouco. Chegar mais perto, ser parte integrante das coisas, fazer o que os outros faziam. Algo nela sabia que na verdade ela não queria e não conseguiria fazer isso, mas, *naquele exato momento*, era assim que se sentia, e, por ser algo agradável, ela reteve a sensação.

– Às vezes eu me pergunto... – disse Johannes, que tinha ficado um bom tempo em silêncio.

– O quê?

– O que teria acontecido se eu não tivesse me mudado de casa.

Teresa esperou que ele continuasse falando. Quando viu que Johannes não diria mais nada, ajudou-o.

– Você virou meio que um mauricinho depois disso.

Johannes esboçou um sorrisinho tenso.

– Na verdade, não. Fiz só o que tinha de fazer pra me encaixar. Às vezes, eu penso... merda, se pelo menos pudesse ter ficado lá. A gente até que se divertia, não é?

– É sério que você pensa mesmo nisso?

– Sim, de vez em quando.

Teresa engoliu uma maçaroca encharcada de salgadinhos de queijo. Em seguida, engoliu mais uma vez e disse:

– Eu também.

Estavam sentados bem perto um do outro. A esta altura, ela estava tão familiarizada com todas as formas de sofrimento que era capaz de distinguir de imediato os diferentes tipos, com a mesma precisão de um fã de carros que só de bater os olhos reconhece na hora a marca e o modelo de um automóvel. Teresa soube que aquilo era melancolia. Tristeza por alguma coisa que já tinha ido embora e jamais poderia voltar.

Mas era uma dor agradável, uma dorzinha fofa como as historinhas infantis do personagem Moomintroll, tão diferente daquela que ela carregava de um lado para outro em sua vida cotidiana que a acolheu de bom grado, como se fosse um cobertor de lã quentinho. Havia uma dor dentro do peito de Teresa, e quando Johannes deslizou o braço por trás do pescoço dela, ela encostou a cabeça no ombro dele.

Johannes.

Fechou os olhos e entregou-se à tontura e à leve melancolia que estava sentindo. Estava quase feliz. Houve um *flash*, e ela abriu os olhos. Munido de seu celular, Karl-Axel tinha se aproximado sorrateiramente e tirado uma foto. Johannes pareceu não dar a mínima, e Teresa fechou os olhos de novo.

Johannes. Se pelo menos tudo tivesse sido diferente.

Aquela vez nas pedras. Se ela tivesse enfiado a língua na boca dele, se não o tivesse empurrado. Se ele não tivesse se mudado de casa, se ela não tivesse... talvez não tivesse ficado tão gorda, talvez não estivesse tomando os comprimidos agora.

– Oi.

Teresa abriu os olhos novamente. Agnes estava sentada ao lado dela no sofá. Embora Johannes não tivesse recolhido o braço, Teresa endireitou-se como se tivesse sido flagrada no meio de algum ato proibido. Ou de um pensamento proibido.

Agnes estava olhando timidamente para Johannes. Teresa não conseguia entender como alguém era capaz de resistir a um olhar daqueles; ela teria sacrificado de boa vontade um dedo para ser parecida com Agnes *por apenas um único dia.*

Não. Um dia só, não. Uma semana. O dedinho mínimo por um mês. Não, o dedo indicador. O indicador por um ano. A mão inteira por uma vida inteira? A mão esquerda, neste caso.

Johannes tocou o ombro dela.

– Qual é o problema?

Teresa não sabia quanto tempo ficara lá sentada, perdida em devaneios sobre olhares e partes do corpo, mas, quando voltou a si, sentiu que algo havia mudado na atmosfera entre Agnes e Johannes e percebeu que estava sentada entre os dois, segurando vela. Levantou-se e foi até a cozinha.

Sobre o balcão, encontrou uma taça de vinho tinto cheia até a metade, e bebeu de um só trago. Achou o gosto esquisito, como se alguém tivesse misturado o vinho com outras bebidas.

Sua mão direita por Johannes. Oferta especial – um rim, a mão direita e vinte quilos de carne. Shylock. O mercador de Veneza. Meio quilo de carne. O que isso significa?

Teresa saiu zanzando pela casa. As pessoas estavam reunidas em grupos, e ela se sentiu ligeiramente nauseada quando se deu conta de que não passavam de amontoados de carne falantes. Numa pose nada natural, Jenny estava encostada ao batente de uma porta, girando no dedo um cacho de cabelo, enquanto conversava com Albin, cuja mão estava pousada no quadril dela.

Eles vão trepar. Todo mundo aqui vai embora trepar.

Teresa cravou o olhar no quadril de Jenny e pensou no conjunto exclusivo de facas de *chef* que tinha visto num suporte na cozinha. Se fatiasse os quadris de Jenny, Albin não teria onde segurar.

– O que você tá olhando, sua maluca? – Jenny sibilou na direção de Teresa, e Albin adotou uma postura de quem, caso necessário, defenderia com unhas e dentes sua trepada. Teresa fez uma careta e voltou cambaleando para a sala de estar. Agnes e Johannes estavam se beijando e trocando carícias no sofá, um quase engolindo o rosto do outro. Na verdade, ela não tinha pensado que os dois fossem capazes de fazer uma coisa daquelas. Especialmente Agnes, sempre tão fria quando se tratava de demonstrações de afeto; mas agora ela estava meio deitada por cima de Johannes, enfiando a língua dentro da boca dele enquanto uma das mãos apertava a parte interna da coxa do rapaz.

Teresa ficou lá parada, encarando. Johannes parecia estar tendo dificuldades para controlar as mãos; alguns dedos do rapaz deslizaram para as costas de Agnes e dali para dentro do cós dos *jeans* dela, mas não ousaram ir mais longe. Os dois estavam no meio de outras pessoas, afinal de contas. Em vez disso, continuaram se esfregando, se lambendo e se chupando e se curtindo dentro de sua bolha de excitação.

Teresa ficou lá encarando. Ondas alternadas de calor e frio fluíam-lhe pelo corpo. O aparelho de som tocava aquela canção sobre morrer:

"Nós vamos morrer ao mesmo tempo, eu e você
Nós vamos morre-e-e-e-e-er."

Relutante, ela se retirou da sala. Caminhou pela casa como se estivesse debaixo d'água, em direção à porta. Só havia uma coisa que ela queria. Conseguiu descer os degraus e chegou à garagem, onde caiu de joelhos ao lado da caixa, pegou uma garrafa de Bacardi Breezer e bebeu. Alívio, por alguns segundos. Esvaziou a garrafa em trinta segundos e depois ficou um bom tempo ajoelhada, balançando para a frente e para trás, com a cabeça entre as mãos.

– Porra, você tá roubando o meu estoque?

Micke estava parado diante dela, um sorriso bêbado nos lábios. Quando Teresa abriu a boca para pedir desculpas, ele fez um gesto dispensando explicações e disse:

– Tudo bem. O que é meu é seu, e aquela merda toda.

Encostou-se no batente da porta e acendeu um cigarro. Quando ofereceu a Teresa o maço, os olhos dela encheram-se de lágrimas.

– Micke. Porra, você é tão legal. Tão gentil.

– Claro que eu sou. Você vai querer um ou não?

– Você não pode me comer? Agora?

Micke bufou.

– Segura a sua onda. Você tá bêbada.

– Eu não estou bêbada. Todo mundo lá está bêbado, todos eles estão bêbados e vão trepar.

Micke estava sentado bem diante dela. Teresa levou uma das mãos à virilha dele e agarrou o pênis. Sem muito entusiasmo, Micke afastou a mão dela, mas, quando Teresa começou a acariciar, ele sentiu que estava endurecendo.

– Porra, Teresa. Para com isso.

Mas ela não queria parar. Queria ser comida e beijada e afagada como todos os outros, e queria estar perto e fazer parte de tudo. Através da água que formava enormes ondas a seu redor e deixava tudo borrado, ela arrastou-se para a frente, ainda ajoelhada. Fitou as próprias mãos como se fossem dois peixes alienígenas enquanto tiravam o cinto de Micke e abriam o zíper da calça dele.

Quando colocou na boca o pênis semiereto de Micke, ele gemeu alto. Algumas estocadas dentro e fora, e o pênis ficou completamente duro, e a partir daí não houve mais protestos. Ele pousou a mão sobre a cabeça de Teresa, enterrou os dedos nos cabelos dela e puxou-a na direção de seu corpo.

Por alguns instantes, ela gostou da sensação pouco conhecida. O pedaço morno de carne em sua boca, os sons que Micke estava produzindo. Depois, o véu de água foi posto de lado e ela viu o que estava fazendo. Aquilo não era ela. Não ali, não assim. Não conseguia respirar. Queria parar agora, queria ir embora para casa.

Tentou se desvencilhar, mas Micke sussurrou "Não para, não para", puxando a cabeça de Teresa com tanta força que o pênis roçava a parte de trás de sua garganta. Uma violenta onda de náusea arrebentou dentro do corpo dela, avolumando-se até fazê-la vomitar. Um jorro de refrigerante alcoólico, vinho tinto e salgadinhos de queijo esguichou, numa golfada vermelha que se espalhou pelo pênis, as mãos e as calças de Micke e pelo chão da garagem. Ele recuou na direção da parede e, enquanto sacudia das mãos a massa repulsiva, berrou:

– Mas que porra você tá fazendo? Isso é nojento demais, porra!

Teresa desabou e vomitou de novo, uma poça formando-se sobre o chão de cimento. Pelo canto do olho, ela viu Micke arrancando de um suporte na parede um longo pedaço de papel-toalha. Depois de limpar de si mesmo o grosso da sujeira, ele passou para Teresa um punhado de papel.

– Tome aqui. Isso não foi uma ideia muito boa, certo?

Teresa limpou a boca e balançou mecanicamente a cabeça. Um fedor azedo bateu-lhe em cheio nas narinas, e ela assoou o nariz e respirou fundo duas ou três vezes. Ouviu uma risadinha de escárnio e se virou na direção de Micke, que estava olhando para o jardim.

Os olhos de Teresa demoraram alguns segundos para se ajustar à escuridão. Então ela viu que havia um grupinho atrás de um arbusto baixo, a cinco metros de distância da garagem. Jenny, Albin e Karl-Axel.

Micke disse:

– Mas que porra vocês tão fazendo, seus idiotas de merda?

Karl-Axel ergueu o celular.

– Nada. Fiz só um filminho. Material explícito da pesada. Só o final que é meio nojento.

Teresa escondeu o rosto entre as mãos. Ouviu o som de passos em disparada, gritos e gargalhadas. Quando levantou a cabeça, muito tempo depois, estava sozinha. Pôs-se em pé e olhou ao redor. O vômito vermelho salpicava as paredes; a poça a seus pés dava à garagem o aspecto de um matadouro. Um matadouro.

Do celular, ela ligou para Göran e pediu que ele fosse buscá-la. Depois, foi sentar-se na calçada e esperou pelo pai, olhando fixamente para a grade de ferro de um bueiro. Atrás dela, a festa continuava.

3

Em algum lugar deve existir o fundo do poço, um limite para até onde alguém pode cair. É possível que Teresa tenha chegado a esse ponto quando acordou às oito e meia da manhã do sábado. Começou o dia indo ao banheiro e vomitou tudo o que ainda não tinha sido expelido. Depois, ficou deitada na cama com os braços em volta da barriga e teve vontade de morrer. Quis morrer de verdade. Ser obliterada, deixar de existir, nunca mais voltar a dar um passo no mundo.

Ela tinha achado desnecessário retirar do seu quarto todos os objetos pontiagudos; seus problemas jamais tiveram nada a ver com tirar a própria vida. Agora, seus pensamentos concentravam-se em outra coisa. Ela ficou lá, deitada, ruminando se tinha força ou coragem para apontar um lápis e colocá-lo em pé sobre a escrivaninha, segurá-lo firmemente com o punho cerrado, depois bater a cabeça de encontro à ponta aguçada, deixando-a penetrar o olho e o cérebro.

Não. Era horrível demais, e não havia a menor garantia de que ela morreria. Mas queria morrer. Suas lembranças da noite anterior eram vagas e desconjuntadas, mas ela se lembrava das partes mais importantes, o que bastava para deixá-la com vontade de encher a boca de terra, cobrir o corpo com terra.

O frasco de comprimidos Fontex estava no criado-mudo. Ela sabia que eles não eram uma opção, que não funcionariam. Caso contrário, seus pais não teriam permitido que o remédio ficasse no quarto. Por força do hábito, estendeu o braço para tomar sua pílula matinal, mas a mão se deteve no meio do caminho.

Se parasse de tomar a medicação, talvez de fato se transformasse numa doente mental. Talvez os enfermeiros viessem buscá-la, talvez fosse trancafiada num manicômio. Era uma alternativa para a morte, e quase a mesma coisa. Faltava apenas a terra na boca, mas de qualquer forma a pessoa sempre pode comer terra.

Era em torno desse tipo de coisa que seus pensamentos giravam naquela manhã de sábado.

Quando ela se levantou para ir de novo ao banheiro, Maria estava sentada na poltrona no patamar, tricotando. Ela jamais se sentava lá. Estava de olho na filha.

– Oi – disse Teresa.

– Oi. Você tomou seu remédio?

– Ahã.

Sentada no banheiro, ela se decidiu. Pararia de tomar os comprimidos durante um mês, para ver se acabaria enlouquecendo. Se isso não funcionasse, pensaria numa maneira de se matar que não fosse horrorosa demais. Sua esperança era endoidecer sem ao menos se dar conta disso.

Pouco depois do meio-dia, desceu a escada para manter as aparências. Comeu um pãozinho com queijo. Que tinha gosto de cinzas. O rádio estava ligado no quarto de Olof, que ouvia o programa *Tracks*. Quando a canção "que mais bombou na semana" foi apresentada, Teresa parou no meio de uma mordida para escutar o que dizia Kaj Kindvall:

– Foi lançada agora a versão de estúdio de uma canção que já é um baita sucesso no *MySpace* e no *YouTube*. O nome da artista é Tesla, e, a não ser por algumas participações e uma eliminação precoce na última temporada do programa *Ídolo*, não sabemos muita coisa sobre ela. Talvez isso tudo mude a partir de agora. Vamos ouvir "Voe".

A canção começou, e Teresa voltou a comer. Haviam acrescentado uma seção de cordas e deixado a música mais pomposa. Já não tinha mais nada a ver com ela. Teresa terminou o sanduíche e bebeu um copo de leite. Depois, passou mal e teve de vomitar de novo.

Às três em ponto, o telefone de Teresa apitou para avisar que ela tinha recebido uma nova mensagem. "O filme do ano! Confira!" Havia um arquivo de vídeo anexado. Já que ela estava com o rosto colado firmemente no chão, deu uma olhada. A qualidade da imagem era surpreendentemente boa. O pai de Karl-Axel tinha um emprego excelente. Dava ao filho presentes excelentes. Por exemplo, um celular excelente com câmera de excelente definição e excelente gravação de vídeo e som. Talvez o filme fosse ainda mais excelente do que aquela porcaria de celular de Teresa era capaz de mostrar.

Eles estavam lá desde o começo e tinham filmado a coisa toda, desde quando Teresa dissera: "Micke. Porra, você é tão legal. Tão gentil". Teresa viu e entendeu. Nenhuma mancha cairia sobre Micke. Ele era um rapaz, ela praticamente o atacara. Forçou a barra, obrigou-o a fazer aquilo e depois vomitou em cima dele.

Ela sabia como a coisa funcionava. O filme seria disseminado e se espalharia feito um vírus na internet. Pelo mundo inteiro. Em questão de poucos dias, pessoas em Buenos Aires estariam dando risadas da coisa mais nojenta que já tinham visto na vida; depois repassariam aos amigos. Ela não conseguia conceber aquilo.

Teresa sentou-se à escrivaninha, com as mãos geladas. O celular tocou. Automaticamente, apertou o botão para atender e levou o aparelho à orelha.

– Sim?

– Teresa? Oi, aqui é o Johannes.

– Oi, Johannes.

Silêncio do outro lado da linha. Por fim, Johannes suspirou, produzindo um som de estalo no ouvido dela.

– Como você está se sentindo?

Teresa não respondeu. Não existia uma resposta simples para essa pergunta.

– Eu vi o vídeo – disse Johannes. – Bom, não vi inteiro, mas... eu só queria... eu sinto muito por você.

– Não sinta.

– Mas eu sinto. Isso não está certo. Você passou por uma... Eu... eu só queria dizer que... estou aqui. Só pra você saber.

– Como estão as coisas com a Agnes?

– O quê? Ah, tudo bem. E ela diz o mesmo.

– Vocês voltaram?

– Sim. Mas, Teresa, tente... tente... Ah, sei lá. Mas eu estou aqui, tudo bem? E a Agnes. E a gente gosta muito de você.

– Eu sei que não. Mas mesmo assim, obrigada. Foi legal da sua parte.

Teresa desligou. Quando o telefone tocou de novo, ela rejeitou a chamada. Deitou-se na cama e encarou o teto.

Alguma coisa fica suja. Uma toalha. Depois, fica mais suja. E mais suja ainda, tão suja que começa a se desmanchar. Ela é jogada na lama, pisoteada, transformada numa bola. Há um ponto de ruptura no estado de sujeira em que o objeto que está sujo deixa de ser ele mesmo. Torna-se outra coisa. A toalha já não é mais uma toalha, não pode ser usada como toalha, não é uma toalha. O mesmo vale para um ser humano. Ah, a capacidade de reflexão pode aparecer para atravancar o caminho, a capacidade de sentir falta do que a pessoa outrora foi. Humana, com cheiro de detergente, utilizável.

Mas aos poucos desaparece, de maneira bem gradual. Desaparece.

Ao longo da tarde e durante a noite, Teresa recebeu diversas mensagens de texto sugestivas, ou completamente desagradáveis, que ela salvava depois de ler. O telefone tocou duas vezes; a primeira ligação foi de alguém fazendo barulho de sucção, na segunda alguém sussurrava: "Não para, não para".

Quando foi para a cama, Teresa não conseguiu dormir. Tentou ler alguns poemas de Ekelöf; porém, incapaz de se concentrar, nunca ia além de dois versos a cada tentativa.

Releu as mensagens nojentas: "tenha um bom fim de semana, sua piranha"; "chupa e engole"; "Campeonato Mundial de chupação de pau e vômito", juntamente com aquelas que haviam exigido um esforço de criatividade um pouco maior.

Teresa não se cansava. Eram duas da manhã quando sentou-se diante da tela do computador para ver se tinha recebido algum *e-mail*. Tinha. Mais do mesmo, de endereços desconhecidos; o filminho, que já havia se alastrado pelos quatro cantos, instigara a imaginação e a limitada capacidade de articulação do pensamento de certas pessoas.

Havia também diversas mensagens de Theres, esparsas ao longo das últimas semanas. Quando Teresa abriu uma delas, até certo ponto quase esperava encontrar alguma variação sobre o tema pênis/chupar/vomitar.

> você tem de vir aqui você tem de estar aqui

dizia uma delas. Em outra, mais antiga, leu:

> por que você foi embora correndo por que não ficou

Na mais antiga de todas, além daquela que ela havia apagado, Theres escrevera:

> jerry disse que você entendeu errado eu não entendo como você entendeu errado você tem de me dizer

O *e-mail* mais recente chegara na noite de sexta-feira, quando Teresa estava na festa: "você tem de escrever não gosto quando você some".

Teresa copiou frases de catorze mensagens ao todo e colou-as em ordem cronológica em um único documento, que leu e releu vezes sem conta. Se ainda fosse capaz de chorar, teria chorado. Em vez de lágrimas, alguns versos de Ekelöf brotaram e abriram caminho à força.

Ela clicou na opção "Responder" e, no topo da mensagem, escreveu:

> Eu vivo num outro mundo, mas você vive no mesmo.

Olhou para a frase. Era realmente tudo o que tinha a dizer. Mas ainda assim seus dedos começaram a se mover sobre as teclas. Imitou o estilo sucinto de Theres, o que facilitava a escrita. Não fez o menor esforço para ser qualquer outra coisa além de honesta.

Theres. Eu não fui embora. Eu existo. Mas não existo. Todo mundo quer me machucar. Todo mundo me odeia. Saí correndo porque te amo. Quero que você fique comigo. Não com outras pessoas. Você não sabe como estou infeliz. O tempo todo. Estou vazia. Não existe lugar onde eu possa estar. Me perdoe. Eu vivo num outro mundo agora.

Enviou a mensagem. Depois voltou para a cama. Sua própria escuridão amalgamou-se à escuridão do quarto, e ela adormeceu.

Quando acordou, às nove horas, havia uma resposta de Theres na caixa de entrada.

você tem de viver neste mundo você tem de vir até mim agora seria bom mas no próximo fim de semana jerry vai pros estados unidos então você vem e aí vou te mostrar o que fazer

Comparada a outras mensagens de Theres, era praticamente um romance. Como sempre, uma boa parte do texto exigia interpretação, mas isso não incomodava Teresa. Ela tinha escrito, e recebera uma resposta. Iria a Estocolmo, e iria sem nenhuma esperança em especial. Não era um ato de vontade que a fazia pensar dessa maneira. Era simplesmente um fato.

4

Na tarde de domingo, quando Teresa adoeceu, nada poderia ter sido mais bem-vindo. Sua temperatura disparou para mais de trinta e nove graus, mas ela se sentia fria e refrescada. Seu corpo estava exausto, os pensamentos agradavelmente embaralhados. Toda a dor real havia sido absorvida por uma irrelevante dorzinha dos músculos, e, quando sua temperatura aproximou-se dos quarenta graus e a febre fez seu corpo levitar dos lençóis, ela sentiu até mesmo uma pequena dose de prazer.

Teresa tomou Ibuprofeno e sua temperatura diminuiu durante a noite, o que permitiu que dormisse; na manhã de segunda-feira, contudo, Maria verificou que a febre ainda estava muito alta, de modo que não havia a menor condição de Teresa ir à escola. Como se ela quisesse ir. Ela desligou o celular e ficou deitada na cama, sem fazer outra coisa além de saborear a doença, entregar-se a ela. Era o que tinha.

O tempo todo Teresa continuava cuidadosamente tirando os comprimidos do frasco de Fontex e jogando-os fora. Quando Maria insistiu para que tomasse o remédio, escondeu a pílula debaixo da língua até que a mãe saísse do quarto.

Na manhã da quinta-feira, a temperatura de Teresa já tinha voltado ao normal, e Maria achou que poderia ir à escola, mas ela disse:

– Não. Eu vou ficar em casa e descansar hoje e amanhã. Vou pra Estocolmo no fim de semana.

– *Não vai, não* senhora.

– Vou, sim.

– Da última vez, você voltou destruída pra casa, e agora acabou de passar a semana de cama. Se acha que vou deixar você ir, está muito enganada.

– Mãe. Não há nada que a senhora possa dizer ou fazer pra me impedir. Porque não importa. Se a senhora não me deixar ir, vou ficar aqui deitada até morrer. Não vou comer. Não vou beber. Estou falando sério.

Teresa não se surpreendeu com o fato de Maria ter dado ouvidos ao que ela dissera, porque alguma coisa tinha acontecido com a voz dela. Teresa já não estava mais falando pela boca, mas a partir do esterno, e só era capaz de dizer a verdade. Maria também, obviamente, conseguiu perceber isso. Por um bom tempo, ela simplesmente ficou lá, parada, encarando Teresa. Em seguida, bateu em retirada do perigoso platô onde ambas se encontravam e inclinou a cabeça.

– Certo! – disse. – Se é assim que vai ser, então você pode pagar sua própria passagem.

Na manhã de sábado, Göran deu uma carona para Teresa até a estação. Não conversaram muito no carro, e as poucas palavras que Teresa disse, aparentemente, deixaram Göran incomodado. Teresa entendeu. Tratava-se de sua voz; ela própria conseguia ouvir o timbre. Talvez fosse assim que os fantasmas falassem, ou os vampiros – criaturas sem alma.

O trem levou-a até Estocolmo e o metrô levou-a até Svedmyra e o elevador levou-a até a porta de Theres. Não sentiu nada. Quando Theres abriu a porta, entrou no apartamento e sentou-se à mesa da cozinha. Theres sentou-se diante dela.

Teresa não sentia o menor desejo de dizer uma palavra sequer, mas tinha ido até lá, afinal de contas. Perguntou:

– O Jerry está nos Estados Unidos?
– Sim. Foi com a Paris. Por que você está infeliz?
– Por causa do que eu escrevi.
– Não entendi.
– Tem muita coisa que você não entende.
– Sim. Muita. Você quer comida?
– Não. A sua música está no *Tracks*.
– Eu sei. A gente vai ouvir. Pra ver se ela ganha.
– É importante que ela ganhe?
– Aí mais gente vai querer ouvir.
– Por que você quer que mais gente ouça?
– A minha voz é boa. As suas letras são boas. Por que você está infeliz?
– Porque eu sou gorda e feia e solitária e ninguém gosta de mim. Pra começar.
– Eu gosto de você.
– Talvez, mas você gosta de tanta gente...
– Gosto mais de você.
– Como assim?
– Tem muitas meninas. Mas eu gosto mais de você.
– Alguém vem aqui hoje?
– Hoje não. Nem amanhã.
– Por que não?
– Eu vou ficar com você. Por que você está infeliz?

Teresa levantou-se da mesa e zanzou pelo apartamento. Foi como uma pessoa revisitando um lugar do qual se ausentara havia tanto tempo que tudo se tornara desconhecido. O computador que as duas tinham tocado, a cama de Theres onde elas haviam se sentado, o sofá onde tinham assistido a filmes de terror. Todas essas coisas eram verdadeiras e não eram. Pertenciam a uma outra pessoa.

Ao lado do computador, estava seu caderninho com letras de canções. Leu algumas e não conseguiu entender por que motivo as havia escrito.

Ao meio-dia, ajudou Theres a ligar o rádio, e depois as duas ficaram sentadas em silêncio no sofá, escutando canção após canção. Teresa ouvia por trás das músicas, por trás das palavras. Não havia coisa alguma lá. A única coisa que cada canção que ia sendo apresentada como uma ótima faixa de uma banda nova e realmente empolgante conseguia expressar era uma completa falta de conteúdo.

Poucos minutos depois das duas da tarde, ouviu-se um chiado agudo, um zumbido. Era o *jingle* de anúncio da "Bala da semana", a novidade que mais tinha subido de posição na parada: "Voe", de Tesla. A canção surgira do nada e foi direto para o segundo lugar da semana, perdendo apenas para "The Worrying Kind", da banda The Ark.

Quando Teresa desligou o rádio, Theres disse:

– A gente não ganhou.

– Talvez na semana que vem.

– Como assim?

– Não importa.

– Por que você está infeliz?

– Você pode parar de me perguntar isso?

– Não. Eu quero saber.

Teresa tirou do bolso o celular, fuçou até encontrar a mensagem com o vídeo da garagem, apertou a tecla "Reproduzir" e passou o aparelho para as mãos de Theres, que manteve a telinha bem perto dos olhos enquanto assistia atentamente ao desenrolar dos eventos. Quando o filme terminou, ela devolveu o telefone e disse:

– Vomitar não é bom.

– É tudo que você tem a dizer?

Theres ponderou por alguns segundos, depois perguntou:

– Por que você fez isso? Com o menino?

– Eu estava bêbada.

– Você andou bebendo álcool.

– Sim.

– Álcool não é bom. Por que você está infeliz?

Alguma coisa vinha se acumulando, avolumando-se em silêncio, e agora o corpo de Teresa deu um solavanco quando um "clique" claramente audível reverberou dentro dela. Um interruptor foi apertado, uma escotilha foi aberta. Levantou-se de um salto e *gritou*.

— Por que você não consegue entender *nada*? Será que não consegue entender que essa é a coisa mais nojenta, mais feia e mais repulsiva que uma pessoa pode fazer e que ela foi filmada e sou *eu* quem está fazendo essa coisa e todas as malditas pessoas da porra do mundo inteiro podem assistir e ver como eu sou feia e completamente nojenta vomitando no pau dele e antes disso eu já me sentia uma merda e achava que eu estava totalmente vazia aí eu bebi pra não ser mais vazia e depois isso aconteceu e no fim descobri que na verdade é possível ser *ainda mais* vazia, porra! É possível uma pessoa ser tão vazia a ponto de não mais existir de verdade e eu não existo mais e esta aqui parada não sou eu e não sou eu falando com você e você não me conhece mais e eu não conheço você!

Durante todo esse monólogo dito aos berros, Theres permaneceu sentada, com as costas eretas e as mãos pousadas sobre os joelhos, ouvindo atentamente. Quando Teresa desabou na poltrona, o rosto afogueado, os braços em volta do próprio corpo, Theres disse:

— Foram boas palavras. As que você escreveu.

— Que palavras, porra?

— "Eu vivo num outro mundo, mas você vive no mesmo".

— E você entende o que isso quer dizer?

— Não, mas eu dei risada.

— Eu nunca ouvi você rindo.

— Eu comecei.

— Como assim, você começou?

— Algumas das meninas dão risada. Aí eu também dou. Às vezes. Senão elas ficam com medo. — Theres olhou para a janela. — Agora a gente vai.

— Vai aonde?

— Vou te mostrar o que fazer.

Cinco minutos depois, as duas estavam na área de carga e descarga nos fundos do mercadinho local, que tinha fechado às duas da tarde. Teresa olhou para o martelo que Theres trouxera de casa e que agora balançava na mão dela.

— Você vai arrombar a loja?

— Não. Ele está vindo agora. Eu sei.

No instante em que Theres pronunciou a última palavra, a porta se abriu e um homem de quarenta e poucos anos saiu. Era extraordinariamente parecido com o professor de inglês de Teresa. A mesma barba rala, os olhos ligeiramente salientes, as mesmas roupas: calças *jeans* e camisa xadrez. Na mão, ele trazia uma pequena caixa de metal, provavelmente contendo a féria do dia. Avistou Theres e Teresa assim que abriu a porta.

— Oi, meninas, e o quê...

Antes que tivesse a chance de dizer mais uma palavra, Theres golpeou-o com uma martelada na têmpora. Ele cambaleou dois passos para trás loja adentro, depois estatelou-se de costas. Theres agarrou a porta antes que se fechasse com um estrondo, e entrou. Teresa a seguiu. Ela ainda não sentia nada.

A pesada porta metálica se fechou atrás delas, e o recinto estava mergulhado na semiescuridão. Somente a luz das vitrines do mercadinho infiltrava-se pelo vão de uma porta. Teresa encontrou o interruptor, e um punhado de tubos fluorescentes no teto se acendeu. O homem jazia no chão com a boca escancarada, uma das mãos pressionando a testa. Uma pequena quantidade de sangue escorria por entre seus dedos.

Theres entregou o martelo a Teresa e disse:

— Faz ele morrer.

Teresa sentiu o peso do martelo na mão e olhou para o homem. Tentou dar um golpe no ar, à guisa de treino. O homem começou a berrar. No começo, um ruído inarticulado, e depois com palavras.

— Peguem o dinheiro! Tem quase oito mil! Peguem o dinheiro e vão embora daqui! Eu nunca vi vocês, não sei quem vocês são, a minha mãe está doente, ela precisa de mim, vocês não podem, por favor, não façam nenhuma estupidez, apenas peguem o dinheiro...

Theres encontrou um rolo de fita-crepe e arrancou uma tira, com a qual deu duas voltas em torno da boca do homem. Teresa ficou surpresa com o fato de ele não oferecer resistência, mas suas mãos se agitavam de um modo estranho, espasmódico. Talvez a pancada na cabeça houvesse danificado alguma coisa relacionada às funções corporais dele. O homem bufava, e muco escorria-lhe do nariz e se espalhava pela fita adesiva. A cena era um pouco parecida com o filme *O albergue*. Provavelmente, tinha sido de onde Theres tirara a ideia da fita.

Teresa deu um passo na direção do homem, e os pés dele rasparam o chão na tentativa de recuar. Ela ergueu o martelo; perguntou a si mesma como estava se sentindo. Depois quis entregar a arma a Theres.

– Eu não consigo.

Theres não aceitou o martelo.

– Não. Você tem de fazer isso.

– Por quê?

– Você diz que está vazia. Você precisa.

Theres virou-se para fitar Teresa diretamente nos olhos. Teresa engoliu em seco. Encarou aqueles dois vácuos azul-escuros enquanto a voz de Theres fluía dentro de seus ouvidos.

– Você faz ele morrer. Depois pega. Vai ter um pouco de fumaça. Fumaça vermelha. Você pega ela. Depois disso, você não está mais vazia. Aí você vai ficar feliz e vai querer fazer as coisas de novo.

A voz de Theres tinha adquirido algo da mesma qualidade da voz de Teresa; vinha de algum lugar diferente do corpo dela, não da boca, e tudo o que dissera era verdade. Quando Teresa se voltou de novo para o homem, ele tinha conseguido se pôr de lado e agarrar alguma coisa no chão. Um estilete de abrir caixas. Ele o estava segurando no ar, com a lâmina apontada para Teresa, enquanto tentava pôr-se de pé. Os olhos arregalados encaravam insanamente as meninas, e o ranho continuava esguichando de seu nariz.

Teresa rangeu os dentes e levantou o martelo. A mão do homem voou e a lâmina do estilete rasgou a blusa dela, cortando-lhe superficialmente a barriga. O movimento desequilibrou o homem, que desabou no chão de novo. Theres pisou com força na mão dele até obrigá-lo a soltar o estilete.

Teresa olhou para o sangue escorrendo na direção do cós das calças, passou os dedos indicador e médio pelo filete e enfiou-os na boca. Sua boca ficou vermelha por dentro, e a cor formou uma onda enorme em sua cabeça até que lá também tudo ficou vermelho por dentro. Cor. Ela tinha cor. Quando passou a língua pelos dentes, teve a sensação de que haviam sido afiados até formar pontas.

Num gesto ágil, agachou-se e desferiu uma martelada em cheio na testa do homem. Ouviu-se um ruído ecoante de esmagamento e um som parecido com pisadas pesadas sobre uma poça congelada. O corpo do homem arqueou para cima e seu quadril roçou o quadril de Teresa, antes de mais uma vez estatelar-se no chão. As mãos e pés dele tremiam, e os vasos sanguíneos dos olhos arrebentaram.

Os cheiros. Teresa tomou consciência dos cheiros. O suor de medo do corpo do homem, o aroma de ferro do sangue e, ao redor, um miasma dos odores do depósito, flutuando pelo ar. Bananas apodrecendo, cogumelos frescos, a tinta da impressora e cerveja choca do recipiente de latinhas para reciclar. Ela reconheceu todos, foi capaz de identificar e discernir um a um. Os cheiros todos se fundiram à cor vermelha em cascata dentro de sua cabeça e tornaram-se uma única experiência, um único pensamento girando e girando: *Eu estou viva. Eu estou viva. Eu estou viva.*

Acertou o homem na têmpora, na cabeça. Despedaçou os dentes dele e arrancou um dos olhos. Golpeou sua testa com toda a força de que era capaz, e tantas vezes que abriu um buraco no crânio, e foi capaz de engatinhar para bem perto do corpo e, tremendo de empolgação, observar o fino e solitário anel de fumaça subir de dentro dele. Não, ela não viu isso, mas sabia que estava lá, podia sentir o cheiro; percebeu sua presença.

Comprimiu os lábios e soltou um suave rosnado enquanto a fumaça fluía para dentro dela e se tornava parte dela.

As duas andaram pelo mercadinho fechado. Teresa pegou uma barra de chocolate, deu uma mordida sem abrir a embalagem, depois a jogou no chão. Abriu um pacote de batatas fritas e comeu duas; depois despejou o restante do conteúdo no *freezer*.

Tirou a pele e mordeu um pedaço de salsicha de Falun, mastigou até virar uma maçaroca empapada e a cuspiu sobre os tomates. Enquanto isso, Theres, por sua vez, pegava duas sacolas de plástico e as enchia com a maior quantidade de potes de papinha que era capaz de carregar.

As duas voltaram ao depósito. Uma poça assimétrica de sangue tinha escorrido da cabeça do homem, e na beira da poça estava caído o martelo. Teresa pegou-o, foi até a pia e lavou-o sob a água da torneira. Olhou de relance para a própria imagem refletida no espelho.

O rosto estava salpicado por borrifos de sangue, e algumas pelotas pequenas e mais sólidas de tecido humano estavam grudadas nas bochechas. Filetes de sangue tinham escorrido dos cabelos para a testa. Virou-se para Theres.

– Theres, você acha que eu estou bonita agora?
– Sim.
– Quer me beijar?
– Não.
– Foi o que eu pensei.

O corte na barriga tinha começado a doer, mas já não estava sangrando. Porém tanto a blusa quanto os joelhos das calças estavam tão ensopados de sangue que qualquer pessoa que as visse acabaria desconfiando de alguma coisa. Lavou o rosto, e depois as duas esperaram cair a noite para ir embora.

A última coisa que fizeram foi pegar as cédulas do caixa. Depois, voltaram a pé para o apartamento de Theres, caminhando na velocidade normal. Não encontraram vivalma no caminho.

5

Naquela noite, Teresa sonhou com lobos.

No início de tudo, ela era uma criança humana, uma criaturinha indefesa abandonada na floresta. Em meio à escuridão, surgiram olhos pálidos, aproximando-se lentamente dela entre os troncos dos abetos. Patas movendo-se em silêncio ao longo do tapete de grama. O círculo se fechando. Ela quis correr, mas ainda não sabia andar.

Depois disso, línguas ásperas começaram a lamber-lhe o corpo. Estavam no covil, e os lobos lambiam e lambiam sem parar o corpo dela. Quando as línguas rasparam sua barriga, doeu tanto que ela gritou. Camada após camada, sua pele foi sendo arrancada, e a dor era insuportável. Então, a pelagem animal começou a aparecer sob a pele humana. A dor diminuiu e os lobos a deixaram em paz.

Uma réstia de luar brilhou por entre a abertura da toca, e ela viu a si mesma do lado de fora. Estava deitada no chão de terra, úmido da saliva dos lobos, tiritando de frio porque a pelagem esparsa ainda não era capaz de lhe propiciar proteção.

O cenário mudou, e, da perspectiva onisciente da lua, ela viu um lobo correndo pela floresta. Um lobo aleijado ou doente com sua pelagem em tufos, uma criatura lamentável que se aterrorizava ao menor ruído. Ela estava na lua e no lobo ao mesmo tempo, flutuando céu afora e rastejando pelo chão através do mesmo par de olhos.

Depois o tempo deve ter passado, porque o chão estava coberto de neve. Ela corria pela floresta, e cada salto era uma expressão de alegria. Havia força em seus músculos, e ela viu que suas patas dianteiras estavam cobertas por uma pelagem grossa e macia. Seguia um rastro de sangue. Havia manchas escuras visíveis na neve, a intervalos irregulares, e ela estava caçando uma presa já ferida.

Lançou-se com ímpeto colina acima, a neve rodopiando em volta das patas. Quando chegou ao cume, estacou, a língua pendurada. Estava ofegante, e sua respiração se convertia em fumaça no ar gelado. Vislumbrou à frente a alcateia reunida em volta do cervo ferido, cujos cascos ainda se moviam sob a massa de pelagem cinza.

O líder da alcateia virou-se para ela. O cervo parou de se mexer, uma das pupilas dilatadas refletindo o céu. Quando a alcateia toda tornou-se uma única criatura, concentrando a atenção no lobo solitário, ela demonstrou sua submissão. Deixou a garganta à mostra e deitou-se de costas, acenando com as patas; era um filhote de lobo e estava no ponto mais baixo da hierarquia.

Os lobos chegaram mais perto. Ela choramingou como o filhote que era então, mostrando seu desamparo, sem saber se estavam se aproximando para aceitá-la no bando ou para fazê-la em pedaços.

6

– Theres? Quando você sonha... com o que você sonha?
– Não sei como é que se faz isso.
– Você não sonha?

— Não. Como você faz?

Teresa esticara-se no colchão junto à cama de Theres, observando os montes de poeira se agitarem quando ela respirava. Estava deitada de costas. A camiseta emprestada de Theres era tão curta que acabava pouco acima da ferida na barriga. Passou a mão pela crosta que estava começando a se formar, e doeu. Afagou de novo o machucado. Não fosse pelo corte, ela teria sido capaz de voar. De dizer a si mesma que não tinha feito o que fizera.

Mas ele estava lá. Infligido por um estilete, do tipo usado para abrir caixas. Por alguém que trabalhava num mercadinho. Que agora estava morto, golpeado até a morte por um martelo. Por Teresa. Acariciou o corte e tentou tornar real o ato. Ela tinha feito aquilo, ela jamais teria como escapar do fato de que tinha feito aquilo. Então, seria melhor que fosse mesmo real. Caso contrário, tudo seria um desperdício.

— Como você faz? — Theres perguntou.

— Simplesmente acontece — disse Teresa. — Não dá pra você fazer acontecer. Não é algo que uma pessoa possa aprender. Pelo menos eu acho que não.

— Me conta como você faz.

— Você dorme. E imagens aparecem na sua cabeça. Você não tem o menor controle sobre elas. Elas simplesmente vêm. Ontem à noite sonhei que era um filhote de lobo.

— Isso não é possível.

— Num sonho é. — Teresa apoiou o corpo sobre o cotovelo para poder enxergar Theres, que estava fitando o teto. — Theres? Você nunca imagina as coisas? Assim, tipo, nunca tem imagens e ações na cabeça, coisas em que você pensa?

— Não entendo.

— Não, eu achava mesmo que você não entenderia — Teresa soprou o ar e nacos de poeira dançaram sob a cama. — Aquela coisa que a gente fez ontem. Com o homem no mercadinho. Você pensa nisso?

— Não. Já acabou. Você está feliz agora.

Teresa aninhou-se na cama da melhor maneira que pôde dentro das roupas de Theres, que eram apertadas demais. Suas próprias roupas, encharcadas de sangue, ela as tinha enfiado em duas sacolas de plástico e jogado na rampa de lixo do prédio, na noite anterior.

Feliz? Não, ela não estava feliz. Era uma estranha para si mesma, provavelmente ainda estava em choque. Mas viva. Podia sentir que estava viva. Talvez aquilo fosse a mesma coisa que ser feliz, de acordo com o modo de Theres ver o mundo.

Teresa abriu e fechou as mãos. Havia um pouco de sangue coagulado sob a unha de um dos dedos mínimos. Enfiou o dedo na boca e sugou e lambeu até o sangue desaparecer. Suas mãos pareciam maiores e mais estranhas do que no dia anterior. Mãos hábeis. Mãos terríveis. As mãos dela.

Passava um pouco das onze horas, e seu trem partiria às duas e meia. Todas as atividades normais, como embarcar em um trem e mostrar o bilhete, pareciam absurdas. Sentia-se tão leve como se fosse sair flutuando feito um balão de hélio se suas mãos pesadas não a mantivessem no chão.

Olhou para si mesma. As roupas de Theres lhe davam a aparência de uma linguiça recheada numa pele pequena demais. Era um problema menor diante das circunstâncias, mas, no mínimo, não poderia voltar para casa parecendo um palhaço. No mínimo, fariam perguntas.

– Theres – ela disse. – Acho que a gente vai ter de ir até a cidade.

Na H&M da Drottninggatan, Teresa agarrou os primeiros *jeans* que pareciam servir, uma camiseta e um suéter do seu tamanho. Depois, entrou no provador e os vestiu. Quando saiu, duas meninas de uns doze anos estavam acercando-se de Theres.

– Com licença – disse uma delas. – Você é a Tesla, não é?

Theres apontou para Teresa, que se aproximara e agora estava parada a seu lado.

– Nós somos. Eu canto. Teresa escreve as letras.

– Certo – disse a menina. – Bom, que seja, eu acho que "Voe" é absolutamente sensacional. – Ela mordeu o lábio, tentando pensar em alguma outra coisa para dizer, mas parecia incapaz de articular o que quer que fosse. Em vez disso, passou às mãos de Theres um caderninho e uma caneta. Theres os pegou. E depois nada aconteceu. As meninas entreolharam-se, ansiosas.

– Ela está querendo o seu autógrafo – explicou Teresa.

– E o seu também, acho – disse a menina.

Teresa abriu o caderninho numa página em branco e escreveu seu nome. Depois, deu a caneta a Theres, que meneou a cabeça.

– O que eu devo escrever?

– Coloque aí "Tesla".

Theres obedeceu, depois devolveu o caderninho para a menina, que apertou-o contra o peito e se virou para a amiga, que não tinha dito uma palavra sequer do início ao fim; simplesmente mantivera-se estática, encarando Theres com olhos esbugalhados. Não tinha coisa nenhuma a acrescentar. Depois disso, a menina que falara fez algo totalmente inesperado. Curvou o corpo em sinal de reverência. A outra garota fez o mesmo. O gesto parecia tão incongruente com a situação que Teresa soltou uma sonora gargalhada.

E Theres riu também. O som de sua risada era antinatural e quase inumano e mais se assemelhava a algo que se esperaria ouvir de um saco de risada numa loja de artigos para mágica. As meninas se enrijeceram e saíram às pressas na direção da seção de acessórios, caminhando com a cabeça muito próxima e cochichando.

– Theres – disse Teresa. – Acho que você deveria parar de rir.

– Por quê?

– Por que o som é esquisito.

– Eu não sei rir direito?

– Esse é um bom jeito de definir a coisa. Não.

No caixa, Teresa pegou a carteira; não a reconheceu de tão estufada. Então se lembrou. Os lucros do mercadinho. A caixa metálica que elas haviam arrombado com uma chave de fenda. Sete mil e oitocentas coroas, a parte em notas de quinhentas coroas.

Mas aquilo não era dinheiro de verdade. Dinheiro de verdade era fruto de trabalho, ou algo que as pessoas ganhavam de presente ou iam guardando aos poucos, trocado por trocado. Aquilo ali era um punhado de pedaços de papel que estava enfiado dentro de uma gaveta e tinha ido parar na carteira de Teresa. Ficou decepcionada quando a moça do caixa, após escanear as peças e remover os lacres de segurança, informou a quantia de dinheiro que teria de pagar pelas roupas. Teria gostado de entregar mais pedaços de papel, livrar-se deles.

A rua Drottninggatan estava apinhada de gente. Vendedores ambulantes demonstravam o funcionamento de brinquedos a pilha e tranqueiras feitas de plástico e vidro. Eles eram todos de carne e sangue. Uma pancada bem dada seria capaz de arrebentar a carne e fazer o sangue jorrar.

Teresa não estava se sentindo bem. Teria gostado de segurar a mão de Theres em busca de um esteio. A sensação de ser tão leve a ponto de poder ser levada pelo vento começava a ficar mais aguda. Era exatamente como quando ela tinha tido febre; talvez a temperatura ainda estivesse elevada. Sentia-se quente e tonta.

Numa rua lateral, deteve-se defronte a uma vitrine. Era uma loja de calçados, e na vitrine ela viu alguns modelos diferentes de Doc Martens, coturnos pesados com cadarços que subiam pelo cano até em cima. Um par vermelho-vivo, com solas grossas, chamou-lhe a atenção.

Jamais se interessara por roupas, nunca tivera um *estilo*. Quando as meninas de sua classe suspiravam sobre a edição mais recente de alguma revista, ou alguma jaqueta, que era "tããão bacana", ela não entendia nada. Era uma jaqueta, mais ou menos parecida com qualquer outra jaqueta. Teresa nunca olhara para um item e simplesmente soubera de cara que era a "peça certa".

Mas, agora, estava lá, parada, e os coturnos *brilhavam* diante dela. Eles eram seus, de tal maneira que poderia ter enfiado a mão através da vitrine para pegá-los. Passar pelo procedimento normal de fazer a compra parecia antinatural, mas ela o fez. Quando descobriu que na loja não tinham seu número, perguntou se poderia experimentar o par exposto na vitrine, que serviu direitinho. Claro. Aquelas botas haviam sido feitas para os pés dela, e custaram apenas três pedaços de papel.

Quando saiu da loja, o mundo parecia diferente. Como se a altura adicional propiciada pelos solados das botas mudasse totalmente sua perspectiva, mesmo que fossem apenas dois centímetros. Teresa *andava* de um jeito diferente, portanto *via* de um jeito diferente. Os coturnos conferiam peso a seu corpo inteiro, e, se antes ela tinha a sensação de que as pessoas poderiam passar através dela, agora todo mundo se punha de lado e abria caminho para lhe dar passagem.

Uma mulher rechonchuda vestindo um traje típico estava tocando uma melodia aguda num gravador. Teresa estacou bem diante dela. A mulher tinha olhos cansados, e era tão pequena que Teresa poderia engoli-la com uma única mordida. Em vez disso, depositou um dos pedaços de papel no chapéu pousado no chão, em frente à mulher. Os olhos dela se arregalaram e ela começou a desfiar uma longa arenga de gratidão em alguma língua do Leste Europeu. Teresa estacou imóvel, saboreando o momento e o próprio peso.

– Agora você está feliz – disse Theres.

– Sim – disse Teresa. – Agora eu estou feliz.

As duas pegaram o metrô para Svedmyra. O peso das botas funcionava até mesmo quando Teresa não estava em pé. Sentada ali ao lado de Theres, que, como sempre, acomodara-se no canto, formou-se uma zona de proteção ao redor delas, e ninguém se aproximou para acomodar-se em sua área.

– Aquelas meninas – disse Teresa para Theres. – As que foram visitar você. Como elas são?

– No começo, elas estão felizes. Depois dizem que estão infelizes. E com medo. Elas querem conversar. Eu ajudo elas.

Teresa passeou os olhos pelo vagão. A maioria dos passageiros era adulta. Alguns meninos e meninas da idade delas estavam sentados, com fones de ouvido, teclando loucamente em telefones celulares. Não pareciam infelizes, nem receosos. Ou estavam escondendo muito bem ou simplesmente eram tipos diferentes de pessoas em relação àqueles que acabavam procurando Theres.

– Theres, eu quero conhecer essas meninas.

– Elas querem conhecer você.

Dois carros da polícia estavam estacionados na frente do mercadinho; uma fita azul e amarela estendida entre os postes isolava a rua. Ao passar, Theres e Teresa viram uma ambulância nos fundos, junto à área de carga e descarga. Teresa resistiu ao impulso de tentar espiar pela janela – *o criminoso sempre volta à cena do crime* –, e seguiu em frente com Theres na direção do apartamento. Quando chegaram a um ponto onde ninguém poderia ouvi-las, ela disse:

– Você sabe que a gente não pode falar nada sobre isso, não sabe? Nem pra nenhuma das meninas.

– Sim – disse Theres. – O Jerry me disse. Quem se mete em encrenca vai pra cadeia. Eu sei.

Teresa olhou de relance para o mercadinho. A área de carga e descarga ficava num local escondido nos fundos da rua, longe da vista dos passantes, e ela achava que ninguém as vira entrando e saindo de lá. Mas não tinha certeza. Não fora pelas botas, talvez seus joelhos tivessem se dobrado. Mas em vez disso ela continuou andando, em passos firmes e constantes.

Teresa não tinha muito tempo se quisesse pegar o trem depois de se despedir de Theres, mas estacou assim que elas entraram no apartamento.

Alguma coisa estava errada.

Esquadrinhou o corredor. Os cabides de roupas, o tapete, as roupas de Jerry, a mochila dela. Teve a nítida sensação de que alguém havia estado lá. Talvez o tapete estivesse ligeiramente desalinhado, talvez houvesse uma caneta fora do lugar na mesinha. Alguma coisa. Elas tinham deixado a porta destrancada, e qualquer um poderia ter entrado.

E pode ser que ainda esteja aqui.

Algo que, poucos dias antes, teria parecido horrível agora acontecia de maneira bastante natural: Teresa entrou na cozinha e pegou a maior faca de trinchar, depois marchou pelo apartamento empunhando-a a sua frente, pronta para atacar. Abriu todos os guarda-roupas, olhou debaixo das camas.

Theres sentou-se no sofá com as mãos nos joelhos, acompanhando os movimentos de Teresa em sua tentativa de verificar a área. Somente quando Teresa se convenceu de que não havia ninguém escondido e voltou para a sala de estar, ela fez uma pergunta:

— O que você está fazendo?

— Alguém esteve aqui — disse Teresa, pousando a faca sobre a mesinha de centro. — E eu não entendo por quê. Isso me preocupa.

O trem partiria em vinte e cinco minutos, e ela precisaria de sorte com o metrô para conseguir pegá-lo. Mas, ainda assim, ficou completamente imóvel por dez segundos, aspirando o ar pelo nariz. Farejando o ar. Havia alguma coisa ali. Um cheiro. Algo que ela não conseguia identificar.

Agarrou a mochila e instruiu Theres a trancar a porta assim que ela saísse. Depois, desceu voando as escadas e foi correndo até a estação de metrô. Viu um dos trens chegando e conseguiu deslizar porta adentro, segundos antes do fechamento automático.

O trem para Österyd estava cheio, e Teresa embarcou dois minutos antes do horário previsto para a partida. Uma vez que não reservara lugar, foi abrindo caminho a fim de encontrar um assento vazio. Quando entrou no vagão seguinte, sentiu de novo o mesmo cheiro. Parou e farejou, olhou ao redor.

Do outro lado do vagão, havia um grupo de homens na casa dos quarenta e cinquenta anos. Sobre a mesa deles, algumas latas de cerveja, e estavam conversando em voz alta sobre uma mulher chamada "Birgitta da Recepção", e se os seios dela eram ou não de silicone. O cheiro de loção pós-barba vinha desses homens, e de repente Teresa se deu conta.

Havia um assento vazio no vagão-restaurante, cujo serviço ainda não estava funcionando. Ela sentou-se e imediatamente colocou a bolsa sobre a mesa, a fim de procurar o celular e ligar para Theres. Encontrou o telefone, e ao mesmo tempo, descobriu que algo tinha sumido. Rangendo os dentes, teclou a discagem rápida, e quando Theres atendeu ela disse:

— Era o Max Hansen que estava no seu apartamento. E ele roubou o meu MP3.

7

Max Hansen encontrava-se numa ladeira íngreme. Tinha perdido o equilíbrio e começava a escorregar. O que não importava, porque, por trás disso, havia uma decisão consciente. Ele estava sendo carregado para o fundo do poço do próprio livre-arbítrio; completava sua arremetida ladeira abaixo em câmera lenta, como se estivesse curtindo um passeio de esqui na neve. Havia prazer ao longo do caminho, e ele esperava ter condições de frear antes do tombo.

O catalisador, o primeiro empurrão pelas costas, tinha acontecido no Natal.

Ele havia reservado a noite de Natal para beber e remoer seu ódio pela estupidez de Tora Larsson. Os executivos da gravadora perderam o interesse na fita máster assim que ficaram sabendo do vídeo postado no *MySpace*. A vaca leiteira de Max Hansen tinha escapado do estábulo e estava oferecendo as tetas para todo mundo que quisesse tomar um gole de leite. De graça para todo mundo, é só chegar e saborear.

Não havia absolutamente nada que ele pudesse fazer. O fato de não existir contrato, a aposta que seria sua galinha dos ovos de ouro, que faria sua fortuna, em vez disso tinha se tornado seu infortúnio. Fora um risco calculado, mas ele conseguia conceber que as coisas acabariam degringolando daquela maneira específica, e isso o atormentava. Em sua amargura bêbada, pegara Robbie e estava a ponto de jogá-lo sacada abaixo, mas conseguiu se refrear.

Antes de desmaiar no sofá, Max Hansen passou um longo tempo chorando e acariciando o nariz lustroso de Robbie, pedindo perdão por aquilo que ele quase tinha feito.

No dia de Natal, Max telefonou para Clara, uma dinamarquesa que ele achava que se atraíra por ele no Café Opera mais ou menos um ano atrás. Ele arranhara o pouco de dinamarquês de que ainda conseguia se lembrar, os dois conversaram em tom jocoso sobre a terra natal e depois Max a levara para casa. Tudo tinha sido fácil demais e, quando terminou, ele descobriu que ela esperava pagamento. Clara recebeu seu dinheiro e Max anotou o número de telefone dela.

Apesar do fato de Clara, que já estava na casa dos trinta e poucos anos, ser um pouco velha para o gosto dele, Max tinha usado seus serviços algumas vezes. Já que ele não sentia exatamente uma atração irresistível por ela, o ato resumia-se à masturbação, ou ao sexo oral, o que, em todo caso, era mais barato.

Desta vez, ela deixara bem claro que cobraria o preço de feriado de fim de ano; em outras palavras, uma taxa complementar de quinhentas coroas por ser Natal, mas não havia nada que Max pudesse fazer. Ele precisava dela.

Quando Clara chegou a seu apartamento, ele já tinha bebido algumas doses de uísque e estava sentimental. Tentou conversar em dinamarquês com ela, por meio das expressões infantis de que se lembrava, mas ela deixou bem claro que só queria acabar logo com aquilo, queria voltar para casa e ficar com a filha.

Por isso Max tirou a roupa e sentou-se na poltrona. Clara começou a usar as mãos para excitá-lo. Ela nunca punha a boca em ação a menos que o cliente estivesse de camisinha. Mas, obviamente, a primeira tarefa era levá-lo a ter uma ereção para que ela pudesse *colocar* o preservativo. Acariciou e manipulou e estimulou o pênis de Max, sussurrando palavras de incentivo em dinamarquês.

Nem sinal de vida. Nenhum movimento. Nada.

Max jamais tivera problemas com Clara antes. Ao contrário. O fato de que tudo era acertado e combinado com tanta transparência desde o começo, sem deixar espaço para incertezas, geralmente o fazia relaxar; via de regra, tinha uma ereção assim que ela o tocava. Não desta vez. Aconteceu o mesmo de quando assistira aos filmes. Max tinha perdido alguma coisa depois da experiência com

Tora Larsson. Naquele momento, sentado e fitando o pênis adormecido, deu-se conta de que aquilo jamais voltaria. Tinha ficado impotente.

Clara suspirou e passou os dedos nos pêlos pubianos dele.

– Vamos lá, seja bonzinho, levanta pra Clara.

Max afastou a mão dela e jogou a cabeça para trás. Ouviu-se um leve ruído de estalo e, de repente, ele soube o que queria.

– Me morde – ele disse. Como Clara não esboçou reação, Max apontou para o próprio ombro. – Me morde com força. Aqui.

Clara, que provavelmente não estava desacostumada com esse tipo de situação, demonstrou indiferença, inclinou-se sobre ele e mordiscou-lhe o ombro. Max murmurou:

– Mais forte.

Ela mordeu com mais força, quase arrancando sangue, e alguma coisa suave e agradável fluiu pelo corpo de Max. Ele pediu que ela o mordesse em alguns outros lugares. Quando Clara deu a entender que já não estava mais disposta, ele a instruiu a dar-lhe um tapa no rosto. E de novo, com mais força.

Os ouvidos dele estavam zumbindo e o pênis ainda estava mole e caído feito uma cobra pisoteada, mas ele tinha a mesma sensação de satisfação, de paz, que vem depois do ato sexual. Quando Clara recebeu o dinheiro, disse que não gostava muito daquele tipo de coisa, mas tinha uma colega chamada Disa que era especialista. Deu a Max o número de Disa. Feliz Natal.

Depois que ela foi embora, Max ficou sentado na poltrona e ponderou sobre seus sentimentos. Então era isso. Era este o estado de coisas agora. Fechou os olhos e abriu mão do que tinha sido, ou do que ele achava que tinha sido. Começou a escorregar. Não havia sentido em manter uma fachada respeitável, ou perseguir o *status* que poderia levá-lo a seus prazeres sexuais. Deixou para lá.

Desistiu.

No dia seguinte, ele foi ao endereço – até então tinha apenas enviado cartas – e conversou com Jerry. Estava disposto a recuperar o que pudesse ser recuperado, lançando mão de todos os meios que fossem necessários. A propósito, como que entrando em cena no momento de sua deixa, Ronny, da Zapp Records, tinha telefonado na véspera do Ano-Novo; a gravadora ainda estava interessada, apesar de tudo. A tremenda popularidade da canção não podia ser ignorada. Uma gravação profissional tinha seu valor. Max era o detentor dos direitos?

Colocou a fita para tocar. Eles que tirassem as próprias conclusões.

Depois disso, as coisas começaram a acontecer. A canção virou um estrondoso sucesso, e o interesse por Tesla cresceu de maneira exponencial. Infelizmente, Max não recebera um adiantamento muito polpudo. Os direitos autorais acabariam chegando a conta-gotas, mas isso levaria muito tempo e ele estava com pressa. Caminhava sobre fina camada de gelo; tinha de agarrar o máximo que pudesse antes que o gelo cedesse sob os pés.

A gravadora queria um álbum inteiro, e estava pronta para despejar uma vultosa soma em dinheiro na forma de adiantamento. Outras gravadoras entraram em contato e, depois de uma série de conversas com Ronny, a Zapp mostrou-se disposta a soltar tanto dinheiro que parecia estar à beira de uma hemorragia. Tudo caminhava de acordo com a vontade de Max, e ele escorregava pelo gelo traiçoeiro e se aferrava à imagem do esqui e a qualquer outra metáfora em que fosse capaz de pensar para descrever o problema essencial: não era o dono das canções.

Max não conseguira sequer entrar em contato com Tora Larsson. Telefonou, escreveu, enviou-lhe *e-mails*, e também para a esquisitona, sem obter resposta. Ele sabia que elas tinham mais canções, mas como, droga, poria as mãos nelas se as meninas se recusavam até mesmo a *responder*?

Era tão frustrante que ele achou que iria enlouquecer. Um dia, passou horas a fio sentado, com os olhos cravados no número de telefone de Disa. Clara tinha dito que a mulher era uma *dominatrix*, que traria seu próprio equipamento e o machucaria da maneira que ele bem quisesse.

Max tentou imaginar o cenário. Ele amarrado, talvez. Um chicote açoitando suas costas. A dor. Visualizou a si mesmo e aos próprios pensamentos, e foi somente naquele momento que entendeu o que realmente estava procurando. Moveu o braço e apalpou as cicatrizes nas costas, aquelas que ele conseguia alcançar.

Alguma coisa decisiva acontecera com ele naquele dia, no quarto de hotel, com Tora Larsson. Tinha sido terrível, mas, quando fechava os olhos e afagava a superfície lisa das cicatrizes, Max se dava conta de que sentia falta disso. Era isso que ele queria experimentar de novo.

Isso não é bom. Recomponha-se, Max.

Avaliou suas opções e refletiu sobre cada uma delas. Havia Jerry e o contrato e os procedimentos legais, o uso de intermediários, ou uma cópia direta de Tesla, cartas que ele poderia escrever, telefonemas que poderia fazer. No fim, a Navalha de Ockham venceu: *Se houver várias possibilidades, a mais simples é a melhor.*

Ele precisava da música de Tora Larsson. Ela não queria dar-lhe sua música. Ele já estava mesmo ladeira abaixo, então a solução era óbvia.

Num brechó, comprou uma surrada jaqueta da marca Canada Goose, calças térmicas e um gorro bem quente. Depois, começou a vigiar o prédio de Tora. Tratava-se de um exercício complicado, porque não havia lugar em que pudesse se esconder, e acabaria levantando suspeitas se alguém o visse zanzando pela rua por muito tempo.

Ockham de novo. Comprou um fardo com seis cervejas e sentou-se em um banco, a cem metros da porta. Uma vez que se colocara à vista de todos, tornou-se invisível. Um velho bêbado, para quem ninguém tinha vontade de olhar. Max não poderia ficar ali mais do que algumas horas por dia, mas Robbie permanecia em seu bolso; a qualquer momento, sua sorte tinha de entrar em ação, porra.

Ao longo de cinco manhãs ele não viu Jerry ou Tora sair do apartamento. O que viu foi uma porção de meninas entrando no prédio; de vez em quando, conseguia avistar, de relance, Tora ou uma dessas meninas na janela. Chegou à conclusão de que Jerry não estava em casa.

Às vezes, seu celular tocava. Garotas por quem, sem muito entusiasmo, ele tinha tentado fazer alguma coisa anos atrás, ou, mais recentemente, velhos conhecidos que queriam ver como ele estava. Talvez já estivesse correndo à boca pequena a notícia de que Max era o homem por trás de Tora Larsson, e do dia para a noite ele talvez tivesse se tornado alguém com quem valia a pena manter contato. Max conseguia ouvir o tilintar de pratos e talheres, ou o murmúrio de conversas ao fundo, quando ligavam de um restaurante ou café... o tom impessoal ou obsequioso das vozes.

Sentado no banco, ele tremia, segurava o telefone bem longe da orelha e dizia "Oi" e "Como vai" e "Legal", e desprezava todos eles. Eram um bando de pequenos animais, lemingues que iam amealhando renome enquanto se encaminhavam ruidosamente em direção ao abismo, correndo e guinchando.

Max ergueu sua lata de cerveja gelada na direção da janela de Tora Larsson. Ele a desprezava e a respeitava. Sentado ali, em seu banco, enquanto ela zanzava de um lado para outro dentro do apartamento, havia uma ligação entre eles, um rastro de sangue invisível que lhe escorria dos pés e passava pela caixa de correspondência na porta do apartamento e entrava no corpo dela. Max sentiu um calafrio na espinha quando pensou nisso.

Por fim, no sexto dia, Tora saiu com a esquisitona. Max agarrou com as duas mãos a lata de cerveja e cravou os olhos no chão, como se estivesse bêbado demais para levantar a cabeça quando passassem por ele, a poucos metros de distância. Viu as duas desaparecerem na direção do metrô e aguardou alguns minutos antes de entrar no prédio e pegar o elevador até o apartamento.

Com as mãos rijas, retirou Robbie do bolso e apertou-o contra a testa. Depois, girou a maçaneta. A porta não estava trancada. Permaneceu ali por alguns instantes, encarando o apartamento escancarado como se estivesse com medo de que alguma armadilha fosse acionada a qualquer momento. Não era possível ter tamanha sorte...

Max criou coragem e entrou no corredor, fechando a porta atrás de si. Em voz baixa, chamou:

– Oi? Tem alguém em casa? – Não obteve resposta e não tinha tempo a perder. Rumou para o computador na sala de estar e mordeu o lábio inferior quando viu que estava desligado. Ligou a máquina, murmurando: – Vamos lá, vamos lá, vamos lá...

A sorte tinha chegado ao fim. Precisava de uma senha para acessar o sistema. Tentou "Tora" e "Tesla", e diversas outras palavras. Por fim, martelou "porra do inferno", mas o palavrão tampouco funcionou. Desligou o computador e saiu à caça.

Numa mochila no chão do corredor, encontrou o que estava procurando. Reconheceu o MP3 *player* barato do segundo encontro com Tora. Começou a suar dentro da jaqueta grossa enquanto, pela tela, deslizavam as listas de músicas, e na pasta de nome "Theres" deu de cara com "Voe" e cerca de outras vinte e poucas canções. Colocou os fones de ouvido e confirmou que havia descoberto uma mina de ouro.

Theres?

Max enfiou o MP3 no bolso e estacou junto à porta, sem saber ao certo o que fazer a seguir. As meninas tinham ido para algum lugar no metrô; ele dispunha de tempo de sobra.

Theres?

Aquela era, provavelmente, a única chance de descobrir alguma coisa sobre a menina que agora controlava sua vida. Max desabotoou a jaqueta para se refrescar um pouco, trancou a porta por dentro, começou a vasculhar o apartamento com olhos renovados.

Na gaveta do criado-mudo, ao lado da que provavelmente fosse a cama de Jerry, encontrou uma pasta com documentos relativos à venda da casa. Jerry havia herdado o imóvel dos pais, Lennart e Laila Cederström. O inventário do espólio indicava que ambos tinham falecido na mesma data. Max lembrava-se vagamente do nome Lennart Cederström, mas não conseguiu saber exatamente de onde. Alguma coisa a ver com música. Guardou o nome na memória.

Nas gavetas da escrivaninha, encontrou mais tranqueiras, do tipo que se espera encontrar. Contas velhas, certificados de garantia, papéis referentes ao programa *Ídolo* e a primeira carta que ele enviara. O que espantou Max, enquanto fuçava contratos de aluguel e extratos bancários, era o fato de não haver nenhum documento relativo a "Tora". Nenhum boletim escolar, nenhuma fotografia ou recordação.

O quarto da menina era espartano, como um claustro ou uma cela dentro de um abrigo de refugiados. Um aparelho de som, alguns CDs e revistas em quadrinhos do ursinho Bamse. Sobre o criado-mudo, havia uma carteira de identidade. Max pegou o documento e examinou-o atentamente.

Angelika Tora Larsson. Até aí, tudo bem. Mas não havia absolutamente a menor chance de aquela menina na fotografia ser a Tora que ele conhecia. Max colocou a cédula de identidade sob a luz, estudou-a de um lado e do outro. Alguém havia adulterado o documento, que estava raspado e gasto, mas era óbvio que alguma coisa tinha sido feita com os números que indicavam a data de nascimento.

Angelika. Tora. Theres.

Ele estava muito longe de compreender quem realmente era a menina que dizia chamar-se Tora Larsson, mas de duas coisas ele sabia. Uma: havia algo muito suspeito nessa história. Outra: ele deveria dar um jeito de usar isso a seu favor.

Max já estava no apartamento havia mais de uma hora, eram quase onze da manhã, e ele decidiu não desafiar ainda mais o destino. Antes de sair, certificou-se de deixar tudo na mesma posição na qual encontrara. Fechou a porta atrás de si e aguçou os ouvidos para se assegurar de que não havia ninguém subindo as escadas. Depois, desceu às pressas e saiu à rua. Quando se encaminhava para o metrô, percebeu que havia alguns carros da polícia estacionados defronte ao mercadinho, bem ao lado do banco onde já não precisava sentar-se. Sua missão ali terminara. Ele encontrara o que estava procurando, e muito mais.

Assim que chegou em casa, Max celebrou servindo-se de uma generosa dose de uísque. Depois transferiu as canções do MP3 para seu computador e sentou-se para ouvi-las.

Ouro. Ouro puro. Cinco das canções estavam definitivamente no mesmo nível de "Voe", e as demais eram sem dúvida boas. As letras, nem sempre tão geniais, mas ele não conseguia pensar em muitos artistas suecos que não ficariam orgulhosos de ter seu nome associado àquele álbum.

Sim, álbum. Já começara a pensar nas canções dessa forma. Os arquivos que estavam agora em seu computador teriam de passar pela mesa de mixagem algumas vezes; Max teria de definir a produção, e as músicas necessitavam de melhorias aqui e ali, mas ele tinha tudo de que precisava para um sucesso estrondoso.

Porém havia um problema. Tora Larsson jamais concordaria com o projeto, e Max não sabia o que ela seria capaz de fazer quando descobrisse suas intenções. Tratava-se de um dilema, por assim dizer.

Com a ajuda do computador, Max começou a checar as informações que encontrara no apartamento. Não demorou para descobrir que não existia ninguém com o número da cédula de identidade de Tora Larsson. Entretanto, havia uma Angelika Tora Larsson, cujo número de identidade era idêntico, exceto por um dos dígitos.

A informação era realmente interessante. Descobriu quando fez pesquisas sobre Lennart e Laila Cederström. Leu os artigos sobre as estrelas da música *pop* sueca que tinham sido brutalmente assassinados, seu filho Jerry e o estranho quarto que a polícia encontrou no porão. Max juntou esses dados ao que suas costas sabiam acerca da capacidade de Tora para a violência, e, de repente, seu dilema deixou de ser um dilema.

Já não tinha um problema nas mãos; era Tora Larsson quem tinha um problema. Ele poderia fazer exatamente o que bem quisesse, e ela não estaria em condições de dizer uma palavra sequer.

8

Na manhã de segunda-feira Teresa foi à escola. Assim que entrou no ônibus, cabeças se voltaram ao mesmo tempo para olhá-la. Ela foi direto para os assentos do fundo, e sentou-se apoiando suas Doc Martens nas costas do assento da frente. As pessoas olhavam para ela com risinhos de desprezo. Tão logo os encarava direto nos olhos, desviavam o olhar.

Oito colegas de sua classe haviam chegado antes dela. Estavam sem fazer nada, esperando o início da primeira aula. Um deles era Karl-Axel, o cineasta-documentarista. Teresa sentiu-se completamente calma por dentro quando seu olhar encontrou o dele, a uma certa distância. Caminhou com firmeza ao longo do corredor, e as botas conferiam força e firmeza a seus passos.

Quando ela chegou a dois metros do grupo, Karl-Axel sorriu de modo malicioso e disse:

– Bom dia, *Teresa* –, depois agarrou a própria bochecha, puxando-a para um lado e para o outro algumas vezes e produzindo estalos e um som de sucção. Alguns dos rapazes deram gargalhadas obscenas.

Teresa poderia ter se sentado bem na ponta do banco do lado de fora da sala de aula e ignorado a coisa toda. Alguém poderia dizer que era lamentável o fato de, naquele dia, não terem servido folhas de repolho recheadas no almoço da escola; outro diria que era uma pena ela ter comido demais no café da manhã; alguma coisa desse tipo. Teresa poderia ter ficado sentada ali, com os olhos cravados no chão, fingindo que não os estava ouvindo. Mas ponderara sobre a situação, e, simplesmente, não era uma possibilidade.

Em vez disso, Teresa olhou para Karl-Axel e devolveu o sorrisinho malicioso, como se ele tivesse dito uma coisa realmente esperta, depois deu um passo à frente e acertou-lhe um pontapé na virilha. Os coturnos tinham uma biqueira reforçada de aço, e a mira de Teresa foi mais ou menos perfeita.

Karl-Axel desabou como se uma tampa tivesse sido arrancada; seu corpo dobrou-se no chão e começou a estrebuchar antes mesmo que tivesse tempo de pensar em gritar. A boca abria e fechava, e seu rosto empalideceu. Teresa inclinou-se sobre ele.

– O que você está dizendo? O que você está tentando dizer, *Karl-Axel*?

Alguma coisa entre um guincho e um sussurro emergiu da boca de Karl-Axel, e Teresa julgou tê-lo ouvido dizer:

– Só brincando... – Pousou o pé em cima de seu rosto, pressionou-o contra o chão e virou-se para os outros.

– Tem mais alguém a fim de brincar?

Ninguém se apresentou, e Teresa retirou o pé. A sola do coturno imprimiu um desenho na bochecha de Karl-Axel. O corpo do rapaz convulsionava enquanto ele amparava com as mãos a virilha, emitindo sons sibilantes e inarticulados. Ela o olhou e não sentiu prazer nenhum. Ele não passava de um menino patético e apavorado, e, na verdade, arrependeu-se de tê-lo chutado com tanta força.

Mas não havia nada que Teresa pudesse fazer em relação a isso. Sentou-se no banco e cruzou os braços, esperando que aquele pequeno incidente chegasse logo ao fim. Sem dúvida haveria outros, mas ela tinha retomado sua ideia acerca da simplicidade, e seus planos para o dia eram bastante modestos. Toda vez que alguém dissesse algo depreciativo sobre ela, distribuiria pontapés. Nas meninas, na canela; nos meninos, no saco, se possível. Apenas isso.

Chegaram diversos outros estudantes, e Karl-Axel ainda se recusava a levantar-se do chão. À medida que os recém-chegados ficavam sabendo do que acontecera, fervilhavam conversinhas cochichadas.

Agnes chegou cerca de um minuto antes do horário previsto para o início da aula. A esta altura, Karl-Axel tinha conseguido, a duras penas, erguer meio corpo e sentar-se, apoiado contra os armários. Ela inclinou a cabeça e perguntou:

– Por que você está sentado aí?

Karl-Axel meneou a cabeça, e Patrik disse:

– A Teresa acertou um chute nele. Bem no meio das pernas. Forte pra caralho.

Agnes virou-se para Teresa com um esboço de sorriso ambíguo nos lábios. A princípio, Teresa achou que era uma espécie de aprovação, mas, quando Agnes não se sentou ao lado dela, como era de praxe, Teresa desconfiou de que o quase sorriso fora apenas falta de opção.

Seu plano tivera êxito, além de todas as expectativas. Todos os colegas de classe a evitaram, mas ninguém disse uma só palavra durante o dia inteiro. Nem mesmo Jenny conseguia soltar um comentário maldoso quando Teresa estava por perto. Ela se concentrou em seu lobo interior, e permaneceu impassível.

Foi somente durante o intervalo do almoço que suas defesas titubearam. Ninguém sentou-se a seu lado. Enquanto comia sozinha, podia sentir todos os olhos sobre ela, ouvia os cochichos. O que será que a Teresa Sacana vai fazer com a comida? E agora, o que a Teresa Vômito vai enfiar na boca?

Ela olhou para o prato, em que havia dois pedaços de peixe à milanesa ao lado de quatro batatas, com algumas fatias de tomate na borda. Um nó se ergueu da boca do estômago, empacou na garganta e se converteu em náusea. Ela era capaz de meter um pontapé em qualquer um que atravessasse seu caminho, mas não conseguiria comer aquilo.

Teresa pensou em se levantar, ir até o cesto de lixo, despejar toda a comida do prato e sair do refeitório. Todo mundo rindo pelas costas... Ah, como eles se divertiriam a suas custas.

O prato exalava fumaça. O flanco da presa rasgado, o sangue fumegante encontrando o ar gelado. Cortou um pedaço da batata e mordeu a casca. Suas mandíbulas se tensionaram enquanto mastigava músculos e nervos. Os espasmos agônicos do peixe à milanesa e, por fim, a mordida que extinguia toda vida. O suco vermelho dos tomates, escorrendo garganta abaixo. Não sobraria sequer uma migalha para os corvos.

Quando Teresa se levantou e carregou o prato vazio até o balcão, a carcaça branca que ela entregou estava limpíssima. Uma caçada bem-sucedida. Uma refeição que manteria seu corpo vivo pelo resto do dia. Ela tinha vencido.

E assim as coisas transcorreram. Dia após dia, ela ia para a escola calçando suas botas vermelhas, sem temer nada nem ninguém. Não sentia o menor anseio ou remorso. Quando encontrava Micke, cumprimentava-o com um meneio de cabeça e ele retribuía o gesto. Não havia nada a dizer, e Teresa tinha desistido das emoções. Elas tinham morrido juntamente com sua infância, derramada sob a forma vermelha de poças num chão de cimento.

Poderia ter ficado triste e enlutada, mas não o fez porque suas emoções haviam sido substituídas por *percepções*. Seus sentidos estavam a toda; livre da luta do cérebro consigo mesmo, Teresa experimentava na pele cada impressão, com intensidade muito maior.

Ela podia zanzar pelos corredores e se deleitar com o mumúrio de vozes atrás de portas fechadas, com as cores dos armários e paredes, o cheiro de papel, os produtos de limpeza e roupas postas para secar. Podia desfrutar de todas as impressões que, juntas, faziam dela uma parte do mundo, alguém que caminhava de um lado para outro e que estava *viva*. Um fato tão óbvio que dera um jeito de ignorar por quinze anos: estava viva.

Portanto, Teresa não se angustiava por aquilo que perdera, mas se regozijava pelo que havia ganhado e por aquilo que se tornara. Só isso. Talvez isso não fosse visível por fora, mas ela estava *feliz*.

Na manhã de terça-feira, passou um bom tempo trocando *e-mails* com Theres, fazendo planos para o encontro com as outras meninas no fim de semana. Combinaram para o domingo ao meio-dia, mas, como Jerry já estaria de volta, a reunião não poderia ser em Svedmyra. Elas poderiam se encontrar em algum lugar ao ar livre, mas onde? Pensariam no assunto. Nada foi decidido.

Teresa navegou por vários *sites* sobre lobos, leu alguns *posts* novos no fórum de discussão e acabou indo parar numa página de leilão virtual onde alguém estava vendendo uma pele de lobo. O lance inicial era de seiscentas coroas; o leilão terminaria em algumas horas, e, até aquele momento, ninguém tinha feito uma oferta.

Ela olhou para a fotografia da pele acinzentada, estendida sobre uma mesa de cozinha comum. Outrora, fora parte de um lobo de verdade, o caçador da floresta. Músculos haviam sido acionados sob aquela pelagem, que havia se esfregado contra outras pelagens, trotando neve afora e uivando sob as estrelas. Se alguém comprasse aquela pele, ela acabaria indo parar no chão defronte a alguma lareira, algo macio onde crianças se sentariam.

Sem pensar muito, Teresa registrou um lance máximo de mil coroas. Cinco minutos depois, voltou ao *site* e aumentou para duas mil coroas. Era todo o dinheiro que ainda tinha na conta, porque havia dado a Theres os pedaços de papel da caixa metálica.

Teresa deitou-se na cama e leu alguns poemas de Ekelöf. A afinidade que havia sentido ao sair do hospital tinha desaparecido, e ela se pegou pensando que Ekelöf era fraco. Um fracote. Um verme de escritor. Mas, mesmo assim... Leu e releu estes versos vezes sem conta:

"O silêncio da noite profunda é enorme
Não perturbado pelo farfalhar das pessoas
comendo-se umas às outras aqui na praia."

Ela gostou da palavra "farfalhar". Só isso. O som de algo sussurrando enquanto carne era consumida.

Pôs o livro de lado e ficou deitada com as mãos atrás da cabeça, sentindo falta de seu MP3 *player*. Não gostou da ideia de que Max Hansen talvez estivesse usando seus fones de ouvido naquele exato momento, ouvindo as canções que ela e Theres tinham feito juntas. Ela não gostava disso nem um pouco. Era como uma pessoa saber que havia um porco dentro do guarda-roupa, um focinho farejando em meio às roupas limpas.

O celular de Teresa tocou, e, quando ela atendeu, esperava ouvir a voz viscosa e repugnante das profundezas do chiqueiro, mas era Johannes. Depois de algumas frases introdutórias, ele perguntou como ela estava e ela disse que estava ótima.

– É que eu fiquei com a sensação de que você... sei lá, de que você meio que *não estava nem aí.*

– Não fui a lugar nenhum. Estou aqui.

– Então por que você está me evitando?

– Estou?

– Sim, está. Pensa que eu não notei?

– E o que é que tem? Você não quer nada comigo.

Teresa ouviu um longo suspiro do outro lado da linha. Então Johannes disse:

– Teresa, para com isso. Você é a minha amiga mais antiga. Não lembra do que a gente disse? Que seríamos amigos, "aconteça o que acontecer".

Teresa estava com uma sensação estranha e áspera na garganta, mas sua voz parecia absolutamente normal quando ela respondeu:

– A gente disse um monte de coisa. Quando a gente era criança.

– Você está pensando em alguma coisa específica?

– Não.

Johannes bufou, como se estivesse sorrindo de alguma lembrança.

– Já eu pensei naquela vez... quando eu e você estávamos deitados na caverna, lembra? Quando a gente disse que ia morrer?

A sensação de aspereza na garganta tinha começado a tomar a forma de um caroço, e Teresa disse:

– Escute, eu tenho umas coisas pra fazer.

– Beleza. Mas você não pode vir aqui qualquer dia desses, Teresa? Faz um tempão que a gente não conversa. E, escute uma coisa, a gente pode jogar Tekken. Eu tenho um...

– Tchau, Johannes. Tchau.

Ela encerrou a ligação. Depois, abraçou com firmeza a própria barriga e inclinou o corpo para a frente, e então para baixo, o máximo possível, até sentir na cabeça um ruído sibilante que começou a doer. Endireitou-se, e o som refluiu. O crânio se esvaziava à medida que o sangue escorria de volta para o corpo, e sua ansiedade amainava.

Teresa rasgou uma folha de papel em pedacinhos minúsculos, que enfiou na boca e mastigou. Quando o papel se transformou numa bola encharcada, cuspiu tudo no cesto de lixo. Sentiu gratidão pelo fato de estar sozinha. Suas defesas estavam fracas; se alguém quisesse machucá-la, teria sido a oportunidade perfeita.

Eram onze e quinze, e o leilão terminara. Ela checou a caixa de *e-mails* e encontrou uma mensagem do *website* comunicando que tinha sido a vencedora. Ninguém mais tinha feito lances, e a pele do lobo era dela, por seiscentas coroas.

Teresa sabia exatamente o que faria com a pele, e que local ela iria sugerir para o encontro do domingo.

9

– Ele escreveu. Max Hansen.
– O que ele escreveu?
– Que ele sabe. Sobre Lennart e Laila. E o quarto. Quando eu era pequena. Como eles acabaram mortos.
– O que ele vai fazer, então?
– Um álbum. Com as nossas canções.
– Não, estou falando do que ele vai fazer com o que ele descobriu. Sobre você.
– Nada.
– O quê? Foi isso que ele escreveu, que não vai fazer absolutamente nada?
– Se eu não fizer nada, ele não vai fazer nada. Foi isso que ele disse.

As duas estavam sentadas no fundo do ônibus 47, que havia saído da praça Sergels Torg. Algumas famílias com crianças ocupavam os lugares da frente, mas os assentos mais próximos de Teresa e Theres estavam desocupados. Era meados de abril, e as filas de turistas com destino a Djurgården ainda não tinham começado. Teresa inclinou-se para a frente, apoiando os cotovelos na mochila abarrotada, caída a seus pés, enquanto tentava pensar.

Era bastante improvável que fosse do interesse de Max Hansen revelar o que sabia a respeito de Theres; não passava de um blefe, uma ameaça vazia.

Ou não seria?

A menina que cresceu num porão e se transformou numa assassina insensível e de sangue frio. Era exatamente o tipo de narrativa que as pessoas adoravam. Antes, Teresa jamais pensara na história nesses termos, mas agora ela conseguia visualizar. As manchetes sensacionalistas dos jornais. Dia após dia. Uma história que seria contada e recontada, pisada e repisada, garantindo publicidade gratuita para o álbum. Será que Max Hansen era um desgraçado tão cruel assim? Será?

Quando o ônibus passou pela ponte, Teresa endireitou o corpo e respirou fundo, tamborilando os calcanhares das botas no chão. Era inútil especular. Ela se concentraria no que estava acontecendo agora.

Doze meninas haviam confirmado presença. A mais nova tinha catorze anos; a mais velha, dezenove. Theres tinha falado um pouco sobre cada uma, mas Teresa achara difícil diferenciar os relatos monossilábicos e associá-los aos nomes. Miranda e Beata e Cecilia e duas Annas, e assim por diante.

Teresa lembrava-se de Miranda daquele dia no apartamento; Ronja era a menina que, de acordo com o relato de Theres, tinha tentado se matar três vezes, uma delas engolindo vidro. A história havia ficado gravada na mente de Teresa, porque era um ato extremado. Sem dúvida, os pais de Ronja tinham em mente alguma coisa fora do normal quando escolheram o nome.

Teresa e Theres desceram perto de Skansen. Teresa ajeitou a mochila nas costas e rumou para a entrada do Solliden. Theres não a seguiu. Estacou do lado de fora da entrada principal, fitando a placa com o olhar pasmo. Quando Teresa se virou, Theres perguntou:

– Aqui é Skansen?

– Sim.

– O que é?

– Um zoológico. E alguns edifícios antigos, esse tipo de coisa. Por que você está perguntando?

Theres franziu a testa.

– Eu vou cantar aqui.

– O quê? Quer dizer... quando? Como assim?

– Eu não entendo. Eu vou cantar pros bichos?

Teresa olhou para as letras garrafais e ornamentadas acima da entrada. Ela sabia que ali eram realizados *shows* e concertos de vez em quando, portanto era óbvio...

– Espere aí um minuto – ela disse. – Quando você vai cantar aqui?

– No verão. Max Hansen escreveu. No *Cantemos juntos*, em Skansen. Boa publicidade.

– *Você* vai se apresentar no *Cantemos juntos* em Skansen?

– Sim. Senão ele vai falar tudo sobre Lennart e Laila. – O tom de voz de Theres alterou-se ligeiramente, e Teresa percebeu que ela estava apenas regurgitando algo que Max Hansen escrevera. – Aí o Jerry vai pra cadeia. Eu vou acabar no hospício junto com outros doidos. Por que eu vou cantar pros animais?

Teresa tirou a mochila das costas e colocou-a no chão. Depois, sentou-se também no chão e pediu que Theres se sentasse ao lado dela. Tomou-lhe a mão.

— Tudo bem — ela disse. — Em primeiro lugar, você não vai cantar pros animais. Vai haver pessoas lá. Milhares de pessoas. Adultos e crianças e adolescentes. O *show* vai ser mostrado na TV. Milhões de pessoas assistem. É disso que se trata, entendeu? *Cantemos juntos* em Skansen.

Theres assentiu num gesto de cabeça. Depois, meneou a cabeça.

— Isso não é bom. Muita gente não é bom. Eu sei.

— Não. Em segundo lugar, você não vai acabar no hospício. E, se você for, eu vou junto com você. Nós duas somos malucas, certo? O que acontecer com você, acontece comigo. É assim que as coisas são. Mas essa história com o Max Hansen... eu não sei o que a gente vai fazer.

— A gente tem que fazer ele morrer.

Teresa riu.

— Acho que ele vai tomar o maior cuidado do mundo com a gente, de agora em diante. Mas vamos pensar em alguma coisa.

— Sim. Tudo bem. Agora solta a minha mão.

Teresa não soltou. Quando Theres tentou se desvencilhar, ela segurou com mais força.

— Por que você não gosta quando eu pego a sua mão?

— Não é pra você pegar a minha mão. É a minha mão.

Esse lampejo de lógica distraiu Teresa, e Theres soltou-se e se levantou. Teresa ficou onde estava, encarando as próprias mãos. *Pegar a minha mão*. As pessoas pegavam as coisas umas das outras. Ela não deveria pegar a mão de Theres. Claro.

Teresa ergueu a mochila mais uma vez e caminhou na frente de Theres ao longo do Sollidsbacken, do lado de fora da balaustrada. No mapa em miniatura da internet que ela havia imprimido, as distâncias pareciam bastante curtas, mas, quando chegaram à entrada do Solliden, constatou que ainda faltava quase um quilômetro a percorrer. Um ônibus passou pela Djurgårdsvägen; provavelmente, os ônibus cobriam o trajeto inteiro; ela se lembraria disso da próxima vez. Se houvesse uma próxima vez.

Entraram na Sirishovsvägen. Teresa consultou o mapa, e, assim que passaram pelo portão de Bellman, elas caminharam mais cem metros ao longo da cerca de arame, espiando através da tela.

— Elas não estão aqui — disse Theres.

Teresa enfiou os dedos pela cerca de arame e esquadrinhou lentamente o terreno. Tinha imaginado uma área mais aberta, mas o recinto dos lobos era uma paisagem de árvores com folhas novas, arbustos e pedras espalhados por encostas. Seu ambiente natural... Ela sabia que deveria haver sete lobos ali, mas não viu nem sinal deles.

Seu olhar se deteve sobre uma rocha de formato estranho, e ela arquejou. Era um bloco de pedra, mas seu formato estranho se devia ao fato de que havia um lobo deitado bem no topo. O animal estava deitado, completamente imóvel, olhando na direção delas.

– Ali – ela disse, apontando-o para Theres. – Ali.

Theres estacou bem ao lado de Teresa, pressionando o corpo contra a cerca de modo a chegar o mais perto possível. Tinham entrado no campo de visão do lobo, e uma leve brisa soprava na direção das costas delas. Provavelmente, o animal sentira o cheiro das duas. O estômago de Teresa revirou. *Neste exato momento você está pensando em nós. O que está pensando? Como você pensa?*

Quedaram, ambas, ali, por um longo tempo, agarradas à cerca e olhando para o lobo, que olhava de volta para elas. Estavam juntas. Então o lobo começou a lamber a pelagem das patas e se esqueceu delas.

– Por que você está infeliz? – perguntou Theres.

Somente naquele instante Theres constatou que seus olhos estavam marejados e lágrimas escorriam-lhe pelas maçãs do rosto.

– Eu não estou infeliz – ela disse. – Eu estou feliz. Porque cheguei.

Espalharam cobertores no chão, diante do cercado dos lobos. Antes de tirar da mochila a pele lupina, Teresa olhou de relance para a pedra. O lobo tinha abandonado sua posição, o que era uma coisa boa, porque, quando ela estendeu a pele no centro, teve a sensação de que se tratava de uma espécie de blasfêmia. Como se não fosse digna.

Ela e Theres sentaram-se sobre os cobertores, de costas para a cerca, e esperaram. Na mensagem que convocava todas as meninas para o encontro, tinham explicado que a Teresa que escrevia as letras também viria. Ela não se sentia a Teresa que escrevia as letras. Era uma loba pequena e solitária, e uma estranha alcateia estava se aproximando.

– Theres? – perguntou. – Você tocou todas as canções pra elas?
– Sim.
– Você falou de você pra elas?
– Sim.
– Contou sobre Lennart e Laila... e tudo?
– Sim. Tudo.

Era como suspeitara, e na verdade havia uma única pergunta que ela queria fazer. Estava com medo da pergunta, pois temia a resposta, mas perguntou mesmo assim.

– Theres, o que me faz ser diferente delas?
– Você veio primeiro. Você escreveu as letras.
– Mas, no resto, somos parecidas?
– Sim. Muito parecidas.

Teresa abaixou a cabeça. O que ela tinha pensado? Que era sem igual, exclusiva, a única pessoa no mundo inteiro com quem Theres poderia ter contato, a única pessoa que podia amar Theres? Sim. Era exatamente isso que ela tinha pensado, até que entrara em seu apartamento e encontrara a alcateia reunida. Agora, acabava de confirmar de maneira definitiva que fora uma idiota.

Muito parecidas.

O primeiro grupo de sete meninas estava chegando do ponto de ônibus. Havia um *único* consolo na dolorosa honestidade de Theres: talvez o bando não fosse tão estranho como ela tinha pensado. Teresa observou as sete meninas, e, mesmo a distância, havia alguma coisa que ela reconheceu em seus movimentos, na maneira de andar, como se as passadas delas pudessem danificar o solo.

Teresa desamarrou as botas, apertou os cadarços com mais força e disse:

– Mas elas não fizeram ninguém morrer, fizeram? Nenhuma delas?
– Não.
– E você acha que elas conseguiriam?
– Sim. Todas elas.

Teresa olhou para o grupo, que, agora, tinha chegado à cerca e estreitou os olhos. Um novo plano deu os primeiros e incertos passos em seu cérebro. Depois, ela acenou e sorriu.

Todas elas.

* * *

Quando as meninas se aproximaram para dizer "oi", Teresa sentiu-se *elevada* de uma maneira que nunca experimentara antes. Foi tratada com respeito, como se estivesse dando uma palestra, ou entrevista, diante de uma plateia. Teresa não pôde evitar; ela adorou. Jamais tinha sido o foco de tanta atenção positiva.

As meninas elogiaram certos fraseados, ou determinados versos; algumas disseram que as letras descreviam exatamente como elas se sentiam e que gostariam de ter a capacidade de escrever daquela maneira. Depois de alguns comentários nessa linha, Teresa buscou refúgio na falsa modéstia e afirmou que, na verdade, não era nada de especial e que qualquer um poderia… e assim por diante.

Apesar do fato de as outras meninas considerarem-na uma autoridade, ainda assim elas falavam a mesma língua. Com Theres, era diferente. Elas a tratavam como uma relíquia feita da mais frágil e refinada porcelana; conversavam com ela em voz baixa e não ousavam tocá-la. Quando Theres abria a boca para falar, elas ouviam com atenção, com o corpo retesado de concentração.

O que Theres dizia não era nada extraordinário, mas é claro que Teresa sabia como funcionava. Theres tinha a habilidade de falar exatamente a coisa certa para a pessoa certa, a verdade óbvia e evidente de que aquela pessoa específica precisava, expressa com aquele tom de voz indefinível e dominador que convertia o que ela dizia em algo que era mais que a verdade, era a Verdade.

Depois de trocarem gentilezas e de papearem um pouco, as meninas sentaram-se ao redor da pele de lobo e mergulharam nos próprios pensamentos, ou aventuraram algum comentário hesitante.

Teresa não tinha esperado por isso, mas, quando as meninas estavam todas reunidas e ela passeou os olhos pelo grupo – a maneira como elas sentavam, seu modo de mexer as mãos, a aparência –, concluiu que, provavelmente, era a pessoa mais forte ali. Não tinha nada a temer.

Por outro lado, ela era quem conhecia Theres havia mais tempo, a que estava sentada a seu lado. O que teria sido sem Theres? Um minúsculo camundongo cinza, correndo pelas paredes e tentando ficar invisível. Talvez. Ou talvez não. Em todo caso, fitou as outras com ternura nos olhos. Quando a pequena Linn começou a dar a impressão de que poderia irromper em lágrimas, Teresa não sentiu ciúmes no momento em que Theres engatinhou para perto dela e sussurrou-lhe algumas palavras no ouvido até que ela se acalmasse de novo.

Com exceção de Ronja, nenhuma daquelas meninas teria um eleitorado muito grande numa votação para a escolha da rainha do baile de formatura. Várias estavam alguns quilos acima do peso, como Teresa, e metade delas usava *piercings*: lábios, nariz ou sobrancelhas. Beata tinha aparência asiática, e era a única cujos cabelos pareciam ser naturalmente pretos. As duas Annas, Linn e Caroline tinham raízes de cor diferente.

Somente Cecilia era de fato gorda, e escondia o corpo usando trajes militares grosseiros, mas a maior parte das outras vestia roupas largas que disfarçavam o corpanzil. Quanto à maquiagem, havia de tudo um pouco – o espectro ia de Melinda, que tinha asas de pássaro desenhadas a caneta nos cantos dos olhos, a Erika, que não usava maquiagem nenhuma, em sua totalidade tão desprovida de cor que parecia quase invisível. Teresa deduziu que era bastante improvável que alguma delas fosse sociável ou gregária: sem dúvida, não eram sócias de nenhum clube e tampouco faziam parte de alguma sociedade.

Mas Ronja era exceção. Aos dezenove anos, era a mais velha, e parecia o tipo esportivo: futebol, provavelmente. Estava usando calça e blusão da Adidas, era esbelta e tinha cabelos loiros e lisos. Uma versão mais atlética e mais socialmente capacitada da própria Theres. Não era a menina mais bonita da classe, mas uma candidata bastante aceitável para usar a coroa. E era ela a garota que comia vidro.

Um denominador comum unia as meninas, e, provavelmente, apenas Teresa sabia disso: o *cheiro*. Todas tinham mais ou menos o mesmo cheiro. Quase nenhuma usava perfume, e as que usavam o faziam de maneira bem frugal. Mas não era esse o cheiro que elas tinham em comum. Era o que estava por baixo disso. Medo.

Aquele tinha sido o odor corporal de Teresa por tanto tempo que ela o reconhecia de imediato. Provavelmente, seria capaz de farejá-lo em cada uma daquelas meninas se elas estivessem dentro do mesmo ônibus. Um cheiro amargo e adocicado, com um toque de líquido inflamável. Coca-Cola misturada com gasolina.

À medida que foram achegando-se umas às outras e as conversas engrenaram, houve uma mudança no ar em torno delas. A segurança do bando fez o cheiro perder a força. Seus corpos, sua pele, deixaram de exalar medo conforme as conversas foram se entremeando para formar uma única melodia:

"... e eu posso sentir a coisa toda simplesmente desmoronando... a minha mãe arranjou um namorado novo e eu não gosto do jeito que ele me olha... eles falaram que eu não poderia ir nem se eu pagasse... ele voltou pra casa no meio da noite e estava com uma faca... e embora eu dê o melhor de mim sempre... chacoalhei meu irmãozinho e ele acabou ficando com lesão cerebral... eu tinha de usar fones de ouvido o tempo todo pra que ninguém ouvisse... e, quando eu estou andando pela rua, é como se fosse outra pessoa andando... que eu era completamente imprestável, que eu não tinha chance... tentei me esconder debaixo da cama, o que foi uma estupidez do caralho... a música que eu escuto, minhas roupas, minha aparência, tudo... aquele barulho, quando escuto aquele barulho, eu sei... como se eu não existisse... pequenas alfinetadas o tempo todo... sair andando, deixar tudo pra trás... sozinha, ninguém além de mim..."

Teresa virou-se para a área cercada bem a tempo de ver o lobo escalando a rocha mais uma vez, dobrando as patas diante da pedra e olhando para o grupo de meninas com as orelhas aguçadas, como se estivesse ouvindo as conversas. Teresa voltou-se para as outras e apontou:

– Aquele lobo – disse ela. – Ele está olhando para nós. Está imaginando quem somos nós. Quem somos nós?

As conversas foram interrompidas, e todas as meninas olharam para a figura acinzentada que, deitada calmamente, fitava o grupo. A julgar pelo tamanho, Teresa supôs que era uma fêmea.

– Porque nós somos alguma coisa, não somos? – ela continuou. – Juntas, nós somos alguma coisa, mesmo que ainda não saibamos o quê. Vocês também acham isso?

Enquanto as meninas conversavam, Theres quedara-se ali, sentada, cantarolando de boca fechada, mas agora o zumbido se transformara em palavras, que fluíam de sua boca como uma canção. O olhar dela estava voltado para dentro de si mesma, e as mãos pairavam a sua frente como se estivesse levando a cabo uma complexa invocação da qual sua voz fazia parte. Um segundo depois, todas as meninas foram arrebatadas pelo ritmo da voz, e várias delas começaram a balançar o corpo na mesma cadência do discurso de Theres.

– Todas aquelas que sentem medo devem parar de ter medo. Ninguém fez nada errado. Nenhuma de nós vai ficar sozinha. As pessoas grandes querem a gente. Elas não vão ter a gente. Eu não entendo. Mas nós somos fortes agora. Eu não entendo nós. Nós. Nós. Eu sou pequena. Nós não somos pequenas. Nós somos o vermelho que sai. Nós somos o que eles querem. Ninguém vai poder tocar em nós.

Quando o jorro de palavras cessou, fez-se absoluto silêncio, e todas as meninas ficaram sentadas imóveis fitando o espaço com olhos cegos. Então, o silêncio foi quebrado por aplausos abafados. Era Ronja, que por três vezes bateu a palma das mãos uma na outra, aplaudindo.

Teresa puxou para si a pele de lobo e tirou da mochila uma tesoura. Cortou uma tira da pele e entregou-a a Linn, que murmurou "Obrigada" e afagou a bochecha com o naco de pelagem áspera. Teresa prosseguiu cortando e distribuindo tiras de pele até todo mundo ganhar um pedaço. Algumas meninas enfiaram-no dentro do bolso, mas a maioria ficou sentada, acariciando o pedaço denso e cinzento de pelo, como se realmente tivessem nas mãos um corpo.

– Daqui por diante – disse Teresa –, nós somos a alcateia. Quem ferir uma de nós estará ferindo todas nós.

As meninas assentiram com um gesto de cabeça e acarinharam a pele de lobo que agora compartilhavam. De repente, Ronja soltou uma gargalhada. Balançava o corpo para a frente e para trás, uivando de alegria e abanando de um lado para outro a tira de pele. Teresa olhou para ela, ouviu o som de sua risada e reconheceu algo do período que havia passado na clínica psiquiátrica, dos outros pacientes. Ronja era uma combinação de letras, um diagnóstico. Tinha alguma espécie de doença mental que Teresa não era capaz de nomear.

Quando Ronja parou de rir, beijou diversas vezes o pedaço de pele, depois amarrou-o em nó em volta do braço, com a ajuda dos dentes, antes se voltar para Teresa.

– Você acabou de dizer que nós somos alguma coisa, embora a gente ainda não saiba o quê. Eu posso dizer o que a gente é. Nós somos um bando de perdedoras que gostam das suas canções. E nós somos perigosas. Perigosas pra caralho.

Ao longo das semanas seguintes, o grupo tentou encontrar seu rumo. Exceto pelas canções de Theres e Teresa, não havia muito que servisse como vínculo, nenhum interesse ou atividade em que pudessem se concentrar. A única coisa que elas tinham era uma sensação de necessidade, a sensação de que precisavam se encontrar e estar juntas, mas, de resto, em todos os outros sentidos, formavam um bando à deriva sem objetivo definido.

Todas elas queriam estar perto de Theres. Uma mistura contraditória de anseio por defender e tomar conta da frágil menina e desejo de venerá-la e temê-la como algo enviado pelos Céus. Elas tinham sede de suas palavras, de sua voz, quando ela ocasionalmente cantava, de sua mera presença.

E ansiavam uma pela outra. Gradualmente, todas começaram a falar do cheiro do qual Teresa tinha tomado consciência durante aquele primeiro encontro. O bando era o único grupo em que elas se sentiam sãs e salvas. O medo que regia a vida cotidiana de todas as meninas desvanecia-se quando estavam juntas.

Teresa tinha começado a considerar aquelas reuniões dominicais como sua vida real e o grupo, como sua família. Os outros dias da semana eram secundários; vivia ansiosa à espera do fim de semana, quando se reuniria com *sua família*.

E, ainda assim, faltava alguma coisa. Ronja dissera que elas estavam mais para um grupo de encontros do que para alcateia. Todas tinham seu pedaço de pele de lobo, que algumas haviam até mesmo costurado na jaqueta, mas para onde esse bando estava indo, o que o bando *faria*?

No terceiro encontro, Linn, que tinha começado a criar a coragem necessária para falar, disse que, às vezes, fingia estar morta. Mencionou isso de passagem, mas tocara em uma tecla inesperada. Ficou muito claro que elas tinham encontrado um denominador comum. *Todas elas*, sem exceção, brincavam desse jogo específico.

Então, começaram a brincar juntas. Deitadas no gramado ao redor do recinto dos lobos, elas davam-se as mãos, fechavam os olhos e murmuravam cânticos como: "A grama está crescendo dentro dos nossos corações", "Nossos corpos estão apodrecendo, e os vermes estão nos comendo de dentro para fora", "Nós estamos afundando terra adentro e tudo é silencioso". Eram capazes de ficar deitadas assim por um longo tempo e, quando se levantavam dos túmulos, era como se o mundo tivesse ficado mais vivo.

Theres disse que isso era bom, mas não era certo. Quando Teresa perguntou o que isso significava, a resposta foi que ela já sabia.

Sim. Ela sabia. Mas não era o tipo de conhecimento que ela poderia compartilhar com as outras. Independentemente de quanto Teresa valorizava a afinidade com as meninas, não ousava confiar nelas da mesma maneira irrefletida com a qual Theres confiava.

Teresa teria gostado de dizer-lhes, falar sobre a própria experiência e mostrar-lhes a cicatriz na barriga. Falar de como ela tinha voltado à vida e de como seus sentidos haviam sido intensificados, de como, desde então, passara a viver em um *presente* que antes não lhe era acessível. De como isso lhe permitiu sentar-se entre o grupo e realmente estar lá, deixar o grupo e ainda assim sentir o tremor da vida no farfalhar das folhas, no cheiro da fumaça dos escapamentos e na brincadeira das cores.

Mas ela não ousava dizer nada para as outras meninas. As outras não estavam no mesmo lugar que ela. Quando se reuniam, sempre demorava até encontrarem uma voz em comum, até que o medo fosse expulso. Os outros seis dias da semana estavam firmemente arraigados nelas e, apesar de tudo, ainda eram apenas outras pessoas com pais, mães e colegas de classe.

Tão difícil permanecer viva! Teresa sempre pensava nisso e se lembrava de como fora. Nunca realmente *lá*. Tinha visto a si mesma somente em vislumbres fugazes entre os problemas e os pensamentos, como alguém que respira e vive e pode vivenciar o momento. E, então, ele se perdia.

Tão diferente agora... Teresa teria gostado de contar-lhes. Mas era perigoso demais. Ainda.

AS MENINAS MORTAS

1

O álbum lançado em meados de maio foi uma mistura meio confusa. Uma vez que queriam surfar na mesma onda criada por "Voe", o produtor, os músicos e os técnicos do estúdio tiveram apenas poucas semanas para criar um produto acabado a partir dos arquivos em MP3.

Max Hansen tinha recorrido a todo tipo de estratégia, de promessas e incentivos a ameaças de punição, na tentativa de convencer Theres a entrar no estúdio de modo que sua voz pudesse ser gravada de maneira profissional. Prometeu somas de cinco e seis dígitos, intimidou-a com alusões à polícia, tratamento psiquiátrico, a perspectiva de jogá-la à sanha dos cães raivosos da imprensa, mas de nada adiantou. Ou as ameaças dele eram transparentes ou a menina era incapaz de entender o sofrimento que ele poderia fazer desabar sobre a cabeça dela.

Max achava que, provavelmente, tratava-se da primeira opção. Ou Theres ou a esquisitona tinha consciência de que ele não poderia revelar o que sabia sem implicar a si mesmo. Ah, ele estava disposto a fazer isso, mas queria esperar o momento certo. O momento em que estivesse bem longe de Estocolmo e seu único problema fosse qual a melhor forma de aplicar o dinheiro.

Embora o álbum tivesse sido feito às pressas, foi recebido com entusiasmo. Nenhum crítico deixou de mencionar a péssima qualidade do som; mas, por outro lado, a voz de Tesla tinha um timbre e um tom que compensavam todos os defeitos. A produção também deixou muito a desejar, mas aí também os aspectos técnicos eram contrabalançados pela qualidade das canções. Não havia a menor dúvida de que a tal Tesla, fosse ela quem fosse, era uma artista nova que merecia atenção.

Levando-se em conta o que Max tinha descoberto sobre Theres, não ousava encontrar-se com ela sem a presença de outras pessoas, mas não conseguia contatá-la por telefone ou *e-mail*. Portanto, era impossível marcar entrevistas ou sessões de fotos.

Contudo, poucos dias depois do lançamento do álbum, Max se deu conta de que aquilo que julgara ser um ponto fraco era, na verdade, forte. Havia um enorme apetite por informações acerca da nova estrela no firmamento da música sueca, mas não existia nenhuma informação disponível. Justamente quando Max tinha começado a elaborar estratégias para criar falsas declarações e entrevistas, percebeu a mudança de tom no que vinha sendo escrito sobre Tesla.

O silêncio dela era interpretado como seriedade, e sua ausência da arena pública era vista como enigmática. Depois que o jornal *Aftonbladet* publicou uma matéria entrelaçando uma calorosa aclamação de Tesla como a grande esperança da música sueca e desavergonhadas especulações sobre ela, outros jornais embarcaram na mesma onda. Os vídeos das apresentações da menina no *Ídolo* foram analisados e tidos como exemplos de pura magia; as respostas sucintas de Tora Larsson foram interpretadas e comentadas. Os jornalistas viraram e reviraram o que sabiam e não chegaram a parte alguma; e o resultado foi a criação de uma genuína mística em torno de Tesla. Algo empolgante.

Nem se quisesse, Max Hansen teria sido capaz de planejar melhor a coisa toda. Era um foguete de três estágios. Primeiro, as especulações; depois o espetáculo *Cantemos juntos* em Skansen; e então... a revelação bombástica. Mais ou menos uma semana depois do *Cantemos juntos*, ele soltaria a bomba, e, se isso não servisse para alavancar as vendas já altas, então não sabia o que mais poderia fazê-lo.

Mas havia um defeito no projeto do foguete.

A apresentação de Tesla em Skansen estava marcada para 26 de junho; ela cantaria no mesmo dia que a banda The Ark. Tudo estava fadado ao sucesso, e Max enviara à menina um *e-mail* com todas as informações. Tudo certo e definido, exceto por um pequeno ponto: ele não sabia se ela pretendia dar as caras no *show*.

A televisão sueca ficara na cola de Max Hansen solicitando detalhes sobre Tesla, a fim de entrar diretamente em contato com ela, mas Max tinha mencionado a notória timidez da menina e dissera que toda comunicação deveria ser feita por intermédio dele, garantindo que ela estaria lá para os ensaios e o *show*, sem problemas.

Mas, a bem da verdade, havia problemas pra dedéu.

A incerteza estava corroendo Max, e ele começou a pensar em medidas desesperadas.

2

Até o ponto em que é possível alguém tornar-se uma pessoa diferente daquela que era ao nascer, Jerry voltou dos Estados Unidos mudado, uma outra pessoa. Seu olhar para o futuro tinha se modificado, sua maneira de encarar o passado tinha se transformado. Pela primeira vez na vida, ele não fora chutado numa nova direção, mas ele próprio definira o caminho e dera os passos em direção a esse rumo.

Aconteceu no terceiro dia de sua visita. Os pais de Paris viviam numa casinha nos arredores de Miami, e Jerry, Paris e Malcolm foram a um Wal-Mart que fazia com que o complexo Flygfyren em Norrtälje parecesse uma barraquinha de cachorro-quente. Se evacuassem todos os carros do estacionamento, talvez fosse possível aterrissar um avião ali.

Estava extraordinariamente úmido para abril. Paris dissera que aquilo não era nada comparado ao verão, mas, para Jerry, o clima parecia certamente tropical. Ele sentiu uma pressão crescente no crânio enquanto abriam caminho em meio às multidões no misto de supermercado e *shopping center* com ar condicionado e, quando saíram no estacionamento carregando sacolas abarrotadas e uma baforada de calor o atingiu em cheio, teve uma vertigem.

O carro estava estacionado a centenas de metros da entrada, e, em plena caminhada ao longo da vasta extensão de terreno asfaltado, sob o sol abrasador, as pernas de Jerry afrouxaram. As sacolas tombaram no chão e ele caiu de joelhos, dobrou o corpo, segurando a cabeça com as mãos enquanto o suor escorria-lhe pelas costas. Ficou constrangido, mas simplesmente não conseguia se levantar. A sensação foi de fracasso, confirmação do espécime patético que era ele.

Os pais de Paris tinham recebido Jerry de braços abertos, e ele quase se esqueceu de que tinha deixado Theres na mão a fim de tornar a viagem possível. Sentia-se mal por largá-la sozinha, mas não havia alternativa. Ele simplesmente tinha de ir com Paris. Agora, ajoelhado no asfalto quente, era como se Deus o tivesse punido. Golpeado sua cabeça com um taco de sol para colocá-lo de joelhos e fazê-lo perceber a merda que era.

Jerry sentiu junto de si os braços de Malcolm, o peso do corpo da criança contra as costas, quando o menino o abraçou por trás e gritou:

– Jerry, Jerry, o que foi? Por favor, levanta, Jerry, por favor!

A voz miúda e angustiada teve o efeito de resfriá-lo e acalmá-lo um pouco, e ele ergueu os olhos a tempo de ver Paris se abaixar e acariciar-lhe o rosto. O sol estava diretamente atrás de Paris e fez seus cabelos negros brilharem em halo enquanto ela dizia: – Meu benzinho, o que aconteceu? Você está bem?

Jerry endireitou-se. Ainda estava ajoelhado, fitando o sol com os olhos semicerrados, quando seu olhar cruzou com o de Paris. As palavras que lhe saíram da boca não precisaram de muita reflexão:

– Paris, você quer casar comigo?

– Quero.

– O que você... o quê?

– Quero. Quando você se levantar do chão, a gente pode ir procurar um padre, se é isso que você quer.

Aos poucos, Jerry conseguiu se pôr em pé, mas Paris não estava falando sério sobre ir atrás de um padre imediatamente. Sim, ela queria se casar com ele, mas numa cerimônia de casamento decente. Se tivesse dito que só se casaria com ele se fosse no topo do monte Everest e usando equipamento de mergulho, Jerry teria começado a investigar as possibilidades. Uma cerimônia de casamento decente era moleza.

Quando voltaram para a Suécia, eles começaram a fazer planos e decidiram se casar em Miami, em meados de julho, porque era Paris quem tinha família. Era engraçado pensar nisso, mas, basicamente, não passava de um detalhe técnico. O fato fundamental aconteceu naquele estacionamento do Wal-Mart.

Jerry já tinha beijado a lona várias vezes na vida; sabia o que significava ser nocauteado, ficar de joelhos tanto no sentido físico como no psicológico. Mas ninguém jamais o havia abraçado e dito "Por favor, levante, Jerry, por favor!", com angústia genuína na voz. E ninguém jamais havia acariciado seu rosto, para depois chamá-lo de "meu benzinho" e perguntar se ele estava bem. A verdade é que ninguém nunca havia dado a mínima para ver se ele se levantava ou não.

Mas o milagre tinha acontecido naquele estacionamento abrasador, e como aquilo poderia não ter operado uma mudança nele? Havia um futuro que parecia promissor, e quando Jerry pensava em seu passado obscuro, até que ele fazia sentido, no fim das contas, porque seu passado o havia levado até *agora*.

Se a prova de esqui de Ingemar Stenmark não tivesse interrompido sua apresentação de violão na escola, talvez ele não tivesse ficado tão perdido na adolescência, e então talvez não se interessasse por Theres. Se Theres não tivesse sido encontrada e não tivesse matado os pais dele, então ela não estaria morando com ele. Se ele não tocasse violão, se não tivesse encontrado aquela carteira, se Theres não fosse tão violenta... Enfim, tudo o havia levado até Paris e ao colapso no estacionamento. E, portanto, tudo era bom.

Talvez a recém-descoberta felicidade fizesse Jerry encarar com menos seriedade as dificuldades com Theres, mas, aparentemente, ela também encontrara seu caminho. Vinha se comunicando com as amigas, e parecia estar se adaptando a uma vida mais normal.

A única nuvem no horizonte de Jerry era Max Hansen. Uma semana depois de voltar dos Estados Unidos, tivera de aturar a insistência dele, que pegou no seu pé feito uma sanguessuga, tentando obrigar Theres a entrar no estúdio. Jerry constatou que Max Hansen havia descoberto os antecedentes de Theres, pois tinha usado a história dela como ameaça. Jerry perguntou a Theres se ela queria cantar no estúdio de novo, e ela disse que não. Max Hansen recusava-se a aceitar "não" como resposta, e Jerry trocou o número de telefone do apartamento para um que não constava da lista telefônica.

O disco foi lançado mesmo assim, e Jerry alimentou os pensamentos mais malignos sobre Max Hansen quando o telefone começou a tocar, apesar do número não listado. Eram jornalistas fazendo perguntas sobre Tesla, ou Tora Larsson, e Jerry respondia que não tinha a menor ideia sobre o que estavam falando. Depois de cinco ligações, ele desplugou o aparelho da tomada, jogou-o no lixo e comprou um celular pré-pago.

No final de maio, Jerry recebeu um envelope. Continha dez notas de mil coroas e uma carta que explicava, em tom agressivo, que ele receberia outras vinte mil coroas se garantisse a presença de Theres no *show* em Skansen, na manhã do dia 26 de junho. Era do interesse de Jerry entrar imediatamente em contato com Max Hansen, a fim de confirmar que ele se incumbiria de resolver a situação; caso contrário, as coisas poderiam ficar bastante feias.

Jerry guardou as dez mil coroas para a festa de casamento e perguntou a Theres o que ela queria. Ela disse que não sabia, e ele teve de se dar por satisfeito com isso. O que mais poderia fazer? Enfiar Theres em um saco e carregá-la até Skansen? Sua única atuação poderia ser cruzar os dedos, rezar e torcer pelo melhor.

Atualmente, seu contato com Theres resumia-se a questões de ordem prática. Ela tinha a própria vida, e ele tinha a dele. Ele se assegurava de prover o estoque de potes de papinha de bebê na geladeira e pagava as contas. De resto, ela tinha de cuidar de si mesma, e ele passava cada vez mais tempo com Paris e Malcolm.

Jerry estava tão imerso em sua nova e positiva atitude com relação ao mundo que nem pensou duas vezes quando, no final de maio, ouviu por acaso a notícia de que o homem que trabalhava como gerente do mercadinho local fora roubado e assassinado. Era apenas uma história trágica com a qual, pela primeira vez, nada tinha a ver.

3

Cerca de uma semana após o lançamento do disco, Teresa recebeu um *e-mail* de Max Hansen. A mensagem dizia: "Leia isto e pense com cuidado. 26 de junho. Confirme".

Em arquivos anexos, havia diversos artigos de jornal sobre Lennart e Laila, uma cópia do inventário do espólio revelando que Jerry era o herdeiro, informações sobre a cédula de identidade de Angelika Tora Larsson e uma cópia do formulário de inscrição de Theres no *Ídolo*.

Max Hansen queria mostrar que tinha tudo muito bem tramado, e, embora não fosse surpresa o fato de ele saber o que sabia, a mensagem surtiu o efeito desejado. O mero pensamento de que ele seria capaz de arruinar vidas inteiras com um único clique do *mouse* era abominável, e pela primeira vez Teresa sentiu medo dele de verdade. Enviou uma longa mensagem para Theres, imaginando diversos quadros e avaliando suas opções e, depois de ponderá-las, chegou à conclusão de que talvez fosse melhor Theres dizer que se apresentaria em Skansen. Isso pelo menos lhes daria tempo para pensar em alguma coisa.

O *alguma coisa* era óbvio. O problema era como elas conseguiriam chegar suficientemente perto de Max Hansen para fazer o que tinham de fazer e depois escapar sem ser descobertas. Teresa estava tomada de anseio. O homem do mercadinho fora jogado em seu caminho, ela tinha feito o que fizera e, depois, não se sentira bem com seu ato. Max Hansen era uma história completamente diferente. Ela estava aguardando com ansiedade, não via a hora, e desta vez iria se deleitar do começo ao fim. Se tivesse chance.

Seus dedos começaram a coçar de um jeito desagradável, e de tempos em tempos ela percebia uma sensação de fome no estômago. Sua consciência da vida tinha começado a ser maculada por imagens que surgiam sem se fazer anunciar e abriam caminho à força dentro dela. Às vezes, ela podia ficar obcecada pela nuca de uma pessoa no ônibus, imaginando uma ferramenta entre as mãos, ávida para desferir uma pancada. Certa tarde, quando se viu a sós na biblioteca, em companhia da bibliotecária, pensou em maneiras de matá-la. Pedir algum título fora do comum e segui-la até a seção de livros raros. Um tijolo, um pedaço de cano. Um golpe violento na cabeça, de novo. E de novo. Aberta. E depois a fumaça vermelha, saboreá-la; estar novamente perto dela.

Continuava jogando fora os comprimidos de Fontex, um por dia; providenciava cada frasco novo do medicamento vendido com receita médica e continuava jogando tudo no lixo. Tinha comparecido a sessões de acompanhamento na clínica psiquiátrica e interpretara com eficiência seu papel; na opinião dos médicos, estava indo tão bem que, no verão, já poderia parar de tomar o remédio.

Mas Teresa sabia que seu comportamento normal não tinha nada a ver com estar "bem" no sentido habitual da palavra. Ela estava confiante e harmoniosa, sim. Estava feliz consigo mesma e sua vida, sim. Até ali, tudo bem, preenchendo todos os requisitos e marcando um X em todos os quadradinhos da lista do psiquiatra. Mas a *razão* para os excelentes resultados somente ela e Theres sabiam: o fato de ser uma assassina, ser uma loba, que tinha abandonado todas as considerações humanas normais.

Se Teresa tivesse explicado isso tudo no agradável consultório da médica, teria sido trancafiada para sempre, em vez de ouvir o diagnóstico de que estava quase normal e apta. Teresa sabia que não estava bem no sentido convencional da palavra, mas encontrava-se perfeitamente bem em termos próprios, e era isso que importava.

O problema era... a abstinência.

A situação ficava tão feia que Teresa, às vezes, sentava-se à mesa da cozinha observando Olof devorar sanduíches enquanto lia alguma revista de videogames, e se flagrava estudando a nuca do irmão, olhando de relance da testa dele para o rolo de macarrão feito de mármore e, de novo, para sua testa. Um dia, quando Maria estava indisposta e passara o dia em casa, descansando no sofá e ouvindo velhos discos de Dean Martin, Teresa se viu fitando a mãe, deitada ali, de olhos fechados, enquanto os dedos da menina acariciavam a saliência na ponta do atiçador.

Esse tipo de coisa...

Embora Teresa estivesse se sentindo muito bem durante esses dias, e a despeito do fato de Dean Martin estar cantando e de nenhuma pessoa poder ser presa por causa do que está *pensando*, Teresa teria gostado de rechaçar essas fantasias específicas. Mas elas abriam caminho à força, e Teresa não conseguia se desvencilhar delas.

Quando buscou Theres em Svedmyra quatro dias depois da mensagem de Max Hansen, elas ainda não tinham tomado decisão nenhuma. Faltavam apenas duas semanas para o dia 26 de junho, e Teresa vinha acompanhando os *sites* de notícias na internet toda manhã, temendo que Max Hansen tivesse vindo a público para revelar o que sabia. Isso ainda não tinha acontecido, mas a sensação na boca de seu estômago lhe dizia que não demoraria muito.

Elas conversaram no metrô, e conversaram no ônibus rumo a Djurgården. Aos sussurros, porque agora havia muito mais gente que da primeira vez em que estiveram ali. Chegaram à conclusão de que teriam de dizer "sim" a Max Hansen. Se Theres realmente subiria no palco no dia marcado, isso era outra história. Teresa certamente não tinha a intenção de ser a porta-voz de Max Hansen na tentativa de persuadi-la.

Como sempre, elas chegaram cedo, um bom tempo antes das outras e, quando se aproximaram do recinto dos lobos, avistaram três homens sentados ali. Nas ocasiões anteriores, sempre havia outras pessoas lá antes delas, e o grupo inteiro recorria ao método simples e eficaz de ficar encarando os intrusos até que resolvessem mudar de lugar.

Os homens tinham vinte e poucos anos, e não haviam levado consigo mantas, cervejas, nem equipamentos musicais, por isso Teresa deduziu que não demorariam muito para ir embora. Por enquanto, ela e Theres estenderam as mantas num ponto um pouco afastado da área cercada dos lobos, sentaram-se e continuaram conversando.

Três sombras caíram sobre elas. As duas meninas estavam tão absortas na conversa que não tinham percebido a aproximação dos homens. Assim que Teresa ergueu os olhos, viu que havia algo de errado: apesar de o facho de luz bater por detrás deles, imediatamente depois veio o cheiro, nítido e inconfundível: *ameaça*.

Os três homens estavam em pé, com as mãos enfiadas nos bolsos de agasalhos esportivos bem largos, e tinham se posicionado de modo a encurralar Theres e Teresa entre eles e a cerca. O do meio se agachou. Sob o tecido fino das calças, Teresa identificou o contorno dos músculos inflados das pernas; seus braços eram da mesma grossura das coxas de Teresa.

– Oi – disse ele, cumprimentando Theres com um meneio de cabeça. – Você é a Tesla, não?

Theres, que parecia completamente impassível diante da atitude dos homens, assentiu com a cabeça e deu sua resposta costumeira: – Nós somos. Eu canto. Teresa escreve as letras.

– Certo – disse o homem. – Porque você é uma menina tão bonitinha... – Deu uma cutucada no ombro de Teresa, como se ela fosse algo atravancando o caminho dele. – Afinal de contas, por que outro motivo você daria bola pra um pé no saco como ela?

– Eu não entendo – disse Theres.

– Não. Parece mesmo que você não entende.

– O que vocês querem? – perguntou Teresa. – Cai fora. A gente não fez nada pra vocês.

O homem apontou para Teresa. – Você aí... cala a boca, porra. Eu tô falando com ela. – Gesticulou em direção aos outros homens, que chegaram mais perto e se agacharam ao lado de Teresa, enquanto o primeiro concentrou as atenções em Theres.

O homem que agora estava tão perto de Teresa a ponto de ela sentir o cheiro do enxaguante bucal em seu hálito ergueu as mãos enormes, mostrando as armas a sua disposição. Ele parecia muito pouco inteligente, beirando o retardo mental, e Teresa não teve dúvidas de que estava cumprindo ordens, fazendo exatamente o que o haviam mandado fazer. Pelo canto do olho, viu que algumas meninas do grupo estavam chegando, mas ainda a alguma distância.

– Você canta bem – disse o primeiro homem, avultando-se sobre Theres. Apontou para Skansen. – E você vai cantar aqui em algumas semanas, não vai? – Theres não respondeu, e ele repetiu a pergunta, agora com mais ênfase. – *Não vai?*

No instante em que os homens as abordaram, Teresa rapidamente cogitou a possibilidade de eles terem alguma coisa a ver com Max Hansen; depois descartou a ideia por achá-la um exagero. Mas era verdade. Ele encontrara alguns capangas para levar a cabo o que suas ameaças por escrito não haviam conseguido.

Uma vez que Theres se recusava a responder, o homem agarrou-a pelas axilas e ergueu-a sem o menor esforço, prendendo-a contra a cerca com o rosto na mesma altura do seu, os pés da menina balançando a vários centímetros do chão. Teresa tentou se levantar, mas o gorila que a segurava pousou-lhe as mãos pesadas sobre os ombros, pressionando-a para baixo e bufando como se estivesse acalmando um cavalo. As outras meninas tinham começado a correr, mas ainda estavam a pelo menos cem metros.

O primeiro homem puxou Theres para mais perto, depois empurrou-a de novo contra a cerca, chacoalhando ruidosamente a tela.

– Não vai? – Theres arreganhou os dentes, deixando as gengivas à mostra, e o homem riu. – Pode rosnar quanto quiser... você vai fazer o que te mandaram fazer, ou não? Preciso de uma resposta!

Sacudiu Theres, fazendo a cabeça da menina bater na cerca. Lágrimas de ódio queimaram os olhos de Teresa enquanto ela arranhava os braços do gorila: o efeito de seu gesto era o mesmo de um enxame de mosquitinhos. Ela chutava, berrava, lutava até o limite das forças, *e não conseguia sequer se levantar*. Era insuportável.

– Sim! – ela berrou. – Sim! Ela vai estar lá! Deixa ela em paz! Solta ela!

O homem que estava segurando Theres meneou a cabeça.

– Eu quero ouvir de você, menininha. Estou perguntando com toda a educação do mundo... Agora, você vai fazer o que te mandaram fazer?

As duas Annas, Miranda, Cecilia e Ronja tinham chegado. O terceiro homem caminhou na direção delas, de braços erguidos.

– Tá legal. Tá legal. Vamos ficar paradinhas aí numa boa, meninas, calminha agora.

Ronja mirou um chute no joelho do homem, mas ele manteve o equilíbrio, agarrou-a e derrubou-a na grama. As outras quatro meninas ficaram imóveis, indecisas, encarando Theres, que meneou a cabeça e disse:

– Sim, eu vou cantar.

Dois segundos depois, ela cravou os dentes na sobrancelha do agressor.

O rugido do homem interrompeu tudo. Seus amigos, completamente paralisados, acompanharam de boca escancarada o que estava acontecendo na cerca. O homem girou como se estivesse dançando com Theres e, ao mesmo tempo, tentando afastá-la. Quando conseguiu, havia perdido alguns gramas de seu peso. Theres cuspiu alguma coisa, e o sangue escorreu do olho do homem enquanto ele a mantinha a um braço de distância.

O homem urrou feito um animal ferido e arremessou Theres na cerca, com toda a força. O corpo dela ricocheteou na tela de arame e caiu de cabeça no chão. Quando o homem já se preparava para desferir um pontapé na barriga, o que estava segurando Teresa berrou:

– Não é pra gente matar ela!

O homem voltou a si, levou a mão à sobrancelha ferida e se contentou em dar uma leve pancada com a ponta do tênis nas costas da menina; depois, enfiou a outra mão no meio das pernas dela e sussurrou:

– Daqui pra frente, é melhor você tomar cuidado. Qualquer dia destes eu posso voltar pra brincar com você de novo!

Em seguida os homens foram embora, sob uma saraivada de palavrões e ameaças vazias, principalmente por parte de Ronja e Teresa, mas foram embora. Todas as meninas se reuniram em volta de Theres, cujo lábio estava cortado. A boca estava lambuzada por uma mistura de sangue e saliva, e, por mais que ela se contorcesse, uma massa agitada de braços e mãos a cobriam, afagando-a, limpando-a e dando-lhe apoio. Até que levou as próprias mãos à cabeça e berrou:

– Parem de tocar em mim! – Os braços solícitos se recolheram e as meninas ficaram com as mãos vazias, sem saber o que fazer.

– Porra! – disse Ronja. – Porra do inferno. Eles eram só três contra *um monte* de nós!

Arrancou um galho baixo e começou a fustigar o tronco da árvore enquanto uma torrente de pragas e palavrões jorrava de sua boca e o corpo dava solavancos, como se estivesse tendo convulsões. Teresa achou que ela poderia estar à beira de um verdadeiro ataque de histeria, mas, após um minuto, Ronja jogou fora o galho, bateu algumas vezes na própria cabeça com os punhos cerrados e, depois, abaixou as mãos e soltou o ar.

As demais meninas tinham chegado, e todas se mantiveram paradas, com a cabeça abaixada, durante o surto de Ronja; algumas delas, afagando seu pedaço de pele de lobo, como que para consolar algo dentro de si mesmas, para pedir desculpas. Quando Ronja acomodou-se na manta, suas mãos ainda tremiam. Teresa perguntou:

– Tudo bem?

Por várias vezes, elas haviam discutido a ideia de passar um fim de semana inteiro juntas, e agora isso tinha se tornado absolutamente essencial. Poderiam até falar e se identificar com lobos quanto quisessem, mas, quando fora realmente importante, o grupo não se comportara como um bando ou uma alcateia, mas havia se fragmentado em um punhado de indivíduos, pequenas criaturas apavoradas. E isso não poderia acontecer de novo.

Os pais de Beata eram donos de uma casinha na floresta nos arredores de Åkersberga. Eles só iriam para lá em julho, e ela sabia onde a chave era escondida. O problema era que o lugar ficava a uns bons cinco quilômetros do ponto de ônibus mais próximo. Contudo, Anna L. e Ronja haviam sido aprovadas no exame de habilitação, e Anna já tinha o próprio carro.

Nenhuma das outras meninas pensara nelas como o tipo de grupo em que um dos membros portava carteira de habilitação, mas, quando ficou claro que era esse o caso, uma sensação inebriante de liberdade rapidamente tomou conta de todas. Elas tinham um lugar aonde ir e uma maneira de chegar lá. Juntas, contavam com recursos e oportunidades de que não dispunham quando estavam sozinhas.

Teresa estava sentada o mais perto possível de ficar próxima de Theres sem tocá-la, ao passo que as outras faziam planos para o fim de semana vindouro. Horários, comida, sacos de dormir, e assim por diante. Theres parecia não ter se abalado minimamente com o incidente causado pelos homens, e apenas seu lábio inchado dava testemunho de que alguma coisa tinha acontecido. Impassível, ela não tomava parte da discussão, até que veio à tona a questão da comida. As meninas estavam conversando sobre macarrão e iogurte quando Theres disse:

– Eu não como esse tipo de comida.

Como sempre, a mais insignificante declaração de Theres bastou para interromper todas as conversas. Todas se voltaram para ela, algumas com uma expressão constrangida, como se estivessem com vergonha de a terem esquecido por alguns minutos.

Cecilia perguntou:

– E... o que você come, então?

– Coisas em potinhos. Chama-se Semper. E Nestlé.

– Tipo... comida de bebê? Por que você come papinha?

– Eu sou pequena.

– A gente dá um jeito – disse Teresa. – Sem problema.

Fez-se um breve silêncio enquanto o grupo assimilava a informação até que Linn olhou ao redor e declarou, com firmeza fora do comum:

– Nesse caso, todas nós vamos comer a mesma coisa.

Algumas deram gargalhadas de alívio diante dessa maneira elegante de resolver um problema complicado, e o planejamento tomou outra direção. Que sabores, o tamanho dos potes, quantos e quem poderia se encarregar de fazer as compras?

Quando as meninas se despediram, tudo estava decidido. Na tarde da sexta-feira seguinte, elas pegariam o metrô, a linha Roslagen, depois o ônibus 621 com destino a Grandalsvägen, em Åkersberga. Então Anna L. usaria seu carro para fazer as vezes de serviço de traslado e transportar todas elas até o chalé às margens do lago Trastsjön. Levariam sacos de dormir e colchonetes, comeriam papinha de bebê durante dois dias e se tornariam um bando de verdade.

Acenando, as outras meninas rumaram para o ponto de ônibus, deixando Theres e Teresa sentadas sobre as mantas. Teresa saiu para fazer uma caminhada, encontrou o naco de carne que Teresa arrancara da sobrancelha do homem, enterrou-o no chão com a sola das botas. Depois, tornou a sentar-se.

— Vai ser legal? — ela perguntou. — No fim de semana que vem?

— Sim — disse Theres. — Vai ser bom. Elas vão parar de ter medo. Como você.

Teresa teve de esperar um longo tempo até que Theres se voltasse para olhar na direção da área cercada dos lobos e não pudesse ver o que ela estava fazendo. Num movimento ágil, inclinou-se e beijou-a na bochecha.

— Desculpa — ela disse. — Obrigada.

4

Todo mundo na verdade é chamado de outra coisa.

Na noite de terça-feira, antes do início das férias escolares, Teresa parou na frente do espelho do banheiro tentando descobrir seu outro nome. Ela tinha sido criada como Teresa, crescera ouvindo as pessoas dizerem esse nome milhares de vezes. Mas era realmente o *nome* dela?

Já pensara nisso antes, mas o assunto voltou-lhe à mente depois que ela recebeu um telefonema de Johannes, duas horas antes. Mais uma vez, ele repetiu que ela vinha se comportando de um jeito muito estranho, que ele podia ver que havia algo errado, e será que eles não poderiam se falar pessoalmente? Ele tinha usado o nome *Teresa* inúmeras vezes, até que Teresa sentiu que a pessoa com quem ele estava conversando era uma completa desconhecida. Já não era ela. Porém, desligou o telefone com uma horrível sensação de que ele estava certo. De que ela tinha se perdido, desviado. Ou melhor: que aquela *Teresa* com quem ele estava conversando se perdera. Mas ela ainda seria realmente Teresa? Era esse o seu nome?

Era nisso que os pensamentos de Teresa se concentravam enquanto ela se mantinha na frente do espelho, estudando o próprio rosto e procurando uma pista. Achou que seus olhos tinham endurecido. Literalmente. Como se o globo ocular já não fosse um caroço gelatinoso cheio de fluido, mas sim algo feito de vidro, duro e impenetrável.

– Você é esquisita – disse para si mesma. – Você é dura. Você é esquisita. E dura.

Gostou das palavras. Queria ser essas palavras, queria que servissem nela, que se ajustassem a ela como suas botas, que a envolvessem com firmeza ao redor do corpo como as botas e se tornassem ela.

– Minhas palavras. Esquisita. Dura. Palavras. Dura. Esquisita.

Urd. Urd.

Seu corpo confirmou, apesar do fato de não se lembrar. Onde é que ela tinha ouvido essa palavra antes? Foi ao computador e abriu a Wikipédia.

Urd. A original e possivelmente única deusa do destino na mitologia nórdica. Uma das três Nornes, que, com suas duas irmãs, Verdandi e Skuld, tece (e corta) em seus teares os fios do destino das pessoas; o nome vem da palavra islandesa para destino desafortunado.

Todo mundo na verdade é chamado de outra coisa. Eu me chamo Urd.

Não era algo que ela pretendia contar para outras pessoas, tampouco tentaria forçar ninguém a usar esse nome. Mas, no íntimo, ela saberia. Assim como as botas tinham se ajustado sozinhas em seus pés e lhe permitiram caminhar com passos firmes e constantes, o nome a ancoraria por dentro e consumiria todas as incertezas.

Urd!

Na quarta-feira, aturou as celebrações de fim de semestre com os olhos arregalados e, ainda assim, fechados com firmeza. Os vestidinhos de verão e as vozes estridentes, a cantoria desafinada, uma ou outra lágrima de gente triste por ter de se separar dos amigos durante as férias de verão... Nada daquilo tinha a ver com ela.

Não tinha nada a ver com Urd e passou por ela. Seus pensamentos estavam com o bando.

5

Na tarde da sexta-feira, Teresa foi a Svedmyra buscar Theres. Algumas das outras juntaram-se a elas no metrô, e mais meninas já estavam esperando no ponto de ônibus. Quando embarcaram no 621, faltavam apenas Malin e Cecilia.

Depois de trocarem algumas mensagens de texto, tudo estava correndo de acordo com o plano. Anna L. foi buscá-las e fez várias viagens, levando poucas de cada vez. O carro era pequeno e tão enferrujado que ficava impossível conversar durante o trajeto, porque havia buracos no escapamento e no assoalho. Anna disse, aos berros, que comprara seu carro na internet por três mil.

O que Teresa havia imaginado quando Beata dissera que os pais tinham uma casinha na floresta não poderia estar mais distante da realidade. A casa, enfiada entre os abetos, um dia talvez pudesse ter sido um chalé, mas fora reformada e ampliada tantas vezes que mais parecia uma mansão – embora com proporções estranhas e uma decoração pesada e excessiva. O vizinho mais próximo ficava a meio quilômetro de distância e, na encosta que descia até o lago, todas as árvores tinham sido derrubadas e os tocos removidos, de modo a criar uma vista de trinta metros de largura, levando até um píer.

Ronja pegou o carro para buscar Malin e Cecilia, que haviam chegado no ônibus seguinte, e, enquanto isso, as outras saíram com Beata para conhecer o lugar. Uma velha garagem tinha sido convertida em oficina, com duas bancadas de carpintaria, e Beata explicou que era ali que seu pai passava a maior parte do tempo no verão. Daí o exagerado entalhe ornamental do lado de fora da casa. O pai dela era capaz de dedicar uma semana inteira à construção de um friso espetacularmente horroroso apenas para evitar a companhia da esposa.

Quando saíram da oficina, Teresa avistou uma porta semiapodrecida, que parecia ter sido jogada ladeira abaixo e agora desaparecia gradualmente chão adentro. Chegou mais perto e viu que, embora houvesse musgo crescendo ao redor da maçaneta enferrujada, era de fato uma porta, porque estava rodeada por um caixilho.

– O porão subterrâneo – disse Beata. – Assustador.

Theres tinha se aproximado e, quando Teresa começou a puxar a maçaneta, ela a ajudou. Tiveram de fazer força para arrancar a grama que tinha fincado raízes na madeira podre, mas por fim conseguiram abrir a porta, e um bafejo gelado de terra, ferro e deterioração saiu do subsolo e as atingiu em cheio. Sem a menor hesitação, Theres desceu três degraus e desapareceu na escuridão.

– Theres? – gritou Teresa. – O que você está fazendo?

Não houve resposta, por isso Teresa engoliu em seco e desceu os degraus através de uma abertura que era tão baixa que ela teve de se agachar. A temperatura caiu vários graus, e, quando ela passou pela abertura e seus olhos começaram a se acostumar com a escuridão, viu que estava em um cômodo surpreendentemente grande. Conseguiu ficar ereta, e todas as paredes estavam a pelo menos dois metros de distância.

Do recesso mais escuro, ela ouviu uma voz:

– Isto é bom.

Teresa deu um passo na direção da voz e afinal conseguiu distinguir Theres, sentada sobre uma caixa de madeira e de costas para a parede. A caixa era retangular; Teresa sentou-se ao lado dela, olhando na direção da abertura e do mundo lá fora, que de repente parecia distante.

– Como assim, bom? – ela perguntou.

– Você sabe.

Podiam ouvir as vozes das outras meninas no outro mundo enquanto elas desciam, uma de cada vez, em direção ao cômodo frio e bolorento. Assim que todas entraram, começaram a conversar aos sussurros. No chaveiro de Sofie havia um pequeno facho de LED, e com essa luz azul ela sondou vagarosamente o espaço do porão.

As paredes de pedra eram úmidas e havia um punhado de ferramentas estragadas reunidas numa pilha, no canto mais próximo da porta, com as partes em ferro apodrecendo. O chão de terra havia sido nivelado e, aqui e ali, uma espécie de brotos brancos projetava-se do solo, o que Teresa achou nojento. A não ser por esse detalhe, ela considerou que aquele espaço era... bom. Muito bom.

Quando Sofie desviou a luz para a caixa sobre a qual Theres estava sentada, Teresa reparou que na parte da frente havia letras vermelhas desbotadas em que se lia "CUIDADO! MATERIAL EXPLOSIVO!" Seu estômago revirou e ela perguntou a Beata:

– Aquilo ali é dinamite, ou coisa do tipo?

– Não – respondeu Beata –, infelizmente. A caixa servia pra guardar batatas. Antes disso, eu não sei.

Teresa torceu o nariz. Uma pequena decepção. Não que ela tivesse planos definitivos, mas o próprio pensamento de ter explosivos à disposição era sedutor. Miranda parecia compartilhar esse sentimento com ela, porque disse:

– Merda, mas que pena. Imagina só se a gente tivesse um pouco de dinamite.

Durante alguns instantes houve silêncio, e elas ficaram juntas na escuridão, rodeadas pelo cheiro de mofo, cada uma matutando em segredo sobre o uso que poderia fazer de algo capaz de mandar tudo pelos ares e para o outro mundo. Até que ouviram a voz de Ronja lá em cima.

– Ei, cadê todo mundo?

Mais ou menos um minuto depois, Ronja, Malin e Cecilia também desceram ao porão. Todas tinham chegado. Teresa fechou os olhos, sentindo a presença dos corpos das outras a sua volta, a respiração e os pequenos ruídos, a batida da pulsação de cada uma e o cheiro compartilhado que afugentava o odor de mofo. Respirou fundo, aspirando com força o ar pelo nariz enquanto endireitava as costas. Theres disse:

– Fechem a porta.

Teresa esperou protestos. *Frio, horrível, medo do escuro*, e assim por diante, mas ninguém disse nada disso. Ela não sabia se era porque as meninas todas estavam tomadas pelo mesmo sentimento de imediatismo e intimidade, ou porque Theres fora quem ordenara. Mas ninguém fez objeções quando Anna S. e Malin juntaram forças para puxar e fechar a pesada porta e, de repente, tudo virou um breu. Teresa abriu e fechou os olhos, mas não fazia diferença.

Sim. Havia uma diferença. Depois de um minuto sentada com as meninas na escuridão, foi como se os corpos das outras tivessem chegado ainda mais perto, tão perto que começaram a se dissolver e fluir através dela. Ela podia ouvi-las, podia senti-las, podia sentir o gosto delas, e no recinto escuro elas se tornaram um único corpo, várias centenas de quilos de carne esperando, respirando.

– Nós somos as mortas – disse Theres, e um arquejo quase inaudível perpassou a massa, e todos os corações pararam e escutaram. Ela tinha dito. Agora era verdade.

– Nós estamos na escuridão. Nós estamos debaixo da terra. Ninguém pode nos ver. Nós não existimos. A Pequenina está aqui. A Pequenina veio da terra. A Pequenina ganhou olhos. E uma boca. A Pequenina sabia cantar. A Pequenina ficou morta. E viveu de novo. A Pequenina está aqui. A Morte não está aqui.

Assim que Theres pronunciou as últimas palavras, todas soltaram um longo suspiro em uníssono. Teresa se levantou e abriu caminho entre os corpos. Quando chegou à porta, teve de apoiar as costas para abri-la. A luz do sol derramou-se porão adentro.

Uma a uma, as meninas saíram, piscando na suave luz do entardecer. Entreolharam-se, sem dizer uma só palavra, espalhando-se em diferentes direções ou reunindo-se em pequenos grupos. Cinco minutos se passaram.

Depois, foi como se uma vagarosa onda invadisse o ar, arrebatando as meninas uma a uma. Felicidade. Linn encontrou morangos silvestres e começou a envolvê-los em grama. Logo, várias delas passaram a fazer o mesmo. Ronja encontrou uma bola de futebol praticamente murcha, e ela, Anna L. e Sofie começaram a brincar, uma jogando a bola para a outra. E assim por diante.

Teresa sentou-se num cepo e ficou observando as meninas. Tinha quase se esquecido de Theres até ver que ela acabava de sair do porão e estava perscrutando as outras. Dirigiu-se a ela:

– Oi.

Theres não respondeu. Seus olhos estavam escuros e semicerrados, e não era por causa do sol; estavam apertados de desaprovação.

– Qual é o problema?

– Elas não entendem.

– O que elas não entendem?

– Você sabe.

Teresa meneou lentamente a cabeça. Estava ao lado de Theres. Ela era a única que tinha o conhecimento. Era assim que as coisas deviam ser. Infelizmente, isso não era verdade.

– Não – ela disse. – Sinceramente, eu não sei. Achei incrível quando nós ficamos juntas lá embaixo no porão. Você fez alguma coisa. Alguma coisa aconteceu.

– Sim – disse Theres, olhando para as outras meninas, que corriam de um lado para outro. – Juntas. Não agora. Não Cecilia. Não Ronja. Não Linn. Não Malin... – Prosseguiu até listar um por um todos os nomes, e terminou com: – Não você.

– O que você acha que a gente deve fazer agora, então?

– Venha comigo.

Theres virou-se e voltou para o porão. Teresa a seguiu.

Quando entraram na casa, um pouco mais tarde, as outras meninas tinham desembrulhado as caixas com os potes de papinha e separado tudo em grupos de acordo com o conteúdo. O sabor purê de legumes era o mais popular, mas ninguém gostou muito de carne com endro, e as meninas fingiam brigar pelos potes enquanto as colheres passavam de mão em mão, à medida que iam experimentando diferentes sabores.

Estavam sentadas em um círculo no chão e Teresa juntou-se a elas, ao passo que Theres foi sentar-se sozinha à mesa da cozinha, abriu um pote sabor carne e enfiou nele a colher sem dizer uma palavra. A atmosfera alegre se dissipou, e todas as meninas ficaram olhando de soslaio para ela, que engoliu colheradas da papa de cor cáqui até esvaziar dois potes, com o rosto absolutamente sem expressão.

Nem mesmo Teresa, que tinha se sentado para conversar com Theres no porão até chegarem a um consenso e compartilharem a mesma convicção, conseguiu entender seu comportamento. Nunca tinha visto Theres agir daquela maneira no grupo, e estava prestes a comunicar o que ela tinha dito quando Theres explodiu.

Levantou-se, pegou os potes de papinha, um em cada mão, e arremessou-os contra a parede. Quando Beata disse "Ei!", Theres *gritou*, soltando uma única nota, límpida e perfurocortante. Era como sentir uma broca de dentista enfiada nos ouvidos, e todas as meninas se encolheram, levando as mãos à cabeça. A voz de Theres subiu uma oitava até que a frequência cortou a carne e fez os ossos vibrarem. As meninas ficaram ali sentadas, rígidas de tensão, enquanto esperavam o berro chegar ao fim.

O grito foi interrompido de modo abrupto, e o silêncio que se seguiu foi quase igualmente desagradável. As meninas abaixaram os braços e viram Theres sentar-se de novo à mesa da cozinha, fitando-as enquanto lágrimas silenciosas escorriam-lhe pelas bochechas. Nenhuma delas ousou aproximar-se dela para consolá-la.

Lentamente, Theres levantou-se da mesa, abriu uma gaveta contendo ferramentas e escolheu um furador. Parou na frente das meninas e enfiou-o no braço direito, com tanta força que o utensílio penetrou a carne e se travou, vertical e firmemente. Ela puxou-o de volta, e o sangue verteu. Quando colocou o furador na mão direita e apertou-o, a palma já estava viscosa e vermelha. Enfiou a ferramenta no braço esquerdo, exibiu-o para as outras e arrancou-o de novo. Em nenhum momento a expressão de seu rosto sofreu a menor alteração. Somente as lágrimas continuavam escorrendo.

Talvez suas cordas vocais tivessem sofrido algum dano por causa do grito agudo. Quando ela falou, sua voz parecia impossivelmente grave para um corpo tão magro e miúdo.

– Vocês não entendem – ela disse. – Eu não consigo sentir. – Ela pousou o furador e caminhou para fora da casa.

As meninas permaneceram no chão, exatamente no mesmo lugar. Alguém pegou um pote que tinha caído, alguém derrubou uma colher, e as que tinham começado a chorar porque Theres estava chorando baixinho secaram suas lágrimas. Theres sentiu o cheiro delas, e o cheiro era de vergonha. Todas estavam envergonhadas e não sabiam por quê, não entendiam o que haviam feito de errado.

Teresa colocou no chão seu pote de papinha sabor damasco e se pôs em pé.

– Vou lá ajudar ela.

Alguém no grupo sussurrou:

– Mas como?

– Tem uma coisa que a gente vai fazer.

Quando Teresa saiu da casa, Theres já estava voltando do galpão do jardim com uma pá nas mãos. Elas passaram uma pela outra sem trocar uma palavra e, no galpão, Teresa encontrou outra pá, que levou para a frente da casa, para a encosta coberta de grama que descia até o lago.

O sol já se encaminhava para o poente, mas ainda repousava pouco abaixo do horizonte, e o céu estava roxo-pálido quando as meninas fincaram as pás no chão e começaram a cavar. Os braços e mãos de Theres reluziam de sangue meio ressecado; ouviu-se um som viscoso quando ela soltou a pá e a agarrou de novo, e o esforço fez o sangue começar a jorrar mais uma vez das feridas pequenas e profundas. Se ela estava sentindo dor, não dava a menor indicação disso.

O pai de Beata tinha feito um bom trabalho, e foi fácil arrancar a camada mais superficial de grama e terra até obterem um retângulo de trinta centímetros de profundidade e dois metros por um de largura. Depois, atingiram as pedras. Àquela altura, as outras meninas tinham saído da casa. Erika encontrou outra pá na garagem, e Caroline e Malin acharam duas colheres de pedreiro. Todas ajudaram, sem perguntar o que estavam fazendo. Quando as pás bateram em pedras maiores, Beata pegou um pé de cabra, que ela e Malin usaram para soltá-las. O buraco cresceu rapidamente.

Theres trabalhava com os olhos fixos no chão. Seus lábios se moviam como se estivesse falando consigo mesma, em silêncio. Quando atingiram uma profundidade de um metro e meio, Teresa descansou os braços no cabo da pá.

– E então?

Theres meneou a cabeça, jogou a pá para fora do buraco e, serpeando o corpo, saiu de dentro dele. Teresa teve de cravar a pá no solo e usar o cabo como degrau para subir.

Reunidas ao redor do buraco, nenhuma das meninas foi capaz de evitar a percepção do que haviam criado juntas. Uma cova. Todas ficaram coladas umas às outras, fitando o buraco como se tomassem parte de um funeral em que faltava apenas o elemento crucial.

Ronja sorriu e disse:

– Quem nós estamos enterrando?

O crepúsculo tinha avançado, e uma vez que Sofie era a única com uma lanterna, Teresa virou-se para ela.

– Vá buscar a caixa. No porão. – Quando Sofie saiu com Cecilia, outras foram instruídas a buscar um martelo, pregos e um pedaço de corda.

A caixa que outrora contivera explosivos tinha as mesmas dimensões de um pequeno caixão, e em cada um dos cantos havia um pedaço de corda preso a uma alça de ferro de modo que se pudesse erguê-la. Teresa abriu a tampa e tirou de dentro algumas batatas murchas e um pouco de terra. Bateu nas laterais com os punhos e descobriu que as tábuas toscas ainda estavam sólidas e firmes. Aguentariam. O martelo, os pregos e a corda haviam sido providenciados.

Teresa passou os olhos pelo grupo. Várias meninas se remexiam sem sair do lugar, e no rosto de cada uma havia uma expressão de profunda concentração, um brilho pálido e branco na escuridão do crepúsculo.

– Quem quer ser a primeira?

Algumas delas talvez tivessem pensado que se tratava de alguma brincadeira, algumas estavam esperando outra coisa, algumas talvez tivessem entendido exatamente o que iria acontecer, mas, quando as palavras foram ditas, as ovais pálidas voltaram-se para Teresa, olhos arregalados de medo, e várias menearam a cabeça.

– Nããão...

– Sim – disse Teresa. – É isso que a gente vai fazer agora.

– Por quê?

– Porque é assim que tem de ser.

Algumas meninas chegaram mais perto e tocaram o caixão, imaginando-se encerradas no espaço estreito, entre as implacáveis tábuas de madeira. Algumas sacaram seu pedaço de pele de lobo, apertando-o com firmeza entre as mãos, ou chupando-o irrefletidamente enquanto criavam coragem. Um longo tempo transcorreu sem que nenhuma se apresentasse como voluntária. Por fim, foi Linn quem deu um passo à frente:

– Eu vou.

Um ligeiro suspiro de alívio percorreu o grupo. Teresa fez um gesto na direção do caixão. Linn entrou e sentou-se, com os braços em volta dos joelhos.

– O que vocês vão fazer?

– Nós vamos fechar a tampa com pregos – disse Teresa. – Vamos abaixar você na cova e jogar terra por cima. E você vai ficar lá.

– Por quanto tempo?

Theres ainda não tinha falado. Ela foi até Linn e disse naquela voz estranha e sombria:

– Até você morrer.

Linn abraçou com mais força os joelhos.

– Mas eu não sei se quero morrer. Neste momento.

– Até você estar morta, mas ainda vai poder gritar – disse Theres. – Aí você grita.

– Mas e se vocês não conseguirem me ouvir?

– Eu vou ouvir você.

Linn era tão pequena que, quando se deitou no caixão, havia vários centímetros de espaço a seu lado e seis centímetros de folga acima da cabeça. Ela cruzou os braços sobre o peito e fechou os olhos. As outras ficaram lá, paradas e perdidas, enquanto Teresa encaixava a tampa e martelava um prego em cada canto. Depois, ela cortou dois pedaços de cinco metros de corda e entregou-os nas mãos de Caroline e Miranda.

– Passem por dentro das alças. Abaixem a caixa.

Elas obedeceram, mas, assim que passaram a corda por dentro das alças, fizeram outro laço e iniciaram o movimento de erguer o caixão na direção da cova, as mãos de Anna L. começaram a se retorcer e ela olhou ao redor, ansiosa.

– Isso é certo? A gente pode fazer isso? Isso não é uma coisa boa, é?

– É uma coisa boa – disse Theres. – Muito boa.

Anna L. assentiu e ficou em silêncio, mas as mãos continuaram a se entrelaçar uma na outra como dois animais atormentados, enquanto Caroline e Miranda abaixavam o caixão cova adentro. Quando a caixa chegou ao fundo, as duas ainda seguravam nas mãos os pedaços de corda. Teresa sinalizou que deveriam pousá-los na borda da cova.

Theres pegou uma pá e começou a despejar terra por sobre o caixão. Os torrões batiam na madeira com baques surdos. Depois de oito pazadas, a tampa já não era visível, e Anna L. disse:

– Já chega, não é? Com certeza já é o bastante agora, não é?

– Entre no seu carro – disse Theres – e vá embora. – Ela continuou jogando terra dentro do buraco. Anna L. não se mexeu, e Teresa agarrou a segunda pá para ajudar. Depois, Sofie empunhou a terceira e, em questão de poucos minutos, a cova já estava cheia até a metade.

Theres deu sua pá para Malin e disse:

– Todo mundo tem que ajudar. Todo mundo tem que participar.

Miranda caiu de joelhos e pegou uma das colheres de pedreiro, ao passo que Cecilia pegou a outra. As que não tinham ferramentas usaram as mãos em concha para jogar terra dentro da cova, várias delas chorando enquanto faziam isso.

O caixão não era grande o suficiente para preencher o espaço deixado pelas pedras e pela grama que elas tinham removido. Depois de jogarem dentro toda a terra, a caixa ainda estava a poucos centímetros da superfície. Theres foi até a ponta do caixão e se agachou, olhando fixamente para o retângulo preto.

– Linn ficou morta – ela disse. – Linn era uma menininha. Uma menininha linda. Agora ela está morta.

O choro entrecortado de soluços foi aumentando de intensidade, e várias meninas cobriram o rosto com as mãos. Agora, o céu adquiria um tom escuro e arroxeado, com uma única nuvem vermelho-sangue pairando sobre o lago, de uma margem à outra. Devagar, bem devagar, como se quisesse fazer o tempo passar ainda mais lentamente. Um mergulhão grasnou, provocando em todas elas um arrepio. Se a morte tinha um chamado, deveria ser um som exatamente igual àquele. Se a morte tinha um formato, então era aquele retângulo preto aberto no chão. A cova de Linn.

A atmosfera era tão petrificante que nenhuma das meninas sequer pensou em sacar do celular para saber quanto tempo se passara. Talvez tivessem sido cinco minutos, talvez quinze, quando Theres abaixou a cabeça como se estivesse ouvindo um som que provinha da cova, e depois disse:

– Agora.

Teresa não tinha certeza, mas julgou ter escutado também. Era mais um guincho que um grito; era impossível discernir de onde vinha, e mal parecia humano. Mas estava lá, e assim que Theres disse "Agora", todas agarraram suas pás e colheres de pedreiro e se amontoaram em volta da cova, a fim de remover a terra o mais rapidamente possível.

Ainda havia alguns centímetros de terra quando Ronja agarrou um dos nós de corda na alça, Anna L. o outro, e ambas puxaram. O caixão subiu e saiu do buraco, juntamente com uma camada de terra que escorreu da tampa quando a caixa quase tombou.

– Linn? – chamou Anna L., batendo com a mão na lateral do caixão. Nenhuma resposta; Teresa empurrou-a para o lado, de modo que pudesse usar o lado fendido da cabeça de ferro do martelo para arrancar os pregos, enquanto Anna L. balbuciava – Linn, Linn, pequena Linn... Linn?

A tampa saiu. Linn estava deitada exatamente na mesma posição em que a haviam enterrado, a não ser pelo fato de que agora os braços cruzados no peito terminavam em dois punhos cerrados. Em seu rosto, estava estampada uma expressão de paz exaltada. As meninas ficaram paradas, tão imóveis quanto a própria Linn, e todas em absoluto silêncio, exceto Anna L., que voltou a balbuciar:

– Nós matamos ela, o que nós fizemos, nós matamos a pobre Linn.

Theres achegou-se ao caixão e afagou os cabelos de Linn, acariciou-lhe as maçãs do rosto e sussurrou em seu ouvido: – Você deve parar de estar morta. Você deve viver.

Alguém soltou um grito quando os olhos de Linn se abriram. Por um momento, o tempo congelou enquanto ela e Theres trocaram um olhar profundo; por fim, Theres agarrou a mão de Linn e deu um puxão; agora sentada, ela fitou as outras, de olhos arregalados. Depois, levantou-se e mexeu vagarosamente as mãos, flutuando acima do próprio corpo.

O mergulhão grasnou de novo, e Linn voltou a cabeça na direção do som. Ergueu os olhos para a primeira estrela da noite e respirou fundo, tão fundo que parecia não ter fim.

Alguém perguntou:

– Como... como você está se sentindo?

Linn voltou-se para as outras. Abriu e fechou as mãos algumas vezes, olhou para as próprias palmas. Seu rosto estava sereno, tão tranquilo como no momento em que ela se deitara morta no caixão.

– Vazia – ela disse. – Completamente vazia.

– É terrível? – perguntou Teresa.

Linn franziu o cenho, como se não tivesse entendido a pergunta. Depois disse:

– É um vazio. É um nada.

Foi até Theres e a abraçou. Theres permitiu ser tocada, mas não retribuiu o abraço, e todas as meninas ouviram Linn sussurrar:

– Obrigada. Muito obrigada.

O sol tinha subido acima das copas das árvores do outro lado do lago quando chegou a vez de Teresa. Ela esperou e deixou para ser a última, porque queria ver as outras antes de ela própria ser transformada.

Mais ou menos metade das meninas tinha reagido exatamente como Linn ao morrer e voltar à vida. Várias agora estavam sentadas, contemplando o lago ou andando a passos lentos e oníricos como a névoa da manhã que pairava sobre o lago. Estavam todas exaustas. Nenhuma delas queria dormir.

Um observador externo, um amigo ou parente ou pai ou mãe – especialmente pai ou mãe –, teria ficado com medo, teria perguntado que coisa horrível acontecera. Porque, afinal, uma coisa horrível acontecera. Todas elas haviam participado de algo pavoroso.

Mas aquilo seria maldade?

Depende de a quem se fizesse a pergunta. Teresa não era capaz de imaginar uma única pessoa, instituição ou autoridade que desse sua bênção para o que elas vinham fazendo nas últimas cinco horas.

Exceto Theres.

Theres disse que era uma coisa boa, e todas elas seguiam a estrela de Theres. Portanto, era uma coisa boa.

Nem todas tinham conseguido. Malin e Cecilia começaram a berrar tão logo o caixão foi baixado e continuaram se esgoelando enquanto as pazadas de terra iam sendo jogadas para dentro do buraco. Mal a cova se encheu até a metade, as meninas que estavam em cima tiveram de parar e começar a cavar de novo. Ambas saíram do caixão histéricas e completamente intratáveis, desabando com um estrondo no chão e soluçando sem parar. O corpo volumoso de Cecilia tinha consumido muito rapidamente o oxigênio, e ela estava quase inconsciente no momento em que quatro meninas ergueram o caixão. Quando foi retirada, estava inconsolável, queria ficar mais tempo, e incluiu o episódio como mais um na sua lista de fracassos.

Anna L. ficou sob a terra durante o mesmo tempo que as demais, mas, quando o caixão foi erguido e Theres inclinou-se sobre ela, empurrou-a de lado e disse que sairia para dar uma volta. Ficou longe por uma hora e, quando voltou, trazia nas mãos um ramalhete. Foi até o lago e jogou as flores na água, uma a uma.

Ronja não havia gritado. Passados cerca de vinte minutos, as que já tinham sido enterradas começaram a cochichar sobre quanto tempo duraria o ar. Depois, sem pressa, revolveram a terra para tirar o caixão, ainda sem o menor sinal de Ronja. Quando a tampa foi erguida, ela agiu mais ou menos como Linn, a não ser pelo fato de que as outras levaram mais tempo para acordá-la. Àquela altura, todas as meninas, exceto Miranda e Teresa, tinham sido postas sob a terra, por isso o fato de Ronja parecer estar morta não causou pânico algum.

    Ronja explicou seu comportamento dizendo que tinha se esquecido completamente de que deveria gritar; esse pensamento jamais lhe ocorrera. Assim que o caixão chegou ao fundo, ela aceitou que estava morta e que não havia mais nada que pudesse fazer. As outras demonstraram sua aprovação num gesto de cabeça, a despeito do fato de, ao contrário de Ronja, terem conseguido aferrar-se a um pequeno instinto de autopreservação.

    Teresa esticou-se no fundo do caixão. Elas tinham limpado o interior da caixa depois que Caroline vomitara, mas ainda havia um cheiro azedo à espreita, não muito longe de seu nariz. Ela cruzou os braços sobre o peito e fez força para bloquear os sentidos quando Linn e Melinda fecharam a tampa, mas as pancadas do martelo ainda ficaram ecoando em sua cabeça como estrondos de trovão, amplificados no espaço fechado.

    Abriu os olhos e viu uma réstia de luz entrando por uma fenda, perto dos pés. Depois sentiu no estômago que o caixão estava sendo erguido. E abaixado. Após um tempo improvavelmente longo, solavancos em suas costas confirmaram que estava no fundo do buraco. Ouviu o primeiro baque de terra sobre a tampa; fechou os olhos, com a respiração lenta e rasa.

    Ouviu as pás sendo enfiadas na pilha de terra e, imediatamente depois, alguns baques. Pazada, baque, baque. Pazada, baque, baque. Havia um ritmo, e ela contou as pancadas. Quando chegou a trinta, percebeu que já não era capaz de ouvir as pás e que os baques estavam ficando mais fracos. Conseguiu contar até trinta de novo, depois tudo ficou em silêncio. Completo silêncio. Ela não sabia a quantidade de terra que ainda faltava jogarem na cova, mas, dentro do peito, pôde sentir o peso que jazia sobre ela.

    O espaço entre o peito de Teresa e a tampa não passava de seis centímetros. Não teria meios de escapar, por mais que quisesse. Se ela se esforçasse para arrancar os pregos, o peso da terra impossibilitaria a tentativa. Tinha sido abandonada. Tinha desistido. Manteve a respiração lenta e rasa.

Nenhum feixe de luz entrando pela rachadura, nenhuma voz, nenhuma pá, nenhum baque de terra. Nada. Ela já tinha perdido toda noção de tempo. Sabia que não estava deitada lá havia meia hora. Mas não fazia ideia de quanto tempo, se três ou dez minutos, porque não existiam pontos de referência.

Começou a contar dentro da cabeça. Quando chegou a cem, desistiu. Geralmente, ela era boa para contar em segundos, mas mesmo o conceito de "segundo" perdera o sentido. Talvez ela estivesse contando devagar demais; ou talvez rápido demais, não sabia.

Por isso desistiu. Embora não tivesse consciência, seu corpo inteiro havia enrijecido; ela só se deu conta disso quando relaxou. Soltou-se e entregou o corpo à escuridão e ao silêncio e à ausência de tudo que era ela.

Outro período incalculável de tempo se passou. Sua respiração estava lenta e rasa. Alguma coisa se moveu. Um ruído vago. A princípio, Teresa pensou que era algum inseto ou minhoca que acabara entrando no caixão junto com ela, e tentou localizar com precisão o som. As mãos apalparam as laterais. Um nada áspero, mudo.

A não ser pelo som. O movimento.

O espaço mal era suficiente para permitir que ela virasse o corpo de lado. Seu ombro pressionou a tampa quando ela voltou as costas na direção de onde julgara estar vindo o som. Cobriu com as mãos as orelhas. Ainda conseguia ouvir. Alguma coisa estava se movendo através da terra. Cavando. Chegando mais perto.

O coração de Teresa começou a bater mais rápido, e ela já não conseguia controlar a respiração. O ar era forçado a sair de dentro dela em bafejos ofegantes, espasmódicos, enquanto a coisa que se movia pela terra deslizava ao longo da lateral do caixão. Teresa podia ouvi-la, podia senti-la através do próprio corpo.

Estava ficando mais quente. O suor escorria do contorno do couro cabeludo, e o ar tinha deixado de conter aquilo de que ela necessitava. Teresa se contorceu como se tivesse recebido um choque elétrico, o corpo sofreu outro repelão, e o pânico não estava muito longe. Estava rodeada de terra por todos os lados, deitada na completa escuridão, sem ar, e alguma coisa tinha escavado a terra para chegar até ela e abria caminho. Teresa ia gritar. A despeito do fato de ainda não ter chegado àquele ponto, ela ia gritar.

Puxou o ar rarefeito para dentro dos pulmões e, ao mesmo tempo, a outra coisa forçou passagem, rastejou por trás das costas dela e deitou-se a seu lado.

Urd.

Ela exalou o ar sem gritar. Sentiu o corpo sendo abraçado pela escuridão suave, clemente, já-não-mais-assustadora. Urd estava deitada ao lado dela. Urd era ela. Urd não gritou.

Teresa?

Já não estava mais lá. Nunca estivera.

Viu a si mesma sendo enterrada sob o chão, mas o caixão estava vazio. Viu seu computador, viu a si mesma sentada na frente do computador, as teclas pressionadas como uma pianola. Ninguém estava lá. Um golpe de martelo, sangue esguichou por cima do chão de cimento, vômito jorrou sobre outro chão de cimento, mas os fluidos saíram do ar vazio e o filme acelerou.

Theres sentada sozinha no metrô, conversando com alguém que não existia, Göran acenando para um trem sem passageiros, uma bicicleta sem ciclista percorrendo uma trilha de cascalho, Johannes jogando Tekken sozinho, sendo beijado por um fantasma invisível, folhas secas rodopiando na caverna entre as pedras onde ninguém jamais estivera. Roupas desabando em pilhas no jardim, em quartos, nas ruas. Desabando porque a pessoa que as tinha usado desapareceu.

Parou diante de uma conta amarela. Dedos de criança segurando uma continha amarela. *Se eu não existisse, então ninguém estaria segurando esta continha.* A conta amarela estava lá, meio metro acima da superfície da mesa. Depois, os dedos que a seguravam desapareceram e a conta caiu através do ar, ricocheteou um par de vezes e se imobilizou.

A única coisa que restava disso tudo era aquele único ponto amarelo. Não. As únicas coisas que restavam eram aquele único ponto amarelo e *os olhos que o viam*. Depois, os olhos desapareceram, a continha desapareceu e tudo ficou branco. Branco-giz. Branco-fósforo ardente e causticante. Uma brancura tão ofuscante e dolorosa que era um grito ensurdecedor.

Elas ficaram juntas no píer à luz do amanhecer, catorze meninas. Eram cinco da manhã, mas o sol já ia alto no céu, despejando sua luz sobre elas. A névoa matinal se dispersara e, no lago, pairava a calmaria.

O píer era pequeno, e as meninas estavam muito próximas umas das outras como um bando de pássaros, cada corpo compartilhando o calor do corpo ao lado, permitindo que um novo tipo de energia fluísse entre eles. Os olhos de todas elas estavam vazios, seus sentidos plenamente alertas.

A garganta de Teresa ainda doía por causa do grito que ela sequer sabia que tinha dado, mas, como as outras meninas, mantinha-se imóvel, bebendo a suave luz da manhã, o cheiro de lama, caniços e água vindo do lago, a longa e contínua explosão do canto das aves nas árvores, a proximidade e a intimidade que ela sentia com as outras meninas, e o espaço todo ao redor delas.

Teresa afastou-se do grupo e foi para a extremidade do píer. Pegou um prego enferrujado, fitou-o e jogou-a na água, acompanhando-o com os olhos até afundar. Depois, voltou-se para o grupo e disse:

– Nós somos as mortas. Nós precisamos de vida.

6

Para Max Hansen, as coisas tinham mudado para melhor na esteira do sucesso de Tesla. Ele havia até mesmo começado a repensar seu plano de cortar todos os seus contatos e fugir para os trópicos.

O incidente que encomendara em Skansen tinha produzido o efeito desejado. Os rapazes o informaram de que Tora tinha dito "sim", e no dia seguinte ele recebeu uma confirmação por *e-mail*. Talvez agora já não fosse um bom negócio nem fizesse sentido usar aquelas revelações para fazer com que Tora ficasse mal-afamada. O tempo diria se bastaria torná-la famosa. Isso permitiria a Max continuar no país.

Porque o país, ou melhor, a cidade, tinha começado a mostrar sua face mais amigável; era quase como se tivesse voltado à década de 1980. As pessoas queriam falar com ele, discutir futuros projetos, ou oferecer seus serviços. Max Hansen – última chance – tinha entrado no jogo de novo, de um jeito rápido e curioso.

Ele não era bobo. Sabia que esse tipo de popularidade era temporário e poderia se dissolver no ar da noite para o dia, mas, enquanto durava, estava aproveitando a simpatia, os sorrisos amarelos e os votos de boa sorte, saboreando todos os respeitosos tapinhas nas costas.

Max havia começado a sair de novo. Café Opera, Riche, Spy Bar. Muitos dos músicos tinham sido substituídos por executivos de terno e gravata, que eram os mandachuvas e davam as cartas, ou por jovens em camisetas cavadas que se diziam produtores apenas porque sabiam usar o programa Autotune. Não era como nos bons e velhos tempos, mas ainda havia muita gente que queria sair com os poderosos, e Max Hansen voltara novamente a ser alguém relevante.

Naquele sábado em particular, ele havia começado pelo Café Opera. Duas garotas que usavam o nome artístico Divindade e tocavam *electroclash* estavam dando uma festa de lançamento de seu novo disco em um dos salões menores, e Max tinha sido convidado. Em sua opinião, a música beirava o insuportável; por isso, depois de engolir alguns *mojitos*, saiu discretamente de fininho e voltou ao salão principal da boate.

Notou que a casa estava com apenas metade da lotação, o que teria sido impensável numa noite de sábado de vinte anos atrás. Max cumprimentou um produtor da EMI, um diretor artístico da Sony e um guitarrista de estúdio que estava um pouco ávido *demais* para papear com ele, por isso pediu licença e foi ao bar, onde pediu uma taça de vinho branco. Ficou lá, de costas para o balcão, a taça gelada na mão, curtindo a satisfação de ser, se não o rei, pelo menos um príncipe naquele reino particular. Tinha sentido falta dessa sensação.

– O que você está bebendo?

Uma moça havia aparecido por trás dele. Max ergueu a taça e encolheu os ombros.

– Só vinho branco. A noite é uma criança.

– Eu prefiro champanhe – disse a jovem.

Max Hansen olhou mais atentamente para ela. Vinte e poucos anos, talvez parecesse um pouco jovem demais até para ter tido permissão de entrar ali. Não exatamente espetacular, mas razoavelmente bonita e vestida com um agasalho esportivo com capuz que, em último caso, poderia ser descrito como "estilo *hip hop*". Cabelos lisos de comprimento médio, rosto estreito. Max achou que ela lembrava um pouco Tora Larsson, porém mais espevitada. Max abriu um sorriso radiante e disse:

– Bom, tenho certeza de que a gente pode dar um jeito nisso. Qual é o seu nome?

– Alice.

– A do País das Maravilhas?

– É. Do País das Maravilhas. É de onde eu venho.

Havia nos olhos de Alice algo perigoso de que Max Hansen gostou. Provavelmente, ela não era uma daquelas garotas que ficavam deitadas imóveis, de costas na cama, olhando para o teto como se estivessem invocando Deus ou a própria mãe. Parecia o tipo de menina que topava todo tipo de coisa.

Max Hansen pediu uma garrafa de vinho espumante e, quando a menina bebericou de sua taça e olhou para ele através de olhos semicerrados, de repente Max ficou desconfiado. Aquilo estava sendo fácil demais. Ele não tinha ilusões a respeito da própria aparência e da capacidade de atrair as mulheres, então por que aquela garota estava flertando com ele de forma tão descarada?

– Você sabe quem eu sou?

– Claro – respondeu Alice. – Você é o Max Hansen. O empresário da Tesla. Certo?

– Certo. A gente já se conhece?

– Não. Mas eu sou cantora também. Entre outras coisas.

Beleza. Então agora ele sabia em que terreno estava pisando. Foi aquele brilho no olhar dela que fez com que avaliasse mal a situação. Alice era simplesmente uma daquelas garotas. Recentemente, elas tinham voltado a rodeá-lo.

Quando Alice perguntou "Você tem alguma dica pra quem quer fazer sucesso como cantora?", ele já não tinha mais dúvidas. Era naquele ponto que a coisa começava, quase sem exceção. Max serviu-se de outra taça de espumante e lançou sua estratégia habitual.

Alice demorou quinze minutos para esvaziar a dela, e quando Max Hansen fez menção de lhe servir o resto do vinho, ela colocou a mão por cima da taça e disse:

– Não, obrigada, estou dirigindo.

– E você está dirigindo pra onde?

– Pra casa. – O olhar dela esquadrinhou o corpo de Max dos pés à cabeça, de uma maneira que fez suas bolas formigarem. – Você está a fim de ir comigo?

O Ford Fiesta estacionado atrás do teatro nacional era um dos carros mais arruinados que Max já tinha visto na vida, e certamente um dos mais deteriorados em que já entrara. Quando Alice girou a chave no contato, o barulho se assemelhava ao de um *grid* de largada da Fórmula 1, e ele sentiu uma leve baforada de gasolina, como se houvesse um buraco em algum lugar.

Alice seguiu ao longo da Birger Jarlsgatan, na direção de Roslagstull, e, quando passaram pela praça Stureplan, Max abaixou-se e fingiu amarrar os cadarços. Sua predileção por meninazinhas não era segredo, mas uma garota numa lata-velha barulhenta como aquela era ir um pouco longe demais, e ele não queria ser visto. Somente quando Alice entrou na Roslagsvägen Max relaxou e recostou-se da melhor maneira possível no banco duro.

Olhou de soslaio para Alice, cujo olhar estava fixo na rua. Belo perfil. Queixo e linha do maxilar bem definidos, mas o formato do nariz suavizava o que poderia ter sido uma aparência angulosa. Estava atraído por ela, sem dúvida.

Mas havia um problema, é claro. Duas noites antes, Max levara para casa uma mulher – que ele já conhecia havia algum tempo – para tomarem uns drinques. Jamais tinham ido além dos drinques. Assim que se sentaram um ao lado do outro no sofá, Max percebeu que nada iria acontecer, porque o corpo dele não esboçou a menor reação diante da blusa apertada e da saia com fenda lateral dela. Ele precisou fingir que não tinha mais nada em mente além de uma rodada de drinques com uma velha amiga.

Acontece, porém, que essa mulher aparentava quase o dobro da idade de Alice. Max tinha a esperança de que as coisas fossem um pouco melhores agora que ele estava de volta a um território conhecido; jogando em casa, por assim dizer.

Para sondar o terreno e avaliar as intenções, dele e dela, colocou uma das mãos na coxa de Alice e apertou-a, hesitante. Ela deixou que isso acontecesse – até aí, tudo bem. Mas, e quanto a Max? O motor rugia e o carro sacudia tanto que era difícil saber. Ele estava à procura do mesmo formigamento na virilha que havia sentido no momento em que Alice olhara para ele; apertou com mais força a coxa dela e verificou de novo.

Nada. Não estava lá.

O carro passava com estrépito pelas luzes do *shopping* Mörby Centrum, e Max sentiu um aperto no coração. Aquela jornada desconfortável, barulhenta e fedida não fazia o menor sentido, e estava prestes a terminar em constrangimento e numa solitária corrida de táxi de volta para casa.

Sentiu uma súbita dor no antebraço quando Alice aplicou-lhe um beliscão, e tirou a mão da coxa da garota. Ela estendeu o braço e lhe deu outra beliscada, desta vez com mais força. Max soltou uma gargalhada e, em voz alta, quase gritando de modo a ser ouvido por sobre o ronco do motor, perguntou:

– Você gosta desse tipo de jogo?

– Claro – respondeu Alice. – É o melhor tipo.

Max Hansen ajeitou-se no banco. Talvez a noite não fosse terminar tão mal assim.

Ele esperava que Alice morasse num pequeno apartamento em algum lugar como Täby, mas, quando passaram por esse desvio, ele perguntou para onde estavam indo.

– Para o País das Maravilhas – ela disse, e ele teve de se contentar com a resposta. Com as meninas muito novas, era quase sempre assim. Elas gostavam de parecer misteriosas, e ele não tinha nada contra isso; ao contrário, na verdade. Especialmente se elas interpretavam seu papel tão bem quanto Alice. Isso dava à coisa toda uma sensação de aventura, de uma jornada rumo ao desconhecido.

Quando Alice virou em Åkersberga e entrou numa enorme área residencial, Max começou a se preocupar, temendo que acabasse sendo uma *daquelas* ocasiões. Talvez a garota morasse com os pais, e então ele teria de se sentar e entabular uma conversa. Se fosse esse o caso, ele não entraria pela porta.

Mas as casas ficaram para trás, e eles pegaram uma estradinha menor que enveredava por uma floresta. Toda vez que Max achava que tinham chegado ao destino havia outra curva, e os medíocres faróis do carro teriam pelejado para mostrar o caminho em meio ao túnel de árvores se o céu não estivesse iluminado.

Mas aquele era um território desconhecido, sem dúvida. Fazia vários minutos que Max não avistava uma única casa, e estava começando a se sentir inquieto quando, finalmente, Alice entrou numa estreita viela que levava a uma residência e desligou o motor.

– Aqui estamos nós! – ela disse, batendo palmas.

Quando Max saiu do carro, suas orelhas ainda estavam zumbindo como se tivesse acabado de assistir ao vivo a um *show* de *rock*, e o cheiro de gasolina deixou-o ligeiramente nauseado. Teve tempo apenas de pensar *é melhor essa merda valer a pena, porra*, quando percebeu um movimento e um farfalhar atrás de si. Um segundo depois, um saco plástico foi enfiado sobre sua cabeça e as pernas foram chutadas. Ele desabou, batendo a nuca numa pedra com tanta força que estava vendo estrelas no momento em que muitas mãos ergueram-lhe o corpo.

7

Enquanto Ronja estava em Estocolmo, as outras prepararam a garagem. Forraram o chão com largos pedaços de plástico, e as duas bancadas de carpintaria foram posicionadas lado a lado no centro. Era uma sorte o pai de Beata ter tanto interesse em trabalhar com madeira, porque isso significava uma ampla variedade de ferramentas meticulosamente dispostas ao longo da parede.

Teresa escolheu entre os furadores, sovelas, facas, formões e talhadeiras, e deixou de lado os alicates e serrotes. Afinal, não se tratava de tortura. Pelo menos não essencialmente, não em primeiro lugar. Cortou treze pedaços de papel de duas folhas A4, e escreveu um nome em cada.

Por volta das dez horas, as meninas que estavam incumbidas de buscar Max Hansen esconderam-se atrás do galpão. Eram quinze para as onze quando escutaram o inconfundível som do motor do carro chegando pela viela. Os membros do grupo à espera na garagem permaneceram na escuridão, de ouvidos atentos. Ouviram o som do motor sendo desligado, uma porta de carro se abrindo, e não muito mais que isso. Tinham esperado gritaria e luta, talvez até mesmo uma tentativa de fuga, e se preparam para todas essas eventualidades, mas tudo que ouviram foi um farfalhar, depois silêncio.

Durante o dia, tinham discutido em detalhes a coisa toda. Dormiram algumas horas, bem juntinho umas das outras, em seus sacos de dormir espalhados no chão da cozinha, comeram um pouco de papinha de bebê, e então Teresa relatou o que havia acontecido no mercadinho, o que ela fizera e como se sentira depois.

Teresa nem ao menos parou para pensar se contar ou não contar tudo para as outras meninas era um risco. Contaria agora, e de fato contou. A história inteira, do momento em que ela e Theres ficaram à espreita na área de carga e descarga até a compra das botas vermelhas no dia seguinte, e como os coturnos tinham vindo a calhar na escola.

Depois, apresentou sua sugestão, que já não era uma sugestão, mas sim uma explicação do que elas deveriam fazer agora. Theres manifestou seu apoio, e em momento algum colocou-se em discussão *se* elas deveriam fazer aquilo, mas somente *como* deveriam fazê-lo.

Ideias foram sendo propostas calmamente, e rejeitadas ou aceitas da mesma maneira simples com que tinham planejado o fim de semana inteiro. Num primeiro momento, Ronja se oferecera para atuar como isca, e, assim que isso foi resolvido, o resto consistiu basicamente de uma questão de pormenores técnicos. O galpão, o revestimento de plástico, as ferramentas. Nenhuma das meninas demonstrou repugnância ou relutância, nem mesmo quando os detalhes foram resolvidos e a coisa inteira começou a parecer real. Era aquilo que elas tinham de fazer, e ponto final.

Enquanto esperava na garagem com os ouvidos atentos, Teresa perguntou-se se o plano tinha dado errado desde o começo. Será que Ronja não tinha conseguido fisgar Max Hansen? Ela trouxera recortes de jornal para que Ronja pudesse ver qual era a aparência de Max, e ele mencionara que frequentava o Café Opera. Mas isso não significava que ele estaria lá naquela noite específica.

Teresa já tinha começado a cogitar outras opções quando ouviu o som de passos apressados, e Sofie abriu a porta da garagem. Atrás dela vinham Ronja, Caroline, Anna S. e Melinda, carregando um corpo flácido embrulhado em plástico preto, que elas jogaram sobre a bancada. Teresa acendeu a luz fluorescente e pôs mãos à obra.

Ela havia esperado mais resistência da parte de Max Hansen, mas o homem limitava-se a mexer debilmente as pernas, e tudo que Ronja precisava fazer para mantê-lo no lugar era pressionar-lhe os ombros para baixo. Teresa soltou os braços de Max do plástico e prendeu-lhe as mãos no torno da bancada. Somente quando ela fazia os ajustes finais, de modo a apertar bem o torno ao redor da mão direita de Max, foi que ouviu um grito abafado vindo de dentro do saco. Entrementes, Célia tinha agarrado as pernas dele; ela e Linn inclinaram-se sobre a borda dos bancos e, com pedaços de corda fina, amarraram os pés de Max à base.

Todas deram um passo para trás, posicionaram-se formando um círculo em torno dos bancos e contemplaram seu tesouro. Aos poucos, Max Hansen foi recobrando os sentidos. Voltou a si, e seu corpo dava solavancos para a frente e para trás da melhor maneira que podia. O saco farfalhava quando ele balançava a cabeça, levantando-se e caindo como uma onda enquanto gritava, aspirava o ar e berrava de novo.

– Me soltem, o que está acontecendo, quem são vocês, o que estão fazendo?

Teresa pegou um estilete e rasgou o saco plástico sobre o rosto de Max, cuja pele estava vermelho-viva por causa do esforço e do medo. Seus olhos arregalaram-se ainda mais quando ele viu Teresa.

– Oi – disse ela. Theres entregou-lhe uma larga tira de fita isolante e Teresa colou-a sobre a boca de Max. Ela achou uma pena o fato de que não conseguiria ouvir os gritos dele, mas não valia a pena correr riscos. Três das outras meninas cortaram as roupas de Max, depois recuaram.

Tudo estava de acordo com o plano – um pouco melhor que o esperado, na verdade. Uma vez que Max Hansen tinha batido a cabeça, as meninas incumbidas de deixá-lo de olho roxo ou com o lábio machucado foram poupadas dessa tarefa. Agora, ele estava deitado na posição correta. Pronto para o uso.

Teresa achou o corpo nu de Max tão repulsivo quanto as imagens a que ela tinha assistido no filme. Uma massa flácida e grossa de carne pálida. Agora, vendo-o ali deitado, era difícil imaginar que durante algum tempo ele tinha sido uma ameaça real. Ela não conseguiu disfarçar um sorriso. Depois, não conteve um ataque de risadinhas.

Ainda estava rindo quando pegou os pedaços de papel com os nomes e um grampeador industrial. Max Hansen estrebuchou e guinchou como um... sim, *como um porco*, quando ela grampeou "Melinda" no ombro dele. Teresa disse:

– Fica paradinho aí.

Os seres humanos são estranhos. Sempre lutam e se debatem, até o amargo fim – por mais desesperadora que seja a situação. Com a mínima, a mínima quantidade de movimento de que Max Hansen dispunha, com os braços e as pernas presos, ele continuou tentando contorcer e sacudir o corpo de modo a escapar da mira de Teresa, enquanto ela, rapidamente, grampeava "Linn" e "Cecilia" nas coxas dele. Ouviu-se um som de líquido chapinhando no plástico que cobria o chão quando Max molhou as próprias calças, e Teresa teve de rodear a poça de urina quando se moveu de lado para grampear "Anna S." em seu outro ombro.

Prosseguiu até que, por fim, todos os nomes foram grampeados no corpo de Max, como um cobertor feito de pedaços de papel. Ronja ajudou a segurar a cabeça do homem para que Teresa finalmente pudesse fixar o próprio nome na têmpora dele. Theres pegou as ferramentas alinhadas sobre a bancada ao lado e as distribuiu entre as meninas.

Com as armas nas mãos, elas fecharam ainda mais o círculo em torno de Max Hansen, cujos olhos moviam-se feito flechas do rosto das meninas para as ferramentas, dardejando para lá e para cá, até que algo aconteceu. Seu corpo, que estava tensionado em arco, até onde ele era capaz de controlar, de repente relaxou. A expressão em seus olhos se alterou, e a cabeça pendeu para trás.

Teresa mal podia acreditar no que estava vendo, mas obviamente as outras meninas também puderam ver, porque tinham estacado e agora, simplesmente, fitavam com os olhos arregalados. Devagar, bem devagar, o pênis de Max começou a se erguer. Os olhos dele estavam fixos no teto. A expressão neles era difícil de ler, porque a fita que cobria a boca distorcia seus traços, mas Teresa achou que podia ver... sim, *paz*.

Ela olhou do pênis ereto para o rosto de Max. Meneou a cabeça e disse:

– Você entende o que vai acontecer?

Max Hansen assentiu de leve com a cabeça, mantendo os olhos ainda fixos no teto, sem perder a expressão de êxtase torturado.

Teresa achou que era melhor começar com uma aposta líquida e certa, por isso fez um sinal de cabeça para Ronja, que empunhava uma pequena e afiada chave de fenda e cujo nome estava afixado pouco acima do osso do quadril direito de Max Hansen. Ronja deu um passo à frente, fez uma careta para a audaciosa ereção e, sem mais delongas, enfiou a chave de fenda, atravessando o pedaço de papel, até o cabo.

Max Hansen berrou pelo nariz, de onde esguichou muco; o suor escorreu-lhe pela testa e seu corpo estremeceu por alguns segundos antes de se aquietar de novo. A ereção não diminuiu, mas continuou saliente cerca de três centímetros abaixo do cabo da chave de fenda; tinha mais ou menos a mesma grossura.

A seguir foi a vez de Linn. Ela teve de ficar na ponta dos pés para apunhalar com sua talhadeira fina o papel com seu nome, na clavícula direita de Max Hansen. Encharcadas de suor, as costas dele bateram ruidosamente contra a bancada e o corpo se ergueu e desabou de novo. O sangue escorria de seus ferimentos e pingava aos poucos no plástico.

Teresa tinha imaginado que, se elas introduzissem as ferramentas e as deixassem enfiadas no lugar, Max levaria mais tempo para sangrar até morrer. Ela também fizera questão de escolher pontas e lâminas finas e curtas. Ele não morreria enquanto todas não tivessem feito o que tinham a fazer e interpretassem seu papel.

Caroline foi a sexta a entrar em ação e, quando enfiou a faca na etiqueta com seu nome, na coxa direita de Max Hansen, ele soltou um tipo completamente diferente de gemido ao ejacular, com tanta força que o sêmen esguichou no próprio rosto e por sobre a cabeça. Miranda, que estava em pé atrás da bancada, guinchou de nojo e limpou a blusa com um pano.

A esta altura uma poça razoavelmente grande de sangue tinha começado a se formar no chão, e, com um gesto da mão, Teresa fez sinal para que as meninas se apressassem, de modo que todas tivessem sua oportunidade antes de tudo chegar ao fim. O pênis de Max finalmente murchou, e agora seu corpo mal se contorcia quando era apunhalado ou esfaqueado.

No fim, faltavam apenas Anna L., Cecilia e Teresa. Theres tinha dito que preferia apenas assistir e acompanhava o procedimento enrodilhada sobre a bancada ao lado, cantarolando "Thank You for the Music".

Anna L. deu um passo à frente. Tinha recebido um furador bem fino, porque a etiqueta com seu nome estava perigosamente perto do coração de Max. Franziu a testa, fitou os olhos dele. Somente as escleras, as partes brancas, estavam visíveis agora. Depois, ela meneou a cabeça e abaixou a mão. Com lágrimas na voz, disse:

– Eu não consigo. Isso é loucura. Está errado. Não posso.

Theres saltou da bancada e se aproximou dela.

– Você quer ficar sentada no seu carro? – perguntou. Anna L. meneou a cabeça e, de olhos marejados, disse:

– Eu simplesmente não posso.

– Pode, sim. Você tem que fazer isso.

– Mas isso é loucura.

– Não é loucura – disse Theres, agarrando o pulso de Anna L. e colocando sua mão na posição correta. – Não tem nada de loucura.

Theres empurrou a mão de Anna, introduzindo o furador até a metade, e depois, usando a própria mão, impulsionou o cabo fazendo com que o utensílio entrasse por inteiro; em seguida, pulou de novo para a bancada. Anna L. agachou-se, encostada à parede com as mãos sobre a cabeça, e então foi a vez de Cecilia enfiar em Max Hansen um comprido prego.

O corpo de Max Hansen estava flácido, perfurado em treze lugares e branco por causa da perda de sangue. Cabos e alças projetavam-se dele, verticais, enfiados em pedaços de papel, movendo-se para cima e para baixo no mesmo compasso de sua respiração rasa. Uma película cobria-lhe os olhos, depois que as pupilas reviraram de volta ao lugar, e seu olhar estava cravado em Teresa. Mexeu a cabeça como se quisesse dizer alguma coisa, e, uma vez que ela achava que ele não teria mais forças para gritar, arrancou a fita. Ele a encarou e disse:

– Teresa...

Ela inclinou-se de modo a ficar mais perto do rosto acinzentado feito mármore de Max:

– Sim.

Os lábios de Max Hansen não se mexeram, e as consoantes não passaram de baforadas de ar.

– Isso foi fantástico. Isso foi fantástico... isso foi fantástico... isso foi fantástico...

– Só uma coisa – disse Teresa. – Aquele material que você tem sobre a Theres. Vai ser divulgado?

Max Hansen fez um movimento com a cabeça, a sugestão de uma sacudidela: não; depois continuou murmurando:

– Isso foi fantástico... isso foi fantástico.

Teresa deu de ombros.

– Que bom que você gostou. Mas é uma pena. Talvez você mude de ideia agora.

Pegou a furadeira que havia passado o dia inteiro carregando na tomada e pressionou o botão. A broca, cuja espessura era a mesma de um dedo mínimo, gi-

449

rou a vinte rotações por segundo. Ela mostrou-a a Max Hansen, aumentou a velocidade do motor algumas vezes, depois enfiou-a através da etiqueta grampeada na têmpora do homem.

Por fim, ele soltou o grito pelo qual ela tanto ansiava.

As meninas reuniram-se ao redor do corpo, que se retorcia feito um peixe tirado da água enquanto o sangue esguichava, com força cada vez menor, do buraco na têmpora. Theres ficou por cima do corpo, afagou o cabelo grudento de Max Hansen e disse:

– Cheguem mais perto.

Elas se aproximaram, fechando o círculo, catorze meninas. Da garganta de Max Hansen emergiu um estrépito, depois o corpo ficou imóvel. O sangue parou de emanar da têmpora, e, como se aquele buraquinho preto fosse um ponto de maior gravidade, elas acercaram-se, o mais perto possível, enquanto finos cachos de fumaça estendiam-se como teias de aranha.

Elas sorveram coletivamente a fumaça, inalando a essência que tinha sido Max Hansen e incorporando-a à circulação do próprio sangue. Mas era tão pouco, pouco demais. Várias delas levaram os lábios para mais perto do buraco, a fim de arrancar à força algo que já não estava lá, quase beijando o crânio lacerado de Max Hansen, de modo a aspirar até o último bocado.

Endireitaram-se, e a luz da garagem era tão intensa, o cheiro ferroso do sangue tão poderoso, e o som de seus pés grudando e se soltando do plástico rasgava-lhes as orelhas. A respiração das meninas estava irregular quando elas retornaram a seus corpos de olhos arregalados.

– Nós estamos aqui – disse Theres. – Agora nós estamos aqui.

8

Muitas passaram a noite chorando. Seus sentidos eram feridas abertas, sua percepção estava poderosa demais. Consolaram-se e se abraçaram, dividiram sacos de dormir ou passaram o tempo afagando em silêncio o rosto umas das outras.

Mas, apesar das lágrimas e da necessidade de conforto, a sensação subjacente era de *felicidade*. Uma espécie diferente de felicidade. Uma felicidade tão grande, tão aguda e penetrante que tinha algo de tristeza. Porque não poderia durar para sempre, era intensa demais para isso. Elas poderiam mantê-la viva juntas, por meio da proximidade dos corpos e da experiência compartilhada, mas em algum ponto ela deveria definhar e morrer. Então: tristeza.

Foi outra noite insone, e, antes que o dia raiasse, elas saíram sob o manto da escuridão para limpar tudo. Um grupo carregou o corpo embrulhado em plástico de Max Hansen e jogou-o dentro da cova, juntamente com suas roupas; depois encheu o buraco com terra e pedras antes de, cuidadosamente, substituir os torrões de grama e pisotear a área. Em questão de algumas semanas, o relvado teria crescido no terreno circundante. As outras arrumaram a garagem, lavaram todas as ferramentas e esfregaram as bancadas.

Quando amanheceu, elas já tinham devolvido tudo ao devido lugar; depois, reuniram-se no píer para ver o sol nascer. Linn ainda tinha lágrimas nos olhos, mas não era pelo motivo em que as outras meninas estavam pensando. Assim que elas permitiram que os primeiros raios de sol lhes aquecessem o rosto por alguns minutos, Linn cruzou os braços, virou-se para Teresa e disse:

– Da próxima vez, *eu* quero usar a furadeira.

Talvez não fosse exatamente a última coisa que Teresa tinha esperado, mas quase. O rosto miúdo de Linn estava com uma aparência tão emburrada que Teresa teve uma crise de riso. Logo as outras também começaram a gargalhar. Linn olhou ao redor, com a expressão furiosa.

– Do que vocês estão rindo? Eu fiquei praticamente *sem nada*!

Os risos logo perderam a força, e todas entreolharam-se em silêncio. Elas já não precisavam de muita conversa para se comunicar e, aparentemente, várias delas tinham pensado a mesma coisa que Linn.

Da próxima vez. Haveria uma próxima vez.

Por volta do meio-dia, o serviço de traslado até o ponto de ônibus teve início. Theres travou uma longa conversa com Anna L., que disse que queria se envolver com as atividades do grupo no futuro, mas precisaria da ajuda das outras. Ela entenderia, pegaria o jeito; esse era o objetivo de constituírem uma alcateia, um bando, e não serem apenas catorze meninas. As outras formaram um círculo em volta dela, abraçaram-na e compartilharam com ela sua força. Ronja se ofereceu para dirigir o carro dela até Mörby, para que pudesse ir de ônibus com as outras.

No fim, ficou claro que se tratara de uma decisão benéfica, porque somente no ônibus Anna pareceu ter finalmente se apaziguado e assimilado a experiência, quando se viu sentada com as outras ocupando todos os assentos ao fundo, em um ambiente familiar, mas já não mais desamparada e com medo. Não, Anna estava sentada ali com sua *família* – que tinha sido enterrada e havia ressuscitado, aquela de dentes afiados e famintos, suas irmãs do bando, que a defenderiam. E, então, finalmente a felicidade tomou conta dela.

– Vocês todas meio que *pertencem* a mim, não é? E eu pertenço a vocês. Estamos juntas nisso. Juntas pra valer. Podemos fazer o que quisermos, e uma nunca vai deixar a outra na mão, certo?

Não era uma pergunta, era uma afirmação, e Anna respirou fundo e abriu bem os braços, como se somente agora estivesse se erguendo de vez da própria cova.

Elas iam separando-se em diferentes paradas ao longo do caminho, tendo decidido encontrar-se novamente no domingo seguinte, no lugar de sempre. Teresa foi para Svedmyra com Theres. Apesar do fato de ficarem sozinhas pela primeira vez nas últimas vinte e quatro horas, não falaram muito, não conversaram sobre o que tinha acontecido, ou sobre as reações das outras meninas. Isso não era possível, porque as outras já não eram as *outras*. Não era possível falar delas como se não estivessem lá.

Despediram-se na porta do prédio de Theres. Quando Teresa voltou a cabeça em direção à estação do metrô, Theres disse:

– Foi bom.

– Sim – ela concordou. – Foi muito bom.

No metrô e depois, no trem a caminho de casa, apenas uma palavra girava e rodopiava na cabeça de Teresa, aos trancos e barrancos, como um peixe dentro de um aquário pequeno demais.

Urd. Urd. Urd.

Vozes sob o chão. Em um nível, ela sabia que isso era uma imagem criada pelo cérebro desprovido de oxigênio enquanto estivera enterrada. Em outro, era algo verdadeiro e real. Urd tinha vindo até ela. Deitara-se ao seu lado e depois vestira sua pele fina como uma roupa bem justa. Urd já não era meramente seu nome. Urd era ela.

9

Teresa acordou em sua cama às seis da manhã da segunda-feira sentindo-se como um bezerro prestes a ser levado para pastar. A porta do celeiro fora aberta após o longo inverno e, diante dela, estendiam-se campinas verdes, flores e o verão radiante. Havia uma palavra para isso: *alegria*. Em pé na janela, olhos bem abertos, fitando o jardim, ela sentiu-se cheia de alegria, e seu corpo inteiro, não apenas as pernas, estava cheio de energia.

Quando a família começou a se levantar, uma hora depois, ela se deitou na cama e fingiu estar semimorta. Esfregou os olhos com força durante um bom tempo, para deixá-los com aspecto horrível, e, quando Maria entrou, explicou que estava péssima e não conseguia se levantar, não conseguia fazer nada. Maria aceitou com um suspiro e um encolher de ombros, e Teresa foi deixada em paz.

Era como aquele poema de Bob Hansson que ela tinha lido havia um ano ou mais. O homem que telefona para o trabalho e explica que não está em condições de ir. Por que não? Está doente? Não, até saudável demais, esbanjando saúde, mas pode ser que vá trabalhar amanhã, se estiver sentindo-se pior.

Teresa continuou deitada na cama, impaciente, esperando que todos saíssem para o trabalho, ou para encontrar os amigos, de modo que ela pudesse estar sozinha. Quando a casa finalmente ficou vazia, ela se levantou. A primeira coisa que fez foi descer até a cozinha e servir-se de um copo de água.

Ficou um longo tempo sentada, encarando o líquido cristalino no copo, apreciando a brincadeira da superfície e o espectro de cores sobre a toalha de mesa, quando inclinou o copo e permitiu que a luz se dispersasse. Depois, levou--o aos lábios.

Um tremor percorreu seu corpo quando a água escorregou boca adentro. Era suave e fresca e rastejou pela língua e pelo palato como uma carícia. E dizem que a água é insípida, que não tem gosto de nada. Tinha gosto de terra e ferro e grama. Salinidade e doçura em finas camadas, o gosto de profundeza e eternidade. Quando ela a engoliu, foi como receber um presente, ser capaz de sentir o gosto de algo tão delicioso... E ainda tinha bastante líquido no copo.

Teresa demorou cinco minutos para terminar de beber, e, depois, quando saiu para o jardim, ficou tão arrebatada com a alegria borbulhando das impressões que fluíam para dentro de seu corpo que teve de sentar-se nos degraus por alguns minutos. Fechou os olhos, cobriu com as mãos as orelhas e se concentrou somente nos cheiros, os odores do início do verão.

Pensar que as pessoas podem andar por este mundo e não tomar consciência do que as rodeia... Que desperdício. São como robôs, autômatos sem alma que se revezam entre o trabalho e as lojas e o televisor até que suas baterias descarregam.

Com Teresa, tinha sido a mesma coisa, mas aquela pessoa agora jazia amarfanhada dentro de uma cova. Ela era uma deusa, e percebia as coisas com os sentidos de uma deusa. Ela era Urd, a primitiva.

E assim o dia transcorreu. Perambulou a esmo entre as árvores, passando delicadamente as mãos sobre as folhas e pedras; caminhou como Eva pelo Paraíso, sabendo que tudo era dela, e tudo era bom.

Acordou sentindo-se feliz na terça-feira também, e passou mais um dia em um estado de consciência jubilosa que poderia ter arrebentado seu peito, caso ela não tivesse dividido a sensação em partes gerenciáveis, um ou dois sentidos de cada vez. Mais para o fim da tarde, o êxtase começou a abandoná-la aos poucos.

Ela podia ouvir a voz dos pais e dos irmãos de novo. Claro que já não eram seus pais ou irmãos: sua família tinha treze pessoas que não estavam presentes. Mas sabia qual era o nome daquelas pessoas, daquelas pessoas sentadas com ela ao redor da mesa do jantar.

A tagarelice fútil daquelas pessoas e seu blá-blá-blá sobre trivialidades eram uma distração irritante, e a comida não estava tão gostosa quanto no dia anterior, quando se alimentara muito pouco e fora obrigada a esconder que não estava saboreando cada naco de batata – o apetite fraco combinava tremendamente bem com a impressão doentia que queria passar.

A noite da terça foi diferente. Fingiu estar se sentindo fraca e exausta, fechou os olhos e tentou recapturar a sensação. Estava lá, mas muito mais fraca. Teresa pediu licença e subiu para o quarto.

Quando acordou na quarta-feira, outro tanto tinha desaparecido, e na manhã de quinta ela não mentiu quando anunciou que não estava bem. Disse a si mesma que seus sentidos ainda estavam mais intensos, mas começava a se sentir basicamente uma pessoa comum. E isso era como uma doença, em comparação ao modo como as coisas tinham sido no início da semana.

A sexta e o sábado foram diametralmente opostos à segunda e à terça. Sentia-se doente, como se estivesse o tempo todo estremecendo por dentro, mas, para a família, tinha de fingir que estava muito melhor, a fim de que não a impedissem de ir a Estocolmo no domingo. Era estressante e difícil, e à noite ela desabava na cama e mergulhava em sonhos intranquilos, salpicados de pesadelos.

Eles teriam de amarrar suas mãos e pés para impedi-la de ir. Fugiria, pediria carona, embarcaria no trem sem o bilhete, se necessário, mas era mais simples se os outros acreditassem que ela estava se sentindo bem. Por isso, passava as noites deitada na cama, revirando-se e debatendo-se; durante o dia, caminhava com os braços cruzados ou os punhos cerrados dentro dos bolsos, para esconder as mãos trêmulas, e o tempo todo ela sorria, sorria, sorria, e falava com voz doce e gentil.

Somente no domingo, quando já estava sentada no trem, Teresa pôde, por fim, abandonar a encenação. Afundou no assento, esparramando-se feito gelatina no estofado áspero. Quando uma senhora se inclinou para perguntar se ela estava bem, Teresa trancou-se no toalete.

Fitou o próprio rosto no espelho. Parecia tão doente quanto tinha fingido estar na segunda-feira; suor frio, palidez; cabelos amassados e ensebados. Lavou o rosto com água fria, secou-se com uma toalha de papel, depois sentou-se no vaso sanitário e respirou fundo até que parte do peso no peito desaparecesse.

Olhou para as mãos e forçou-as a parar de tremer. Logo tudo ficaria melhor. Logo, ela estaria com sua alcateia.

10

O simples fato de estar com Theres no metrô, depois no ônibus, fez Teresa se sentir melhor; quando elas se deitaram sobre as mantas defronte à área cercada dos lobos, seu corpo pôde absorver o calor do sol. A tremedeira que tinha tomado conta dela nos últimos dias diminuiu, e Teresa conseguiu conversar sem ter de controlar o tremor na voz. Sim. Com Theres a seu lado, ela foi capaz.

Teresa deitou-se de bruços e fitou o cercado dos lobos, mas não avistou animal nenhum. Tirou do bolso seu pedaço de pele de lobo, abanou-o no ar e afagou-o como um talismã.

– O que você está fazendo? – perguntou Theres.
– Quero que eles venham. Os lobos.
– Por quê?
– Quero vê-los.

Depois de alguns instantes de silêncio, Theres disse:
– Lá vêm eles.

Teresa perscrutou entre os troncos das árvores e pedras, mas nem sinal de nenhum vulto acinzentado. Quando se virou para Theres a fim de perguntar onde os lobos estavam, viu que ela olhava para a extremidade da cerca, de onde o resto das meninas vinha se aproximando em grupo.

– Achei que você estava falando dos lobos – disse Teresa.
– Nós somos os lobos. Foi o que você disse.

Sim. Era isso que Teresa tinha dito, mas, assim como ela naquele momento, o bando que se aproximava ao longo da trilha nada tinha de lobo. As meninas chegaram e se sentaram, embaralhando-se bem perto umas das outras sobre as mantas, com Theres no centro. Uma lamúria inaudível pairava no ar, juntamente com um odor que, para Teresa, era indistinto do seu próprio. O cheiro de exaustão e dor incômoda e persistente.

Ficou claro que as outras tinham sentido o mesmo durante a semana. No começo, uma prazerosa e crepitante proximidade com a vida, que parecia indestrutível, como se fosse durar para sempre; depois, a lenta mudança para febre e desespero quando a sensação se dissolvia.

Como Teresa, as outras encontraram consolo no grupo, alívio simplesmente por estarem perto umas das outras, mas as vozes ecoando entre elas eram fracas; *vazias* de um jeito fantasmagórico.

"... Achei que agora, por fim... e aí quando desapareceu... eu me vi... assim, você é tipo, *nada*... eu não fiz nada, eu nunca vou fazer nada... como se eu fosse invisível... ninguém vai se lembrar de mim... tudo vai desaparecer... como se você fosse pequena demais para ser ouvida... quando desapareceu, tudo que eu tinha eram mãos vazias..."

As conversas continuaram nessa toada por uns bons cinco minutos, uma lamúria verbalizada em voz baixa, até que Theres berrou:

– Quietas!

As vozes silenciaram abruptamente. Ela tinha os braços estendidos à frente, a palma das mãos voltada para fora como se estivesse parando um trem desembestado, e gritou de novo:

– Quietas! Quietas!

Se fossem capazes de levantar as orelhas, as meninas o teriam feito naquele momento. Estavam amontoadas em volta de Theres, que se empertigou e encarou-as uma a uma. Elas se concentraram nos lábios de Theres, esperando algumas palavras que pudessem libertá-las. Uma sugestão, uma ordem, uma reprimenda. Nada.

Quando Theres abriu a boca, as meninas estavam tão concentradas, aguardando com tanta expectativa alguma verdade incisiva e essencial, que levaram alguns segundos para perceber que ela estava *cantando*.

"I'm nothing special, in fact I'm a bit of a bore
If I tell a joke, you've probably heard it before
But I have a talent, a wonderful thing
'cause everyone listens when I start to sing
I'm so grateful and proud
All I want is to sing it out loud."

A esta altura todo mundo já havia reconhecido a canção, e, mesmo que não soubessem toda a letra, conheciam o refrão. A voz pura e cristalina de Theres, de tom e volume perfeitos, ressoou através dos corpos das meninas como um diapasão gigante, guiando-as à nota certa enquanto iam se juntando ao coro:

"So I say thank you for the music, the songs I'm singing
Thanks for all the joy they're bringing."

Theres cantou a música inteira, com a ajuda das outras meninas nos refrões, e foi como morfina. A dor em seus corpos atenuou-se, fluiu através das notas, e, enquanto durou a canção, não houve o que temer. No silêncio que se seguiu depois que os últimos versos perderam intensidade e definharam, elas ouviram aplausos distantes. Pessoas que estavam passeando com seus cães haviam parado em diversos lugares, e uma delas gritou "Uau! *Cantemos juntos* em Skansen!" antes de retomar sua caminhada.

Theres apontou na direção de Skansen e disse:

— É isso que eu vou cantar. Lá. Depois de amanhã. Vocês todas vão lá. Depois tudo vai acabar, vai ser bom. — Levantou-se e foi até a cerca, apoiou o corpo na tela e soltou um rosnado, tentando atrair os lobos, mas sem êxito.

— Como assim "acabar"? — quis saber Caroline. — O que ela quer dizer com acabar? Não entendo do que está falando.

Teresa olhou na direção de Skansen, imaginando o palco do Solliden em algum lugar muito além das árvores, exatamente como vira pela televisão. A multidão, os cantores e cantoras, as gruas de câmeras e "Estocolmo no meu coração". A muralha de meninas, iguais a elas e tão diferentes delas, espremidas contra as barreiras enquanto cantam junto. Theres no palco. O restante do bando na plateia. Em meio a toda aquela gente.

— Ronja? — disse Teresa. — Você lembra quando me perguntou pra onde a gente estava indo, o que a gente ia fazer?

Ronja fez que sim com a cabeça e encolheu os ombros.

— A gente fez coisas.

— Não — rebateu Teresa. — A gente não fez nada. A gente só se preparou. — Olhou de relance para a placa na área cercada dos lobos: "Não alimente os animais", em seguida gesticulou com a mão na direção de *lá*, na direção de Skansen. — Mas nós vamos fazer uma coisa. Vamos nos sentir bem pra sempre. E nenhum desgraçado vai se esquecer de *nós*.

11

"Hitachi DS14DFL.

"Peso: 1,6 kg. Comprimento total: 210 mm. Ergonômica, empunhadura emborrachada. Capacidade de furação de 13 mm. 1.200 rotações por minuto."

Teresa havia pesquisado por mais de uma hora até encontrar a ferramenta certa. Precisava ser operada à bateria e ter uma empunhadura pequena e fina, que fosse adequada para mãos miúdas. Não podia ser muito grande ou pesada, mas capaz de operar uma broca razoavelmente grossa. Era preciso que fosse um produto fácil de encontrar e disponível em qualquer loja. E tinha de ser *boa*.

Por trás no nome banal DS14DFL, ela encontrou a resposta. Uma ferramenta pequena com uma bateria de íon de lítio de longa duração, para trabalhos pesados. A empunhadura parecia convidativa: ela sentiu vontade de segurá-la, alongar o braço com uma ponta aguçada e giratória.

Clicou no grupo que continha os endereços de *e-mail* das outras meninas e encaminhou as informações sobre o produto, juntamente com os detalhes das diferentes lojas onde a máquina poderia ser comprada. Elas podiam improvisar quando se tratava de outras ferramentas e armas, mas as garras seriam as mesmas.

O domingo deu lugar à segunda-feira, enquanto Teresa estava sentada diante da tela do computador procurando isto: a ferramenta que, finalmente, as libertaria da vida na qual nunca tinham pedido para ficar aprisionadas. Do lado de fora da janela, a lua ia alta no céu, e logo Teresa iria embora.

A comichão em seu corpo não a deixava em paz. Caminhava de um lado para outro ao longo da tira de luar no chão do quarto, pensando na mãe e no pai que dormiam em sua cama, pensando na furadeira, pensando no machado no porão. A única coisa que a refreava era a relutância de iniciar uma cadeia de eventos que a impediria de estar lá na terça-feira.

Seus dedos formigavam, a sola dos pés ardia e ela arfava como um animal faminto; forçou-se a parar de andar para lá e para cá antes que acordasse todo mundo; uma batida na porta, uma cabeça curiosa enfiada pelo vão da porta do seu quarto e a noite poderia acabar em desastre.

Sentou-se na cama e fez algo que não fazia havia vários meses: tomou seu remédio. Enfiou três comprimidos na boca e engoliu tudo sem água. Depois, quedou-se imóvel, mãos pousadas sobre os joelhos, respirando e esperando que alguma coisa acontecesse.

Mesmo após meia hora não houve mudança, seu corpo continuava sendo dilacerado, e ela sentou-se diante do computador e escreveu uma carta. Usou a linguagem que Theres teria usado, porque isso a ajudava a se recompor e simplificava os pensamentos. Ao terminar a carta, imprimiu quatro cópias e enfiou-as dentro de envelopes nos quais anotou os endereços que tinha buscado na internet.

Em seguida, ficou em pé junto à janela, contemplando a lua, abraçando o próprio corpo e tentando sobreviver até o final da noite.

Na segunda-feira ela pegou o ônibus para Rimsta e, com as últimas economias, comprou a furadeira escolhida. No trajeto de ônibus de volta para casa, sentou-se segurando a caixa junto ao peito como uma boia salva-vidas e, já no quarto, desembrulhou a furadeira e conectou o carregador na tomada.

Planejou e visualizou, tentou pensar em si mesma na situação. Assistiu a vídeos do *Cantemos juntos* em Skansen na internet para ver como a plateia era organizada, a árvore grande no meio, onde as câmeras eram posicionadas. Estava com medo.

Medo de que sua coragem a abandonasse na hora H, medo de perder sua oportunidade por causa da covardia e da fragilidade humanas que, em algum lugar, ainda a esfolavam por dentro.

Nesta noite, Johannes telefonou.

A voz dos pais e irmãos de Teresa tinha sido reduzida a um inexpressivo ruído de fundo, quando eles lhe dirigiam a palavra ou não. Ela não tinha nada a ver com eles. Então, como a voz de Johannes poderia ser *ouvida*?

– Oi, Teresa.

Teresa. Esse nome. Ela se lembrava dessa palavra, sabia que de alguma maneira referia-se a ela. Sim. Quando Johannes pronunciou o nome, ela se lembrou da outra menina. Antes de Theres. Antes de "Voe", antes de Max Hansen e antes de Urd. Pobre Teresa, com seus poeminhas medíocres e sua vidinha lamentável.

Falou na voz de *Teresa*. Ainda estava lá. De certa maneira, era agradável falar nessa voz. *Teresa* não estava sofrendo dessa fome dilacerante, *Teresa* não tinha uma tarefa sanguinária a executar. Teresa era amiga de Johannes, e sempre seria.

– Oi, Johannes.

Deitou-se na cama, fechou os olhos e entabulou uma conversa perfeitamente normal com ele. Falaram sobre Agnes, sobre pessoas da escola, sobre as alterações na biblioteca. Por algum tempo, ela fingiu que tais coisas eram importantes, e foi bom.

Depois, a conversa passou a girar em torno de lembranças. Teresa deixou-se levar, sem resistência, à caverna dos dois, aos passeios de bicicleta, aos lugares onde tinham ido nadar, às ovelhas. Conversaram por mais de duas horas, e quando, depois de se despedir, Teresa pegou a furadeira e sentiu na mão o peso da ferramenta, a coisa toda pareceu impossível.

Ela deu uma estocada, acionou o motor e simulou resistência; agitando os braços e pernas, berrou:

– Urd!

Urd.

Nessa noite, ela conseguiu dormir por algumas horas, deitada na cama com a furadeira e segurando com força a maravilhosa e macia empunhadura, que se encaixava perfeitamente em sua mão como se tivesse sido feita sob medida para ela.

12

Uma pessoa pode ter pensamentos assassinos e escondê-los atrás de um sorriso, pode alimentar fantasias sobre sangue escorrendo e massa encefálica espalhada enquanto come seu *müsli* no café da manhã, cantarolando para si mesma. Mas, mesmo que nada de concreto emerja na superfície, mais cedo ou mais tarde as pessoas ao redor vão acabar percebendo alguma coisa. É algo que vaza como radiação ou osmose, escoando do próprio ser.

Os pais de Teresa tinham começado a sentir medo dela. Não era possível saber ou identificar com precisão algo definido com base no que ela dizia ou executava, mas havia em volta dela uma espécie de brilho, uma aura negra que fazia com que todos se sentissem desconfortáveis assim que ela entrava no mesmo cômodo da casa.

Quando Teresa pediu uma carona para Österyd mais de uma hora antes do horário previsto para a partida do trem, ninguém fez perguntas. Sabiam que ela ia para Estocolmo a fim de encontrar aquela amiga dela, mas isso era tudo que sabiam. Se ela queria ir antes para Österyd, então podia ir.

A mochila de Teresa parecia pesada, mas quando Göran se ofereceu para ajudá-la a carregar, a menina encarou-o de uma tal maneira que fez o pai abaixar as mãos. Entraram no carro em silêncio e, durante todo o trajeto até Österyd, mantiveram-se em silêncio. Quando Teresa disse onde queria ficar, Göran perguntou:

– Não é lá que mora o Johannes?

– É.

– Você vai encontrá-lo?

– Vou.

– Ah, que bom! Talvez isso... te anime um pouco.

– Espero que sim.

Teresa saiu do carro e agarrou a mochila, depois ficou lá parada de cabeça baixa. Não fechou a porta. Quando olhou para Göran, um lampejo de dor passou pelos olhos dela. O pai inclinou o corpo sobre o banco do passageiro e estendeu a mão.

– Querida...

Teresa recuou, a fim de evitar o toque de Göran, e disse:

– Eu não sei se vou pra Estocolmo. Depende. Se não for, eu te telefono. – Em seguida, bateu a porta com força, girou sobre os calcanhares e caminhou na direção do bloco de prédios onde ficava o apartamento de Johannes.

Göran permaneceu ali, sentado, com as mãos pousadas sobre o volante. Depois que Teresa desapareceu prédio adentro, ele deixou escapar um soluço e abaixou a cabeça. Sua testa bateu num dos botões do volante, e o som fez com que desse um pulo e olhasse ao redor. Um homem mais ou menos da sua idade, carregando duas sacolas de supermercado, estava parado olhando para ele. Göran girou a chave no contato e foi embora.

Teresa hesitou antes de apertar a campainha. Aquilo poderia ser muito, muito doloroso. Ela sequer tinha se virado para se despedir do pai, mas, antes de fazer qualquer coisa, precisava dizer adeus a Johannes. Depois disso, tudo poderia acontecer, fosse o que fosse.

Seu polegar pairou sobre o botão de plástico branco como se a campainha fosse o mecanismo de disparo dos mísseis Cruise, capazes de começar uma guerra mundial. A pior coisa era o fato de Teresa não saber *que* ação daria início à cadeia de eventos: apertar ou não apertar o botão.

Apertou o botão. Não ouviu o rugido de motores queimando doze litros de combustível de foguete por segundo, nenhum grito aterrorizado da população mundial, apenas um discreto *dim-dom*, depois passos no corredor.

Johannes abriu a porta com a mesma aparência que, segundo Teresa, passara a ter desde a transformação *dele*: camiseta cor-de-rosa e bermuda cáqui, e já estava bronzeado embora o verão mal tivesse começado. Os olhos de Johannes reluziram e, antes que Teresa tivesse tempo de impedi-lo, jogou os braços em volta dela.

— Teresa! Que bom ver você!

— Você também — ela resmungou no ombro dele.

Ele deu um passo para trás, ainda abraçado a Teresa, e examinou-a de alto a baixo.

— Como você está? Você parece tão bem, pra dizer a verdade.

— Valeu.

— Ah, você sabe o que eu quero dizer. Entre.

Teresa carregou a mochila consigo até a sala de estar e sentou-se na poltrona. O apartamento dava a impressão de ter sido decorado por várias pessoas diferentes, todas com o mesmo mau gosto medonho. Nada combinava com nada, e um abajur que parecia ser uma valiosa antiguidade estava ao lado de uma enorme flor de plástico sobre uma caixa de acrílico.

Johannes havia mencionado quanto sua mãe andava atarefada atualmente, como ela não tinha tempo para se incomodar com o visual do apartamento.

Teresa olhou ao redor e perguntou:

— A mãe da Agnes esteve aqui?

Johannes riu e contou-lhe uma longa história sobre como Clara, mãe de Agnes, reagira da primeira vez em que fora jantar lá. Estacara defronte a um quadro com a imagem de uma criança chorosa e, por fim, disse:

— Bom, este é... com certeza, um clássico.

Uma vez que Teresa sequer esboçou um sorriso com essa anedota, Johannes suspirou e se recostou no sofá, enfiou as mãos entre os joelhos e esperou. Teresa inclinou o corpo até ficar na ponta da poltrona, o mais perto possível de Johannes, depois disse:

— Eu matei gente.

Johannes abriu um largo sorriso.

— Do que você está falando?

— Eu matei duas pessoas. Uma eu matei sozinha e a outra, com mais gente.

O sorriso de Johannes ficou rígido e depois desapareceu, quando ele encarou-a diretamente nos olhos.

— Você não pode estar falando sério.

— Estou falando sério. E hoje eu vou matar mais gente.

Johannes franziu o cenho como se ela estivesse contando uma piada que ele simplesmente não entendia; depois bufou.

— Por que você está dizendo isso? Claro que você não vai matar as pessoas. Claro que você nunca matou ninguém. O que está acontecendo, Teresa?

Ela abriu a mochila. Em cima da mesinha de centro marrom, colocou a furadeira, um martelo, uma faca de trinchar e um pequeno alicate.

— Estas são as ferramentas que a gente vai usar. As outras têm as mesmas coisas. Mais ou menos.

— Que outras?

— As outras que vão comigo. Minha alcateia.

Johannes levantou-se e pôs-se a andar pela sala, esfregando o couro cabeludo. Depois, parou ao lado de Teresa.

— Do que você está falando? Para com isso, Teresa. Qual é o problema com você?

— Não consigo evitar. Mas estou com medo.

— Porra, isso não me surpreende. Do que você está com medo?

— De não conseguir fazer isso. Eu tenho de ser a primeira a agir.

Johannes afagou os cabelos de Teresa, ao mesmo tempo que meneava a sua própria cabeça. Em seguida, ajoelhou-se diante dela e disse:

— Vamos lá, vamos lá... — Abraçou-a de novo, com força, e sussurrou: — Escute, Teresa. Você não matou ninguém e não vai matar ninguém e tem de parar de falar assim. Por que você mataria alguém?

Teresa desvencilhou-se dele e disse:

— Porque eu posso. Porque eu quero. Porque eu quero, porque me faz sentir viva.

— Você *quer* matar as pessoas?

— Sim. Quero de verdade, de verdade. Sinto anseio de fazer isso. Mas não sei se tenho coragem. Não sei se estou... pronta.

Johannes suspirou e arqueou as sobrancelhas; depois, num tom de voz que sugeria que estava disposto a jogar com ela um pouco, disse:

— Então, como você vai saber que está pronta?

— Matando você.

— Você vai *me* matar?

— Sim.

— Hã... quando?

— Agora.

Uma sombra passou pelos olhos de Johannes, indicando que ele tinha se cansado do jogo. Com um movimento ágil, pegou o martelo e, ainda ajoelhado na frente de Teresa, entregou-lhe a ferramenta.

— Então vá em frente, me mate. Vai.

— Você não acredita em mim?

— Não.

Teresa ergueu o martelo e disse:

— Você tem coragem suficiente pra fechar os olhos?

Ele fitou-a direto nos olhos. Por um longo tempo. Depois, cerrou os olhos. Suas pálpebras eram finas, delicadas, e estavam completamente relaxadas. Ele não apertava os olhos, sua respiração mantinha-se calma e regular, e, nos lábios, esboçava-se a sugestão de um sorriso. As maçãs do rosto eram cobertas por uma penugem clara e macia. Ele era o melhor amigo dela e, na verdade, talvez o único menino que ela tinha amado. Ela disse "Então tchau..." e golpeou-o com toda força nas têmporas.

Teresa continuou desferindo marteladas até restar apenas um fiapo de vida. Depois, empunhou a furadeira e abriu a cabeça de Johannes. A bateria estava carregada ao máximo, e ela precisou de apenas alguns segundos para perfurar até o crânio. As pernas de Johannes sacudiram-se convulsivamente em uma série de derradeiros espasmos, e os chutes derrubaram a flor de plástico. Depois, Teresa se abaixou e tomou o que tinha sido a essência de Johannes.

* * *

Quando ela se levantou, seu caminho estava claramente delineado, e sabia que tinha a força necessária para percorrê-lo. Não restava mais nada. Nenhuma consideração adicional, lugar nenhum para onde retornar. Estava feliz por completo quando fechou a porta atrás de si e desceu as escadas, em meio aos odores de comida frita, produtos de limpeza e poeira aquecida pelo sol, fazendo-lhe cócegas nas narinas.

Na caixa postal ao lado da estação, enfiou as cartas endereçadas aos quatro principais jornais do país: *Dagens Nyheter*, *Svenska Dagbladet*, *Expressen* e *Aftonbladet*. As cartas eram exatamente idênticas, e ela as tinha escrito porque podia.

Oi
Hoje no *Cantemos juntos* em Skansen nós vamos matar uma porção de gente. Talvez a gente morra também. Nunca se sabe.
Vocês vão perguntar por quê. Por quê, por quê, por quê. Nos anúncios e cartazes. Nos jornais. Letras garrafais. PO R QUÊ? Um mar de velas acesas. Pedaços de papel com mensagens. Pessoas chorando. E principalmente e acima de tudo: PO R QUÊ?
E esta é a nossa resposta (olhem só, lá vem): PO RQUE SIM !!!!
Porque a maré da morte está subindo. Vocês percebem que a maré da morte está subindo? Nas nossas escolas. No *Ídolo*. Na H&M . Ela está subindo. Todo mundo sabe. Todo mundo sente. Ninguém se dá conta.
Hoje ela vai transbordar.
Nós somos as mininhas lindas da primeira fila. Nós gritamos e choramos na hora certa, na nossa deixa. Nós idolatramos a nós mesmas quando vocês nos transformaram em estrelas. Nós nos compramos de volta de vocês. "Toca aqui", vocês disseram.
"Parabéns!"
A maré da morte está subindo. Graças a vocês. É tudo graças a vocês. Vocês mereceram.
Adeus

As lobas de Skansen

A bem da verdade, não havia mais nada que ela quisesse dizer. Tinha inventado um motivo porque isso parecia adequado. Se uma pessoa vai fazer algo magnífico, então é melhor elaborar uma razão magnífica, isso deixa as coisas organizadas. Ela tinha se sentado em frente ao computador e se colocara na própria posição. Se um grupo de meninas está prestes a fazer o que elas estavam prestes a fazer, como deveria ser uma bela carta de despedida?

Então, escrevera a carta. Se tudo corresse conforme havia planejado, a carta seria examinada e reexaminada até a exaustão, e cada palavra seria analisada. Mas ela não pretendia dizer nada. Imaginou a si mesma e inventou coisas. Quando Teresa leu de cabo a rabo o que acabara de escrever, constatou que era tudo verdade. Mas não tinha a ver com ela. Em momento nenhum, nada, jamais, tivera a ver com ela. Talvez fosse esse o motivo.

Epílogo

A gente espera até o primeiro refrão. Aí a gente começa.
Espalhem-se.
Teresa, 19:47, 26/6/2007

1

"*Mother says I was a dancer before I could walk.*"
    Robert Segerwall fizera por merecer o lugar nos assentos VIPs, após trinta anos de árduos serviços prestados ao entretenimento na televisão sueca. É uma das pessoas em que a câmera se demora quando começa a cantoria. Está vestindo um folgado paletó de linho bege e passa a impressão de tranquilidade e retidão de caráter. Na verdade, ele estava na disputa para assumir depois que Lasse se aposentou. Não sente amargura, adora seus verões de folga.
    Quando a primeira pancada atinge-lhe o braço, por um momento Robert fica furioso com o fato de alguém ter arruinado seu paletó. Então vem a dor, e o sangue. Quando sua esposa de vinte e cinco anos começa a berrar a seu lado, ele se dá conta de que o perigo é real.
    Volta-se para seu agressor, mas não tem tempo de fazer nada antes que um golpe cortante na garganta monopolize sua atenção. As pancadas desferidas depois disso são irrelevantes.

"*She says I began to sing long before I could talk.*"
    Todo mundo sabe que, quando Linda Larsson faz alguma coisa, ela faz direito. Razão pela qual reivindicou seu lugar no palco do Solliden às dez em ponto nessa manhã. Se ela vai ao *Cantemos juntos* em Skansen, então ela quer a expe-

riência completa. Comeu o lanchinho que trouxe consigo, assistiu aos ensaios, está pensando em escrever em seu *blog* e andou fazendo anotações.

Quando ela ouve um zumbido atrás de si, acha que é alguma vespa extraordinariamente grande. Sabe também que, nesses casos, a melhor coisa a fazer é manter-se completamente imóvel. Não começar a agitar os braços. Olha para baixo, para o bloco de anotações, e se pergunta se deve escrever algo sobre a vespa.

Então vem a ferroada na nuca. A dor é indescritível. Seus dedos se esticam e, de repente, ficam frios como gelo. Ela abre a boca para gritar, mas alguma coisa está bloqueando sua traqueia. O sangue esguicha por sobre o caderninho e a mão sobe voando até o ponto da garganta que está sendo penetrado por uma broca de furadeira que gira em alta rotação. Então a broca é arrancada, e ela tem tempo apenas de entender o que aconteceu antes de perder a consciência.

"And I've often wondered, how did it all start?"
Apesar de a canção ainda não ter chegado ao trecho em que a plateia engrossa o coro, Isailo Jovanovic não consegue evitar e solta a voz. É a terceira vez que vai ao *Cantemos juntos* em Skansen e, por mais integrado que possa sentir-se depois de dezessete anos vivendo na Suécia, ele simplesmente não conhece as canções. Todo ano é Evert Taube – e, em Belgrado, não se ouvem essas músicas com tanta frequência. Mas Abba, aí é diferente. Na adolescência, Isailo e amigos costumavam trocar fitas cassete. Isailo deu seu primeiro beijo ao som de "Fernando".

Ele sabe que tem uma voz de tenor até que razoável e, embora as pessoas ao redor não estejam cantando, solta a voz juntamente com a menina que está sobre o palco. Ele nunca ouviu ninguém cantar daquela maneira, e é um prazer ouvir a própria voz fundindo-se à dela.

Pode ouvir um som distante de pessoas gritando, e presume que a menina é alguma espécie de ídolo. Isso não é importante para ele, que se deleita com o modo como a própria voz se entrelaça à dela.

No meio de sua alegre cantoria, recebe uma pancada no maxilar, uma terrível bordoada no queixo. Alguma coisa se quebra na mandíbula inferior e ele é arremessado ao chão. Em alguns segundos, a boca se enche de sangue e fragmentos de dentes. Não compreende. Esta não é a Suécia que ele conhece.

Então, vê o martelo sendo erguido e levanta as mãos em defesa própria. Sua cabeça está zunindo e ele não consegue enxergar direito. Uma figura indistinta dá um passo para o lado; depois vem a pancada aniquiladora bem no topo da cabeça.

"Who found out that nothing can capture a heart like a melody can?"
Johan Lejonhjärta está no sétimo céu. Foi ao *Cantemos juntos* em Skansen por causa de uma coisa, uma única coisa, e essa coisa aconteceu. Ola Salo tocou-o. Johan idolatrou Ola Salo desde o começo, e Ola foi uma das razões pelas quais, oito anos antes, ele criara coragem para sair do armário, assumir sua homossexualidade, abandonando Kisa e se mudando para Estocolmo.

Quando Ola passou saracoteando pelo mar de espectadores enquanto cantava "The Worrying Kind", Johan estendeu a mão. E Ola não apenas a tocou. Ele a segurou por um momento e olhou Johan diretamente nos olhos, enquanto cantava o trecho "Be good for goodness sake". As palavras e o toque incendiaram Johan.

Ele sabe que isso é ridículo. Tem trinta e dois anos e acha que foi tocado por um ser divino. Fotografou a própria mão com o celular e, vezes sem conta, ruminou as palavras "be good for goodness sake" como se fossem um mantra ensinado por um guru, uma diretriz para a vida. Sabe que é ridículo, não dá a mínima e entrega-se a sua felicidade.

Os gritos que ouve à volta são filtrados por sua própria experiência, e ele os interpreta como gritos de felicidade e empolgação. Ele também adora Abba, e a menina lá em cima é uma cantora maravilhosa, mas isso não é importante agora.

Trabalha como carpinteiro e reconhece o som atrás de si exatamente por aquilo que é. Som de furadeira. E, ainda assim, não o associa à dor agonizante em suas costas, porque isso é simplesmente improvável demais. Apenas quando vem a segunda pancada, ele se dá conta de que a velocidade de rotação do motor está diminuindo ao mesmo tempo que sente uma dor trêmula no esqueleto.

Quando se vira, a furadeira é enfiada no seu peito, e ele tosse sangue quando um dos pulmões é perfurado. A furadeira é arrancada, e ele abre a boca para balbuciar um apelo, uma oração. Por uma fração de segundo, consegue discernir a espiral giratória, antes que tudo fique borrado e desapareça dentro de seus olhos.

"Well, whoever it was, I'm a fan."

Elsie Karlsson tinha visto todos eles. Ela estava aqui no tempo de Egon Kjerrman, mas, se tivesse de escolher, ficaria com Bosse Larsson. Não havia nada de errado com Lasse, nem com este novo apresentador, mas Bosse Larsson sabia como ninguém criar uma sensação de *bem-estar*. Naquele tempo, as coisas não eram tão exageradas.

Em geral, dá para conseguir uma cadeira se você chegar por volta das duas horas, mas hoje deve haver algum artista especialmente popular, por isso Elsie teve de se sentar em seu andador com rodinhas. Para dizer a verdade, ela quer que o *show* acabe logo, porque está de fato cansada. Era de esperar que um destes jovens lhe cedesse o lugar, mas os tempos mudaram.

É uma bela melodia, e a menina que está cantando é muito boa. Até onde Elsie consegue se lembrar, a menina não participou dos ensaios, o que é algo inédito. Ou talvez Elsie tenha se esquecido. Isso acontece com frequência cada vez maior, hoje em dia.

Algum tipo de tumulto na área dos assentos atrai a atenção de Elsie. Algumas pessoas se levantaram e estão correndo para longe. Estranho. Geralmente, as coisas são muito ordeiras e organizadas e, depois que tem início a transmissão, as pessoas mal ousam cruzar as pernas. Mas agora há gente correndo e berrando de um jeito nunca visto.

Elsie não entende o que aconteceu até que se vê deitada de costas e ouve o osso do quadril quebrando. O andador com rodinhas foi arrancado debaixo dela. A dor é tão intensa que ela range com força as mandíbulas e a dentadura fica torta dentro da boca. Seus óculos devem ter caído, porque mal consegue enxergar.

Uma figura magra está inclinada sobre ela, com alguma coisa na mão. Elsie acredita que as pessoas são intrinsecamente boas e supõe que se trata de alguém que irá ajudá-la; seja lá o que for que essa pessoa está segurando, é algo que pode salvá-la. E então vem a pancada diretamente na testa, e tudo fica escuro.

Dentro de sua cabeça, em algum canto que ainda está consciente, ela ouve um som igual ao de um inseto furioso. Que está chegando mais perto.

"So I say thank you for the music, the songs I'm singing."
No começo, Lena Forsman achou que era uma má ideia. Ir ao *Cantemos juntos* em Skansen, num primeiro encontro. O evento parecia uma coisa de família, não algo para duas pessoas que se conheceram pela internet. Mas tudo está correndo bem, muito bem.

Havia tanta coisa sobre o que conversar enquanto os dois iam tateando desajeitadamente o caminho, na tentativa de entender um ao outro... E até aqui Peter parece ser um verdadeiro achado. Autoconfiante sem ser arrogante, engraçado sem ser estúpido. Não é feio, veste-se bem e, na verdade, ela até achou *sexy* o cabelo rareando e a calvície que já se insinua. Nele, pelo menos.

Ele comprou framboesas para ela, de uma das meninas que iam de um lado para outro vendendo as frutinhas antes do início da transmissão ao vivo, e quando "Some Day I'll Come Sailing Home" começou, ele colocou o braço sobre os ombros dela e, meio de brincadeira, balançou o corpo no ritmo da música. O braço permaneceu ali quando a menina subiu ao palco e cantou aquela fantástica canção do Abba.

Na posição em que estão, o meio do palco fica escondido pela mesa de mixagem, e, já que eles não conseguem ver e uma vez que a menina está cantando tão lindamente, Lena fecha os olhos e se entrega ao prazer do braço carinhoso sobre os ombros, a noite quente de verão e os momentos especiais que a vida ainda pode trazer, momentos como este.

Ela ouve gritos histéricos e sorri da lembrança de si mesma quando era assim, quando tinha catorze anos e foi ver o *show* do Abba no parque de diversões Gröna Lund; quase desmaiara quando Annifrid olhou-a diretamente nos olhos por aquela fração de segundo e gritou até sua garganta doer.

De repente, o abraço de Peter fica mais forte. Ele está pressionando seus ombros, apertando com tanto vigor que ela arfa e abre os olhos, no exato instante em que a mão dele é arrancada dela. Ela o vê desabando a seus pés, segurando a cabeça. Seu corpo começa a se contorcer e sacudir, e o primeiro pensamento dela é: *Será que está tendo um ataque epilético?*

Então percebe que há sangue começando a escorrer debaixo da mão direita dele. Ela não entende o que está acontecendo, mas se abaixa sobre ele e diz: – Peter? Peter? Qual é o problema?

Os olhos de Peter estão cravados em um ponto imediatamente atrás dela. Eles se arregalam e Peter abre a boca para dizer alguma coisa. No instante seguinte, uma pancada na nuca põe Lena a nocaute, e ela cai por cima do corpo dele. Tem tempo apenas para sentir o aroma do perfume Old Spice antes que outra pancada acabe de vez com sua percepção.

"Thanks for all the joy they're bringing."

Ronnie Ahlberg não sabe o que diabos fazer. Está encarregado da câmera posicionada dez metros à esquerda do palco e, de seu pódio de madeira de um metro de altura, tem uma boa visão geral. E o que está vendo não é o que aconteceu durante os ensaios. Pelo fone de ouvido, fora instruído a exibir imagens da plateia, mas o que está acontecendo lá não é exatamente o material ideal. As pessoas saíram das cadeiras e estão correndo, e parece estar em andamento alguma espécie de êxodo.

Entretanto, seu trabalho não é procurar razões, mas sim encontrar ângulos de câmera. Uma vez que, por algum motivo, a plateia na área das cadeiras decidira sair do roteiro, ele volta a câmera na direção do setor em que as pessoas ficam em pé, atrás das barreiras, onde a meninada ainda está se comportando exatamente como manda o figurino, erguendo no ar seus celulares para filmar o *show* e brandindo cartazes em que se lê "TESLA ARRASA" e "MENINAS DE TESLA EM JAKOBSBERG".

Ouve uma voz bem próxima à orelha. Abrahamsson, o editor de imagens, parece quase à beira das lágrimas no caminhão-link para transmissão ao vivo:

– O que está acontecendo aí, Ronnie? Metade dos nossos monitores não está mostrando nada que preste, porra.

Com a câmera de Ronnie estava a ponto de acontecer a mesma coisa. A garotada tinha começado a se comportar de um jeito estranho também, e o cartaz "TESLA ARRASA" vai parar no chão no instante em que a multidão aos pés dele começa a se afastar da barreira. Está pensando em apontar a câmera na direção do palco e da menina que está cantando, porque ela, pelo menos, está parada, quando uma poderosa pancada no joelho faz sua perna ceder.

Ele tenta impedir a própria queda agarrando uma das alavancas da câmera, mas uma batida no outro joelho faz com que ele desabe desajeitadamente plataforma abaixo, executando um involuntário mergulho de costas sobre a plateia, em meio a um mar de pessoas em disparada.

O rosto, os braços e as pernas são esmagados enquanto ele ouve um agudo som semelhante a ganido – soa como *flash* de câmera carregando –, chegando mais perto de sua orelha.

"Who can live without it? I ask in all honesty, what would life be?"

Não, o *show Cantemos juntos* em Skansen não é o tipo de evento para Kalle Bäckström, disso ele teve certeza depois de aguentar uma canção da banda The Ark, uma música cantada por um velhote... e agora aquela menina do *MySpace*. Ele só foi porque Emmy estaria lá. E agora não conseguia encontrá-la!

Passara os dez últimos minutos em pé, ao lado dos banheiros químicos, cinquenta metros atrás da fila mais afastada de cadeiras, enviando mensagens de texto. Perguntou a Emmy onde ela estava, e ela disse que estava lá na frente. Em que lugar na frente, ele perguntou, e agora espera a resposta.

Tudo bem, tudo bem. Se necessário, abrirá caminho à força no meio da multidão apenas para poder ficar perto dela e se esfregar. Ela é a menina mais linda da classe, e quando disse: "Você vai a Skansen na terça?", talvez ele tenha interpretado ligeiramente errado a pergunta. Como se fosse um encontro. Mas ela estava lá com três amigas, e ele não consegue nem localizá-la.

Está ali, parado, encarando o celular, usando o poder da mente na tentativa de fazer aparecer uma resposta de Emmy, quando se dá conta de que alguma coisa está acontecendo. As pessoas gritam e sacodem os braços no ar lá na frente, e uma ou duas passam correndo por ele. Abaixa o celular e fica na ponta dos pés para ver melhor.

A multidão diante dele está *se expandindo*. A plateia inteira começa a se avolumar, formando uma onda, como se estivesse escapando de uma panela de pressão. A princípio devagar, depois mais rápido, e cada vez mais depressa. Ele está na ladeira que desce do Solliden, bem no meio do fluxo, e a massa fervente de gente está desabando como cascata em sua direção.

Ele não consegue entender o que está acontecendo e permanece ali, boquiaberto, enquanto a onda se aproxima. Quando a elevação está a poucos metros, ele finalmente volta a si, se arremessa para dentro de um banheiro e tranca a porta. Milhares de passos em uma fuga desembestada passam estrondeando do lado de fora, e o banheiro chacoalha à medida que corpos se desgarram da horda e se chocam com estrépito contra as finas paredes de plástico.

Sentado no assento, ele continua escrevendo e enviando mensagens de texto, procurando Emmy, mas não obtém resposta.

"Without a song or a dance, what are we?"

Está escrito "Segurança de Eventos" nas costas da camiseta de Joel Carlsson. Esse é o nome da empresa para a qual ele trabalha, e é a descrição do tipo de serviço que ele vem fazendo nos últimos sete anos. Um amigo da academia de musculação colocou-o em contato com a empresa, e ele ficou porque gosta do que faz. Especialmente quando se trata do evento *Cantemos juntos* em Skansen.

Shows de rock podem resultar numa trabalheira danada. Recintos lotados, música alta e adolescentes sendo esmagados e desmaiando. Em eventos esportivos, é preciso lidar com beberrões e torcedores arruaceiros. Em comparação, o *Cantemos juntos* é como tirar férias, o tipo de trabalho que a empresa encara como recompensa para os funcionários mais antigos e com os melhores serviços prestados.

Andar em meio à multidão espirrando água em meninas que estão um pouco suadas e que no máximo dão risada e acham isso legal; pedir a pessoas já bastante calmas que se acalmem e parem de se mover para a frente. É muito raro que Joel tenha de bancar o durão, ou expulsar alguém.

Mas, nesta noite, há alguma coisa errada. Quando a tal Tesla entrou no palco e começou a cantar, no início dava para ouvir o ruído de um alfinete caindo no chão. Que voz! As pessoas da plateia ficaram estagnadas, com a boca escancarada, como se estivessem sob feitiço. Joel aproveitou a oportunidade para tomar um pouco de fôlego, beber água, fazer alguns alongamentos, enquanto também curtia a canção.

Então, ele ouve o grito. Estranhamente, vem de algum lugar na área das cadeiras. Seus olhos ficam ofuscados pelos holofotes quando ele esquadrinha a plateia e vê que algumas pessoas se levantaram. No meio da transmissão ao vivo, puta que pariu! Joel começa a acenar furiosamente para que elas se sentem de novo, mas ninguém lhe dá atenção. Em vez disso, mais gente fica em pé, e ele ouve mais gritos.

Barulhos inapropriados *e* movimento inapropriado. O trabalho de Joel consiste, entre outras coisas, em evitar exatamente esse tipo de coisa, e ele olha ao redor para ver se consegue localizar a fonte do problema.

Alguma coisa está acontecendo atrás de uma das câmeras de *close*, acima dos assentos vips. Se há um lugar onde Joel espera que as coisas estejam absolutamente calmas é aquela área. Celebridades e subcelebridades, vipinhos e vipões, sentados feito velas acesas, apenas esperando que as câmeras os focalizem. Mas, agora, há gritaria e correria, e o lugar está apinhado de gente em pé e *fugindo*.

Joel caminha a passos rápidos abaixo do palco, onde a meninazinha ainda está imóvel, cantando, apesar de a música ter parado. Quando chega aos lugares vip, toda a área mais próxima do palco já está vazia, com exceção da presença de duas pessoas. Joel avista algo no chão e estaca abruptamente.

Puta que pariu.

Robert Segerwall, aquele velhote que outrora tinha sido um figurão da tv, está caído numa poça do que deve ser de sangue, e sangue ainda esguicha de uma ferida, ou buraco, na têmpora. Está prestes a se arremessar na direção de Segerwall, mas então se dá conta de que pode ser mais útil em outro lugar.

Priorize, Joel. Priorize.

O que a princípio ele tinha pensado tratar-se de uma altercação é, na verdade, uma luta de vida e morte. Reconhece a esposa de Robert Segerwall, mas não a menina contra quem ela está lutando. Ou qualquer que seja o nome disso: a mulher mais velha está desferindo mãozadas no ar, tentando arranhar o rosto da garota, mas Joel pode ver que é uma batalha que ela vai perder. Em uma das mãos, a menina segura uma comprida faca e, na outra, empunha uma furadeira.

Joel não chega lá a tempo. No exato momento em que dá o primeiro passo largo na direção de ambas, a mão que segura a faca a aciona. Joel não teria feito melhor durante seu treinamento junto à tropa de elite da Guarda Costeira. A lâmina rasga o pescoço da mulher e ela cambaleia para trás, apertando com as mãos a garganta.

* * *

Por fim, a mulher parece perceber que a fuga é a única possibilidade. Como está encurralada entre a menina e Joel, que vem avançando, escala, trôpega, os degraus que levam ao palco, o sangue esguichando peito abaixo.

Priorize.

Joel tem de deter a menina antes que ela faça mais estragos. Com dois passos rápidos, ele a alcança e, torcendo a mão da garota, arranca-lhe a faca. Ela acerta uma pancada na cabeça de Joel com a furadeira, antes que ele consiga tomar posse da ferramenta. O segurança aplica uma chave de braço e trava os braços dela por trás, aos berros de: – Mas que porra você tá fazendo? Você é louca?

Imobilizada, a menina relaxa e responde calmamente: – Não sou louca. Eu estou no meu juízo perfeito. No perfeito domínio das faculdades mentais.

"So I say thank you for the music, for giving it to me."

Quando Eva Segerwall sobe o último degrau e pisa no palco, infelizmente não resta nada dentro dela que seja capaz de lhe mostrar que seu sonho, por fim, tornou-se realidade.

Faz vinte e três anos que deixou de lado suas ambições artísticas como cantora para apoiar a carreira do marido na televisão. Mas ah, que sonhos ela tinha! Ouvir Bosse Larsson dizendo seu nome um dia, apresentar-se em Solliden sob os abetos, cantar naquele palco!

E agora ali está, incapaz de saborear o momento. Sua vida está escoando garganta afora, chapinhando ao redor dos pés enquanto ela cambaleia na direção da menina angelical parada atrás do microfone, ainda cantando.

Por um segundo, seus olhos se encontram, e Eva sente ainda mais medo. Ali, ela não encontrará ajuda. Os enormes olhos azuis a encaram sem um pingo de compaixão; nem sequer parecem notar as cascatas de sangue que cobrem seu leve vestido de verão. Ela tosse mais sangue e, trôpega, sem conseguir se apoiar firmemente nas pernas, que estão em vias de desmoronar, caminha para a esquerda, passa pela entrada do palco, passa pelas cadeiras vazias onde estava sentada a orquestra e pelos arranjos de flores e sai em direção ao píer.

E, lá, ela vê por fim uma rota de fuga. Através de olhos enevoados, avista as águas de Mälarviken resplandecendo abaixo. Ela se joga nessa direção, mas bate numa parede invisível, cai de costas e simplesmente fica ali, deitada; desiste.

2

"I've been so lucky
I am the girl with golden hair
I want to sing it out to everybody
What a joy! What a life! What a chance!"

A orquestra tinha parado de tocar havia muito tempo; Theres permaneceu sozinha no palco do Solliden, e cantou os últimos versos a capela, embora já não houvesse mais ninguém ouvindo. A seus pés, imperava o mais absoluto caos.

Trinta ou quarenta pessoas jaziam no chão, mortas ou agonizando. Uma mulher tinha conseguido escapar palco adentro, com sangue jorrando pela garganta, e bateu de cara na tela de acrílico que protegia o palco do vento que vinha de Mälarviken. Ficou lá, amontoada sobre o píer, na área destinada ao público que assistia às apresentações em pé. Theres colocou o microfone de volta no pedestal, caminhou até a mulher e a bebeu.

Algumas meninas do grupo tinham sido agarradas por seguranças, ou por outros adultos; algumas foram derrubadas e acabaram pisoteadas quando a plateia entrou em pânico e procurou refúgio correndo; outras ainda estavam em pé ou agachadas junto a suas vítimas mais recentes, sugando a vida delas.

Theres rumou para a extremidade do píer, jogou a cabeça para trás e *uivou*. Por um momento, tudo estacou, enquanto o som lancinante, de partir o coração, transformou a noite de verão em gelo sólido. Então as outras meninas responderam. Rostos ensanguentados ergueram os olhos e mostraram os dentes; as meninas que tinham sido detidas encheram os pulmões de ar, e Linn, que estava caída perto da barreira, com a perna quebrada, rastejou até conseguir ficar sentada e se juntou ao coro.

O mesmo uivo ergueu-se de catorze gargantas, uma nota ascendente e descendente com uma única mensagem.

Nós existimos. Tenham medo de nós.

Depois, mais guardas vieram, mais mãos hábeis para ajudar a arrastar à força, e subjugar, os animais selvagens que tinham-se insinuado em meio a uma habitação humana.

* * *

Teresa tinha conseguido chegar à lateral do palco e, enquanto as outras meninas estavam fugindo ou sendo capturadas, ela chamou Theres. Juntas, as duas correram na direção da área cercada dos lobos. Passaram por grupos de pessoas em pé, sentadas ou deitadas em lugares onde julgavam estar a uma distância segura do perigo. Gemidos e choro, tanto de adultos como de crianças, coalhavam o ar.

Teresa viu um homem com os braços ao redor de duas pessoas que, provavelmente, eram sua esposa e filho, e um pensamento lhe ocorreu. Um detalhe que jamais tinham mencionado enquanto planejavam esse dia.

– O Jerry? – ela perguntou. – Ele está aqui?

Sem diminuir o passo, Theres respondeu: – Eu disse pra ele que ele não tinha permissão pra vir.

Provavelmente, ele tinha visto na televisão; talvez a esta altura já soubesse o que acontecera. Mas não tinha ido lá, não havia risco de que estivesse entre os mortos. De certa maneira, isso era um alívio.

Elas correram, e as pessoas as deixaram passar. Uma voz jovem berrou "É a menina que estava cantando!", mas isso era tudo que as pessoas sabiam. Theres e Teresa correram lado a lado até chegarem ao cercado.

Antes que o *show* começasse, quando todo mundo estava aglomerado no Solliden, Teresa tinha usado os alicates para abrir um buraco do tamanho de uma porta na cerca, de modo que seus irmãos e irmãs cinzentos tivessem a oportunidade de se reunir.

Nenhum deles tinha aproveitado essa oportunidade, mas, como se sentissem a atmosfera de caça que impregnava a área, vários lobos tinham saído de seus covis e esconderijos e, agora, com cautela, rodeavam o espaço junto à abertura, mostrando os dentes e rosnando. Teresa olhou para eles e meneou a cabeça.

– Eles não vieram até nós.

Theres ficou lá imóvel, com o pescoço esticado, observando as figuras peludas que estavam de olho nela. Então aconteceu. No início, Teresa não conseguiu entender o que estava fazendo cócegas nas costas da mão. Quando olhou para baixo, viu que eram os dedos de Theres, tateando em busca dos seus. Ela agarrou a mão de Theres e segurou-a com força. Ambas ficaram assim por um bom tempo, lado a lado na frente da porta, apertando a mão uma da outra.

Então Theres disse:

– Neste caso, nós vamos até eles.

Notas

Página 101
"Não tenho nada de especial, na verdade sou um pouco chata."

Página 102
"Então eu digo obrigada pela música, pelas canções que estou cantando/ Obrigada por toda a alegria que elas estão trazendo."

Página 243
"Mil e uma noites,/ Alguém sabe onde deixei minha meia-calça?"

Página 297
"Não há ninguém neste mundo como você."

Página 317
"Por dá-la a mim."

Página 457
"Não tenho nada de especial, na verdade sou um pouco chata/ Se eu contar uma piada, você provavelmente já a ouviu antes/ Mas eu tenho um talento, uma coisa maravilhosa/ Porque todo mundo ouve quando começo a cantar/ Eu tenho tanta gratidão e orgulho/ Que tudo o que desejo fazer é cantar bem alto."

Página 458
"Então eu digo obrigada pela música, pelas canções que estou cantando/ Obrigada por toda a alegria que elas estão trazendo."

Página 469
"Mamãe diz que eu dançava antes de conseguir andar."
"Ela diz que comecei a cantar bem antes de conseguir falar."

Página 470
"E eu já pensei muitas vezes, como tudo começou?"

Página 471
"Quem descobriu que nada pode capturar um coração como uma melodia?"
"Seja bom apenas pela graça da bondade."

Página 472
"Bem, seja lá quem tiver sido, sou sua fã."

Página 473
"Então eu digo obrigada pela música, pelas canções que estou cantando."

Página 474
"Obrigada por toda a alegria que elas estão trazendo."

Página 475
"Quem consegue viver sem ela? Com toda a honestidade, pergunto: como seria a vida assim?"

Página 476
"Sem uma música ou uma dança, que somos nós?"

Página 478
"Então eu digo obrigada pela música, por dá-la a mim."

Página 479
"Tenho sido tão sortuda/ Sou a garota do cabelo dourado/ Quero cantar para todo mundo/ Que alegria! Que vida! Que oportunidade!"

Este livro, composto com tipografia Garamond
e diagramado pela Alaúde Editorial Limitada,
foi impresso em papel Norbrite sessenta e seis gramas,
pela Editora Gráfica Bernardi, no sexagésimo ano
da publicação de *O senhor das moscas*, de William
Golding. São Paulo, outubro de dois mil e catorze.